海宁市文学艺术界联合会/编

中国文史出版社

图书在版编目(CIP)数据

单士厘文集 / 海宁市文学艺术界联合会编. -- 北京: 中国文史出版社, 2022.7

ISBN 978-7-5205-3591-5

Ⅰ. ①单… Ⅱ. ①海… Ⅲ. ①中国文学—古典文学—作品综合集—清代 Ⅳ. ①I214.92

中国版本图书馆CIP数据核字(2022)第124422号

责任编辑：胡福星

出版发行：**中国文史出版社**
社　　址：北京市海淀区西八里庄路69号　邮编：100142
电　　话：010-81136641　81136606
印　　装：杭州万星印务有限公司
经　　销：全国新华书店
开　　本：889mm×1194mm　1/32
印　　张：10.5
字　　数：225千字
版　　次：2022年8月北京第1版
印　　次：2022年8月第1次印刷
定　　价：45.00元

单士厘，时年八十一岁（钱秉雄 提供）

亘御殿場驛穿過迤邐道不少急湍峻嶺翠柏蒼松彷彿廿餘年
前游杭蒼道上過琵琶湖南入西京近鄉矣適四時正事耕作
現一種東家景況午后九時半抵大坂寓環龍旅館自新橋至
大坂凡日本三百五十六里半（日本一里當中國六里）
十八日（陽三月十六）觀博覽會外子爲日本外務省招待爲赴會之
賓有優待券予相假而往外子云雖不如前年法國巴黎之盛
而局面已不小況既云內國博覽會自不能與萬國博覽會相
比擬而其喚起國民爭競之心則一也會場地凡十萬餘坪其
中萬二千餘坪爲建築之館舍會中凡分十餘案記如左
曰工藝館爲此會之主專陳本國製造品物允較他館爲
盛無一非本國人工所成此會每五年一回以與其前次
之會相較驗工作進步之程度彼精製固所共珍即粗製
亦在所不棄更助以圖畫模型解說書等務使覽者了然
於其發達狀況用意全在工商館中執役人尚女少於男
殆彼第六回之會必女多於男矣華人向譯此種會曰賽
珍曰賽奇皆與會意相刺謬
曰教育館日本之所以立於今日世界由先進而躋於列強
者惟有教育故即所以能設此第五回之博覽會亦以有
教育故館中陳列文部及各公立私立學校之種種教育
用品與各種新學術需用器械於醫學一門尤夥更列種

初刻《癸卯旅行记》之一

十年克雷朵（當時教徒之高級者後追尊爲景宗）私建小寺於歲骨穴中即
今寺權輿三二四年康斯坦丁帝允教士請（名棲爾壹司後追尊爲
景宗）啟福羅（則見）之跛棲黎嘎（則見）以建寺就舊基增飾帝親負
土十二筐以符十二使徒之數而寺始顯於地面（初爲穴寺顧
非今式）中有廣庭庭有銅製大松球一今寺不可見而松
球則移置景宮中腹邇合抱厥高稱是或曰本爲龍場舊
物八四六年沙拉生人侵羅馬而寺毀景宗保羅三大興
工作以新厥寺而舊跡毀盡保三固有名之毀舊人也
乏氏剛者臘丁文作VATICANUS羅馬七邱之一推其命名所由來
爲說凡二一謂出於乏氏氣尼亞VATICINIA此在臘文爲神言古
羅馬信多神有所疑卜於神神所言罔弗信邱本卜地故名一謂出於
乏奇都斯VAGITUS此在臘文爲神名邱本奉祀乏神故以神名名
邱二說皆是
（十二使徒其一彼得即西門爲使徒首領寺名彼得不僅爲彼得从此而名也其二安得烈爲彼得之弟其三雅谷爲西庇太之子其四約翰爲雅谷之弟其五腓力其六巴多羅馬其七多馬其八馬太其九亦曰雅谷爲亞勒腓之子其十達太即勒拜其十一猶大亦稱西門其十二賣耶穌之猶大猶大从門人公議補以馬提亞）
一五〇六年景宗儒略二重搆厥寺爲今日廟貌基礎溯
寺史者必推原儒二在儒二初意但欲自營墓室於寺內
故擴新伊始之時僅僧用尼智拉五已成之工而已（一四五二）
迨徵圖案於勃拉曼勃固名建築家規畫閎遠工遂莫毅
雖所成僅一小部分而希臘臘丁兩十字式之取舍實影
響於後來寺學（尼智拉時議用臘式勃拉曼圖改用希式景寺平面必以十字式爲正格圖之）

初刻《归潜记》之一

夢湘樓詩二卷續一卷　宗婉字婉生江蘇常熟人蕭大勳室
夢湘樓詞一卷續一卷　同上
秋夾亭詩鈔　宗桂字秋舟宗梅妹丈鵬室
繭香館詩一卷　宗粲字倩宜婉妹陸清泰室
湘繭館詩合刻　宗婉宗粲合撰
士釐曰婉粲母錢念生有繡餘詞
古歡室詩　宗慶字韵卿亦梅桂之姪端木百祿室
士釐曰女端木順有古香室稿
又曰桂梅婉粲所謂會稽四宗而古雪穆君又以姑姪
為姑婦
梨雲榭詩詞集　鍾筠字蒼若浙江仁和人仲聖孝室
臨湘閣詩集　鍾文貞字審姑安徽舒城人吳銅室
清華閣詩鈔　鍾文淑字學姑審姑妹孫同王室

清閨秀藝文志

寒香集　鍾青字小容浙江仁和人吳　室
梅花園存稿一卷　鍾韞字眉令青妹查茲繼室慎行母
士釐曰陳敬璋查他山先生年譜據遂佛樓詩傳云
著長繡樓集百卷病亟悉焚棄初白老人默識追錄
詩詞六十餘首其稿為敬璋母所得吳晃昳為刊入
海昌麗則行世云
又曰長繡樓詩乃在室時與姊小容妹眉士倡和之
作非韞一人詩也
紫車滌游集　鍾令嘉字守箴江西鉛山人蔣堅室士銓母
雙清閣剩草　龍楠字素文安徽望江人吳元安室
青螺稿　龍錢潔字瑜素雲南土司人陳鼎室
蓉亭詞　同上
士釐曰潔本江陰錢氏女幼育於土司龍故姓龍錢

清闺秀艺文志之一(手迹)

清閨秀言行錄

錢單士釐著

發表于《妇女世界》杂志上的《清闺秀言行录》

母親大人膝下敬稟者。三月廿五日。忽得北京電報奉
旨命女婿作和蘭公使。授二品實官。從前的欽差只有官銜。並無實在品級。此是新章程。
爭辦保和會事。因為和蘭公使陸徵祥升為專使專辦保和會事。
和蘭有一個會叫做保和會。各國派許多大臣來會商量以後總不要打仗。大家和平交涉。所以又叫做弭兵會。是不用兵戈的意思。六年前開過一次。今年又要開會也。
但目下陸公使尚未知會畢調到何國。（當在七月底）女婿曾經辭過。說不懂西洋
說話。不要做。然而裏頭不肯。說。毋庸固辭。看來不能不接手。若論
此間人情風俗及景致。要算西洋頂好的了。女日日往樹林中散步。所以甚健。
金安 叔母 舅母均此請安恕不另稟 女蘂珠謹稟 女婿附筆請安

致母亲信(手迹)

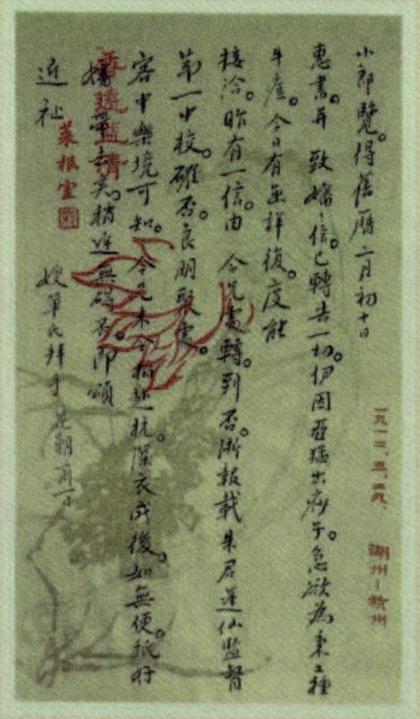
一九一三、三、九、 湖州－杭州

小郎覽。得舊曆二月初十日
惠書並致嫱嫱信。已轉去一切。伊因[illegible]出府乎。急欲為求二種
牛痘。今日有函詳復。度能
接洽。昨有一信。由令兄處轉。到否。所報載朱君逖仙監督
第一中校。確否。良朋聚處。
客中樂境可知。令兄未[illegible]稍延一抗。深衣成後。如無便。祇好
[illegible]請[illegible]精[illegible]無碍否。即頌
近祉
嫂草衣拜手 [illegible]

致钱玄同信(手迹)

序

清代黄箨世序金鳌《海宁县志》云："宁邑为省会左辅，居三吴上游，大海奔涛，七郡之保障系焉，有百里长堤亘焉。山川蟠郁，户口繁滋，人文辈出。"在中国历史长河中，海宁优秀人物不断涌现。《中国人名大辞典》收录海宁名人130位，《中国近现代人名大辞典》收录48位。海宁地方文献资料中，《海宁州志稿》收录人物1409位，《海宁市志》（1995版）收录人物171位，《影响中国的海宁人》收录88位，《海宁历史人物名录》收录2900余人。

自古到今，人物的活动反映了整个政治、经济、文化发展的轨迹，尤其是杰出人物为推进社会的发展作出了卓越贡献。在海宁的这片沃土上，孕育出一批又一批名人，在文化、科技、军事、医学、教育、出版等诸多领域卓有建树。这些名人都曾经站在时代的风口浪尖上奋力拼搏，对中国经济社会发展产生了积极的作用和影响。

文化如水，润物无声。文化具有极强的渗透力，能够以无形的思想、特定的观念、丰富的形式，渗透到社会生活的方方面面。为传承和发展中华优秀传统文化，高品位打造现代化中等城市，必须深入挖掘和弘扬丰富的名人文化资源，延续城市文脉，提高城市文化软实力和影响力，发挥文化引领风尚、教育人民、服务社会、推动发展，助力国际品质潮城建设。为此特编辑“海宁名人文献丛书”，进一步加强对海宁名人的研究，对名人文献进行系统性梳理与挖掘，以充分展现海宁深厚、丰富的历史文化成就。

我们也期待以此为起点，汇聚更多的力量，来守护和挖掘传统文化的精神内涵，与时俱进地创新文化研究、丰富海宁精神，不断增强全市人民的文化自觉和文化自信，发挥文化铸魂塑形赋能的强大力量和功能，在共同富裕中实现精神富有，在现代化先行中实现文化先行，加快打造新时代文化高地，构建起以文化力量推动社会全面进步的新格局，让文化之根扎得更深、文明之河流得更远，谱写出无愧于时代、无愧于历史的崭新篇章。

《单士厘文集》整理说明

单士厘（1858—1945）名蕊珠，号受兹。室名“受兹室”。祖籍浙江萧山。祖父焕，字桂山，号芗畦，道光庚子举人，娶海宁张氏。因咸丰间战乱，自浙江萧山移居海宁硖石定居。父恩溥，号棣华，同治壬戌乡试中式，任嘉兴教谕，娶硖石许汝霖五世孙许光清之女许仁林。士厘其女也，生于海宁硖石，清末民初女诗人，是晚清著名外交家钱恂的夫人，新文化运动主将钱玄同的大嫂，中国“两弹一星”元勋钱三强的伯母。士厘自幼喜好文史，1899年始，以外交使节夫人的身份，随夫遍历日、俄、法、德、英等国，长达十年之久，被钟叔河先生为“最早走出闺门，走向世界的中国知识妇女之一”。

单士厘随夫旅外多年，思想开明，勤于笔耕。所到之处，观光名山大川，采集风土人情，并将所见所闻，撰成《癸卯旅行记》《归潜记》。这两部著作是目前所知最早的中国女子出国游记。如《归潜记》中的《章华庭四室》和《育斯》两篇文章，系统地介绍古希腊、古罗马神话，是较早地把欧洲神话介绍到中国的文学作品。在旅俄期间，单士厘为俄国批判现实主义作家列夫·托尔斯泰的文章所感动，对托尔斯泰关心民间疾苦，不畏强暴，敢于揭露俄国社会腐败、黑暗的勇气，由衷地敬佩。在游记中，她根据亲自考察了解的实情，详细地介绍了托尔斯泰的动人事迹，成为我国第一位系统介绍托尔斯泰的女作家，也为中国文坛研究外国文学作出了积极的贡献。

单士厘在向国人介绍西方近代文明的同时，仍念念不忘中华民族传统文化。她反对封建礼教，却始终推崇东方文明。她认为中华民族传统美德的精髓，是西方近代文明所无法比拟的。在她的游记中，充分体现了反抗侵略和热爱祖国的精神。在写到沙俄士兵在我国东北杀人、强奸的罪恶行径时，她呼吁人们“纵无器械”也要与敌人搏斗，“岂能默然待死”。单士厘不直接参与商业活动，但是看到中国在国际贸易中寻找立足点的笨拙努力，她总会和日本、欧洲商人作比较，并提出批判性的看法：国人不会在国际博览会上包装产品，不注重技术产品和廉价商品的区别，竞争力较差，甚至在西伯利亚铁路简陋的食摊上，也不能挤到前排。单士厘对此时时表现出忧虑，更借犹太人在意大利的屈辱惨状，以告诫国人做亡国奴的凄惨命运，启迪国人对国事日衰的警觉。钱仲联评其曰：“无论从中国人接受近代思想之深度或从介绍世界文艺学术之广度看，此二书在同时代人同类作品中，超出侪辈远甚，足以卓然自立。”（见钱仲联主编《清诗纪事·列女卷》所写作者介绍，“二书”指单士厘所著《癸卯旅行记》和《归潜记》）。除上述两书外，她著有《受兹室诗稿》，收其生平所作诗三百多首，罗继祖评其曰“蕴蓄既深，吐属自臻大雅，即率尔倚和，亦殊凡响”。单士厘的《清闺秀艺文略》是我国最早收录有清一代2300余位女性作家著述目录的作品，对研究清代女性文学有着重要的价值。该文初发表于1927年《浙江图书馆报》第一、二卷。胡适为该书于1929年4月23日写了《三百年中的女作家〈清闺秀艺文略〉序》。此文发表后，单氏又按照新发现的资料继续补订。经过十余年的努力，至1938年基本完成修订稿。

较前“浙馆”发表的文章，修订后收入的人物及作品大有增加（据她在跋言中说“约增加三分之一”）。后因出版无着，仅手抄数部分藏几个大的图书馆。《清闺秀言行录》是1944年其八十六岁高年时所作，并发表于是年的《妇女世界》。除著述外，还有百余封家信资料存世。这百余封书信一直未曾闻世，为单不厂弟子吴慎藩所保存，蒋启霆（海宁蒋氏衍芬草堂藏书楼的后裔）从吴慎藩哲嗣吴汉明处借得是稿，录副一部。二十多年前我前往沪上，拜访先生，他复印一套，给我留作纪念。现在两位先生均已作古，原稿已不知尚存否？这次收录是根据蒋氏手抄本整理成文。在整理过程中，又发现了张胜利先生《单士厘致钱玄同信札整理研究》一文，发表于2016年第8期《中国国家博物馆馆刊》，文中发表已入藏北京鲁迅博物馆（北京新文化运动纪念馆）的单士厘至钱玄同信札7通。这次一并收入，以成完璧。另外，单士厘尚著有《新编家政学》《家之育儿简谈》，编辑《闺秀正始再续集》等。

是次整理的《单士厘文集》，收入作品有《受兹室诗稿》《癸卯旅行记》《归潜记》《清闺秀艺文略》《清闺秀言行录》《懿范闻见录》及百余封致钱玄同、单不厂、家人的书信等七个篇章。下面将所用的本子，作一简述。《受兹室诗稿》，目前所见到的有两个版本，一、单氏赠于罗守巽的本子，陈鸿祥先生根据该本进行整理，1986年由湖南文艺出版社出版（简称“陈本”）；另一本子藏于复旦大学图书馆（简称“清稿本”）。这次整理以“陈本”作底本，用“清稿本”作校本。由张端成承担校勘《受兹室诗稿》的工作，并补入新发现的诗百余首。1904年，《癸卯旅行记》由国学社分别在日本与上海出版发行，国家图书馆有藏（简称“初刻本”)。《归潜记》为1909年刻本，署名钱恂，上图有藏(简称“初刻本”)。这两个本子，由杨坚整理，1981年由湖南人民出版社出版（简称“杨本”）。收入是集时，以“杨本”为底本，“初刻本”为校本。《清闺秀艺文略》以徐国华找到的原东方文化研究所藏的手抄增补本（简称“增补本”）为底本，浙江图书馆本为校本（简称“浙图本”）。因“浙图本”早于“增补本”十馀年，故原则上两本有异同的，以“增补本”为准。《清闺秀言行录》以1944年《妇女世界》为底本。《懿范闻见录》以复旦所藏稿本为底本。书信已在上文表明来源，不再赘述。

对底本原注用※表示，以别新注。“杨本”中的每个小节中的副标题，在初刻本中无，但有利读者，乃保留不作更动，在此说明，不再一一出注。缺字用□别之，误字、衍字用［］表示。原稿中的异体字，繁体字原则上全部改为简体，但改后有异议的繁体字原则上不作更改。音同字不同的译名，原则上也不作更改。文后所附四篇序文，其中所记有利于对单氏生平的了解，故附入集后。在整理是集时，得到了徐国华、刘波、刁青云等诸位先生的大力支持与帮助，在此表示衷心的感谢。限于水平，整理中有不当之处，敬期读者不吝赐教，俾得改之。

虞坤林　张端成

2022年8月26日

总目录

上　册

下　册

目录

受兹室诗存

癸卯旅行记

归 潜 记

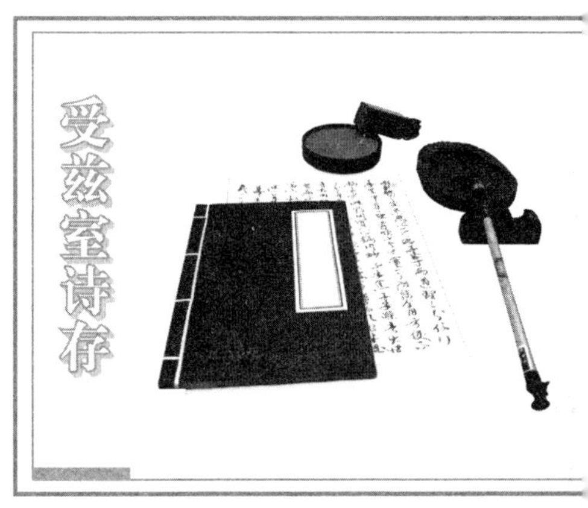
受兹室诗存

新　霁

一雨几及旬，幽人茅屋赏。云气亙山腰，万壑淙淙响。霁景忽然开，历历见墟莽。山光青欲滴，黛色浮书幌。田畴亦既沾，禾麦看渐长。对此意欣欣，坐待月华上。

送　春

燕子语啁啾，杨花扑玉钩。翩翩双蛱蝶，犹自绕枝头。

晚　晴

日暮雨初霁，炊烟一缕微。峰峦烘夕照，林木澹余晖。云里溪喧碓，松间月上扉。池边闲散步，水鸟傍人飞。

垂丝海棠

弱缕垂垂露未干，漫劳银镯照相看。美人睡起浑无力，斜倚阑干怯晓寒。

春　阴

白云笼岫黛痕迷，细雨浇花碧草萋。酝酿韶华无限景，绿杨深处酒帘低。

暮春即事[①]

庭院阴阴柳絮飞，峭寒风细透罗帷。落花满地苔痕掩，闲卷湘帘待燕归。

小楼晚眺

向晚独登楼，微风暑气收。残霞明远岫，新月照[②]溪流。竹露清如泻，荷花香更幽。夕阳衔岭畔，倒影[③]射帘钩。

落　日

落日万山黄，西风古柏苍。远溪浮小艇，野烧起层冈。松菊犹溥露，松梧未著[④]霜。却冷秋尽燕，欲去更回翔。

秋　阴

山城饶静趣，秋色望中回。危石嵌崖曲，幽花出岸隈。水清鱼拨刺，风急雁流哀。薄暮闲凝眺，浮云西北来。

---

① 以上《晚晴》《垂丝海棠》《春阴》《暮春即事》四首，底本失载，据复旦大学藏民国单氏清稿本《受兹室诗钞》（下简称“清稿本”）不分卷一册补。

② 清稿本“照”作“漾”。

③ 清稿本“影”作“景”。

④ 清稿本“未著”作“早得”。

秋　思[1]

落叶无声逐转蓬，幽花着意作春红。疏帘延赏三更月，欹枕听残四壁虫。闻说石鲸灵动雨，空劳枥马倦嘶风。凌云却羡雕健疾。

芙蓉盛开

秋容渐老红蓼垂，池畔芙蓉媚寒碧。嫣然含露映朝阳，嫩蕊迎风情脉脉。城中主人石与丁，学士风流忆畴昔。不随桃李共争妍，管领群芳高品格。应怜春事久阑珊，故遣繁枝红间白。树头呼作玉盘盂，绰约幽姿自矜惜。绿波渺渺泛秋光，冷艳亭亭号拒霜。口午微酣花气暖，酡颜斜弹倚寒塘。朝开纯白[2]，午后渐红。风回乱飐薄烟笼，红晕枝低弱未扬。点缀小园无限景，锦屏绮幛护云裳。东篱黄菊新英吐，枫叶荻花满前浦。采采江头趁夕曛，伶俜蛱蝶迎人舞。丹衣翠袖卷轻纱，既水明妆丽晚霞。木末不同骚客赋，微吟聊为绾芳华。

蛱　蝶

粉翅翩翩绕绿苔，黑甜乡里梦初回，晓来何事穿帘幕？为报邻园花又开。

---

① 《秋阴》《秋思》二首据清稿本补。

② 清稿本无“朝开纯白”四字。

夏日偶成

棐几明窗回绝尘，一阑花气昼氤氲。茶烟绕榻蝉吟树，时有棋声隔竹闻。

荷　花

池边小立重徘徊，灼灼芙蕖映水开。解语漫夸妃子慧，凌波浑讶洛神来。红酣夕照云霞灿，翠挹微风荇藻回。一片清香衣袂染，花前试倒碧筩杯。

雪　霁[1]

昨夜雪初霁，月浸琉璃瓦。积素满山川，晶莹照四野。俄看旭日升，旋见寒流泻。谡然风入松，碎玉缤纷下。此景最清奇，好倩荆关画。

春　雨

春雨漫陂塘，春洲杜若香。柳丝萦曲岸，苔绿上修廊。金谷花争发，玉楼人晓妆。临风双燕湿，笑尔为谁忙？

---

① 以上《夏日偶成》《荷花》《雪霁》三首，据清稿本补。

丙申九月伯宽弟亲至吴门迓迎回硖川途次秀州感赋

忍记趋庭乐事稠，慈颜秖许梦中求。风灯瞥眼成陈迹，肠断轻舠过秀州。

秋　声[①]

秋声何不平？万物感秋鸣。明月松涛细，凉飔落叶轻。砌虫搀远杵，巷犬乱疏更。莫向南楼听，嗷嗷鸿雁声。

夜闻大风

飞鸿嘹泪盘云坳，夜寒庭树风萧骚。撼摇丫鸟惊幽梦，担马声和铃语高。青阳已转催花信，屈指今来第几遭？香消漏永不成寐，坐听流泉澎湃松林号！

春　晓[②]

冲融淑气荡晴暄，极目芳郊生意繁。渺渺平芜啼蜀魄，萋萋远道暗离魂。香含夜雨迷烟景，绿遍春风补烧痕。一带裙腰斜照里，酒旗摇曳杏花村。

---

① 《丙申九月伯宽弟亲至吴门迓迎回硖川途次秀州感赋》《秋声》二首据清稿本补。

② 清稿本"晓"作"草"。

山居多雀戏赋

小鸟亦何因？群飞入户频。扑花惊蛱蝶，啄粟集荆榛。可怕明珠弹，常翻玉轸尘。檐牙时剥啄，底事号佳宾。

即　事

两部蛙声喧鼓吹，一轮蟾魄泻琼瑶。曲阑干外听流水，花影扶人过小桥。

初夏即景[①]

蛛网添丝新雨过，蜂房课蜜百花残。日长渐觉松风好，坐看蜗牛上曲栏。

山　居

寂寂山居镇日闲，白云流水自涓涓。檐牙雀啄穿窗纸，引得蟾光落枕边。

初秋晚眺

谁云秋气悲？我爱秋容爽。微雨洗东皋，夕阳隐西嶂。落霞

① 以上《山居多雀戏赋》《即事》《初夏即景》三首，据清稿本补。

明远岫[1]，疏柳寒蝉响。坐看白云升[2]，凭栏惬幽赏。

秋日偶成

闲步小庭阶，遥看雁阵排。数行微雨过，山色净如揩。

冬　夜

西风萧飒透窗纱，莲漏沉沉夜已赊。满地月明人意静，一帘疏影浸梅花。

雪　夜

梨花飞舞柳花轻，雪霁云开朗月明。最是澄宵堪画处，一枝梅影绮窗横。

雪　后[3]

雪后横斜几树梅，珠帘微卷暗香来。一行冻雀翩然下，点点寒英堕绿苔。

---

① 清稿本"岫"作"水"。

② 清稿本"升"作"生"。

③《秋日偶成》《冬夜》《雪夜》《雪后》四首，据清稿本补。

秋夜即事

秋夜书斋静，挑灯虫语稀。谁家吹短笛？到处揭寒衣。未雨凉先集，无声叶自飞。遥闻云外雁，嘹唳数行归。

秋 燕

西风小院叶初飞，燕子蹁跹旧垒非。似解辞归还惜别，对人故故话斜晖。

秋日山居[①]

秋意深如许，萧然木叶飞。残荷喧急雨，疏柳曳斜晖。坐石看云起，横琴待鹤归。咏歌聊自得，飞鸟亦忘机。

闻 泉

微雨霁黄昏，泉声枕畔喧。潺湲冲石砌，幽咽漱云根。细想穿花径，低因激鲜垣。添人诗思静，和月过前村。

即 事

挂起疏帘漏月光，蛙声阁阁闹池塘。萧疏竹影横窗透，风送

① 《秋燕》《秋日山居》两首，据清稿本补。

幽兰自在香。

雪[①]

薄暮西风冷，同云压岫尖。絮飘三径湿，梅绽一林添。映月辉书幌，回风舞画檐。倚栏人悄立，衣袂碎琼黏。

拟杜少陵观打鱼歌

湛湛碧水绵江春，中有鲂鱼肥且珍。渔翁泛艇清晨集，截港旋箕钩刃陈。大鱼跋扈势奔逸，小鱼戢戢浮沙津。一鱼中叉万[②]鱼急，冲泥突跃反近人。狂澜忽起蛟龙怒，竭泽恣取天亦瞋。庖人解网修鳞脱，霜刀霍霍秋风生。归来置酒延佳客，脍镂雪片金盘盈。鲂鱼洵美充一食，酒罢欢阑亦何得？君不见，明朝江水畔，波平浪静犹惊窜！

人日登四映楼

雪消远岫送青来，澹荡风光柳暗催。深处不知春已转，一枝红发岭头梅。

---

① 《即事》《雪》两首，据清稿本补。

② 清稿本“叉万”作“刃万”。

侵　晓[1]

烟水苍茫树影稠，明星焰焰月依楼。无端惊起游仙梦，帘外一声黄栗留。

侍祖慈母氏游妙高山

重闱欣履和，爱此韶华妩。命驾陟崇冈，行行修且阻。鸟鸣格杰声，峰转蜿蜓路。竹稍露危栏，迎人野花舞。松涛作鼓吹，轻袂临风举。瀹茗酌清泉，隔溪响樵斧。岩回绝嚣竞，云日淡容与。杰阁侍登临，闲亭共延伫。俯看城市小，屋舍鱼鳞聚。众山环其下，历历青可数。仰[2]视暮鸦翻，出没烟深处。蓝舆缓缓归，夕照低平楚。却顾翠微横，但闻塔铃语。

听遂昌[3]老妪说虎

茅屋枕荒山，邻远虎则迩。居人早闭关，惴惴恒无已。编竹护篱藩，列桩树荆枳。中宵闻吼声，月黑悲风起。木叶随萧萧，声若不逾咫。隆冬寒凛列，积雪皓千里。窟穴压层冰，于菟失归止。咆哮震山谷，毁栅食牛豕。当路屹崇墉，一蹴破如纸。眈眈双目炯，林暗灯光似。虽未伤村氓，颇复惊童稚。昔闻故老言，

① 以上《人日登四映楼》《侵晓》两首，据清稿本补。

② 清稿本“仰”作“俛”。

③ 清稿本无“遂昌”两字。

有虎尝入市。邑侯祷于神，灭虎虎自死。借问侯为谁？临川汤若士[①]。

病起感怀

帘卷秋光老，篱葩竞绽黄。凉风感时序，明日又重阳。别梦关山远，幽怀骨月伤。叔父春季捐馆。步兵厨冷落，郭索漫登场。

寒　夜

烛影摇红冷画屏，数声鸿雁唳寒汀。遥知旅馆衡文客，滴露研朱笔未停。

欲　雪

朝来山势失嶙峋，漠漠长空泼墨新。鸿雁忽传江上信，梅花又发陇头春。冻云欲堕低过竹，小雀畏寒飞傍人。为祝玉龙休漫舞，天涯犹有未归人。

游当湖弄珠楼恭步舅氏原韵

楼阁分明蜃气浮，湖烟山翠一帘收。暂邀仙侣红闺伴，快拟坡公赤壁游。浦溆潮生通沪渎，川原势衍便车舟。何当乘月携壶

① 清稿本在此句下有注：汤临川曾令遂昌，有灭虎祠。

往，佳趣应封不夜侯。

雨　后[1]

盈盈曲沼荷，冉冉清香满。何处曳鸣蝉，柳外残虹断。

闻　虫

微风暑乍收，络纬已惊秋。淡月笼珠箔，明河近画楼。细声听断续[2]，凉韵咽还流。莫漫嗟微羽，犹能戒惰偷。

秋　思[3]

一庭秋色斗芳菲，无那西风木叶飞。渺渺白云亲舍远，羡他新雁着行归。

积　雪

修淡经营粉本呈，忽欣大地放[4]光明。从教隐处纤毫现，能使人间缺陷平。莹澈楼台饶静趣，纵横竹木互支撑。天公玉戏成丰兆，会看宵来不夜城。

---

① 《病起感怀》《寒夜》《欲雪》《游当湖弄珠楼恭步舅氏原韵》《雨后》五首，据清稿本补。

② 清稿本"断续"作"忽断"。

③ 《秋思》一首，据清稿本补。

④ 清稿本"放"作"敞"。

题伯姑簪花阁诗集[1]

画锦堂前问字频，家传才调自清新。软红随宦娴吟咏，一卷簪花触手春。

感时偕隐赋盘迈，花竹评量胜事多。写得彩鸾宫韵罢，恰忻尘海定风波。

彤管徽音传德象，作诗余事性灵摅。瑶编读罢还惆怅，愧未趋前省起居。

不曾辛苦学妃豨，黉舍趋庭事已违。愿奉瓣香资诵习，宣文座右幸瞻依。

珍珠兰

幽居佳人在空谷，摇曳明珰佩兰若。罗裳瑟瑟媚微波，手握招凉步蘅薄。凝脂缀蜡姿绰约，无端香唾随风落。玲珑仙露沐[2]芬芳，采采江皋不盈掬。

雏　鹰

狂飙随危巢，鸷鸟翩然逝。雏鹰不能飞，踧踖河之涘。毛羽虽未丰，顾盼已惊异。凫鹥争唼浮，远见逡巡避。炯炯目深视，跳踉壮士臂。几忘脱鞲快，渐解抟风势。莫漫窥檐燕雀

① 《题伯姑簪花阁诗集》诗，据清稿本补。

② 清稿本“沐”作“袭”。

惊，草间孤兔正纵横。会当摩厉凌霄翮，一举高风万里轻！

和倪佩珊表姊见示病中偶成原韵（四首）[①]

流波落叶渺天涯，时将返楚[②]妆阁吟秋兴倍加。合向诗坛执牛耳，才名不数颂椒花。

滇云楚树动归思，帘外花开尚未知。闻说灵芸擅神绣，漫劳七夕更穿丝。

月华如水照窗虚，盥读瑶篇俗虑除。翘首君家清閟阁，门风三绝画诗书。

由来慧业解愁魔，旧雨怀人忽我过。生恐秋风骊唱发，绿窗聚首怅无多。

附原作（四首）[③]

久抛笔砚旧生涯，欹枕连朝感倍加。帘卷怕看残卉影，可怜憔悴似秋花。

入秋无计遣愁思，天上佳期亦不知。忽听邻家说艺巧，方从屋角看蛛丝。

蛩声绕砌夜窗虚，万念全灰病不除。惆怅拥衾人卧久，药香熏透架头书。

惟凭慧剑破愁魔，卅载流光梦里过。试诵楞严参上乘，一声

① 清稿本无“见示病中偶成”及“四首”二句。

② 清稿本无“时将返楚”句。

③ 清稿本无此附原作四首。

清磬醒人多。

雪　珠

忽听走盘声，春寒散六霙。雨丝穿未就，风剪缀难盈。咳唾遥天落，琼瑛匝地呈。弹檐惊冻雀，歌串沚流[1]莺。树入玲珑隙，枝疑蓓蕾萌。巧从颔下摘，融惜掌中擎。错落藏春槛，光华不夜城。愧无珠玉句，披氅咏升平。

瓶花欲落偶成

柔姿灼灼春风瘦，胆瓶斜插轻寒透。拂座奇香入骨清，穿帘明月瑶光逗。韶华过眼已全非，把酒酹花为花寿。替花不用怅空枝，明年春到花依旧。

秋日杂诗

长江日夜流，万壑响深秋。别梦三更笛，闲情百尺楼。屠龙空学技，射虎不封侯。何似谪仙咏，狂歌招白鸥！

欲　雪[2]

冻拆梅梢香更妍，北风卷地缩流泉。同云黯黯江天静，独拥

① 清稿本“流”作“啼”。

② 此首据清稿本补。

红炉思悄然。

秋　望

秋从何处来？陡觉天宇大。登高望乡国，渺渺飞鸿外。气肃净无障，八极寸眸会。鹭寒掠水明，木落露山态。西风谡然起，黄叶纷如溃。萧萧入松篁，凉韵吟天籁。似闻中散琴，莫作兰台概。

重　阳

佳节快题糕，登临兴自豪。叶稀惊岫竦，霜重觉松高。柏叶收晨露，茱萸醉浊醪。揭来无蟹郡，三载不持螯。

促　织

凉风萧萧秋月明，促织终夜亦有声。读书灯下音四壁，捣衣砧上月三更。墙角篱根相竞响，烟疏露滴韵凄清。嗟尔微虫为底忙？感时岂作不平鸣。春扈促耕虫促织，络纬先啼懒妇惊。安得茅檐机抒尽起惰，听尔唧唧心怦怦！赋罢秋声长叹息，出户起视河汉横。遂昌妇女不事蚕织

秋尽蕙兰重开[①]

美人迟暮忆骚词，香草能回造化姿。九畹忽看芽更茁，两开竟与菊同时。寒深凝露珠犹泫，清极无风香自吹。秀质岂随凡卉尽，素心相对静偏宜。

甲申立夏日作（二首）

春残景物最[②]堪思，天气清和首夏时[③]。百啭流莺如恨别，三眠杨柳倦低垂。青山淡冶花初谢，芳草芊绵碧自滋。栏外几枝红[④]芍药，怜他何[⑤]事号将离？

世味酸咸我未谙，诗情合向静中参。尝新又见登场麦，骤暖偏宜上箔蚕。雨过池塘蛙阁阁，风微帘幕燕喃喃。回思随宦平昌日，绕屋松涛午梦酣。

五月廿一日为先姑母忌辰感赋（四首）

忆昔天伦乐事真，相依妆阁仰针神。如何一旦关山隔，无复重逢笑语亲。

前尘历历漫思量，已作遗雏暗自伤。一事人间堪报慰，白头

---

① 此首据清稿本补。

② 清稿本“最”作“倍”。

③ 清稿本此句为“夏日初长嬾未知”。

④ 清稿本“红”作“新”。

⑤ 清稿本“何”作“底”。

王母尚康强。

相逢欢喜别潸然，回首何堪十载前。此日还将犹子泪，夜深和墨洒云笺。姑母噩耗尚瞒祖母[①]

椒浆私室奠徘徊，缅忆[②]容辉隔夜台。流水琤淙[③]绕阶砌，错疑环佩[④]夜归来。

乙酉人日舟中望雪（二首）

六出纷飞整复斜，因风触额误梅花。天公玉戏为谁设？似惜离人正忆家。

东风扑面作春寒，徙倚篷窗一望宽。几点遥峰云际露，模糊犹作越山看。

抒　怀

女子有远行，辞亲心戚戚。暂归依膝下，日久还成别。父母送临岐，重闱伫以泣。丁宁复丁宁，未语先呜咽。惟鸟有慈乌，飞鸣觅稞[⑤]粒；惟羊能[⑥]跪乳，亦解酬罔极。人兮何不如？愧彼角与翼！

---

① 清稿本无此句注释。

② 清稿钞本“忆”作“念”。

③ 清稿本“淙”作“瑽”。

④ 清稿本“佩”作“珮”。

⑤ 清稿本“稞”作“颗”。

⑥ 清稿本“能”作“知”。

秀州[1]道中

双塔亭亭俯碧流，楼名烟雨是耶不？梨花寒食违初愿，惭愧轻航过秀州。李业嗣《秀州女子》诗："暮雨梨花，年年寒食；麦饭一盂，父母之侧。"

立秋前七日乘凉偶作

微风消暑月娟娟，闲坐中庭思悄然。碧落参差森斗宿，白云迢递隔山川。新秋垂迫怜归燕，暝色催凉咽暮蝉。忽忆平昌旧游处，香传门外一池莲。

即　事

春倦浑抛针线，养疴静掩窗纱。欲问书中疑义，同心人远天涯。

木香花

瑶花入手漫凝眸，春满江南秖惹愁。遥想故园壮阁畔，卷帘香雪压墙头。

① 清稿本"秀州"作"鸳湖"。

偶　成

避暑真无地，骄阳照眼明。如何一夕雨，便作九秋声。露井啼螿切，风帘旅燕惊。徘徊团扇影，弃尔得无情。

白　云[①]

白云停层冈，游子忆故乡。秋风日以深，草木日以黄。鸣雁向南来，雝雝自成行。嗟我鲜弟昆，何以慰高堂。白云风卷舒，我心随飞扬。安得假鸿翼，致之吾亲旁。

丙申除夕

卷地北风寒，惊心岁又阑。仍闻[②]喧腊鼓，未解颂椒盘。矍铄高堂健，嬉戏稚子欢。遥怜游宦[③]客，谁与话团圆[④]。

立春夜闻雨

爆竹声喧腊鼓挝，烛摇红影照屏纱[⑤]。微闻小雨侵三径，浙

---

① 以上《立秋前七日乘凉偶作》《即事》《木香花》《偶成》《白云》五首，据清稿本补。

② 清稿本“仍闻”作“依然”。

③ 清稿本“游宦”作“宦游”。

④ 清稿本“圆”作“栾”。

⑤ 清稿本“照屏纱”作“夜将赊”。

觉阳和被万家。点点随春还润物，疏疏破晓试催花。垂杨不管离人恨，又向东风长嫩芽。

故园

故园风景近如何？梦里依稀佩玉傩。花发共浮金琖蚁，雪消新现远山螺。欢承彩服重闱健，春到兰垓乐事多。想象寒梅绮窗外，疏枝绛萼自婆娑。

雪

寒云羃远空，人语乐年丰。树色凄迷映，帘波错落同，光华能替月，飞舞忽因风。漫抚凉山操，乡心一夜中。

不作袁安卧，春风尽掩门。层冰坟曲沼，积素耀崇垣。但觉林峦净，更无鸟雀喧。吟情输白鹤，日暮守梅根。

晓起闲步①

盈盈露蕊拆，飒飒风枝举。修径寂无人，深树黄鹂语。

薄暮（二首）②

薄暮长空霁，凉飔暑未深。十旬劳梦寐，千里忆同心。近月

① 以上《故园》《雪》《晓起闲步》三首，据清稿本补。

② 清稿本无“二首”两字。

云生彩，当风竹解吟。玉阶虫唧唧，偏尔识离襟。

小雨收残暑，严城动暮笳。虫声催月上，人意怅天涯。脉脉银河浅，迢迢莲漏赊。徘徊忘夜永，香雾湿轻纱。

六月初九夜对月（二首）

倚槛盼冰轮，冉冉升树梢。扇停风自凉，灯熄月愈皎。深檐蝙蝠飞，小院流萤绕。对此思悠然，吟情超物表。

由来爱明月，对月辄心喜。清辉溽暑消，揽玩不自已。意惬坐忘疲，百感因静起。关河别思深，迢迢忆千里。

己丑除夕（二首）

爆竹声声隔院[①]传，屠苏先饮忆当年。人间卅载风灯瞥，回首重闱独泫然。

团聚华堂肃拜真，仰瞻非复我天伦。茨[②]菇吉语翻增感，不迨[③]调羹愧荐苹。湖州风[④]俗，岁梢供[⑤]先代神像，谓之“拜真”。又，蔬果中必供茨[⑥]菇，以[⑦]音近慈姑也。

---

① 清稿本“院”作“巷”。

② 清稿本“茨”作“慈”。

③ 清稿本“不迨”作“未逮”。

④ 清稿本“湖州风”作“苕”。

⑤ 清稿本“稍供”作“杪悬”。

⑥ 清稿本“茨”作“莳”。

⑦ 清稿本“以”后有“其”字。

自题桐阴浣月图[①]

衙斋得佳趣，举首见南山。山畔孤松峙，亭亭似盖圆。清流环其下，明月生其巅。风定涛逾响，山深暑易残。欣看王母健，随侍北堂欢。笑语扶鸠杖，临池傍曲栏。慈怀惬清赏，三径共留连。松影横钗股，泉声杂佩环。月随人朗澈，人共月团乐。俯仰多心得，天伦乐事全。此中真意足，此境笔难宣。瞥眼风灯转，惊心岁月迁。云軿不可驻，仙路杳难攀。历历经行处，凄凄霜露寒。那堪松际月，依旧照阶前。

舅氏命题捧砚图

拳拳片石荆山剖，闻说先朝赐耆□[②]，奕叶珍藏[③]爱护深，尚书清望高山斗。此砚为高庙赐礼部尚书许公汝霖。又有“清慎勤”匾额[④]忆昔红巾遍地来，东南半壁非吾有。此时只恐劫灰埋，珍重曾交吾父手。间关齐鲁陟幽燕，千里携归[⑤]诺不负。从教图籍付沦胥，唯有石交真耐久。依然鸲眼注清泉，不磷不缁守吾守。传经述德为知心，岂但云梦吞八九。有时酒酣得佳句，天惊石破龙蛇走；有时草圣学张颠，醉墨淋漓更濡首。赖有传神顾虎头，应留韵事千秋后。貌出坡仙海鹤姿，不将笠屐惊鸡狗。悠悠忍读渭阳诗，

① 此首据清稿本补。

② 清稿本此缺字为“耇”。

③ 清稿本“藏”作“传”。

④ 清稿本无此注。

⑤ 清稿本“携归”作“归来”。

嗟我廿年失慈母。披图仿佛缅音容，不能见母幸见舅，明太祖云：外甥见舅如见母。垂髫问字惯追随，提撕敢忘谆谆口。愿贡芜词冀续貂先有仁和谭廷献氏题辞，此砚此图同不朽。

庚子年重过秀州[①]

遥指落帆楼，惊心过秀州。高堂今何在？霜露冷松秋。

江行感念舅氏许壬伯先生[②]

更谁屈指念行舟，卅载深慈竟莫酬。放眼湖山还似昔，惊心岁月逝如流舅氏捐馆已逾[③]百日。渭阳琼瑰惟余泪，著作琳琅姓氏留[④]。《景陆粹编》《人谱》《杭部诗续辑》三辑已刊，尚有未刊者十余种。[⑤]此日舵楼增[⑥]感痛，回车何必过西州。

舟过小孤山适看湘军记戏赋[⑦]

大江日夜自汤汤，谁忆当年作战场。黛色螺痕春欲笑，笑姑何幸嫁彭郎。山巅有彭刚直公祠，公有句云：小姑前年嫁彭郎

---

① 此首据清稿本补。

② 清稿本无“许壬伯先生”。

③ 清稿本“逾”作“届”。

④ 清稿本此句作“工部诗篇只解愁”。

⑤ 清稿本无此注。

⑥ 清稿本“增”作“成”。

⑦ 此首据清稿本补。

庚子四月十八日舟泊神户[①]

去年来神洲，船窗遥见山中楼。危栏飘渺倚天际，此中[②]合贮神仙俦。恰当风利不得泊，欲往未能心烦忧。今兹夫婿偕重游，东方千骑居上头。绿波潋滟迎鹢首，春旗杨柳共悠悠。山灵有约似相迓，风伯不忍吹回舟。轻舠一叶登彼岸，相将胜侣同探幽。山光迎面翠欲滴，忻然意惬心先投。故人乍逢差几许，浑忘异域来遐陬。双环迎门殷笑语，愧予未解难为酬。闲庭罗列饶卉木，花香人影相夷犹。岑楼小酌背山麓，乡音入耳人烟稠。名支那街[③]忽讶吾行归故国，又疑蜃气为幻浮。俯观海面浴落日，金波万点光射眸：御风飘飘传列子，化蝶栩栩夸庄周。昔闻秦皇学长生，长生未得亡沙邱。三千赤子竟安在？徐福姓氏今犹留。何似我皇真好道，文学政事[④]旁罗搜。时夫子率湖北诸生东渡留学诸生负笈远登涉[⑤]，不辞跨海师承求。要使蓁莪棫朴供廊庙，岂徒烟霞景物奚囊收！

---

① 清稿本“神户”后还“偕夫子登陆”。

② 清稿本“中”作“间”

③ 清稿本注释为“此处为华人聚落，名支那街”。

④ 清稿本“事”作“治”。

⑤ 清稿本“涉”作“陟”。

游[1]塔之泽宿福住楼之临溪阁

杰阁出层云，登临去俗氛。泉温堪却疾，酒冽不辞醺。山回朝犹暗，溪喧语莫分。欲留鸿爪印，愧[2]未解东文。

日光山红叶

欲画秋容着色山，天将奇丽难荆关。霞烘霜染轻千卉，岩际松问见一班[3]。有客停车畹晚□[4]，阿谁题句寄潺湲。旧游回首增惆怅，枫落吴江鹤梦闲。

汽车中闻儿童唱歌（明治三十二年）[5]

天籁纯然出自由，清音嘹呖发童讴。中华孩稚生何厄，埋首芸窗学楚囚！

再游日光途中作[6]

万顷黄云穲稏收，千畦寒菜俯平畴。朅来不负山灵约，枫叶

---

① 清稿本“游”前有“在悼长女德莹后”诸字。

② 清稿本“愧”作“惜”。本句后有注云：“从未有中国妇人到此。”

③ 清稿本“班”作“斑”。

④ 底本“畹晚□”，缺最后一字，清稿本为“吟畹晚”。

⑤ 清稿本无“明治三十二年”注。

⑥ 此首据清稿本补。

红时赋再游。

偕夫子游箱根[①]（初见电车）（四首）

云軿自昔语无稽，竟有机车路不迷。电掣汽蒸安且速，毋劳挽鹿过前溪。

廿载泉声入梦频，朅来何幸涤红尘。相偕莫道初探胜，山翠遥迎似故人。

忆昔趋庭学咏诗，松涛流水沁吟思。只今重结烟霞梦，乐境翻悲亲不知。近处有山名“亲不知”

山围如篋复如筐，脉涌温泉号七汤。天气冱寒人力补，麦秋预祝万斯箱。[②]

二十世纪之春偕夫子住镰仓日游各名胜用苏和王胜之游钟山[③]韵

谁识同[④]游乐？襟怀自洒然。孟光输此境，徐福忆[⑤]当年。世乱宁纡绶，风回且[⑥]返船。琳宫饶古物，八幡宫有宝物贮藏所，七百年前镰仓幕府物居多铜像坐层[⑦]莲有六百五十年前大铜佛，高如屋中空

① 清稿本“根”后有一“山”字，但无后面“初见电车”四字。

② 清稿本有“四山陡绝，阻其热度。故虽有温泉，空气极冷”注。

③ 清稿本“山”后有“诗”一字。

④ 清稿本“同”作“偕”。

⑤ 清稿本“忆”作“说”。

⑥ 清稿本“且”作“肯”。

⑦ 清稿本“坐层”作“对青”。

梯[①]。升至首则两扇[②]启脑后焉。水碓临溪急，茅亭隔岸偏。购图探胜迹，杖策陟山[③]巅。壮丽三桥馆，清寒十井泉。树高根露石，海阔浪浮天。拾贝循沙濑，飞鸦破瞑烟。不辞归路远，松月现娟娟。

庚子秋津田老者约夫子偕予同游金泽及横须贺[④]

老翁真隐者，特订游山约。金泽横须贺，风景殊不恶。愿言与子偕，出郊践宿诺。同行有女士，学校秉师铎津田梅子。[⑤]东语杂华言，居然通酬酢。汽车倏已迈，所见迅而略。再乘油壁车，济胜佐其弱。聊[⑥]蹁过山洞，有如蛇赴壑。豁然更开朗，天地何寥廓！气暖绝冰[⑦]雪，民勤事工作。得覆便为庐贫民栖止[⑧]岩穴，可耕无不凿山上有土处皆为田，无废弃者。松涛响相答，麦浪翠交错。槎枒老干梅，向阳吐红萼。峰转路平坦，依稀旧城郭犹存城[⑨]址。想见百年前，诸侯盛藩幕。云烟过眼非，往事堪征索金泽有文库遗址。登高揽八景山头有八景一揽亭，一一入帘箔。千里集寸眸，[⑩]收罗可云博。海波极天际，湖水环山脚。沙堤湖海间，横亘如略彴。

---

① 清稿本此句作“穴腹如屋梯”。

② 清稿本“扇”作“牖”。

③ 清稿本“陟山”作“步层”。

④ 清稿本“贺”后有“即事”两字。

⑤ 清稿本无此注。

⑥ 清稿本“聊”作“联”。

⑦ 清稿本“冰”作“霜”。

⑧ 清稿本“止”作“於”。

⑨ 清稿本“城”作“地”。

⑩ 清稿本后有小注“亭前置有远镜”。

万瓦接鳞鳞，群聚成村落。炊烟疑唇楼，夕照见高阁。有岛峙波中，离立呈崖崿。吾邦小姑〔疑“孤”字〕山，灵秀差相若。下山复泛舟，遥指横须泊。扬帆渡中流，有禽小如鹊。老翁言是鸥，忘机辞缯缴。不堪鸡鹜争，聊向沙洲托。达人戒牺牲，志士甘藜藿。此语感人意，可怜屹干雀。不及海上鸥，飞翔生处乐。高骞得自由，低亦无戈攫。[①]澄波似镜平，风微烟漠漠。一迳汽车归，上岸兴辞各。灯火灿繁星，寒村起更柝。兹游惬素心，欲记惭绵薄。转眼失清景，追思已如昨。嗟予疏绘事，空对屠门嚼。东作未耘[②]籽，秋成安望获？譬犹覆杯水，未旱已先涸。寄语深闺侣，疗俗急需药。劬学当斯纪。英人论十九世纪为妇女世界，今已二十世纪，吾华妇女可不勉旃！良时再来莫。人生自少长，苦被人[③]事缚。翩翩将雏燕，徒羡云霄鹤。妇子任嘻嘻，家人终嗃嗃。作诗谢山灵，山灵应大噱。

江岛金龟楼饯岁步积跬步斋主人原韵

江楼饯腊迎辛丑，旧历明朝履岁首。滔滔与易思谁某，叹息生灵厄阳九。参军蛮府困池鲰，且赋百篇饮一斗。倦看都督满街走，甲眩金章乙紫绶。浮海历游非与欧遍游欧罗巴及阿非利加，归程著作探渊薮。昔年嗜古摩蝌蚪夫子好治小学暨[④]韵学，旧学商量霾障

① 清稿本在此句后，有“迤逦出海峡，两山峻如削。天然作门户，军舰此中着。山头测量竿，风雨能豫度。是时日已曛，余霞照丹臒。”八句。

② 清稿本“耘”作“芸”。

③ 清稿本“人”作“尘”。

④ 清稿本“暨”作“及”。

蔀。综核财赋思毖后著[1]《光绪通商综核表》十六卷。图说山川严户牖著[2]《中俄界约斠注》四卷，[3]《帕米尔图说》一卷。吉林仙药任携取，天女不知罗刹丑移置界牌事，政府不问，俄遂谋设远东铁道。[4]腹地犹遭白熊蹂，遑问边陲是耶不[5]？桃梗漂流逢土偶，彼既沦胥此失[6]守。盼切文明新九有，举杯试酹含枢纽。速扫阴霾涤尘垢，海国维新春未久。祭诗龛近蒲牢吼，送穷文奇鬼听嗾。豪气遏云抒抱负，海错山蔬咸适口。大虾巨贝劳擘剖，啖腥不甘旧习狃。团圆儿女随父母，教育如苗当去莠。貂尾莫令嗤续狗，早求妙药不龟手。贤愚要在诞受羑，此后精神勤[7]抖擞。闻说山阴有穴黝，欲往探奇栏楯朽。洪涛喷薄势雄赳，石际洄漩作培塿。上有王者冕垂黈，保民百世无灾[8]咎。孤岛陡出土脉厚，谁信海中一塿？乔松龙灯枝结纠将入山，穴下峻岩有松数本，高百余尺，而托根之土不及一尺，[9]有碑题“龙灯松”三字。岩下有石台，盖昔年灯示舟行之处。此“龙灯松”之所以名欤，富士山高峙其右。温泉伏流相导诱，伊豆箱根小于臼岛上随处可望富士山。富士为古火山，今其下尚有火，故一带多温泉。伊豆、箱根亦皆著名之山，均可望见。伊豆山平顶，略肖富士山[10]，箱根山顶形如箱，中凹。揽眺浑忘日没西，扶持尤喜得新妇。异邦乐聚兼亲友，载咏骁征

---

① 清稿本“著”前有“曾”字。

② 清稿本“著”前有“曾”字。

③ 清稿本“卷”后有“又”字。

④ 清稿本无此注。

⑤ 清稿本“不”作“否”。

⑥ 清稿本“失”作“不”。

⑦ 清稿本“勤”作“勖”。

⑧ 清稿本“灾”作“誉”。

⑨ 清稿本“尺”后有“诚奇观，又”四字。

⑩ 清稿本此句作“与富士山略同”。

歌四牡。椒盘索进屠苏酒，洗盏更酌为君寿。

附原作

冬十一月岁辛丑日本用阳历而不废干支，故改[1]阴历十一月十一日即为[2]辛丑，二十世纪初载首。[3]三神山客禹域某，穷不死年四十九予生癸丑冬至，后以中法计为四十九，以西法计为四十七。身寄海曲小于鲰，目注全球炯星斗。献策不甘牛马走，买官不愿绾印绶。欲证凿空漫游欧，此生初入文明薮。埃及碑字扪蝌蚪，七千年统稽章蔀。希腊罗马继其后，再[4]近百年民大牖埃及、希腊、罗马各旧都皆尝亲历。英佛独露竞进取此四国予羁迹最久，德固非齐地非丑。奈坡[5]翁一逞躏蹂，维纳柏林盟存否？专制立宪难为偶，白熊黑鹰雄雌守。共和政体古昔有，华盛重兴约克纽。君坦[6]风腥扬尘垢，蛮夷不讨专擅久。罗刹入海山狮吼，成吉苗裔随指嗾。智者自胜愚者负，彼昏尚欲增多口。新理日辟玄黄剖，旧习岂容今日狃。天子圣哲民父母，欲培穜缪除稗莠。群宵乃敢肆蝇狗，云雨蔽光翻覆手。八王乱晋周文羑，张角黄巾共抖擞。天陆将沉天黑黝，强敌压境拉枯朽。罝兔公侯方赳赳，婆罗帕首已窥溇。七月二十日，联军逼京城东。午后三时，英军之印度马队从玉河桥南之水门入城，京朝官有见者，指为

① 清稿本无“改”字。

② 清稿本“为”作“改岁”。

③ 清稿本在此句后，有“今世界谈学谈事均以百年为一世，辛丑为千九百有一年，故世界以辛丑为二十世纪之首”一段注。

④ 清稿本“再”作“最”。

⑤ 清稿本“坡”作“波”。

⑥ 清稿本“坦”作“旦”。

董福祥回回军击灭各国军，振旅还京。盖印兵包首，误认回回军。盖上月十九日，武卫军总统曾奏报大捷，言击灭洋兵于通州，故京官之疑不为怪。钟簴不守冕失黈，闻铃肠断伊谁咎？行苇晨夕歌忠厚，衡岳虽高没岣嵝。是非功罪太纷纠，袒左未几更袒右。举国懵懵维利诱，波兰岂竟殊窠臼！众醉独醒相卯酉，恤周枉自烦嫠妇。且结爱国同文友，不尽骊黄与牝牡。举杯痛饮屠苏酒，[①]更酌金龟惠比寿。是日挈[②]全家约[③]东友游江岛，饮于金龟楼也。“惠比寿”，日本制麦酒[④]名。

辛丑春日偕夫子陪夏君地山伉俪重游江岛再步前韵

昔游恰忆月建丑，举室团圆忻聚首。况复亲朋偕某某，残腊已过九分九。壮怀岂作鲁生鲰，且喜乘槎犯牛斗。朅来春和到飞走，草木荣华鸟吐绶。游人杂沓兼华欧，我亦重来探灵薮。古碑剔藓寻蝌蚪，列屋障明覆丰蔀。樱狩及时犹来后，波光花影摇窗牖。目遭心得供吾取，诸美毕臻绝妍丑。不忍落英轻践蹂，惜花心事花知否？相邀胜侣神仙偶，旧俗拘牵宁墨守。我邦女学嗟未有夏夫人携女循兰才九岁，在日本华族女学校。现值放假，故随父母来游[⑤]。辟故开新解枢纽、春风溶溶荡氛垢，积习销磨冀悠久。晨钟猛听长鲸吼，唤醒群迷应指嗾。异域遨游斯不负，他年莫吝谆谆口。璞中良玉需击剖，众明独昧何甘狃？东西洋各皆盛行女学，惟中国尚[⑥]无。

① 在此句后，清稿本有“日本岁首必饮屠苏酒”注。

② 清稿本“挈”作“率”。

③ 清稿本“约”作“偕”。

④ 清稿本在“酒”后有“之”字。

⑤ 清稿本在“游”字后有“览各名校”四字。

⑥ 清稿本“尚”作“独”。

欲培佳种先诸母，长养新苗去蓬莠。白衣云影幻苍狗，触目风光春着手。东娃西女相导美，济胜凌厓共抖擞。梵宫遥望涂丹黝，杰构层颠垂不朽。村氓膜拜武夫赳，争数金钱投于溇。日本庙前必设石槽注水，人皆投钱于水，然后拜佛。[①]塑像巍峨冕缀黈，神道设教谁归咎？夏禹昔夸功德厚，泐石当年峙岣嵝。孰真孰假纷结纠，总谓无能出其右。史传释典互欺诱，愚民幻术同窠臼。从今不信书二酉，追随且学刘纲妇。同胞喜遇闺中友，翟绂朱幩骄四牡。金龟楼头一樽酒，笑酹樱花为花寿。

留别镰仓寓楼[②]

自春徂夏又秋凉，谁识楼居趣味长？撼枕涛声惊梦寐，卷帘山翠泾衣裳。风帆遥指横须贺，汽笛时闻逗子冈。最喜杂花庭际徧，四时不断总芬芳。

题金泽八景（八首）

楼台临海岸，倒影水中涵；一带松枝翠，轻霞冠夕岚。洲埼晴岚

海面[③]接湖光，秋空天籁发；万顷净琉璃，涌出团圆月。濑户秋月

但闻鼍鼓传，不解商羊舞；渔父醉眠酣，任教篷背雨。小泉夜雨

---

① 清稿本无此注。

② 此首据清稿本补。

③ 清稿本“面”作“曲”。

落日烟波远，轻舠数二三；楼头红袖女，指点说归帆。乙舻归帆

一涧泻红叶，乱山饶古松；暮云笼远寺，时漏数声钟。称名晚钟

白苹与红蓼，为将秋色绾；欲寄上林书，殷勤托归雁。平泻落雁

填陷作康庄，去滓还莹洁；共欣[1]不夜城，愿赋梁园雪。内川暮云

八极围寸眸，此山揽其要；烟波浩渺间，楼阁低斜照。野岛夕照

日本竹枝词（十六首）

新纪新年岁月新，声声世话听芳邻；团圆[2]何幸超尘埃，瀛海风光第一春。

比户旗翻旭日新，松枝翠柏接街[3]邻；御芽出度家家祝，饮罢屠苏满座春。

乙女衣装粲粲新，共抛羽子约亲邻；无端桃颊呈雅点，广袖频遮半面春。

稚子风筝巧样新，力微线短[4]落诸邻，遨游快及松之内，学校明朝桃李春。

趁凉侵晓出玄关，雨户初开烟霭间；邻右相逢称御早，垣根

---

① 清稿本"欣"作"忻"。

② 清稿本"圆"作"栾"。

③ 清稿本"街"作"若"。

④ 清稿本"线短"作"风缓"。

深处数朝颜。

下驮橐橐颤云鬟，勉强功深学校还；织手自擎蝙蝠伞，不教微雨湿朱颜。[①]

番头勤谨[②]女中娇，旅馆精廉御客招；贿料重添茶代厚，内仪挨拶折纤腰。

盐烧盛皿佐茶汤，谁识东餐隽味长；竹箸双连新未剖，饤盘尚有御香香。

看板高书今日牛，岁时伏腊古风留；酒家台所勿忙基，驰走争夸料理优。

雏祭相传三月三，低鬟少[③]女祝喃喃；市廛到处人形列，品样今年廉价参。

阶段[④]箪笥道具齐，雏形细小手堪提；敷陈下女[⑤]殿勤语，娘样将来古典稽。

生花斜插胆瓶香，挂物中悬书满床；十叠已堪夸广室，临窗尚有一间张。

大书檐额喜多床，理发师谙各国长[⑥]；华式欧风皆上手，只嫌坊主唤羌羌。

木作头御号大工，千坪奚止辟三弓；屋敷砖石储材广，建筑先书普请中。

---

① 此首在初版时未收入，故出版时为16首，今据清稿本补入，应为17首，出注于此，题目依前，不作调正。

② 清稿钞本“勤谨”作“周密”。

③ 清稿本“少”作“乙”。

④ 清稿本“阶段”作“台所”。

⑤ 清稿本“敷陈下女”作“女中敷设”。

⑥ 清稿本“长”作“装”。

地震无端举国谣，三阶不稳二阶摇；夕方依旧成螺吹，报纸喧传[1]马鹿骚。[2]

雨雨风风景物淋，素人下宿旅愁侵；连朝心配家乡甚，休咎须将活断寻。

追追凉气暑全无，皆样康强萌丈夫；大好机嫌均不变，一家顶戴佛神吴。[3]

光绪癸卯春过乌拉岭

夕[4]发车里雅，夜过乌拉岭。车行无所见[5]，惜已逾巅顶。闻有分界碑，昏暗莫能省。水作东西流，地别欧亚境。崇高二千尺，迤逦浑忘回。萦回巧安轨，曲折堪驰骋。来往便行李，运输无阻梗。豁然大交通，天地包涵并。兹拉乌斯特，产铁有矿井。制为名人像，纤细得久永。行过帕斯脱，溪山逾娟静。密树发新绿，麦苗抽翠颖。乌发驿以西，平原绝遮屏。漠漠无边际，绕溪浮小艇。教堂高耸云，夕照逗残影。自谓饶眼福，故乡无此景。谓语诸闺秀，先路敢为请。

---

① 清稿本“传”作“登”。

② 清稿本后有注“明治三十九年二月二日忽区役所编告居民言特大地震，全市戒严，乃至暮寂然。次日新闻纸诋之曰‘马鹿骚’，犹言无理取闹也。楼曰二阶，三层者曰三阶说，诳谓之螺吹暮四夕方”。

③ 此首清稿本无。

④ 清稿本“夕”作“晚”。

⑤ 清稿本“无所见”作“在深夜”。

西伯里亚道中观野烧

积雪杳无际，野烧光熊熊。夕阳欲落未落时，云霞半天相映红。烛龙蜿蜒缘山麓，狐嗥兔窜歼蛇虫。草深风劲火更烈，绵延百里如长虹。冰坚地冻雪不解，润泽土脉滋春融。潜回阳和祛冷冽，莫笑阿奴下策出火攻，周郎赤壁田单牛，殃敌害民事不同。旷原湮没几千载，今兹铁道喜交通。从此西伯里亚万顷地，民勤东作歌年丰。要使不耕之地成腴壤，火力乃补造化功。

寿吴剑秋母谢太恭人[①]

欢声溢里闾，瑞霭生华堂。愿言祝寿母，鲁颂庚康臧。寿母幼随宦，灵秀挹衡湘。渊源禀家学，咏絮绍遗芳。文战压昆季，岂惟弄笔床？迨长赋于归，华宗盛豫章。流风征泰伯，孝友兼慈祥。宜家得寿母，万物向春阳。周旋睦亲敞，婉娈奉姑嫜。德言容工备，不以才自长。频年侍姑疾，寝食恒不遑。既危竟转安，至性为感伤。竹具凌霄节，梅经雪愈香。济人常自约，赡族屦倾筐。不负丸熊志，联翩子姓昌。登科列朝籍，政美媲龚黄。菽水承甘旨，乘轺走四方。孙曾欢绕膝，兰玉秀成行。欲使开风气，立身谋自强。含饴抑私爱，负笈涉重洋。囊括东西学，传为国史光。此功高社会，何止风其乡？百福首称寿，足觇令德彰。春晖曜莱彩，佩笏集铿锵。

---

① 此首据清稿本补入。

游俄都博物馆[①]

驱车出西郭，雪积野逾旷。行过万生院，[②]米萃俄用法语博物院称已在望。入门见长鲸，疑是奔流放。头犹十余丈，想见吞舟量。翾飞并跳走，罗列备式样。左右排广室，四壁硝子障。高者充栋梁，大者蹋峰嶂。点缀适其性，转侧形其状。搜罗遍遐荒，布置劳意匠。溯源生物[③]初，螺蛤随潮涨。蠕蠕乏腔肠，日晃沙水漾。动植未分明[④]，一一盛盆盎。通明似琉璃，纤细若丝纩。或枝叶卷舒，或花萼施张。渐有蝠与猴，人禽同草创。卵生及乳哺，热血具腑脏。食肉多钩嘴，喜鸣善引吭。骈足立蹒跚，单蹄行趹踢。昂然之拉夫，麒麟证非妄。貂鼠窜层冰，虎豹隐雾瘴。牦牛庞且驯，鳄鱼桀而恙。修毛委地垂，龘齿屹相向。洞深狐暗窥，线系燕颉颃。鹰鹯势相攫，鸥鹭表闲让。仁心不嗜杀，狮子独称王。大小两白熊，岩石沉舟傍。此为俄国产，摄影购其相。巍巍巨象骨，出自沙石矿。传闻几千年，度在纪元上。象乃热地兽，寒区疑不当。或言俄昔暖，地心火犹旺。后来冰雪深，暖力渐失丧。我疑此古兽，别国所生长[⑤]。或系战利品，或出交情贶。易地不禁寒，遂向空山葬。若为本土生，岂一更无两？既能产此兽，未必寒骤妨。何以北冰洋，动物偏无恙？此言固矫情，论古或予谅。窈窕谁家姝，执册携儿逛？物理详指示，告诫尔进

① 清稿本“馆”作“院”。

② 清稿本在此句后有“我国人呼动物院为万生院，在博物馆之左”注释。

③ 清稿本“物”作“理”。

④ 清稿本“明”作“物”。

⑤ 此句清稿本作“应由别国长”。

忘。鉴斯感我心，教子在蒙养。吾邦自宋来，典型嗟久荡。尔雅笺虫鱼，博物古亦尚。离奇山海经，形容或非诳。讵欲夸伙多，但为学者饷。只今新世带，生理益繁广。欧美竞文明，宜思所以抗。露虽非立宪，民志籍开畅[①]。远游饶眼福，学界无尽藏。

甲辰冬送胡馨禾嫂暂归

漫天风雪就长途，欲护兰芽别掌珠为送侍姬归国生产，而留子在俄[②]因解方言酬酢洽，夙钦俭德美欧俱。夫子[③]游欧美，佣妇侍姬[④]莫不感恋，效其检朴。六年异域饶闻见，二兆同胞作楷[⑤]模。不羡轺车荣翟绂，羡君归去有慈姑。[⑥]

和夫子与孙君慕韩唱和原韵

肯将诗酒傲柴桑，欲斩天骄试尚方。邻甲忻闻摧鹫羽，庖丁也解献鱼肠。遍敷车辙神州赤，忍缩舆图界线黄。莫道鸡鸣警风雨，会看威凤哕朝阳。

① 清稿本“畅”作“畅”。

② 清稿本“俄”字后有“读书”两字。

③ 清稿本“子”作“人”。

④ 清稿本“佣妇侍姬”作“凡所佣妇婢及女仆”。

⑤ 清稿本“楷”作“典”。

⑥ 清稿本后存小注“夫入侍姑孝太夫人恒念之，特归省也”。

再和夫子述怀仍用前韵

会当借隐事耕桑，共觅壶中却俗方。宦海遨翔盘鹤翅，世途崄巇历羊肠。家风本是尊儒素，教育新知保种黄。蜗角任他蛮触斗，一庐风雨蔽南阳。

五月十二日悼长女德莹并序（四首）

长女字蕴辉，为前室董氏姊所生，失恃后寄养同乡李菘筠家。迨予来归，已十三龄。长于外家，每予归宁，始得相聚，临别辄涕泣不舍[1]。自丁酉年夫子挈眷之楚，赘长婿徐昭宣，从此始庆团聚。戊戌年一索得男。孰意已亥[2]仲夏，母子相继夭折！

兰因絮果岂无缘？聚首红窗十四年。最是令人断肠处，遗雏随母入黄泉。

念尔垂髫失恃时，三年强作寄生枝。客儿洒尽思亲泪，脉脉幽怀若个知？

珠还合浦庆宜家，尤喜蓝田玉有芽。才得趋庭偿宿愿，忍教蕙质委尘沙！

由来天性至多情，知否爷娘唤女声？反为情深忘不得，累他夫婿欲倾生。长婿欲殉者再

---

① 清稿本“舍”作“胜”。

※② 原稿“乙亥”（一八七五年），误。按：序云：“迨序来归，已十三龄”，则生于一八七一年，故应为“己亥”（一八九九年），卒年二十八岁。

乙巳[①]秋留别陆子兴夫人（四首）

俊眼识英才，于归我国来。神明仰华胄，未许谤衰颓。闻欧人讥讪中国，必极力争辩[②]。

森堡订知交，情深似漆胶。愿君来沪渎，启发我同胞。

伉爽英雄气[③]，由来出将门。[④]一篇琴曲谱，悲壮感吹埙。父兄均为将，兄战死于刚果，夫人制有琴谱行世。

人世嗟离别，临岐百感生[⑤]。读君和泪句，握手更沾巾。以法文诗送别[⑥]

寄日本池田信子（三首）

丝丝垂柳绾行人，小立东风酒半醒。无限离情回首处，落霞红映远山青。

旅行一日变阴晴，料峭春寒薄袂侵。寄语璇闺宜保重，莫教稽古坐更深。

叠惠佳章学步难，只将途路报平安。卫生风俗多名论，携取篷窗次第看。

※① 原稿作“己巳”（一九二九年），误。应为“乙巳”（一九〇五年）。

② 清稿本“争辩”作“诤之”。

③ 清稿本“气”作“概”。

④ 清稿本在此句后有“父为都督”注。

⑤ 清稿本“生”作“侵”。

⑥ 清稿本无此注。

步夫子留别金理堂折努阿别庄原韵（金名楷里，德人，善华语）

智水仁山静理参，延宾特扫径三三。撤丁旧事从今溯，热那名区几度探。风定松声泉石和，雨余岚翠砚池涵。主人友谊推家族，游记光增范氏骖。[①]

赠法国女士顾梯亥夫人

欧洲闺秀例多能，学贯中西得未曾。一集杜诗知己感，文章千古结良朋。

为慕东方列女嘉，生憎歌舞兢繁华。萧然独抱琴书乐，林下风清道蕴家。

漫拟长安境似仙，几经沧海变桑田。少陵若使生今日，只恐伤时泪未干。夫人恒喜杜诗，欲游长安。

四德三从古训推，泰东女学不崇才。愿君阐发文明理，豪俊须从母教培。

题郭颂音太夫人词集[②]

同舟郭李望如仙，仁里相依十几年。三径月明开绮席，一门风雅擅吟篇。济人聊学壶公隐，留客常闻陶母贤。懿德清才心淑久，瓣香愿列绛帷前。

---

① 清稿本在此句后有“范成大若骖鸾录”。

②《赠法国女士顾梯亥夫人》《题郭颂音太夫人词集》两首，据清稿本补。

丙午秋留别日本下田歌子

六载交情几溯洄，一家幸福荷栽培长子妇包丰卒业于实践女学校。扶持世教垂名作，传播徽音愧译才曾译君所著《家政学》付刊[①]。全国精神基女学，邻邦风气赖君开。骊歌又唱阳关曲，海上三山[②]首重回。

赠别大鸟夫人[③]

共种同洲岂泛常，相逢异域倍情长。多君劝学交能慎，愧我无才拙自藏。惜别惊心闻折柳，旧游回首忆扶桑。石麟雏凤真堪羡，国势强由母教长。

织孙女妹寄示其伉俪庆[④]图书馆成立诗效丽红集中体和之

六七童偕咏泗溪，九丘八索慨沦西。只扶大雅千秋业，百族醒迷五夜鸡。知已二三半离别，物情丈尺万难齐。已知四十年非是，一任旁[⑤]人作笑啼。

---

① 清稿本无文中两注。

② 清稿本“三”作“仙”。

③ 此首据清稿本补。

④ 清稿本“庆”作“所作”。

⑤ 清稿本“旁”作“傍”。

癸卯中秋（二首）

谁解寂寥心事？漫言佳节思亲；异国何如乡国，人伦争及天伦！

帘外雪花飞舞，室中温暖如春；遥想东瀛儿女，举觞应念离人！

和兰海牙

一载随轺北海滨，居然异域乐天真长子妇、次女与婿均率儿女随任。名都饶有山林趣，炎夏浑如和煦春。君主谦谦卑自牧，女王出游，群儿掷雪球，误中王面，王笑而拂之。又一日，王夫自开汽车，途与电车相撞，自谓不慎，诫勿罪电车。各国驻使赴宫门请安，次日王夫亲至各国使馆谢步。[①]臣民噩噩洁而淳。清幽到处疑仙境，想象羲皇以上人。

己酉秋夜渡苏彝士河

岸白沙疑[②]雪，灯红火似星。百年功未竟此河常需修[③]浚，三载我曾经。缩地长房术，疏河大禹灵。更闻派那马，南美正[④]扬舲。闻将开派那马河[⑤]

① 清稿本文中两注均无。

② 清稿本"疑"作"如"。

③ 清稿本"修"作"疏"。

④ 清稿本"正"作"庆"。

⑤ 清稿本无此注。

归途张甥菊圃回粤

至性承先志，艰难远道寻奉母遗至日本始得相见。[1]此时钦宅相，他日作岩霖。渐近乡关路，翻增离别心。岭南梅正发，示我绮窗吟。

自新加坡开行风浪大作

茫茫一片白，回首失峰峦。日倩云为障，风邀浪作山。船身随俯仰，人意自幽闲。霁色平波境，前途指顾间。

己西除夕步夫子原韵

结缡廿五载，今岁始[2]营家。赁取三弓地，劳增两鬓华。年声喧爆竹，风致赋梅花。团聚儿孙乐，闲鸥卧暖沙。

附原作

己酉今除夕，归来正造家。天人忻俯仰，裘葛嬗年华。劲竹坚多节，寒梅靳未花。湖山故乡好，一涤旧尘沙。

---

① 清稿本无此注。

② 清稿本“始”作“甫”。

和夫子庚戌元旦用前韵

故里逢元旦，春风被万家。亲朋同贺祝，草木向荣华。人口团如月湖州风俗，元日每人须吃一大团，名曰“人口团”，凤头鞋绣花。社公决休咎，跪拜集泥沙。

附原作

庚戌今元旦，相沿巽良风。官衔新泛绿，阀阅竞书红。种弱千秋恨，民穷百计空。此心徒爱国，默默祝年丰。

梅雨六绝

梅雨日绵绵，芭蕉展绿天。平生疏绘事，好景等云烟。
草木滋新绿，萌芽若竞争。风低楼外柳，一抹远山青。
湿蝶抱花丛，新开一丈红。采桑集童稚，仿佛尽[1]豳风。
鸣锣车水急，小[2]麦未登场。何物解蒸郁，枝头檐卜香。
水涨田畴没，檐端似瀑流。仁人惊岁歉，深抱范公忧。
漫道三农苦，豪家乐未央。水嬉张[3]锦幔，歌舞宴平阳。

① 清稿本“尽”作“画”。
② 清稿本“小”作“新”。
③ 清稿本“张”作“施”。

辛亥春潜园群芳竞秀计夫子解组归田已一年半矣用归途所赋数目字体即景呈夫子[1]

寸眸八极揽无穷，自喜双偕乐事同。帀岁新劳三径辟，一春家在百花中。十千沽酒贫能具，廿七庾鲑俭可风。数万里程归计早，五鸡二彘祝年丰。

潜园五石草堂

王孙遗石号莲花草堂前列巨石五，名莲花峰，相传是赵松雪物，辉映华堂峙水涯虽曰草堂，其实颇壮丽。面前有池，有桥通门楼。几朵嶙峋争瘦透，五云深处住侬家。

双枞顾

松涛流水忆平昌，尘梦难醒鹤梦长。赢得双枞娱晚景，北窗高卧傲羲皇。

壬子五月六日，偕夫子挈稚弱游西湖灵隐寺，憩冷泉亭，示长子稻孙，价时将北游诗以勖之

凌晨荡轻舠，划破湖烟碧。初日映遥岑，晓霞如绮缬。渡过第三桥，隔岸荷香袭。舣舟茅家埠，长幼展游屐。行行渐入山，

① 此首据清稿本补。

石磴随曲折。荷露珠垂垂，松风钗瑟瑟。草舍妪[1]迎客，啜茗暂休息。凉飔解俗氛，篁韵万喧寂。鼓勇复前进，鹫峰在咫尺。佛像仰精严，深洞气寒冽。相传一线天，诡异随僧说。想见万古前，洪流此奔激。其上成罅漏，其下为岩穴。至今室左隅，邃暗杳无极。但闻水与风，轰然心悸栗。蝙蝠尽群飞，狼猴[2]呼欲出。相将逛兰若，随喜饭香积。五百罗汉堂。金装还似昔，回环作方隅，布置巧排列。乾隆嘉庆帝，肖像供坐侧。惜无案内书，门外少游辙。僧言欧美人，时来拓古迹。归憩冷泉亭，凭栏爱清澈。胜游乐未央，情话还惜别。静听[3]石上泉，似带离声咽。诚知下流浊，安能閟不泄？愿言志河海，出山为霖泽。

枫叶寄稻

万卉嗟凋落，枫林独赐绯。诗人吟晚照，青女醉秋晖。渺渺澄波映，依依野岸围。庭柯风绚烂，彩色误莱衣。

月夜闻雁口占

青光皎皎月如球，郑雁南飞韵远流。霜静风寒犹未息，嗷嗷秖为稻粱谋。

---

① 清稿本“妪”作“媪”。

② 清稿本“狼猴”作“白猿”。

③ 清稿本“静听”作“静琮”。

戊申冬在罗马购得水仙培养着花诗以纪之

磁盆清水细铺沙，暖日微烘长嫩芽。乍喜根荄蟠碎玉，渐看蓓蕾染朱砂。红妆翠带丰标异，金盏银台色相差。同是寒芳高品格，故园回首忆梅花。

归国初居潜园和夫子韵 每句用数目字[1]

一家三代庆团圞，匝月恒居众客先。十稔远游当廿纪，八闽重渡过新年。半生罗贯全球事，千载遥赓五柳篇。万里归来偕子隐，孤松共抚乐尧天。

和夫子系匏卅咏即步原韵（三十首）

罢官未具买山钱，磨磷虽经志愈坚。匏系不妨居庑下，爱他风物汶阳田。坚匏别墅[2]

昔贤兴筑惠蒸黎，后世性知效法西。从此电车除古道，履行非复白公堤。白公堤

塔影红旗霄汉间，钱祠方志几时删？夕阳芳草王孙恨，陌上花开染泪殷。宝石山

---

① 以上《月夜闻鴈口占》《戊申冬在罗马购得水仙培养着花诗以纪之》《归国初居潜园和夫子韵 每句用数目字》三首，据清稿本补。

② 清稿本其后有“初为美国人所占，同乡刘君澄如出资购回”注。

湖上崇祠方斵[1]虔，唐移宋谢让时贤。要知千古兴亡感，合取新诗被管弦唐宋诸贤祠。艳说科名棱等登，文章经术两无征。词坛忽变要离冢，修偃由来互替陵。学海堂

十六尊修古迹罗，贯休名笔几临摩。护持珍刻长留世，我欲慈悲呼落迦。十六罗汉

四库珍藏杰阁开，诗书为福不为灾。神仙脉望君休笑，吸收文明空气来。文澜阁

自由平等乐生涯，尧舜经营不为家。皞皞熙熙歌复旦，那堪日月失光华！日月光华牌楼[2]

竟使功臣碧血殷，谁教国柄付权奸？莫须有事[3]休推问，朕在何堪二圣还。岳坟

曾左威名心胆寒，太平王祚岂容宽[4]。尼山未始伤同种，祀典[5]缘何一例刊！湖上诸祠[6]

谁怜杜甫一生愁？赢得千年姓氏留。佳句不传遗冢在，世间多半听琴牛宋孙花翁墓。大佛犹然莫避秦，[7]钱王失色梵王瞋。祖龙系缆真耶否？石不能言万古春。大佛寺

总使修牢无补羊，何烦蕉鹿梦于隍？同书同轨须同地，楼橹星星莫炫煌。拆段城墙

---

① 清稿本"斵"作"断"。

② 清稿本其后有"时人除去'日月光华'四字"。

③ 清稿本"事"作"狱"。

④ 清稿本"岂容宽"作"霎时完"。

⑤ 清稿本"祀典"作"祠祭"。

⑥ 清稿本"湖上诸祠"作"同治诸功臣祠"。并后有"诸祠皆被撤，去神位除去匾额"注。

⑦ 清稿本在此有"寺屯驻兵"注。

候梅候栗及于桃，苏白难留何况姚？如锦如霞当日事，渔翁指点说清朝。苏白祠外桃

冷泉山月豁迷津，敝屣关河百二秦。学佛原来非佞佛，笑他梁武舍其身。灵隐寺罗汉像

斯斧摧残和靖梅，翠含啁唧鹤低徊。真珈不发诗人墓，草木区区未是灾。林墓梅

圣武争[①]夸不拔基，驻防未撤祚先移。翻新建筑抛遗骨，此是忠魂旧八旗。粤[②]海堂西丛冢

名园渤海久传闻，未许洋风少染熏。老鹤岂忘霄汉志？九皋清泪恨无群！高庄

烈侯墓近岳王坟，奸桧当年敢舞文。玉碎冰消缘底事，偏安徒有中兴君。张烈侯墓

果然亨辈目无君，推倒长城助虏氛。唐室汾阳终寿考。亦曾灵武握三军。于忠肃墓

湖云祠树萌双茎，荐菊祈蚕千载情。才调贞操空抱恨，秋风秋雨饮香名。苏小、郑贞女坟[③]

太平革命马牛风，仁暴悬殊事岂同？不毁觉罗三印石[④]，翻教祠宇拆墙东。三潭映月

八旗锣鼓已收场，思见贤人咏隰桑。寄语樊须休学圃，豆棚瓜架殉城墙。钱塘门外种植地[⑤]

宝石山头赁一椽，天开图画忆当年。重来忽易耶徒笔，佞佛

① 清稿本“争”作“曾”。

② 清稿本“粤”作“宇”。

③ 清稿本在此有“时新筑秋瑾坟”注。

④ 清稿本“印石”作“石印”。

⑤ 清稿本其后有“因拆城而毁园圃不少”注。

无灵转佞祆。天开图画[1]

一弘[2]明水圣[3]宫环，佛座长遮碑字黫。闻说六飞巡幸地，可堪满目旧湖山？圣因寺

心史难忘郑所南。奈何举世尽沉酣？二三豪俊谋光复，手抉净[4]云现彩昙。白云寺

钱王功业播仁声，此井婆留合著名。[5]润物利人终不变，宋元经过又明清。蹬开岭井

世界茫茫感大千，战场遗体[6]共荒阡。昔为义烈今为罪，棺盖殊非论定年。义烈遗阡

毁尽诸祠苍水留，只缘尊汉攘夷酋。若教删却君臣义，未必芳名千载流。[7]

昭庆池中千百龟，[8]但知凌驾失萧规。无灵扰攘难占卜，菩萨低眉更咎难。昭庆寺龟

附原作（三十首）

宝石祠堂夙氏钱，几遭磨磷不胜坚。邦人勉学匏瓜系，山色分来鲁郓田。此地由同乡刘澄如向美教士赎回

---

① 清稿本其后有"此四字为外国人新镌"。

② 清稿本"弘"作"泓"。

③ 清稿本"圣"作"紫"。

④ 清稿本"净"作"浮"。

⑤ 清稿本有"井在钱王庙前，疑即留婆井也"注。

⑥ 清稿本"体"作"骼"。

⑦ 清稿本此处有"张苍水祠"注。

⑧ 清稿本此处有"池中蓄龟甚多，互争负乘，此上彼跌，无宁静时"注。

锦带平湖似颇黎，一行烟柳断桥西。劝君缓步低头过，此是中原旧白堤。时将折毁改行电车

钱王功德在人间，讵料归安县亦删。纳土于今属何国？袁皮西地泪痕殷。

俎豆湖山祀孔虔，文章道德仰前贤。千秋往事休褒贬，史笔从今亦改弦。拆毁唐宋诸贤祠

粤海堂开乙第登，诂经前事愧仪征。颓坦改作谁家冢？疑是兴朝帝后陵。

贯休名笔画阿罗，十六贞珉百岁摩。种教同遭阳九厄，不堪并世见真珈。

杰阁文澜四库开，册书五万补秦灾。士林漫说承嘉惠，忧患多从识字来。

崇坊矗映水之涯，湖上门楣第一家。军令一声千锐发，顿叫日月坠光华。除去牌楼上“日月光华”四字

忠坟凛凛血痕斑，白铁何辜竟铸奸？报国非关驱异种，只缘二圣未曾还。

百战忠魂湘水寒，卅年庙祀国恩宽。古今多少兴亡事，毕竟纲常不可刊。

花翁避地不胜愁，铁锢孤坟湖上留。遗恨尊攘空托咏，蹊田又见远邻牛。

系缆何曾佐暴秦，婆留更为忏贪瞋。佛心万劫无生灭，姑任梅花隔院春。

旧盟舆璧耻牵羊，奋志从今不复隍。汉武若非经术辅，边功未必出敦煌。

白苏祠外一林桃，拖映西邻禴祭姚。伐木摧垣新政令，诸君

用以答兴朝。

泉冷风清罕问津，山灵既隐不知秦。果然学佛能隅坐，留此金刚不坏身。五百罗汉座有乾隆、嘉庆帝像

和靖祠前百本梅，孤山路口几徘徊。自从新鬼烦冤后，斯斧同遭墓棘灾。伐孤山梅

岁寒岩下卜崇基，千篋累累朽骨移。两字美孚题匿侧，道旁碑卧白蓝旗。以“美孚”洋油箱盛骨

名园不与世相闻，竹自幽深草自熏。一曲湖壖干洁土，超然有鹤立鸡群。

湖山凛凛岳家坟，更有西邻张烈文。报国为驱君父难，如今言国不言君。

社稷支持国有君，一时正气挫胡氛。亦知周召当年局，不久终依晋鄂军。

西冷桥下旧双茔，两样伤心一样情。幽怨不关军国事，香埋玉陨岂沽名。

真相谁知烈士风，伤心怀抱不求同。休嗟月影沉潭底，夸父归来日再东。

钱塘门侧辟农场，百亩歌赓闲者桑。辛苦伐除缘底事？保邦至计拆城墙。

天开四字笔如椽，图画空传七百年。劖去非关惩误国，巨灵一劈仗胡袄。

渟泉不复福琅环，搅胜亭摧光碧黫。四十健儿白下死，穹碑无泽示湖山。

白云隐约望湖南，玉佩雍容战未酣。分割公田酬寺债，凌烟阁上现瞿昙。

蹬开岭上旧潮声，七宝池湮井不名。霖雨本非求报事，此泉终古在山清。

战骨枯埋几万千，仁心俭德此遗阡。名题义烈无歧视，麦饭同歆五十年。

誓复中原君父仇，衣冠死不效夷酋。湖山大好埋忠骨，发自苍苍水自流。

寺静潭深龟负龟，神灵水火共清规。持螯肩甲新来客，尔雅无文知是谁？

夫子六十生辰①

先生尤胜地行仙，七渡重洋使节旋。海外榛莪皆柱石，客中花木即平泉。疏成五五时难用。径扫三三友尽贤。绕膝儿孙贫自乐，名山寿世等身篇。

步夏穗嫂见赠原韵

京华忻聚首，自昔怅离居。雅范闻三代昔读令曾祖母古春轩诗，高怀富五车。导游名胜地，惠假未观书。嘉树承君赐，清荫映玉阴②。

---

① 此首据清稿本补。

② 清稿本“阴”作“除”

和夏穗嫂荷花生日同饮十刹海

红衣翠盖竞新妆，香海能令溽暑忘[①]。我爱花含君子德，特邀仙侣共称觞。

次织女妹西湖鸿印诗原韵

电灯千点映湖光，西子能为时世妆。却怪游人遍狡狯，借他古佛说烧香。

碧烟淡淡弄晴姿，赚得诗人绝妙辞。数日追陪仙侣共，嘤鸣出谷慰羁时。

凌虚宝塔思仙乎？试上危梯共步趋。差喜康强能济胜，白头姑嫂互相扶。

湖山名胜锦囊添，更羡人人福慧兼大甥妇工绘事，二甥妇工诗。戏谓山灵应感我，无多取挹较君廉。

悼织孙女妹

乍喜危机转，俄闻噩耗驰。卅年知己痛，三载别离思。南国花开候，西湖分袂时。恐伤夫子意，有泪暗中垂。

① 清稿本“忘”作“凉”。

写金刚经毕书尾焚致织孙女妹

嗟嗟女妹，遽尔为仙。诞生七夕，警世百篇。得大解脱，占福慧全。光明一片，莹澈心田。俯观生者，营营可怜。与君交谊，二十余年。昔虽远别，万里书传。停云落月，笔犹可宣。而今已矣，九地九天。敬书梵语，焚之几筵。妹岂藉此？聊贡吾虔。

步李菘丈碧浪湖别庄十二首原韵

曲栏缭绕俯河边，柳外晴霞卷宿烟。遥望亭亭浮玉塔，白云孤鹤自飞还。

水榭风廊回绝尘，亭云布置见经纶。揭来世事纷如弈。解识清闲有几人？

苏湾风景最相宜，桑柘阴阴谷雨时。要使世人勤稼穑，坡公心事弁公知。

红霞一片早樱开，佳种扶桑海舶来。蛱蝶也如人意乐，往来香国日千回。

明窗净几读离骚，信道年高德更高。帘外波光明镜槛，夜来春水长三篙。

对面山光列翠屏，回环似拱老人星。一觞一咏留佳话，千载洼樽尚有亭。

采采荷花渌水湾，巘山遥对道场山。歌声宛转斜阳里，掩映红妆翠盖间。

恍疑仙境入天台，白判红裁志未灰。雒诵新诗增感慨，故山猿鹤盼春回。

朋酒清吟德不孤，同舟李郭羡仙乎？名园点缀佳山水，从此声增碧浪湖。

苏湾远胜习家池，民到于今有去思。赢得高人凭吊处，风流文酒忆当时。

垂杨两岸绿云拖，叶叶风帆渺渺波。帘卷山光映几席，烟消日出听渔歌。

苕霅清流富港湾，又来智水乐仁山。年高德劭康强福，丹鼎功深得九还。

再题桐阴浣月图

松涛稷稷，溪水濊濊。声犹在耳，慈容宛然。

和张表侄女见赠原韵（愚亭）

羡君文笔妙，天矫若游龙。半载亲芳范，全家仰德容。疏慵承过誉，髫稚乐追从。女教忻攸赖，贤为百禄宗。

题硖石潘贞女百花手卷

独抱冰霜志，天寒倚竹时。百花争烂漫，谁及女贞枝。

和然藜阁主人见赠原韵

闻说针神胜夜来，争传丽句谪仙才。特施绛仗循循诱，傀儡犹教上舞台。

扶持世教大慈悲，懿德清贞万古垂。竟许阳春酬下里，芜辞赚得洛神碑。

读刘氏昆季哀启述其继母陈夫人懿德感赋

曾接兰言卅载前，周旋助母已知贤。能得温氏团乐镜，修补人间缺陷天。非己所生哀若此，爱人以德理当然。长留懿行镌彤管，孝友家风数颍川。

题三十六鸳鸯吟舫稿

鸳鸯七十二，文彩相辉映。闺阁擅吟咏，家事亦为政。言乃心之声，足以觇德行。艰难避难离，慈孝出天性。感时伤别意，皆得情之正。诗须有为作，出语无生硬。天然盛唐音，岂徒争竞病？诗余尤见胜，读罢令人敬。

代夫子题周斌水村第五图步来诗原韵①

洋洋泌水乐维何？且食蛤蜊遑问他。梁甫高吟身世感，由来进必待盈科。

故山猿鹤不须惊，鼓吹池蛙两部鸣。一叶鱼舠歌欸乃，弯弯新月树梢明。

松柏千寻耐岁寒，霜华如雪压雕阑。长安道上车如水，争及袁安卧榻安。

风雨鸡鸣有所思，漫夸肥遯号天随。怡情丝竹东山志，毕竟苍生望霈施。

伍滩明月汾湖南，画景诗情静里参。清福似君能有几？风流不让郭籧庵。

桃源仙境世间无，只恐闲云洞口糊。石上清泉松际月，分明一幅辋川图。

代夫子题陈母秋灯课读图

长风怒号卉木靡，慈乌哑哑啼不止。春晖爱日莫挽留，缅念亲容摧骨髓。昔年负米行百里，儿身虽劳儿心喜。只今鼎食住华堂，儿身虽安儿心死。机声茅屋诵琅琅，此境此情孰能拟？茹荼

---

①《次织女妹西湖鸿印诗原韵》《悼织孙女妹》《写金刚经毕书尾焚致织孙女妹》《步李菘丈碧浪湖别庄十二首原韵》《再题桐阴浣月图》《和张表侄女见赠原韵》《题硖石潘贞女百花手卷》《和然藜阁主人见赠原韵》《读刘氏昆季哀启述其继母陈夫人懿德感赋》《题三十六鸳鸯吟舫稿》《代夫子题周斌水村第五图步来诗原韵》十一首据清稿本补。

饮蘖母劬劳，希圣希贤示操履。猗猗修竹倚寒天，皎皎白莲映秋水。勤学思偿反哺心，谁知不及奉甘旨。青灯依旧似儿时，展卷未终泪盈纸。深山雨雪托瑶琴，亲舍白云犹尺咫。人生此恨竟何堪，翻羡生离歌陟屺。泷冈表德显亲名，毕竟无由慰孝子！

继母费安人哀挽辞（四首）

回忆当年迎母时，上堂声唉[①]辄心悲。低徊犹恐伤慈父，强作欢容泪暗垂。

能使儿心渐淡忘，补天有术赖慈祥。重闱康健家庭乐，依旧双悬日月长。继母未来时，曾有句云："苍穹好赐娲皇下，为补人间缺陷天。"[②]

遣嫁辛勤黹绣工，钗环损己愿儿丰。更怜女挈前妻女，视若孙枝护惜同。继母能为两面绣，表里如一。

摧残椿荫恨填膺，奉养慈闱愧未曾。昔日伤心声唤母，只今唤母更无应！

陈母甘太夫人挽辞（二首）

回忆西泠晋谒时，慈祥和蔼仰坤仪。义方自昔闻中外，噩耗传来半信疑。薤露征歌天竺梵，甘泉图像日碑悲。断肠我亦嗟何恃？忍挽霜毫作诔词。

---

① 清稿本"唉"作"唤"。

② 清稿本无此注。

其二

陔兰弃养恨无边，鹫岭慈云荫忽迁。德化已臻仁寿域，行成归到大罗天。可怜孝子泷冈表，反羡诗人陟屺篇。愿节悲哀事功业，显扬端赖后昆贤。

洪太尊朗斋夫妇七十双寿

忠宣家世自流芳，苕霅风清宦迹扬。桃李盈门压元白，甘棠绕郭颂龚黄。筹添海屋三多祝，膳洁南陔九酝觞。鹤发童颜仙眷属，庭阶兰玉胜刘纲。

捧觞上寿乐陶陶，莱彩缤纷集锦袍。翡翠楼头看写韵，凤凰池上旧挥毫。同心有德芝兰馥，偕隐无妨井自操。瑟雅琴和仁者寿，团乐笑指月轮高。

丁巳六月廿七日偕夫子挈胜良两孙游三贝子花园呈夫子

久雨新晴节候凉，西郊山色晚苍苍。名园幸未遭榴弹，曲沼初看泊画舫。柳递蝉声犹有暑，风含荷气自然香。相携长幼添清兴，啜茗凭栏澹欲忘。

和织女妹原韵

世事如棋局外观，四方攸异后维翰。西邻炮火争三载，国愈文明愈不安。

薪米休歌来日难，灾熇渐退况秋翰。近畿人有其鱼欢，饱食丰衣心未安。

长婿断弦十二年始续娶呼予为母颇觉亲爱感赋

细语颙颙日影移，廿年前事记依稀。此心既慰还惆怅，环佩何曾月下归。

蔡母沈太夫人七旬寿诗（鸿宾夫人）[1]

丰采曾瞻忆昔长，谦谦和蔼得天真。闺箴端合仪型式，家政曾劳指导频。相隔卅年萦梦寐，敢辞千里祝长春。黄花自是延龄客，晚节馨香表淑仁。

甲寅除夕和夏穗嫂原韵（二首）

仕[2]女嬉游丽且都，凤城春色乍经过。白浮杯荦醇醪贵，红映门联吉语多。要卜未来须镜听，姑循旧例似旋磨，消除俗障惟吟咏，读罗新诗却病魔。

---

① 以上《陈母甘太夫人挽辞二首》《洪太尊朗斋夫妇七十双寿》《丁巳六月廿七日偕夫子挈胜良两孙游三贝子花园呈夫子》《和织女妹原韵》《长婿断弦十二年始续娶呼予为母颇觉亲爱感赋》《蔡母沈太夫人七旬寿诗（鸿宾夫人）》六首诗，据清稿本补。

② 清稿本“仕”作“士”

年终欲祭竟无诗，风雅多君有隽辞[①]。爆竹声喧怀故里，屠苏饮罢忆曩时。唐花供几占春早，鲜柿盈街润燥宜。白雪调高难属和，邯郸学步愧迟迟。

和织孙女妹六十自寿诗（六首）

云锦颁来十二章，同心康和有刘纲。人间福慧谁能及？天上双星羡未遑。

珠树英英玉有芽，谢庭日暖笔生花。慈姑贤妇兼师友，闺阁能诗萃一家。

绛帷祝祜[②]列婵娟，教子何如教母先。阃范流传家政举，读书种子自绵绵。

花甲周流过渡时，世情变幻日趋漓。将何抵挡狂澜势？惟有家庭孝与慈。

依然花萼奏篪埙，妙术回春看护殷去年幼楞小郎大病，幸赖姑夫施治得健。最是一方沾化雨，弱龄小阮已能文开小学堂于常熟两处，又自教女生多人。[③]

伤时感事作诗人，况复针工妙入神。多谢香囊传吉语，共期耄耋享长春。妹惠我香囊，绣“耄耋”“长春”。[④]

---

① 清稿本“隽辞”作“隽思”。

② 清稿本“祜”作“嘏”。

③ 此首诗内两注，清稿本均无。

④ 清稿本内无此注。

赠德国米尔夫人

萍水相逢意自亲，方言虽异识天真。谨藏书法多名论，欧亚原同大地春。

赠别妈达姆蒲西欧[1]

古迹搜求廿纪前，导游遍历路盈千。相逢莫道刚旬日，握手临歧转黯然。

辛酉重九登八达岭

长城为防胡，胡来乃如织。居民半胡种，长城名未灭。予幼闻人言，既长始粗悉。想象塞外风，末由睹伟绩。频年欧亚游，万里夸经历。故国诸名胜，虽近多未识。辛酉重九日，游具亟整饬。白头与子偕，两儿喜待侧。驱车出西郭，秋草萋以馥。铁路创京绥，车行于焉即。初过清华园，校舍道旁列。圆顶似穹庐，允合他邦式。美洲怜我贫，人材代培植。邻谊固可感，其意亦叵测！清河及沙河，昌平南口陟。地形渐迤上，车缓石欲塞。三重出隧道，两山势若副[2]。青龙始下车，策驴升崱屴。太行脉蜿蜒，砂石气萧瑟。奋勇登八达，左右城如翼。女墙失楼橹，颓垣余古色。仰观环洞题，大书字深刻。居庸曰外镇，锁钥北门

① 以上《赠德国米尔夫人》《赠别妈达姆蒲西欧》两首，据清稿本补。

② 清稿本“副”作“削”。

北。[1]瀚海远可眺，俯视但堡壁。二千五百尺，高度逾京国。堡下巨炉形，众窍如莲药。车行山腹中，以此通呼吸。有时轨声隆，烟透[2]色如墨。下洞上岭墙，今古两奇特。举手排九阊，寸眸收八极。野饮当令节，围坐忻有得。缅昔多激昂，感今增太息。明王守四夷，固不在疆域。后之治世者，勿再劳民力。

壬戌中秋汤山对月呈夫子

平生知己绝猜嫌，小极初欣勿药占。万里随轺游览徧，卌年师事友朋兼。月当令节蟾光满，人祝康强鹤算添。不潾不淄恒皎洁，繁华毕竟逊清廉。

汤山故宫

日涉名园感不禁，苑墙红褪草莱深。故宫可奈沧桑变，别墅情关桃李阴。五族共和新世界，九华分秀此登临。漱琼亭畔淙淙水，能使尘心换道心。

癸亥午日感忆三妹

绣虎香囊惠我时，天中令节感人思。只今物在人何在？忍检当年长命丝。

---

① 此处钞本有“关门向内题四字曰‘居庸外镇’，向外四字曰‘北门锁钥’”注。

② 清稿本“透”作“出”。

甲午首夏和辰侄留别原韵

勿慢伤时要救时，国如盘石系悬丝。家风毕竟令人羡，学问休疑莫我知。待向洞房成博议，先因海屋补笙诗。秋来倘遂回乡顾，相约重逢浙水湄。

无限离情怅落晖，凤城春尽送将归。诗书此日探精邃，勋业他年志不违。蓟地未逢相马鉴，尚湖且理钓鱼矶。入门正及榴花艳，家庆团乐舞彩衣。

怀夏穗嫂戏效八音体

金闺良友隔前溪，石阙巍峨阆苑西。丝柳摇风升顾兔，竹帘残月听鸣鸡。匏瓜有慨贫相似，土产分甘物自齐。革履徘徊花下步，木森春尽少莺啼。

和夏穗嫂苦热原韵

君子之行秖谋道，衮衣不及荷衣好。诚知宦海无浩涯，急流勇退抽身早。两家出处类相似，不慕荣华心未槁。赖有闺中同志人，琴和瑟雅觇诗草。由来大隐隐朝市，静观时局纷如捣。一篇苦热悯农夫，读罢尘衿涤烦恼。

和夏穗嫂赠别原韵丁未年[1]

瑶编入手几吟哦，丽句新诗却病魔。一种深情劳梦毂，似君知己本无多。

毕竟同居东半球，如何寒燠迥非俦。君裘我葛殊天候，迢递鱼书隔随收。时寓新加坡

君随宦皖我欧行，劳燕分飞各远征。两处寂寥谁可语？恨难缩地诉离情。

乐聚他乡又故乡，持螯把酒忆重阳。坠欢历历何时续？万斛愁萦九曲肠。

刘泖生莎厅课读图令嗣子庚介天子嘱题

惟鸟有鸣鹤，惟木有乔梓。人生最乐境，莫如在童稚。名父教爱子，传经绍中垒。诱导出义方，唯喏纯天理。琴堂政事暇，秉烛继余晷。慈母佐丸熊，奚童进书史。迢迢莲漏催，琅琅声盈耳。一朝风木感，哀猿啼不止。绘图志不忘，展卷泪如洗。慈容俨在堂，肠断趋庭鲤。征题到闺阁，吟咏多名士。吾家司成公，合璧双题纸。昔诵簪花集，诗题曾见此。今得睹墨迹，伏读大欢喜。摩挲珍手泽，灿若笔新泚。令嗣漏附题，藏拙不获已。幸随

---

① 《壬戌中秋汤山对月呈夫子》《汤山故宫》《癸亥午日感忆三妹》《甲午首夏和辰任留别原韵》《怀夏穗嫂戏效八音体》《和夏穗嫂赠别原韵丁未年》《和夏穗嫂赠别原韵》七首，据清稿本补。

骥尾传，敢辞续貂訾。此图二[1]十年，保护[2]赖后起。历经兵燹时，负荷驰千里。锡类永不匮，慈孙继孝子。

题金少夫人书

花明阆苑春，玉出蓝田皓。淑女归名门，才足娱翁媪。翁也夙好古，绘事恣搜讨。貌取舞女图，形容备姣好。湖山指顾间，楼阁凭空造。烟云飘渺中，恍疑入琼岛。妇也录其文，笔力千军扫。谨严合婀娜，八法善参考。岂但矜不栉，元白应压倒。自然好学斋，惟见诗文稿。解字荆公妇，未闻富词[3]藻。展图愕且喜，如入山阴道。寄语诸闺彦，修学宜自早。见贤思与齐，令名为至宝。

游桃园别墅

绿杨深处棹歌来，几叶扁舟傍水隈。鬓影衣香游女集，道场山顶敬香回。

双柑斗酒听莺啼，楼阁参差夕照低。要使同胞新眼界，不教洞口白云迷。

擘窠大字映华堂，雒诵新诗十二章。如此襟怀如此寿，神仙合住水云乡。

最爱阳春蹋蹋歌，高年颐养得天和。闲看竹马穿花径，绕膝孙曾乐事多。

---

① 清稿本“二”作“六”。

② 清稿本“护”作“藏”。

③ 清稿本“词”作“辞”。

和胡辛盉星使原韵偕夫子同作

七年遵渚叹鸿飞，城郭依然人事非。黄种风云谁杰出？苍生霖雨盼公归。犹存羔雁尊盘敦，无复山龙补衮衣。自昔强邻今转弱，翻教胡马北风依。昔年外子参公使事游俄，今俄乱无已，居民迁华甚多，反以我为乐土。

共忻留得劫余身，病木恒看万树春。室有琴书忘世变，家无儋石乐天真。高轩双莅劳存问，佳句长吟泣鬼神。往事不堪知己感，羡君缱素总贤人。

女教需从文字生，辑诗敢为博微名。由家而国方称治，以顺为孱最不平。愿仗节威流波远，耻居箱女品评轻。日本名深居闺阁者曰箱入娘，讥之也。曾闻妙喻广陵散昔年承批拙稿曰：此广陵散也，恐后绝响矣，江左俾传正始声。

题陈蔼士原配黄夫人事略[①]

颍川有贤妇，懿行重天伦。在家承母教，婉娩事组紃。弱龄侍宦游，吟咏江南春。助母无不为，弟妹勤抚循。无何母遘疾，积岁更兼旬。汤药不敢懈，旦夕祷于神。割股愿代母，情极忘其身。至诚感天听，日御犹回轮。霍然夙疾瘳，欢声动比邻。但知药石功，谁识孝行真。相攸得佳婿，倏届桃夭辰。婉转淑女悲，叮咛慈母仁。夫婿寰中秀，英英席上珍。东瀛赴笈归，世事方扰

① 以上《游桃园别墅》《和胡辛盉星使原韵偕夫子同作》《题陈蔼士原配黄夫人事略》三首据清稿本补。

新。且喜得嘉偶，鸿案敬如宾。躬操井臼劳，春秋洁藻苹。连举宁馨子，天锡石麒麟。减役节经济，教与养备臻。俭以成夫廉，乐乃忘夫贫。冀夫展经纶，庶几抱负伸。世情忽反复，风潮大地沦。吾君法尧舜，国政听于民。群雄争角逐，贤者独逡巡。不藉贵介势，鹿车返城闉。飘然远世患，岂为鲈与莼。泌水可忘饥，缟衣乐綦巾。年命有永促，令名久不湮。遥天鸾鹤迎，仙驭超凡尘。潘触遗挂悲，元伤落叶薪。作诗记淑德，千载勒贞珉。

刘烈妇（其夫欲卖妇以偿博债，妇闻仰药死。）

人生贵信义，男女本无殊。女子守纯一，非为压力驱。呼嗟乎！世衰俗薄夫不夫，大同邪说何为乎？不见仳离刘烈妇，及能一死纲常扶。催命反由同命人，冥鸿不作哀鸿呼。彼固幼未读诗书，遇人不淑当何如？自由殆即仁智欤？颠沛未可离斯须。可怜阀阅名门姝，为人跳舞娇氍毹！

题陆子兴为其父营葬图

葱郁佳城傍帝畿，义方教子令名垂。鸾章迭沛酬功绩，凤侣同心展孝思。景教先贤邻兆域，泷冈表德树丰碑。由来哲理惟仁爱，中外无殊今古宜。

范世嫂夫人挽辞（范鸿泰吉六之夫人）[1]

夙闻贤孝得姑欢，游子情怀内顾宽。俭朴自持周戚党，麦舟风谊母心安。

显扬志遂慰平生，绂佩相偕莅凤城。乍喜刀圭出宿患，那知鸾鹤赴瑶京。

经营犹女赋夭桃，力疾依然家政操。最是濒危肠断语，怜他夫婿太辛劳。

卜邻半载意相投，烹饪恒叨馈膳羞。从此绿杨三径月，不看重倚最高楼。

题焦节妇事略拟刘妙容婉转歌体（四首）

丐女焦存儿，美而贞，人不敢犯。其父为嫁一善歌者，亦丐也。伉俪甚笃，夫死誓不转嫁。因目瞽，乃歌以自食焉。

女有德，存儿好颜色。年荒失所叹流离，随父街头恒乞食。歌婉转，婉转复嗟呀！愿为女贞木，莫作路旁花。

妇有仪，谁云世教衰？普贤陋巷耽弦诵，焦女墦间乐唱随。歌婉转，婉转不胜情！愿为双飞鸟，栖息共和鸣。

夫有艺，歌曲通神技。妾承传授免饥寒，夫作仙游竟长逝。歌婉转，婉转咽哀音！愿为天上月，嫦娥抱素心。

人有言，劝妾就他婚。目虽盲瞽心未昧，境处流离节义存。

① 以上《题陆子兴为其父营葬图》《范世嫂夫人挽辞（范鸿泰吉六之夫人）》据清稿本补。

歌婉转，婉转泪阑干！愿为中流柱，湍急抵狂澜。

张氏二烈女诗

幽兰在空谷，孤标谢纷靡。寸心锁葳蕤，寂寞东风里。一朝霜霰欺，根荄袭蝼蚁。宁甘抱香枯，贞心终不死。

君不见清河烈女妹偕姊，璞含双璧无尘滓。肩随婉娩事庭帏，不食人间罗与绮。父兮生我鞠育难，析津就食聊栖止。白级誃台莫可偿，聘钱轻受夸毗子。鸠鸟飞来冰上人，乘危强攫一枝春。葭莩佯托招邀亟，币重言甘说济贫。飘摇家室经风雨，弱息茕茕悲失怙。鸟飞三匝更无枝，言就尔居聊赁庑。触目俄惊心骨寒，那知豪右即勾栏。鸾栖恶木嗟何及？鱼上金钩脱饵难。心知泾渭岂同流，火急移家另作谋。幼稚随亲离陷阱，可怜长女强羁留。几经摧折终难屈，阿母来迎遭斥辱。邻里闻声尽不平，庭判昆山归片玉。鼠牙雀角狡谋长，弱肉强吞祸未央。诬言两女曾同聘，穷鸟何堪密网张。官符一纸催来急，举室仓惶相向泣。双萼人夸宛转娇，骈枝此日坚金铁。瓯中磷毒太无情，香消玉殒宛难雪。岂愿人间博令名，见危授命死生轻。纷纷哲学狂花慧，实践今看让女贞。

题桑青白轩诗稿后时正选诗以再续正始集即以十首入集

丸熊训读耳贤名，一卷新诗见性情。当户光山迎黛色，绕阶流水和琴声。操持家政犹吟咏，勖励官箴赖允平。千古二南留雅化，愿将佳什被弦笙。

和夏穗嫂原韵

世事纷纭若舞台，前尘如梦久低徊。繁华争及清闲好，且伴烟霞麋鹿来。

雨余且喜路修平，玉雪郎君侍母行。颁到佳章承奖借，连朝宿疾霍然轻。

平生才弱羡君强，每奉新诗兴欲狂。明岁春深花事盛，愿君重莅话蚕桑。

和穗嫂游泉寿山庄原韵

漫道长安不易居，亲朋聚处乐何如？儿曹郎署浮沉久，不愿侯门日曳裾。

我为山灵谢客贤，评量花木句新鲜。从兹蓬壁增光彩，五月宋风不论钱。

爨桐发响识劳薪，文字知交有夙因。难得邮筒酬倡乐，形虽疏润意愈亲。

山居喜夏穗嫂见过

故人不遐弃，空谷足音跫。绕屋先喧鹊，迎门听吠犬。饷贻君意厚，簪盍我心降。更喜抛珠玉，承赓下里腔。

过大高殿永绥皇祚牌楼下感赋乙丑年

琉璃黄瓦尚嵯峨，一纪从无翠辇过。皇祚不绥缘底事，忍教四海竞干戈。

记咸丰辛酉避乱事书后

追叙孩提事，已过甲子周。仓惶嗟琐尾，恍惚记从头。陈迹川原在，慈容梦寐求。他年我归去，能觐九原不？

孙仲瑜母夫人六十寿诗

寿先五福占荣华，玉树芝兰王谢家。诗颂二南循雅化，位尊八座戒矜奢。郑公家世传勤俭，关苑闺箴绝竞哗。莱彩蹁跹春日永，百花香里醉流霞。

华堂祝嘏集金貂，挫荐留宾令德昭。东阁郎君歌击楫，西征爱女佐星轺。颁来凤诰黄绫卷，回忆凡熊绛烛烧。淑景冲融慈荫覆，颂声欢洽和萧韶。

庚戌秋偕夫子挈子妇包丰长孙亚猛
赴硖就医舟泊炉头镇

一片光明月，炉头夜泊舟。虫声鸣夹岸，蟾魄漾中流。带水经乌镇，方音入秀州。明朝会亲故，游览正宜秋。

挽郭母蒋太夫人

留宾截发仰高堂，夸说佳肴忆渭阳太夫人善烹饪，幼闻舅氏许壬伯先生恒称述于失慈。三代典型传阃范今孙女为许表侄妇，饶有女德。盖禀太夫人之训也，一门济世有良方。重圆天上神仙侣，小谪人间姓氏香有消愁集传也。此后骚坛谁是主？闺中失却鲁灵光。

山　居

宦海波澜心暗惊，超然偕隐快平生。食惟粗粝神偏适，卧入烟霞梦亦清。照户容光明月皎，开奁眉横远山呈。依稀五十年前景，只少松涛流水声。

劝慰夏穗卿嫂即步其咏怀原韵

读君诗句泪沾裳，未听猿声已断肠。画获劬劳天不负，他年衣锦看还乡。

卅载交情胜至亲，京华聚首十余春。劝君莫慢嗟寥落，继起英英有后人。

和夏穗嫂端节感怀

咫尺如千里，相逢喜不支。艰辛因令节，端午示新诗。尘世嗟君谪，幽怀我独知。欲谈恒契阔，籍此细陈之。

贤母兼师职，嘉名自古留。时光悲冉冉，节序叹悠悠。溽暑晴还雨，凝阴夏似秋。惠题邻母集，雒诵解烦忧。

儿曹不更事，愿傍老成人。且喜茅容舍，能邀孟母邻。事繁怜彼弱长子妇儿女多，事繁体弱，恒蒙照顾，俸少济其贫长子浮沉郎署十余载，入不敷出。艾虎桃符节，垂杨月共亲。

渊源禀家学，冰雪净胸襟。摘荣鲜增味，栽花雅称心。佳儿勤诵读，良友共追寻。但祝身强健，巴吟望酌斟。

和穗嫂见示之作

一唱与三叹，阳春和者稀。清新霞冠岭，娟静月临扉。至性时流露，天机抉隐微。巍科嗟不复，欲侣事全非。

和穗嫂游故宫原韵

提挈儿曹宫苑游时稻夫妇皆从游，伤怀禾黍日由由。龙楼凤阁君安在？反羡悲歌漆室忧。

和夏穗嫂久晴喜雨之作

沾遍春郊又放晴，欣欣万卉得其生。天怜鹬蚌相争久，特沛甘霖为洗兵。

快读新诗俗虑休，羡君挈伴畅邀游。吾侪此际贫为贵，烽火临城不用忧。

有感用夏穗嫂见示诗韵[①]

自古如棋局，斯枰历史稀。共和推向刃，平等眩朱扉。水急淄渑杂，时衰道德微。身非华表鹤，举目已全非。

步夏穗嫂游花之寺及崇效寺看牡丹两首原韵（二首）

斗酒双柑挈，春郊乐事多。蜂声团芍药，莺语隔枝柯。共觅名贤迹，相偕胜侣过。花之留寺额，岁月记谁何？

几度探芳信，兹晨得畅游。国香衣袂染，新绿树阴稠。酒价刚三百，花光溢四周。盍簪喜良友，清话不知愁。

乙丑正月六日携孙女亚荣[②]车中看雪感赋（二首）

含啼初次别重慈，四十年前解缆迟。昔日伤[③]怀今反羡，生离犹有再逢时。

---

① 以上《张氏二烈女诗》《题桑青白轩诗稿后时正选诗以再续正始集即以十首入集》《和夏穗嫂原韵》《和穗嫂游泉寿山庄原韵》《山居喜夏穗嫂见过》《过大高殿永绥皇祚牌楼下感赋乙丑年》《记咸丰辛酉避乱事书后》《孙仲瑜母夫人六十寿诗》《庚戌秋偕夫子挈子妇包丰长孙亚猛赴硖就医舟泊炉头镇》《挽郭母蒋太夫人》《山居》《劝慰夏穗卿嫂即步其咏怀原韵》《和夏穗嫂端节感怀》《和穗嫂见示之作》《和穗嫂游故宫原韵》《和夏穗嫂久晴喜雨之作》《有感用夏穗嫂见示诗韵》十七首据清稿本补。

② 清稿本此后有“出门”两字。

③ 清稿本“伤”作“感”。

稚孙娇小膝前依，指点车窗六出飞。亲爱依然人易代，教人那不念重闱。

丙寅正月十六日偕夫子游白云观

与子偕游谒上方，重闽远涉白云乡。神仙窟里金钱聚穴地坐二人，由藻井下视者皆投金钱，谓之结神仙缘，富贵图中乞食忙北俗画乞儿群聚状，名富贵图。万古长春丘祖殿，百龄无恙老人堂三老人一年九十九岁。如何肃穆清修地，食物罗陈变市场。

题金陶陶夫人花卉册页金名章，字紫君，适王继曾述勤

林下风清翰墨香，璇闺静好弄丹黄。唱随余暇添生趣，欧亚兼参梁众芳。腕底能教春色驻，毫端襄助化工忙。玉台画史谁堪及？老眼摩挲兴欲狂。

题杨芬阁诗稿

两处重闱总爱怜祖为黄漱兰先生，祖翁则张文襄也，家风难得尽名贤。琴调瑟和联吟乐，酒美鱼肥俊句传。为遇慈姑真幸福，未逢国变即神仙。新诗一卷留芳誉，寿世何云不永年。

癸丑二月一日积雪盈尺侍妾朝日戏制雪灯以娱稚孙辈喜赋

雪薄光能透，冰坚火自深。圆明堪代月，相济不相侵。

春　雪

骤暖疑催杏，飞霙忽迳梅。东皇成玉戏，大地献琛来。

折旧流苏复梁改为卓罩缘

予又改为此，诚怜已数年。洗心除宿垢，重结再来缘。

寄朝日

最是清宵梦不成，观书冀引睡魔生。问愁胡恨偏牵惹，目痛抛书泪又倾。

癸丑岁杪书怀

诀别非闻年寿夭，乖离讵谓久宽仁。十年侍我今何往？遍饮屠苏少一人。

甲寅春日书怀[1]

绿波渺渺正愁予，□岁追随失彼姝。忆昔闺中看蹴鞠，谁教山上采蘼芜。频年空盼蓝田玉，何日能还合浦珠？卅载唱随称莫逆，那堪垂向反龃龉。

辍吟六载壬申岁暮夏穗嫂频赠佳章勉和四首

瑶章未报再而三，自觉冥顽太不堪。闻说故园财赋尽，不烦庾信念江南。

块然独坐情然思，六载伤心未咏诗。欠和佳章终谅我，衷怀惟有故人知。

忆昔追陪仙侣游，探幽处处雪泥留。吾侪人世增悲感，天上良朋不解愁。

清寒两姓世其家，一任人间乱似麻。他日相偕回故里，之江雪水问桑麻。

附原作（四首）

一钩新月又初三，客思乡心两不堪。独坐小楼如入定，拥炉闲读忆江南。自注：生平最爱"忆江南"词。

---

① 以上《丙寅正月十六日偕夫子游白云观》《题金陶陶夫人花卉册页》《题杨芬阁诗稿》《癸丑二月一日積雪盈尺侍妾朝日戏制雪灯以娱稚孙輩喜赋》《春雪》《折旧流苏复梁改为卓罩缘》《寄朝日》《癸丑岁杪书怀》《甲寅春日书怀》九首据清稿本补。

故人别久辄怀思，曾记当年共赋诗。垂老同赓黄鹄调，此心悲苦有谁知？

曾约花之寺里游，良朋相聚小拘留。漫斟浊酒陪清话，讵料而今别有愁！

终年漂泊叹无家，南望云山意若麻。何日扁舟理归棹，好寻旧友话桑麻。

和夏穗游北海公园遇雨原韵

四郊烽火熄，新雨滋众绿。故人惠瑶函，示我阳春曲。三复口齿香，韵脚亟读熟。羡君才力强，欲和惭俭腹。鹰鹯翔云霄，燕雀安追逐？绛帷桃李盛，屈宋皆臣仆。为奉板舆欢，佳景纷悦目。兰膳仿御厨，主宾皆餍足。清游乐未央，急雨催诗速。婵娟金闺彦，敬老如骨肉。况复聚天伦，共喜筹添屋。惊雷震聋聩，闪电骇麋鹿。落笔致风雨，佳句信堪祝。农民庆应时，远山净如沐。

附原作

偶作北海游，四望皆新绿。五龙亭畔坐，煮茗谈衷曲。同游二三子，握手如习熟座有女子三人，皆筠儿学生。仿膳供午餐，嘉肴喜果腹。主客方言笑，风雨忽相逐。扁舟达彼岸，自哂殊仆仆。衣履未沾濡，斜阳又在目。惟恐雨复至，须促若急足。归家坐未定，客来无需速。及晚赴市场，登楼同食肉。风雨又追随，敲窗更撼屋。排徊衢路侧，呼车如逐鹿。何日放晴曦，馨香三致祝。

明发开帘望，庭树若新沐。

和穗嫂见示原韵

老年无所事，消遣惟清吟。晨起即握管，夜深犹拥衾。闺中两书痴，浊世不易寻。谁知灶下桐，断成焦尾琴？茫茫大千世，难得有知音。君歌我迭和，谐笑杂规箴。初逢如宿昔，相知不自今。清游感畴曩，卅载契苔岑。时限共感藉，韵险同酌斟。旗鼓又登场，如逢大敌临。桃花潭水涨，不及君情深。感君知我意，惟我识君心。时事嗟内哄，又当外侮侵。乱离何术免？惟德鬼神钦。两家延世泽，育材已成林。他年归故乡，携手涤尘襟。

和长子稻孙喜晴

霪霖乍霁晚霞明，行潦纵横路不平。紫燕含泥倏尔过，花猫捕蝶悄然行。绕庭高唱儿童乐，比户欢腾黎庶声。几欲成灾今幸免，天心仁爱听民评。

附原作

苦雨初晴眩眼明，急流余涨抹桥平。团泥掷背村童浴，提笠开襟过客行。绕岸蛙群方学跳，抱枝蝉湿未成声。雷惊电骇今陈迹，白日青天义细评。

游朗润蔚秀达园三处（昔为藩邸别庄，今作教师宿舍。）

车行曲径绕羊肠，雨过珠垂薜荔墙。迤逦泉源通月窟，玲珑山洞透阳光。散香荷盖依塘翠，余滴花梢着袂凉。自昔梁园觞咏地，只今棫朴蔚成乡。

附夏穗嫂和作

郊行曾记走羊肠，红豆花垂白粉墙。四面山青笼晓霭，半庭明月酿秋光。几番好雨琴书润，一枕清风襟袖凉。却羡古稀腰脚健，年来游遍白云乡。

穗嫂和予游三园诗再叠前韵

思君一日九回肠，虽说同城似面墙。晨喜因风来手札，夜深落月想容光。抛砖引玉才何捷，朗诵清吟暑亦凉。御苑山林任游览，浑忘身世在他乡！

附夏穗嫂再和前韵

人间几辈具肝肠，自笑年来惯面墙。雾里看花断老悖，客中览镜借年光。南窗蝉唱刚三伏，北牖风来坐晚凉。惟我与君无阻碍，何妨啸傲水云乡。

穗嫂又和三叠前韵

冰雪襟怀锦绣肠，令人钦佩仰宫墙。消愁赖有骚人句，振惰深叨良友光予辍吟六年，赖嫂诱掖，又复唱酬。世事紧张又平靖，唱酬腊尽亘秋凉。西山爽气卢沟月，早潦无忧是乐乡。

一家三代共饮于德国饭店用稻侯孙辈归来韵

莫道吾年过七旬，西餐入口尚津津。椿庭倚户忻归省，麦酒深杯不厌频。风扇送凉忘盛暑，星期奏乐恰今晨。白须朱履神仙客，天上多应忆世尘。

附稻和作

父在今年第九旬，老犹有母亦仙津。未传家学余遗习，且任儿喧忘寇频。店主无言伤岁月，天公但许半香晨。路灯星点长街暗，归步难堪旧日尘。

和稻啤酒

瓶启声惊拍，升腾涌雪醅。吟情新辟径，豪饮快倾杯。蚁泛看将涸，鲸吞莫待催。味中能耐苦，天下可图回。荀子云："图回天下于掌上。"

附原作

砰发烟微皃，玻瓶泻玉醅。风生白石几，雪泛碧筒杯。医渴凝珠冷，浇愁泡影催。腹膨非所愿，甘味苦中回。

和稻冰激凌

不肯趋炎热，摇冰酪凝酥。饤盘犹滃郁，举匚溢芳腴。凛冽饶风骨，晶莹比雪肤。玉环畏暑盛，此味得尝无。

附原作

玻盏蒸腾献，盘添一片酥。方来忧炙手，近接却寒肤。沁鼻香还冷，经喉润以腴。冰心难免热，须刻化虚无。

诸孙又将东渡再用前韵

三载暌离聚浃旬，一家宴乐拟仙津。团圆情话犹无尽，迅速光阴只觉频。老我又看将别候，此生可有再逢晨？不随流俗能绳武，愿尔联翻继后尘。

附稻和作

玄洋渤海几由旬，稳渡机轮向摄津。术士荒唐音信杳，禅僧问学往来频。明春侍坐添新景，初老精神似旭晨。在外敢忘庭训意，留饴好待拂征尘。

和夏穗嫂病起偶成

忽闻珠玉九天落，正检寒衣在高阁。披笺雒诵如晤君，玉体安痊心慰乐。起居君弱我健强，吟咏君强我才弱。抽思只恐学步难，得句每为韵所缚。屏除俗虑事丹铅，欲报良朋更收索。德律风佳不解听，管城子在言堪托。君疴偶厕捉刀人嫂因病嘱予代书陈宅寿诗，敢谓功高轻卫霍。尤喜伻回得手书，过承奖励增惭谔。

附原作

秋风瑟瑟木叶落，中夜犹闻蛙阁阁。高粱已老蟹初肥，持螯煮酒增新乐。卧病经旬始下楼，扶栏微步仍虚弱。连朝有约未能践，如蚕在茧深自缚。晓来天气频清佳，蹒跚入市行索索。思购虾菜佐午餐，拥挤傍徨无所托。不若回家聊宴息，省却游行乱挥霍。诗成特寄故人看，展览应知笑且谔。

和夏穗嫂七夕原韵

垂髫女孙辈，瓜果略陈设。回忆在闺时，亦尝逢是节。穿过羊毛针，月下夸奇绝。老年邀胜侣，未晚柬已折昔年外子曾购瓜果糕饵等七类，每类七样共七七四十九碟，午后即供。只今人事改，赖有吟朋悦。新诗解郁陶，说法广长舌。

附原作

今日七月七，瓜果未陈设。忽讶朵云来，即此酬佳节。从古巧难求，自笑真痴绝。每读故人诗，使我常心折。天孙若下窥，当亦增怡悦。无以报琼瑶，深惭徒饶舌。

和夏嫂再叠前韵

化工制秋色，五彩纷备设。闲庭风露香，烂熳供佳节。不有高人咏，此调将废绝。佳章再三读，琼笺展还折。阳春欲和难，既惧还喜悦。文字共切磋，谏果甘回舌。

附原作

暑退凉生袂，笔墨渐施设。新诗读未终，不觉已击节。秋云烂如锦，丽句真妙绝。绿柳尚垂丝，丹桂亦将折。闺中稀俗虑，唱和稍心悦。再成六十字，毋憎屡饶舌。

和穗嫂三叠前韵

残暑仍未退，莲灯满街设。忽惊时序更，已届中元节。魂梦绕松楸，吾亲悲祝绝。惠书夸便句，谓胜脑三折。一喜起沉疴，我闻断且悦。芜词当补剂，再鼓丰干舌。

附原作

卧病已三日，饘粥几不设。起居未有时，饮食无从节。两儿请就医，一力皆拒绝。丽句起沉疴，步韵刚三折。倚枕勉成章，拥念窃自悦。愧我驽骀才，从兹当结舌。

和夏穗嫂自嘲原韵

人生饱暖万事足，举世哀鸿众非独。宋朝寒士夜划粥，唐代王孙草间伏。古今历数笔应秃，争羡弹冠庆新沐。将军始不负此腹，谁得余粮贮隔宿。每惠佳篇豁心目，晴窗盥手百回读。春来日啖花猪肉，更祝嫩笋莫成竹。将行逐渐整被服时将赴沈阳，就次子穟孙养，拆洗翻缝赖女仆。或携或留纷贮椟，高下堆积如山谷。频年自笑车凑辐，出关入关时往复曾往大连、哈尔滨。儿曹相迓敬且肃，差胜当年孤臣逐。晴和扇路东风穆，更喜故君建黄屋。从此息争邮便速，愿君加餐遂私祝。

咏红线

飞行绝技侠心肠，尤胜骑驴聂隐娘。魏博阵云销寂寂，漳河流水自汤汤。铜台高揭蟾辉朗，金盒轻携翠袖扬。两郡生灵免涂炭，端应庙貌祀红妆。

梳　头

年老难希新样工，满头犹未许蓬松。鬓边毛发欺霜白，镜里容颜借酒红。使用旧梳增爱惜，挽成小髻亦玲珑。千丝万缕从容理，谁识朝朝治乱功?

夏穗嫂函询奉垣气候用前韵

难画穷边景物工，雪深枯草拖蓬松。春残未见榆槐绿，夏尽初看荷芰红。日落塞垣金灿烂，霜封庭树玉玲珑。严冬室内偏和暖，炉火能回造化工。

甲戌春暮和夏穗嫂别后寄怀原韵（二首）

正喜吟朋聚，无何马首东。邮筒艰转递不能直接寄信，梦毂屡相逢。已别重言别嫂将赴皖，私衷莫罄衷。屋梁窥落月，倚枕听孤鸿。

寸心无限语，一一托诸诗。但使余生在，犹希会面期。德音来续续，佳句莫迟迟。摄影如相寄，尤能慰远思。

和夏穗嫂寄别原韵

卅载契苔岑，吟坛许驰逐。心伤世变迁，目睹国日蹙。弱肉喂强食，舆论随反复。哀鸿遍四野，惧将沉大陆。可怜国殇家，睊睊在心目。天意悯苍生，罢战说亲睦。从此途路靖，平安庶可卜。所差良友分，两处悲孤独。各就板舆欢，老年犹仆仆。旧地君重游，穷边我潜伏。细怀西子湖，香烟盛三竺。神驰君左右，心旌若麇鹿。愿君寿而康，更冀年丰淑。白发倘重逢，得慰私心祝。

和穗嫂秋末寄怀原韵兼惠摄影（二首）

惆怅良朋各一天，前尘过眼似云烟。何年重剪西窗烛？徒羡长空雁影翩。

晨起忻逢尺素来，端详玉照久低徊。丰神相对亲朝夕，也算重联岑与苔。

和夏穗嫂寄怀原韵（二首）

十刹名区几度经，曾邀仙侣共登临。花荷依旧人难共，天上人间何处寻？

盛夏浑如春季凉，二年逭暑住辽阳。故人重遇知何日？别路争同别恨长！

丙子春答夏嫂询近况（三首）

闭户抄诗懒出游，清闺名作冀传留。稿成惟叹无资印，此志难伸已十秋。

归期屈指夏秋间，自顾顽强任跻攀。所叹依然良友隔。徒忻生入玉门关。

心牵儿病未曾瘳，醉不成欢却腊羞。欹枕和君珠玉句，惭将拉杂报朋俦。

阳历除夕悼次儿穟孙

嗟予之不德兮，致汝养之未终；长埋地下兮，欲见无从！幸摄影之留像兮，依然愉色与婉容；终朝凝视而不得通一语兮，魂惝恍兮怔忡！去年此日汝回家兮，饮屠苏兮举室融融；今兹又届除夕兮，抚遗胤兮推心胸！

前　尘

前尘历历总堪稽，何事颓龄逗日西。春鸟嘤嘤春草绿，梦儿扶我过前溪。

抄吴女士哭子诗入噍杀集

身居乐境总含悲，况复抄人哭子诗。肠断心酸同此痛，泪痕墨迹共淋漓。

丁丑春日携孙妇袁蘩猷孙女亚满游公园

命驾携孙辈，春园淑气和。近栏红药茁，映水绿杨多。欲觅欢娱事，其如感概何？满街无线电，充耳当弦歌。

夏穗嫂寄和游园诗再叠前韵

读罢琼瑶什，如兰嗅味和。只缘离别久，翻觉唱酬多。樱笋时将老，蚕花讯若何？思乡归未得，踏踏且赓歌。

初春游清华园

儿曹邀我出郊垧，翼解悲怀乐性情。晓树苍茫新着色，春山淡冶笑相迎。荒村聚落如城市，古道崎岖化坦平。车铳周围安且暖，胜他潘岳板舆荣。

朱夫人嘱题小汀先生所著寿鑫齐蘩记

安乐窝中拥百城，刘刚伉俪合齐名。搜罗掌故希前哲，慈惠心期诏后生。玉海文澜深且博，紫阳家学阐逾明。璇闺喜有神仙侣，点露研殊共品评。

丁丑生日用苏玉局岐亭诗韵示长子稻孙

为庆八旬寿，娱宾需肉汁。莫使庖厨地，顿变沙场湿。物亦爱生命，反令活不得。可冷汤火侧，惨惨呼号急。尚有不鸣者，岂但鸡鹅鸭？愿存恻隐心，庶免此一幕。勿教幼稚者，习惯近朱赤。若不戕生命，我当浮大白。守夜有黄耳，报晓有赤帻。总为远庖厨，遥知釜中泣。嘉宾谅我拙，应不责欠缺。菽水堪养老，蔬笋可供客，荷能安我心，底几千祥集。

悼俞甥承莱

开械知噩耗，老泪洒滂沱。苕水高吟遍，潜园佳绘多曾绘潜园十二景。早知来劫运，普劝念弥陀。慧业今生已，人天唤奈何！

和夏穗嫂战时寄示二首步韵（二首）

吾侪惟镇静，藉以乐余生。喜爱南陔养，宁忘北阙情。荣华悲往事，禾黍感遗氓。劫自人间造，兵从天上行。十旬空际战，百旅阵前倾。举国遭颠沛，文明进几程！

人生患哀乐，无识羡蜉蝣。卵石难相竞，仙凡孰可俦？少陵伤世乱，同谷发歌讴。闻道来杭信，浑如释楚囚。械开先注目，薇盥念从头。心有桃源境，能销万斛愁。

附原作（二首）

残年逢乱世，自笑任偷生。饱历崎岖境，常怀故旧情。乡居如作客，家食似侨氓。北海空相忆，西湖惯独行。黄花虽绚烂，白酒未能倾。试问长安客，抄书日几程？

电机常绕郭，生命似蜉蝣。避地无良策，迁居亦寡俦。无聊惟独坐，遣兴且吟讴。闹市如元旦，游人若罪囚。匆匆稍瞩目，惘惘怕回头原注：凡至市买物不敢留连，防警笛突鸣，无从避也。终日岩墙下，痴顽不识愁。

戊寅春日忆夏穗嫂

良朋千里隔，垂老叹飘蓬。闻道干戈急，多应颠沛中。十旬音信断，终夜梦魂通。何日重相见，苔岑契合同。

喜穗嫂重来北京用前韵

五载重相见，霜添两鬓蓬。互将衣袂执，非复梦魂中。智脱干戈外，情深感应通。书痴有病福，依旧唱和同。

和穗嫂喜重晤原韵

令子真贤孝，承君爱日迟。扶持颠沛际，将顺乱离时世兄元瑜侍嫂北来，上下火车赖其负荷。学问三迁教，纲常独力支。绵绵歌永锡，岂但细书诗。

和夏穗嫂桐江诗原韵

幼年随宦过桐江，蓬箬周遮无户窗。卧榻两行中似衖，斯船名曰“义乌艭”。

和穗嫂自杭州避难至京原韵

天上神仙亦受惊，剧怜衣锦古名城。壮丁慷慨临前敌，杜子仓惶赋北征。七里泷过稍缓缓，三瞿旅宿复行行。人因避难增强力，诗为伤时擅盛名。千里奔驰嗟厄运，一朝脱险庆重生。离乡不作无家别，失地仍为故国氓。涉历关河增智识，经过湘粤忆途程。从今无复飞机警，到此重闻冰碗声。忽睹新民兴旧校，时闻遗老说前清。花看上苑犹无禁，春满芳郊正卖饧。城市繁荣忘乱世，亲知多半住神京。吟朋最喜重相聚，细诉暌违数载情。

附原作：（原注：自去冬奔走，至今春甫定，偶成排律，用志行役之劳、经过之处。）

故园烽火忽相惊，行李须须竞出城。才到桐庐初月上，兰溪小住又长征。衢州一夜忻安枕，次早飞机又逐行。浙赣火车疲耳慢，车中拥挤不堪名。正襟危坐无他望，饮啖全无几丧生。到达长沙如梦醒，自冷身世若流氓。盘旋又向广州去，回首乡关已几程。一至九龙风景异，耳根从此少繁声至九龙始不闻飞机声。稍停更在轮舟上，破浪乘风海色清。倏忽又从沪上过，花朝却值买新饧。天津未伫须臾足，冒险居然返旧京。亲友相逢疑梦里，欢然握手询前情。

戊寅春日长子妇陪游公园

曾见斯园辟草莱，今看鹤舞雀屏开孔雀开屏良久。日烘芍药盈盈拆，风卷杨花滚滚来。枯树罥藤红灿烂，新苔铺石碧崔嵬。凭轩怅触经年别，小阮天涯犹未回。去年秉雄侄行文定礼于此，旋即回南，至今路阻未返。

和穗嫂新秋原韵（二首）

光阴迅速又新秋，三载思儿莫解忧。遥想故乡颠沛苦，吾侪仿佛在神州。

何年尘海定风波，举目关山感概多。我与故人尝世味，酸甜苦辣尽经过。

立秋日计次子逝世已廿七个月孙辈释服感赋

北窗高卧听蝉鸣，大火西流节序更。乱世得居安稳地，老年倍切别离情。亲朋犹自嗟遥远，母子何堪隔死生。绕膝孙曾宁不足，时时老泪为儿倾。

穗嫂见和再叠前韵

蝉蛩非为不平鸣，应节随时永不更。欲令残年能却病，只惟太上学忘情。开椷使我愁怀释，举笔因君诗思生。且喜抛砖常引玉，盥薇雒诵每心倾。

贺张甥菊圃古稀双寿步丁巳年惠诗原韵

小姑性纯孝，遗命子觅舅。跨海涉扶桑，奔驰惟恐后。臂金锡犹子，敬述母意厚。殷殷骨肉情，不啻出母口。甥负济世才，辅助渭阳久。异域展经纶，传家征孝友。令子绳祖武，重联秦晋偶。文章通欧亚，辟故开新纽。为政在安良，民如饮醇酒。令晖与惠连，新学共导牖。英英三珠树，兰阶盛瑜玖。德望鲁灵光，巍然拟山斗。更喜鸿案偕，康强乐耆耇。

和夏穗嫂种枣核诗原韵

闺阁姓氏资考核日抄《闺秀艺文略》，伏案终朝户不出。师承无自苦茫然，单独生涯岁逾七外子捐馆已七年矣。赖有良朋素志同，道义文辞互相匹。历年酬唱解烦忧，庶境怡怡忘苦疾。能将镇静免乱离，存问不辞寒凛冽。他年共食安期枣，天佑吾曹惠迪吉。

附原作

良友赠我一枣核，培之土中待其出。若见成阴子满枝，吾年亦可七十七。友虽长我十二年，龙马精神谁足匹？我方六十甫逾五，容颜衰老复多疾。伏案观书眼欲昏，临窗作字心惴栗。他年树下共尝新，今日阶前先下吉。

癸酉阳历除夕旧历十一月望日（二首）

每寻儿辈乐盘桓，无暇承欢且就欢。一事今年尤可喜，孙枝海外庆团圆。长孙娶妇增田时子

中兴故国有齐桓，王政敷施黎庶欢。难得今年除夕夜，屠苏杯底月团圆。

和张菊圃戊寅除夕诗原韵（二首）

诗家多杰作，天试乱离时。佳句人传诵，清操我独知。联吟莺出谷，慨世鹊依枝。胸有桃源境，更无尘杂思。

垂暮思亲串，忻逢尺素传。别离悲往事，团聚在今年遣次郎送妇携子女归宁。家世余黄卷余家世代清贫而书籍不少，高吟录绛笺。悭囊惯羞涩曾孙辈糕果每以廉价者购畀，不吝买书钱。

和菊甥新雁原韵

数声嘹泪渡银塘，堪羡雍雍字一行。秋渚回翔依折苇，晓空点缀画潇湘。群飞谋食难辞远，只影流衷韵白长。烽火惊心云路阻，传书何处是家乡？

七月十四日长孙端仁夫妇奉我游公园饮于来今雨轩

忝享人生福，孙曾乐耄年。鹊填星乍会，人寿月将圆。孙妇生日东语闻稍解，西餐味胜前。电灯千万盏，争及广寒仙？

和俞甥妇姚纫芳感怀原韵（二首）

别路超遥千里程，坠欢历历忆分明。至亲况复遭离乱，骨肉何堪隔死生。遗墨重观心惋恻检彩甥遗诗等寄还，瑶笺读罢涕交并。空花悟彻浮生幻，惟有逃禅意气平。

故乡归去愿犹赊，亲友流离天一涯。失地万方争逐鹿，绕枝三匝未栖鸦。少陵同谷嗟斯世，王粲登楼苦忆家。细柳新蒲依旧绿，中心靡靡惜春华。

送次孙女亚觉返粤

八月团圆乐有余，一朝惜别送临衢。从今聚会应思汝，未必重来尚有吾。盼得音书频告惠，愿依勤俭作规模。众雏稚弱程途远，碌碌征程心与俱。

庚辰初冬送张智扬表侄女南归

未唱骊歌已黯然，风城聚首十余年。似君母教堪师范诸子女均自教，诲我孙枝学圣贤孙辈曾受业。归慰萱堂黄发健，重圆鸿案锦衣旋。临歧无限丁宁意，鳞便频希尺素传。

题铁夫人画兰

风枝露叶擅千春，盘马弯弓仰世臣。教养璇闺传雅范，倡随铃阁播皇仁。芝泥叠沛恩尤重，草帖临摹气逼真。福慧双修生盛代，可岭未纪管夫人。

和长子稻孙戏咏飞机

直上青霄气机足，依稀可听云璈曲。远镜俯视如布局，能使一一眼帘触。豁然无障开心目，超出尘埃如梦觉。国防关塞纷相促，世界分明藏一粟。星星点点失山岳，万斛龙骧成艒艑。夕阳红映海水绿，烽火莫教沉大陆。云车风马漫追逐，归读吾书温旧学。

附原作

超海鹏程今发足，居然一举见纡曲贾生《惜誓篇》："黄鹤一举兮见山川之纡曲。初愁座小身为局，渐习耳风与云触。忽超云上光满目，六合无分浑失觉。俄复低回大地促，海如明镜山聚粟。水底崎岖亦山岳，水面纤维但艒艑。旋入眼中一撮绿，此身安然已在陆。还忆刹那梦里逐，记得童年地理学。

和刘雪蕉女士见赠原韵

燕雀何当鸾凤声，碔砆敢谓玉中英？耄年好学因无事，昭代多才集有成。幸接芳徽知淑性，荷承佳什愧虚名。清谈娓娓倾衷曲，谁信初逢乍识荆！

和刘雪蕉再赠原韵（四首）

淑德清才似左芬，相逢未稳惜襟分。锦笺入手难轻释，秀格簪花绝妙文。

尺素重传珠玉来，香分兰蕙色玫瑰。正逢忆远伤离候，盥读佳章心境开。

镇目公余手一编，料量药饵夜妨眠。提瓮汲井勤操作，节俭才能胜昔贤。出办公事，入侍汤药，夫病多年，家无奴仆。

中垒家风梁孟吟，乍亲芳范久迟钦。春寒料峭宜珍重，共听新莺啭上林。

答雪蕉女士见寄

拟抄再续诗，明年岁辛巳。大著写韵轩，掷交盼邮使。屡承惠佳章，称誉愧高旨。自嗟耄且昏，学步浑不似。前尘宛梦中，看花在雾里。节序过清明，敝裘未脱体。凡事皆善忘，顾彼即失此。每逢宴会际，错误伊何底。白云空卷舒，春树远如荠。徘徊念良朋，频向雕栏倚。瑶笺再三读，能使跛者起。感君意缠绵，藏拙不获已。苔岑讵易合？惟托管城子。衷曲未尽言，涂鸦已满纸。但愿祝双安，恒占勿药喜。

附原作（刘韵松）

昨者月明时，良辰过上巳。欻闻叩门声，乃是青鸟使。读兹大雅吟，深得温柔旨。密意寄缠绵，好语穿珠似。峭寒与骤暖，变换春光里。薄棉犹在身，轻衫未着体。多谢素心人，关切至于此。妙趣蕴胸中，笔花生眼底。其气清如兰，其味甘如荠。回环而雒诵，绣枕灯前倚。魂梦绕幽居，晨鸡惊唤起。感之不能忘，思之不能已。还将下里音，就正成连子。书罢付邮筒，凭君传一纸。为报竹平安，藉博慈颜喜。

和刘雪蕉七夕独酌原韵

欲写百篇需斗酒，高吟不让温叉手。胸中云梦吞八九，天孙反羡人佳偶。艳福清才互师友，秦声呜呜欢击缶。纤纤眉月穿窗牖，世俗浇漓诗敦厚。风光霁月扫晴帚，瑶笺浣读香溢口。勉和琳琅呈瓦瓿，佩君博雅窥二酉。云軿吉语来星斗，富贵寿考庆悠久。

附原作

欲洗银河惟藉酒，拙人那有补天手。胸中抑郁常八九，凭谁诉与神仙偶。解依意者为红友，今宵且尽灯前缶。专巧难蕲智难牖，妙笔空传柳子厚。我将乞取扫愁帚，但愿含杯莫离口。糜烂宁为布覆瓿，醉乡无复辨卯酉。奚必乘槎犯牛斗，支机石落下方久。

和雪蕉女士园蔬四绝

花发忘忧日正长，摘来纤手露华香。可餐可佩宜男号，我为良朋祷祝忙。

借隐东门学种瓜，高情雅致羡还夸。紫茄色艳兼香味，肉食腥膻总觉差。

架高柔蔓绿迎风，碧玉参差小院东。多谢主人勤灌溉，赖将人力补天工。

篱豆花开得气先，垂垂嫩荚早秋天。从教海错山珍味，争及园蔬入馔鲜。

附原作（四首）

叶叶纷披翠带长，金针乱簇香生香。家厨风味随时异，我比蜂儿采蜜忙黄花。

新摘昆仑紫样瓜，西红柿颜色漫争夸。制成酥酪供饕餮，莫笑贫家口福差。

乍引柔条便苦风，天罗絮卧小墙东。不扶自植冷无力，费我经营半日工。

豆花篱落占秋先，中伏才交四五天。嫩荚登盘清拟玉，园蔬入馔味弥鲜。

刘雪蕉女士寄示送葬诗并其夫墓铭寄此代柬

承君顾敝庐，别后恒牵挐。诚知兰蕙心，旦夕独悲咤。我亦染微疴，烛几风前化。既愈又病齿，灌漱日兼夜。畏苦不服药，嗜甘难嚼蔗。故人落月思，积雪未命驾。忽闻尺素来，急就灯光罅。读君哀诔词，使我泪如泻。才名藉久传，尤胜天年假。愿君强自宽，指归袂重把。

和刘雪蕉元旦遣怀原韵

严冬寒凛冽，窗上冰花结。何以致此花？气侯殊寒热。积极不通融，幻作空明色。仙葩非人工，自与凡卉别。因激成美观，反觉画师拙。嗟我怀故人，屋梁看落月。奉出兼近作，慧悟逾前哲。回环再三读，使我心怡悦。如食慰惆饥，如渴香茗啜。罗暮阻风沙，彼此罢请谒。勉赓白雪吟，庶不负令节。

和张甥菊寄已卯除夕诗庚辰仲春（二首）

春去惜韶华，飞英逐燕斜。别离嗟腕晚，阅历又增加。世乱难忘国，身安便住家。卅年违故土，饱看上林花。

授课匆忙甚，裁书趁隙余。传家征孝友，教子赖诗书。且喜鸣阴鹤，何妨学蠹鱼。澄怀如朗月，照彻万缘虚。

庚辰端节家宴忆三强侄时在巴黎围城中

今岁天中节，阶兰得二雏。一家兼戚党长孙外姑增田夫人同座，四代共欢娱。不尽樽前话，难忘海外孤。烽烟怜小阮，无计整归途。

和族侄宝德题先代遗稿韵即贺其七旬双庆

凤城久住似家乡，浙水稽山转渺茫。谊笃传吾三代稿，族衰赖尔一枝昌。历游名胜诗囊富，绍续前徽家乘光。且享团圆儿辈养，旧闻新学卷而藏。

谢夏世兄元瑜自制石膏果两枚送我

惠我双佳果，传观举宅忙。见之争欲啖，持者急闻香。红拟佐杯饮红杏，黄思瀹茗尝柠檬。能教动植物，均得寿无疆擅制标本。

谈月色女士嘱题茶寿图

茶村先生酷嗜茶，味清气正胜流霞。离离禾黍悲周道，历历山川吊楚些。遗址至今四百载，蹁然仙侣来营家。轩名饥凤宜栖凤，笔梦生花绍浣花。身世沧桑同感概，白门且种故侯瓜。避嚣难免留鸿迹，揽胜相将挽鹿车。眉案镜台新布置，笔床茶灶旧生涯。先生华诞逢良日，恭抚遗容岸帻纱。风流管赵承祀典，斟酌荐菊供茗芽。一时冠裳集仕女，虔申敬礼无喧哗。或书事略簪花格，或感时世兴叹嗟，或吟长歌泣风雨，或作梅萼枝横斜。绝艺高才呈瑰宝，云中只恐蛟龙拿。先生之寿真长寿，绛县老人十倍加。

和罗嫂朱夫人见赠原韵

曾闻闺阁竹林贤，令德清才福慧全令侄女守巽女士曾言夫人才德。忆待重闱瞻寿母，至今花甲一周年六十年前见伯祖姑姚太夫人于遂昌。

和罗嫂购梅原韵

自携鸦嘴拟亲栽，从古诗人总爱梅。惟有此花怜寂寞，冲寒冒雪引春来。

赋谢章衍群表叔惠赠菊花

万卉凋零候，东篱菊有花。晚香争艳逸，寥寂变繁华。天锡延年号，秋宜处士家。敢忘培植意，着意护仙葩。

章表叔见和又折赠菊之硕大者再叠前韵

顿觉香盈座，颁来陶令花。依时传月令，劲节傲霜华。冷艳敷三径，风光被两家。披笺忻引玉，诗句寿而葩。

三叠前韵

兰悴荷枯后，秋光盛菊花。仁心劳灌溉，触目绚繁华。艳夺三春色，香分五柳家。芸窗增逸致，多谢散天葩。

四叠前韵和章表叔旅倦思归之作

更番蒙锡赉，相对赖黄花。屡屡惊风鹤，常常通法华。丧师仍故国，避地出诗家。莫漫嗟珠米，餐英有夕葩。

五叠前韵

浊世难伸志，何如艺菊花？只愁回故里，未必胜京华。俭恶奢豪俗，慈怜亲串家。趋庭招风侣，同侍赏仙葩。表弟春闾在沪结婚

六叠前韵

篱边饶楚菊，笔底灿江花。博证三灵伪曾著《三灵辨》，精搜百宝华著《石雅》四巨册，考证宝石最详。着书安陋室，艺菊惠邻家。明岁尤堪庆，兰阶茁玉葩。

题吴宝懿世兄寄示先考墨迹

航空信来忻且讶，开启瑶缄眼帘射。先人遗墨赖珍藏，题跋诸公半凋谢。去年得读诗续抄，祖父叔弟诗笺研去年承洪表弟寄示《硖川诗续抄》所载先祖父、叔弟诗。两君高谊薄云霄，千里邮传等无价。忆昔垂髫侍亲侧，研墨拂笺况如乍。至今已逾七十载，荏苒光阴驹隙罅。频年烽火念故乡，翘望松楸泪如泻。可怜家国感沧桑，弟侄已先即长夜。曙后孤星仅独存，风前残蜡犹无化。漫言程门盛桃李，唯此陆庄堆禾称。摩挲手泽悲更喜，仿佛当年依膝下。

贺施亲母七旬双庆适金婚之年

星轺万里庆安归，兰玉盈阶祝古稀。孝友传家母族张垂阃范，文章华国息戎机亲家曾著《东铁路表》。雍雍麋案金婚届，滟滟桃觞逸兴飞。绕膝新知承旧德，一般贤顺佐莱衣。

苏铁着花感怀示长子稻孙

吾年八十四，绕膝孙曾侍。筑屋凤城西，地僻嚣尘避。团圆聚族居，雍睦无垢谇。槐柳荫参天，杂卉亦繁植。中庭双苏铁，冬令仍苍翠。辛巳八月初，双树生丛蕊。枝高二三尺，花各百余穗。联芳比昆季，并艳如姝妹。晓日增灿烂，夜月添姿媚。此花不易开，或褒汝勤悴。徘徊思往事，吟赏发感喟。汝父虽古稀，未及耄耋岁。斯时若在堂，对景应忻慰。愿儿益修德，保此白华瑞。

和夏穗嫂寄示原韵（二首）

良友兼旬别，相思积愫多。连朝希造谒，昏耄不能何。
尺素传邮便，兴居近若何。环章附佳句，盥诵乐婆娑。

伤风戏作

夜来受薄寒，辗转不得卧。晓起头涔涔，清泪眼眶注。谁知鼻中涕，效学花间露。从容谈笑时，忽向人前堕。涕泪不因悲，几致衣襟污。我本爱洁人，此态令人恶，作诗谢病魔，速去勿再顾。

和雪蕉

暌离咫尺似蚕丛，况复春寒气未融。诗兴每于花圃得，衷怀惟道管城通。无由共赏琅玕翠，畏冷时亲炉火红。转眼阳和催百卉，祝君健步挹光风。

和刘雪蕉江亭秋眺

触耳商声不可听，诗人吟眺集江亭。波光浩渺铺明镜，山翠周遭列画屏。既水芙蓉当夕照，耐寒松柏喜长青。菊花合受延龄号，证畏繁霜玉露零。

附原作

白杨萧瑟那堪听，一望芦花绕水亭。画里云开诗境界，诗中山列锦围屏。春华暗换无情碧，秋柳奚能着意青？除却耐寒松柏外，经霜何木不凋零！

悼初日楼主人罗孟康（二首）

尺素无缘达闻其疾苦，寄信问慰，未送已逝，仙凡遽已分。芳徽虽未晤，佳句已传闻。迢递君思我与令妹信常问及我，迁延我愧君《艺文略》及《正始再续》两书均未脱稿。莫嗟年寿促，千载有诗文。

神仙本游戏，浊世讵能留？触目遥天树，伤心初日楼。家风传累代，才藻擅千秋。端赖荆枝义，承欢慰白头。

和罗通甫嫂岁暮杂感原韵（二首）

福慧双修德更优，庭阶兰玉解烦愁。羡君姊妹他乡聚，花萼联吟未白头。

簪花妙格笔姿优，诗恉柔和少怨愁。风雪天涯思雁序，趋庭乐境忆从头。

附原作（二首）

咏絮趋庭事事优，承欢竟日不知愁。而今发白儿孙绕，谙尽酸辛五夜头。

晓日当头百事优自注旧句，拈毫莫赋暂离愁。消寒煮酒催新句，岁首欣逢月上头。辛巳冬望，正值阳历岁首。

和伯宣侄壬午元旦

岁阑诗兴未应阑，示我佳章此调弹。世事惟新开眼界，吟情恺恻集毫端。团圆同鼓衡门瑟，恬澹宜簪处士冠。但愿普天烽燧熄，从今家国共平安。开岁已看灯事阑，待教樱简饤春盘。门庭正喜添孙乐侄近得第八孙，家国都应取友端。但愿公孙修礼乐，漫言叔敖效衣冠。民无冻馁干戈息，饱食吾曹心始安。

附原作

把酒持觞兴未阑，初阳复又荐辛盘。衡门符换忻除旧，大地春回肇履端。冀化干戈为玉帛，谨修礼乐会衣冠。更新欲藉旋干力，永庆升平策治安。

和伯宣侄原韵

小极新瘥强自支，邮来又喜得佳诗。歌谣有庆古民乐，烽火无惊感佛慈。三国联盟饶政策，一家唱和慰乡思。会当春暖花开后，携榼相将醉习池。

柬夏穗嫂

酝酿韶华春半酣，迎眸稚柳绿毵毵。遥知游宦扶桑客世兄元瑜在九州岛，海上仙楼归路探。

穗嫂见和再叠前韵

如饮醍醐意自酣，欢迎知已发毵毵。只断老耄无能力，未得陪君花讯探。

夏嫂再和三叠前韵

独酌无聊酒半酣，光风拂户柳毵毵。恰折知已来佳句，先寄巴吟当后探。

和罗通嫂游公园诗（三首）

岁月匆匆似水流，春光多半去悠悠。锦囊收取韶华艳，赢得诗人惬俊游。

闲吟揽胜兴尤赊，杨柳风微燕子斜。迟发南枝配阳历，居然五月落梅花。白梅四株阳四月尚有花

细柳毵毵覆苑墙，迎人到处百花香。仁慈心地如仙佛，领略壶中岁月长。

和罗嫂重游公园原韵

诗人吟眺及芳时，告我寒梅发艳姿。更喜颁书为善乐，同心知已胜连枝。托代散善书

和罗嫂寄示合家至公园原韵（二首）

一家雍睦似神仙，佳妇文孙侍膝前。蝶影花香随处乐，胜他走马海棠颠。陆放翁诗："走马碧鸡坊里去，被人唤作海棠颠。

风景频游更胜前，羡君花萼袂重连。仁心乐与人为善，便是

慈航普渡船。

附原作（二首）

登山临水儿孙乐，弱妹牵衣不欲前。人事春光都美满，一杯苦茗感华颠。

殿阁荒凉在眼前，苍松古柏任留连。一声欸乃春波绿，闲倚雕栏看画船。

和罗嫂白丁香林

青帝施仁政，春风百卉苏。丁香繁且洁，芬馥胜秋芦。

九畹兰

空谷佳人微步姗，幽姿难得许人看。牡丹未放春过半，王者之香已发端。

附原作（二首）

盛极春将暮，浓香醉欲苏。缀来自皎洁，闲眺想秋芦。

游春仕女步姗姗，领略幽香伫立看。不似岩栖闲自得，朝评暮品总无端。

和罗嫂读关颖人寿内作有感

伉俪知心不羡仙，人天暌隔最堪怜。因君感慨增连想，泪洒同情珠玉编。

附原作

双双吟蝶健如仙，读要新词转自怜。倘若世人皆识字，愿捐钗饰印佳编。

壬午六月戴母沈太夫人百龄生日 长子雨农公使古稀同庆征诗

期颐多福孰能俦，子妇同心孝养优。鹤算频添增百岁，鸾章久锡庆千秋。古稀有母骄仙佛，寿域偕儿胜孟欧。他日九旬舞莱彩，三回花甲数从头。

癸卯旅行记

题 记

右日记三卷，为予妻单士厘所撰，以三万数千言，记二万数千里之行程，得中国妇女所未曾有；方今女学渐萌，女智渐开，必有乐于读此者。故稍为损益句读，以公于世。

钱恂志

自 叙

回忆岁在己亥光绪二十五年，外子驻日本，予率两子继往，是为予出疆之始。嗣是庚子、辛丑、壬寅间，无岁不行，或一航，或再航，往复既频，寄居又久，视东国如乡井。今癸卯，外子长蹈西伯利[1]之长铁道而为欧俄之游，予喜相偕。十馀年来，予日有所记，未尝间断，顾琐细无足存者。惟此一段旅行日记，历日八十，行路逾二万，履国凡四，颇可以广见闻。录付并木，名曰《癸卯旅行记》。我同胞妇女，或亦览此而起远征之羡乎？跂予望之。

浙江钱单士厘志于俄都森堡[2]

※① 西伯利：西伯利亚。

※② 森堡：圣彼得堡。

癸卯旅行记　卷上

光绪二十九年

由东京到大阪[①]

二月十七日（阳3月15日）　黎明，发自日本东京寓庐。是行也，留两子一妇一女婿三外孙于东京，远别能无黯然？然两子一妇一婿，分隶四校留学，渐渐进步。外子自经历英法德俄而后，知道德教育、精神教育、科学教育均无如日本之切实可法者，毅然命稚弱留学此邦，正是诸稚弱幸福，何惜别之有？且予得一览欧洲情状，以与日本相比较，亦一乐事。时大坂正开第五回内国博览会，尤喜一观。遂命长子妇侍往大坂观会，俾于工艺上、教育上增多少知识。午前七时馀，汽车发新桥驿。家人之外，同国人、日本人送行者数十。汽笛一声，春雨溟蒙，遂就长途。新桥，神户间，所谓东海道者，予已三度经过，均晚发晓达，未得领略风景。此次虽雨窗模糊，究比宵中明亮，自山北驿至御殿场驿，穿过隧道不少。急湍峻岭，翠柏苍松，仿佛廿馀年前游括苍道上。过琵琶湖南，入西京近乡，夹道田畴，正事耕作，现一种农家乐境。午后九时半，抵大坂，寓环龙旅馆。自新桥至大坂，凡日本三百五十六里半日本一里当中国六里。

第五回内国博览会

十八日（阳3月16日）　观博览会。外子承日本外务省招待，为赴会之宾，有优待券。予相偕而往。外子云，虽不如昔年法国巴黎之盛，而局面

①《癸卯旅行记》《归潜记》两篇中，此类小标题，均为前整理者所标。下同，不再出注。

已不小。况既云内国博览会，自不能与万国博览会相比拟。而其唤起国民争竞之心则一也。会场地凡十万馀坪。其中万二千馀坪为建筑之馆舍。会中凡分十馆，汇记如左：

曰工艺馆，为此会主中之主。栋宇连亘，品物充牣，较他馆为盛，无一非本国人工所成。此会每五年一回，以与其前次之会相较，验工作进步之程度，故精制固所共珍，即粗制亦在所不弃。更助以图画、模型、解说书等，务使览者了然于其发达状况，用意全在工商。馆中执役人，尚女少于男，窃度第六回之会，必女多于男矣。华人向译此种会曰"赛珍"，曰"赛奇"，皆与会意相刺谬。

日本之强由于教育

曰教育馆。日本之所以立于今日世界，由免亡而跻于列强者，惟有教育故。即所以能设此第五回之博览会，亦以有教育故。馆中陈列文部及各公立、私立学校之种种教育用品与各种新学术需用器械，于医学一门尤夥。更列种种比较品，俾览者得考见其卅年来进步程度。年来外子于教育界极有心得，故指示加详，始信国所由立在人，人所由立在教育。有教必有育，育亦即出于教，所谓德育、智育、体育者尽之矣。教之道，贵基之于十岁内外之数年中所谓小学校者，尤贵养之于小学校后五年中所谓中学校者。不过尚精深，不过劳脑力，而于人生需用科学，又无门不备。日本诚善教哉！

中国向以古学教人，近悟其不切用而翻然改图，官私学堂，大率必有英文或东文一门之功课。试思本国文尚未教授，何能遽授外国文？无论其不成也，即成，亦安用此无数之通外国文者为哉？要之教育之意，乃是为本国培育国民，并非为政府储备人材，故男女并重，且孩童无不先本母教。故论教育根本，女尤倍重于男。中国近今亦论教育矣，但多从人材一边着想，而尚未注重国民，故谈女子教者者犹少；即男子教育，亦不过令多材多艺，大之备政府指使，小之为自谋生计，可叹！况无国民，安得有人材？无国民，且不成一社会！中国前途，晨鸡未唱，观彼教育馆，不胜感慨。

中国前途晨鸡未唱

曰农业馆，凡植物及畜牧皆隶焉。即如米之一种，每匣仅装合许，凡数千百匣，盖别其为何地所产与何种肥料所培。卖约开始甫一日，此千百匣为一人尽购而得。会例：凡买会中物品，留俟会散始取去。可见彼中人留心实业。

曰林业馆。闻此业各国均以为巨额之收入。日本亦仿各国例，分帝室产即御料林、国有产、民有产三种。国有产最多，民有产次之，帝室产独少，有比较图悬示。或不知帝有与国有之迥别，故特揭之。

渔法渔具分示极细

曰水产馆，陈列鱼鲊海苔等类。鱼本日本所独富，渔又日本所擅长，观其渔法、渔具，随时随地随鱼而异，分示极细。闻宁波渔具，为欧美所艳称，惜无会以表显之。

曰机械馆。此馆所陈，亦日本所自造；而其式其用，皆学自西方者。

曰通运馆，汽车、汽船、电线等属焉。亦取法西国，而无一西国品。

曰美术馆，绘绣，雕刻、抟塑之属，而绘绣尤多。各馆卖约品不少，而此馆卖济者独不多，岂价值较昂欤？抑风俗尚朴欤？有一绣鹿踞草石间，初无彩色，不过白黑青三种渲染浓淡而已。然陈其所绣之线，多至一百六十馀种，知绘影绘声之绝技，不外分析浅深，浅深烘托而光出，光出而影声均现矣。东京工业学校，昔曾一观。其染织一科，先从光化着手，故彩色夺目，而在绣尤难。

台湾馆

曰台湾馆，凡台湾物产、工作皆列焉。观其六七年来工作，与夫十年前之工作相较，其进步之速，令人惊讶不已。昔何拙，今何巧，夫亦事在人为耳。草席、樟脑、蔗糖，海盐，尤今胜于昔。且新发明之有用物品，多为十年前人所不及知者。再越二三十年，必为日本一大富源。

曰参考馆。日本此会，虽为内国工艺而设，而其意未尝不欲为他年万国博览会之基础。乃设此参考馆，为陈列外国物品之所。然在西方工商程度已高之国，罕愿送物品于幼稚之日本，故所列西品，不过日商之贩自西方，与西商之贩售于横滨者而已。中国则由日本领事向政府及各督抚敦劝，故勉出物品，以应其请。湖北居首，四川随之，各有一小区，列物数十种。虽人工物与天然物并陈，然意在劝工商，不在竞珍奇，已与会旨相合。山东物、两江物迟至，无地可陈欲预会，必先向彼政府定地若干。湖北以预定，故有地，他省则否，尚未启箧。福建物列于台湾馆之隅，大起学生之感情，现正谈判中。此次各省派遣候补道一二人，各总其省事，且别有多数之游览官。北京政府，更派勋贵预会。他日诸巨公归国，不知有何报告，能阐明会意否？

中国参加展览

曰畜牧场，备牛马等家畜之栏，然畜物尚未进会。

曰体育会，为研究各种体操及自转车等事。

曰植物场，莳花果及园庭栽树之模范，标明种植之法，何等培养，得何种结果。其理浅易，颇便民用。习见之品为多，珍卉不概见。

各馆中所有各肆各会，其装饰点缀，千百无一同者，各因其所列物品，以生情致。如列金工物者，其装饰多金类。列绣物者，其装饰即绣屏、彩幛。若林业馆各门，多用木材嵌合。农业馆各门，多状疏篱瓜蔓，作一种村朴景象。有糖品室，即列丈馀巨蔗十数，以当门垣。此其馀事，亦颇足见即物即景之趣。外子云：彼一切庋置配合，悉符西法，可征其办事之不苟。其他休憩所、游戏所等，凡以便客娱客者数十处。并有医疗所，盖日聚一二万人于一地，安必无猝遭伤病者乎？有一饮食所，名牛乳模范店者，其待客食品，则牛肉、鸡肉、羊肉外无他肴羊为日本所最珍，牛乳、麦酒外无他饮料，而选材烹饪，与器皿几椅，无不清[1]洁。一客至，则以牛乳一觥、肴三品进，糖及乳脂佐焉，价仅三十五钱。其解说书所载，欲以廉价精美之品，示国人以卫生之法。一饮食之微，用意周挚如此。

一切布置悉符西法

别院曰赤十字会，历列品皆治疗所用，如刀圭、护伤衣布等类，无物不洁益求洁，便益求便。此会尤重在军用，故急治法与搬运伤病人法更为注意。当明治十年时，入会者仅三十馀人，今年已增至十七万五千馀人。此为万国合会，故救护伤病无分彼我，两军相对，虽敌人亦一体救护。外子云：昔在俄国克雷木[2]地方观俄英法战争遗迹，尚存俄后亲手治疗伤病用品，如药瓶药布等。盖各国君后无非此会中人，日本皇后亦此会领袖，甲午之

皇后亲手治疗伤兵

① 国学社本“清”作“精”。

※② 克雷木：克里米亚。

役，亲驻广岛，治疗病兵。此会多妇女，缘女子心细而慈祥，故于治疗尤宜。

十九日（阳3月17日）　仍游博览会。

二十日（阳3月18日）　外子所得之优待券，本可游东京、名古屋、西京[①]之六七离宫。在东京时，以治行匆匆，未及游。道经名古屋，又未克中途下车。今日特乘汽车，往西京一游。入西京，仰见皆郁翠之山，随处有清洁之流。街衢广洁，民风朴质，远胜东京。下汽车乘电车，抵离宫名御所者门前。步入苑，松柏梅柳，夹道临池，寂静严肃，仿佛诵唐人早朝诗。徘徊广苑，正不知应从何门而入，遇一书生询何往，告以欲入离宫。彼特为询问确实，导至一门。外子出名刺与优待券示守官，守官导入室，出簿请书姓名。日本用西例，得挈妻子游，故予及子妇均随入。

西京宫殿

守官导游十馀所之宫殿，尽广洁古雅，想见唐宋遗型。外子言，此与西国宫殿，华朴天渊。西国宫殿，一石之嵌，一牖之雕，动以千万金相夸，陈列品无非珠钻珍奇，予益知日本崇拜欧美，专务实用，不尚焜耀。入东京之市，所售西派品物，亦图籍为多，工艺为多，不如上海所谓洋行者之尽时计[②]、指轮[③]以及玩品也。故从上海往游日本者，大率唤其“贫弱”，正坐不知日本用意耳！藻井屏隔，多半名人绘画中国古圣贤像及事迹，令人起景慕心。元旦受贺殿，泉石花木，点缀广庭，风景最佳，凭栏驻望，心神怡旷。

游毕辞出，前导引之书生候于门，坚邀游其学校。是日校中

※① 西京：京都。

※② 时计：钟表。

※③ 指轮：戒指。

休假，引观一切颇详，且特试化学数种以观。出游金阁寺，本名鹿苑寺，西京名所也。山水池石，楼榭花木，无一不古风华式。寺僧以古法烹茶进。日本人好此，今女教中尚留此一种古派。昔在爱住女学校校长小具贞子家曾饮之，彼道烹法饮法颇详。读唐宋笔记吟咏之言煎茶者，略或似之。出寺已晚，不及游二条离宫及本愿寺，遂汽车返大坂。

俄国宣布信教自由

车上购新闻纸读之，载俄帝于其先帝解放农仆[①]之记念日，又颁新谕，允各派信教得自由。又地方自治制度许益扩张，更救助受强制之劳动农民，各报称颂弗置。予等将有俄行，闻俄事弥留意。俄于地方自治，颇非其政府所愿。徒以邻逼文明，非稍作门面语，何以自跻于列强？故以先所谓自治者，仍有名无实，此次重颁新谕，若官厅果愿奉行，岂非千百年来俄国一大革新乎？然远征近验，知其必不能也。

侨商请参观水族馆

廿一日（阳3月19日）　上海孙君实甫，商于大坂有年矣。明时局，无中国官气，与外子友。是日偕其夫人，邀予等同乘汽车，游堺之水族馆。堺距大坂不远，馆亦附属于博览会中。水族百数十种，多畜于壁嵌，便人谛视。嵌法：穴壁注水，上覆玻璃以引光，内嵌玻璃以引人目。玻璃内流水汩汩，沙石荇草，各就其所畜水族之本性以为配置，俾游泳其中者，一如旧所习惯，以遂其生趣。巨大水族，别畜以水池水槽，各标其名与产地。适有小学校教师率幼生二三十来游，师指壁上所悬图及字示诸生，诸生欣然领悟，盖正与读本相印证。予见所未见，目不暇给。外子云，

※① 农仆：农奴。

巴黎水族馆品类，尚不能如此之多。孙君伉俪饮予等于堺之层楼。堺濒海，水族鲜美。晚归大坂。

妇女的德和学

廿二日（阳3月20日）　大雨竟日，予等冒雨游博览会。是日游人少，予等得从容细观。饭于会中，晚归寓所。中国妇女本罕出门，更无论冒大雨步行于稠人广众之场。予因告子妇曰：“今日之行，专为拓开知识起见。虽踯躅雨中，不为越礼，况尔侍舅姑而行乎？但归东京后，当恪守校规，无轻出。予谓论妇德究以中国为胜，所恨无学耳。东国人能守妇德，又益以学，是以可贵。夙闻尔君舅言论，知西方妇女，固不乏德操，但逾闲者究多。在酬酢场中，谈论风采，琴画歌舞，亦何尝不表出优美，然表面优美，而内部反是，何足取乎？近今论者，事事诋东而誉西，于妇道亦然，尔慎勿为其所惑可也。”

令子妇归东京

廿三日（阳3月21日）　今日为横滨之日本邮船过神户向上海之期，予与外子应由大坂向神户附舟内渡为上海之行，先令子妇乘汽车归东京。弱女子千里独行，虽在外国，亦颇悬心。幸同车有女子，且已先期属东京校中女干事时任竹子君，按时刻在新桥停车场相迓，必无虑。遂分道而驰。

予等至神户，九时登“西京丸”，此舟予已再度乘矣。有松方幸次郎君，为松方正义伯之子伯曾任总理大臣及大藏大臣，久游欧美，商于神户川崎造船所，与外子为谈教育谈船舰之旧交。遇于“西京丸”，闻外子将游俄，颇惊讶。盖日本重视外子，以为与时局有绝大关系。今舍日本而北游，不能无疑。岂知外子年来自悔闻见太多，知识太早，颇用静观主义，为娱老私计，无论在何国，均不愿为有关系之人乎！

十时舟行。此一段海程，左右皆山，浓树扶疏，耕渔错落，为风景绝佳处。入夜，渔火隐现如繁星，尤称绝景。两人过此，每坐甲板上眺望不忍去。予八度经此，亦观览不厌。

廿四日（阳3月22日） 午前四时抵下之关[①]，泊舟受煤，此为日本己国船往来受煤之最良港。昨年予乘汽车到此，曾一访乙未媾和之所谓春帆楼者，今时局更变矣！午后三时受煤毕，开行。

触礁

廿五日（阳3月23日） 午前三[②]时，梦中闻大声发于船底，全舟为摇，知必有损，而行驶不略停。外子起观，山近波平，谅无大害。五时半，下碇长崎港口，知船底触岩受损，水入货舱。同舟俄人四五，华人十馀，均仓皇唤渡登陆。外子不为动，予亦安坐餐室。九时，勉曳入船坞，乃出险。坞名立神，在长崎市之对岸。泻坞中水，至午后四时方毕。石级层坡，高三十馀尺，工程颇巨。长崎本冲要港口，时有外国船入港求修缮，故有坞凡三。予等仍在船静候。船处于坞中无他苦，惟水源不便，故浴室、W.C.室皆闭，为最困事。幸女仆殷勤，予无所苦。斧斤之声，铮铮于船底，入夜篝火工作。初，船长尚拟修毕驶行。迨入坞，知损处不小，事务长来告曰：当易舟渡海，已电神户召船来；惟须后日晡，所召船方来耳。予等决计在船守候，盖予及外子外无他客矣。

彼得堡旧友

上海李兰舟君，本外子昔年森堡旧友，今任海参崴之商务委员，时正假归，道出长崎，闻外子以舟损暂留，遣人来迓。外子遂往谈，留宿岸上。

※① 下之关：下关，即马关。

② 国学社本“三”作“二”。

廿六日（阳3月24日）　外子偕李君来舟共谈，外子又偕李君登岸。予独坐餐室，时登甲板。住舟岸上，另[1]有一种景象。作东京诸女友书，告以别后事，船虽损，人无恙。又电复实甫夫人之慰问。

廿七日（阳3月25日）　偕外子渡港，步长崎街市，见所谓“中国街”者，杂乱不足观。盖有局面之华商，均不在此街耳。饭于福岛馆，订下月重莅长崎就寓彼馆之约。午后回船。船长美国人，六十馀老翁，能日本语。来谈，再四道歉仄，自言任船长三十年无过失，今出此变，愧恨无喻，其敦实可敬。六时，神户召来之船到崎，明晨换乘驶行。

廿八日（阳3月26日）　午前十时，换乘“萨摩丸”。船长送至坞外渡舟，殷勤若不忍言别者，何情谊之深耶！船上执事，如事务长以下至男女仆，皆换乘。午后五时行。此为丁酉冬小叔幼楞东渡之船，今六年矣。

留学日本的先导

幼楞东渡，乃外子依托彼陆军少将神尾光臣而行时神尾任大佐。盖留学日本之举为外子所创议，而以幼楞为先导。外子每自负，谓日本文明、世界文明得输入中国而突过三、四十年。曾文正国藩之创游美学生议，沈文肃葆桢之创游英法学生议，而开中国二千年未开之风气，为有功于四万万社会，诚非虚语。彼游欧美之学生岂必乏材？徒以程度相去太远，莫由将欧美文明径输我国，而必借道于日本者，阶级不同也。予谓幼楞虽病未卒业，而论输入文明之功，其嚆矢不在外子而在幼楞。外子亦掀髯谓然。

廿九日（阳3月27日）　船小，颇欹侧不适，予坚卧室中。外

① 国学社本“另”作“别”。

予本定“西京丸”廿七日到上海，留二日，于三十日仍乘“西京丸”返长崎，以与“小仓丸”相衔接而向海参崴。今既延误，须改易行期矣。长崎、海参崴间，日本邮船每二周一回云。

回到上海

三十日（阳3月28日） 大雨溟蒙，此船长初航中国，未谙吴淞口外水线，又雨濛不辨前途，故频频停轮，午后三时始抵岸。幼楞候于栈桥，望见喜甚。并知予弟伯宽、表弟许可庄亦候予于上海。冒雨登岸，颇感困难。寓晋升栈。此次本作长行计，故衾褥洗面具等，均已无须自备。今船期既误，不得不多留上海数日，而中国栈中不备此等供客之具，乃从同乡胡仲巽家借用数品，又自购数品。一履本国，反多不便，令人失笑。

三月一日（阳3月29日） 雨沉沉不止，闻此雨已四旬不晴矣。命轿访亲友数家，予非好乘轿也，奈街衢有不通马车、人力车者，又行人无公德心，不可以步行，安得不轿？忆去岁旅居租界，曾访城内务本女学堂主人之吴怀疚夫人，及日本女教师河原操子氏。马车驱城外，步半里至学堂，道秽人杂，几不可耐。夫上海城逼近租界，且又历五十年之久，竟无一毫改新意，殊不可解。

二日（阳3月30日） 迁福兴栈，虽较晋升略洁，然烦杂仍无异。本国旅馆，殆无一可居者。弟辈聚谈，亦殊欢乐。

三日（阳3月31日） 旅客初归，俗事纷集。外子久厌俗事，而船期未届，议定偕予率诸弟驾舟泛僻乡，作清闲数日之谈，以避沪渎之嚣。予及诸弟均欣然。

湖北学生赴俄留学

四日（阳4月1日） 晨起，同栈有湖北四学生谒外子，乃自强学堂之俄文生，新奉官派赴俄留学者也。此学堂俄文科本外子所议创，四生又外子在学堂时来入学，有旧谊，极愿随外子同作俄行。外子雅不欲再闻鄂事，去岁已坚坚辞绝，然四生初离乡井，即沪上已不免生疏，何况异国？其情恳切，不得已姑令四生自行电询湖北请进止，告以月之廿二日方有“伊势丸”自长崎向海参崴，必于月之十四日由上海行乃合宜。诸生愿诺。予闻此，知湖北当局必以此谆托外子，昨日所议避嚣之举必不成。外子既不能不在上海为诸生代劳，予决计乘此二三日之闲暇往硖石镇省母堂。午后三时，偕伯宽等附小汽船行。

五日（阳4月2日） 午后二时抵硖石，家庭絮谈至夜分。

以步行讽同里妇女

六日（阳4月3日） 竟日谈。晚乘月率朝日婢步行至东南湖母舅家，距予家不足三里。中国妇女向以步行为艰，予幸不病此。当在东京，步行是常事。辛丑寓居镰仓，游建长寺则攀树陟巅，赏金泽牡丹则绕行湖壖，恒二三十里。然在中国，则势有所不能。此硖石为幼年生长地，今已老，乡党间尚不以予为非，故特以步行讽同里妇女。

七日（阳4月4日） 家庭闲谈，继慈、叔母、弟妹等均以士厘明日返沪，将为二万里远游，不胜离别之感。

接见青年谈女学

八日（阳4月5日） 伯宽之友顾、金二君，欲见予为谈日本女学事。论乡曲旧见，妇女非至戚不相见。予固老矣，且恒与外国客相见，今本国青年，以予之略有所知，欲就谈女学，岂可不竭诚相告？乃偕伯宽接见，为谈女学之宜从女德始，而女德云者，初非一物不见，一事不知之谓，略举日本女学校教法告之。中国女学虽已灭绝，而女德尚流传于人人性质中，苟善于教育，开诱其智，以完全其德，当为地球无上之女教国。由女教以衍及子孙，即为地球无二之强国可也。

外子每谓中国人类尚不至遽绝者，徒以人人得母教故。世禄之家，鲜克由礼，然五六岁时，必尚天良未泯，何也？母教故也。迨出就外傅而渐即浇漓，至应考试、得科第、登仕版，而日就于不可问。何也？离母远也。细想诚然。

午后一时，附汽船向上海，可庄送予行。

九日（阳4月6日） 午前四时抵上海，知外子已允携鄂生四人同行。发出各处信件。行将远别，言事言情均不能少。

十日（阳4月7日） 访本国女友及东国女友数人。

为留学生经理琐碎

十一日（阳4月8日） 外子为湖北四生汇款，分析公私，划算数目，事极琐碎。中国无钱币之政，所用或不一之生银块，或不一之外国银货，或不一之本国银元，此次湖北交到之款为盐库平银。盐库平者，湖北盐道衙门所用银块之轻重名也。全国所谓平者以百数，而以库平为最重。曰库平，表其重于他平；曰盐库平，又表其轻于库平。究值几何？任市侩之判断而已。各生所携零碎私款，半为湖北自造之银元，此银元又非上海所通用。种种歧异，一经换算，层层折蚀。更欲备日本币、俄币两种为旅用，宜其烦矣。幸四人均情谊相关，视前数次带学生二三十人行，外子一人独任其劳，其难易迥殊矣。

十二日（阳7月9日） 外子无十分时之暇，深以为苦。

戒缠足

十三日（阳4月10日） 李君兰舟家招饮，其太夫人率两女、一外孙女接待。席间谈卫生事。因谆戒缠足，群以为然。兰舟又极言中国女教女容，必宜改良，盖借予之稍知女学，欲以劝励其姊妹也。

十年之前，岁在癸巳，外子从俄归，箧中有铁路图表，知为兰舟所撰。又闻其由西伯利陆路归国时，未有铁路，万里长途，三马敞车，冰雪奔驰，较缪君祐孙之仅至伊尔库次克者过之，盖中国一人而已。当时外子由海程归，先兰舟半年。合肥李相访俄才于外子，外子以兰舟对，时兰舟尚在途中也。李相属外子函电探兰舟，亟令赴天津，于是兰舟之名遂登于朝云。

李兰舟与俄国

兰舟于乙未岁又条陈总署，言俄人志在接路中国地上。凡六道：西三道利多害少，东三道利少害多。其东三道，一为由斯特列田斯克经齐齐哈尔而至营口，一为由赤塔经齐齐哈尔而至旅顺，一为由恰克图经张家口而至天津，皆据俄人所撰之书。时南皮张公权两江，亦电奏闻俄将造“中国铁路”达鸭绿江口，请中国预谋抵制。总署未尝不采，详询海外。奈答者曰“李、张均误以俄路归宿在中国海口，情形隔膜，可以无庸置论”，一语扫空。噫！不知答者于丙、丁、戊间，亦曾追悔前言否？外子时在金陵，故知而见告如此。

明日午前将登舟东渡，竟夕碌碌。

十四日（阳4月11日）　午前七时，渐次招令同行者相继登舟，外子再往复而始毕，已九时矣。船名“弘济丸”，与昔年所乘之“博爱丸”式无稍异，盖本赤十字会之姊妹船日本于同式军舰同式商舶均呼姊妹，盖本于西称也，战时则会中自用，平时则赁与会社也。十时船行，送者数十人，郑重而别。

十五日（阳4月12日）　舟行大海，镇日卧息，半因船醉，半因在沪冗倦。

十六日（阳4月13日）　午前四时抵长崎，予屡屡经此。起见山翠空濛，残月在水，心境旷然，如逢故人。上月所订之福岛馆人，已来舟相迓矣。前屡偕外子带若干人来日本，皆神户或横滨登陆，行囊过税关，予未亲见，且每已得外务省知照，故事事简易。此次十人登陆，只予一人通语言，又未先告外务省，不得不亲入税关。行囊四十馀，一一运入验场，待检视且标“入许”二字，乃得携出场。虽旅客数十，物件数百，亦不免呈混杂状，然无敢搀越，无敢喧嚷，固由关役驯和，亦由旅客自重。曾见上海所谓洋关者矣，初无验场，关役在栈桥上，择人拦阻而验之，雨雪亦然。又不尽阻，亦不尽验，使人不知所从。关役又尽西人，语言不通，且或染中国习气，旅客困苦可想而知，外国幸无虑此。

中、日海关之比较

入福岛馆，一一位置毕，饭后率诸人往劝工场各购用物。凡劝工场所陈列，除民间需用寻常品物外，大率以当地产出品及当地最销售品为多。产出品者，如在西京则织物多，在岐阜则纸物多是也。销售品，如在非通商地则内国用者多，在通商地则外国用者多是也。横滨为通商地，乃英美船常过之处，故劝工场物多投英美人嗜好。长崎亦通商地，而为俄国兵、商船常集之处，故劝工场物多投俄人嗜好。此之谓劝工，此之谓通商。

劝工场的货品

十七日（阳4月14日），风雨竟日。

十八、十九日（阳4月15、16日）

二十日（阳4月17日）　予家留东之男女学生四人，皆独立完全之自费生，一切选学校、筹学费，悉悉往来于外子一人脑中。

女学生之以吾家为第一人，固无论矣。两子均已毕小学校六年级之业，而跻入中学校之第一年、第二年级，在中国人循序修学，亦不作第三人想。

留日女学生第一人

外子每以此自慰老境，然筹画谈何容易。自留此三日，见外子终日忙忙，无非为学事、费事及家事，与东京函电交驰。予因本国无一处可以就学，不得不令子女辈寄学他邦，不胜慨叹。初以为候船无事，将往此间附近之熊本地方，访女友柳原氏，一览彼地名胜与所谓沙中温泉者。岂知如此鲜暇，不能如愿，知游福非可轻得。

廿一日（阳4月18日）　徐君显民，在上海以其犹子委托外子携至日本留学。伊初出国门，诸感困难。是日为觅从者送至大坂，再由孙实甫送往东京，一切皆宁波人张君济庆代劳。张君为邮船会社中人，无中国官气，故任事真悫。

日本邮船减费办法

向海参崴行之“伊势丸”，昨日发于神户，明日可抵长崎，午后即行。今日预备登舟，先已由会社电神户定船室，此船积石数仅千二百五十吨，汽机压制限仅八十磅，故一等只十四位，二等只八位。往返电商，始定一等四位，二等五位；一等赁四十圆，二等二十五圆也。通例：于外交官，船赁可割十分之一五，外交官妻亦然，上海之日本邮船会社竟有二次不允予之割。引领事署深泽君，曾再四与商，竟不允，此会社中最无理事。日本于学生由上海东渡，亦得割三等不割。此次上海之邮船会社，知诸生之赴俄，不允割，长崎邮船会社更无论矣。

连日予小病，又事烦，胸襟不舒。午后偕外子出门散步，意欲登诹访山，未至，见层坡高耸，询知上有天满寺，登焉。残樱在枝，芳藤倒垂。憩于茶寮。长崎名物有所谓“鸡锅”者，穴案之正中为圆孔，孔悬器置炽炭，上承一锅，炙鸡肉，客自调味就食。忆括苍冬令有此食法，姑试之，就藤花下坐饮啖鸡。仍步归，汗出，顿觉健爽。

“鸡锅”

廿二日（阳4月19日） 付出各种旅用料，为各人简行囊。饭后，会社以小汽艇迓渡登“伊势丸”；日本邮船之向海参崴者，其航期每二周一回。“小仓丸”为“命令航”，盖奉政府命令定航期者也。“伊势丸”为“自由航”，盖以社会［编者按，此处原稿有笔误，“社会”应作“会社”］己意定航期者也。船长肥后庆次郎颇殷勤，因今日一等船室尚不敷予等四人所居，特让己室以栖予等，约明日再移。午后五时行。

廿三日（阳4月20日） 午前八时抵朝鲜之釜山港。雨止而风，遂不登岸。此地有华商百馀，皆山东人，零星小贩而已，中国设一领事官。而日本之箱馆地方，有华商营极大海产业，乃既设领事，又复裁去；其理非可研究矣。釜山海关役服装与中国者同。外子云，盖本昔年赫德所定，今虽入日本人手，犹沿旧制耳。

未购票的中国乘客

此船三等位百数十，中国人、朝鲜人不少，有浙江四人，山东三人，不通语言，均欲往海参崴而未购切符[①]。山东三人出金指环二，银时计一，浼外子向船上事务长质保，勉而后可。而浙江四人，竟只纳半赁。船例，于次埠令无切符者登岸，不复允载。事务长鹤田氏姑率此四人往询中国领事官，领事拒不见，而此四人者又与在港之百馀华商无相识者。船上既不允乘载，岸上又无可通财，不几有饿死釜山海滨之虑？群求外子，外子乃为补

※① 切符：车船票。

四人半赁三等位每人十圆，而诘其何以不备船资，遽尔出国。据山东人张姓者云：本在海参崴设药肆，往来屡矣。四浙江人均业成衣，亦屡屡往来。自有俄国铁路公司船航行此海，凡华人渡航者，往往不必先纳船赁。船既到，令已纳赁者一人先登岸，向相识肆中取资补纳，便可登岸，初不知日船之非俄船比也，云云。论正理自以日本船例为是，然小利诱人最宜施之于中国。日俄两国于国际上手腕敏钝不同，即此可见。此舟本应今日晚行，因风留泊釜山港。

俄国船以小利诱人

廿四日（阳4月21日）　风强。午前八时半船勉出口，不能进，十一时折回，午后二时仍入釜山口泊。

廿五日（阳4月22日）　风仍强。午前六时又勉出口，不能进，九时折回。十二时仍入釜山口泊。

廿六日（阳4月23日）　竟日风强，不能行。

廿七日（阳4月24日）　竟日风强兼雨，不能行。今日为“伊势丸”应抵海参崴之期，岂竟尚滞釜山乎？

釜山阻风

廿八日（阳4月25日）　风平，午前八时出口，满拟明日可抵元山。乃午后二时，雨骤降，风骤劲，船小，推进器力弱，不能进。通常每时行十迈[①]，今日仅能行二迈。船无电灯，夜行水天如墨，听浪打船舷声，危甚。

廿九日（阳4月26日）　午前九时，风力未减。船长自度不可复进，又折回向釜山，是第三次矣。夜十一时，仍入釜港泊。此次行程，一阻于“西京丸”之触岩，再阻于“伊势丸”之遇风，

※① 迈：浬。

正不知何日可达森堡。

日本之殖民地

四月一日（阳4月27） 船长言此次当俟天气确定乃行，今日必不出口。乃偕外子渡登釜山岸。密树一山，为日民万余群居地。有驻兵约一大队，有临时宪兵队，有领事，有警察，有学校，有幼稚园，有病院，有邮电局朝鲜自有邮递司、电报司。一望而知为日本之殖民地，且已实行其殖民之政矣。一切贸易工作，皆日本人，即渡船篙工亦日本人。彼朝鲜土人除运木石重物及极劳极拙之事外，无他业。见土人运木者，横负长五六尺之大木于背，喘步市街，几不知市街尚有他人他物者。孩童除拾草芥弃物外无他事。思欲一睹土风，乃觅人导至土村，望去尽宽博白衣，污成灰色，坐立颇倚，日衔烟管，土舍板屋，所售烟草、草履及不洁之食物而已。食进以匕，盛于铜器，食毕即以此器盥面，甚或他用，同行者谓仿佛奉天乡境云。船上佣彼苦力数十辈事搬运，事毕以舟渡之归。舟小人多，不能容，日本人捽其发捺入舟底，彼两手护发，哆口而笑。又见其一步一坐，无丝毫公德心。无教之民，其愚可叹，其受辱不知又可悲。予未得睹彼邦上等人，然即此可推。

山东人去海参威

二日（阳4月28日） 船受煤、水、食物充足，船长言果得好天气矣，午后五时半行，一夜稳渡。是日有一日本船名“万国丸”从山东来，入釜山口，亦午后行向海参崴。此船载中国人五百乃至六百。闻每岁阳四月后半始，山东人陆续往海参崴者三四万人不等。此等人初非尽留崴埠，盖散布俄境、满境，以劳动为生者也。政府不知此事，即岁埠商员亦不能查知其数，俄官亦不能确知。

三日（阳4月29日） 晓起，波平如镜，左岸山尚戴雪。同舟客登甲板眺望，无不欣快。有日本邮船会社客夫妇二人，乳一数月之儿，连日母子困惫，啼号可悯，今甫活泼。予等异国客，得船长亲切，故虽滞一周，不感困苦。

四日（阳4月30日） 午前四时抵元山港。邮船会社欲邀外子登岸作字，予偕往。社屋三四楹，社员三四人，集一室中，白木几椅外无他物。外子云，以视中国招商局之华美，奚啻天渊，然贸易事固不在饰观也。社员亲自研墨舒纸，外子为书二十馀幅。观者环集，有朝鲜人亦立窗外延颈企足，彼半观外国客，亦半观所书字，令人兴同文之感。朝鲜人好书联语于门，有一联曰：“人谁敢欺修身者，天不能穷力穑人。”委心任运，昧于物竞之理，已觉可笑。又一联曰：“烧薪烧灾去，汲水汲货来”。则求幸福于无何有之乡，而不图自励，日就困绝，岂曰无因。此港人烟不及釜山之繁，而风景胜之，税关亦如釜山例。日本人千六百余，有领事。

朝鲜人的门联

五日（阳5月1日） 午前八时抵城津。遥见山麓有城址，古亭翼然，盖昔年城楼欤？此港人烟，又不如元山，且开港未久，故初无贸易。日本人务加其在朝鲜之势力而开此港，所谓贸易者，名而已。凡釜山、元山、城津之港，除釜山有米外，其余一器一物，无不来自长崎，所居屋亦庀材载来，其不惜经营如此。奈所占地瘠，无补本土，宜其视他国之不费战力而得六十八万二千方启罗迈当之沃壤要区而深嫉矣。午后五时行，明日可抵俄境之海参崴。自长崎至釜山，海里百六十一。自釜山至元山三百零四，自元山至城津百三十，自城津至海参崴二百二十云。

癸卯旅行记　卷中

海参威

四月六日（阳5月2日）　晓梦初醒，见彩霞旭日，交映水中，山耸螺鬟，波如砥镜。亟起，携远镜登甲板窥望，则一岛孤耸，灯塔高峙，知是海参崴港外矣。

海参崴者，中国人旧名。近海产此，故名。俄人得地必改名，且屡改，今名务拉的乌斯托克[①]日本人书为"浦盐斯德"者，以读此四字略近俄音也。此为咸丰十年所"赠"与俄国者，俄建为东方第一之重要军港，而附设商港。自光绪廿四年又"慨赠"辽东半岛与俄，于是旅顺大连湾为俄人东方不冻之第一良港，而海参崴次之。

舟循岛左缓行，入所谓金角港者，炮台左右高下，参差而列。再进则依山列屋，三面环抱，市埠在焉。舟下碇。

出入国境俄国最严

舟甫碇，小舟百数，竞集来渡客。舟子十有八九为中国人、朝鲜人，彼久寄崴埠，岂不知俄例不许来客之骤登岸乎？环球各国，不论为何等人，不论来自何地，一概禁止，非有本国准据[②]不许履境者，惟俄禁止入境犹可言也，为未明其为何等人也。至禁止出境亦非准据不可则奇矣，犹可言也，为稽查国人他徙也。至禁人由此地徙往彼地，相隔二三十里，为时或仅十余日，亦非准据不可，则奇而又奇矣。予与外子，先由驻俄之中国公使给凭，又曾由驻日之俄国公使签字，为最优等之准据。鄂生四人，由湖广总督给凭，而驻汉口之俄领事签字。余

※① 务拉的乌斯托克：符拉迪沃斯托克。

※② 准据：护照。

人则由江海关道给凭，而李兰舟代向驻沪之俄领事签字有例费，亦不小。自长崎来者，亦可由驻崎之华领事给凭，而俄领事签字例费更昂。总之非有据不可。

然闻当港华民四五万，不尽有据。俄官曾严令检查，不但入境准据多半无有，即所课税之身纸[①]亦互相换验，难核确数俄例：人无贵贱老幼，给一身纸，按年课税。无身纸，苛罚之严不可思议。此身纸又时时索验索费，而华人竟有无此身纸而混进崴埠等处者。劳动人太多，尽逐不可，遂饰词罢查。

舟碇中流，待医官检疫。此各国通例，俄于此独宽。医官三数人驾艇来，登甲板一周便回帆。闻有疫与否，向非所严，惟遇机密欲阻外国船入口，则可以有疫为名，施其禁令。

无物不检查

俄顷，二警察佩长刃，腰短铳，二关役执铁刺、手封漆，来验舱加封。俄顷，三官来，一役捧小箱侍。官入餐室坐，与船长一为礼，呼酒来，饮且笑，强船长以酒。船长固不饮，坚辞始免。侍役呈箱，退立梯侧。官出箱中印，船长出上、中、下乘客入口准据俾验。官授印船长令代劳，惟予及外子者一纸，彼官手加印。久久毕，官去，则甲板上税官立，舷旁关役守，监视乘客运行囊登渡舟。运者关上人，物无大小，必出资二十戈[②]，虽一杖、一雨盖，苟非自携，必二十戈。运至岸上，列于坡地，开拆检查。其无验场如中国，其严检过中国，遇东方人尤严，盖无方寸之包不开视，甚至棉卧具亦拆视，一盆栽之花亦掀土验之。盖俄人拙制造，一切精制多来自外国，其严检固用保卫主义也。外子云，昔游土耳其，

※① 身纸：身份证。

※② 戈：戈比。

土关向称严检，犹不至如此。予等一行，则先由驻俄公使向彼外部托电彼关放行，故特蒙优待，以小汽艇渡我，不验一物，群以为异。

商务署中接待周到

此港中国设一商务委员商务委员所享权利不如领事官，日本先欲于此设领事，俄不允，遂降而设商务委员，中国踵其后，即李兰舟也。兰舟适假归，代理者为同利号商主关君寿彭。关君粤人，商此港廿年矣，明事理，无中国官气。承兰舟之托，来舟相迓。商务署中李君次山、黄君朴臣亦来坡上，极周挚。予等一行九人，同投宿商务署，盖兰舟约也。兰舟推外子爱以及同行诸人，尤可感。否则骤入俄境，事事受窘矣。

俄国历法

自今日为始，所履之地，皆用俄国历日。今为俄之四月十九日。俄与各国同用太阳历，何以与各国又相差十三日每月之十四日为各国次月之一日？外子昔年在俄时，彼历与各国差十二日每月之十三日为各国次月一日。今差十三日者，1900年各国不闰年二月廿八日，而俄国闰年二月廿九日故也。至相差十余日之故，则各国所用历乃教主格勒革理第十三[①]所改之新历一五七二年时教主。而俄既不宗格勒新教，即不用格勒新历[②]，而仍用其东教[③] 之旧历耳。

世界文明国，无不用格勒阳历回教各国自用回历，安南国别有历，一岁之日有定数，一月之日有定数，岁整而月齐，于政治上得充分便利，关会计出入无论矣，凡学校，兵役、罪惩，均得齐一。

※① 格勒革理第十三：格列高利十三世。

※② 格勒历，为1582年开始实施之历法。

※③ 东教：东正教。

故日本毅然改历，非好异也，欲得政治齐一，不得已也。予知家事经济而已，自履日本，于家中会计用阳历，便得无穷便利。闻外子述南皮张香涛之言曰：世人误以“改正朔”三字为易代之代名词，故相率讳言，不知此三代以前事耳。汉兴，承用秦历，代易矣，而正朔未改也。太初更历，正朔改矣，而代未易也。厥后凡易代仓皇之际，必无暇改正朔；而统一稍久，修明制度，则往往修历，本朝亦以康熙之盛始修历。然则改正朔与易代不相干，何讳之有？诚名论也。

主张改用公历

然惯历亦不妨并存。日本乡僻尚沿存旧历，以行其岁时伏腊之礼，庸何伤乎？至与外人交涉，则必存明治某年国历。乃闻外子言，中国驻外各使馆，凡以本国政府之言告彼政府，仅用彼历而不兼列我历，诚可诧异，犹曰“与外人交涉，虽存我历，彼不知也”。乃见今之学西文者矣，学数月，偶执笔学作短札以致本国人，亦开笔第一行即书西日月年，而从未见书光绪几年者，是何故欤？予素鄙此，故日记首列我历，而兼注阳历也。

总关长

七日（阳5月3日）　外子往答关君，且偕其往俄税官长处谢其殷勤。此为东方总关长，权力及于贝加尔湖边，故托其电满洲里之税关嘱放行。伊允诺。而重大之物八件，即由伊漆铅封识，谓无论何地，可免开视云。伊夫人亦出见。俄顷，伊夫妇来答。伊夫人盖知予之偕行而来访也。予初未知，不及迓，伊夫人亦不下车而返。予颇歉然，乃作汉文道歉书，托关君译致。

八日（阳5月4日）　凌晨偕外子步出门，循港至市，为一览此间风土。先见所泊巨军舰二，皆四烟突，不知其名，更不知为何等舰、有何等力也。去岁日本横须贺造成一军舰，举进水式，仿西例延男女宾。子妇以女学生故，蒙女校长挈之往，列女宾之末座，亦得预闻其造法用法。而予屡经吴淞口，外子每指所谓“海容”、“海圻”者曰：此中国新军舰也。无论我妇女辈不获登，即外子亦未尝登览。以视异国之每舰炮数、炮力、速率、船质，必一一详播，惟恐人不知者，相去何如耶！人人所用日记本，无不刊印此种事。

兵艇

步三数里，访当港著名之记念门。门峙港滨，乃光绪十七年辛卯1891，今俄帝尼果赖司第二[①]当为太子时，在此举铁路起工式，而建此门为记念也，上表尼果赖司肖像。彼国蓄意通西伯利铁路于海参崴，诚谋国之必要，岂知更横贯满洲，出于意外乎！旁有博物院，院小，门亦未启，谅无多品，亦遂不观。

可耻的卖国碑

院外丰碑高峙，遥望为新镌汉文，奇之，就观，乃宁古塔副都统讷荫，因庚子俄兵占塔城，而颂俄将功德者也。碑阴为译俄文。讷荫满洲世仆，其忠顺服从，根于种性，见俄感俄，正其天德，但文字非其所长也，不知何地某甲，为捉刀此绮丽词章。文录如下：

夫值甲仗星驰之日，而能以禁杀为心，当寅威凯奏之馀，而能以招怀为事：俾百姓各安其业，一城奠厥攸居。此其人求之于中国不为罕闻，而求之于外洋实所稀有，乃不意今得之大俄国东海滨省巡抚迟公焉。公为俄疆名宦，海隅旧臣。于本年夏，陡有拳匪倡乱，衅构邻邦。公乃统节制之师，琱戈电举；拥貔貅之众，铁骑风驰。竟以八月初旬据塔。斯时也，睹山城之烽燧，襁负塞途，闻火器之砰轰，哭声遍野。以为敌人入境，玉石难免俱焚；而况言语不通，华民安必无恙？岂敢期其不肆杀戮，城中安

※① 尼果赖司第二：尼古拉二世。

堵如故哉？而公则不嗜杀人，而能济众。其始则军容甚盛，阙若雷霆，其终则恺泽旁流，沛如雨露。缉盗贼以安民业，百务俱兴；开困食以救民饥，万家食德。他若设养疚之所，以理民痌；建义塾之坊，以便民学。在施其恩者，固已无怀不至；而受其惠者，行见有口皆碑矣。予等幸被涵容，得依光彩。是翁矍铄，堪比功建壶头，都督仁慈，难禁碑留岘首。欣此日干戈已戢，俾环海群登衽席之安，冀将来和睦恒修，幸吾辈共享升平之福也。是为记。

署理宁古塔副都统讷荫率阖属官员捕商等建

光绪二十六年十二月吉日立

※编者按：同文本此处有文云："李兰舟以此碑竖立崴埠，引为国民之大辱，曾录告北京政府，政府不答。"

此碑为讷荫由宁古塔越万山辇来，以献于迟怯苛夫旧任之固必乃脱，俗称为巡抚者，时统兵占取宁古塔。迟不敢秘，以告俄君。俄君谓不应受此举，而迟适去任，后来者欲却不能，欲受无主，乃置碑院外耳。

为丈夫作日语翻译

午后，日本之代理贸易事务官铃木阳之助君及外务书记生佐佐木静君来访，予亦出见，为外子传译。本任之川上俊彦君时适假归。

九日（阳5月5日）　外子往访同利号关君，予亦往访其夫人。予不善粤语，赖关君通意，又即在同利购旅用品数事。同利为当港华商之第一家，然所备中国品不多。粤产数种之外，略有江浙织物，亦仅为旅崴之华人所用而已。其他十有八为上海转来之所谓洋货者，外子云，多德国品。其二阶所列，则日本品矣。华品之不适外国人用，顾如是耶？

此港四近一二千里，居民稀少，又仅事渔猎，无所需乎货物。虽屯兵增官，商贩随之，而意在招徕，故曾定为无税口岸。迨日本工艺进步，运入港者日多，俄人嫉之，遂废无税之令。李兰舟在此，曾创陈华货免税之议，果得其政府允诺。乃日本欲援此例，故不四月又废免税之令。今同利所储货，尚是免税期内所输入者，彼谓以后恐以税重无利而减少商货矣。此港所食米皆来自日本。日本以己国所产精米运销于美洲，次者运销于邻近，而己国又输入中国米食之。盖输出者得善价，而输入者为廉价也。又此港虽濒海，而水淡不成盐，所食盐均由香港运来，其实半为吾浙之岱盐。濒海渔业颇盛，赖盐渍致远，所需尤多。

海参威的关税

去年外子预议中英商约，知洋盐入口一事颇费争持。外子本疑洋盐贵、华盐贱，断无运洋盐销华地之事。然则入口之议何自而起？初以为欲由此口运彼口如由镇江运至九江，借毁旧约轮船不运盐一节，今始知香港积盐过多，欲谋销路耳按约凡货自香港来者名洋货。今春在沪，又闻德商欲揽载淮盐出口，每岁认额颇巨。询其果运何地，则云满洲俄境各城。自满洲境内顿增百万俄兵俄民，需盐自多。德商此议，诚为敏眼，惜中国盐官徒拘旧例，不知改张耳。

海参威华人数事

李兰舟在此曾劝华商设一病院，免受俄例苛虐，果得俄人允许，并允以每年所征每人二卢布医费，统拨还供华医院费用。在俄人可谓极尽情理，而华人转以院规治病用西法，输助不勇，致院屋虽立，而治疗未能实施，可叹！又闻海参崴每死一华人，非极有力者，往往弃置僻处，任俄官埋葬。询以何故，则谓家有死人，非报官不可，报必候医官验视，方许殓葬，时或借词须剖验，苟欲免剖验，非贿五百卢布不可，故不敢轻报。又此间强盗极多，俄官不甚措意，即控亦无效，故盗胆愈壮。闻前数日一书生遇华人二运一巨囊登山，有血痕，迫视之，弃囊去，则赫然被支解之死人也，案亦莫发。闻杀人事几于无旬无之。

奇女子彩林

此间有一奇女子名彩林或曰姓蔡名林，无锡人，年已六十馀，先嫁一俄人，现嫁一张姓者。女通英、俄语，善经营，富资财，颇见信于市上。得彼一言，数万金可立贷。其资财半由俄夫所遗，半由营积所得。闻曾聚资一归内地，而官绅欺之，将不保其所有，遂重游不复归。殆亦德国之浙江人田阿喜流亚欤?

是日偕外子往答铃木夫妇。铃木导观乌苏里之停车场，为指示一切。俄例宽，任闲人入场登车无阻，不如日本之非有据不得入场也。俄车一等者青色，二等者褐色，三等者绿色。日本一等者白色，二等者青色，三等者赤色。

俄国学生邬君送行

十日（阳5月6日） 商务署中有俄员邬君，通华语邬为东方学堂学生，此学堂程度大约与日本高等学校相等。俄例，于学课非所重，学生每自谋生计，故邬君得出勤于商务署。日本于学生不得兼勤者，以重学课故，连日为予等奔走，摒挡汽车及行囊事，颇劳。是日又承李、黄两君，以俄地旅行迥非他国可比，且交界换车最难，重要物件被窃又是常事刘君仕熙者，李君之友，亦外子之友，居哈尔滨，曾有金珠器数事，值价五六百金，托一友人亲携赴哈，道出崴埠，即由李君送之行。此友人郑重受托，讵行至交界，一眨眼被人窃去；俄人既多盗贼，俄官又不缉盗贼，任诉无应者，竟归乌有。李君自经此事，颇以交界换车为畏途，恐予等种种不便，乃嘱邬君伴送予等至交界；邬君允诺，予等亦欣然。幸俄例不重学课，故邬君可暂辍学。

专车

午餐后，一行十人启行。先是有行囊大者八件，存海口税关，亦同利号代取来。给赁八卢布。在长崎亦曾存关，无赁，盖专便旅客荷物。商务署中先向车驿定专车，驿长曰可，但驿权至交界而止。果已备一专车，不乘他客。此车半为一等位，半为二等位，十客同乘，颇安适。此驿长之情，商务署之力，亦邬君之劳也。

二时十八分车行，关、李、黄三君挥巾别。自此铁路可直达森堡止贝加尔湖回岸，未成，然亦不出二十年。当光绪廿六年日本工学士田边朔郎经此驿时，停车场之混杂不可名状，发车不依时刻，乘车不依切符，今已渐除此弊。予等所购切符，为乌苏里线及国

携带物品之规定

境东线者而已线名解见下文。过国境西线，当另购满洲东线之切符，赁价固较日本为昂，而携带品运赁尤昂。华人所携，本较西人为多，在日本一等位者可得百六十斤之重额，而俄路仅得卅余斤而已一铺特[①]。如此远行，岂卅余斤之物所能敷用？盖俄人本不为旅客谋便利，无足怪也。此车有食堂每餐四品，价一卢布，茶一杯十五戈。

自此西驶，所历铁路线名，先列如左：

线　名	位　置	唯斯特[②]数（每一唯当中国二里）
乌苏里	海参崴、伯利间	717（今所行者仅102）
国境东	尼果赖司喀、柯乐特倮甫间	91
满洲东	柯乐特倮甫、哈尔滨间	536

※① 铺特：普特。

※② 唯斯特：俄里。

满洲西	哈尔滨，满洲里间	907
国境西	满洲里、契丹司基间	340
后贝加尔	斯特列田、梅索瓦间	（今所行者仅1671）
贝加回岸	梅索瓦、伊尔库次克间	292（今未成）
中西伯利	伊尔库次克、鄂必间	1717
西西伯利	鄂必、车里雅宾间	1332
乌　拉	车里雅宾、兹拉特间	150
	兹拉特、萨马拉间	791
欧　俄	萨马拉、莫斯科间	1118
	莫斯科、彼得堡间	604

改地名

车行左临海即阿穆尔湾而右倚山，颇饶风景。行百二里，抵著名与满洲铁道分歧点之大驿，东西图籍所共载，以今帝之名名驿，所谓尼果赖司科者，中国旧称为双城子。然今又不名尼果赖司科矣，自彼本年一月一日始，改用东方海军大将之名，名曰司柯里乐夫①矣。俄人割人土地，必易新名，欲使人无怀旧之感。今此地入俄手已四十余年矣②，即铁路告成，亦已八年，而忽又改名，殆以乌满铁道分歧点，其名惹世界耳目，故易名以避之欤？

午后十一时，抵柯乐特倮甫驿，华人称为五站，或曰“驿距双城子五站”，故名站者，约人马行一日所能至之路。国境东线至此已终，乃购满洲东线之切符时尚未能购直达满洲西线之切符，即在驿中换乘，例不受关吏之检查。况自东而西，乃为由俄入华，其关权应在华而不在俄。然今日关权，乃在俄不在华。闻不论自西而东与自东而西，均事检查，盖逼迫日本。俄人恶日货入其境，并恶其

※① 司柯里乐夫：今名伏罗希洛夫。

② 国学社本无“矣”字。

入华境也。至于俄货入华，一则曰旧约界左右各五十里任便往来西北荒界旧例，再则曰此五十里即一百华里。试问入境百里以后，尚可扼地设关征税乎？然则陆路俄货，永无征税之策矣。

侵夺关权

予等就停车场食堂稍憩，入一等待合室。守者睨视久，盖华人向不乘一等位也。食堂男女客饮啖方喧，武官为多。一妇人殷勤让坐，语言不通，致谢而已。候一时许，郛君导登车。车室坐位不裕，郛君以未尽所受委托之义务，亦换乘再送，辞之不获。又一驿至朴喀尼次那耶，译言交界，盖已入满洲境八俄里矣。自柯驿至朴驿皆山路，穿隧道五，闻最深者一百萨仁[①]一萨当华六尺馀。朴为第二等驿凡五等，驿长较柯之为三等驿者为尊。郛君向商，请增坐位，果为增开一室，郛君遂辞返崴埠。此路不备华人有乘一等位者，故一切等符无华字，谛视乃为自秦家冈即哈尔滨来交界者，而非自此间往哈尔滨者，一切尚未合规则。郛君有心人也，与外子谈俄商之不得自由贸易，俄学生之不得自由读书，言之慨然。

俄人不得自由

十一日阳五月七日　午前六时抵马桥河驿。冲寒一望，见山阳爽垲处，有俄人聚居，稍远有华人村落。必铁路开筑后，方始成聚，在昔不知要隘，荒山绵亘而已。俄过穆林驿，因车无食堂，故下车购食物。驿左右支板为屋，沸水待茶、炙肉团饵者，皆俄人也。下等劳动，则半役华人入满境后朝鲜劳动渐少。九时过带马沟驿，凡穿隧道四，其一行四分钟，闻九百五十萨仁之深云。

午间绝牡丹江而过，迤南即宁古塔城。溯顺治十一年(1654)，俄哥萨克兵直指宁古塔，为中国都统沙尔呼达所败，往

※① 萨仁：沙绳。

事不复可追矣。浙人吴兆骞侍亲荷戈，记宁古塔政俗颇详，今亦时异势殊矣。南望增叹，不知撰碑之讷荫，尚在塔城否?

车中所见风景

午后三时，过横道河子驿，驻停稍久。本可下车就食，雨雪泥泞未果，草草购物充饥而已。今日所行，忽为山间平路，则左右山坡，时有杂花，略存春景。忽为山路，则怪石枯树，近逼车窗。又或已伐已毁之树根，巉立道侧，无虑千万。又路工来华，故沙石材木遍卧道上。山戴积雪，涧冱层冰，有一种阴迷气象。回忆日本近日，鲤帜飏风东俗以重午为男儿令节，家有男儿者，制帛或纸为大鲤，树杆悬之。儿多者鲤多，大小飘荡，颇堪悦目，菖蒲、踯躅次第放花日本菖蒲开五色花，何等和暖。入暮，抵一面坡驿，云开月朗，乔木筛影，从窗外飞过。凭枕观之，剧绕诗境。予年来久辍韵语，盖无心事此矣。

在满洲的俄国军官

十二日（阳5月8日）　午前五时抵阿什河驿。此本名阿勒楚喀，有副都统驻此。予盥梳未毕，不下车。外子云，除俄武官外无所见。少顷，武官数人登车，脱帽解佩刀，熟视予等，若深讶华人何以得乘一等位者。中一人，观其服装制度，知与日本中尉相当，以华语询外子何往。告以将往森堡，彼色渐解。俄驻轮，外子以为是哈尔滨矣。此武官曰：此非哈尔滨，乃三家子也。三家子，地名，不见于车驿表，幸此人之见告。

又数分时，至哈尔滨。外子本欲一览俄人所夸为“东方新都”者，又得李兰舟之弟字辑甫者，与昔年森堡旧友李君佑轩，均在哈尔滨铁路公司中，可借为东道主，先已函告两电竟未达。是日二李君在驿相候，欣然造其寓，见辑甫夫人与蒉文卿之夫人，殷勤欢聚。蒉夫人且让己室以栖予，尤感。异域逢女友畅谈，愉快非初意所料。解衣就寝，自离长崎，至今为第一夜安眠。

十三日（阳5月9日）　先是，森堡使馆寄来东方铁路公司介绍书，专为予等谋乘车便利。是日外子持书，偕李君佑轩往访铁路总监工之代理，并执哈尔滨行政权之俄人曰达尼尔者。一见介绍书，谓贵客既由森堡总公司介绍而来，必当竭力周旋，俾无旅行之苦，此我职也。又谓自哈尔滨乘车可以直达森堡，无庸换乘，当为备一等者二室，每室二位，而两室间有门，可开可闭者。外子又询大件行囊运致之法，彼言此间尚未有定例，可由公司中先命人送至满洲里驿，交次等之急行车代运，则运赁廉而到着速，计期二十日，不过迟人到一周而已。其运证可令所命之人曰李宝材者俄人，通华语，在满洲里面呈。彼又为计核种种赁金数。外子询车固直达森堡，但可否于莫斯科下车，作一二日之游览。彼言长途已为贵客备专室，倘中途下车，此车室已不复能他售，恐非公司所愿云。凡此，皆李君佑轩传译，外子归述如此。

向哈尔滨俄人交涉

惟是先闻哈尔滨尚无直行车达莫斯科，须在贝加尔湖畔换乘，今乃云直达森堡。外子以达尼尔身在局中，且有总公司之介绍，所言当必无误，遂电告森堡使馆，言某日可到。盖一车直达，无须有人相迓本约有人在莫斯科相迓云，且不复作驻游莫斯科之想。电用法文，盖俄例不许人在其境内发密码之电，今哈尔滨即用此例也海参崴之中国商务委员且不得发密码之电。

相信俄人所言

午后偕贳、李两夫人步游市街。两夫人虽不能如予之健步，然已除内地风气，以步行为快。晚景苍茫，极目无际，所谓塞外日落沙平者，亲见之矣。

十四日（阳5月10日）　外子率同行诸生往游新哈尔滨，俾略见俄人之布置与用心。新哈尔滨土名秦家冈朴驿所购二等切符，其言秦家冈者即此，俄人定名曰诺威倮特，译言新城赁车非用俄名不可，因车夫皆俄人，各国人所注目，以为俄人新定之东方大都也。予等所栖旧名哈尔滨，土名香坊，旧为田姓者烧锅所在。五年前，俄铁路公司人欲占为中心起点，乃逐锅主而有其地。予与萬、李夫人所居，尚是旧址，尚有断垣。

旧哈尔滨被占历史

烧锅者，满洲境上一大生业。其主必富资财，役人畜，制高粱为酒，所称为烧酒者也。其酒不但为北方所盛行，且销售于江南。锅主既营此大业，每扼要筑垣，如城如隍，以防外侮。垣中亦有街市，群奉锅主为长，俨有自治风气。垣周大者二三十里，视江浙小县邑，有过之无不及。此香坊者，其一也左近尚有一次等者，闻庚子之乱，土人毁之，官兵毁之，锅主遂亡。秦家冈者，乃久无人迹之地，或者先为秦家所有，故冈以秦名，然莫可考矣。

俄公司既占香坊为起点，初意亦就香坊经营都会。乃续见冈地爽垲，濒江而不患水，尤占形势，于是于冈建都会。今划入界内者一百三十二方华里，已建石屋三百所，尚兴筑不已，盖将以为东方之彼得堡也。兵房已可容四千人，亦兴筑不已。哈尔滨左近，扼满蒙之正中，濒松花之大水，洵为无上之要区。既已数百年荒弃，则俄人度地经营，亦势所必至之事，□□□□□□□□□。

铁路公司人告外子曰：俄人在哈尔滨购地，固以己意划界，不顾土宜，以己意给价，不问产主；然全以势力强占，毫不给价则未也。有之，

附俄作恶的封建主

惟满洲世职恩祥。恩祥恃其世官之焰，本鱼肉一方，自俄人来此，更加一层气焰，每霸占附近民地，以售于俄人，冀获微价。恩祥又肆其霸力于傅家店，俄人利用之，故土人畏之，官宦又媚之。傅家店者，昔年不过数椽之野屋，近民居约万户，华人谋食于铁路者夜居于此，屯中“红胡子”所巢穴，现为恩祥所庇护。俄人欲将屯地圈入界内，以扩张路线[①]，屡向华人言之，想实行此事亦必不远。

歧视华工

闻庚子以前，路工所佣劳动华人，不问其为直隶产、为山东产。拳乱以后，禁绝直隶产而专佣山东产彼不知拳之源于齐鲁间。此等最下最苦之华工，昼役于路，夜宿于傅家店，彼俄工固列板屋而居于路侧者也。俄工污秽亦不亚华工，然公司每以华工污秽，易肇疫气，傅家店距路不足十里，易于传染，啧有烦言。其意非尽逐华工不止，徒以佣值廉而工事未竣，不得已耳。或曰我务清洁我工，俾无所借口，岂不为我工姑留一谋生计？不知俄意本借防疫为名，以拒绝外人，初非真爱民命。任我如何清洁，彼必有词，岂但尽逐华工！外子所言如此，深以不中为幸。

予等未至哈尔滨之前一日，为俄国令节。李君佑轩是日休假，自香坊乘车至秦家冈，在冈时久，以道远马疲之故，饭于肆，且命车夫就食，可谓毫无过误。忽有警察役，怒车之驻于肆门也，捽车夫殴之。车夫固俄人也，与辩是奉雇主之命。李君亦闻声趋出，向警役用俄语声说。讵警役骤加殴辱于李君，可谓奇极。李君以铁路公司之高等华员，且善俄语，竟以一车夫就食之故，大受警

殴辱华人

① 国学社本“线”作“域”。

辱。事后诉于总监工，总监工虽极力抚慰，而不闻一惩警役。俄政固如此，不足怪也。

同日，阿什河有俄兵刃杀一解饷华官之仆于途，并伤二同行人一为旅店中人，护送此华仆者。阿什河之华官，正来哈尔滨谈此，外子闻于李佑轩座上者也。俄人肆虐杀淫掠于东三省，自以海兰泡之杀我男妇老幼三千余人于一日，为最著称。黑龙江沿岸，被杀者数十数百，不可枚举，此将军寿山之所致，犹曰此庚子事也华商永和栈、日本商加藤写真店[1]，均以献贿于武官幸免。辛、壬以来，被杀一二命，见公牍于三交涉局者以百数三交涉局注见下，不见公牍者不知数。至于毁居屋，掠牲畜，夺种植，更小事矣。此在民间被害，初亦愤，愤而诉，诉而无效，亦姑忍耐；忍耐久，且以为非人力所能回矣。即在华官确知民间被害，初亦愤愤而诉，诉而无效，亦姑忍耐；忍耐久，亦以为非人力所能回矣。

杀我三千人于一日

俄人之夷我满洲也，先借拳乱为名，尽搜括官用武器，更以检查隐匿为名，纵兵役任入人家，搜括铁器，甚至田器亦被取去。俄人蓄意先欲民间无抵抗盗贼之力，则盗贼自炽，而彼得以武力治盗为名，益张其兵力耳。红胡，彼所利用而保护者也，然亦不过纵使扰民，而哥萨克之防范红胡仍不遗余力。此其意，吉林将军长顺知之，而无可如何。

俄人与红胡子

又闻一俄医士之言曰：曾亲至东省，欲以医学考察种族灭绝之原因。尝见一哥萨克持刃入一老幼夫妇四人者之家，攫少者肆

※① 写真店：照相馆。

无礼，其三人抱首哭，此哥萨克次第杀此四人而出。夫哥萨克诚强暴，然四人者，纵无器械，岂竟不能口啮此兵，而默然待死乎？此不必以医学考察，而知其必灭云云。予笑谓此唾面自干之盛德乎！编者按：同文本此处有文云：专以克己无竞为学派者，其效乃召灭种，可骇！

达尼尔者，代茹古维志而为铁路总监工者也。然名为铁路监工，实于哈尔滨地方操立法、行法、司法三大权者也。三大权操于一手，今世界列国君王且无之，而达得之，幸福耶否耶？

封建官僚无耻卖国

奉、吉、黑三省各设一交涉局于哈，例以候补道府司之，闻黑局为最贤。此三局住屋员薪，均由俄人供支。华员感俄人之为增差使也，其视俄为主，而视本省为客也，固宜。局员惟恐失俄欢，仰达尼尔鼻息惟恐不谨。局有谳案，非达诺不敢判，且非达诺不敢讯也。工役交涉案必请示于达，即傅家店一赌博案亦必请示于达也。吉局员且有求俄人优给薪水宽给住屋者矣。李君佑轩云，去年疫盛时，俄人好行其德，散给茶与糖于华民，而委其事于交涉局员，局员散其茶而匿其糖。俄人知之，先颇讶，后知为中国官场常态，遂不语。

三局设于江沿附近。江沿者，沿松花江岸，距秦家冈三数里，今市廛集处，俄警察局暂设于此。外子乘车往答局员，见所谓辕门者、大堂者，种种肖中国衙署。大门旁一鼓一梆，又四旧铁刀，栅系荷校[1]者三数人。车夫用华语毒詈此荷校人，作极村辱语。一中国所谓“二爷”者出，笑靥向车夫，怒目视荷囚，献种种媚于车夫，真不愧为局中人矣。

认贼作父

※① 荷校：戴枷。

庚子之乱，黑龙江有协领曰庆益斋者不知其名，统兵一大枝，在松花江北岸向江沿发炮四五十出。时哈尔滨无俄兵！总监工厌之，乃聚工人二十，驾小舟一，渡江吹喇叭以恐之，协领果闻喇叭率兵狂遁，所遗物品不少。李君佑轩等正苦乏糖乏茶乏烛，不意协领所遗不少，遂取归供用。

连日蕡、李二家以精馔饷予等，多南方食品，询知哈地固无有，即奉天、吉林两省城亦罕售者。幸铁路通，旅顺又现今无税，故运致不难耳。哈地乏薪，所燃薪多北自黑龙江水运来，间或东自宁古塔陆运来，凡在公司中人皆公司供燃。不然，则一家所需，岁非蠲五百金不可，诚巨额也。又乏蔬类，一金之值，可得菠菜六斤，他可类推。有南人一二，赁地种菜颇获利。惜向达尼尔赁地，价奇昂耳。稍廉者地必远，运至匪易，获利又减。予思此一带本空旷无人，今忽聚十余万人于此，每日食料即不少。倘铁路有阻，几不饥困，不可谓非危地也。

一两银子六斤菠菜

去秋辽东不丰收，交涉局员创为运上海白米来此平粜之议，义声震一时。平粜者，为利贫民也。试思此间贫民，食白米乎？抑不食白米乎？白米即平粜，其价能廉于杂粮乎？然则此平粜白米，利翎顶辉煌之官幕耳，非利贫民也。然谓局员预为己谋，则又不尽然，总之不从实际着想耳。

俄国深嫉日本工商

哈地稍有局面之华商，仅华昌泰一家。予偕蕡、李夫人往购旅行用品。见所售仍日本品为多，无怪俄人深嫉日本商工，百计以禁遏之。

哈地尽用俄之不换纸币大率一卢一枚者，贸易无大小，皆以卢布计。旧日所有之制钱及吉林自造之银元，仅可为一葱一菜之交换而已。彼芬兰、波兰，亡入于俄者且百年，而民间尚用格勒历、用旧币。而哈地不五年已尽忘旧惯，竞投俄好，岂果种性血统之不同乎？抑教育久忘之故乎？

先是十日之夕，邬君在朴驿发一电致李缉甫，今四日矣，尚未到。缉甫曰：先日曾有阿兄海参崴来电，久不到，向局中走询，局员指案侧尘土中百十纸曰：安必无君电。盖自检之，检果得。询其何以不见送，彼曰：谁为君任配送职乎？想朴驿之电，亦在此尘土中矣。一笑！

着意拉拢

昨日途遇达尼尔，邀顾其家，辞之。彼又浼李君佑轩来邀。今日即赖李君传译，往访其夫妇。相见觉待客之殷勤，较日本人加一层亲切，且自出器械写真订赠此订赠者至今未获。外子云，此虽小节，亦可见俄人外交一手腕。

十五日（阳5月11日）　昨来大雨道泞，事事艰阻。正午，一行九人发自香坊。李佑轩、缉甫、萧少君皆远送于秦家冈。此第一等大驿，故局面不小，然板屋黑暗，土石堆积，盖工程甫半，惟食堂已粗具。

如此优待

驿中亦有美国通例之赤帽役，为客送小手荷物。然仅送一等客，不送二等客。华客向皆三等位西人惟劳动苦役者三等，间有二等位者，则指定某车以区别之，不许入他二等室，其“优待”如此。

李君佑轩奔走代购切符，距车行不过十余分钟，而切符不可得，乃先导予等登车，而徐候切符之来。比登车，则达尼尔所允

达尼尔言全部落空

一等位四人二室者无有也，乃四人一室者也。所谓一车直达森堡者不然也，且非直达莫斯科也，乃仅达满洲里者也。仓猝间无暇与追辨达亦不面。

所最感困难者二事，一为已信达尼尔言，电森堡使馆以到着期，且言直达森堡，无须人迓使馆本约有人在莫斯科相迓。今事之变更，俄例又不许发码电，外子又不通西文，将何由改告使馆？一为已信达尼尔言备车赁及食费，今事事变更，必不敷用，囊中不裕，而仅仅数分时间，安所得金？幸李缉甫急出百余卢布，李佑轩亦出数十卢布相借，又允再嘱达尼尔，加电先送行囊之李宝材者，命其续送至伊尔库次克，照料换车。语初毕，一洋人急送切符九枚来，汽笛一声，遂行。行后，将所畀卢布与赁价核算，计缺缴十五卢布。彼人乘机蒙混，是社会惯性，无足怪，即达尼尔所言不实，亦其社会惯性，无足怪。所得总公司介绍函，其利益如此。不过予初从东方来，不免叹一诚一伪，相形顿异耳。

痛感俄人之伪

达尼尔又切实言午后一时正发车，勿稍误，其实一时卅分方行。驶过松花江桥，此为满洲路上第一等桥，望见汽船三数，喷烟激浪。松花江不准行船，为同、光以来中俄一大问题。一水之航，昔断以争；万里之域，今慨以赠。安得不令他人哂乎！

此车有食堂，得便利。餐四品，价一卢廿五戈。餐后凭窗远望，此著名之松花江、嫩江间流域，千里膏腴，然夕阳送晖，极目无人，耕牧大利，久任抛弃。一二十年后，必有享此大利者，但不知为何种人耳！浙人周君少逸，久滞黑省，近广招开垦此千里膏腴，其识远大，惟不知占我疆土之客，能容我民享有此利否？

大好河山令人慨然

十六日（阳5月12日）　未明，过齐齐哈尔，驻停最久，惜未起观。然俄例停车场必距市都十五里，必无所见。午前六时半，过碾子山驿，渐渐见山。山坡野桃着花，回忆五日前在磨刀石横道河子一带冰雪埋没者，气候相殊如隔数月。七时半至成吉思汗驿，或谓是汗生长地，不知确否？闻昔有成吉思汗篱笆者，今已无有，其即奉天柳边之类乎？路左倚山冈，右旁河流水入嫩江；野屋三四轩，谛视均俄工人所栖，不见一土人。奇渥温苗裔式微，遗烈堕落，耕牧旧地，致为昔日臣服者所蹂躏，能不起读史之浩叹乎！

札兰屯所见

八时半抵札兰屯驿，下车散步，购俄产黑面包尝之，果别有风味。凡满洲路停车场，虽诸事草创，而售食物处必先备。车场左右，或架板屋售物者，皆俄人也。我华人仅少数负筐叫卖粗粝而已，又往往被阻，不令与乘客近。华客颇愿向买，然必飞越下车，乃克交易。无如停车久暂，非所谙悉。买者既恐回车之不逮，卖者又恐售价之不及取，于是逡巡互失者比比皆是。至路上所役，何尝不有华人、朝鲜人，然尽是极劳极贱之役，稍居其上者无有也。此驿有一捩轨机之华人，域外仅见，询知为宁波产。在博都河驿遇一售鸡子之吉林人，询知工役上多山东人，若吉林、奉天人则千里罕遇云。十一时，抵巴里木土人呼为喇嘛山。编者按：同文本此处有文云：自成吉思汗驿至此，有山而不险，有水而不污，有木而不为窝集，真膏腴地，惜未有人耕牧耳。

过大兴安岭

午后三时五十分，抵著名之大兴安岭。山势陡峻，上坡昂度逾于千分之十五，不得谓非险坡。在高原已拔海面二千二百英尺，渐登渐高，至山顶则拔海三千六百尺。所谓兴安驿者，正在山顶。有华式庙，闻中祠女神。列车上坡时，首尾各用一机关车，或推或挽，曲折六七乃达。工役忙忙，闻隧道已穿通；凡千四百十五萨仁。但隧中修治未毕，秋冬方可通车。

夜半十一时抵海拉尔，下车散步，月明如昼，寒气逼人，重棉犹凛凛。海拉尔在呼伦贝尔城南亦约十五俄里，城为山西人聚市之所，有副都统驻此。过海拉尔，为著名大湖沮洳低地，月下经过，远望则水影苍茫，渺无边际，近看则植木水中，支板如桥，而轨敷其上，断续不一。车行其上，缓如人曳，而轨力犹格支不胜，益[①]近呼伦淖尔即达赖贝尔淖尔之间，两淖尔水溢数百里，春夏为患，岁成恒例云。又闻此一带水中，不生种种动物，格致家方事推求，未明其理。

过呼伦淖尔

同车有俄人夫妇，均善华语，盖汉口俄领事馆之书记生，挈妻假归也。同行四学生，与其在鄂相识，故介绍来谈，互访亲切。然俄交大略可见，不与深谈。又有比国人，乃芦汉铁路之技师，善华语，老于路工，多识华情，外子与谈颇频。

十七日（阳5月13日）　午前八时馀，抵满洲里驿。虽距界线尚有十八俄里，而已为满洲铁路之终点。予等所购切符，至此驿已终，须续购矣。外子偕比国人往电局发电，告森堡使馆以车非直达，仍须有人在莫斯科相迓。彼局中恶见外国人，睨比人良久，责以不脱帽。比人不得已脱帽致礼，彼始掷出一纸，俾书电文。所书者为法国语，局员不解，谛视良久，质之旁一人，又谛视良久，始核价。计发十余字之电，费时间五十分云。

俄人恶见外国人

① 国学社本“益”作“盖”。

癸卯旅行记　卷下

四月十七日（阳5月13日）　今日另购切符，由国境西线入后贝加尔线矣。午发车。在列国通例，各公司各线，有互相抵算之契约，故无论越过几线，其切符可同时并购，而乘车或随时更换，从未有重购切符而不必换车者。此满洲里驿，乃重购而不换车，亦俄国公司之特色。闻此车驶至贝加尔湖畔方止，岂后贝加尔线与国境西线，均已通用满洲公司之车耶？

入俄国境

先是驻车满驿，有税官登车，问外子是某君否。外子答是，彼言随带行囊已奉电放行，遂逐件加一封识而去。比国人为传语："当在哈尔滨时，闻此关之严，不可思议。有旅顺华商，新从俄归，言过此关时，有一极小之日本寒暖计，亦为所取去。有一俄武官，方从北京掠物归国，关见珍品满箧，疑为日本制，将取去，此华商代认为中国制，乃放行。"又昔年湖北自强学堂之俄文教习波里君外子昔所延订，遇于哈，为言满驿关例，专事搜索日本制，虽纤毫必收没云。今见此关之严，果无异海参崴。予等从日本来，岂无一二品日本制，今得放行，非得彼政府电托不获此。虽然，俄例无事不可以贿通，久蒙各国之认许者矣。

严禁日本制品入境

切符之价，先纳坐席如一等位若干，再纳急行，再纳寝台。夫坐席之外再加寝台，犹可言也，为坐者不必定寝也，然长行已断无不寝之理矣。若急行之加，真不可解，岂同此一车，纳急行价与不纳急行价，其到着不同乎？此次予等托一庶务长代购切符此庶务长之职，日本列车所无，英法德等国，车行极远不过二日，亦未必有此；不知美洲长铁道有此职否，车行后缴纳余资，外子谓差百余卢。然语言不通，无从询问。姑向比国人谈及，比人允为代询。经五六时间，彼将所差之百余卢缴回。此老年人，非比哈驿之十五卢有心蒙混，盖俄人算术本拙，又各种赁价，分合纠纷，更与他客赁价牵涉致误耳。

闻外子云，昔年驰驱于欧西各国之郊，凡越一国境，则风尚景物顿然改易。即比与法，种族同，语言同，而风尚景物仍不相同。何也？既已各自成国，即各有其政其教之区民于不同也。乃予今日出满境，入俄境，不见所谓不同也。车驿之结构，车道之管理，车员役之服装、人种，无不同也。教堂尖矗俄例每村落必有数教堂，堂必有尖，金银色灿烂耀目，水塔高峙俄例每车驿必建塔储水，盖沙漠乏水，冬令水冰，皆宜先备，无不同也。所微不同者，满境上不十里必建屋驻哥萨克兵，车经过，则出二三人负铳向车立，不知何意。夜行望灯光疏落如星，皆兵房也。而一入俄境，此兵遂少，盖其疑信不同也。中国妇女闭笼一室，本不知有国。予从日本来，习闻彼妇女每以国民自任，且以为国本巩固，尤关妇女。予亦不禁勃然发爱国心，故于经越国界，不胜慨乎言之。

以国民自任的心情

十八日（阳5月14日）　午前四时，抵契丹司基驿。此为国境西线与后贝加线之分歧驿。后贝加线，又东北至斯特列田斯克止。此驿驻车卅分时。凡驿有歧路者，驻车必稍久。考日本记载，每谓分歧驿名开伊多罗甫。今此契丹驿，其即开驿之改名欤？抑另一地乎？不可知矣。总之俄术在淆人耳目耳。

赤塔

又百七俄里至赤塔，此为后贝加省著名之市，屋宇整齐，非复满洲路上草创景象。闻此地有巨商，以造酿致富，本波兰志士被追放者，历万辛自营生计，颇得众心。昔虽致富，而尚被种种苛例。近今俄于西伯利渐渐视同域内，不欲含怨者之丛于是地，故追放数年减一年，而待向所追放者亦宽一层云。残月挂林，远山戴雪，凭窗窥望，哀彼波兰遗黎。

此一带雅布鲁诺山脉，为西伯利铁道拔海最高处，凡三千五百英尺，较兴安岭仅减低百尺。然兴安升降陡峻，非穿隧不可，雅鲁迤逦上下，可沿坡而行。虽然，究以昂度太高，故每一辆之八轮汽车，仅可带廿三辆之货车，不如满洲道上之可带四十辆也，遍山弥野，皆属森林。林皆针叶树，无阔叶树。地无积秽，时见野烧痕，其广数里。

蒙古人

车驿左右，每见蒙古人三五群聚，袖手徘徊，一若甚无事者然。头戴皮帽，略如故乡村儿之狗头帽，及纨袴子弟之拉虎帽，顶缀红缨，腰束彩绦，右衽大袖，皆广缘如村妇衣。衣兽皮，不加布，即以皮之革为表，注目列车，口嚼食物。噫，此种人不但不能自立，并不堪作奴仆，予谓亦坐不施教育之故。又悟衣之左右衽一大一小，乃蒙古风，前此固如日本和服，两衽大小维均也。

乌的河畔有驿名希洛喀者，或曰此真成吉思汗诞生地。下车散步。铁道在两山之间，满山翠柏，居民不少，景物亦佳。山间平地，窄者里余，宽者一二十里。山下大溪即乌的河，忽洒为数渠，忽合为一流，其地果灵。闻居民事耕，所产小麦、大麦、葱、薯等，兼畜牛羊，其生活之度虽低，犹胜于满洲道上之成吉思汗驿。

十九日（阳5月15日） 黎明，知将过色楞格河桥，特起观之。四山环抱，残月镜波。予幼时喜读二百数十年前塞北战争诸记载，其夸耀武功，虽未足尽信，然犹想见色楞格河上铁骑胡笳之声，与水澌冰触之声相应答。今则易为汽笛轮轴之声，自不免兴今昔之感。然人烟较昔为聚，地力较昔为任，则又睹今而叹昔。凡政教不及之地，每为国力膨涨者施其势力，亦优胜劣败之定理然也。

色楞格河上的遐想

世界第一大淡水湖

天明，渐渐从山缺树隙望见水光，知为世界著名之第一大淡水湖，所谓贝加尔湖者矣中国旧[①]或称白海，元代或称为菊海。自过上乌的斯克，浓树连山，风景秀丽，殆迈蜀道。而此夷彼险，但有怡悦，无有恐怖。因想苏武牧羊之日武牧羊于北海，海即贝加尔湖，虽卓节啮雪，困于苦寒，而亦夫妇父子，以永岁月，亦未始非一种幽景静趣，有以养其天和也。旅行记程以及日本各记载，皆以梅索瓦驿为湖畔换渡之所，今日车至梅驿不渡，又二驿始驻车。岂所谓贝加尔回岸线者，已引长至此欤？此车本来自旅顺，经过哈尔滨而止于湖畔者也。

予等将与此车别。庶务长颇殷勤，送予等渡湖，登久闻之所谓碎冰船者船凡二，予等所登者名贝加尔，并代索船室键，开室俾予等安坐，因赠以外子昔年巴黎购来之精制指南针。盖悟与俄人交涉，必处处有赠物也。船为英制，长二百九十尺，吨数四千二百。

登破冰船

除船底一层外，其平岸一层，船腹有轨，船轨与路轨凑合衔接，汽车即循轨入船。船可容车二十

① 国学社本"旧"后有"籍"字。

七辆，载之以渡。渡车以货车为尤便，盖省上下搬运之劳费。若客车则换乘为便，不必定载原车以渡也。予等所乘之急行车本不带货车，故未见其载车。其上一层为大食堂，两傍为乘客休息房。其后为二等位之食堂及休息房，亦宏敞。船身宽博，迥异寻常。甲板上为游眺所，烟突凡四，凭舷一望，极目千里湖南北千二十华里，东西百五十华里。

渡冰封之贝加尔湖

环湖尽山峭立四周，无一隅之缺，苍树白雪，错映眼帘。时已初夏，而全湖皆冰，尚厚二三尺湖面拔海凡千五百六十英尺，排冰行舟，仿佛在极大白色平原上，不知其为水也。别有天地，何幸见之。或谓此世界上水最清澈之湖，惜今日之见冰不见水也。然吾江浙间之太湖，上受天目诸水如贝加尔之上受色楞格水，下泄吴淞等江如贝加尔之下泄昂噶拉江，虽大小什一，亦复极目无际，水清澈底贝加尔之水淡而不咸，以水流泄故。而皑皑白冰，非所见也。故此渡极乐。

吸水破冰

至船之所以碎冰，初非以冲力撞冰也。故船首不锐。乃船机吸此冰下之水冰无论如何厚，其四五尺下必水以喷出舷外，冰无水相承，自以重力不均平而致裂，更助以船之推力，推开此既裂之冰，而船进矣。故湖中之冰，虽坚可碎，而湖边之冰，转以水浅，而船力所不及。舟行二时许他人渡湖，每日须四时许，或是从梅驿而渡，故路远，达西岸。闻湖有一种奇鱼，长五六寸，头部之长占全身三分之一，眼大非常，且能飞。鱼虽小，能潜于二千尺以外水底，而不畏其重压，惟出水见日光乃溶。此湖多疾风迷雾，故冰渡尤稳。蒙古音谓此湖曰达登淖尔。达登者，含神奇意与富有意。

将抵西岸，乘客纷纷争先，一如中国长江轮船状态。据云恐彼处车位不良，且或竟不得坐位。外子笑之，谓当不至此，遂从容步至车侧。见一等车一辆，欲登，则车仆以美国人专赁对。又一等车一辆，则坐位已满，始信争先者为洞知俄情者也。

外子率予等徘徊车侧，犹盼有续来钩结之车，乃距车行不过十分钟，而寂然不闻。彼送予等渡湖之庶务长，彷徨不安，左右奔驰，商于此驿之长。驿长耸肩张掌，反复与说，竟无效。此庶务长将归湖东，急急为予等提手荷物置食堂中，邀予等在此食堂坐，尚以为行二时许，至伊尔库次克大驿，必有车来钩结，备予等坐位。乃比至伊驿，仍复寂然。非但予等无坐位，更有从伊驿登车之二德国客，亦无坐位二等位，同行学生五人亦无坐位。幸汉口俄领事之书记生夫妇于伊驿下车，让出二等一室，招学生速占。奈俄顷间已被一人占去一位，仅余三位此人后仍让出。于是三学生姑居此室，仍余二学生无着。正纷扰时，一德国老妇人通华语，愤予等之不得坐位，代为争论，比人巴君亦助辩。聚议四时之久，始勉腾二等位者一室，予偕外子及所携二女子皆不得已挤入此二等室中，已倦极矣。俄人动辄自夸优待华人为他国所不及，今果见其"优待"如此。至售出切符若干枚与车室若干坐位不相符合，亦惟俄人之经理"周密"如此。

俄国人之对待华人

挤入二等室中

车过伊尔库次克，予因车室未定，且怨声盈耳，怒容满座，故无心纵观。有银行人携三百卢布来，请外子签字领受，盖李君缉甫恐川资不敷，电汇此三百卢来也。又森堡使馆来电，知公使托陆君子兴亲赴莫斯科相迓。陆君为外子十二年前好友，更欣慰。

予昔年初习日本文时，曾试笔译福岛安正君今少将《单骑远征录》少将任中佐时，一人策马于俄及满蒙之境者再阅寒暑，所传日记曰《单骑远征录》，中有叙伊尔库次克一段，录存如左。虽为壬辰、癸巳间事，亦可参知大略：

日本人看西伯利亚

伊尔库次克濒昂噶拉河右岸，人口大约四万七千，位西伯利之中心，亦第一都会地。观光察势，无如此地，故留马十日，得巡览哥萨克骑兵、预备步兵大队营、专门器械学校、陆军病院、候补士官学校、小学校、博物馆等。

此地驻屯骑兵仅哥萨克一中队耳。时已严寒，道路冰结，不便骑兵之运动。蒙参谋部长之厚意，召集于参谋部门前，演密集运动，相邀观览。路冰结滑甚，易蹶，而驰马颇熟练。

步兵大队以中队编成，兵员千二百人按：今已大异。

器械学校以九年卒业，生徒二百许，为学术应用之组织。校内有教场，有工场，一面为研究学术，一面为练习实业。其所制造之机械器具，皆坚牢而价低廉，故民间定购者不少，盖此地必要之学校。

陆军病院，时有患者百许。院内有看病夫学校，生徒六十人，三年卒业，六年服役。

候补士官学校，为养成步兵大队、骑兵联队士官候补者之所。现步兵科二十人，骑兵科九人，二年卒业，以见习士官归本队，而待士官缺出之采用按此大概如各国通例。

小学校凡十五，纵览其一。此校资本金，悉由豪商集成，故不收生徒之授业料。石造层楼甚宏壮，百事整顿。讲堂上揭集金者之肖像，以垂不朽。

博物馆，亦称西伯利第一，建筑壮丽。楼上所藏书籍中，中国书多，又藏各国关于地学之杂志等。楼下则西伯利古代之器物，及矿物、植物、动物，搜集陈列，又古今之货币，其少少外国品，亦颇可观。就中最可注意者为矿物。西伯利所采掘之金，当1890年凡六万三千四百三十二封度，翌年六万五百五十七封度。盖伊尔库次克、后贝加尔、黑龙江三省，金坑极富。今交通未开，机械未全，而所获既如此。一朝大铁道通，机械工夫，运搬便利，其采获殆不可测。

宗教与监狱

当时铁路未成，所经营者已如此。近今二三年来，必有进步。昨冬有旅行者经此，观察所得虽未详细，亦录如左：

伊地建筑，十九皆木，惟总督官舍、博物馆、剧场土木之费凡二十余万卢、教堂、商业学校等为石造。道路则不石不木，尘芥没踝。所最经营者，教育与慈善事业。全都大小教育处凡四十余所，有宗教、商业、工业、矿山、女学、兵学、医学、幼年学为储武学材者，七八岁以上至十余岁为止。观其教法，亦颇认真。饭时游客至，即邀共餐：茶一杯，肉两片、面包。食前后生徒起立，对耶稣像高唱赞美歌。盖俄人于教育上处处带宗教性质，不但孩童也，于武学尤甚。人之贤否，课之高下，无不以宗教之信仰分数为定、孤儿院、小学校等。关于慈善者，又有罪人儿童之收容所、贫民院、无宿者之宿泊所、恶童惩教所。馀如学术协会，亦所注意，而尤重地学会博物馆即附属于此会。工商业尚未臻盛。本来人口稀少，因金坑多，四方招集劳动，于制造业未暇及也。制造品多来自欧俄。农业畜牧，亦未足以养当地之民，故畜类多来自托穆司克及斜米帕拉庭司克，或来自蒙古。价格之贵，职是之故。

伊地有名之大监狱，所谓西伯利监狱者，世人记载，待遇囚徒之残忍，举世无双，不忍卒读。而据当局者言，则曰待遇之亲切，无异父兄之待子弟。其信然耶？但愿所言不谬。当地风尚不靖，杀人放火，习为常事。无论田舍与市内，夜间人人警戒，不敢外出。盖从欧俄放逐来者，种类繁多，有剥夺公权之强制移住民，有并夺公私权之定期追放民，有因行政处分而被追放者，犷奴恶汉、豪杰志士均不少，近七十二年间约有五十万人。当时为助西伯利之开拓而放逐此种人，然而怨毒在人，于今日行政上未必便利。

二百年久通之商路

自上乌的斯克以西，伊尔库次克以东，凡贝加湖南岸一带地，逼近我恰克图地方，为二百年久通之商路，故每遇出境华人蒙古人亦不少。所谓商者，除茶与织物外无他物。然茶利尽归俄商，华人不过小贩而已。织物销售不多，齐晋产而已。若江浙间织物，非所好也。

二十日（阳8月16日）　凌晨寒甚，车室中八十度之寒暖计俄国通用仅九暖度，其冷遇如此，亟命车仆燃薪取温。至食堂早茶，知学生夏君与二德国人，昨夜均卧食堂，且无榻，寒甚。二德国人方怒形于色，彼盖二等客而无室可容者也，予等一等客四人既居二等室，而二等客遂无室可容。彼满洲道上俄武官概不出赁资，占居一等位，而乘客之有位无位在所不计者，盖本为兵路，非商路耳。若西伯利路，亦岂尽供兵用，无借商利乎？

今日始见耕地，又胜满洲一层。

桥断停车

廿一日（阳5月17日）　黎明抵堪斯克，亦繁盛地，惜未起观。又八驿至沃林斯喀雅驿，驻车不行，闻因前途桥断待修之故。此亦大驿。下车散步，距市远，无所见西伯利路车驿照例距市远，惟见一四无垣卫之木屋，中列极粗木长几数十，几旁各列极粗木长凳，一几一凳相配列，地污秽甚。同行学生曰，此酷似中国之学政试士院，盖乡僻之菜市也。村中妇孺聚道旁，蠢蠢然向列车騃望，口嚼葵子。驻车历九时之久，颇生厌。此长铁道本军轨，又路工不巩固，此等事闻所恒有。然以路工而论，西伯利路究胜于满洲路。满路专为据地用兵起见，于工于商于农皆非所顾。中国人不知，以为自有此路而商务必有变动者，非知俄情者也。

时差 当地之正午，在森堡为午前七时四十四分，盖相差二百五十六分，而经度六十四度也经度相距一度，时间相差四分。予等此行，自海参崴至森堡，经度相距九十六度半，故时间相差三百八十六分。车中顷刻不同，故不能确知为何时也。今日驻车久，感时间之不易计算，记所经大驿之时间相差如左：

森堡正午	莫斯科	午后零时三十分
	萨马拉	午后一时十九分
	乌　发	午后一时四十二分
	米雅司乌拉岭顶	午后二时一分
	车里雅宾	午后二时四分
	鄂穆司克	午后二时五十二分
	鄂毕	午后三时三十分
	伊尔库次克	午后四时五十六分
	梅索瓦	午后五时二分
	赤　塔	午后五时二十九分
	哈尔滨	午后六时十八分
	海参崴	午后六时四十六分

车行既速，于时间差异关系极巨。在战时用车，尤贵精算。譬如东驿西驿相距七百里姑以中国旧说，命之曰经度，相距三度半，车

行速率以一时七十里计速率大概，则历十时而达。今东西驿各于正午发车，速率无稍异，而东车抵西驿时为午后九时四十六分，西车抵东驿时为午后十时十四分。非车有迟速，乃午线不同也。闻德意志以国境东西相差三十余度，车行时间，易淆头脑，于战事尤非便，故于甲午阳三月三十一日之夜半，改全国用一律无殊之正午。惟与种种政令相关，改易非易，先事商议，凡历十年云。

标准时间

乌苏里线及满洲线之车，食事均用俄例，每日一度俄人往往每日一餐。此车用各国通例，每日二度早茶不计。早餐价七十五戈，晚餐价一卢，加茶等大约每人每日三卢。长车无事，食时为乐，然食堂坐位，极多不能过二十人，而乘客几倍。故掌食者必预向乘客商定食事，二度之食事，必四次方毕。又此车有浴室。每人价二卢，而水浊逾黄河。虽然，究胜不浴，亦增愉快。

过叶尼塞河

晡，抵克喇斯诺雅尔斯克[①]驿。驿濒叶尼赛河。河为西伯利四大水之一，桥长三千十七英尺，尤冠四桥。地繁盛，教堂尖矗满目，停车场亦壮丽。一望芳草如茵，远山添黛。彼状塞外动辄以衰草平沙等字者，踪迹仅在漠南北一带，初未逾杭爱山、唐努山、萨彦山而更北，故不知纬度五十五、六之间，尚有宜耕宜牧之沃土耳。今日多见阔叶树，凡地有阔叶树者宜耕。

线路穿过森林。溯开筑时，非法禹刊，即法益焚。然用焚尤易于用刊，故烧迹满目。惟一事最奇：现今列车日日通过，而线路左右数里，尚有数抱大树火焚不熄者，计非数日不能焚一树。将谓人力所为欤？四旷荒寂，何人劳力出此愚策？将谓车过喷火

※① 克喇斯诺雅尔斯克：克拉斯诺亚尔斯克。

所兆欤？一星之火何能焚此大树？且距线路远者又何说乎？不可思议。惟火光熊熊，如列庭燎，颇悦目耳。

车行，掌车者告已添车一辆，劝予等分室，惟仍是二等车。

谓俄人为好友乎

在彼极为无理，然四人分二室究便，遂允之。于是予等四人占二室外，夏、沈三学生亦得一室，二德人亦得一室，又一等乘客之驻长崎英领事亦得一室。领事善东语，且通东文。邻室相近，知予能东语，愿相见，遂略谈。彼亦怨车甚，问外子曰：君为政府人乎？谓俄人为好友乎？外子答曰：我非政府人。彼笑曰：然则君必知俄人者也。

新闻纸不发达

廿二日（阳5月18日） 晨过阿臣斯克，下车就食于车场。俄路惟食物最备。场中间有售宗教书者，而从未见售新闻纸[①]者。盖俄本罕施小学教育，故识字人少，不能读新闻纸。且政府对报馆禁令苛细，不使载开民智语，不使载国际交涉语，以及种种禁载。执笔者既左顾右忌，无从着笔，阅者又以所载尽无精彩而生厌，故新闻纸断不能发达。此政府所便，而非社会之利也。

如此仁政

此驿见一华人负囊登车，求售绢物。询系山东人，所售即山东所织。俄于他国人入境之禁綦严，且课税重重。此小贩人所获几何，而不远万里作此营生，想见吾民生计之艰。闻一路至森堡，此等亦不下数百名，间被杀死，且或加以有疫之名而虐死之。死后彼官以一纸空言达彼内部，转达外部，而告于我使馆。我使馆本不知此等人姓名来由踪迹，亦遂置之，其不告我使馆并不达彼内、外部者无论矣。虽然，视满洲境上哥萨克之时时杀人

※① 新闻纸：即报纸

而上官方奖励之者，仁厚多矣，无怪俄官之动称国政仁厚也。譬如水旱偏灾，发帑移粟，乃行政者分内事，而在俄国则必曰“此朝廷加惠穷黎”“此朝廷拯念民生”。一若百姓必应受种种损害，稍或不然，便是国政仁厚。此俄之所以异于文明国也！

午抵玛里音斯克驿，见积石炭不少。先是汽机燃料用薪，盖东方材木多也，至是始用石炭。午后抵台噶驿此驿有支路通托穆司克，为西伯利线唯一之支线，下车饮茶。夙闻俄国尽力于西伯利移民事，以台噶左右为最枢要地，今在此果见数十辆之移民列车，车外标可容若干人细察所载民数，必逾于所标额数，而不顾坐卧之足敷与否，空气之足养与否，则俄官任事不实通病，车中设一暖炉，无窗无榻，极似载货之车。老幼男妇数十人挨挤其中，若羊豕然。然岁岁迁民近一年迁数达二十万，愈迁愈东此驿迁民并未下车，必有更东之行。彼藏相威特[1]巡回东清，其复命之书，筹于后贝加尔以东广拓迁政，诚为要图后贝加尔以东者，满洲之谓也。千里广土，百余年国禁不许开垦之未辟精华，安得令强邻不艳羡？

维持建议殖民满洲

此处有市矿石处，盖附近所产。以二十戈市一烟吹盘，质类中国所谓玛瑙者。夜半过鄂必河，自此又入西西伯利线，惜未起观。鄂必亦四大河之一。鄂必以东富兽皮野兽极多，鄂必以西富谷类，此西伯利二大富源。

阅各种记载，知此一带多追放人列车。铁栅环车，铁索缚身，兵卒肩铳持刀立车外，作种种可怖状。凡追放者固多因对压制政府施反抗而被罪，亦多阴险之为陷于不幸者。追放并及妻子，往往从车窗目送西行客而流泪，言之可悯。予等幸未遇。

※① 藏相威特：财政大臣维特。

廿三日（阳5月19日）　晨起，见沮泽满野，树根辙迹半没水中，此额尔齐斯河附近泛溢之水，亦有名沼泽最多、盈涸无常之地即达布逊淖尔左近，今入俄境。过此，又为有名之千里平原、一无所见之地地为有名谷仓，农作颇勤勉。旷野风磨峙立，予为初见。

假日特多

今日为俄令节日，处处悬旗。节有大小大节悬旗，而为学堂休假、工作辍业则同。一岁三百六十五日中，令节居四分之一，加以暑休大约九十日、寒休列氏零下十五度外，则学生功课几不足五分之三。故一俄教育家之言曰："若欲使俄国学生与他国学生受同等之教育，非比他国学生加二年之学期不可。"诚哉是言。

午后，过鄂穆司克驿，亦西伯利大都市。市濒额尔齐斯河，昔读《新疆识略》，知此河近旁战绩不少。下车瞻眺，不胜感慨。

予等所乘之车因续添，故无仆人，盥室无涓滴之水，W.C.污秽不堪，卧室中尘灰飞积，无人顾问。犹曰仓卒续添，未及增仆也。乃入夜键两端之门，清晨不启。予等四人及二学生、二德人、一英人即长崎领事、一美国妇人，尽被闭此车中。欲呼无从，

车中情形极坏

欲出不能，饥不得食，寒不得火，犹曰可忍耐也，倘遇不测之灾，则此十人者不将坐死车中乎？俄人之"优待"如此。回忆"西京""伊势"二船上何等亲切，今履此危境，不免因今日一行之受害，而念及他日故国之受害，愤惧无已。外子命学生切告车掌，始允不键。

廿四日（阳5月20日）　睡未醒，忽驻车不进。右右皆车，一无所见，但望停车场壁上题字，知为坏乃科甫驿耳距鄂穆司克三百六十唯。历六时之久，始复进。不数里，又驻于旷野。下车前

望，知有来车出轨，故相待久之。又进，见右侧轨下千百枕木，累叠以辅路基。小桥坡倒，亦累枕木以承车，勉可缓进。工人百余，集犹未散，乃识驻车之故。

昨日以来，无驿不见移民车。昨午以后，始不见积雪。鄂穆司克以西，平原大陆，变为波形起伏，河流有舟供渡，浮鸭知春，略见江南风景。车驿廊下，积新犁不少，盖移民所用。

大铁道西端最终点

薄暮，过车里雅宾斯克[①]驿，此为乌拉岭东麓，此为西伯利铁道西端最终点过此即入乌拉岭越线。停车场石建广丽，为西伯利线之冠。下车散步，颇思购乌拉铁矿制成之细工物，以为记念久闻乌拉岭上多细工精品，乃列肆已闭门，仅购二粗品。先闻此驿旁有极大移民厂一所，可容二千五百人，屋宇粗拙，有病院容七十人，教堂、浴室、洗濯所等备，十年以来，曾容六十万人之过境。他驿旁亦有此等厂，但不如此驿之大。极拟往观，亦以日暮不果。

进入欧洲

廿五日（阳5月21日）　向例过乌拉岭巅，必在昼间。此次两次遇险，迟至夜间。盛传之欧亚分界石碑竟不得见碑向闻为三角塔形，围绕铁栅，一面书亚细亚，一面书欧罗巴，1845年立，当道光乙巳云。经过米雅司驿，时尚昏暗莫辨，仅从隐约中望见松影蒙密，下听轨间溪流潺湲而已。予生四十六年，今日始由亚入欧。虽然，福岛安正君之言曰："混然一大地，何欧、亚之有？况横目纵鼻，灵心性无轩轾，所异者语言面色而已。"诚然。

自过兹拉特驿，山环水抱，顿入佳境。矿厂林立，人烟稠密。自此行二百十二俄里，皆山水胜处。尤以自维索伐耶驿至

※① 车里雅宾斯克：切利亚宾斯克。

乌斯喀塔夫驿三十里间，忽曲折忽开朗，旁流倚山，听松看花，尤为佳绝。视日本之国府津、箱根间，有过之无不及。午后过乌发驿，阔叶树怒张，蛙声盈耳，又是一番景象。两旁多耕作。

此一带石油夥积，先是汽车燃料十八用薪，其二用石炭，至此更兼用石油。

廿六日（阳5月22日）　今日车行纡回于萨马拉河、倭尔噶河[①]之间。倭为入里海之大川，汽船为有名浅水船，偶望见之，明轮在船尾。忆在汉口曾见一上驶宜昌之汽船，亦如之。河产一种鱼，孕子极肥，为俄人供馔珍品。予偕外子至停车就食，果极腴美。或盐渍致远，亦为各国所珍，究不如鲜者之尤美矣。

供馔珍品——鱼子

河流弥漫，长堤断续，舟楫鱼簖，一切景物极似江南，令人左顾右盼，目不暇给。倭尔噶河滨之萨马拉[②]驿，为有名之分歧大驿。西两驿均通莫斯科。南一路渐引渐长，将出彼之斜米帕拉庭斯克或译曰七河省，而入我新疆北路者，与其里海东岸一路，已引长至安集延，而瞬将入我新疆南路者，正如巨蟹右螯之双铗。而营口已成之路与张家口必造之路，又如巨蟹左螯之双铗，向我北京云。

如蟹之螯包围中国

廿七［日］（阳5月23日）　一路繁盛。午前九时过都拉[③]驿。屋宇整齐，草木畅茂。午后二时，抵莫斯科旧都。外子之友陆君子兴，远自森堡来，迓于车侧。外子一见欣然，盖相别已十有一

※① 倭尔噶河：伏尔加河。

※② 萨马拉：今名古比雪夫。

※③ 都拉：土拉。

年。车场宏丽，此为长铁路之终驿，无论再向何地何国，必换车矣。予等所购切符，虽至森堡，然所谓寝台赁者，所谓急行赁者，至此驿而止。陆君以为予等即于今晚换车向森堡，故已嘱驿长就车场中借辟一室，为予等待时之用。外子于莫斯科为旧游地，然欲予等一览旧都景气，故决意就旅馆留宿，作二日之游。遂由陆君导至一馆，名“斯拉夫”。俄人皆斯拉夫种族，即以种名名旅馆也。陆君又向驿长言，伊尔库次克以西以一等价而坐二等室为不公，彼但唯唯而已。俄人不欲内外上下之情通，故不重行政诉讼法。

文明进化五个时代

论人民进化之理，由草昧而臻于文明，大率分五顺序。最初除避饥寒外无生活，遇水而渔，涉山而猎，食肉寝皮而已，所谓狩渔时代。久知野获者之不足恒恃也，于是牧饲家畜为食，所谓畜牧时代。久知徒逐无定之不足以为恒产也，衣食之外，兼谋居处，血肉之外，兼嗜植物，于是耕作土地事起，所谓农业时代。久知各恃其余粟余布之不便通有无也，于是组织交通信用之机关，为有无互济之媒介，所谓商业时代矣。此时彼此相通，智巧愈进，而嗜好亦愈繁，于是各出智巧以精制造，各精制造以投人嗜好，遂更进而为工业时代。此五时代各有顺序，初非一跃可超，而其程度之迟速，则在民智之高下与教育之有无。顾此乃上下千年之谈，而非纵横万里之谈，不意予于三十日中二万里间亲见之。自海参崴穿山而西，入宁古塔之境，此三百年发祥地，旧史所谓“林木中百姓”、所谓“打牲乌拉”者，流风尚存，非所谓狩渔时代乎？更西出蒙古之境，经阴山之北，沃土未耕，而牛羊驼马均极蕃息，

三十日历五个时代

非所谓畜牧时代乎？更西入西伯利之西境，民风朴质，而富谷仓，非所谓农业时代乎？其麦岁输德、奥等国。至越乌拉岭而历莫斯科，交通便，阛阓盛，虽工业不闻于世界，而已骎骎乎跻商业时代矣。安得再道德、法、英、美诸邦，一睹所谓工业时代乎！

宣传与事实不符

庚子巴黎之万国博览会，有所谓“亚细亚俄国出品馆”者，中设西伯利铁道列车，其入口处模拟莫斯科之停车场。购券入场，备观列车之寝台、食堂、读书、运动、游技、休息、通信、祈祷、澡浴、医疗、写真暗室为乘客途中洗写真片所等。观毕出口，则豁然模拟北京之停车场，示一车直达之意，俄耶？中国耶？不可思议。此异邦人所记载，而本国驻览者不一言及也。予初谓列车必如此周备，今亲见者，乌有所谓读书、运动、游技、休息、通信、医疗、暗室者耶？但见食堂之隅，悬偶像为祈祷所耳。

意欲使人迷信宗教

廿八日（阳5月24） 晨闻教堂钟声，如远雷，如聚蜂。相传此处教堂锐顶万数。东教教堂，其式样不但与新教异，并与旧教异。满洲线上，数已百十，屡见之矣。日本东京有东教教堂一所，乃维新前所建，至今追悔失策，指目痛愤。俄意务欲使人迷信宗教，则一切社会不发达与蒙政治上之压迫损害，悉悉诿于天神之不佑，而不复生行政诉愿、行政改良之思想，颇见效验。

绘画技艺不可思议

游博物院。外子曰，此院宗旨，在考其国历史，而风俗次之。故无外国物，亦无天生物。又以教立国，故所藏以教事教物为多。

游画院。所悬万幅，油画、水画、铅画皆备，其绘光之技尤不可思议。光肖，则无笔不肖。且能因光肖声，雨、风、泉、石及人物形神，莫不如闻其声，至绘声而技绝矣，此为日本所未及见。

游育婴院。宏大拟王居，岑楼五重，复道阔寻丈，胜于上海城外里巷。每一广室，略如中国仕宦家之大五开间，而不隔断。每室栖五十儿，一媪乳二儿。床榻衾褥，纯白取洁。治疗、洗濯、饮食，无事不注意。凡在院者千六百馀儿，其寄育于外以及出资即令亲母乳儿者不计。院中女执事百数，皆本由在院之婴长成，不能不叹其有效。末至收婴所，据云每日必收廿二三至廿八九婴。收法：先去婴之旧衣，裹以软衾，置盘中权其重量，复以软迈当尺名度其胸围、头围、身长，又以验肺之寒暖计测其有病与否，一一详记，并记其姓名、住址、生年月日无姓名者记送来人之姓名住址。毕，命任乳之媪抱归乳室，事务秩然，院中除丁男、门役外，皆妇女。主院老妇导观周指毕，出册请注姓名，并言前未有中国妇人来此者。予不谙西文，为书汉文数语，又捐附十卢布而出。

育婴院

就食肆名“莫斯科”者晚餐。此肆仆役服装尚仍旧式，故往一观。肆存三椅、三刀匕，及三人用之食皿，云是昔年今俄皇加冕时曾就此肆一餐一太后用，二君后用，故留此记念。

夜，陆子兴邀往花园观剧。此俄夏令景象。人兽递演，种种解颐。

廿九日（阳5月25日）　昨日既驱车一览大概，今日更步行一览。此间环王居作城垣形。昔外子从莫斯科携归银画一幅，正是此城，今幸亲见。先至大教堂，即历代君后加冕处。四周黑暗处皆教士骸棺。正中座下，黑木长数寸者，云是耶稣受钉之木。出堂入旧宫，一广室正中玻

莫斯科一瞥

璃立橱中，悬其君后及太后当加冕式时所服之银鼠氅、钻宝冠、教杖等。外子云，昔年即悬其父加冕式时氅、冠、杖等阿列克三特第三[1]，今景移而物亦换矣。室中所列万品，多其历代君后遗物，无非钻宝珍奇，与宗教所关之品。又历代各国赠与之品，珍贵炫耀。中有鞍鞊一具，云是1789年中国所赠。工固华产，非不精细，但较各国所赠，不免相形见绌。且既为帝室馈赠，而中国记载不闻此事，何也？又一银制杯，已毁损，为其先帝阿列克三特第三被轰不中时留遗物。

各处宫殿

历观各种勋章殿。俄制，有一种勋章，即建一殿。顶及四壁，无非绘刻此种勋章之式饰，及曾受此勋章者之姓名。更观其餐殿、寝殿、读书殿、梳沐殿、咖啡殿、延见男女宾客殿俄虽专制，然待臣下犹用客礼，共坐共餐，不事跪拜。一柱、一门、一地板、一用具、一绘幅，种种奇富，不可名状。先闻各国宫殿推俄为第一宏富，外子云诚然。及观其先帝大彼得手制靴，硕大无朋，而制作坚朴。又其所卧床褥，亦朴陋。可见彼邦崇尚奢侈，乃在大彼得以后。

拿破仑曾寝其中

又有密楼，曲折而登，为皇帝与三大教长密议机事处三教长：一莫斯科，二畿耶甫[2]，三森堡。小梯危楼，务求曲密，想见当日无政之非教。又一室寝床帐褥，皆中国织品，闻拿破仑入莫斯科时曾寝其中云。出宫循城，望九十年前拿破仑统兵攻入处，烟云苍茫而已。

※① 阿列克三特第三：亚历山大三世。

※② 畿耶甫：基辅。

盛传莫斯科之“王钟”“王炮”，今皆亲见。炮形直大如筒，古代旧式，了无足异。钟已碎缺日本记载云重量八千六百贯目，缺片在地，缺处可容人入，为拿破仑败退后俄人记念之作。周围文字，非今俄文，乃旧日斯拉夫文字也。

游所谓“帕萨时”者，仿佛日本之劝工场，而富丽过之。列屋数百，悉悉层楼，纵横街衢十数，悉覆玻璃。珍异日用，毕陈待售，惜不见教育用品出售耳。

最早介绍托尔斯泰

绘印端书即明信片千百种待售。购一托尔斯托[①]肖像。托为俄国大名小说家，名震欧美。一度病气，欧美电询起居者日以百数，其见重世界可知。所著小说，多曲肖各种社会情状，最足开启民智，故俄政府禁之甚严。其行于俄境者，乃寻常笔墨，而精撰则行于外国，禁入俄境。俄廷待托极酷，剥其公权，摈于教外摈教为人生莫大辱事，而托淡然。徒以各国钦重，且但有笔墨而无实事，故虽恨之入骨，不敢杀也。曾受芬兰人之苦诉欲逃无资，托悯之，穷日夜力，撰一小说，售其板权，得十万卢布，尽畀芬兰人之欲逃者，藉资入美洲，其豪如此。

苛例暴政罄竹难书

芬兰本瑞典国之一部，百年前俄人灭取之，照例施种种苛例。俄待他种如芬兰、如波兰、如犹太，皆有种种不思议之苛例，罄竹难尽。大意无非欲遏民智，俾就夷灭，安知他日不有四三皇而六五帝者乎！芬兰人心不死，暗行其自治，暗行其教育，且不甘学俄语，不甘行俄币，不甘遵俄历，而于俄之苛例，究不能逃也。昔年外子在俄，曾役使芬兰夫妇二人为仆，亦曾助资俾往美洲壬辰年事。今闻俄例更

※① 托尔斯托：托尔斯泰。

离莫斯科去彼得堡

严，不允给出境凭纸，且设种种苛例，不遵例者不给准婚凭纸。其禁设学校俄设高等学校，亦禁不准入，断其入仕之途俄官无一芬人，在武备尤禁。又强设医院选极下等之医生设院于芬，俾收不杀而杀之效，无非欲塞其智慧，绝其种嗣禁婚嫁，又不欲留种他土，故禁不使出境。俄廷用心，可谓周密。

回寓晚餐。自伊尔库次克西来，车上食品，有动物，无莱类。此于卫生不宜，易致肠胃病。滞此二日，得食植物，喜甚。餐毕，部署登车向森堡。八时半赴停车场，九时半行。仍加急行赁，又加坐位赁，据云倘不加坐位赁，竟谓不得坐席云。因此一宵，故未加寝台赁。宵行无所见，但知为复轨萨马拉以西始有断续复轨，奔萨以西始真复轨，其先均单轨。又坐立稍稳，不如乌发一带，轨形高下如波，左右不平或差寸许，此俄技师之能事，他国人所未有也。

三十日（阳5月26日）此为世界有名之直线路，亦为俄造筑最先路，又为筑价最昂路。七时半，下车饮茶此车无食堂。九时半，抵森堡。

此行路费，一人之资约四百五十卢布。

全程路费

上海至长崎——船价一等，二十四元二等十八元。

长崎至海参崴——船价一等日币四十元二等廿四元。

海参崴至交界——车价一等俄币六卢四十八戈二等四卢八十九戈。

交界至哈尔滨——廿一卢五十戈二等十一卢五十戈。

哈尔滨至满洲里——五十四卢二等卅三卢七十五戈。

满洲里至森堡——百一卢二等百十三卢七十戈，并急行寝台；急行：卅七卢廿戈；寝台：卅一卢四十五戈。

莫斯科至森堡——急行，六卢二等五卢十戈。

车行饮食、行囊运赁等——百卢。

当哈尔滨濒行时，李缉甫所言托达尔尼电李宝材续送至伊尔库次克，迄无其事。想达尔尼必面允缉甫所请，而实未电也。又达尔尼所谓行囊八件二十日可到者，计五十四日乃到。到而开视，则失去外子礼服花衣一，实地纱袍套各一，予狐皮礼服一、棉袍一，厚皮外罩一，计六件，共值价二百卢布。窃物为俄关恒有事，不足怪也。

衣物被俄海关窃去

伊尔库次克以西所纳一等车赁而所坐二等位事，往返函询，无非此推彼诿。陆子兴向道路部面陈此事略如日本递信省，历半年，始送来九十馀卢布，而邮局又扣去三卢馀。

是書為吾友錢念劬之夫人單女士所撰念劬使義時其夫人偕往是書即紀其在義之見聞念劬語余卷首紀一古碑爲未脫稿故題於乙書中積跬步主人者即念劬也戊午初夏念劬南來寓一品香余往訪之念劬出此以贈

元濟識

归潜记

彼得寺

彼得寺直隶于罗马景宗[①]，为旧教万寺领袖，宏大瑰丽，虽世界著名之俄国帝宫，不敢望其肩背。予两旅罗马，瞻游此寺无虑二三十次，逐有所记，汇而存之，不觉其言之过繁；然于寺藏之富与寺工之良，仍未详什一也。教例，耶稣之外不得别有他祀，则寺祀彼得为非理；然寺名虽题彼得，而所拜仍是耶稣，非若中国之以某神名寺者，即拜某神也。至于教寺一堂一殿，咸有专名，名称不确，即游事莫举。长子稻孙有《新释宫》一篇，摘其关景寺[②]者附录于后。本篇所用寺屋名称，即采诸《新释宫》。景宗，即俚俗所谓教王者。原文有父意，无王意，即其他代称亦绝无王号，故用《景教流行中国碑》例，称为景宗。

彼得寺之始建

寺建乏氐刚[③]上，本鼐龙[④]帝之栖尔果场凡栖尔果必椭圆形，古罗马游戏运动场。景纪[⑤]初年，为虐杀教徒地，相传彼得即死于此。景纪90年，克雷朵当时教徒之高级者，后追尊为景宗私建小寺于残骨穴中，即今寺权舆。324年，康斯坦丁帝允教士名栖尔门司忒，后追尊为景宗请，仿福罗别见之跋栖黎嘎[⑥]别见以建寺，就旧基增饰，帝亲负土十二筐，以符十二使徒之数，而寺始显于地面初犹穴寺；顾非今式，中有广庭，庭有

※① 景宗：教皇。

※② 景寺：(天主)教堂。

※③ 乏氐刚：梵蒂冈。

※④ 鼐龙：尼禄。

※⑤ 景纪：公元(基督纪元)。

※⑥ 跋栖黎嘎：[罗马的]公所。

铜制大松球一。今寺不可见，而松球则移置景宫中，腹逾合抱，厥高称是，或曰本鼐龙场旧物。846年，沙拉生人侵罗马而寺毁。景宗保罗三，大兴工作，以新厥寺，而旧迹毁尽。保三[①]固有名之毁旧人也。

乏氏刚者，腊丁文作Vaticanus，罗马七丘之一。推其命名所由来，为说凡二。一谓出于乏民气尼亚Vaticinia，此在腊文为神言。古罗马信多神，有所疑，卜于神，神所言罔，弗信。丘本卜地，故名。一谓出于乏奇都斯Vagitus，此在腊文为神名。丘本奉[②]乏神，故以神名名丘。二说皆是。

十二使徒，其一彼得，即西门，为使徒首领。寺名彼得，不仅为彼得死此而名也。其二安得烈，为彼得之弟。其三雅谷，为西庇太之子。其四约翰，为雅谷之弟。其五腓力。其六巴多罗马。其七多马。其八马太。其九亦曰雅谷，为亚勒腓之子。其十达太，即勒拜。其十一锐，亦称西门。其十二卖耶稣之犹太。犹太死，门人公议，补以马提亚。

建寺之历史

1506年，景宗儒略二[③]重构厥寺，为今日庙貌基础。溯寺史者必推原儒二。在儒二初意，但欲自营墓室于寺内，故扩新伊始之时，仅借用尼咢拉五已成之工1452而已。

迨征图案于勃拉曼，勃固名建筑家，规画宏远，工遂莫辍。虽所成仅一小部分，而希腊、腊丁[④]两十字式之取舍，实影响于后来寺学尼咢拉时议用腊式，勃拉曼图改用希式。景寺平面，必以十字式为正

※① 保三：保罗三之简称。本书中多有此种用法，如将腊丁文简称为“腊文”之类，以后即不一一注出，请读者注意。

② “奉”后初刻本有“祀”字

※③ 儒略二：朱利叶斯二世。

※④ 腊丁：拉丁。

格。图之原本，尚存佛棱次[①]博物院中之建筑室内。图为正面，相传勃氏计画，欲于康斯坦丁之跋栖黎嘎上，加一邦堆翁别见圆顶，予阅图诚然。勃氏殁后，利翁十继工，征图案于拉法爱尔[②]，复议用腊十字式。卑鲁齐继之时拉氏卒，再议用希十字式，仅毕正座，未遑他及。1534年，保罗三又用安敦之图建筑家名安敦者不止一人，故此人必冠以地名之珊嘉罗字，改腊十字式。筹画甫就，而拉法爱尔名弟子猷尔继之时安氏卒。此猷尔字通用，必赘以罗马字，以别于他猷尔，不久而米加勒安治[③]又继之时猷氏卒，米氏年七十二矣。米扩大既成之正座及栏臂，制大瓴屋之图，言将升邦堆翁于天上，盖当时建筑家群以邦堆翁为神工也。米氏复用希十字式，而据图以造瓴屋者，又为雅谷时米氏卒。此雅谷通用，必冠以门字，缘雅氏居城门侧也。1605年，保罗五用玛岱诺为建筑师，又改腊十字式，盖至是已三用希、四用腊矣。1612年成正门，即今所见者。1626年，乌尔庞八正式开寺，距旧寺开日，正足千三百年。至1629年，柏尔凝继玛岱诺理寺工，而规模乃定。然自儒二以来至比约六，历三十余世之景宗，亘二百余年之岁月，易十余建筑师之图案，而工仍未已。设非因出卖免罪符而遭宗教之改革，正不知此寺伊于何底，所耗金钱王冠金钱之名亿兆难穷其数。

门及廊

驱回罗马市中，无往不见高登云表之彼得寺。一至彼得场寺

※① 佛棱次：佛罗伦萨。

※② 拉法爱尔：拉斐尔。

※③ 米加勒安治：米开朗琪罗。

高耸云表
全市可见

前广场，豁然与寺门觌面。中矗尖柱见后，旁竖喷泉，而柱廊张为两翼。正门之外为廊，廊外为台，台广如殿基。由场而上，石阶十余级。台阶正中坦而圆，铁链为栏，向为常客所不敢登，仿佛纳陛，今已不然。

门廊前额，大字刊落成之年此记门成之年，及在位景宗之名姓，与其在御之年文见下。入口之上，其内向处，有聚珍画[①]一方，乃乔笃所图，为有名杰作（1298）。图名曰《船》，位置不当光线，故游人罕寓目者，然有关教式，不可不记。其画为一船，载耶稣使徒浮海遇风邪魔来侵意，耶和华在天际为遭难者祝福景教标象用船，右角耶稣拯彼得于浪中，对面坐渔父信徒希望意。此画屡易地位，又多人修改，渐失乔笃真相，而结构佳处固在。至其位置于此，具有深意。先是景徒[②]大率由多神教改依，此等人习于偶像数式，虽依景教，不忘旧礼，每于未入寺之前，转身先拜太阳景寺例必西向，而彼得寺独东向，拜太阳必面东，故转身向门外而拜。在景教不许拜太阳，而此习骤难革除，故于廊内面特置此画，彼转拜者自用其拜太阳之习惯而在景门视之，仍是专拜耶稣，可谓两无窒碍。

拜太阳与
拜耶稣

门额腊丁文曰：IN HONOREM PRINCIPIS APOST PAVLVS V BURGHESIVS ROMANVS PONT MAX A MDCXII PONT VII

大意言：“罗马某姓，景宗保罗第五之第七年，为使徒首领指彼得于1612年”不言建而建意已含其中。通常景寺必有门额字，表明建寺年期与用意所在，而简字居多。此寺额大，故字较完，然亦

※① 聚珍：镶嵌细工。

※② 景徒：（天主）教徒。

仍有简字。

中门镂铜为之，尚是旧寺物，欧勤四时所作。每门三方围，中镂彼得、保罗殉教状，及欧勤在位中大事，如佛棱次宗教会议、日耳曼帝加冕等。围外缘格所绘，尽是神话中事，如嘎尼美特，及赉达与天鹅之类。可见罗马不恶多神偶像，凡美术上可珍之品，并不以异教而毁坏之也。

廊内墙上石碑，有关寺史者三。一为格雷郭理二寄附橄榄产地若干，专为寺内忏悔磴燃灯用油之纪念。二为千三百年婆尼法爵八之教敕，许猷勃赉节[①]免罪即开圣门之节，详下。三为沙尔曼颂美阿特利安一之腊丁文，乃景宗遗物之最古者。

圣门

正门左有所谓圣门者，常塞不开。门画一巨十字，遇圣年举猷勃赉式，乃开此门。旧约利未记二十五章摩西律：凡人七日一息，为安息日；地七年一息，为安息年。核数至七七四十九年，凡遇安息年七次，是为禧年。禧年每五十年一次，然所谓五十年者，其实止四十九年。西人至今称一周为八日，而实止七日，称二周为十五日，而实止十四日。希伯来古语亦然。禧年即第七次安息年也。此五十年一遇之禧年，希伯来文称为猷拔尔之年，辗转译音，送为猷勃赉年。摩西律，当禧年之七月十日，为赎罪期，遍地吹角，布告圣年，土地休息，不耕不植，负欠悉免，奴隶反于其家，有大赦之义。景教引之，定为圣年举猷勃赉式，以普赦景士[②]、景徒之罪戾。在景教初期，景士有犯教法者，绝斥无赦，寻许忏悔以赎罪。而景士渐多，罪戾亦增，忏不胜忏，赎不胜赎，禁范渐

※① 猷勃赉节：犹太五十年节。

※② 景士：（天主）教士。

弛。1300年，婆尼法爵八患之，制为每百年一圣节，举猷勃赉式，命景士躬至罗马，巡拜各寺在他处者巡拜景宗所指之寺，忏悔罪戾，歌诵祈祷。设听忏之官，酌其罪之轻重，责以誓，誓有大小。至克雷孟六，缩短期限，以五十年为圣年。乌尔庞六以耶稣在世三十三年，故又以三十三年为圣年。保罗二更半五十之数，以二十五年为圣年，而景士于猷勃赉所当行之事，许以纳金代劳。盖此时历代景宗，以敛财壮彼得寺工为事，凡此宽例缩期，皆所以聚货也。聚货之极，乃卖免罪符，因致改革，论者咎焉。改革之后，景势式微，政事无可问。故自息司朵五以降，每于圣年之外，举行猷勃赉，名曰禳民，或禳田，均无不可，一视乎景宗之意兴矣。将行此式之前年十二月二十四日，景宗躬亲执斧，削其石灰石灰泥门上，示不开，然后开通圣门。圣门开通，必先由景宗率君牧师[①]等，衣大礼服入内，寺内奏乐歌圣诗，门乃大开，许公众入寺。1900年曾开此门，时予在日本，报纸所传，神往而惜未见也。其先1850年、1875年均未开，以正逢义国革命之故。

免罪符

廊上有楼，正中凸出寺外者为拔尔贡[②]形如台，面临广场。景宗新选加冕，有礼式于此。耶稣复活节，景宗立此为民祝福。众民匍匐于道，瞻仰景宗颜色于拔尔贡上，谓得于此日一见景宗者，获福七年。彼得广场上，人为之满，最是大观。

廊之两端，向有两骑马石像，右为沙尔曼，左为康斯坦丁。两帝皆于景教有大功者。今左端改为景宫通路，康像必入景宫乃得见。

※① 君牧师：大主教。

※② 拔尔贡：阳台。

柟桴及中亭与正座

不觉其美
美在其中

寺以美术称，以宏大称；然从外瞻望，初无异象，即乍入门，亦不觉其美其大。德儒格戴[①]有言曰："观彼得寺，乃知美术可胜自然，而不必模仿自然。此寺尺寸大于自然，而无一毫不自然，此其所以为美。"至哉斯言。入郭脱派[②]之景寺者，自有垂首视地、叉手加胸景象。入彼得寺者不然，毫无拘束被迫、伪作忏悔之苦。学者曰，此光线众射使然。门以内，暑雨祁寒，概不感觉，终岁温凉如一；故游人得从容舒坦，注意观览，且保藏珍美亦易为力。一入柟桴[③]，即见两旁六大墙柱，柱头用哥林多式希腊建筑术三派之一，支顶作穹。凡大建筑无不注重穹式，故观工作者，必先观其穹。全寺铺地之后，形式颜色，配合宏整，聚珍敷地，材巨工细，想见选石构图之不易，此雅谷及柏尔凝所计划。正中近门处一大圆形紫石，为沙尔曼帝受景宗加冕处。一望柟桴及两旁墙柱上，均有雕：或历世景宗遗貌，或各派教祖装束，辅以天使之舞，神鸽之飞，伟哉工乎！由柟桴向内遥望，深而不幽，远而不玄正中地上嵌铜条，识尺寸。以与世界有名景寺比较深远，则此寺固无与伦比，而伦敦之保罗寺为第二，米阑之产子玛利寺为第三，康斯坦丁堡之苏变亚寺为第四，余及十余寺，均详镌深度若干。忏悔磴上之神龛，周围金灯八十六穗，昼夜无停

正殿深远
无与伦比

※① 格戴：哥德。

※② 郭脱派：哥德式。

※③ 柟桴：（教堂的）正殿。

焰。忏悔蹬中，石雕比约六跪祷于加利利海滨渔人之像，服景宗礼衣，衣纹之细，确肖丝织，为嘉诺华杰作之一。

艮覆[1]缘边，有聚珍金地蓝字一圈，一字之高，为六英尺，而仰观适符目力，不见其大彼得寺墙顶交处多缘，缘皆金地蓝字，一览皆聚珍工程，其实非聚珍，乃范纸肖石以待续聚，惟艮覆下一圈为真聚珍石。

启天门之钥

此一图为腊丁字 TV ES PETRVS ET SVPER HANC PETRAM AEDIFICABO ECCLESIAM MEAM ET TIBI DABO CLAVES REGNI COELORVM 译言“汝彼得也彼得字义为磐石，其人先名西门，从耶稣后乃受今名，吾将于彼得之上建吾教会，且授以启天门之钥。”后世追崇彼得为第一景宗，故寺遂为万寺领袖，而历世景宗徽章亦用双钥云彼得字乃译成腊丁以后之音，今义文音“彼也得洛 Pietro”，法文音“彼也而 Pierre”皆由此转，而非出乎希伯来之“矶法 Cephas”。《约翰福音》第一章四十二所云，即指译音。

艮覆中聚珍工，为马太、马可、路加、约翰四像。四人者，即《四福音》撰者也。路加手中之笔，长七英尺，而配合自然，不见美术过于自然之弊。即此以推，无处不然，宜格戴之崇拜寺工矣。

景教初兴，于纪念碑石之属，或雕绘人形，以表基督，或雕绘羔形，以代基督。基督立小丘上，丘迸四流，流于四方，所以象四福音，谓基督之道实借此四福音以流布于四方也。洎后景徒又取《默示录》中所谓人、狮、牛、鹰四面一体之灵物，以配四福音，更以配《四福音》撰人，如人面配马太，狮面配马可，牛面配路加，鹰面配约翰。此配象之图屡见，而次序恒有一定，考

※① 艮覆：圆顶。

古学家谓实出于腊文地方门达雷寺之聚珍石工。其用意凡分二说。一说《默示录》之灵物，初非始创之比喻，盖引《旧约·以西结书》之基路冰以为喻也。《默示录》所喻，喻基督之一生，谓基督始生亦常人，故象以婴儿；比其论道布教，则所谓犹太人王，故象以狮；追其就磔刑而死，是以一己之驱体为牺牲以普救万民，故象以牛；驱体既刑，真灵升乎天上，故又象以鹰。是说

四福音传者的象征

于所以配《四福音》撰者之故，与夫配序一定不紊之故，皆未能通，遂有第二说。曰：马太之传耶稣也，首叙其祖先之血统，特详耶稣人事，意在阐明耶稣亦人也，故以人配之；马可之传耶稣也，特称耶稣为犹太人王，故以狮配之；路加所传，则反覆以耶稣牺牲一躯甘就磔刑为言，故配以牛；约翰所传，则务神其说，以为耶稣实天降之神。语言作为，皆神而非人，论道綦高，浅陋莫接，故配以鹰。古来用人、狮，牛、鹰配《四福音》撰者，所以见四人所传各有主意也。今姑勿论二说孰是，要以人、狮、牛、鹰配《四福音》传者，固频频见于图绘雕刻者也，有时且即以一小儿、一狮、一牛、一鹰为《四福音》传者之图，初不必见马太、马可、路加、约输四人面貌也。

少女之面

艮覆下有铜制亭，高九十五尺，1633年柏尔凝所作。其铜来自维尼斯，或曰取邦堆翁旧物来也。亭之四柱基，向外者八面，皆刻乌尔庞八之家徽。徽际隐一人面，自正面右角始，环至左角止。人面状一少女，先笑而苦，苦极而欢。徽之高凸，先平渐高，高极复平，最后为一婴儿貌，凡以状女产孩也。或曰：此女貌为柏尔凝弟子之妹，为景宗所污而生子，柏尔凝为此，所以辱乌尔庞也。而教中人则谓乌尔庞侄

女孕景宗不得聚妻[1]，故子女例皆称侄，出金作柱基，以祈产福云。亭中弥撒几，非景宗不得行弥撒礼于此。景宗不到，则作委任书命君牧师代礼君牧师即艾儒略所撰《弥撒祭义》之加尔地纳耳。景宗躬自弥撒，予未之见。通常弥撒，予屡十见之。弥撒者，景教最常用之礼式，种别凡二十有余，或因时不同，或因事不同，而新旧各派又各各不同。综核其要，不外以一粒无酵之饼、一滴葡萄之酒，供奉耶稣，俟耶稣灵圣降于此粒饼滴酒之中，主礼之景士，领此饼、酒吞之。盖饼即耶稣肉，酒即耶稣血，得以耶肉耶血入我体中，其为幸福，孰过于是？既受此幸福，乌可自私，必也分布而及于众信徒，使人人得沾其惠。当分布时，有祝诵词，述上帝降福于信徒。信徒闻之，引为大幸。若有以未得分饼、酒为恨[2]者，可纳资请行餐礼，则别为礼式以餐之，非弥撒矣。弥撒本意，不过因日常必见之饼、酒两种，以为纪念耶稣而已。迨举而定为教礼，踵事增华，成为一种形式。今通例一弥撒中分为五节：第一曰忏悔，其诵词主义，在求玛利、彼得、保罗一切诸圣代请于耶稣，消除我既有之罪恶，而清洁其身心。第二曰祈祷，其词义在赞美上帝，表白一己之虔诚。此第一第二两节，虽未受洗礼者亦许同听，故亦称为非教徒弥撒。第三曰供奉，其意在清洁杯皿，供献饼、酒，祝耶稣来享。第四曰祝咒，意在一经祝咒，则耶稣灵圣直降格于此饼此酒之中。第五曰感格，在景士既领受肉、血，必然上格耶稣，伸其感忱，复传布信徒，具表神已来格，共享肉、血而礼于是乎成。此第三第四第五等节，惟信徒得预斯礼，故亦称信

弥撒

① “聚”误，初刻本为“娶”。

② “恨”初刻本为“憾”。

徒弥撒。弥撒中，惟十二月廿四之半夜为最大最有名，曰半夜弥撒，视常礼三倍，主礼者先须绝食二十四小时云。

石像的故事

支艮覆者四大墙柱，柱中四大石像。像巅有楼，像后藏梯，墙梯可登。四像者，一为隆奇努[①]像。当耶稣钉十字架未死，犹太俗逾越节之前日，架上不得有未死人，隆奇努为守架兵，苦耶之待死，举枪刺胁而耶死，此枪即藏像楼隆奇努之枪，为洛特岛武士奥布逊得之于苏丹，而献伊诺琛八。其来罗马也，伊诺琛遣二教长迎之于安郭那，二君牧师迎之于那尼，又躬率全廷人迎之于百姓门，奉藏彼得寺，典礼至重。有敢言此非刺耶稣枪者，罪之。二为安得烈像。安本附三大门徒之一，又为彼得亲弟，被缚于斜交十字架钉耶稣之十字架为腊丁式，斜交十字又称“安得烈十字”，殉教而死，故像倚斜交十字架，安头即藏像楼。三为海伦那像。海者，康斯坦丁帝之母也，亲从耶路撒冷携归耶稣被钉之原十字架十字架别有专寺藏之，此寺分得一片，故像倚十字架，架木即藏像楼像首有冕，表其为帝后。

耶稣临死拭汗之巾

四为威隆尼加像，莫基氏所作，四像中最美作也。当耶稣自肩十字架登山受钉，中道喘息，妇人威隆尼加怜之，出巾拭其汗，一拭而耶稣神貌即留巾上不去。故像持巾，巾即藏像楼，此巾为约翰七访得此巾于约七未访以前，相传藏齐奇恩尼地方，维时远方妇女，往齐奇恩尼瞻拜圣帕者颇不乏人云，于707年藏彼得寺，后移圣灵寺。罗马贵族六人，各执一钥。非六人齐集，巾不得出。此六人者，每年于耶稣遭难日，受二鸽于寺而食之。1440年复移彼得寺。有西文著名游记，言此巾吾亲见之，确无可疑为耶稣受拭之巾，必毗山丁美术，其麻织绘工，确是七、八世纪之物。两用确字，可知其

※① 隆奇努：朗基努斯。

所以确矣。此巾每年于圣木曜节、圣金曜节、东日节出示信徒，倏悬墙柱数秒钟。人苟得一见，云可免七千年之罪，真子孙百世之业矣。此像所立地，为1506年四月廿六日新寺始建时置基石之地，原有几，1527年为布奔沙尔法王之兵醉毁。

钉十字架之刑罚

十字架刑，在埃及、嘎苔基[①]、波斯皆有之。罗马、希腊则除奴隶与极大逆罪外，不用十字刑。犹太人之用十字刑，始于希律王之时。在埃及等处，死十字刑者，尸不得下，必任禽啄之。犹太则于日入，辄断其足而下其尸，许亲族收殓，后亦听其自死。受十字刑者，自负十字架至刑场，有用绳者，有用钉穿其手足者。竖架时，木端入穴，震力甚大，已足死人，然往往有不死，退数日始死者。惟逾越节日忌之，故有枪刺令速死之说。此刑至康帝时废止。《福音书》备述耶稣受刑之惨，于是景教中十字刑之说遂不胜枚举，其关于十字之节日亦多：

五月三日，“圣十字始见之节”326年是日，海伦那至耶稣受刑地郭尔郭答，发见钉耶稣之十字架；

九月十四日，“圣十字复归之节”圣十字为波斯王郭司洛司二所取去，由海腊克留帝夺回而至于耶路撒冷之记念日也，从此恐再为教外人所得，故碎为数片，分供于各教寺，罗马十字寺藏其大段；

某月某日不定，“圣金曜日”膜拜圣十字之节。

昔岁旅俄，遇彼俗一节日，旅俄华人呼为“鸡子节”。询之西人，曰，此帕克节，即所谓耶稣复活节者。自旅义而考溯景教

逾越节

礼节，知耶稣以前已有帕克Paque，希伯来原字曰Pessahh，厥义“逾越”，在犹太历Nizan月春季第一

※① 嘎苔基：迦太基。

月，即春分之月，以春分后月满日为第一日第十四日。日落，以色列家杀小羊，先择完善无污点者宰之，染其血于门楣，半夜，与无酵之饼同食之。所谓“逾越”者，其一，天使杀埃及长子时，见以色列家楣染羔血之家则越；其二，以色列族由奴隶越出范围，而入于自由。后世记念此逾越之日，故曰逾越节，为摩西律中最重要之大典。后来会堂祭司、长老诸人增加其礼节，先于Nizan月第十日选择牡羔，至第十四夕宰之，聚十余人为筵宴。宴中客之最年幼者，循例向主人诘问逾越意义，主人循例答说此节古义。半夜，耶路撒冷庙开门，群众入庙，听歌诵，观祭礼。此节凡七日，七日期内，不得用有酵之饼，于是此节又称除酵节。今日犹太人在可行此礼处，尚必为逾越节。《马太福音·廿六》：除酵节前日，门徒就耶稣曰：欲我何处为尔备节筵乎？曰：尔入城见某，语之曰，师云，我时迩矣，将偕门徒守逾越节于尔家云云。

忌十三

是日耶稣与十二使徒共餐，餐后被缚，越日被杀西俗宴席忌十三人，嫌于耶稣最后餐也，故有逾越节十字架上不得有死人之说。而景门耶稣复活所以亦用逾越节字也复活节年年不同日，必以春分阳三月廿一日以后第一月满日之后日曜日为正日。

威隆尼加，腊丁字作Veronica，剖而读之，即Vera与Iconica二字，合而约之，遂成Veronica一字。此前一字之Vera，厥义为“真”；后一字之Iconica，出于希腊字之Elkon，厥义为“相”，所以有耶稣真相留于巾上之说。

隆奇努像侧，有彼得坐椅铜像。信徒拜寺者必吻其足，故足趾已磨漫。考古者谓此像乃大良翁[1]以嘎毕都之雷神像当之。神

※① 大良翁：利奥一世。

本举手握雷，即改雷为彼得之钥。而教徒则以为貌粗鲁，正肖彼得，在铸雷神像者，岂肯为此粗状，语亦有理。但予见一多神时代之坐椅石神，右足伸出椅外，右手高举，正与此彼得像同式，不能无疑于雷神代像之说之有因矣。像后聚珍画一大幅，为彼得寺职官公贺庇约九御极长期满二十五年者。庇九在位之久，景宗中无与匹者。相传景宗在位，苟逾彼得传道年数者，得再登正座铜椅，即我国鹿鸣琼林重宴之意。然庇九在位年期已逾传道数，而不闻举斯特典。此彼得像对面，平时空无所有，遇景宗诣庙行典礼，则于此处设尊座以位景宗。

彼得椅

由艮覆内望为正座。正座有黄玻璃窗，此各寺通例。窗下景宗椅或称彼得椅，柏尔凝所作。椅为铜制，由四铜人高支半空，铜人皆教中著名学者。或曰铜仅外皮，实质为木，乃古罗马元老所坐嵌牙椅，曾为彼得所用。初，彼得赁居元老布顿氏家，椅即布顿氏所有。向有祭椅之日，于354年理倍略历上见之。新寺未筑以前，此椅在旧寺洗礼所。十二三世纪时，洗礼所损坏，至1507年全寺改筑，其间三百年，此椅藏弥撒几左。

椅左为乌尔庞八墓，上有像。墓成柏尔凝手。乌八生平有建筑，即延柏氏为第一建筑师。罗马市上公建物，及无限喷泉，凡出乌八者，即出柏手往往有名称表示。惟柏氏雕人，有衣袭过重之弊，而此像独否，盖着意作也。墓为黑石馆，亦珍材，旁立“慈爱”“正直”二女人，以抱婴表慈爱，以持剑表正直。美术家表示本旨，往往在有意无意之间，以待人自悟，此犹其显见者也。中一骨骼，手捧死籍，镌有乌尔庞名。不必别有墓碑，自知为乌墓矣。辅以散蜂，则乌八家徽也。

乌尔庞姓Barberini，其字尾ini，犹言小也，又为多数字；其字首Barber，意为蜂，故乌尔庞家徽用三蜂。如阿特利安一姓Colonna，即柱字，家徽用柱。伊诺探十二姓Pignatelli，字与壶近，家徽用三壶。造徽之初，大概从字义来也。

石像着铜衣

椅右为保罗三之墓，墓上铜像作凝思状。保三本学术渊雅，故以此表之。墓为威廉所作门威廉，全寺墓工，此为最精，闻费王冠二万四千云。墓基四女石像，曰“富裕”，曰“慈悲”，今移在法尔乃斯宫宫今为法国使馆，曰“谨慎”，曰“正直”，今在墓下。像本裸体，为路奔氏所雕。“谨慎”貌肖景宗母，“慈悲”貌肖景宗嫂此阿历散德六之情妇，本含讥刺。柏尔凝以为裸像非寺中所宜，乃制铜为衣，涂以石色而覆之，吻合无间，骤观不知铜石之异质，且不知为覆也，可称名作。游人不信，往往揭衣视之。今衣缘石色剥落，而铜质已露角。“谨慎”像又酷肖义儒檀戴[①]，有“彼得寺中女檀戴”之称，则言尚雅驯。

“自然子”

保罗三本姓法尔乃斯，笃于宗支，庇护颇烈，曾封其“自然子”彼耶路易为巴尔玛地方之公，又建法尔乃斯宫于罗马以居之。法尔乃斯女有嫁于法国布奔族者得此宫，今送为法国所有，用为使馆。宫中壁画有名，为嘎拉溪氏所作。嘎亲率弟子，从事七年之久，自谓可得酬金巨万以终老，乃仅得王冠三百。嘎大愤，醇酒醉老至死，想见当时景宗役使人材之苛。“自然子”者，非法律子也，言不按法律结婚所生之子女也。

又义国今日之元老院，即上议院，本为玛丹玛宫，亦保罗三

※① 檀戴：但丁。

所建，以居其孙沃泰维沃者。沃娶某帝“自然女”玛格立太，故筑宫并玛丹玛园以畀孙妇。1871年改为元老院。当时门楼上为发布富签当数之所，每土曜日午，群集对号领彩云。

正座高于枘桴二级，此级上即庇约九宣布玛利不婚而孕为无原罪之所，时1854年12月8日，自后永为胜地。

右枘桴及中亭与正座。

右 侧

从正座折而右，为阿历散德八之墓，富于铜及大理石、透明石。对墓者，为聚珍彼得医跛者事图，适与左方彼得救死者图相平。

再右为大良翁墓，墓为塞尔祺建，本在旧寺栏臂。保罗五毁之，今但存儿，而凸雕石画良翁勋业一大幅尚在。良翁时，匈奴来侵阿氏拉地方。良翁祷彼得保罗，请其克敌。匈奴人见彼得保罗显圣，惊而飞遁。石刻人物装束，殊不肖似，而当时固流行此种美术，况其尺寸之大，舍埃及印度诸大雕外，无与比者。相传保罗手中之剑，为真铁制，乃得之于匈奴阵中者。

显圣

再右为“柱玛利”。柱玛利者，旧寺饰于柱顶之玛利，极为珍重。迨移入新寺，柱亡像存，安设于此。其刹堋即名柱刹堋[1]与圣柱刹堋不同。玛利下有一古棺必古罗马物，藏良翁第二683年、第三816年、第四855年遗骨。景寺于教骨，得一片已足珍，故一箱三骨不为乱。且本寺窖内有一棺，亦言藏此三景宗遗骨，正可见景门以遗骨为珍玩，而不以埋藏为敬也。

向前为阿历散德七之墓，墓在门上，门通寺外。墓为柏尔凝

※① 刹堋：小教堂。

“死”

最后之作。柏之作景宫王梯，作寺前抱廊，皆受阿七之命。阿七殁，柏亦老，故墓工多奇异，频遭后人排议。墓作怖人之黑面，张两翅从透明石所雕之大遮帷下探首而出，示其手中沙漏于上面跪祷之景宗，若告以时期既至者然。沙漏本为有尽意，丧葬事标所恒用，故此雕即名为“死”，奇异中亦颇有意味。

对于此墓支艮覆墙柱威隆尼加像之背有几，几上油画，绘于石，望之与聚珍无异，极为罕见。寺中聚珍，务肖油画，而油画转务肖聚珍，西方人思想往往如此。

右折入右栏臂[①]之半圆[②]，聚珍画凡三：一为多马不信耶稣复活，以指探肋伤之图；二为彼得受倒十字架死刑图琦笃所绘，图下为大诗家某人墓，墓当右栏臂半圆正中；三为乏赉利亚图，画一无首妇人，跪而自捧其被斩之首，以献于夫，亦殉教圣也，而画笔殊不肖真状。

忏悔

栏臂间有忏悔亭左右两臂皆有，以十国为别。来忏者用某国语，即入某国亭，而听忏之景士即用某国语以相问答。彼得寺事事宏大，即此忏悔亭亦有一种伟大气象。忏者跪诉罪恶，无论奸盗大罪，心口小过，均明诉无隐，隐则耶稣弗宥。诉毕，出跪正中景士前，景士举长棒当头喝之，谓已受天刑，无论何罪均得免去。予屡见之。顾一人生平，不必止一忏。设今午忏后，而入夕作恶，明晨一忏，复为完人。亦有景士来忏者，与常人同，均可忏不一忏。此自忏之景士，又可旋踵而听人之忏。此听忏之景士，又可旋踵向他士自忏。景宗位尊，专

※① 栏臂：十字形教堂之耳室。

※② 半圆：半圆形后殿。

设一听忏士，日日待忏。闻至久每七日必一忏，不若佛教中言，一忏不可复恶也。来忏者女多于男。夫使娉婷女子，步跪于大庭广众之中，诉私慝贪欲于非亲非故之男子，即罪恶果忏，其如廉耻之莫养何，教人者顾当如是耶？

再外为通神奥门，门上为庇约九墓，雕庇九晚祷，仰见耶稣祝福，彼得、保罗侍侧像，均奕奕有神。庇九许传教士之在北美者得与土人结婚，为其生平满意事，然不为舆论所孚。故至格雷郭理十六时，始见实行结婚之举。

对墓为聚珍画，绘《使徒行传》第五章事，不过《行传》言亚拿尼亚死，殓尸舁出，而撒非刺继入，此画则亚尸在地，撒入骇绝，绘与文叙事有纵横之别，固不必与原书一一符合。所绘彼得怒责乡愚，乡愚惊出意外，旁观不言而喻各状，俱有微意，作者殆读《使徒行传》而别有会心者也。

血布

直下为克雷孟刹埤，有聚珍画一巨幅，为大格雷郭理奇异事，乃安得烈煞基所绘。初，有帝后康斯坦栖霞者，请于大格雷郭理，欲分彼得或保罗残骨少许，为私室藏珍计。格雷曰：吾安敢擅动圣骨，无已，有曾包约翰死体之血布在。而栖霞不知珍，勿受。格雷曰：心不诚者圣不显。置布几上，诵弥撒毕，以刃刺布，布血流注云。并相传所流血藏入玻璃管中，至今管藏某寺，平日血质凝定，至约翰死日，凝血复变流质，拜观者以一见流血为大幸焉。此画原本藏景宫，予曾见之。或谓此乃约瑟里耶稣之臬布，非也。观图上教服人高举染血布，持刃向布作刺状，可证其为格雷事。克墓原在门廊，死后二百年，格雷郭理四移此。当时多金银饰及聚珍工，保罗五毁之。

被囚之教皇

觌面为庇约七墓。庇七乃为拿破仑加帝冕之人，嗣因不肯捐弃政权，拿破仑囚之于巴黎之丰登薄洛宫。予曾游丰宫，见所囚数室，几榻床衾尚在，不啻待以王礼。长囚七年，一出囚，仍恢复耶稣乙脱之会，可想见其性质矣。墓工简洁可喜，惟制度太小，与全寺各景宗墓工，有比例不称之嫌。墓上所坐老人即庇七，左右二人，一为“勇”，一为“忠信”，相传为其挚友君牧师某某之貌，靡二万四千王冠成之。

左折为安得烈墙外，有耶稣化身聚珍图，为拉法爱尔[①]绝笔，极有名。当模制时，用十人之才力，九年之岁月，六万王冠之金钱，仅乃成之，大于原图四倍。

再出，经良翁十一与伊诺琛十一两墓之间。良翁在位仅廿六日，基上雕花，铭曰：“如花”，喻其享年少也。基石二人，一为“智慧”一为“饶裕”。二事极难描写，细观面貌，确有一种智慧、饶裕气象，故名家以为比喻中好标本。

率孙辈伫听音乐

右入歌路[②]刹坤，歌路刹坤者[③]，晚课行礼之所，日曜日亦行弥撒礼于此。男子非礼服、女子非蒙黑幕者，不得入。音乐甚有名，予恒率孙辈伫门外听之，不觉神往，孙辈侍听，亦自然有一种静肃气。新派不重弥撒，专事演说。予以为弥撒智愚皆感，演说仅动厮养，旧派当岂可厚非。刹坤几上为彼得毗安基所画玛利妊娠，亦名画也。地上有石，为克雷孟十一真墓。

※① 拉法爱尔：拉斐尔。

※② 歌路：合唱队。

※③ 歌路刹坤：唱诗小教堂。

出刹埤右折，为伊诺琛八之墓，博拉育洛兄弟一名彼得，一名安敦作。雕石为棺，棺上卧伊八像，其上又一伊八坐像，一墓两像为罕见。坐像右手作祝福势，左手持隆奇努圣枪。圣枪本在隆奇努墙柱楼上，不知何时入此坐像伊八手。墓刻《诗篇》第二十六章之十一《旧约》，为其含伊诺琛字也。又有碑，颇讥刺其临终

童子之血

注童血事伊将死，急择三童子，予一金钱，刺其血，入己身，冀不死，卒无效。伊八有子十六人，英儒倍庚[①]曰：彼殆自知为慵懒者乎！讥之甚矣。伊八之世，罗马市上奸劫昌行，有杀拒污女子二人者，为人所控，上达伊八。伊八答曰“上帝天廷，不收此放逸人，不必议赏，但纳金于我，听其生存人世可也”。他可知矣。保罗五好毁旧寺各工，伊八与保五初无关系，不知其墓何独不毁。或曰，手持圣枪，适以自保。他若保罗三、息司朵两墓不毁，则以为保五之叔故。

伊八墓对面，为景宗初殁，墓地未定，先行储棺之所。予昔年过此，良翁十三之棺，正藏于此，大书标明。其时良翁十三之葬所未定，暂厝于此也。兹者重来，良翁十三已葬于约翰寺，而此处仍留旧标。盖此处所标，必为最近已死之景宗。俟在位之景宗死，乃易标新死者，故名“死记念”。

再出为呈献刹埤，以聚珍画得名，为罗马纳利所绘之玛利呈献图。据犹太旧俗，往往焚子女以献于磨洛牛首之神，食小儿者，见《旧约》。自摩西传耶和华命，诰诫于众：不可献于磨洛，必献于我

玛利呈献图

耶和华，且不必焚死，但一献便可以金赎，耶和华之恩诚厚矣《旧约》载耶和华曰：初胎男子，必献于我，可以金赎。玛利为女子，且未必初胎，恐非耶和华所欲享。

※① 倍庚：培根。

此所谓呈献，不知何礼，惟其为玛利幼时诣庙一礼节，则无可疑。

出刹埤右，为玛利克雷孟丁墓，此不列颠、爱尔兰及法兰西王杰姆第三之后也。左即杰姆第三与其两子墓。王姓斯墟亚，故称斯墟亚墓，为嘉诺华[1]手笔。当时英国受路得改革宗教之影响，自称为英国教，而弃喀朵利克[2]。玛利克雷孟丁者，尚奉喀朵利克者也，为英后伊撒毗拉所杀。后兼英国教长，故悍然杀人。景宗闻之，助斯以绝后于教，后不为动，此为英国不奉景宗之始。英教既不屈，斯氏即不容于英，故母子孙三代营墓于此。

再出至洗礼所，为右路最外刹埤矣。洗盆紫冈石质，曾为阿特利安帝之棺盖，今为洗小孩之盆。中几[3]上聚珍画，为约翰洗耶稣。大概洗礼所必有此图，惟画法则万变不一耳。几右为百人长受洗图，几左为彼得洗狱吏图。

左　侧

从正座折而左，为克雷孟十之墓。对墓为聚珍彼得救死者图，与右方彼得医跛者图遥遥相并。

墓左聚珍彼得尼加殉教图，贵溪诺所绘，下即彼得尼加墓。此图与天使杀魔鬼图，最有价值，各值十五万佛朗云。

天使杀魔鬼图

所谓天使杀魔鬼图，在天使米加勒刹埤几上，亦聚珍。天使少年美貌，酷似某女天使为男神，但相传谓美貌，故画家恒作妍笔，但张两翅，以示别于女。魔鬼俯

※① 嘉诺华：卡诺瓦

※② 喀朵利克：天主教。

※③ 几：祭坛。

伏，仅露半面，酷似某景宗。虽传闻异词，而为画家有意寓警则无疑。今亦不必确指为某景宗。要之有钦锜家者，罗马豪右也，有景宗，有君牧师，坐是既贵且富。惟富贵既久，不法自多。相传有法兰昔司钦锜者，乱及其女毗亚德里，女拒之，与母合谋弑父，景宗获而诛之。果尔，则法固禽兽，毗亦枭獍。然德国教史学家，以为此景徒内讳之谈，其实景宗涎钦锜产，非尽杀钦锜家人，则产不能得，乃遣盗杀而诬其女为弑父，杀其人，灭其族，而产归于景。闻者不平，作画刺之，画中天使即毗女，魔鬼即景宗，示复仇意。原画在妊娠玛利寺，予曾见之，而此则聚珍本也。毗女囚在天使堡，囚室予亦见之。毗女遗照在拔倍里宜宫，在先颇不传，视为珍帙，予亦见之。

安琪儿

天使者，天上神灵，常伺上帝左右，以传达神意为职者也。景教初期，神学家通别之为三等，等各三群天使司歌舞奏乐，故称一群为一歌路。歌路者，音乐合奏之意。法文称为ange者，即通译所谓天使。顾总而称之，此九群者莫非ange；析而名之，则惟第三等之第三群为ange。此析称之ang，上冠以archi字而为archang，景经[①]所译为上天使者，高于凡ange一级，位在第三等第二群。在此群者，据景经当有七人，然通读新旧约，有名可稽者仅三人。一曰加伯利Gabriel，此肖希伯来音，希义为神之人，即玛利不婚而孕夤夜来告者路加一章廿六。一曰拉法爱尔Raphael，亦希伯来字，厥义为神感。《旧约·托皮（To-bie）书》曰：吾为天使拉法爱尔托皮十二章十五，为引导托皮旅行者托皮书，《旧约》之一种，中国无译本。一曰米加勒Michel，景经频见，相传教中异迹最多，今取为人名、屋名，或雕塑其像，图

※① 景经：圣经。

画[1]其事，或创为勋章者，遍欧皆是。原亦希伯来字，厥义为如神者。《旧约·但以理书》中屡见，为天兵大君之一，捍卫以色列民者。在《犹大书》《默示录》，皆言米加勒与魔鬼战争事，故绘画米加勒者，以杀魔鬼为多。教中传说米加勒显圣事亦不一。第四世纪某9月8日，显于希腊某地，故希腊派旧教以此为记念日。第五世纪某5月8日，又显于嘎冈山，故腊丁派旧教以此为记念日。嘎冈山自米加勒显圣后，改称天使米加勒山，在今义国奈浦里[2]省内。景宗大格雷郭理时，亦显于安得烈安帝陵顶上，从此不称帝陵，而以天使堡为名，顶巅立天使铜像，至今尚见此像，尚用此称像曾改易一次。在法国，706年又显于某屿，从是有米加勒山之称。山属于寺，寺亦称米加勒，此皆相传为教中异迹者也。景教初期，以9月29日为米加勒节，别有礼式美术家米加勒安治及拉法爱尔二人，即用天使名。天使九歌路，一曰Seraphines，景经称为西拉冰。二曰Cherubines，景经称为基路冰，皆希伯来音。三曰Trones，为帝王高座之意。四曰Dominations，为君王大权之意。五曰Vertus，为仁慈善德之意。六曰Puissances，为威武权能之意。七曰Principautes，为公侯领属之意。八曰Archanges，景经称为上天使。九曰Anges，景经但称天使。总此九歌路，亦曰Anges。自三至八各名，皆不见于景经，为神学家后造之称，而非希伯来旧传。景画家以天使为点缀，故为绘画所常见。初，教徒营经隐隧之中，其壁垩上之天使，但为通常人貌而已，上肢无禽翼，头后无圆光。至四世纪时，绘家

米加勒

天使形象之演变

① “画”初刻本作“绘”。

※② 奈浦里:那不勒斯。

取象于多神，时所用为点缀之“天才”“胜利”诸神，貌乃附上肢以禽翼。七、八世纪时，东方因天使为天上之灵，故恒以青为衣色，象天色也。西方则以为天使洁净之神明，非白色为衣不可。于是东西所绘天使迥不相同。迨八、九世纪，东西交通，于天使衣上增以文饰，于是金银并加，衣色遂无一定，而东西派别不可复见矣。郭脱派美术盛兴之时，又于向来凝板之天使，加以活动之容貌，天使图形，又生一变。十三世纪，拉法爱尔好用古代画法参于新绘之中，图上天使，又一变旧式。至十八世纪，则自来非男非女、长袍有翼之天使，又变而为裸体禽翼之小儿，乃多神画中所用为点缀之爱神变体也。至其甚，则有以有头无身、两翼附于颔下为天使者，宗教气味逐渐消失矣。

钦锜惨事

景门于钦锜惨事严秘不宣，诗文小说，常有隐刺语，而世人罕注意焉。即有窥见隐微者，亦惮于景势，讳不敢发。至近世史学家，始大暴其秘，专记其事之书亦叠出不穷。兹节译义人勃托洛氏Bertolotti所著《钦锜家事》1877年出版于佛棱次大意如左：

1556年，有基督弗洛名钦锜姓CristoforoCenci者，掌景库。基督弗洛本非有职之官，尚无礼弥撒之资格，而亦无不婚之拘束。顾欲就肥职于景廷，如掌库者，又非可以擅婚。于是与有夫之妇毗亚德里名亚利亚姓BeatriceArias者私，不敢公然娶也。既以掌多马寺产致富，乃营钦锜宫于寺之左近而居妇。妇夫未亡，乍生一子，名法兰昔司Francesco。迨彼夫死，基督弗洛认为己子。1562年，基督弗洛临终，复与毗亚德里亚利亚行结婚礼，举一切财产以授法兰昔司，委托于毗亚德里，曰：为我守之。

自幼凶恶

法兰昔司生于1549年，自幼即显见凶恶性质。十一岁，以殴人见血之罪usgucadsanguinem此罗马法中专字拘于刑廷。十四岁，又以与某女私生子而困于法。1563年，为乏赉利名圣十字姓ValerioSanta-Croce之女爱尔西利Ersilia之“禽兽夫”非可婚而婚者，为其有奁资五千王冠也。爱尔西利不幸而嫁法兰昔司者二十一年，举子女十二人，五人夭于襁褓中。其生存之男子五人：曰雅谷，1599年死于刑。曰基督弗洛与祖同名，以恋爱事为仇人保罗名好弩朔姓所刺死。曰洛可，1595年与匹氏利安地名伯爵乌西尼之不法子决斗而死。曰倍那独，素性羸弱，1627年病而死。曰保罗，亦羸弱，1600年死于瘵。其生存之女子二人，长曰安敦尼那，1573年生，以二万王冠之奁资嫁于罗马大家罗齐沃名萨佛利姓，无所出而早卒。

毗亚德里

次女毗亚德里与祖母同名Beatrice之生，见于洛棱次及达玛斯SS.LorenzoeDamasso寺域之记录十六世纪以前，民间识字人少，凡笔墨记载，皆仗僧侣。僧侣凭寺辖区域，以记其域内事，故曰寺域记录。曰：1577年2月12日，法兰昔司与其妻爱兰西利生女毗亚德里于多马寺区据此则其死时年在廿一以上。据流传于今日之记载，则毗亚德里在父家迄于1593年。是年法兰昔司再与维里Velli之未亡人罗克赉齐名彼得隆尼姓LucreziaPetroni结婚。其前夫女三人，各赠以资而遣之。法兰昔司第一次结婚之后，已定为终身监禁之罪，以贿赂之故，得禁于己家。1573年，由禁改逐，而入教国，一次必罚金一万王冠。翌年2月，贿君牧师嘎拉法Caraffa，得景宗赦，乃还罗马。1586年定遗嘱，遍及家族，独少长子一人当时长子在狱，后死于刑，相续之权已遭剥夺。1590年，由民事官公证分布财产，此公证之官，即当年论证其父之欺诈者也。共偿二万五千王冠先已偿三万，尽除负债，由景宗认诺为合法婚姻之子，亦云幸矣。法兰昔司在家庭间之凶暴，自1584年第一妻爱尔西利殁后而愈烈。其情妇，司博赉笃地名之玛利名卑里姓，即有名之美司博来氏那犹言美貌之小司博赉笃，曾以极点凶暴讼之于法。1593年，其仆安琪洛名薄隆尼姓告法兰昔司横蛮不法，毒打之外，又裸其体，囚车禁于密屋中两日。1594年，阿氏里沃名安琪利尼姓控遭法兰昔司加害几死。1594年，法兰昔司又拘于刑事法廷，为凶恶及不自然之罪案也。其兴案也，恒为莫大罪恶，而此少年辄以十万王冠尽反其讼事，于是讼者严受拷问，必改造供词而后已，被讼者则为贵族而逍遥事外。至法兰昔司之子，其性质亦不亚乃父。当1594年，伯爵法兰昔司在狱，其长子雅谷不告而娶，浪费父资，皆被控。次子基督苐洛，则屡上刑事法庭。三子洛可更劣，曾以凶案罚金五千王冠而流放，流放归来，复掠父屋中物之有价值者，1594年以是案被讯。是役也，景官玛利沃名贵拉姓实共谋也。又伯爵二女均被召为证人。

在家庭间之凶暴

被刺身死

1598年9月9日之夜，伯爵法兰昔司为两被雇之刺客刺死于荒寂之彼得拉Petrella墅，伯爵常年度秋于是者也。两刺客既刺伯爵，一人持钉于伯爵眼上，一人锤之，使入脑骨中，然后由楼窗将伯爵尸抛入枯树枝丛，冀为伯爵自跃而触于枝之证据。全家族即日离彼得拉，三子雅谷、倍那独、保罗亟返罗马营葬事。是时雅谷寄赠玛利哭S.MariaPianto寺寺近钦锜宫一几被被弥撒几之织物，为忏罪之赠。即日，政府悬赏格购求刺客之头颅。1599年5月17日，刺客之一曰婀令丕名嘎佛氏姓OlympisCalvetti被杀于康氏利溪近彼得拉之地。当时文牍明证，杀之者为马可名都里沃姓MarcoTullio及恺撒名蒲松纳姓CesareBusone，实为景官玛利沃贵拉所使。其时贵拉已在共谋嫌疑者之列，欲以此灭其共谋之证据。又一刺客曰玛齐沃名嘎答兰姓Marzi-oCatalano，由嘎司泊尔名贵坼姓CaspareGuizza刑讯定罪，惟有一奇异之请愿书存焉一六〇一年。贵坼因此案，要求重赏于景宗曰："此案共谋者口供之得以中改，及此盈千万王冠之入于景库，皆未始无小功也"云云。事实在1598年12月10日之审嘎答兰，因其供词，拘引罗克赉齐、雅谷、倍那独、毗亚德里四钦锜于案。

乱伦弑父

毗亚德里之代辩人普洛司贝名法林那屈姓Prospero-Farinaccio之陈说尚存，读之可知毗亚德里既不得不认弑父之罪，乃不得不推其原因，为乃父对于毗亚德里有不伦之行为，幸其父本以不法凶暴放荡，夙著名世间也。毗亚德里既承大罪，遂入狱。景宗大恩，赐囚中钦锜家人各自为遗嘱。毗亚德里之奇异嘱言，尚得一读。其言曰："以一百王冠与沃利山彼得S.PietroinMontOrio寺，为余葬事用；以三千王冠建入寺道路；以一千七百五十王冠与各寺，为余诵礼弥撒之费。又赠继母罗克赉齐挈来之女三人各若干。"相传毗亚得里最后刑讯即得招供之讯之惨酷，可以无疑于供词之为强迫而出者矣，于是对此因景宗克雷孟八之怒而入于罪，又因景宗克雷孟八之贪而惨死者，谁不寄与怜情，而想及没收钦锜家产以后之教会之富也。

再出为船几，因几上聚珍画得名。画为兰法兰作，绘耶稣步行海上，访彼得于船中事。

十八世纪最美雕刻

对几为克雷孟十三墓，嘉诺华所作，十八世纪时最美工也。当1795年4月4日墓幕开时，嘉诺华乔装景士，隐人丛中，窃听一般观者之评论，盖其得意作也。墓上景宗跪祷像，一种虔敬之意，毕现雕中，观者忘其为石质。下为空室，入口上有两巨狮，一睡一醒，亦无一苟笔。更立两人，其一“宗教”女像，持十字架而立，犹一望可知。其一“死”男像，倒持一燎，厥焰已灭，真善于表明者。论者比以章华庭景宫中之阿博隆[①]雕别见，又谓以之较同寺同时众雕，不啻有数百年之隔，钦仰亦云至矣。

自此转入左栏臂之半圆，聚珍三画，皆诸圣殉教图。

宗教会议

此栏臂屡作宗教会议场。宗教会议，大小不一，大者召集各地高级景官来会，而景宗躬为会长。凡会议决案及宣布，均用腊丁文字，以辖地既广，所议又大，非腊丁文字不足以统一之也。1869 年 12 月 8 日，庇约九召集会议，议场即在此栏臂中。此会所议决者，为排斥无神说、实质说及神物一体说、万物皆神说，纷论颇剧。自是厥后，遂定为景宗所说无纤毫错误。虽曰别白可定一尊，夫亦言莫予违之过甚矣。而栏臂会议之典，亦久不行，闻近在景宫中云。

栏臂外为格雷郭理十六墓，对墓聚珍图，所谓巴西镏餐礼者也巴西镏，一教圣名。

再出为玛利刹埤，几上玛利图，为旧寺剩物。旧寺美术品不多，此与柱刹埤之玛利，二而已矣。刹埤为门雅谷承格雷郭理十三之命而作，故亦称格雷刹埤，几下有教圣某骨灰。

右为倍鼐梯朵十四墓，稍左为格雷郭理十三、十四两墓。格十三即修改阳历，今所沿用者。其时俄国以教旨歧异，不用格历，此今日俄历与通用历相差十二三日之由来也予《癸卯旅行记》中言之不详，别详稻孙所补《景教流行碑跋》。像下石人，一喻智慧，即用

※① 阿博隆：阿波罗。

多神时代之女战神式，神固有智慧者。一喻信仰，信仰难雕，手一纸镌信仰字，则喻雕之下乘矣。墓石取诸安得烈安帝陵即天使堡。格雷十三，为景宗中最有德行者。伊先有自然子一人，位景宗后，不闻加以殊宠。对面为格雷郭理十四分墓藏骨不全。初，此地为格十三暂葬处，非石建。及石工成而移入石穴，空此旧葬处，适格十四殁，即葬。

圣餐礼聚珍图

对墓为耶隆行圣餐礼聚珍图，图极有名。耶隆笃信景经，入山枯译希伯来文为希腊文者。相传驯狮伏肘下，为画家所好绘，予所见不下百馀幅，顾皆绘译经事。此原本为笃米尼基作，所绘为将死时行圣餐礼。圣餐者，人生七礼之一，以面饼代耶稣肉，以红酒代耶稣血，景士代祷于神，出而授食者也。

从格十三、十四两墓，平行至左方良翁十一、伊诺琛十一两墓。此线以内，为希十字原基，其外即改腊十字式所增，故通呼此外为引长十字处。

出希十字线，为圣礼刹埤，与右路之歌路刹埤相对。几上为三位一体图，旁有息司朵六之墓。墓本在旧寺歌路中，其侄移此，侄即儒略二也。息六幼微无姓，育于比野门之洛佛勒家，遂姓洛佛勒。墓为佛棱次派美术家博拉育洛所作1493。景宗倚椅而坐，其下十人，一喻算学，二喻天文学，三喻博古学，四喻修辞学，五喻文法学，六喻透视图画学，七喻音乐学，八喻地理学，九喻哲学，十喻神学。凡此十种，皆息六所长，而曾在义大利实地施教者。一切比喻，皆通常共知，惟神学一人，用多神时代之女猎神像，执弓负矢，用意殆别有在耶？附近有平石，云是儒略二之茔穴。考儒二葬彼得系链寺中，此处安更有穴？盖景寺所谓

女猎神像

墓者，不必尽埋真骨，不过美术家运意构造，作寺中美观，即或真葬寺中，而墓题在一处，真骨又别在一处，可毋庸深考者也。此圣礼刹埠，往往有多人跪领圣餐，盖纳金于寺，寺士令于某日时来就食，则往行此礼。寸许面饼，小杯红酒，可礼数十人，非真餐也，领受耶稣之肉与血而已。

出刹堙向外，为伊诺琛十二墓，即以壶为家徽者。相对为玛氏达夫人墓，夫人为树植景宗政治权之人。教中人且仰若神明，教外者更俯不敢声。死于1115年，葬于满都乏。1635年，乌尔庞八奉移于此。石刻德帝亨利第四初次被教所绝，忏于夫人，夫人特权免罪事，盖权驾景宗之上矣。

殉教者

左为绥乏斯丁几，有聚珍绥乏斯丁殉教图。凡殉教图，必绘当日受刑致死情状，绘事以愈惨酷为愈胜，即绥乏斯丁被缚箭射而死，予所见亦不下百馀本，此为笃米尼基作，原图在天使玛利寺凡景徒之被杀死者，不论其果为教事与否，皆谓之殉教。殉教者例由景宗钥启天门，升之于天，且例于名字上冠一圣字。凡雕画其像者，首上必有圆光，以别其为圣。雕画者务为意外之惨酷以求工，近年死于中国而列入圣班者，比比皆是。

再出为良翁十二墓，相对为瑞典克利斯丁公主墓。克本瑞典王阿独尔夫之女，瑞本新教国，而克独信旧教，立誓与新教绝，不安于瑞，迁居罗马，富于藏画。予曾观画于彼所居之哥西尼宫。1689年死于罗马，此墓石刻其1655年誓绝新教事。

圣母和死去的基督

左折为怜爱刹埤，与洗礼所相对，而右侧之刹埤已尽。凡彼得寺中一刹埤，足当他处一寺。怜爱刹埤者，以米加勒安治所雕玛利、耶稣像而名。雕为耶稣被钉后，玛利抱置膝上，此米氏廿四岁时所作，应法国使者之请也。雕上记名，为米氏一生所仅有字在玛利带上。

此图画本极多，雕则不多。或指米氏此雕为玛利过于年少美丽，米答曰，玛利贞洁人也，安有老期，其善于解嘲如此。当时法兰西司一，因世人所珍重二雕，于1507年重资购之，一即此“怜爱”，一为耶稣像，在玛利寺内寺基为密讷尔佛庙，别详。此处本奉寒热玛利，自改奉怜爱玛利，而移寒热玛利于神奥。先是阿历散德六死，置尸玛利前。阿六罪恶，馨竹难书，相传其尸之怖人，亦前古所无云。

怜爱刹埤，旁有两小刹埤，与洗礼所制度同。右刹一礫刑聚珍图，不重要。左刹名圣柱刹埤，铁栏围一雕柱，乃由耶路撒冷取来。相传耶稣在所罗门庙中，曾倚此柱，且祷且演说者。观其雕派，确为犹太物。此柱为犹太傩礼所用，不知何时辇入罗马。1438年君牧师乌西尼围以石栏，记柱所由来今石栏在铁栏内，不便近观，谓所罗门建庙于耶路撒冷，凡一百三十八柱，今十一在欧洲，彼得寺艮覆下用其八，毛利次几前用其二旧寺，此独立者一，即今所见者。

耶稣曾倚此柱

刹埤中有安溪棺，为第四世纪一罗马市长，乃大格雷郭理之先世，此棺曾用为圣水盆云。

上瓴下窖

圣门背有聚珍彼得像。寺名彼得，若以中国神佛庙例之，则正中必彼得位。而教例不然，所谓彼得寺者，不过寺名而已，其实尊奉耶稣，故彼得像不妨置之

像在门后

门隅。即如正门外台下两旁巨像，一彼得，一保罗，若以中国庙例论之，殊不敬矣。景教旧派，兼奉玛利近更推及玛利之母。新派并玛利不奉，更为纯一。

聚珍始于景纪前百五十年顷，初惟用以敷地，所谓Pavimentum虽宏丽如庙宇，亦不过敷其一方而已。派别不外四种，曰Sectile，其纹线直斜，惟几何形体是准者也。曰Tessellatum，其材料皆方粒，而纹未必方形者也。曰Vermiculatum，专重摹画，凡画有曲折之线，其材料凑聚亦曲折其线，虫状之名，所以状其线曲也。曰Scalpturatum，其表面高下不平者也。在景教首以聚珍为饰者，为彼得旧寺，从此遍传欧洲，且及耶路撒冷、康斯坦丁堡之景寺。八世纪宗教会议禁作偶像，而聚珍独免。迨维尼斯兴建马可寺，更为造就聚珍人才之计，专设学校别详，出名家无算。克雷孟八选此校名手，来罗马饰彼得新寺艮覆，并摹寺内名画，用代原本原本半移景宫，半移天使玛利寺。在十七、八世纪，此术最称昌盛，至今日犹无往不用此工矣。

高大为世界第一

彼得寺瓴屋之高大，为世界第一，屋缘距顶高三百英尺。登瓴屋者必土曜日，妇女不在允登之列，故予未往观。闻诸登者曰，自左侧柄桴玛利克雷孟丁墓下之门而入，登螺旋梯同登不得逾二十人，梯旁壁上，皆王族题名志胜游。寺顶有无数小瓴屋，而寺内工人居屋杂厕其间，成一村落。格戴登此，曾有言曰："吾于彼得寺上，见空气中另有一国，有人家，有市廛，有庙宇，有喷泉，中间大瓴屋，适可当国中大寺，道路平坦，不啻名市散步场。"可以知其梗概。瓴屋诸短墙柱之间，皆为小室，一室藏米加勒安治及安敦两建筑家手制彼得椅，及彼得寺木型。米年八十将死，制型以示未竟之工。

登寺巅者有瓴屋，入寺穴者有窨[①]。自1900年圣物考古会，请愿重开乏氏刚窨，于是游者始获观窨。入窨者从忏悔磴下，左右折皆可，即从威隆尼加像后梯下亦可。窨分两部，有新旧之别。新窨者，环忏悔磴而为马蹄形之廊，及于四像下之四刹埤即威隆尼加等像，又由廊枝出之数小刹埤是也。旧窨者，亭前枘桴之下，亦分三枘桴者是也。窨本康帝所造，在跋栖黎嘎之下，久埋地中。1594年，门雅谷施工时，在忏悔蹬旁发见康帝所造彼得金棺，并棺上金十字架，极精。当时考古学未盛，故发掘隧物之学亦未盛。景宗克雷孟八礼服诣观，随即封闭。闭三百年，始得复见于世。其中所藏，教骨与旧寺残物为多罗马旧风，往往于旧屋之上稍加平治，即于其上建新屋，有二次三四次者，故掘地愈深，古迹愈多，恐至廿二三世纪尚无止境。燃灯而观，不能详细，且有价值品与无价值品杂芜部居，易淆心目，故言之不能详也。新窨以两刹埤为最巨，一门廊玛利，本在旧寺门廊，今湮此。一孕妇玛利，为古来求孕处，今亦湮。旧窨枘桴下铺地之石，尚是旧寺物玛氏达夫人捐地入寺碑记在窨。景宗棺沉埋于此者不少寺中景宗各名墓，大率无真骨，而真骨往往在地窨中，今睹棺思人，略举三数。曰阿历散德六空棺：阿六积恶万状，为君牧师某所毒死，尸之怖人，前已言之。棺本在寺，儒略二伸天讨，倾其骨出棺，骨为他人移入某寺，而棺仍留此，今但存非仅不怖并美貌老像于馆上而已。曰[②]阿特利安四棺：英人位景宗者仅此一人，棺非景门物，上有梅窦斯头形可证，以英人故，无为之营美术墓，并无铭志，景门

金棺

※① 窨：墓室。

② 初刻本无“曰”字。

《神曲》中人物

党派意见如是。婆尼法爵八棺残片，有铭曰：“其来也如狐，其宰政也如狮，其死也如犬。”义儒檀戴所著的《神剧》[①]书中，清净山凡九重，最下一级，遇婆尼法爵，即指此人。讥之欤，抑恕之欤？曰[②]尼帑拉五棺：本旧寺一美术墓，改新以来，沉埋于此。景宫书库，壮丽甲寰区，即其所创。曰[③]儒略三棺：伊好藏古物，有别墅，今尚存，其所藏予曾往观。曰[④]尼帑拉三棺：伊曾募得玛氏达夫人捐地，竭力交结，有不恤其躬之苦。檀戴《神剧》中所见首入火坑中，足露火焰外者，即指其人。曰[⑤]保罗二棺：伊艳羡康斯坦坼之大紫石棺，从寺中窃出，将为自已死后用，后不成。康坼者，康斯坦丁之女也。今棺在景宗博物院，而自骨则留此。曰[⑥]乌尔庞六官棺：建造新寺时，骨已无存，工人用以贮水，得一指环，知为乌六物。生平峻酷，亦被毒死，今棺上尚有所刻遗貌。曰空[⑦]玛璀罗棺：在位仅二十五日。曰[⑧]伊诺琛九棺：在位仅六十日。

观旧窖铺地石之用旧寺物，知旧窖之成，必在旧寺既毁之后；观新窖之藏彼得金棺，知新窖之成，必在旧寺方造之初即康帝所造。旧窖非旧，而新窖乃旧，正如古文《尚书》之非古，而今文《尚书》乃真古也。

※①《神剧》:《神曲》。

② 初刻本无“曰”字。

③ 同上。

④ 同上。

⑤ 同上。

⑥ 同上。

⑦ 初刻本无“曰空”两字。

⑧ 初刻本无“曰”字。

面忏悔磴有彼得、保罗神龛，云是257年由附近绥乏斯丁寺隧穴中移来，而古景士以为是彼得专龛，与保罗不涉。其实教史学家并谓彼得生平未尝履罗马，安所谓彼得死所，则此龛之为一人为二人，可不必争矣。1122年，此处几上绘二像，皆半身，云一为彼得，一为保罗，而其馀彼得半像在约翰寺，保罗半像在保罗寺，奇乎不奇？此龛在景门中以为世界无二之珍品，而教中学者安勃罗曰："有彼得之地即有景寺。"可谓谈言微中矣。

世界无二之珍品

神 奥

景寺必有神奥[①]。神奥为一寺行政之厅衙，又为宝物之仓库。彼得寺行政繁，宝物富，故奥亦独巨，为1755年庇约六所增建，入廊多旧寺残碑饰墙，有彼得、保罗两大像，亦当日旧寺物。

正中一室，亦作刹埤式，有多沟形之石柱八，从阿特利安离宫取来，罗马时代物也。此即寺中行政之所，每日牌示祭礼于此，各处锁钥藏此，日用祭器等亦藏此。

左室中有刹埤，有旧画二一为猷尔所画玛利耶稣。再进一室，有景宗坐位，乃少数会议之所，名画不少。有旧垩画残片，绘天使奏乐者，极有名，美洛错笔也，曩日以饰使徒寺之艮覆者。其尤佳者一片，今在义王宫。

又有一刹埤，油画彼得见耶稣图，不知画者名。彼得双目，绘法最精，观者任立何处，仰望画中彼得，则彼得双目无不注射观者，为游客所乐

彼得的眼睛

※① 神奥：圣器所。

道。予试之果然。

右一室即奉寒热玛利处，其龛为名家独那堆洛所作。再入即藏宝物之库，重门严扃，本非游客共到之地。予以屡屡来寺，景士以予必为崇拜景教之最虔者，故以观否宝物为问。予欣然请观，候之良久，取数钥而来。先导一室，列柜皆祭礼衣，盖一种礼节专用一种衣披，别之严即藏之富也。有中国绣礼服一披，工极精而花纹参教派，盖景士在华定绣者也。辟库门而入，见十馀柜，藏历世景宗历来大典所用之十字架、烛台、杯龛、种种金银器、瓷器、玻器、明珠、宝石，雕绘细工，灿闪目前。导者一一指告，以藏物过多，无暇静听。细观其中以沙尔曼帝加冕时所服之衣，及景宗所用三重冕，最惹注意。沙为西罗马帝时，在康斯坦丁堡，用毗山丁最精绣工绣此衣。加冕时，服此衣而侍弥撒礼，矢誓从教。沙之誓曰：“予践帝位，请对于耶稣之名及彼得而矢曰：凡上帝所畀予之权力，予悉举以卫教。”予所见时君加冕礼服，大率皆银鼠带尾氅裘，而沙帝独用教服，岂时代不同，氅裘乃后起之物？抑沙帝崇教，独衷教服？更或二衣并用？不可知矣。所谓三重之景宗冕者，初，景宗戴牧师冠，加二孔雀毛。后欲比于世界君王，乃加一金圈，以肖王冕。至倍鼐梯朵十一或谓婆尼法爵八，以为仅肖王冕不足示尊，我宗教必权驾世界君王，则冕制亦应加等，乃又加一圈。至乌尔庞五履景位时，本不在罗马，罗马自有一景宗，则又加一圈以示己乃正统景宗，视彼罗马戴两圈冕者为尤尊，故至今冕遂三重，既高且重，闻戴时颇不易云。冕上所缀珠石，为世界珍品，本玛利及海美尼二人之物，二人均罗马帝霍诺镏之妻，一为司氏利嘎妹，一为司氏利嘎女。西例至今婚配不重行辈，初无足怪。又有金制巨

教皇的皇冠

钥，与冕同藏，一若传国玺然，即以为彼得亲受于耶稣之物，谁曰不可。

神奥所在，适当昔日鼐龙场之中央。今寺前尖柱，矗立于此。尖柱由嘎利古拉帝从阿非利加运来罗马，来时在沃司梯港登岸。当时港岸，几为一柱所占，举以饰栖尔果场。博物者谓是罗马仿埃及物。栖尔果场为嘎利古拉所创，而落成于鼐龙时，故名“鼐龙栖尔果”，或亦兼冠嘎名。第一次虐教，即在此场。

鼐龙(尼禄)之事

鼐龙者，罗马帝名。先是鼐父某死，母曰亚格里宾者，携鼐改嫁于克老第沃帝，而鼐遂俨然帝胄。景纪45年，亚格里宾毒死克老第沃，谋于近卫军，以强力立鼐为帝。古罗马近卫军，恒于弑废拥立上有莫大势力者，故克帝虽有子不列颠尼哥，弗敢争也。鼐性本温，时方九岁，一切政治，悉承师训，故最初五年，政大治，罗马史所谓“鼐龙五年之治”，有一专词者也。然亚格里宾颇嫉其师，渐于政权，终以不得专恣为恨，乃怒鼐，而又与近卫谋立不列颠尼哥。事为帝党所觉，55年，鼐宴不列颠，即席毒之。顾帝后间嫌隙愈深，帝略得狂疾。64年，罗马大火，后党诬之，谓鼐实纵火，且坐奏脱罗耶[①]毁城乐曲以逞快。脱罗耶被毁，古来至惨事也。由是民大愤，而近卫军利帝位之频易，亦附和之。鼐惧，宣言剿杀景徒以赎罪，此第一次虐教所由来也。相传鼐龙场中大宴，取景徒若干缚于柱，排列成行，围以枯草，涂以油脂，至夜燃之以当燎，军民大乐云。予曾见其惨图，所不忍谛视者也。

※① 脱罗耶：特洛伊。

立柱奇闻

景纪67年，彼得被获，受十字刑，正在尖柱下临刑。彼得请死于倒十字，谓不敢比于耶稣。罗马本有倒十字刑，乃许彼请，或曰钉死，或曰缚死，或曰钉绳兼用而死。1586年，息司朵五命丰丹那移此柱于寺前即今之位置。植立此柱时，需人八百，马百五十，卷绳器四十六具。丰丹那云，重量九十六万三千五百三十七罗马磅云。未移柱之前，息五入彼得寺，礼大弥撒，盛祝丰氏及众工人福，并命柱升时，不得有人语，语者死。迨柱缓缓而升，升至中途，忽然不动。众正屏息间，忽闻大声曰："润其绳！"工人先未受此指示，闻言又不敢问，惟亟润绳。绳润上引，柱动而植。当时实一工人，见引绳几断，亟而狂呼耳，按命令应处死，无如柱赖以立，督工者大发仁慈，不忍加刑，乃谓此声发自上帝耶和华，众工亦默喻无言。柱又名彼得罗针彼得，渔人，故有此称。柱既立，息五宣布：凡过柱下者当拜柱尖，口诵吾父吾父者，祈祷之歌词，词起于吾父一字也。凡祈祷歌词，均以首字称。此称吾父一字，即指此歌全词。犹关雎二字，即统指关雎三章也，则免罪十年云中世纪时相传，柱顶球中有儒略恺撒骨灰。

[附] 新释宫（景寺之属）

此长子稻孙为予游览之便而撰，其中命名，多半非专用于景寺，亦为西国宫室所通用。顾述寺者皆取以状寺，遂成寺字。

教堂一词之语源

通俗所称为教堂者，在法文称为eglise，在腊丁文为ecclesia又作iglesia，音相似，在希腊文为ekklesia，厥义为会、为合。凡教徒合而为会，皆曰 eglise 英文曰 church，德文曰 Kirche，亦同出一根，惟渊源较古。义文曰 chiesa，则直承腊丁字，在腊丁 ecclesia 固亦称 chiesa 也。小之以一堂之团体为一 eglise，因而及于建筑物，于是教堂亦即曰 eglise。大之则全教为一 eglise，如昔日义大利有景宗所君临自成一罗马派之旧教国，其时称其国者，即曰 eglise 之国。又如关于宗教之法律亦称寺院法，曰 droitecclesi-astique，即 ecclesia 之法律，亦即 eglise 之法律也。故谓教堂即 eglise 则可，谓 eglise 即教堂则不可。西音既非所习称，教堂又言不雅驯，今用景教流行碑字，称为“景寺”。

拜占廷式建筑

论今日各式景寺，大致分为二派，一派自东方小亚细亚发源，如圆式、六角式、八角式、希腊十字式皆是；一派自西方罗马发源，如长方式、腊丁十字式皆是。二派起源虽殊，而自十五世纪文艺复兴时期以来，采用仿效，初无定规，因地制宜，各适其用，非若矿植物产之有分布地图可划也。通观东方起源各式，莫不以圆为原则，盖小亚细亚之建筑，本擅长于圆，与他人种建筑，迥不相类。景教创兴彼地，其建寺自以圆为原则。由圆式一变而为正六角式或正八角式再变而为希腊十字式，即所谓东派，亦曰毗山丁[①]建筑康斯坦丁帝未建都以前，康斯坦丁堡名毗山。毗山建筑，长于瓴屋[②]瓴屋后详。至起源西方者异是。论理景教自东徂西，其建寺也，亦宜仿东式，不当另有所谓西派者。然所以不同之故，在当时情势使然。景教入罗马之初，帝威方烈，禁遏綦严，景徒于地面之上，丝毫不能展其势力，乃隧地通穴，以为隐藏，即所谓 catacombe 字义别见者是。举凡教中礼式，及传授教义之事，皆隐

※① 毗山丁：拜占廷。

※② 瓴屋：圆顶。

隧为之。迨景纪313年，康斯坦丁帝诏许景教无禁，景徒遂出catacombe而至地面之上。其时地面上无公然建造之景寺，乃即旧有之basilica当之。basilica字义别详者，罗马向有之公建物也。嗣后即为教专建之寺，亦皆以basilica为型式，相承至今，即最新筑者，仍不脱basilica窠臼今大寺尚称basilique。basilica为长方形，故罗马起源之寺，不圆而长方，由长方变化而有腊丁十字式，即所谓西派，亦曰罗马建筑。罗马建筑长于穹穹后详，若英国景寺之多取两衡十字形，则又腊丁十字式之变式也。

罗马建筑

十字之为形，纵衡互交，为理极简，故其为用最古又最多，如印度及斯干地那瑞典、诺威之地之卍字、埃及之♀字，皆十字鼻祖也。在印度，火教以卍字为全智全能之徽标、万物生命之根源。在埃及，偶像教以♀字寓灵魂不灭之理意，于是十字与宗教遂成不可解离之缘。在景教，因《旧约》载摩西竿举铜蛇以愈民见《民数纪略》二十一章。景家论此竿为景教十字根本，《新约》记耶稣受刑十字架而复活，故于十字标形，尤为多用，几通新旧派景教所及之地，无处不见此标也。标用既多，标形万变，综论之凡有四类：一曰无首十字，二曰四支十字，三曰两衡十字，四曰三衡十字。第一，无首十字者，丁字形也，在四类中为尤古，本多神时代旧标，厥意象生命，厥用在祝贺。继而有用十字以施刑者，胥取此无首十字，于是无首十字由宗教标象一变而为刑具。腊丁名此十字为刑具十字cruxpatibulata，此类十字，向不在景教十字之内。自近世考古学者一派，发掘隐隧，见石馆所雕，往往为无首十字，希字首尾母A、Ω之间耶稣自谓始始终终，故此首尾字母恒为景门所用，原出《新约》，亦往往有无首十字，遂

十字

兴耶稣所刑十字乃无首十字之臆说，而无首十字亦列景标矣。第二，四支十字者，正十字形也，自来最为景教所常用。自十五世纪以降，爱弼髯普[①]所佩及其卤簿，均限用此四支十字，故又称爱弼髯普十字。此类变化极多，其最屡见者曰希腊十字，其四支长短均齐如一者也；曰腊丁十字，其四支之三端齐，一端伸引为足而独长者也；曰安得烈十字，纵衡斜交者也，曰马尔大十字，四支之端幅阔而交处幅狭者也。馀曰耶路撒冷十字，曰佛棱次十字，曰都卢十字，曰墓场十字之类，名状各殊，举不遑举。第三，两衡十字者，一纵而两衡。上衡短，下衡长，俄国所用亦称俄国十字。自十五世纪以降，必有君牧师及高级爱弼髯普职者，乃许卤簿用是，佩章用是。又有高级爱弼髯普十字之名，其所以有较短之上衡者，原出《新约》；耶稣既刑，彼拉多标字于其十字架上，曰“拿撒勒人耶稣，犹太王”。后世雕画家于耶稣之十字架上加一短衡，刻画为I.N.R.I.四字，以示彼拉多所标腊丁文Iesus Nazarenus.Rex Iudacorum。聚此四字，省以首母为省字而为I.N.R.I.也。从是亦有短衡上无字之两衡十字。第四，三衡十字者，两衡十字之下端更加一短衡之十字也，自十五世纪以来非景宗不得用，亦称景宗十字，惟景宗专用，故最为罕见。以上四类为景教十字，其景教以外之十字兹不遑及也。

俄国十字

迨十二世纪初叶，郭脱美术盛行郭脱，日耳曼种，其建筑景寺也，于瓴屋之圆易为尖，于穹窗之环加之锐，形若鱼首。夫鱼本景教标象，故此郭脱派建筑，以鱼形为特色，而亦愈有说希腊文耶稣基

郭脱派建筑取鱼形

※① 爱弼髯普：主教。

督上帝子救世主为Iesous Christos Theon Vios Soter，集此五字首母而联合为Ichthus一字，鱼也。景教标象，鱼故为其一。

旧教布置其寺，大致相同。在罗马所见，大概以腊丁十字式为多。腊丁十字式者，开门入内，即十字之长足，两旁列柱为两行四行不等，视寺基广狭为增减，此列柱之间，正中一行，谓之中央nef，左右各行，谓之侧边nef。此nef本袭basilica旧称，出于腊丁字之navis，译意为船，以两旁列柱，其状正似古船。今音义兼用，称曰“枘桴”。

枘桴与歌路

古basilica之枘桴，两端均为半圆形，名曰abside腊丁字apsis而无门。迨改以建寺，则留其一端以为正座，改其一端以为正门亦有两abside之景寺。所留之abside，则加以种种人工，使光线射入。恒如觌面，隔以金黄之色。故射来之光线，虽斜而似正，虽屈而似真。此abside，在basilica为法官判事之所，名曰tribunal今裁判即称此字，较nef稍高一二级。今景寺此处亦高，为教中职官礼式时诵歌之所，或因古制而称tribune，或因歌用而称choeur腊丁字chorus，或设chapelle详后三间五间不等，则别称为chorea。凡此等名目，各寺不能一定，而此半圆形之名abside，则虽易地不改。今用abside本义，称曰“半圆”；于tribune称“正座”；而于chorus、chorea则音义兼用，称“歌路”，称“歌赖”歌路者，指教中职官诵歌之所，非必在半圆也。如中世纪之长方寺，每于中央枘桴全长三分之二处。至于半圆之间，以石栏划一方，为诵歌之用；而半圆则供神坛，不作诵歌用。此时半圆即不可谓歌路，而此石栏杆以内乃称歌路也。

自正门至正座，循枘桴而行，至适当十字横竖交点处，其前面者曰transept，厥义为栏杆之前。盖正座与枘桴相接处，每有

祭坛

栏界之，而此transsept适过此栏杆前也。惟transsept之名，统十字横画之两臂而言，今称左右“栏臂”。栏臂与枘桴纵横相交之中央，为一寺正中，通例此处有坛，坛设供几，直向正门。坛之四隅，有柱支顶，盖是谓ciboriumci-borium者，埃及一种植物，实如豆荚。希腊人象其形为酒器。教中用豆荚形之匣，以藏祈神所用之面饼及酒，匣藏于亭，故用此植物名以名亭，教中行礼最尊严之处。罗马派旧教，一寺之中有若干供几，法文所谓autel者是腊丁字altare厥义为高。此若干autel中，在此ciborium内者，为maitreautel，惟寺中最高职官，始于此行弥撒礼弥撒二字已为教中通用，兹不赘释。最高职官又必于最大祭日，始于此行弥撒礼。autel上之神龛然者，法文名曰tabernacle，即贮弥礼时所需面饼、葡萄酒者也古制贮于金制鸽形匣中，悬于顶，或贮ciborium匣中，今皆用taber-nacle。凡maitreautel大者有盖，法文称曰baldaquin，本出义大利字之baldacchino，此字原为Bagdad，土耳其地名也，义文称此地为Baldacco，地出金绣织绸，古代帝王均取为宝座之盖，从此称座盖曰baldacchino，即由此地名转成。景寺初兴，亦用绸为盖，即用此名。至后世建筑术精，去柔软之绸，改用不朽之建筑，留其形状，仍其名称，于是虽金类石类造成之亭，亦名baldaquin矣。观夫此字之不原于腊丁文，可见此制之创未古也。今通译意义，名autel曰“几”，名maitreautel曰“弥撒几”，名ciborium曰“亭”，名baldaquin曰“亭盖”，名弥撒几上之tabernacle曰“龛”此mai-treautel之称，惟在罗马派旧教之景寺可用，如希腊派旧教与新教各派皆惟一au-tel，则自无所谓maitre矣。而稍偏东欧之地，与兰因河畔，其景寺每有两半圆，而栏臂、两亭者，则又有两maitreautel也。

景教防禁未弛以前，地面之上，除私家设几行礼外，别无公然行礼之几。惟catacombe中，窦壁葬骨为墓，墓上铺石为供神行礼之所，实今日景寺所谓autel之嚆矢也。当景寺初建时，念catacombe中之坚苦而不忍忘，于弥撒几地位必肖catacombe，而安于殉教者坟墓之上。求殉教遗骨而不得，则取诸catacombe中。今catacombe之古坟发掘无已，而景寺中无殉教遗骨者亦已无有。殉教遗骨，必在弥撒几之下穴地藏之，是为crypt。入crypt者，大概从弥撒几前之石级而下。石级通例，分左右环下为两道，低于柄桴地平约六七级。低处为马蹄形，即所谓confession者。石级向弥撒几，既下，即在弥撒几之前，觌面神龛，即殉教者遗骨所在，适弥撒几之正下也。由左右折入，为crypt，非烛不明，其中不外古石与教人坟墓而已，所以仿当时cataco-mbe者，教徒于一定之日行礼于其中，广袤不一，形状亦不定，不如景寺之大概有定式也。今称crypt曰"窨"，称confession曰"忏悔蹬"。

忏悔磴

忏悔亭

忏悔蹬者，但用行礼，不用忏罪。通常忏罪所用，别有con-fessional，大概木造小亭，可以移动者为多。间有穴墙者，形状与木造者无大差，位置本不一定。木造者，以排列在中央柄桴两旁为通例，亭分三小室，中室听忏，旁室诉忏二人不并忏，故最减者但二室，各室仅容一人。中室与旁室不相通，惟有铜网一小方亦有以不透明玻璃代者漏达声浪而已。中室有门，分为上下两截，中设坐位，听忏教士坐此。教士不在，则上下两截门均闭，教士在，则上开而下闭简单者，上截无门，幛以帷旁室无门，无坐位，有小几，为诉忏者跪久倚手之用。几上恒贴景经中语，或绘耶稣像。此confessional形状似亭，故今称"忏悔亭"。

忏悔蹬之前，即中央枘桴。古式旧教之寺，两旁间有两台，名曰 ambon。右为诵读福音之所，左为诵读景徒遗文之所遗文即《新约》中《福音》《使徒行传》《默示录》以外各篇，如保罗《达罗马人书》等。至今诵经至《福音》，必移经于几之左隅，诵至遗文，必移经于几之右隅，此左右台制遗风也。此制今罕见，间有一二旧寺，尚存遗台。闻英国景寺此制尚多。或谓此二台，其一有置书之案，其一无之。是一为诵经之所，一为讲经之所。今不见有用此者，亦惟据书想像，不得亲见以证之矣。今竟称“台”。[①]

枘桴之极边为小室，称曰 chapelle，此后世景寺渐扩所增，论希腊腊丁十字形时，不及此也。chapelle 之大小无定制，多少无定限，装饰之繁简尤无一定，大概景宗之墓为多。

刹埤

或置一几，或置数几，实自成一小寺。凡景寺初营，规模未备者，虽独立一地，不附属于景寺中者，亦名 chapelle。彼教徒在中国所营，即此 chapelle 居多，完全之 eglise，所罕见也。似寺而非寺，不可以蒙寺称，今名曰“刹埤”，固取音似，亦犹言刹寺之埤小者也。

有一种刹埤为洗礼之用者，大概中央置洗礼之大石盆，别称为 baptistaipe。论教理，洗礼之所埤不当即在寺内，如佛棱次、批撒[②]等处大景寺，均于寺外另建一圆形或正多角形之洗礼所，所门与寺门正对，一道为隔，寓未洗以前不许入寺之古意。今景寺公开，无人不入，入者不必曾受洗礼，故洗礼所大都废弃，而于刹埤中辟一室为之，亦简法也，今竟名“洗礼所”。

景寺内墙开穹而无门者，皆曰 arcade，本出 arc，弓字，今称

※① 台：讲道坛。

※② 批撒：比萨。

为“穹”。穹之居正中而外向者，曰arctriomphal，世译为凯旋门门字即用弓字。此既非门，尤非凯旋之门，惟以形似为名，姑徇通译。

聚珍

景寺中举凡穹、墙、柱、几、艮覆、地平之属，至于半圆顶凯旋门，始无不以mosaique为饰。考古罗马神话，文艺学术之神有九女，称曰Musa。罗马学者聚会讨究学问之公建物，遂因Musa而名musea。此musea广屋，敷地者聚各色细石配合为纹，至为精工。此法乃渐渐推广及于他物，不独敷地一端。初，此法即用musea为名，迨中世纪，应用变化，踵出不穷，于是musea一字，支别为二：指其屋曰musaeum，今称为musee通译为博物院，未适原义；指此术曰musaicum，即今所谓mosaique，凡聚各种有色细材，或石或木，更或他种材料，点点相配，合成一图一画，皆以此称之，美术中之一种。我国固无此术，即无可配译之名。而景寺装饰，以其经久，采用最多。故此mosaique一字，虽非景寺专有之名，而言寺者不可无以称之，今称曰“聚珍”。

神奥

附属于寺中者，犹有sacristie一种，间数、形状、大小均不一，为祭器所藏，礼衣所藏，寺中宝物所藏，及寺中职官更衣驻足之地，例不引外人入视。遇有名器、名画藏其中者，则有导者候人拜观时为之说明。此等sacristie有神藏之义，称为“神奥”。

又教徒聚宿之所，曰convent。或有附属于寺者，其为状大都周围方庭，有廊，廊楼为室，室各相等，教徒习焉宿焉。方庭曰cloitre，围廊大概有古物陈列，为巡礼景寺者所乐观。罗马景寺，昔有convent附属，今但存其方庭者，则景寺修葺所卸下之建筑物断片，恒列其中，专供游者访古之用。今称convent为“寺寮”[①]，称cloistre曰“方庭”[②]。

寺寮中有refectoire者，教徒会食之所。剖其字义，有效法复习之意。耶稣示其徒擘饼之法详《新约》，景门历世传习，于食饼之前，必效耶稣擘饼法，此会食所之所以称refectoire也。今名“食堂”。

景寺之顶，有为高凸半球形者，有为塔上半球形者，其中建筑，分上下二层。包于外而在上者曰dome，即腊丁字之domus，犹言屋也。裹于内而在下者曰coupole，出于义文之cupola，本意为碗，谓其状似碗覆也。每有景寺以dome著名者，即称全寺曰dome。其以coupole名者亦然。用语要在习惯，知非可泥于文字之间。今名dome曰“瓴屋”，名coupole曰“艮覆”，取“艮覆碗”之义也。

景寺等级不一，有所谓cathedrale者，乃一区之长之所辖。故必有区长传道之椅此区长大概为爱弼智普。此爱弼字，法文曰eveque，义[③]文曰vescovo，英文曰bishop，德文曰bischop，无非从腊丁之episcopus来，教职名也，字本原于腊丁字cathedra，厥义为座为椅。凡寺之半圆，大概有椅；然独得椅名者，必区长所辖之寺。其等级较卑者，固不以椅称，即等级较高，如罗马彼得寺，有景宗椅者，亦不以椅称也。

章华庭四室

十五世纪时，景宗伊诺琛八建章华宫于乏氏刚景宫之邻章华，译义，聚古雕藏之。后藏品累加，乃扩充建筑，以接于景宫而

※① 寺寮：修道院。

※② 方庭：[修道院的]回廊。

③ “义”初刻本为“德”疑误刻。

通路焉。章华庭者，章华宫之庭，亦因其形而称八角庭。游人从丰达孟答街入门，先登觌对书库之梯，经希腊十字室，进圆室，右折过摩娑室又名九女室，出羽蹄室均别详，即章华庭也。庭周为廊，廊隅凡为小室四，一室藏一雕，即以雕名名室：曰劳贡①室，曰阿博隆②室，曰眉沟③室，曰俾尔塞④室。室中珍藏主雕之外，亦附藏小品，名称不重，未暇及之。

劳贡室

劳贡 Laocoon 集像者，名雕巨擘也。像为二蛇绕噬一老者、二少者。老者右举蛇胴，左提蛇颈，筋骨高下，一望而知为甚有力者。然长蛇绕足噬腰，纵强逾贲育，亦莫能脱。二少者，左为长子，右为次子。长子瞬息受噬，仰视悚骇，自顾不遑，无以解父厄。次子则既触毒牙，状已垂毙。凡所雕刻，筋肉脉络，无纤毫不肖，而主客之位，运动之方，配合调和，允称杰作。尤可佩者，一像一题之中，含三种瞬时：老者正被噬，长子将被噬，次子既被噬。此三瞬时者，感觉举动，迥不相同，辨别既难，表显尤匪易。此像于各人眉目间分别綦细，俾观者一瞥而区异毕见，而全像呼应，仍不少乖，神乎技矣。名曰集像，亦为具三人三瞬时于一像也。

父子被蛇绞死

※① 劳贡：拉奥孔。

※② 阿博隆：阿波罗。

※③ 眉沟：墨耳库里。

※④ 俾尔塞：柏修斯。

考其所雕，事出希腊神代史中。希事在景前[①]1100年以内者，有史可征；过此以前，惟凭古诗。古诗所叙，实事中参以幻想，既令读者多迷，而选词尚奇，用意务隐，尤非别具会心，不能得其真谛。后世诗人，续为神话，寓中有寓，玄之又玄矣。雕画家更从而取以为题，以挥发己技，递传迄今，虚实更莫辨别。然事迹奇古，含蓄深奥，每为艺术家所爱不忍舍，而著名之文艺美术品，送八九渊源乎神话。

希腊神话事迹奇古

相传劳贡者，脱罗耶人。脱罗耶者，小亚细亚地，彼时一小国也。王子名巴黎斯者，美而钟于爱，神话中所谓以金苹果判三女神争美案者，即此巴黎斯。巴黎斯旅游希腊，见斯巴达国王后宫爱丽那[②]而悦其色，挟载以归。斯巴达者，尚武之国，希腊史中所著称，恶爱丽那之见夺也，于是约诸侯会战于脱罗耶之城。十年而城不下，围亦不解，为神话中最有名之脱罗耶战争。是役也，希将多丧，而城仍未破。乃选勇士，征战策，以图一决。再不胜，舍之去矣。时有阿迭色斯[③]者，巧制木马，藏机自动，挺然应募，且布流言，谓此物为女战神密讷尔佛[④]所授，苟供神前，神立福之。私隐军士于马腹，往还营阵间。脱罗耶兵睹此巨大之物，徘徊城下，又闻流言而信，羡欲得之。独劳贡洞窥诡谲，固执不可；而脱人迷信，终不可释。脱兵困守，十年于兹，军气衰颓，民不聊生，乃大合市民为海神祭。适祭官死，继者无人，循例拈阄，阄

有名的特洛伊战争

※① 景前：公元前。

※② 爱丽那：海伦。

※③ 阿迭色斯：奥德赛。

※④ 密讷尔佛：弥涅耳瓦。

得劳贡。劳贡本曙神阿博隆庙及海神讷都诺[1]庙僧也，有被选权利。既被选，乃率长次二子，登祭坛，屠牺牲，行例礼。礼未毕，而海上陡见二蛇，金目白躯，神飞而来，攫二子环之。劳贡驰救，同陷其害。蛇围重叠，呼吸不通，肢体牵系，密勿得逃，劳贡大呼而死，二蛇片裂三尸，逸去无踪。脱人见此，益信木马有神，以为劳贡之死，神明惩戒也，用请于希人，入木马于城，献之密讷尔佛之堂，再拜而祷焉。是夜，脱市人欢乐无极，满意城围从此解矣，故军民盛宴，相庆贺而散。夜深人静，希人之匿于马腹者，持械突出，举火燔城，内外袭击，脱军大溃，一夕欢乐，弃尽十年苦守之功。

木马计

希腊人神话，论劳贡之所以死者凡三说。第一说，希腊文学家梭福克尔所著《劳贡》悲剧之言曰：阿博隆庙规，庙僧不应有子，而劳贡膺主祭重任，携子同行，忝无愧怍，故有此祸。第二说，腊丁诗人维其尔之言曰：金苹果之案，密讷尔佛与争美焉，争而未隽，神其憾矣。神既司战，则脱罗耶非神所佑，决无胜理。而希人十年围攻，勇将猛士接踵死亡，在人事观之，希将不胜，而忽有奇士巧机之助，将萃一夜之功，以偿十年之志，非神力而何？乃劳贡敢以私智泄神机，其招神谴固宜。第三说，腊丁诗人君多斯之言曰：劳贡有疑于神马，既被神谴而盲，盲而不悛，故神复使二蛇食其二子，二子牵父求救，而盲目之劳贡未及于祸。前二说为劳贡及二子均死，后一说为劳贡子死而身未死。在君氏考于希腊古诗，其用蛇字，常代以别名，绎其义，为食人子者，故君氏据古义以劳贡为不死。今像劳贡目不盲，而状如畏死，知不宗第三说。

※① 讷都诺：涅普顿。

拉奥孔雕像考

学者又研究其成雕之时代，曰：观乎石色，其非上古原像可知；观乎雕派，而知其原本必希腊洛特斯岛人所雕，而今所存像，必其仿本中最善最古者。据罗马硕学泼立纽斯[①]所著书，以为雕原像者，必洛特斯派之三美术家。三家者，一曰亚恺散德 Agesander，一曰亚典诺特尔 Athenodor，一曰博里特尔 Polydores. 后二人疑是前者之子。至1717年，景士某发地，得残瓮一片，传说此瓮曾以覆原像然则原像必甚小，上有希腊文曰：ATHANODOROS AGESA NDRON RHODIOS EPSIESE. 译即“亚典诺特尔、亚恺散得之子、洛特斯人所作”。果如泼氏所言，惟雕者姓名有征，而时代仍无考。但由其洛特斯派推之，约在景前250至200年间耳。主罗马时代说者，以今像为始原之像。曰罗马帝谛笃[②]建浴场时，设七殿，曾以此像为庭饰，其地即今日系链彼得寺之基，而1506年斐利司 Felix 发见此像，亦在是处。谛帝之置此像也见于史，而得此像也转无传，意者即由帝命而雕。然帝即位在景纪79年，殁于81年，此三年短月日，巨足成此杰作？更有为调停说者曰：谛帝御宇，罗马世运衰下，不能有此杰作，当是希腊人在罗马时代雕之。言人人殊，莫由确断矣。

种葡萄人掘地得像

1506年义大利人斐利司，就谛帝浴场废址为葡萄园。氏躬种植，偶发地得此像。是时景宗豪族，竞储美术，求此像者踵不绝，卒归景宗儒略二劳贡发见于儒略二在位时，米加勒安治适在罗马，故摩研最悉。迨阿特利安六时，几以为偶像教之偶像，而欲毁之，幸众持获免。

※① 泼立纽斯：普林尼。

※② 谛笃：第度。

当集像之发见也，断碎不成形。美术家合为像，而劳贡及幼子两右臂均阙。众推米加勒安治补之。氏叹为神技，仅案一图，表其意见，未敢貂续。至米氏门人孟德淑里，始施修缮。孟氏所修，与米氏所图不同。米氏以全像不见有抵抗之态，故臂曲颈后。孟氏以为全像既不见抵抗，则臂宜举，且置蛇胴于劳贡手中，示其力抗。后人或可之，或非之，辩驳争论，遂为美学美术品评学之发端。非之者谓一臂独抗，失于一致，故臂宜曲。是之者谓强者苦抗，而终不免于死，则观者心悯之情厚，反是必薄；今于劳贡全身筋骨，既示其强，而于一手却不赋以苦抗态度，是薄观者之怜悯情也，臂不宜曲。

美学上的讨论

或又曰：诗中劳贡大呼而亡，今像无呼唤状，果孰是？曰：皆是也。夫诗与文，所以纵写时间，而为叙述之美术；雕与画，所以横描瞬秒，而为造形之美术。诗与文直而长，雕与画广而促，二者目的虽同，而方向各异，不必相符合也。倘于雕像之中，张大其口，令如唤叫，则终成一滑稽状耳，何美之有？或以为劳贡不呼，乃见其勇。评者又谓适宜之呼，无损于勇；惟引人嫌恶之状，徒薄观者悯情，为美术所宜避耳。又劳贡赴祭，必被长袍，今像且裸体，不合于事实，是又何说？曰：劳贡之强，诗中以语述之，不必有形。今雕像必借形以显，则舍筋骨莫著。果衣服翩跹，则不独不能示强，且转示弱，乌乎可！予昔年初出国境，见裸体雕画，心窃怪之，既观劳贡之像，读辩论劳贡之书，于是知学者著作，非可妄非也。顾移此像于中国，则不博赞美矣。

室之前隅右壁，有劳贡臂断片，为孟德淑里修像时初稿。其

修像初稿

臂半伸，蛇绕于肘。迨定稿时，乃改臂为直伸，而手握蛇胴也。左臂亦有劳臂断片，石色古旧，为博拉克氏发见于约翰门外某石匠之工场者，尺度较小，且约翰门与系链彼得寺，相距颇遥，决非集像上物，而为别一本之残臂。此臂弯曲，指且接于耳上发际，是原本为曲臂之说所由起也。今两臂附陈，资游者之参证。

阿博隆室

阿博隆 Apollon 立像，初世纪罗马仿古石雕也，壮年美貌，沉勇威武，允协神容。右足直立，支重全身，左足微屈，踵不着地，为疾走甫停之姿势。左臂挽衣，手拳握弓今像弓已折，右臂舒垂，手腕微折向上，想见矢甫离弦，目尚在的，正射者精神贯注、得意失意之交也。此雕阿博隆射杀仇蛇丕东事。惟石雕之像，每每躯足巨细［疑应“躯巨足细”］，有下不支上之苦，非有辅支不可，用是立柱右旁，支持上重，略施锥凿，作树干形，以示题外之雕，而仍隐刻为蛇，盘绕干上，暗点雕题，密乎工哉！

阿波罗射蛇像

阿博隆者，雷神育斯[①]与腊董[②]所生子，与女猎神蒂安[③]为同母姊弟。古诗人以阿代日，以蒂代月，示其姊弟阴阳性殊，此阿为日神之说所自来。阿又名斐薄斯 Phebos[④]，译义为日，剖字为光及生。诗人据之，因又以阿为日神车御，每晨导太阳来，锡人类

※① 育斯：宙斯。

※② 腊董：勒托。

※③ 蒂安：狄安娜。

※④ 斐薄斯：福玻斯。

以光，光至而万物生，此阿为光与生之神，乃日神之御，而非日神之说所自来。或又以为日神者一人，阿博隆者一人，斐薄斯者又一人；又或以为斐薄斯·阿博隆，与阿博隆亦各一人。要之此三字者，或一人，或二人，或四三人，诸说不一。今之学者多定为二人，不以阿博隆为日神。阿既非日神而为日神御，则我人类应先日而见之。先日而见者，其曙光乎？故译阿博隆为曙神。

阿博隆生于代洛斯岛，岛本浮动，神生而命之定，乃定。诗人有以为海神讷都诺与曙神之母腊董有情，命岛定以安腊董，岛本海神所创，故定亦海神所命云。

阿波罗的故事

阿博隆事迹不可胜计，而以杀丕东为母复仇事为最有名。腊董本司命神刹都尔女，与育斯为同父而相私。育斯妻育侬[①]妒之，遣蛇名丕东者，追踪腊董，勿许之安；又与地约，勿畀之居。腊遍历世界，或隐岩穴，或栖树枝，均不一日而丕东骤至为害，迨妊将达？仍未得定宿。海神悯之，持戟形如中字，原字译义为三齿指海，创成代洛斯岛，俾腊得居岛而产。岛浮不定，原出神意，使勿与地连，俾地不之害。育斯遥化腊董为蛙，游水中避蛇害；比达岛，又改蛙为鹑，居岛中。鹑形小，育侬勿之见也。腊董于是乎得安产蒂安及阿博隆。阿生而知母之困于丕东，誓必报。居久之，知育侬与育斯亦胞姊弟，且同乳也，是侬与斯，亦非可以正式成婚，安得以己之不正者，转而责正于人？乃疾趋追蛇，引弓射之，蛇中矢而毙于代尔辐斯之岛。阿剥其皮，被于三足座上，置女尼坐于座，掌宣神言，此神话中极著名事也。女尼即本蛇名而称丕东尼斯。或曰阿博隆原有别名曰丕的乌斯：或又曰代尔辐斯岛本名丕笃，因取

※① 育侬：朱诺。

名尼。孰是孰非，莫之能断。立像即写曙神死丕东时举动。

立像发见于铁穴地方，地属君牧师洛佛勒所有，时1495年也。未几，洛氏当选景宗，是为儒略二，乃移入章华宫，迄今未易地，遂有章华阿博隆之名。

阿波罗像之发现

嘉诺华曰：希腊美术之小品，每有阿博隆铜像，高不盈尺，而面目举动，吻合石像，以是知石像所仿为希腊本。惟小铜像右旁无短柱，左踵下亦无支，左臂之衣垂于后而不挽，为不同石像之处，然不得谓石像非仿铜像也。当其仿铜像而雕于石，有易施于铜而难施于石者，石质脆，故上下轻重不称则断，铜像无此患；又悬而无倚亦断，铜像又无此患。小铜像之无右旁短柱、左踵下支者，铜质无须用支也。小铜像之左臂无衣者，左臂虽悬虚无倚而不断也。若于石像去其右旁之柱，则像右倒而断，去其左踵之支，则像左倒而断，去其左臂之衣，则臂断。是非石像之不仿铜像，正因仿像而施之支也。又铜像中虚，实其基则稳，而石像无此利。铜石之分别如此，雕铸之难易又如此。

对雕像的批评

评雕者曰：立像容貌，备有神色矣，而衣臂之间有二病焉。像上阿博隆左手引弓，其时用力在臂，衣压于臂，决非便射，令观者代其不爽。此雕者但顾支臂，而未能体察至微之病一也，又由臂下垂之衣，皱纹定静，亦非实情。夫阿博隆方疾走而来，骤止发矢，其时身躯手足之运动甫烈，衣纹岂有定理？此雕者未能体察至微之病又一也。二病虽微，然足憾也。

或曰：当发见时右臂全失，左腕亦缺，而衣角肢膝，以及支重短干，均有损伤。今像完备，乃后人所补续者，观于支干上端，新旧交接有线，而新旧又不相贯串，可知其非初雕面目矣。旧干有月桂树叶二三枚，新补处无之。枯干自不宜有叶，则旧干之叶何从来？推想原雕，阿博隆右手必执月桂枝，而枝上之叶，连触于干，故旧干有叶阿博隆游希腊，见女神达大[①]奈美而趋近之，达急变为月桂树，阿乃折其枝而返，从此雕画上阿博隆像必手执月桂枝。后又以阿为文艺优胜之神，故希俗以月桂树为文艺标象，以月桂冠为胜利表章。罗马蒲尔盖斯宫有柏尔宁十六岁所雕阿、达合像，即雕阿趋达、达变树之状，为新雕中甚有名之作。今新补之干端无月桂叶，新补之右手无月桂枝，固于射状为得神，奈未存其旧何？且原像左手本缺，续雕者又何所据而谓其握弓也？臂受衣压，原不适于射，初雕或非射姿乎？然而谓阿博隆不射，则全雕究为何态？于是辩题一转，又生无穷争论。西人观察至细，论议至微，有如此者。

月桂冠

考古学者谓石像原本之小铜像，乃景前五世纪末四世纪初盛流行于希腊之美术品，其时希腊美术正极盛期也。

眉沟室

墨耳库里的雕像

眉沟 Mercure 石像，古雕也，1543 年发见于天使堡附近之某园，由景宗保罗三藏入章华宫。向以为安坻驽像安坻驽者，罗马帝阿特利安之幸臣也，溺于尼罗河而卒，帝惋痛綦切，命各地雕像建庙而神祀之，自美术家波山氏唱论为眉沟后，遂以眉沟名，不以安坻驽称。而眉沟之像甚夥，故亦名章华眉沟，以别乎他像。像上眉沟一人独立，右旁有短干支

① “大”初刻本作“夫”。

柱，此外别无附庸之物。上体略偏于左，而重力注在右足，首稍右侧而俯。青年容貌，眉目清秀，是以曩昔误当安坻砮像。右臂自肩以下缺，左臂断于腕，长巾由左肩下垂，绕于左肘，与腕同断。筋骨健固，体格雄壮，盖雕健足神眉沟休息状也。

波山氏之论曰：普景前400余年，希腊阿尔古斯国，有雕家名博利克雷朵Polycleitos者，雕荷枪者像今在景宫，示人体权衡之度，泼里纽斯所谓像范者，后世雕像之标准也。今章华宫之安坻砮像，其尺度权衡，胥合像范。夫以为安坻砮像，则必罗马雕矣，而罗马美术岂能如是？论此像尺度比例，知其为博氏一派之雕，决非安坻砮像。考旧籍载博氏有石雕眉沟一像输入罗马，所叙像状类近此像，此像岂即有名之博雕眉沟欤？嗣后学者以波说为然，遂从此称眉沟之像；惟眉沟性动，像貌微嫌沉静耳。

宙斯之子

眉沟者，雷神与玛耶之子玛耶父曰阿脱拉斯，为荷负穹天之神，雕画以老翁背负天球者表之。星图因神名而称阿脱拉斯，而地图遂亦称阿脱拉斯，希名称罕默Hermes，犹言使者，或译人。其眉沟之名，源于腊丁字merces，意为贸易。纵眉沟司职不止贸易一端，而字之根本如此，译曰贸易神，亦未为不可。

婀令丕亚者，希腊一山。希人因其高也，以为登天之阶，继以为诸神聚会之所，而所谓十二天神者咸在焉。眉沟不在十二数内，而有全权大使之职，故亦附于是。眉职多，不遑举，大者若

神之使者

神宴必侍，神会必列。中证约契，答辩论议，眉必参列其间。又诱神之所爱者登天，导人之已死者入地。遇事忠实迅疾，一跃而降于人间，再跃而入于地谷。踵四翼，顶二翼，飞翔空际，速逾电闪。人之将死，必俟眉沟断其灵躯相系之索，先是气弗绝也。既死之魂，亦有时为眉沟提挈，

复出入[①]人间。要言之，神话中职掌之多，莫多于眉沟。眉沟手持短杖，杖端亦附二翼，中段两蛇交绕，为平和之表征。初，眉步山中，见两蛇相噬，乃投以木，欲止之。蛇果息斗，拥抱干上，长为神从，是短杖所由来，亦即平和所取义。嗣此贸易神像，必附此杖，今则视为贸易神之代表记号，且转为贸易之通用标章商业、新闻、集会、学校之属，每用若徽记，于美术上用尤繁。杖，腊丁名曰 caduceus，古者魔术家持以为兴隆之象，亦以辅佐技艺，犹幻戏人之必执扇也。更溯至太古，则使者之节也。故眉沟又称诸神之全权大使。

眉职最多，而尤忠于雷神。雷神多外爱，育侬妒之，百计图害。眉沟是以恒奉命伺育侬侧，防察阴谋，不敢少懈怠。雷神又每悦人间女子，不能遽近，则令眉沟致之。地谷主神泼娄东[②]貌陋无偶，劫育斯与璀雷斯[③]所生之女朴粹宾[④]，载以车而去。泼既劫朴，不能亲驭，眉沟于是又承驭车之任。金苹果之案，三女神拟美不决，诸神谋有以解之，眉沟又赍令使女神就判巴黎斯。眉迹多不胜计，其尤著者，乃戮埃古斯一事。埃古斯生而百目，睡时开五十，闭五十。育侬托其监视牝牛郁[⑤]。先是雷神宠某妮，妮名郁。而惧育侬妒，改郁为牛。育侬遇牛而异其奇美，以询雷神，雷神不敢缄默增罪，悉白之。依遂付牛郁于埃，永远管视，信任其明也。至是眉沟鸣笛，速埃迷睡而断其首。埃古斯百目，乃

怪物百眼
化孔雀尾

① “入”初刻本作“于”。

※② 地谷主神泼娄东：冥王普路托。

※③ 璀雷斯：女农神。

※④ 朴粹宾：普洛塞耳底娜。

※⑤ 郁：伊娥。

附孔雀尾上，为禽类中美观。埃又忠于侬，故孔雀恒为侬像上之附庸物，又或仅以孔雀代侬，一如以短杖代表贸易神。

眉沟创制琴，司舞乐游艺之事；惟性质狡诈，在诸神间常启争端，一日且犯及雷神，遂被贬降而入于人世。其时阿博隆亦被谴为牧，与眉沟邂逅道中。眉素有窃癖，至是尽窃阿所牧牛羊以去。阿追获之，与为谈判，眉沟理屈，请以手制琴为赎，阿博隆纳之。阿得琴，遂为九女之总，而司文艺美术，是以雕画像上往往弄琴也。顾眉沟窃案不一，若美神[1]腰索，曙神弓矢，玛斯之剑，讷多诺[2]之三齿戟，均一再入眉手者也。今世文人，都以为眉沟手癖，非本来神性，乃当时有某贵人恒作是嬉，故诗家偕以和入眉迹，示讽也。然话传历久，美术家又喜其别出寻常，而为雕画题中一新异事，遂不复辨真伪。虽然，默而商者为窃，告而窃者为商，贸易与窃，其间极微，古之人抑亦取义乎斯矣。

商人与窃贼

述眉沟韵话者，数亦不鲜，兹择举八九以见例：

贸易神的风流韵事

朴粹宾　雷神与获神璀雷斯所生女，幼遭地谷主神泼娄东之劫，为下界后。当朴之见劫也，眉沟驭焉，遂定情。论理地谷女子，无敢生育。朴未及年，夙居阴界，故眉、朴之间无出。

陔嘉忒　通说即女猎神。女猎神在天上曰月，在人间曰蒂安，在地谷曰陔嘉忒。陔为施坻斯河[3]之守。凡人间死而不葬之

※① 美神：维纳斯，即后文之阿沸洛第。

※② 讷多诺：前译讷都诺，即海神涅普顿。

※③ 施坻斯河：斯的克斯河。

魂，其入地谷不得休息，必止于此河上，百年而后免实古者劝人葬祖骸之奖勉说。陔为下界女神，眉、陔例无子。

亥绥 采克洛之女。采者，半人半蛇埃及种也，以划村落、定婚制，及创雅典之基著称，相传为雅典祖。亥绥即雅典王女。某日，雅典众女奉亥诣密讷尔佛庙，途遇眉沟，异亥奇美，迳请婚。亥姊亚哥罗闻而嫉之，妨夺其爱情。眉沟迷新爱，忘旧好，举杖击亚，亚遽石化，眉、亥乃遂其志。所出一子，名恺法洛。考亥绥者，希腊语"露"之谓也。诗人美露而咏若美女，亥绥遂成美女之名，而于是乎有此话。

杖击化石

亚哥罗 亥绥姊，先亥而通眉，生子曰恺黎斯，或谓非其子。

阪特罗 亦亥绥姊，或以为恺黎斯实眉、阪之出。阪见眉、亥相爱，亚哥罗阻而见谴，于是惧眉，卒以媚引之，乃生恺黎斯云。

博琳尼 文艺九女神之一，掌礼颂之歌，歌词庄重，与剧诗不同。博专司颂歌，不及剧诗，与他八女神同称九处女。九处女即所谓"摩娑"[①]也，属曙神统隶。博虽曰处女，而与眉有爱情，迹莫能讳，可征诸所生子。子名曰博里独，字原出母名。

碑耐洛[②] 乌里斯[③]妻，伊塔喀国后也。乌出业航海，二十年不归，碑耐洛留守惟谨。诞碑色者，欺其孤独，多劝再嫁，碑辄斥不顾。久之而行人不返，或告以乌已死，碑乃遣子寻之，己独居如故，以待子归来。求婚辈日益众，无已，乃诡辞以约曰：乌里斯尚有老父，

拒绝求婚的碑耐洛

※① 摩娑：缪斯。

※② 碑耐洛：比妮萝布。

※③ 乌里斯：奥德赛。

当奉其终。时俗人死必以布囊之，碑以老翁骨囊未成，义不可嫁，自是手制布囊，昼则缝之，夜则解之，三年而工不完文人称永无终期事曰“碑耐洛之囊”。子归，言不得父，且不可知生死。求婚之徒益迫，碑问计于密讷尔佛。密曰：乌里斯藏有强弓，如有能列斧柄十二为一行，以此强弩射贯此十二斧柄者，从之。料非乌里斯无此力也。碑如计行，适乌突然归，装乞人状，与其子协力，尽死求婚之徒，碑乃免。既而乌里斯有所疑，搜索碑耐洛行状，骤发其弃任家事，出与求婚人交游迹证，卒出之。或曰：碑频负冤。观于历来文学家，均以碑耐洛一字为贞妇之别称，可知碑固贞者。或曰：西人例不信贞字，神话尤诞，故碑不必以贞重，不然，何以成眉、碑韵话？相传眉沟即其情遇之一人。眉艳碑，自改身为牛，伺碑牧羊独出，要于道左，甘词以诱，碑感焉，乃生子曰“邦”[①]。邦即羊角羊耳羊足，为树林之神，创明音乐有名人物也。

拉腊　梯勃河一小支流之妮也。雷神悦一妮，名白都尔。觅不得，盖白都尔已投入梯勃河遁。雷神乃悉召腊丁诸河之妮，布令以防阻白都尔，勿使隐。诸妮咸奉命，独拉腊泄雷神谋于白都尔及育侬。神怒，责其不用命，拔去其舌，令眉沟引入地谷。眉、拉道中话情，遂生二子，本乎母名，称曰拉来。罗马人又祠拉腊为静默之神，为其无舌也。

静默之神没有舌头

阿沸洛第[②]　所谓美神者是。天地之子曰刹都尔，以大镰弑其父，血流入海，水血混凝而生美神。因希腊语称浪曰阿沸洛，

※① 邦：潘。

※② 阿沸洛第：阿芙罗狄蒂，罗马神话中称维纳斯神，即美神。

故又名曰阿沸洛第。眉、阿生一子，名罕玛沸洛第。眉沟希名罕默，而美神希名阿沸洛第，故合父母名而成一名也。玛罕[1]沸洛第生而貌美，浴于泉。泉妮恋之，愿与罕玛合为一体，共请于雷神。雷神允之，罕与妮遂合为一。故神话中罕玛具阴阳两性男神女神此古人释兼性人话，其石像多作仆卧状，纤腰若女子。

男神女神合为一体

欧朴雷糜 或曰糜尔米顿之女，事迹无征，但知糜尔米顿为极短小人而已。眉、欧所出数人，名无考。

某妮 妮名莫考，与眉沟生一子曰达夫，牧人也。幼受诸妮教育，又学歌唱舞踏于邦，更沐九女熏陶，悟得诗趣，删改牧歌，修正牧习，美貌聪颖，诸神咸宠爱之。达死，诸妮均哭。曙神与邦，且送至野。地神被以土，葬之。达生前亦猎，故死后诸猎犬环尸而殉，为神话中一佳话。

阿嘎嘎利 弥诺斯女也。弥为地谷判神，凡亡灵入地，先受其判，由此判决，分发地谷某处。义大利诗人檀戴曰：地谷九重，弥诺斯守于户，长尾为蛇形。其审判也不语，惟视尾绕几周，即入第几重。

冥国的守门者

眉沟神话之多如此，故雕画眉沟事迹像貌者亦不鲜，顾大概以翼杖为神徽，杖或不附，则踵后必翼，胄上又有翼。凡所以表明眉沟者，恒有所附，惟此章华眉像独无之。曩时因是误以为安坻弩像，而不加研究。自波山氏以为眉像之说兴，而此像遂为美术上一大研究之中心。是波说者，谓伦敦博物院所藏眉像像名法尔乃斯眉像，定称自有用意。今姑称为伦敦像，以示与章华像有别。伦敦像予曾见其影本，其身躯态度，备极类似，几疑与章华像为

① 玛罕：疑"罕玛"之误。

同型，可见章像为眉像而非安像。非波说者，谓伦像左手持翼杖，踵各有二翼，而章像无之。章像今不见左手，固不可断其为不持杖，而踵后无翼，则实状也，恶可即以为眉像？且伦像目含微笑，符合乎眉性之磊落，章华像则目注于地，面有忧郁之色。若以为安坻弩，则死于非命，自有不乐之容。若以为眉沟，则活泼性质，神话中从无眉沟不乐之事，此郁郁不悦之貌为非宜矣。此据别像以击波说之有力者也。然而驳者又谓婀令丕眉像之容貌相传希腊古作像上，眉沟抱幼婴，婴名蒂沃尼朔，酒神也，雷神与某女所生私子。雷神一日误发雷，而火成灾，惧蒂焚死，令眉沟出之于火，赍送至某妮处抚育之，卒为酒神。此婀像即雕眉沟抱蒂沃尼朔之像，予曾见其仿本，且见其原雕影本，极类章像，不啻兄弟。况眉沟有引人入地谷之职，入地谷而有忧郁色，谁曰不宜，眉沟亦何必竟欢乐？议论之大致如此。在今日固皆以为眉沟像矣。而于波氏以为博氏所雕，则未必许。或以为作婀令丕眉像之泼腊栖推尔 Praxiteles 所作，而此为其仿本，因其貌相似也。惟根本于博氏之像范，而参仿博氏权衡之法则无疑。美术古品，每有技术极精，而作者姓名转莫考者。近古之品则不然，竟有技术虽不甚高，而作者固已盛名遍传，此所谓古今人之不同欤？

究竟是谁的雕像

俾尔塞室

俾尔塞 Persee 立像，义国雕刻家嘉诺华 Canova 所作。当十八世纪末叶，奈破崙[1]大掠罗马古雕，自景宫之劳贡、阿博隆以下，

※① 奈破崙：拿破仑。

希腊英雄柏修斯像

至于各豪族家藏之美术品，悉被攫夺，运往巴黎。1800年，景宗庇约七即位，患章华宫之无饰，命嘉诺华雕像为补。嘉仿旧有章华阿博隆之姿势，作俾尔塞像，身重偏于左足，首有胄，胄上有翼，面左侧，目注左手中所擎梅窦思 Meduse[①]头，右手执剑，锋外向，左臂挽衣，衣长循左胁下垂，依右踵斜曳及地。衣长及地，借为支柱之用，故于阿像之右旁短干，及左踵蒂支，均无所用其仿效。左手梅头之双翼蛇发，皆如例。仿阿像，所以体景宗念旧之思。改像姿，所以完旧雕未尽之美。嘉诺华可谓善得人意矣。古雕归而嘉作仍不移，岂无因哉！

化身金雨入塔定情

昔希腊列邦中有阿尔古斯国者，王名阿立克叟斯，女名达奈。达奈幼神颖，豫知世事，托述神言曰：今王之冠与首领，皆其孙所应得物也。王闻大怒，幽之黄铜塔中，誓不复见。雷神艳其美，化身为金雨，贯铜入塔，达奈悦焉，所生子即俾尔塞。守塔者以俾尔塞之生告王，王命以棺生纳其母子于中，投诸海。棺浮而流，漂至塞立夫岛，渔夫获而启视，则俾尔塞母子尚未死也，怪告岛王博立特克忒。岛王悦，纳达奈，并养俾尔塞于宫中，如己子。继复思公然与达奈婚，然惧俾尔塞为妨，谋所以遣之。彼时以为世界之极地，即尽于海。海与黑暗界处，有女魔名梅窦思，腰以上如人，腰以下如鱼，以白蛇为发，目力尤怪，光所注射，被射者迎面一见，莫不立化为石。梅窦思好预闻人间战事，或庇之，或灾之，不问是非，人神共患。诸神集议所以惩治之策，会俾尔塞不容于岛王，而勇逾诸神。神议令俾征梅，

※① 梅窦思：美杜莎。

岛王乐，以为死俾机也，立允之，更难之曰：勿以梅头归，毋相见也。

女怪使见者化为石

梅窦思者，福尔希海中神之一第六女也，与其两妹，共有三“皋尔拱”之称。皋尔拱出于希腊文Gorgos，可厌可怖之谓。皋尔拱在神话中，入不老不死类。顾梅窦思虽为三人中首领，乃入可死类。可死云者，谓近于人也。此三人者，生而白发，居沧海之边，实则诗人摹写白浪滔天之可怖，遂传为神貌耳。或谓三人但有一目一齿，公而用之，齿利胜野豕之牙。或谓口鼻无缺，且艳丽，但有毒，见者辄迷。雕画家多从后说，取其易于表示也。此三皋尔拱中，尤以梅窦思之头为最有名，故雕画像均仅一头，而全身像未尝见也。三人合像，尤未之闻。

海神讷都诺者，雷神育斯之弟，好色不亚其兄，知梅窦思之美也，变为鸟，攫之飞，止于女战神密讷尔佛之庙。梅窦思即与庙神较美，神恶之，悉改梅发为蛇，俾损色，又变梅目力，俾见者成石，不为所迷云。所谓海神化身为鸟，攫女飞去者，盖诗人摹写海鸟戏浪之状，遂传为神迹耳。神话中言，往往如是。

用镜子取女怪头

俾尔塞既受命征梅窦思，先诣女战神密讷尔佛问计，神授以盾及镜，皆神所有也。辞去，又向地谷神假胄，向商神假头及踵之翼，备万一失败时飞遁之用。武器备，乃鼓勇而前，以盾蔽身，勿触其视，以镜反其目光，以胄防其蛇发，又以女战神之阴庇而戮得梅窦思头，归道即以头护身，使敌者不得近，提而献之女战神，为其为神之仇也。神取头悬胸际，以是益无敌。凡女战神像胸前必有头，即始于是古希腊军器甲胄，均镌梅头，源出此，而其发中之有两翼，则不知始何时矣。俾尔塞既杀梅后，又杀阿立克叟斯，卒应达奈言。今俾尔塞之像，即雕携头凯归情状。

同室又有嘉雕二事，皆在俾像前。右曰克娄加Kreugas，左曰达穆舍诺Damoxenos，二人乃古斗拳士也。希腊人宝珊尼亚所著《希腊游记》中叙其事。斗例用拳，指不许伸，而克、达酣斗时，达忽阴出指，直刺克胁，克胁穿而脏腑伤，遂死。嘉雕克像左拳高举，左胁防虚，而坦白气象，见于颜色；达像则右手暗藏，隐伸四指，满面阴谋，伺克机状，形容毕肖。善恶显露，观者一见，骤觉克之可悯，达之可恨，诚有意味之作也。

此室所藏三雕，皆嘉诺华作，故亦名嘉诺华室。

景教流行中国碑跋

此积跬步主人残稿，弃置箧中。予以为考证新确，实出嘉定、仁和上，故命稻孙补缀成之，为予记增色。

景教

自景教碑出土，而何教名“景”，实增学者一番探讨。学者非不知大秦之奉基督教也，非不知此碑“十字”“七日”之说之即指基督教也；徒以碑文有“波斯睹耀”之句，碑下有似回非回、似梵非梵之字，遂不得不于回、佛、祆、摩、基督之外，别求所谓景教者。博学如嘉定钱氏、仁和杭氏、顺德李氏，且不敢定为基督，固由愈博学愈不敢率断，亦苦无载籍以为之证也。至吴县洪氏钧，以文学儒臣奉使西欧，始据西文书断为即今日西教见《元史·译文证补》卷廿九之《景教考》；惟洪氏以补史余笔，偶焉涉及，故言之未详。有番禺杨荣鋕者，基督新派信徒也，颇读中国书，撰《景教碑文考证》三卷，所考綦详。惟彼志在阐明教说，故广引新旧约，不免多所附会。《中西纪事》所论景教，纠纷不清，郐下无讥。予以为非将碑中三数实事名词及碑额雕刻教标诠证真确，必不能征信于学者，其他文人词藻，非所重也。碑文必当时华人代笔，非大秦僧景净自撰。碑中所谓“阿罗诃”，所谓“弥施诃”，所谓“娑殚”，所谓“廿四圣”“廿七经”以及所谓“室女诞圣”“波斯睹耀”“三一分身”“亭午升真”等句，碑额两旁之基路冰①，正中之十字纹，碑下似回非回、似梵非梵之文字及纪年，皆彼教确证。知此而景教之为基督教，何难永定？

“景”学之意义

景教者，基督旧教之聂斯托尔派 Nestorianisme 也。据碑，贞观九祀 635 至于长安，十二年为建寺；则教入华境，必在七世纪之初。入中国后，不能不定一名称，而西文原音，弗谐于口，乃取《新约》光照之义屡见，命名曰“景”。景又训大，与喀朵利克（Catholique）原义亦合，可谓善于定名。其后乃有天主之名，又后乃有耶稣之名。

当四世纪初年，以罗马帝之允许，得公然行景教。其季年380，有聂斯托尔 Nestorius 者东罗马教士，以著书得名，擢康斯坦丁堡之教长，创议言耶稣乃人体之为“推沃茀洛”Theophore 者，而非真神。“推沃”，神也；“茀洛”，持②也，盛也：此喻耶稣体为盛神之器。其意以为耶稣之母玛利，仅产耶稣之体，不产耶稣所盛之神，不当崇称神母。时神母之说方昌，聂氏独犯众论。431 年，

※① 基路冰：守护之天使。

② “持”初刻本作“特”字。

以弗所之宗教会议大斥之，谓神与人既合耶稣之一体，则玛利所产之耶稣体，便是神体；岂有产神体之母，而不宜称神者？聂说败，并禁其传道，聂乃出奔波斯，逾四年窜死。498年，聂派之徒独开会议于波斯，定名曰喀朵利哿司派 Catholicos。自是聂派由波斯逐渐而东，以至中国。西书所载如此，并断景教流行中国之肇始于聂派。聂派由陆路东来，颇弗敢声，未始不仗波斯教力，以达于华。华人但知其从波斯来，不知其非波斯教。读《长安志》《册府元龟》，知初名其寺曰“波斯”，继乃更名“大秦”。《长安志》：义宁街东之北波斯胡寺，贞观十二年，太宗为大秦国胡僧阿罗斯立。《册府元龟》：天宝四年诏曰，波斯经教，源出大秦，传习而来，久行中国，爰初建寺，因以为名。将以示人，必循其本，其两京波斯寺，宜改为大秦寺，天下诸州宜准此。而碑载贞观十二年诏曰云云，似京师义宁坊建寺已名大秦，非天宝四年所改。岂他波斯寺至天宝方改，而义宁坊之寺夙名大秦欤？抑天宝时，凡真波斯教寺悉强改大秦欤？俟考。

**初名波斯
继名大秦**

大秦之为国也，本非西名。聂派人姑以中国向有之名，名其所从来耳。《汉书·西域传》之大秦，指今日之罗马，确无疑义。新旧两唐书之大秦，一名拂菻，则因立国康堡者之号东罗马也，亦遂移大秦之名以称康堡[①]。今土耳其都城名康斯坦丁诺泼里斯。康斯坦丁者，建城之帝名。诺，连属词。泼里斯，犹言城，今亦省称泼凝。“泼”与“拂”，唇音轻重之别，故阿剌比[②]人称之为拂菻。传之远东，城名、国号往往不分，于是有拂菻即大秦之说。罗马为宗教之根本，康堡又聂派所从来，大秦为中国所通称，以名景寺，谁曰不宜？惟当时西方教士，不知其教之已东，利玛窦于十六世纪来华，尚未知景教何代流行于

※① 康堡：君士坦丁堡，今称伊斯坦布尔。

※② 阿剌比：阿拉伯。

中国也。

旧教自斥逐聂派，奉祀玛利以后，至十六世纪新教出，而玛利又受排击。中国聂斯托尔的派，又为耶稣乙脱[①]会名及各新派所挤。据西书载，元宪宗时，景宗遣使路卜洛克至和林，传译者为聂派人。马哥博罗[②]所著书，亦言中国多彼教人。是元初景教已盛。又同、光间，俄占伊犁时，有聂派三四百人沦异域，俄人招令归附，誓不从。两事均见洪《考》。可见聂派以北方为多，此景教入华鼻祖也。

基督教入华之鼻祖

阿罗诃　阿罗诃者，希伯来字，今西人肖音而配以字母，作Elohim凡溯及字源者，不能不追考希伯来字、叙里亚字、希腊字。顾此数种字，皆与今日欧洲字母之出于腊丁者，笔画迥殊，写录非便，刊印非便。若希伯来、叙里亚之为左行文字者，尤非便。在西书多不用原字，而用字母配音。今仿其例，用通行配音法，但示其音，下仿此，腊文译为Deus，法文译为Dieu，汉文译为“上帝”，间亦兼译为“主”。杨荣鋕曰：教王定译为天主，而耶稣教会入中国，有译为上帝者，麦氏译本也；有译为神或真神者，长老会译本也。原其语根，为说有二。一说原出ue，厥义为强者；一说原出Alah，厥义为可敬又可惧者。将欲配译汉文，惟神字庶几近之。彼中古昔用此字以代至尊，而不敢呼，称之耶和华神号，此碑语所由来也。汉译Jehovah字耶和华，新旧约屡见。昔摩西十诫第二曰：“我耶和华之名毋得妄称，妄称者罪无赦《出埃及记》二十章。希伯来人恪遵诫语，遇经中耶和华字，皆讳不敢声，而诵以代字之音。于是耶和华原字，但存笔画

耶和华

※① 耶稣乙脱：耶稣会。

※② 马哥博罗：马可·波罗。

而无声音，今西文配以Jehovah或Javeh者，皆摹拟之音也。一切耶和华皆用代，惟赎罪祭诵经时可出声，故尚得摹拟逸响。耶和华原义乃一虚空动词，训为是，或训为有，均无不可。《出埃及记》三章，汉译为自有而恒有，最得元妙之代字有二：一曰Adona，不恒用；一曰Elohim，即阿罗诃尾音逼肖粤人读“轩”字，故或亦写阿罗轩。顾既有代字，何以希伯来文《旧约》希文原书，今罗马Barberini宫尚藏一本仍有出耶和华字，且有耶和华、阿罗诃并出者？此在新教学者，谓摩西五经非其自撰，皆后人纂辑。纂辑者非一派，有用耶和华本字者，有用阿罗诃代字者，且有两字并用者，临文不讳，非发声可比也。在旧教学者，谓正是摩西一手作成，示人以阿罗诃之即耶和华，互用以示无殊，并用以当系索，其然，岂其然乎？

各种译语

此耶和华字，当希伯来文之译为腊丁文也，作Dominus；译为法文也，作Seigneur：取其意义之相当，不求声音之相肖。其译为希腊文者，作Kurios。今综观腊、法两文之景经，凡腊用Dominus、法用Seigneur者，皆希伯来文之耶和华；凡腊用Deus、法用Dieu者，皆希伯来文之阿罗诃。间出一二异例，不多。遇“耶和华即尔之阿罗诃”句，亦可无窒碍。今汉译阿罗诃为上帝或为主，自便读者。惟遇偶像之上帝，在腊、法各有专字，而汉文同一上帝，未免索解无从耳。阿罗诃字，原文用多数，不用单数。新教学者谓：其字甚古，古时多神，神字惯用多数。旧教学者谓：重之，故用多数；即如景经称Biblia即Biblos，书字之多数，犹言书中之书，重之之称。此犹言神中之神，故用多数。此等辨别，可置勿论。但观其字后系属之词，而为单数者，则其字必指上帝一人，应用单数而借用多数者也；若系属之词而皆多数者，则其字不专指上帝一人，指天使或善人也。

多数与单数

弥施诃　弥施诃者，希伯来字为Meshiha，叙里亚字为Mesiha，希腊译为Christos，腊丁译为Christus，《新约》约翰一章四十一、四章二十五皆言弥赛亚即基督，配译最相吻合，厥义为受圣膏者，谓受抹膏礼于耶和华者，基督一人而已。基督之神，必先亲受抹膏礼于耶和华而后成圣也。碑文景尊弥施阿，即今通称之耶稣基督。钱氏《廿二史考异》引《至元辨伪录》：“迭屑人奉弥失诃，言得生天”，即此。洪氏钧言，详《西游记》“迭失头目”注。今洪著《西游记注》不传，无从参证。

基督

撒但即魔鬼

娑殚　娑殚者，汉文新旧约均作撒但，本希伯来字Haschatan，原义为敌，为反对者。景经名魔鬼首领曰娑殚，《旧约·约百书》中为首见。《昊颂》未译汉《旧约》之一篇中指为破坏人道之恶魁。《新约》马太、马可、路加三福音及《默示录》屡见之。此恶魔曩为蛇形而反对上帝者，即《创世记》乐园中教人食智慧果之蛇。

廿四圣　圣者，豫言者流，亦曰先知。教书中可考者，有大豫言者四人，小豫言者十二人；而所谓廿四圣者，别无专目。杨荣鋕所列廿四圣名，皆《旧约》中人，此必本自景门所传，决非臆定，今据列如下。此廿四人者，大约指有所撰著而言。故杨荣鋕曰，如以诺、那亚、亚伯拉罕、以利亚等，不在廿四之列也。

摩西相传以《创世纪》《出埃及记》《利未记》《民数纪略》《申命记》五种为摩西五经，且谓出摩西手撰。

先知

约书亚约书亚本字与耶稣本字相差无几，相传除篇末数语言约书亚死殁外，皆其亲撰。

撒母耳上卷第二十四章以前，为撒母耳亲撰。

以士喇本字之义为助，以能助教阐发玄理得名。书本四卷，旧教学者取其第一卷而舍其馀，以为惟首卷乃亲撰。又《历代志略》亦以士喇撰。

尼希米为犹太之修改宗教家，富于藏书，以大辟遗著为尤多，见《马加倍书》第二章十三节。《马加倍书》今无译汉本。

约百《约百书》颇有克己功夫，与他人迥别。新教学者以为寓言者流，旧教学者以为历史家言。

大辟《诗篇》为大辟撰。

所罗门《传道》《雅歌》《箴言》皆所罗门撰。

以上八人为有著作者

以赛亚、耶利米、以西结、但以理

以上四人为大豫言者，即以人名为书名

何西、约耳、亚摩士、阿巴底、约拿、米迦、拿翁、哈巴谷、西番雅、哈基、撒加利亚、马拉基

以上十二人为小豫言者，即以人名为书名

廿七经

廿七经即《新约》廿七篇

马太福音、马可福音、路加福音、约翰福音、使徒行传、保罗达罗马人书、保罗达哥林多人前书、保罗达哥林多人后书、保罗达加拉太人书、保罗达以弗所人书、保罗达腓立比人书、保罗达哥罗西人书、保罗达帖撒罗尼迦人前书、保罗达帖撒罗尼迦人后书、保罗达提摩前书、保罗达提摩后书、保罗达提多书、保罗达腓利门书、保罗达希伯来人书、雅谷书、彼得前书、彼得后书彼得两书以及《犹大书》《默示录》均于451年始列入《新约》认为景经，其先颇多訾议也、约翰第一书、约翰第二书、约翰第三书、犹太书、传道约翰默示录。

波斯睹耀

波斯睹耀　《马太福音》二章之博士，西文作Mage，原出巴比伦字之Magoush，译而为波斯文则Mag，译而为希腊文则Magos，译而为腊丁文则Magus。在昔希

腊、腊丁，于凡天文学者、魔术师、占星炼金炼气等术士，皆呼为Mage。《新约》译作博士，颇善会通。西古书以为此云博士者皆隐词，其实为阿拉比三王，一名美基沃Melchior，一名拔达惹尔Barthazar，一曰嘎司拔特Caspard。三人尚有遗物，在今科隆，以7月23日为其节云。

基路冰即守护天使

碑额题字外围左右，各雕一动物，有蹄而非兽，有羽而非禽，乃彼教中一种之天使，名曰基路冰。予见古雕基路冰颇多，故一望而知。基路冰者，希伯来名，首见景经《创世记》之三章。旧教神学家别天使为三等，每等又各分三群，所谓天使九歌路也。天使主歌舞，故名群为歌路。基路冰为第一等第二群第一等第一群名西拉冰，厥义为光辉，见《以赛亚》六章，主颂扬上帝。西拉冰有面、有声、有六翼，翼第一对用以向前飞，第二对用以维持于空中，第三对支于足上，观于上帝用以代亚当守埃田园，则意为保护可知。厥后摩西之法柜、所罗门之庙门即所谓"圣中圣"者、传道之椅侧，均用基路冰；其他殿宇之上，用者不一。则此碑额命意，亦在保教。惟基路冰形状，极不可思议。其仅一孩面两翼而无手足身躯者，为画家点缀最简单之笔。

人面狮面牛面鹰面

至于一身而有四面四面者：一人面、一狮面、一牛面、一鹰面，合为一头六翼，合四身十六面廿四翼八兽蹄，加附八轮，而为一体，遍体遍轮，多目互闪，乃为最奇《默示录》四章，《以西结书》三、九、十章。雕绘家往往意为损益，以新格局，亦不甚拘，要之灵物初不必有定形也。此额兽蹄禽翮，犹为常格。耶教中至今尚好用基路冰为美饰。若波斯教，则禁止一切雕刻绘画之用动植物形，此基路冰自所严绝。更证以碑载贞观诏语，有"远将经像，来献上京"之句，像附经行，尤耶教确据。碑顶作锐形，不平不圆，亦彼教所重之鱼形派，鱼固耶门旧标也。原本于《旧约·约拿》第一章。

额字之上有十字形，此西方耶教派之十字形，四端微丰，而长短均一，乃从希腊十字而来，与波斯十字、印度十字、埃及十字不同，尤为明证。通常拓本，往往无额，读者罕见，故详之。

古叙利亚文字

碑下一段文字，据杨荣鋕称为左行之叙里亚文。通观荣鋕全书，知其非通外文者，必得自景门所告。然凡荣鋕所征引，必皆确实，则此亦必非谰言。细观碑字，初不类各国所存之叙里亚文。盖当时镌工不精，致失钩画，而仅得形似欤？荣鋕所录译文三段，为出自景门之博学者无疑，今附录于此《金石录补》云：碑下列彼国字，殆疑为波斯文。《来斋金石刻考略》云佛经番字。均误。

希利尼一千零九十二年前铁蒿列士丹城波喇长老美利弟子长安京师长老兼大监督我师父耶褒燮建此石碑详述救主神性及我各先师传与中国诸皇帝之事

亚当执事地方监督耶褒燮弟子长老地方监督马虽者士

娑兰依娑诃大长老　长老兼执事长主长安娑勒教执事如伯列

一大疑问

“希利尼一千零九十二年”，为一大疑问，杨荣鋕无所考证，而予于此得前未人道之确据。按碑建于唐建中二年，为耶稣纪元之781年，然则1092之数，何为而来？历考景书各种纪元，而知为绥路砮[①]纪元也。绥路砮者，希腊人，亚历山大帝之将。帝崩而国裂，诸将割据，绥路砮于景纪前311年亦有前312年之说，占叙利亚称王。叙利亚乃以此年为纪元，名曰绥路砮纪元，至今叙利亚基督教派礼式，尚沿用之。碑

※① 绥路砮：塞琉古。

为叙利亚文，则用绥路斝纪元，正合彼例。其称希利尼者，绥本希腊人，希腊又通称希利尼，固不必定用绥路斝字也。况建中二年为781年，加以耶稣前之311年，正合1092之数。碑字与纪年，皆不与回、佛、袄、摩、波斯诸教相涉，而独与基督一教相关，尤可证景教之即基督教矣。中国但知耶稣降生一纪元，未知其他，故于此希利尼之1092年，不加意耳。碑末年月，有"大耀森文日"语。考"森文"二字，音近希伯来文之Schabbat，厥义安息。七日一息，为摩西十诫之一，犹太教遵守弗更，以第七日为安息日，称为圣日。至景教则以圣灵降临，耶稣升真均在安息之翌日，故以翌日为圣日，称为主之日，不事劳作，一如曩之安息日，而安息之名，仍未之移。是以主日之前一日，俚俗所谓礼拜六者，实称安息日，此"森文"或即安息日欤？若杨荣鋕以"森文"为即俚俗所称之礼拜日，未知所据。

安息日

有关景教之古书，其所用纪元往往各异。举所常见者，约有先于耶稣之纪元十二种，后于耶稣之纪元六种，序列如下。然未列者尚多，非谓一切纪元，尽在于斯也。

各种纪元

一、康堡之创世纪元　创世纪元者，以耶和华创造天地为纪元者也。夫耶和华创造天地，即教中人亦不能确指其期，故各地所说不同。其行于康斯坦丁堡之说，以为纪元在景前5509年，此元行用最广。若俄国则大彼得以前，初无他种纪元，所用纪年者，即此康纪也。今希腊教会尚用之，今年庚戌为康纪7419年。书成于庚戌，故迨壬子刊时，则7421年矣。

二、亚历散德里[①]之创世纪元　埃及亚历散德里地方所说，以景前5502年为创世纪元，今年为此元7412年。此亦以庚戌计，后仿此。

三、安氏沃克之创世纪元　叙利亚之首府安氏沃克所行之

※① 亚历散德里：亚历山大。

说，以景前5492年为创世纪元，今年为7402年。

四、犹太之创世纪元 犹太之说，以景前3761年为创世纪元，今年为4672年。凡此以前四创世纪元，太涉无稽，故用之者少。

奥林匹亚纪元

五、婀令丕亚纪元 在古希腊婀令丕山，有雷神育斯庙。距景前776年，婀令丕山有大会，各市民竞技。嗣后每四年一会，千二百馀年，沿存此制。通希腊各市之公共纪年，即志第几次婀令丕亚之第几年，是为婀令不亚纪元。今年为婀令丕亚纪元2686年。婀令丕年始于夏至后月满日。

六、罗马纪元 古罗马时代所通用之纪年，以罗慕路创基之年为始，腊丁文所谓post urbeM Conditam，犹言建国后。国者，罗马之谓，略字作P.U.C.。此元元年，即景前753年也，然亦时有异说。今罗马于每年4月21日行创基纪念。今年为罗纪2663年。迨罗纪二百馀年，举执政官为治，执政官任期有定，各刊年鉴以颁布。故又有执政官之纪念，一任为一元，景书中亦时用之。

七、绥路吝纪元，亦称希腊纪元 希将绥路吝占叙利亚之纪元也，今年为绥纪2222年。即景教碑后所谓希利尼1092年。

罗马的各种纪元

八、安氏沃克之恺撒纪元 景前48年，恺撒至叙利亚之安氏沃克，颇加惠于民。民志其年，是为恺撒纪元。恺撒即猷镏司也，猷镏司以改历而有猷镏司纪元，故特称安氏沃克之恺撒纪元以别之。今年为安恺纪1958年。

九、猷镏司纪元 罗马初用努玛所制之历，年仅十月。至景前45年，恺撒猷镏司改为十二月而立元，是为猷纪，今年1955年。

十、日斯巴尼亚[①]纪元　日斯巴尼亚所沿用，以景前38年为纪元，迨于十五世纪初叶始废。今年为日斯纪1948年。

十一、阿克休纪元　罗马第二次三头政治之末叶，沃克太维[②]战安敦纽[③]于希腊之阿克休海岬今阿嘎那尼亚。战方酣，安敦纽以姑娄巴多即以色迷罗马将而卒引蛇自尽之埃及后之急召，溃军而去。安敦纽尽失其地，时景前31年也。沃克太维后受奥古斯督尊称，追及阿克休战役之功，兴阿克休竞技会9月2日，而以阿克休战役之年为阿克休纪元。今年为阿克休纪元1939年。

十二、奥古斯督纪元　沃克太维既胜安敦纽安敦纽因失地自刎，姑娄巴多引蛇殉，握罗马大权，景前27年，人民上奥古斯督尊号，遂称帝。是为罗马帝政之始，因以纪元，是为奥古斯督纪元。今年为奥纪1935年。

耶稣纪元

十三、耶稣纪元　腊文[④]AnnoDomini，犹言主之年，略作A.D.。通说以耶稣诞生之年为纪元，此说始第四世纪时，由景学家小代尼斯主倡，自沙尔曼帝采用以来，渐渐实用。因代尼斯所倡，故亦称代尼斯纪元。代说以罗纪753年为耶稣诞生之年，以翌年754为耶稣纪元，兹称景纪。然耶稣生于希律王时，希律王殁于750年，则耶稣极迟必生于749年矣。今之所谓耶稣诞生年者，实耶稣出世第四年也。自1582年景宗格雷郭理十三[⑤]改历，希腊俄国尚沿用猷镏司历，当时新旧历差十日。至1700年增差一日，1800年、1900年又各增差一日，故旧历建正后于新历十

※① 日斯巴尼亚：西班牙。

※② 沃克太维：屋大维。

※③ 安敦纽：安东尼。

④ “文”初刻本作“名”。

※⑤ 格雷郭理十三：格列高利十三世，即《癸卯旅行记》中之格勒革理第十三。

三日。

十四、第沃克赉颇纪元，亦称殉教纪元 罗马帝第沃克赉颇即位，在景纪204年，时为第十次虐教，虐又最烈，教中人以之为殉教纪元，所以志悲也。今年为殉教纪1626年。

十五、罗马帝敕定周期 腊名Cyclus Indictionum者，始于康斯丹丁大帝时，即景纪320年，每十五年为一周，初以示特别贡税之年期而已。既渐广用于文牍，嗣更通用于一般，迨十六世纪始废。然至今景宗诏文，尚附此元。今年为第106周之第七年。

十六、亚尔美尼纪元 亚尔美尼以景纪552年为纪元，递算至今年为亚纪1359年。

穆罕默德出奔纪元

十七、出奔纪元 法文称re de L Hegire，此Hegire一字，本非法所固有，盖由阿拉比文之Hidjra转来，厥义逃也。此穆罕默德教之纪元，始于景纪622年，即穆罕默德由墨加[①]出奔之年。出奔之日，为景纪622年6月16日。而此元之创，在十七年后，追溯景纪622年之4月19日为奔纪元年之墨哈兰月[②]第一日。用阴历，不能由阳历之景纪年数，减622以求奔纪年数，必由景纪减622，更以33倍之，然后以32除之，乃得奔纪年数。今年为奔纪1328年。由景纪年数1910减622而得1288；以33倍之，则为42504；再以32除之，得商1328年而馀8。此1328，即奔纪年数，故今年为奔纪1328年也。

十八、耶司特奇纪元 亦称波斯纪元 耶司特奇者，波斯王家之名，字义为神所命。其耶司特奇第三即位之年，即景纪633

※① 墨加：麦加。

※② 墨哈兰月：回历一月。

年，为波纪元年。今年为波纪1278年。

景教流行中国表

景教流行中国，至庚子排外而愈盛。予既因积跬步主人之具疏入告也，用所集资料摘编为《景教流行中国表》，复取积跬步[①]十余年前所记耶稣会之旧稿附后，俾读者知所谓耶稣会者之真相。表嗣出。

耶稣会 旧教之行于中国者，以耶稣会为最盛。耶稣会者，Zesuite旧教之一派，创始于前明，其志奢，其谋秘，颇不容于西方，独蔓衍于东方，诚谈教者所宜知也。溯自路得之耶稣新教出，而天主旧教之积习，大暴于天下，天下始不甚尊信景宗。耶稣会者，乃崛起于旧教之中，别树一帜，专以推尊景宗，俾权无限止为主谋。会创于嘉靖十九年1540，创会者名洛欲拉Royola[②]，先以武学仕西班牙，既受伤辞职，纠十人共立斯会。时欧洲各国方仇视旧教。洛欲拉知会虽立，必无有信其说者，计惟中国则旧教渐行，新教未闻，乃泛海徂东，旅于中国澳门。故事，天主教人受教职，设三誓：一、毕生不求富；二、毕生不娶妻；三、毕生惟教长所使，弗敢违。是会又加一誓曰：毕生为景宗效死力，无论水火兵革，景宗命往莫不往，景宗命为莫不为，弗敢疑。景宗恒命教士出杀人，前史所载，每有干犯伦纪者。恐人以逆伦疑，故有逼使弗疑之誓。

时各国为新教动，景宗正求助乏人，保罗三1534—1549闻洛欲

※① 积跬步：即积跬步主人，为作者丈夫钱恂（念劬）的别号。

※② 洛欲拉：罗耀拉·依纳爵。

教皇给予十种便利

拉之说，大喜，竭力护之。猷镏三1550–1555继位，尤优视之，更予以便利十端：一、在教院默修之人，又可出而为神甫。世通称传教之小教长为神甫；向例，在院默修者不兼充神甫。二、犯罪可不受地方律院按律治罪。三、所有资产进益，可以[1]遵地方旧律按律纳税。四、可不受辖于寻常教长，除景宗及本会会长外，他非所知。五、遇有禁绝礼拜之时，此会独可不禁。禁绝礼拜者，遇景宗有怒于某国之君，下令闭其国之教院，无许礼拜。西例于婚嫁生死，无不诣院礼拜，垂为典制。一经禁绝，则民间婚嫁生死，不得成礼，自必归咎于肇祸之人而疾之；于是教所疾即人人共疾，此教门之妙用也。而此会独可不禁者，则又使人人于不便之时，欣此会之独便，而知所尊奉也。六，犯教规者，但罚令焚香诵经，或禁饮食一二日，可不科罪。七、会中人有权可免民间一切罪恶，既为会人所免，即上帝亦不复科罪。八、环地球之上，可随处建教院，置产业，无敢或阻。此为国际上生交涉起见。九、会中人又可各以其学术，出而教人。此尤以教辅各国君主[2]，为第一要义。盖朝夕侍从，务使君王浸润其中，深信不疑，而后可以收君王之权，归之于教。十，会中除会长外，他人不得有丝毫主见，一切惟会长言是听。此特重会长之权，异于他会。

第一要义

会中以景宗为一统之君，分地球各国为数省，省立一长，省长中公举一人为会长。此会长权，几埒景宗。会长左右，有辅相者四人。省长左右，亦有辅相人。每省又分为数堂，堂立一长。堂长左右，亦有辅相人。堂长又分遣数人，出为教长，专以教授学术，招人入会为宗旨。每七日，教长、堂长，各胪陈逐日所行事于省长，不得以无事旷。省长每月书答，亦不得以无事旷。各省长又

① “可以”后初刻本有“不”字。

② 初刻本“主”为“王”字。

月报是月所行事于会长，各堂长、教长又每三月胪报此三月所行事于会长，迳达会长，不告省长，恐省长之惰厥职也。会长详叙各省长、堂长，教长之出身、才具、学术及历来所行事于册，备因事任使。

入会考察极其严密

凡有愿入会者，先由同会人监察二十日，视其心果诚否，诚则许入会，俾设寻常三誓。阅二年，察无他意，遣之出外充教授学术者五年。五年后，再攻习教书者五年。五年后，再入院默修者一年。一年后，然后令设第四誓，为景宗效死力，而成为会中人，告以会中秘情。所以迟之又久，而始许其为会中人者，恐所志未坚，或泄会中隐情也。此十余年中课程及动作云为，下至饮食细故，咸有一定不可移之准；所攻之教书，除召[①]人入会外，罕他意。务推广天主教于所未行之地，中国、印度、美利坚为尤多。立会所需，亦复不资，故所至之处置产贸易，事事兼营。会中防范綦严，即厮养卒亦必用久在会中之人。

控制君王

嘉靖三十四年1556，洛欲拉死于澳门。其时入会者千人，而设四誓、预秘谋者不过三十五人。分地球为十四省，建院一百所。德意志帝加罗第五及匪地难多第一、葡萄牙王族、拜晏[②]公均助以巨资。时欧洲大局，民间多信新教，君王多信旧教。会中意旨，尤在收君王之心，谓姑先伸君王之权以抑民，然后再伸教权以抑君。于是天下大权，尽归教中掌握。各国君王左右，无不有会中人时时监察之，使君王日以所犯罪恶自陈。各君王亦以忏悔罪恶非会中人不为功，亦非会中人不

---

① “召”初刻本为“招”字。

※② 拜晏：巴伐利亚。

能有免罪之权，故甘心事之。或雅不欲与新教为难，逼于会旨，弗敢违也。

万历四十四年1616，会势益盛：分地球为三十九省；入会者计千五百九十三人，建大学四百六十七所，立传教地六十三中国上海县徐家汇地方其一也；设传教士百六十三人，建教院八百有三区，内十五区专以居曾设第四誓之人；置产贸易遍天下，拥资握权，势力益强。法兰西王昂利第三、昂利第四，均会中人所弑，彼中人著书自述其事不讳。法人恶而逐其僧[①]，但不久潜回。三十年大战时，旧教各国亦稍厌兵，然所以鏖战不休者，会中人实主之。有瓦连士典者，名将也，不忍糜烂其民，有息战意，会中遣人刺杀之。凡所隐谋，有法兰西人拍斯克尔聚述成书传世，而其谋夺国柄之迹亦大露。乾隆之世，人多疾之。曰法兰西，曰葡萄牙，曰西班牙，虽皆坚信旧教之国，然于耶稣会亦屡下逐客令

一夜拘逐五千人

乾隆三十一年，西班牙一夜拘五千人，载以舟，送还罗马，盖恨之切齿，虽根株未尽，亦不能为所欲为。曰奥地利，曰布鲁斯[②]，曰英吉利，曰美利坚，则裁抑之而禁绝不严。曰俄罗斯，则自大彼得禁逐以后，不甚措意。至景宗克雷门十四，亦厌而禁之乾隆三十八年事，事可知矣。嘉庆时，法兰西帝拿破仑第一，摧败欧洲，更复教规。景宗比约七谓耶稣会亦旧规之一，亟宜赓复，拿破仑方有藉于教，稍稍许之。道光时，民间抑君权之说大行，会中人乘机借助君抑民之说，以媚时君，往往得时君欢心，而余焰复炽。罗马所刊时报，竞夸将复格雷郭理一时旧权宋熙宁六年至元丰三年时，景宗曾大辱德意志帝显理第

① “僧”初刻本作“会”。

※② 布鲁斯：普鲁士。

四，使死，莫敢收葬者。

玛利无罪的新说

咸丰四年1854，会中创一新说，谓耶稣母玛利无罪天主教谓：凡人受生即有罪，即须忏悔，不必果有实在罪恶也；惟耶稣为天生人，受生之前先无罪，故可为人忏悔。同教中或致疑，谓：耶稣无罪诚然矣，惟其母玛利，亦人也，何以能生无罪之耶稣乎？会中人乃创新说，谓玛利无罪以应之。然玛利何以无罪，究不能自圆其说，仍多不信者。同治九年1870，又创一新说，谓景宗道与天合，无纤毫错误。虽空言无实事，而教中又因此启争端。德意志合众时，俾士马[①]深恶之，抑制颇严，致失景宗欢心，俾亦遇刺数次，幸不死，然究未能大杀其势力也。光绪十六年1890间，入会者凡一万五百二十一人云。

钱恂的奏折

宣统元年九月二十四日积跬步任义使时奏为西教传入中国，旧派根柢尤深，亟应确实调查，默施抚驭，内以安民，外以睦邻，恭折仰祈圣鉴事。窃维西教流入中国，始于唐代，有碑可证。前明正德以后，教分新旧，斗争百年，酿成三十年大战，至顺治初年始定。当斗争剧烈时，旧派有会名耶稣乙脱者，自揣西方势力不振，改辙而东，而中国西教从此遂盛。明臣徐光启，即此会中人也。乾隆以后，新派接踵而来。就今日统计上言之，犹新少而旧多。中国俗称天主教者，即旧教；俗称耶稣教者，即新教也。

旧教与新教

传旧教者，重礼式，重皈依；传新教者，重演说，重周济。其用不同，其体则一。旧教奉教王为进退，故昔盛而今衰；新教恃国力以蔓延，

※① 俾士马：俾斯麦。

故今强而昔弱。东方旧教，自教王力微以后，颇为法国政府所主持。光绪三十三年，法国裁抑旧教，没其产，逐其人，事极严厉。教王不悦，彼此撤使，法国遂不问东方旧教事。而德以专崇新教夙排旧教之国，起而揽任东方旧教事，用意至为深鸷。中国失此机会，未将旧教事权主张担任，致柄仍外操，诚为可惜。今犹幸旧教之徒未尽倾心于新教之国，补牢未晚。

天主教在中国势大

查旧教之在东亚者，以香港为总汇之地，划中国版图为五部：第一部乃直隶全省、满蒙全境及河南卫辉一府；第二部乃山东、山西、甘肃、陕西及新疆；第三部乃浙江、江南、江西、湖南、湖北、河南；第四部乃云南、贵州、四川及二藏；第五部乃福建、广东、广西也。此五部中，又各分为十区、十二区、六区、四区不等，都凡四十二区。区各有长，掌区之行教。即如直隶省分为四区，区长一驻顺天，二驻永平，三驻河间，四驻正定；在顺天、永平、正定者为拉萨里派，在河间者，即耶稣乙脱派也。华民受其学校教育及蒙其慈善恩惠者，人数之多，阅之增骇。谨将光绪三十三年统计人数，开列清单，恭呈御览。此不过就臣在洋所调查者而言，恐未尽确，且不过就直隶一省而言，他省尚不在内，他区更不可胜计。约略言之，中国全境信旧教者，当不下百十一万人。臣又见教王文库，藏有福建人控诉案牍多件。夫以中国食毛践土之人，而远越数万里，控诉于教王，则中国主权安在？将欲收拾此辈人心，自非洞悉教业之盛衰与教政之施行不可；而欲悉教业教政，又非确查其教地所驻在与教派所区分不可。

教派在中国，曰拉萨里者六区，曰耶稣乙脱者二区，曰米兰

光绪最担心教案

者三区，曰巴黎者十区，曰兴脱者六区，曰[①]兰昔斯者九区，曰罗马者一区，曰司堆尔者一区，曰巴尔母者一区，曰奥古士丁者一区，曰多迷尼加者二区，虽同奉天主而宗旨既微有不同，事业亦随之而异。方今明诏预备立宪，则教民统计应所必详，有统计乃可以施抚驭之策。旧教无国力以为之助，收拾较易著手。果先将旧教抚驭得法，不使龃龉，更推而收拾新教，亦未始竟不可成之事。臣于光绪二十四年仰蒙德宗景皇帝特旨召见时，垂询教务甚详。追忆圣训“教案我最担心”一语，臣久欲于教务上谋所裨益：以上慰先帝在天之灵；奉使义邦，又旧教根本之地，虽为时仅及一岁，敢不竭诚谋和民、教方法？

拟请先查旧教情形

臣愚以为宜先于畿疆调查入手，先作一模范，然后推行于各省。选择明于教学，明于外交之官员，与各区教长联络往来，务尽悉其情状，以闻于朝，以布于世。俾外人知我中国既非排教人，亦非藐视教务，庶几民、教意见消融较易，而不至因教案酿成国际交涉，实中国莫大之幸。如蒙采择，请旨先饬直隶省详细调查，以为外省先导，臣不胜惶感盼切之至。所有拟请先查旧教情形缘由，恭折上陈，伏乞皇上圣鉴。谨奏。

本年十月廿五日奉朱批：外务部知道，单、片并发。钦此

谨将光绪三十三年分直隶四区旧教事业调查统计，缮具清单，恭呈御览：

① 此处初刻本有“佛”字。

第一、直隶北区

直隶北区

旧教信徒八万五千九百二十人，内光绪三十三年受洗礼入教者一万二千人。又未受洗礼而信教者二万五千人。司事教士：本地人五十人，外国人四十四人。传道教士：男六百二十六人，女四百七十六人。教堂六十七所。礼拜坛三百八十所。培养教士学堂大小各一所，学生共百七十五人。

公开之学堂：男校一百八十一所，生二千八百七十三人；女校一百四十六所，生二千五百九十八人；女师范校六所，生一百二十三人。教育初信教人之学堂：男校四百七十八所，生一万一千七百九十人；女校三百二十五所，生五千三百五十一人。有寄宿之学堂：欧人男校二所，生三十七人；欧人女校一所，生四十二人；本地人学欧文欧学者四所，生五百二十七人；本地人学中文者八所，生一百四十九人。

病院四所，收容病者一千九百二人。养老院二所，收容老者七十三人。药局四所。育婴堂十所，收容婴儿一千二百九十二人。

右第一区，大约以顺天、保定、宣化、天津四府为境，人口约一千万，计旧教徒共十一万一千人，是占百分之一矣。除培养教士学堂外，又开大小学堂一千一百五十一所，收学生至二万三千九百人，势力之盛如此。

第二、直隶东区

直隶东区

旧教信徒五千二百七十六人。又未受洗礼而信教者一千人。司事教士：本地人一人，外国人八人。传道教士：三十六人。教堂二十五所。礼拜坛二十二所。培养教士小学堂一所，生二十四人。

公开之学堂：男校十六所，生一百九十七人；女校十六所，生一百九十八人。有寄宿之学堂：女校一所，生十五人。育婴堂二所，收容婴儿二十四人。

右第二区，大约以关东为境，人口约五百万，计旧教徒六千余人，占千分之一有奇。

第三、直隶东南区

直隶东南区

旧教信徒五万九千六百四十六人。又未受洗礼而信教者九千七百七十五人。司事教士：本地人二十人，外国人四十八人。传道教士：男七百一十人，女四百五十人。教堂三所。礼拜坛三百三十二所。培养教士大小学堂各一所，生共七十三人。

公开之学堂六十所，生一千三百六十七人。教育既入教与初信教者之学校：男校二百七十一所，生四千五百一十九人；女校二百六十八所，生三千五百二十五人。有寄宿之学堂三所，生六百一十七人。

药局二十三所。育婴堂四所，收容婴儿一百二十八人。

右第三区，大约以河间、广平等府为境，人口约七百万，计旧教徒六万九千馀人，是占百分之一。

第四，直隶西南区

直隶西南区

旧教信徒约四万人。又未受洗礼而信教者约七千人。司事教士：本地人二十三人，外国人一十五人。传道教士：三百七十二人。教堂四十九所。礼拜坛三十六所。培养教士大小学堂各一所，生共七十八人。

公开之学堂：男校六十所，生八百六十一人；女校三十一所，生四百七十六人。教育初信教之学堂二百八十所，生约七千人。有寄宿之学堂：欧人校二所，生一百七十六人；本地人女校一所，生三十人。

养育堂二所。病院二所。育婴堂五所，收容婴儿六百二十七人。

右第四区，大约以正定等府为境，人口约八百万，计旧教徒四万七千人，占二百分之一。

新教在中国

再：旧教奉教王为进退，新教恃国力以蔓延，臣于正折内业经声叙。所谓国力者，有补助之财以供其挥霍，有武力之援以恣其要求。故办理新教，动关国际，一涉国际，辄形棘手。然新教教派持论，每平易近人，且多通晓普通科学，乐于亲近中国文人。果有明于教学者，不为侮教昧教之谈，以与晋接，亦可借通民、教隔阂之气。

新教八派

查有路德派者，德意志，瑞典等国人为多，新教本宗也；有喀尔维派者，和兰[1]等国人为多；有英吉利派者，英国国教也；有梅秃特派者，英教之别宗也；有长老派者，美国人为多，中国新教以此为最盛；有浸礼派者，以浸为洗之派；有萨拔脱派者，以通行礼拜日之上一天行礼拜者也。以上八派，皆新教之行于中国者。派不同者，事亦不同，然大旨无殊，亦体察教务者所不可不分别研究；即遇有国际交涉，亦当随之而异其操纵者也。所有新教教派流传中国大概情形，谨附片陈明，伏乞皇上圣鉴。谨奏。

本年十月二十五日奉朱批：览，钦此。

※① 和兰：荷兰。

摩西教流行中国记

归潜舟中，见日独[1]邮报，有论中国犹太人者。稻孙汇东文、德文，及向所闻于积跬步主人者，而作此记。夫景教之兴，一切礼俗，无不从摩西旧教脱卸而来。《新约》者，景经也，而处处与《旧约》相表里。故谈景教而不考犹太旧派者，非真知景教者也。我国景教流行，既据碑而溯始于唐，其实摩西旧教，先已流行于中国。河南挑筋教人，自言来于汉代，非无因也。积跬步主言：稻之所记，可溯景源。合以予在罗马所闻之格笃犹太区琐事而为一篇，一以溯景教与犹太一贯之渊源，一以示景教与犹太难融之意见，并以示亡国遗黎受辖于白人治权下之惨况、受辖于黄人治权下之自由云。

开封府的挑筋教徒

河南开封府有一种异教人，俗呼为“挑筋教”，其实乃摩西遗教，即耶稣以前之犹太教派也，相传汉时迁入中国据碑文所言。其始见于十一世纪西人《鞑靼旅行记》，其继见于《马哥博罗旅行记》。忆己酉、庚戌间时报载一游记，略叙开封教事，然未详。依1704年耶稣乙脱派教士郭若尼之调查曰：人口凡二三千，华人不呼为希伯来人，不呼为犹太人，而呼为挑筋教徒，盖以屠牛羊为业而呼之也。挑筋别有缘由，非专为其业屠也。且所谓挑筋者，挑去牛羊髀筋，而郭氏以为挑去首筋，不知何据。岂其所见之犹太人，不去髀筋而去首筋耶？彼等集团体自设教会堂即通称曰礼拜寺者，但不知彼教徒今用何名？在犹太本名则“希那鄂克”。每祭日，集会祈祷。会堂中央有高背椅一，呼为

※① 独：独逸（日本对德国的称呼）的简称。

"摩西椅"，上敷绣褥，云是牧师说教时安设教经之用。会堂西侧向耶路撒冷一方，有一推拔。向耶路撒冷一方者，向所罗门之庙也。正如回回寺必有一空牖向穆罕默德墓；景教寺必西向，俾半圆之正座在东，用黄玻璃引光线，视为耶稣来路。均同此意。平时牧师而外，无许入者。寺庭北有广场，即挑筋之所，教徒中达人掌此事殆如回教之"师父"。附近有祖先庙，春秋两度供祭，则全乎中国风矣。堂中无偶像等物。其俗尚行割礼，尚执犹太古来之祭典，尚用犹太古来之历日。郭氏所见，为康熙四十一年事。其后经道光季年之水患，经咸丰季年之兵乱，流离转徙，不但会堂颓毁，亦且家业抛弃，人口凋零，而希伯来语言亦遂失传。

摩西椅和割礼

同治五年，有英国某僧侣时充同文馆教习，犹太人也，特至开封访其同种，则无一人可与通乡语者，儿童已无所谓行割礼，会堂亦遗迹仅存。见一黑板，上书以色列文字不言所书何语，板悬他回回寺中，而犹太裔徒乃诣彼寺祈祷，盖引为同教耶？依英国僧侣报告，言"希那鄂克"旧基上有石碑，据碑知是堂创设于1164年宋孝宗隆兴二年，改筑于1468年明宪宗成化四年，文言：犹太教为始祖亚当及亚伯拉罕所肇始，至摩西而益弘圣书；斯教之输入中国，为汉朝时代，至南宋孝宗即位之二年，建此会堂于开封；凡以偶像为神而崇之拜之祈祷之者，为极愚极无效，惟崇奉圣书、遵守其训令者，得造极乎万物之根源，因此圣书与神之智慧相符，知人生之起源，劝行各种善事而避恶行者云云。又一碑，建于1511年明武宗正德六年，载教义上事，而指耶和华为道。夫以道字译耶和华，全忘彼等初念而变受华风云云。英僧所言如此今从德文考出，则两

同治时的调查

碑当均为汉文，惜不得读。洪氏钧言：元经世大典之斡脱，即犹太教，西人言开封有犹太人，华人不知，但以回回统之；地有犹太碑，碑文附后《元史·译文证补》卷二十九云云。今洪书无碑，盖刊时失之。汉时西域道通，而小亚细亚又与西域相通，摩教人转徙而来，事所必有。是摩教流行于中国，不但在景教之先，并在佛教之先矣。

德国人的调查

德人某君又云1910年，谓距今八年前：有自欧洲来华之犹太人，在上海招开封之犹太人数名，想与共习教式，翼延厥绪。开封犹太人除不食豕肉及牛肉拔筋以外，一切与华人无异即面貌亦不可辨。问以割礼，则不知。问以碑文，仅耳闻。出经令诵，彼读阿罗诃为天，读阿罗诃所造之天亦为天。问以两天何别？答言上天为造物之主，下天即目见之天，则新从欧洲之犹太人口受而来，数典忘祖矣。此德人为宗耶稣之人，于犹太教亦知之非详，不过喜调查中国情事，初未尝考其为犹太之法利赛派？为撒都该派？抑摩西的派？

希伯来字牌

杨荣鋕《挑筋教人考》，谓开封寺有万岁牌，牌左有希伯来字，译即《申命记》文，曰 “以色列族听之哉！尔之阿罗轩字为单数者，尾音似诃字；为多数者，尾音似轩。论理此处应为单数，然尊之过甚，犹言神中之神，故作多数耶和华，惟一而已。”原腊丁文待乌斯Deus、犊迷奴斯Dominus并用，今通行之《旧约》译汉本作：“尔之上帝耶和华惟一而已。”下文凡阿罗诃皆上帝。牌右亦有希伯来字，译即《申命记》文，曰：“盖尔之阿罗轩耶和华，乃诸神之主，万王之王。今通行译汉本作：‘诸上帝之上帝，诸主之主。’若据原文例译，则为‘阿罗轩之阿罗轩，耶和华之耶和华’，于文为不词。

故凡译本，均别用代词，读者可以会其意矣。巨能可畏之阿罗轩，不偏视人，不受私献今通行本作‘不取贿赂’。”壁上又有希伯来字，译即《出埃及记》文，曰：“我耶和华即尔之阿罗轩，导尔出埃及，及脱尔于贱役者；余而外，不可别有阿罗轩。毋雕偶像，天上地下水中百物，勿作像象之，毋跪拜，毋崇奉。以我耶和华即尔阿罗轩，断不容以伪阿罗轩匹我通行本作‘他上帝’，较妥。恶我者祸之，自父及子三四世。爱我守我诫者福之，至千百世一诫。尔阿罗轩耶和华之名勿妄称，妄称者罪无赦二诫。当以安息日为圣日，永志勿忘。六日间宜操作，越至七日，则耶和华尔阿罗轩之安息日也。是日尔与子女、仆婢、牧畜，及远人主于尔家者，皆勿操作。盖六日间耶和华造天地、海、万物，七日止。故

十诫

耶和华以安息日为圣日而锡嘏焉三诫。敬尔父母，则可于耶和华尔阿罗轩所赐之地而享遐龄四诫。毋杀人五诫。毋行淫六诫。毋攘窃七诫。毋妄证八诫。毋贪人第宅、妻室、仆婢、牛驴，与凡属于人者九及十诫。按摩西十诫，前三诫为主，后七诫为宾。不但摩西垂诫为然也，即耶稣继起，亦惟谆谆于我即上帝、毋拜偶像，及信我者永生数义，可见其道一贯。惟安息日勿操作，未尽严诫尔。此杨荣鋕传闻于景门之旧记载。今则情形迥异，碑且不存，何有于壁？

“挑筋”的故事

至所谓挑筋者，《创世纪》记雅谷之偕拉结归也，二妻二婢十一子，济雅泊渡《创世纪》三十一章，拉结窃其父之上帝像以逃，置偶像驼鞍下而坐其上，曰：天癸适至，不得起。此上帝字，在腊丁文仍用阿罗诃之Deus字，而法文则用伊犊尔Idole字，不用Dieu字，附志于此，言雅谷独留，遇一人解者以为天使与之角力，迄于黎明。相角之时，其人自知不胜，击雅谷髀，伤之，曰：天将明矣，请释我去。雅谷曰：不为我祝嘏，必

不容尔去。曰：尔何名？曰：雅谷。曰：今以后不只名雅谷，更名以色列此以色列字之由来，遂为犹太人之祖，盖尔得志于上帝前，与人争，无不胜。雅谷曰：请以尔名告我。曰：曷问我名？遂在彼锡嘏。雅谷名其地为便以利，曰：我与上帝晤对而觌其面，我命尚其可保。日出时，雅谷过便以利，髀伤，其行趑趄，因其人击雅谷髀，伤其巨筋，故以色列人凡髀之巨筋，至今不食云。

犹太人皆不食髀筋

据此，则凡犹太人皆不食髀筋，不独开封一派为然。不过今犹太人散处各国，往往食品从众。予曾旅义国之奈尔维地方，邻有犹太人，颇守宰牲必流血于地之礼亦见摩西经，自宰自食。而邻人恶之，禁不使宰，遂食市肉。可见亦非必坚守。耶门《保罗达哥林多人前书》十章，戒勿食偶像祭之余，有：不信主者宴尔，尔愿往，所陈者勿问而食，问则心疑，设有告尔者曰，此祭偶像之物，则勿食。又十章：凡售于市者，不问而食，问则心疑云云。在千八百余年前，已有不拘食品之意，何况今兹？何况远在中国开封？犹太徒尚以挑筋名教，则其于髀筋必挑之说，必尚恪守，亦可谓有宗教永信心者矣。年来西人游踪踵接开封，游必有记，记必以犹太久享自由于宗教不同之国为异事。盖习见彼中之虐待，以为非如此不足以别犹太人，不以中国为存心宽大，而以中国为处事疏忽。夫岂知中国固无所恶于异教之人，并无所鄙于亡国之氓也。

希那鄂克

犹太寺名希那鄂克 Synagogue，景经中均译为会堂，如马太廿三、马可一、路加四及十一、约翰六皆是，本于希腊字之 Synagoge，厥义会也。析其字则为猩 Syn 与阿克因 agein。猩者，以也；阿克因者，导也。导以为会，是为希那鄂克。大概犹太人遭巴比伦之虏，远离耶路撒冷，不克赴所罗门庙祈祷，别造所谓希那鄂克者，群往行礼，于是有此等寺院。然传说之历史则异是，谓读《伊赛亚书》八之十六以下，可见古式祭礼渐渐变化，至以士喇而成一种犹太教专有之寺院以士喇于耶路撒冷庙外地建希那鄂克，是为第一寺。

自以士喇改革犹太教，而希那鄂克之格式有定。以士喇以后，犹太人以明律为惟一之事。所谓学校者，教授法律而已，志在造就高材，不在教育普及。其间[1]普及一般人民之法律教育者，为希那鄂克之责。希那鄂克于每杀拔忒日宣读法律，见《使徒行传》十五。溯《诗篇》七十四作者之时或是波斯时代，犹太各处已有寺，至《行传》十五所示，则每市均有寺，寺各有历史统系。且不独巴勒斯丁为然，在答尔母第后期答尔母第者，犹太历史一时代之名，凡犹太人足迹所至，均有希那鄂克。希那鄂克之名，渐渐变为祈祷所之意义。而通考各希那鄂克之原，皆一种教授法律之聚会也。

犹太教之组织

希那鄂克之组织，凡有一人或三人为之长，其中一人位最高，此长在《路加》十三、《行传》十三，均称为宰会堂者 Archisynagogue，掌读律、祈祷、说教之事。至募化之事，则聚集者主之聚集原字，希伯来音如：加纳绥达加，其数二人以上。又有一执事者希伯来音如：哈章。《路加》四称为执事，掌圣书圣书藏于约柜 Ark 中及一切事务，又教小儿读。会堂之于教徒也，有斥绝及暂时斥绝两法，以巩固其教义。轻者则有由哈章即执事科罚之鞭笞见《马太》十。教权操于长老 Presbyteron 之手。长老者大半皆裁判官 Archontes 也。

① “间”初刻本为“图”字。

祈祷仪式

会堂聚日，除杀拔忒与各祭日之外，凡月曜[①]、水曜[②]及新月初见之日，皆有祈祷礼。杀拔忒晨所行祈祷礼，大概先诵读歇玛Schema，《申命记》六章四至九，又十一章十三至廿一，《民数》十五章三十七至四十一，次诵祝嘏《民数》六章廿四至廿六，又祈祷，及读律例、读先知书。祈祷时，信徒皆向耶路撒冷立。每祈祷句毕，高声唱“亚门”一声。读律者七人，由宰会堂者指命，各人至少读三句译成最通用语。先知书读毕，乃有说教祝嘏之言《行传》十三章十五，于是礼成。杀拔忒之下午及月曜、水曜之礼，无先知书。

希那鄂克好建于近水处，取洗身礼之便也《行传》十六。此等旧建筑，尚得见其残址于加利利。大概南北向，南面三门，有时两旁列柱，中为柟桴，左右侧各一侧边柟桴。分为两区：男子一区，女子一区。殿底向耶路撒冷一方为高坛，希伯来名推拔Theba。上有柜，藏法律注释，名曰圣橱又称约柜。摩西五经，名曰圣卷，用麻布裹纳于筒，亦藏于是。圣橱之前有幔，名曰“庙之帷”。庙者，耶路撒冷之略辞也。推拔坛之中央，圣橱之前，置一椅，是为“摩西椅”。

罗马之犹太区——格笃

犹太人受歧视

驱车于欧洲通都大邑之间，每见夫市廛一致，而食息其间者，面目不无稍殊，习尚不无稍异者，询之必犹太人区域也。彼失国遗黎，散处各国，其

※① 月曜：星期一。

※② 水曜：星期三。

见逼而见虐也，书不胜书俄俗尤甚，虽学问之士、操赢之夫主持欧美财政之红招牌即犹太人，未尝不为白种人所仰借，而终不能起其怜爱之心，融其彼我之见者，或曰此宗教不同之故。虽然，摩西之于多神，得谓为宗教上之改革；耶稣之于摩西，不得谓宗教上之改革。宗教既非改革，而意见乃如此其深者，噫！此非种族不同之故而何？

罗马犹太区名格笃Ghetto，十九世纪中叶，犹自成一境界。自1885年市区改正，而大部始坏，仅存梗概。格笃之名，或谓由希伯来chat转来，厥义为毁破，为掷弃希伯来文《以赛亚》十四、十五，《耶利米》四十八，《撒加利》十一，皆见此字，凡外视犹太者皆宗之。其实义出小堡borghetto之略称，盖犹太旅隶罗马，别为堡以范其所居耳。此种犹太人之来旅罗马也，非为懋迁，非为拓殖，乃大邦贝[①]罗马将攻破耶路撒冷，强入所罗门庙之“圣中圣”庙内圣中圣一室，向除祭司外无敢入者，入者大不敬，犹太人大哗，邦贝遂俘若干人以归，是为罗马有犹太人之始。古罗马习惯：凡俘来者皆为奴隶，即犹太王希律及其后阿格里伯之来罗马，居于帝宫，隆夷王礼，然亦亡国末君，其去俘虏几何哉以色列族旧王，止于希律。帝政时代，犹太人聚居于梯勃河前，未有所谓格笃也景门相传：彼得在罗马，与阿氏拉及泼里欺拉二人同赁居于阿文丁之丘麓。彼得为传道而来，与先有之犹太人不同居。恺撒猷镏司及奥古斯督两帝，均善视犹太人，至嘎里古拉帝而大施虐待。嘎欲立己像于所罗门旧庙之“圣中圣”地上，犹太人不允，嘎怒而特别虐待之。顾虽施虐待，而犹太人内部，尚未干涉。干涉始于犹太之内讧。自有所谓洗礼约翰者出，而犹太信者成群，

罗马犹太人之来历

※① 邦贝：庞培。

在不信者呼此群为不正族，愤争既久，转就质于景教人，请断于法廷，而罗马法律遂行于犹太种族。故罗马人之干涉犹太，犹太自召之也。

耶路撒冷的俘虏

谛度帝之毁耶路撒冷也，又俘犹太千人为奴隶，役之于罥路绥之建筑工即石建古戏园，不虐而虐。威斯巴仙[①]帝，许犹太人每名纳税金二特腊克马drachmae，得信教自由在昔必强犹太人崇信多神教，而纳嘎毕都之育斯庙课金；至是免纳课金，且许自由信其向来之一神教。此二特腊克马之税，即后来嘎毕都里年会税所由昉。多迷颠帝时，因犹太人之骚动不靖，逐之于爱祺拉谷，近采里丘七丘之一，犹太人遂自营生活，如占卜、占爱恋当时所尚、魔术、神医之类。自是厥后，犹太人伏处于无事之境者，几及千年。

景纪十二世时，有别派景宗阿那克雷朵二者（约1138年），出彼耶利翁族。族以富称，豪于罗马久矣，然其先乃犹太人之受洗礼者也。践位时，独宽容犹太人，固推其一本之谊，亦利用犹太人之学术。盖当时惟以色列人多识旧字，多读旧书，白人未之逮。景教非空谈所克济，故不得不用以色列以助文艺之学。此风延至景宗玛尔丁五时（1417至31），景宫内尚多彼族人。

令犹太人与兽竞走

景宗之最与犹太人为敌者，乃欧勤四（1431至39年）在位，禁景徒与犹太人贸易，及共食同居，禁犹太人新建希那鄂克[②]，及服一切公家事。保罗二（1468年）又迫令犹太人于喀尼乏尔[③]节日，竞走于群民嘲讪之

※① 威斯巴仙：韦斯巴芗。

※② 希那鄂克：犹太教堂。

※③ 喀尼乏尔节：狂欢节。

中，如竞马然，此虐习行二百年而后已。竞走者，驴驱于前，犹太人逐驴后，仅许围一缕布于腰下，四肢尽裸，犹太人后为水牛，牛后为野马即阿非利加产之劣斑马，凡不以人类视犹太人也。犹太人忍辱不敢违，至克雷门九时，始许以金赎免。

喀尼乏尔节之第一土曜日[①]，凡居罗马之犹太人，其头目照例往嘎毕都之公塞乏朵尔职名前，为犹太人代表跪献二十斯枯梯scudi，金钱名及一花圈，而请以花圈为在百姓场场名罗马元老座楼之饰。又往元老处跪献如前，循古例请许犹太人居罗马。元老举足加于犹太人额，而用例定之答词答曰："犹太人不许居罗马，惟兹以宽恕许其居住"云。今虽不用此例，而犹太人尚于节之第一土曜，往嘎毕都行敬礼于马鞍，盖纪念往事，而谢马之娱罗马民以代已也。

关入哭场

1553年9月9日新年之节大约是犹太新年，一切希伯来法典经传，悉数没收，而焚于公众之前。初，犹太人聚于梯勃河前，近绥西里寺傍。十二世纪以后，驱至近岸格笃之地，于是始，由多迷尼加派之狂景宗保罗四1555—1559关入格笃围墙中，且令男子不加黄色冠，女子不蒙黄色巾者，不能出格笃。

格笃初称犹太街，用墙围之，自四头桥至"哭场"。哭场云者，即志1556年7月25日犹太人被迫入囚屋，从此服从无限烦恼之悲惨而命之名也。

格笃中之犹太人，皆归其所有权于他人，而不得自有。此区住屋，本皆罗马人产，有为大家曾住之屋，人既迁而屋亦易主，犹太人但借地小作耳。然犹太人欲久居此街，必有犹太人永远赁

※① 土曜日：星期六。

地契，始可防两种危险：一为所有主倘破产或失所有权时，不至辞绝犹太人赁地；一为所有主不得增高地租价。于是定律文，凡犹太人居地之所有权，必仍归罗马人，而罗马人但受定租之外，不征借主之役力，永久贷与其地。是以偶遇破产，犹太人不至因而失其借地，且年付定租外，永无增租之虞，而犹太人又得扩大增高其屋，

东方权

一如所欲。此特权于法律称为东方权JusGazzaga，腊名加刹加权。加刹加者，东方一地名，故暂译“东方”二字。

犹太人适用此东方权而得嗣租其地，且得于犹太人间互行其买卖租地或袭租之权。犹太妇以此权为奁资而嫁人，人咸欢迎。在此利权之下，犹太人于一定范围以内，竟可称其屋为已屋。

薛思朵五颇优待犹太人，以为基督所自生之族也，特许犹太人以数种贸易，及与景徒相交际。又为之建屋与书库或希那鄂克。克雷门八（1591—1605）又尽除薛五优待成法。至伊诺森十三之世（1721—1724）而更严，除废铁、缕布之外，不许贸易。至倍鼐悌朵十四（1740—1758），稍增毯商之许可，此犹太人在今日尚盛行之业也。

强迫听讲道

格雷郭理十三（1572—1585）迫犹太人每周听一诰于景寺，初在倍鼐悌朵寺，继在天使寺。每刹拔忒日犹太礼拜日，遣警察至格笃，以鞭笞驱男女老幼于景寺，在景寺内有怠惰不敬者鞭策之。此诰剧非犹太人所愿听，必强之使听者，辱之也。诰中语比喻为多，大意谓景教慈悲，无不拯救，及于饥饿将死之犬，正如希伯来人之居罗马者，皆盲目昏迷无人状，然必召之使来，分与天国之恩惠云。此召犹太人听景诰之习惯，于利翁十二（1823）时又见之。至比约九时，有塞木内答公米加勒安治·恺丹尼者，于1848年请于景宗，而废强迫其

听诰之举。

格笃之门，比九以前，夜必严扃。比九更改格笃墙限，革除一切不利犹太人之律。比九对此久被抑辱之种族，其宽仁之情意，实始见于其动作。某日亲授厚财于一乞者，侍人忽曰：“此犹太人也。”比九叱曰：“犹太人何有哉，独非人乎？”然而后年竟为耶稣乙脱所惑，复新犹太人之烦恼。比九殡葬时，犹太人投石伤其卤簿。感于前而憾于后，比九亦有以自召之也。

侮辱犹太人

对于格笃门近四头桥处今桥已更名建一皈景犹太人之景寺，外墙绘十字架刑之图，犹太人由格笃出必见之，图下用希伯来及腊丁字，大书《以赛亚》六十五之二节，文曰：“选民违逆，任意为非，我终日举手劝迪。”格笃中低洼之街近梯勃河畔者，每年春雨及山雪融时，恒浸水而生无限之悲惨。彼盛于繁殖之民，聚居狭巷潮湿之地，宜多病疫；而虎列拉、痘疮等症，在罗马各区中以格笃为独少，则因犹太人每节日必洗涤其居所，洁净其食物之功耳。罗马无犹太人病院，犹太人而欲入通常病院，势不得不允，惟悬十字架刑标于其床上以窘之。

犹太区之最中心，为沃克太维廊。威斯巴仙、谛度两帝毁耶路撒冷后，行凯旋式，列发于此。夫因毁耶路撒冷而行凯旋式，岂犹太人所忍见，而罗马帝故行其式于格笃，其侮亡国之民如此。狭街处处见墙上画有七枝之烛台，此在今日，尚为彼教中标象。

犹太区中的商店

格笃中列肆而求售者，或宝石，或纽结，或各种杂物，又有阿尔琪尔之绣，康斯丹丁堡之绣，及日斯巴尼之条纹布等。然售品皆隐匿于内，而不列陈。见行人近店，辄问所欲，以诱人买。各店所有，大概相同。

金曜傍晚，各店闭门，而焙明日刹拔忒之饼。所有商品，尽藏内室，犹太人皆赴希那鄂克。比归，见人则交祝刹拔忒。

区中有学校场，凡五校共在一建筑内，曰Scuola del Tempio，曰Scuola Catilana，曰ScuolaCa stigliana，曰Scuola Siciliana，曰Scuola Nuova，所谓希伯来学校也。此五校者，示格笃分为五区，各区虽同为犹太人，而其族不同。盖犹太人在罗马者，至此已大都为罗马犹太人：又有日斯巴尼系者，有西昔里系者。至所谓Tempio区者，传说是谛笃帝之犹太裔云。场中有一大希那鄂克，此在1903年沃克太维廊近旁之新希那鄂克未筑以前，最称盛大，今不然矣。装饰以雕刻及镀金称胜，外面梁缘，雕圣七枝烛台、大辟之琴、米里暗之鼓，内面更细美，节日则满壁悬毯。梁缘所雕，皆所罗门庙及其所藏神器。北墙一圆窗，分十二格，嵌各色玻璃，为以色列十二族之记号。西端为圆歌路，置木机为歌唱者及调音者之用。对面东墙为“圣中圣”，哥林多希腊三柱派之一柱上置圆凸之板，载十诫册册二片，与摩西所受之石同式，蔽以帷，满绣诫文及蔷薇花纹。纹为亚拉比风，悉仿所罗门庙中式样，绣皆金色。正中上方，绣七支烛台。“圣中圣”内，置有玺之五经，为羊皮纸一大卷，即所谓圣卷。此经于其节日由人负之，周行庙内。既周，置于歌路之木机上，庙内人无不见之，犹太人胥举手而大声发呼。

犹太教堂

此格笃记，阅者宜细心味之。数百年后，吾人当共知之。

育　斯

多神之为学也，有神话、教式二事。神话传于言，教式见乎行。在罗马之多神，夙于教式上重罗马习惯，而于神话上则多取希腊传说。故言罗马多神者，实不能不并及希腊多神。读希、罗神话，首述天地开辟事，幻想成文。自育斯篡弑，神界革新，神数增多，神迹增繁，遂由神话而演成教式。各神有专式，各像有专容。育斯以前，混不别也；育斯以后，纷以杂也。爰于多神首记育斯。

育斯Jupiter，希腊最尊之神，源出印度神话，梵音读伽配以腊丁字母作Dza，厥义光耀，一如日本神话之天照大神。盖世界各族，当獉狉初辟，无不崇仰大明，因而神之也。传入希腊，文化进而神话亦加详，以育斯为天地之主，又为神人之父，万能而无乎不能。再传至罗马，其神话多缘饰希腊，牵引同化，育斯尤逐渐增崇，神格遂驾出诸神之上，而居于唯一之尊。后世排多神而专宗一神，即渊源于此。至育斯神性神迹，希、罗两话，所传不同，则因乎人与时之思想信仰而殊，此神话之所以开历史之先，而独成专学也。

神话开历史之先

梵音之Dza，转希腊字为Zeus，转腊丁古文为Iovis，寻讹为Diovis遂成通字。又因育斯有众父之尊，腊丁父字为Pater，约合两字成为Iupiter一字，即今英法文通称之Jupiter。义文Giove直从腊丁Diovis化来。德文Zeus犹存希腊语根，而如英、法文之Jupiter，德人亦未尝不用，在学者随所便而书之耳比读各种神话，乃见何种人类演出何种神话。而神话之成，咸本神名字义。其名字根源，或出印度，或出埃及，亦或出乎别种文字，其字根转辗变化，非语原专学不详，兹示其一例耳。

育斯以前之神话，或一神数名，或一名数神，系统纷歧，莫考先后，然总其大较，则神话至理已略具也。其言曰，世界之初，有一神名曰“器”，译义即浑沌太荒之谓。西书载器状，空虚无形，冥明无色，清浊阴阳，皆莫可辨，惟极富于繁殖之力，日夜孳生，增长不已。生女曰尼葛师，厥义夜也；子曰厄嫘伯，厥义暗也。尼、厄昏而生男曰伊太，物之精也；女曰艾媚，昼之明也。由是渐有天地：天男神，名娲阑；地女神，名桀耶。天地配偶，统治宇宙，是为初代。三代弑篡相传，传及育斯。先是尼葛师之出，尚有异父子女甚多，曰睡，曰梦，曰运，曰弱，曰老，曰死，曰争，曰仇，曰诈，曰恶，曰情，曰欲。要凡人生不幸，推之不能明其原，求之不可得其解者，靡不于天地未辟之先，已萌生也。又凡此凶恶不祥，亦靡不于黑暗夤夜之间，始构成也，故皆出自尼葛师。又别有三女为一群，名帕耳克，断人寿之丝。又三女曰日斯背里，掌金果之树。夫金果，至宝也，而三神因以争别详。因三神之争也，遂有脱罗耶十年大战至惨之事。故宝物为罪恶之原因，惨事乃罪恶之结果，是以日斯背里与帕耳克，亦皆为尼葛师之出。逮天地合配，而子女益众，盖尼葛师子女，在神话所关尚浅，至天地而子女涉及万神。尼葛师所生，其理义尚单纯，至天地所生，则无理义之不能通。惟无不通之理义，故子女之数，尤无画限。其著称者凡六群。通名氐单[1]者，六男为一群。通名氐单尼者，六女为一群。通名犀可罗伯者，三男为一群。通名黑嘎东恺者，三男为一群。通名禹美尼者，若干女为群数多不计。通名

浑沌开辟时的神话

罪恶不幸最早出生

※① 氐单：狄坦。

象罔[1]者，若干男为一群。此外不归类者，又若干神、若干怪，而以氏单与氏单尼为正裔。育斯，又氏单、氏单尼之后也。

天地配偶生剎都尔

初代天地配偶，生子曰剎都尔，为司时之神剎都尔Saturnus为腊丁名，其希腊名曰克洛诺Cronos，本无时字义。以希腊方言之称刈获之月曰克洛侬Cronion论，则克洛诺或有刈获之意，而为刈获之神。然则何以转而为司时神也？考希语，时字亦曰克洛诺chronos。时与获，字异而音同。殆因音同，而遂移神性欤？当入罗马神话时，本义已淆混不分矣，生女曰徕亚，与剎都尔为夫妇。剎都尔以镰刀弑父而自立为王剎为司时神。论一日，有日沉虞渊之时。论一岁，有闭塞成冬之时。镰又刈获所需，遂演成弑父奇谈。然若由我国人演叙，必不如此，唱人类平等之说。古诗人至颂剎都尔之世为黄金时代，迨罗马共和犹艳称之。当剎既弑父自王矣，彼父娲阑，即所谓天者，又告剎曰：若弑父而王，若子亦必将弑父而王。剎惧其言之验也，尽吞食其所生子。徕亚娠，不忍所生之见吞也，避匿于希腊南海克烈答之岛、狄克堆之穴，一产得男女两婴，男曰育斯，女曰育侬即育斯妻。剎搜索得育侬，吞之，更大索育斯。徕亚裹石于褓，伪言是育斯，剎亦取吞之，而真育斯固生存也。徕虑来日方艰，狼狈而托养于二妮妮解别见。妮一曰亚达忒，一曰伊达，均属克烈答岛。育斯于是得妮之保抱，食伊达山之蜜，饮亚玛锑山羊名之乳以生。

吞食子女

天与地之子，著称者凡六男六女，以剎都尔、徕亚为最少剎、徕同乳。剎既弑父自王，诸氏单昆季不服，争立。剎以母宠故，终据大位。初，剎之天警而尽吞所生子女也，伪与诸氏单辈约曰：凡我子概不使活，以便无后而统归诸昆。不意外豢之育斯

※① 象罔，巨人。

长大，默饮刹都尔以药药为育斯第一妻所制，久藏育处，尽吐所吞子女，悉复活，且并伪子之石块亦吐焉。诸氏单怒刹都尔之背约也，向刹都尔宣战。刹仗育斯之力，尽克诸敌，囚敌于地谷之鞑靼河深处。

育斯既囚诸氏单，自以为有殊勋，宜懋赏，久之寂然，遂畜弑父心。天实使之西人以此为上应天警，不以为忤逆。天使地告于育曰：尔欲图大事乎？非联合讷多诺及泼娄东二昆不可皆刹都尔子，吞而复吐者，尤非假鞑靼河中诸氏单力不可。育斯乃释诸氏囚。有三犀可罗伯，本同为刹都尔囚于河。氏、犀同时出河，犀多才智，感育斯惠，为制雷，又为泼娄东制胄，为讷多诺制三齿之戟，合力攻刹。刹败，育斯流放之而自立为王，三昆季分治世界：育占天界与人界，讷居水界，泼得地界即地谷。而天人主神之育斯，尤有大权。

分治天人水地三界

育斯，天之主神。天象最可怖者为雷，育斯故为雷神，居婀令丕山上天宫中。凡与育斯同居天上者为天神，其数二十。此二十中，惟十二尤尊，所谓婀令丕十二神：曰育斯，曰育依，曰讷多诺，曰泼娄东，曰威司泰，曰璀雷斯，曰阿博隆，曰蒂安，曰密讷尔佛亦称雅0典[①]，曰浮玉斯，曰玛斯，曰铁尔干均别见专篇。

奥林匹亚十二大神

育斯统权，氏单先背，因又囚之鞑靼河，以象罔为监守。象罔魁伟怪躯，或多臂，或多头，或多目，或腰以下为二蛇，蛇各有首。象罔恃躯力之伟，不甘伏育斯，群起谋叛，叠山为基，置婀令丕山于其巅，企图攀援而登天，投石与育斯斗，其石之落于海者为岛，止

※① 雅典;雅典娜。

于地者为山，暴武莫当，育斯不敌。而古有神言曰：凡不死之属，非有可死之属以相助援，不能胜象罔神话中人物出自神者，为不死类；出自人者，为可死类；人而神者，亦入不死；神而不神，亦归可死；其超乎可死之上而犹未逮于不死者，称为半神。故育婉辞以禁日月辰三神，勿泄其谋，召集十二神会议。因雅典而得交于埃沟。埃沟，半神类，即可死类也，其勇无敌，与育斯合力败象罔，神言乃验。育斯埋象罔之大有力者于地下，如西昔里埃脱那山下，即埋一象罔，名曰恩恺拉。此恩恺拉愤郁极，呼气为火，雺蔽天光，阴暗惨淡，侧身一转，遂山崩而地动，然无以自脱。

战胜巨人

于是育势大振，天下靡顺神话学者分剖一话中性质，各有命意。如象罔之愤，即古人借以解释火山喷火、地震之所自来；象罔之石，即古人借以解释山与岛之所以成；象罔之叠山为梯，即古人借以解释婀令丕山之所以高。是为说明天然之神话。

神话系统

育斯宠爱所钟，遍乎神人，为正式缔婚者凡七度，育侬其殿。以次考之，首墨嫡，次戴眯，次欧丽侬，次璀雷斯，次讷穆秦、次腊董，又次育侬。而话谈所传，雕刻所见，惟育侬最多：故递传愈繁，先后有不相呼应者。如育斯第六妻腊董之生蒂安、阿博隆也，育侬以丕东蛇名，别详诅[①]害之，则腊董之时，育侬既婚矣。又如育斯、育侬既同时而生，则侬、斯何必后墨嫡、戴眯辈而婚？盖西字以形判性，育斯者阳性，育侬即由育斯字转成阴性，故育斯妻诸说并传，遂淆浑莫明顺序。论神话本无所谓先后，自羼入人事，为神代古史，乃有不真确之统系，而有系统之说与无系统之说，仍杂然融合，不可辨析，此神话之所以为神话也。

① “诅”初刻本为“沮”字。

命运比宙斯强

希人之敬育斯也，以为日月轮回之神、时令交代之神、雪之神、风之神、雨之神、雷电之神，凡一切天候现象，胥以育斯为神。又以为国之神、家之神、法律之神、裁判之神、明誓之神、会议之神，凡一切人道秩序，亦胥以育斯为神。又以为土地饶沃之神、畜牧繁殖之神，凡一切农获果实，以至牧畜之产，又莫不以育斯为神。于是育斯越天人二界之限，为万能神，而独运数之否泰，虽育莫抗，运数而外，育能万全。是以普希腊人均崇敬育斯，其崇敬恒在山巅，尤以婀令丕、伊达二山为最希腊凡二伊达山，此指克烈答岛中伊达山言，盖婀、伊二山为最高，高则常见雷也。又山高则眼界广，育斯统视一切，故必在高山也。

由希腊入罗马

希人祠育必于山巅，此风传入罗马。罗马人礼育斯，故亦在丘上。育教入罗，当景前千年而遥。远在罗慕路肇基之先，丘上有崇育古迹可据。惟其时文字之用未弘，历史尚待口述，信仰情状，匪所易详。逮罗马文化开，而育斯之教益扩。征之于古纪，则当时各地方各种人，各有崇敬性质目的之不同，乃于神名之上附字以辨义，遂因义而设教。如曰电育斯，神于电也；曰光育斯，神于光也；曰雨育斯，神于雨也；曰播育斯，神于播植也；曰获育斯，神于刈获也；曰胜育斯，神于胜利者也；曰武育斯，神于武功者也；曰君育斯，神于君临者也；曰家育斯，神在私家、福家室也；曰均育斯，神在界限、平争讼也。而罗马大庙，其祠电育斯者凡一，祠胜育斯者凡三，祠君育斯者凡二，祠武育斯者凡一，即相传为罗慕路所建者。又有祠至大至尊育斯一庙，在嘎毕都尔丘，则史乘所称为世界至弘至壮，而儒略恺撒死于是庙者也，今尚有旧址可见。

祭宙斯

至各庙之祀育斯礼，通行于月之望日此望字意义，略异于中国向用之望字，别详《罗马古历考》。他若将战兵发，则特祀于武育斯，既胜兵旋，则又特祀于胜育斯。如是各以事之所系，祀其所神，惟月之望日，通祀不以名别。而望日之祀，尤崇于光育斯，故光育斯又曰育斯。望日之神，望日例祭之外，有育斯大祭，如新君即位，战军凯还，新臣受任，凡诸大事，咸行国祭礼于嘎毕都尔之至大至尊育斯之前。而每年四月此四月为今阳历四月。顾罗马建国之初，历大不同。此式指每年第二月，惟所用字为今之四月字，故姑用此字。其确当译名，别见《罗马古历考》。以下所称月日，均仿此二十三日，为陈酒之祭，育斯专事僧，即所谓育斯之夫拉孟[①]主其式，启上年酒瓮，酹地祭告。又八月十九日为酿酒之祭，是时葡萄成熟，始酿酒，祭神所以酬葡萄之熟，且祷造酒之佳也。又十月十一日为成酒之祭，是时新酒甫成，帝君祭神而尝之。凡此三酒祭，君民共与，为国之大祭。盖罗马农产，葡萄为大宗，葡萄之用，唯酒为大宗，即一年之民财裕绌，亦唯酒也。至育斯之祭，主祭者，必为育斯夫拉孟。是以育斯夫拉孟得入元老院，而列于贵族也。

神职

在古罗马宗教上之神职，大分为两种：其通乎各神者曰朋氏夫[②]朋氏夫中有最大朋氏夫一人，腊名Pontifex maximus，后世景宗即用此称，其专于一神者曰夫拉孟。夫拉孟高级者三人，列贵族，食国俸；而育斯夫拉孟为尤崇，坐象牙镂椅，著绯色袍绯为罗马最尊之色，所享与最高级官同等，唯必经大麦礼贵族结婚

※① 夫拉孟：祭司。

※② 朋氏夫：主教。

礼之最大者，举礼于育斯之前，供以大麦制之饼，故名。是礼也，新妇誓从夫教，且夫妇终身宜家，不得离婚而结婚者，始得任之。任时或出外逾宿，不得过二宵，出门不得乘马，衣冠有定制，出行必有前驱。前驱者且行且呼，告夫拉孟之来，令在路者举敬礼也。育斯大祭，育斯夫拉孟司之，先燃燎，盖屠牲燔祭，必取火于夫拉孟所燃燎也。

偶像

育斯之有偶像，始于神诗时代神诗：叙述神话之诗。成诗之时，称曰神诗时代。过前但有神标而已神标者，初为石片木端，寻为方圆石柱，继为尖柱，形如埃及卑腊密特[1]而小，又为有首有肩之半像柱，为偶像之初步。此习始于东方斐尼基人之拜陨石。克烈岛最染东风者，遂取非陨之石，亦以为自天降下而神祀之，是又为希腊神标之滥觞。祀神者饰衣带、施神徽于标上神各有所持，各有附属物。造像者附其物于像，以表所像之神，是曰神徽，灌香油，爇香料，屠燔牺牲于标前而拜之。所以拜他神者，即所以拜育斯，初无区异，初无偶像。若更溯其先，则并标而无之，拜于山巅，即为拜育斯，尤无所谓偶像矣。

荷马时代

神诗时代神诗家以华曼尔[2]为最著。所谓神诗时代，即指华曼尔时代，景前八世纪顷也，育像甫萌，格式未备，虽有木、石、铜、金诸质之像，而拙简不足道。惟当时尊崇育斯，以为育斯天人主父，神临三界，故有三面之育斯，有三目之育斯一治天界，一治人界，一治水界。或以为一治天上，一治人间，一治地谷。其时育像之貌，皆多须多发，有衣而坐者，有裸而立者。神徽四事一杖，表王权也；一火，雷火也；一皿镜，镜形如皿，表明察也；一鹰，表高远也，或备或缺。继而拙者渐工，简者渐繁，至景前五世纪，斐醍亚斯希腊美术大家作金饰牙雕之育像于婀令丕庙，乃跻乎

※① 卑腊密特：金字塔。

※② 华曼尔：荷马。

备极。其像育斯坐镂牙镶金椅，南面堂皇。额广，有横纹深凹；发浓，周绕额面，眼大，鼻隆，须卷而多。额上加橄榄冠，右手载尼格胜利神，女性，亦镂牙饰金为之。衣冠有翼，左手倚杖，合五金铸成，杖上立鹰。前胸裸，筋骨魁伟。胸以下著衣，花纹细致。椅背刻季神三女一群、欢神三女一群。左右臂凭，咸雕司芬克斯埃及女面狮身神。椅下图婀令丕竞技，及亥沟战亚玛宋事，是为婀令丕育像，亦曰尼格茀洛育像。茀洛，持也，谓育斯持尼格也景宫所藏沃忒利郭里育斯头像，及奈波里博物院所藏邦贝育斯头像，皆取貌于婀令丕像。又今藏景宫而曩在佛洛司比宫之育斯坐像，尚近于婀令丕像貌。此婀令丕像为育像范本，然亦有变体者。变体多取他神之徽，与育斯容貌，混合为一，即以两神名连为一字称之，谓是即育斯也可，谓非育斯也亦可。如育斯讷多诺育斯持三齿戟者、育斯阿蒙阿蒙，埃及之地谷主神，羊角而羊耳，育斯阿蒙像，即育貌加羊角羊耳者，皆两神化合之变体也。更有如育斯舍拉比者，舍拉比本两神合体，更加育斯，三神合为一体者舍拉比，埃及神名，合婀舍利司与阿比二神名而成。阿比为牛，故舍拉比作牛貌，顶上有圆形，中作火状。育斯舍拉比，顶上有圆形而无火，则变之又变。而育像变体，数亦无穷。古罗马嘎毕都丘之至大至尊育斯，仿婀令丕育斯坐像者也。

金饰牙雕

二神三神合为一体

马哥博罗事

积跬步主人于二十年前，初次从西欧归来，为予道元世祖时维尼斯[①]人马哥博罗仕中国事，即艳羡马哥之为人。越十有九

※① 维尼斯：威尼斯。

年，予亲履维尼斯之乡，访马哥之故居，瞻马哥之石像，既记游事，并记马哥父子叔侄来华之踪迹及行事大略。

西方东学第一人

元世祖时，有马哥博罗者马哥名，博罗姓仕于朝。距今六百馀年前，以西人而服官中华，宜欧士艳称之。马哥博罗为维尼斯国人，生于元宪宗元年1251，宋淳祐十一年，卒于泰定元年1324，盖旅居亚细亚者二十六年，而仕于元者十六年。所著书，言中国当时事，颇足参证，为西人谈华事者必读之书，推为东学第一人。然溯其先，则马哥博罗之父若叔，已蒙世祖特赏任用矣。

当宋之明道二年1032，博罗氏始迁于维尼斯，事贸易，孙曾有名安底阿博罗者，生二子，长曰尼哥赖博罗即马哥博罗之父，次曰玛底沃博罗。有商于康斯坦丁堡者时为东罗马之都城，尼、玛两博罗之从兄也亦名马哥博罗，尼、玛往依之。居无何，当宪宗五年1255，即宋宝祐三年，蒙古兵大西，康斯坦丁堡震恐，二人乃载诸玩好，航黑海，北至克勒姆[①]之苏达什克勒姆，今属俄罗斯，为黑海北岸半岛，乃元太祖长子术赤游牧地。术赤死，地属其裔诺垓，少留，闻西鞑靼王即乞普察克汗伯勒克方立伯勒克，即元史之别儿哥，为拔都弟术赤第三子，即位于宪宗六年丙辰，即1256年，卒于至元三年丙寅，即1266年，为成吉思汗子孙信奉天方教之第一人，伯勒克有二鄂尔多即牙帐，一萨莱在浮而嘎河[②]上游，今俄国萨拉托甫省，一布而嘎尔在浮而嘎河下游，二人谒焉未知谒于何帐，献所赍珍玩。伯勒克厚酬之，两倍厥值。

西鞑靼王

世祖三年壬戌，即1262，伯勒克与东鞑靼王旭烈兀战旭烈兀即呼拉古，世祖弟，亦即宪宗弟也。呼拉古字音较为确肖。旭烈兀于宪宗朝奉命西

※① 克勒姆：克里米亚。

※② 浮而嘎河：伏尔加河。

征，波斯等国皆所平定。西史谓宪宗辛亥封旭烈兀于波斯。丙辰，旭烈兀征服波斯，称王。时旭烈兀用兵于两河间地。两河间者，繄古名区，一体格力斯河[①]，一哀甫拉特河[②]也。在布而嘎尔之西南，西国屡败，境内骚动。二人乃更东，凡行荒漠中十七日，而至布哈尔即撒马儿罕左近，时属波斯，居三年，会旭烈兀遣使东朝世祖，使者挈二人偕往。乘马东北行，经年始至未审确地，但知为夏令所居城，谒世祖。

行荒漠中十七日

世祖久闻西方事，询罗马景宗及天主教宗旨甚悉马哥博罗言世祖不通中国语。吴县洪氏《元史·译文证补》卷廿九云：考西书，元宪宗时，教王使人路卜洛克至和林，有聂斯托尔教人为之译语，则景使东来，在世祖之前，欣然愿与西土通，即遣朝臣哥嘎达尔，偕二人赍书使于景宗，且赴耶路撒冷取耶稣墓上灯油。书中之意，欲景宗遣精通七艺之教士百人七艺者，一善文义，二善心理，三善辩才，四善算数，五善几何，六善音乐，七善天文来备讨论，谓果能阐发天主教理实胜佛教，当率举国臣民改奉天主云云。给三人金符一《世祖纪》：正统二年九月，以海青银符二、金符十，给中书省，量军国事情缓急，付乘驿者佩之，令沿途供车马人役食用。三人部署，于至元三年行丙寅，1266。无何，哥嘎达尔以病止，博罗昆弟遂自前，行三年，始抵亚美尼国之拉杂亚美尼为小亚细亚海湾小国，相传为旭烈兀所不能灭者，复由拉杂至阿克尔在地中海滨，为古西叙里国海口，古名都来马伊斯，时至元六年也己巳1269年，四月。比至，而景宗克雷门第六已死，无从投书，乃谒见教使多拔尔都景宗所遣驻埃及之使，时在阿克尔备述来意。教使劝俟新景宗选定后，奉谕再归，庶不空劳跋涉。二人乘暇，回维尼斯探

元世祖遣使通教皇

※① 体格力斯河：底格里斯河。

※② 哀甫拉特河：幼发拉的河。

其家由阿克尔至希腊湾中岛名乃格尔本，复航海达维尼斯，至则尼哥赖博罗之妻已死，子年十九矣，子即马哥博罗也。居二年，新景宗尚未推定，二人率马哥博罗如阿克尔，复谒教使，请先往耶路撒冷取油。事毕而景宗之选仍未有期，不得已，即请多拨尔都给书覆命。既行矣，甫至拉杂，而多拨尔都即膺选为景宗，改称格雷郭理第十，驰书要三人归。亚美尼王为备巨舟，俾兼程西渡。既谒景宗，礼优异，即遣教士二人一尼哥赖微赏司，一威廉脱伯里。微赏司、脱伯里，均地名，偕往蒙古。途次亚美尼，适沙拉生人入寇沙拉生，回族名，即《唐书》所谓大食国也，二教士惧不敢进，博罗氏三人受所

马可波罗抵达中国

赍景宗书而行。行三年有半，于至元十二年乙亥，
1275始达上都由布哈尔登帕米尔，东逾葱岭，历喀什噶尔、叶尔羌、和田①、拜城、哈喇沙尔、罗布淖尔等处，又纡回而达于和林。未至前十一日，世祖已遣官候迎于道。既见，备述数年中往返事，并呈景宗书，及所取耶稣墓灯油。世祖大悦，更嘉马哥博罗聪颖，留待任使，筑馆居三人焉。

以上为马哥博罗父若叔事

马哥博罗敏悟绝伦，本通波斯、亚剌伯语言文字，既东，又通中国、蒙古语言文字，世祖爱之信之，置左右，无专职，而颇预闻国政。所著书述中国事颇详，凡所闻见，所行事，多可与《元史》相印证。盖世祖频遣赴各省路核钱谷事世祖朝频有是使，马哥盖屡膺其选，又出使占城、狮子等国书叙占城事极详。至元十四年
1277出使海外，历六月程，或揣当使安南是年安南王陈光昺死，子烜立，遣使来朝。逾年，礼部尚书柴椿等奉使往。又尝为扬州路官或是达鲁花赤。英人言马哥曾为中国封疆大吏，当指此，言：路凡二十七城此至元十四

---

① “田”初刻本为“阗”字。

年至十七年事。至元十九年1282，左相阿哈玛特为益都千户王著所杀，马哥博罗按其狱，旋暴阿哈玛特罪状。明嘉靖间1559，西人续得马哥博罗足本书始知之；或马哥不愿当世知之，故先不传播欤？西人据《元史》按是狱及暴其罪者为枢密副使博罗，遂断马哥博罗为曾仕枢密副使。然《世祖纪》：至元十四年二月，以大司农御史大夫宣慰使兼领侍仪司博罗为枢密副使。先，于十二年四月以大司农御史中丞博罗为御史大夫；再先，于七年十二月以御史中丞博罗兼大司农卿，明是一人。当至元七年，马哥博罗尚未东来，安得有以御史中丞兼大司农事？西人疑《元史》多误。《元史》中名博罗者不知若干人，或牵他博罗与马哥博罗而一之，无确据，莫由证其是否。又至元十九年七月，以蒙古人博罗领湖北等州淘金事；九月，以博罗为打金洞达鲁花赤，亦不知何人。

在中国扬州做官

马哥博罗言元取襄阳，得力于炮此引机发石之炮，其父若叔，实献炮法，叙述详细如绘元攻襄阳在至元五年，历五载，至十年始克之。据史，造炮者为西域茂萨里人喇卜丹、西域实喇人伊斯玛音。西人言，此二人当是尼哥赖博罗初次至蒙古时所偕往，即马哥博罗所谓炮匠二人，一天主教人，一德意志人。伊斯玛音尤似德国姓。然史称二人均于至元八年为宗王额呼布格应诏所举送入京师者，与马哥言亦不合。居十余年，三人颇怀故国之思，屡请归，世祖不允。适布而嘎尔王名阿尔贡之后卒阿尔贡为旭烈兀之孙、阿拔噶之子，后遗命必纳同族者为继。阿尔贡遣其臣三人一乌拉台，一阿波司嘎，一哥沙东告世祖求配，世祖选宗女名哥嘎脱拉者与之。布而嘎尔使臣方忧陆路限险，非新后所能胜，谋由海道行。适马哥博罗奉命使印度归，归述海程甚悉。布而嘎尔臣决意航海，而邀马哥博罗为之导，请于世祖，允焉。博罗氏三人乃均归，世祖给金符二，为乘驿据，且修书致景宗，及法兰西王、英吉利王，及他天主教国之王是为中

献炮法攻襄阳

中西各国通书之始

国与各国王通书之始。海行三月至爪哇自闽粤间放洋，又行印度洋中十八月而抵布而嘎尔。初发时，随从凡六百人，比至，存十八人而已。至则王阿尔贡已死，子嘎赏嗣，即以哥嘎脱拉配嘎赏为后。事毕，博罗氏三人告归故国，后给以金符四，骑行至德比孙黑海南岸迤东地，泛海至康斯坦丁堡，由乃格尔奔希腊湾中岛而至维尼斯，时元成宗元贞元年1295矣。久居于外，不为乡里所知。善居积，多财，人呼密里昂博罗，密里昂者，百万也。逾年，折努阿[1]人时地中海大局统于维尼斯、折努阿两国，皆贸易之国也以水师寇维尼斯，战于拉杂海湾。维尼斯败，舟师被掠者二十六，马哥博罗亦被俘，系狱中。四方之士，闻马哥曾游东方，多就访于狱。越三年（1298），马哥在囹圄中追叙往事，口授文士吕司底西笔述之时文学竞尚法国，故用法文，然此法文与今所行法文异。1865年，即同治四年，法人名波吉者，译为今法文。又有英人欧尔，亦译以英文，考订加注，尤为详备。书出，诸所述中国事，多不信者，斥为荒诞。久之，西人往东方者众，始信。方其在狱，尼哥赖博罗多方求赎，不成，亟归重娶妇。越四年，马哥之名噪甚，折努阿人释之归，则继母已生三弟矣。后又仕维尼斯。初，马哥从蒙古携一仆归，至治三年（1323）立遗书分积资，仆亦预焉。明年，马哥博罗卒，盖泰定元年1324也。光绪朝，广东番禺人新教信徒杨荣鋕者言：元扬州路总管马高保罗者，世祖臣也，建景教会堂二间于扬州云云。其言出于景门，当必有征，附志于此，俟考。

回威尼斯

从蒙古携一仆归

※① 折努阿：热那亚。

义国佩章记

欧洲君王所以隆报勋旧、宏奖名人、酬酢友邦聘使者，咸用佩章。佩章之形饰与名义，莫不关系一国史事，礼制昭垂，非可率尔操也。日本维新，仿制勋章，曰菊纹，曰桐纹，即帝后两家之旧家徽，馀亦各有命意，可谓善采西制。北美合众既独创共和，即湔除阶级，故不制佩章以赠人，亦不受人之佩章，又可谓善变西制。义，固欧南旧邦也，今之王室，以萨伏亚家撒底尼亚[①]侯入为义大利一统之王，其家系渊源，千年而遥，佩章法度，由来匪近。积跬步主人奉使是邦，一年而归，义王循例以义冠十字章赠别。此义冠章者，实为义国统一以后唯一之新章，馀皆沿遵萨伏亚旧制而已。爰记其章，亦溯及佩章原起云。

佩章发原

佩章发原，在希腊之加月桂冠，罗马之赠兵器，彰显名誉，沿习尚已。自十一、十二世纪，八次十字军，会全欧大兵，协战景敌，役罢论勋，酬不偿力，于是由各国君王创定嘉名，设为种种名誉族望，规制各族佩章，俾同誉者即同侪，同侪者即同章。酬制虽异古昔，而其为彰显名誉则一也。自是厥后，佩章制度，沿传相尚，至今日而其用愈广。初不必在军，亦族叙以为酬，初不必有勋，亦族叙以增誉；国使往来，亦且以叙族赠章，为增光交际之用。其赠叙之序，必先由君王颁以诰文，叙为某族族侪，然后附赠其族族章。盖礼意所重，重在叙名族，而非所重于附赠之采章。惟章采有形，而族名无形，故章亦未尝不重。日本称之

※① 撒底尼亚：撒丁。

为勋章，于名族本义，尚未极洽。不过日本人凡章必因勋而颁，亦未为不可，但非可以概西制耳。兹定其名，曰名族，曰佩章。

义国现行法律，有主重之名族凡五。其袭用萨伏亚旧制者四，曰告祥族取义于景宿告祥，曰摩利爵及拉萨洛族摩利爵、拉萨洛，皆景圣名，曰萨伏亚文族，曰萨伏亚武族亦合称为萨伏亚一族。而义大利王国所新创者，惟有义冠一族而已。义冠族位，居摩拉族之次。

义冠族

义冠族Ordine Della CornaD' Italia者，义王维多利沃爱曼努爱勒二Vittorio Emanuele Ⅱ所创于1866年统一义国第一王。其时义国独立既成，虽罗马一城尚属景宗，而强奥新挫，统一势定，维二创为义冠名族，所以志独立统一大事也。其族分五级，曰Cavaliere Di Gran-croce Decorato Del Grancordone，译为大绶大十字章骑卿；曰Gran Ufficiale，译为骑长；曰Com ma ndatore，译为骑令；曰Ufficiale，译为骑官；曰Cavaliere，译为骑士。命名本于古制，不可以今义求之，译曰骑者，所以见字原之本出军中耳。曰卿、长、令、官、士，所以示等级之递为高下，初非谓实服其国之官职也。曰十字章者，正章与大绶不连，为最大之章。章制本渊源于十字军，故今章虽不必为十字形，而亦称曰十字章。文皆义文，故章亦用义音。

十字章

义冠族十字章者，正中为圆形，圆之正中，状一金冠，装饰彩石，以仿隆巴地铁冠形，此章之所由名也。圆质为蓝色珐琅，围以金缘，缘外加白色法琅一圈，上有金字腊丁文，曰：VICT · EMMAN · I · REX · ITALIAE-MDCCCLXVI，译汉文曰：“义大利王维克多尔爱曼努亚里斯二，1866。”圈外又一金缘，缘外为银色光芒散射形，芒之正中上方，一黑鹰正向立，两翼左右张，首右侧；首上有金冠，为王者徽；胸有椭圆形，赤地上白十字，萨伏亚家徽也。卿章有绶，结下悬小章。小章为白十字形，端阔与马尔太十字近，合四端极边，共成一圆周；端间各以细金为结结饰原出萨伏亚家徽，以之相联。十字交点为一圆，其一面圈内蓝色珐琅质，中有铁冠；一面圈内金色，中有黑鹰。首上金冠，胸前椭圆，悉如正章。绶色分三行，中白旁赤，亦本于赤地白十字之萨伏亚家徽。此章为义冠族之佩章，故用隆巴地铁冠。铁冠者，义大利冠也。族为维二所创于1866年，故腊文志其名与年。族之创成时，维二由撒底尼亚侯入为义大利王，故文又特志义大利王维二。维二出于萨伏亚家，故加萨伏亚家徽。萨家本公侯，今以维二为王，故复以加冠之鹰表之。如是，章饰虽至微，而事事必有所本，莫非由一国史事而来。西国女子，习问人国佩章制度形饰，及其形饰所由来，以为酬酢场上一种谈话，亦可谓善取话材矣。

铁冠的故事

铁冠者，初为隆巴地[1]王冠，继为全义大利王冠。当景纪591年隆巴地王奥泰里死，而寡后推沃特林，再嫁都里诺公阿琦路尔夫。时后命制铁冠加公，公遂为隆巴地王。嗣后凡王于隆巴地者，必冠铁冠。在七八世纪之交，隆王如克利玛特（662年）、路伊泼兰（712年），皆有远大谋，国以盛强，渐蚕食义半岛诸国。时景宗结交外国君王，谋伸势力，干涉政权，以拒隆巴地。754年，司德方二遂引法王贝宾[2]入义，认为法兰西王，待遇优隆。于是贝宾以拉文及义大利五府一里米尼，二波撒洛，三法诺，四西尼加利亚，五安郭那并外二十二城

※① 隆巴地：伦巴底。

※② 贝宾：丕宾。

奉景宗，是为景门有土地之始，俨然成国。景宗优待愈隆，贝权益长，772年，冠铁冠为隆巴地王。800年，卒加帝冕为神圣罗马帝。曩限于隆巴地之铁冠，从此为义大利王冠，统治全义大利半岛。而后世握全义大权者，莫不以一戴此冠为荣。1452年德之弗利特里四，冠之于罗马。1530年，德之沙尔五，复冠于蒲隆涅。至最近1805年，法之拿破仑一，又冠之于隆巴地都城米兰。后此冠珍藏孟蔡Monza地方。所谓冠者，实则一圈而已。名曰铁者，实则金也。又相传为591年制于义大利。而观其饰彩诸事，知为毗山丁美术，而非欧洲美术。撒底尼亚侯入王义国，统一半岛，虽事实上未曾冠此，而名义上固已冠之矣。义冠族者，即以此隆巴地铁冠为名之名誉族属也。

统治全国
必戴此冠

宣统元年十月十六日奏积跬步在义使时

再：义国定章，凡友邦驻使，无论为大使、为公使，倘一年届满，于其离也，例赠勋章，以宠其行。臣于上年奉命驻义，今年奉旨归国，正届一年。顷由义王致赠大绶王冠章一座，此为例赠各国公使之章。臣一面致谢，仍奏候谕旨钦遵。又臣前年使和[①]，亦一年而离。和例必二年届满，方赠勋章。乃臣告辞后，和女王饬其驻义使送来橘绶大十字章一座，亦系例赠各国公使之章，臣于光绪三十四年九月咨由外务部代奏在案。此项和章，迨本人身故之后，应由家族缴还，乃彼邦法律所定，臣亦咨明外务部有案，合并陈明。所有臣先后接收和、义两国致赠绶章缘由，谨附片奏明，伏乞圣鉴。谨奏。

义荷二国
赠送勋章

※① 和：荷(兰)。

本年十一月十五日奉朱批：知道了。钦此。

同日又奏同上

再：各国通例，于友邦出使人员告归，必赠勋章。此次驻义二等参赞官、法部员外郎施绍常，获赠义国冠章第三，又驻义一等书记官、学部主事董鸿祎，获赠义国冠章第四；又驻义二等书记官、候选知县张国华，获赠摩利拉萨章第五；均系循例致赠。又义馆参议、中国二等第一宝星、二品衔总领事、洋员金楷理，获赠摩利拉萨章第三，已转饬领受。勋章本沿宗教而来，所谓摩利拉萨者，合二教派之名以成一章者也。所有馆员例获勋章缘由，理合附片陈明，伏乞圣鉴。谨奏。

本年十一月十五日奉朱批：知道了。钦此。

随使人员亦得赠章

西例：奉使者之将离所驻国也，苟年期已届，所驻国例赠佩章，于邦交私交，初无轻重厚薄于其间也，惟有秘密手段者则不敢知耳。随使诸员之将离也，由驻使以正式书函代为告别，赠亦如例。中国遣使已三十馀年，而为随使人员告别，则始于积跬步主人。故积跬步昔年随使在英、在德，在俄、在法，均未有赠章。此次随使四人，同时言别，同时获赠，在中国可谓创举，在外国亦例有之事耳。积跬步又以为：外交官获赠佩章，初非奇遇，亦不关紧要，故于本人及同人事，均用奏不用电，今附其奏文如右。施君所得者，即王冠族骑令章；董婿所得者，即王冠族骑官章；均无大绶。大绶惟卿章有之。德儒金君所得者，为摩拉族骑令章；张甥所得者，为摩拉族骑官章。驻和同人，不获赠章者，未届彼律所定年期也。未届年期，故积跬步不以正式书函代行告别。顾律虽如此，若别具手段，何不可之有?

［附一］奥兰琦——拿埽族章

积跬步主人由驻和量移驻义，既六旬，和女王命其驻义使赉奥兰琦[①]——拿埽[②]族大绶十字章来赠。论和律，客国外交官驻其国未满二年者不赠章，今补赠此章，颇疑讶。继闻前使亦未满二年而离，曾赠章，且加等；似嫌于前后两使之歧视也，故有此补赠之举，理或然欤？

荷兰女王的家族

奥兰琦一拿埽族Ordecv Van Oranje Nassau者，和今女王威尔黑米那Wel- helmina所创。当1892年时，女王尚未及龄，故由摄政母后爱玛Emma代颁创族之律。其族亦用各国通例，分为五级，曰Ridder Grootkruis，译名大十字章骑卿；曰Groot-Officier，译名骑长；曰Commandeur，译名骑令；曰Officier，译名骑官；曰Ridder，译名骑士。原文为和国文和文近德文，亦参用法字，然大意固无异乎他国文。故原字虽各国不一律，而译名则无改。

十字章作银色光芒散射形，光芒八出。中央一圆。为蓝色珐琅质，上有金狮一，前肢高举而人立。肢各有持：右举剑，左握矢。首王冠，`身右侧。蓝地上点点有金星，此拿埽家徽也。圆外以白色珐琅质为缘，缘上金色法国文，曰：JE MAIN-TIENDRAI。考和国受法兰西革命影响，翻然以立宪建国，其国徽为左右两狮，共举王冠，加于拿埽家徽之上。徽下一行文字，译曰：“我将久持。”意谓我和国之宪，将历久而无改，即和国之家，亦历久

※① 奥兰琦：奥伦治。

※② 拿埽：拿骚。

而不败也。章文即用国徽原文。圆之中既有拿埽家徽，圆之外，更辅以“我将久持”文字，于是国徽家徽，悉备此章。其绶桔色。

桔色缦带的来由

和国今王室，本姓拿埽，而为德意志邦。自十六世纪以后，袭奥兰琦之封，遂兼奥兰琦、拿埽两姓。和语奥兰琦即桔，故绶色从桔，绶缘为白色，白色外更镶蓝色。和国国旗，横分三格，最上一格赤色，中格白色，下格蓝色。和国王旗，惟一桔色。绶色以王旗之桔色为本，以国旗之蓝白两色为缘去赤色者，因桔、赤相接，色不显也。于是国旗王旗，并存于绶。族名用王姓，故绶以王色为本；顾不可偏废国色，故又以国色为缘。绶由右肩斜下，终于结。结下悬小章一，如各国通制。小章为王冠，冠之下为蓝心白缘之八锐十字，端阔而中狭，如马尔太十字。惟每端歧为二锐，合四端为八锐，故名八锐十字根原德国。以月桂冠联结十字四臂月桂冠，希腊古制，优尚之意，四臂交中一圆，蓝心白缘。一面圆中金狮。缘上法文，悉如正章。一面圆中上有金王冠，下一金W字，为威尔黑米那字之省母，所以示族创于威。外缘金色和国字，文曰：GOD ZY METONS，意为“上帝偕我”，犹言应承天命，乃王者例语。

国非一人私有

综观章绶采饰，虽族名与国无关，族叙大权，又操于君主一人，而事事不肯偏废国家，诚以为国非一人所私有也。欧洲立国，莫不皆然。和以女王驭民，王室特谦，而民敬亦弥诚。余旅和二年，每见夫彼国君民共乐，不啻家族，即于章饰之微，亦见其立意之切。和民颂其女君为一国之母，信有出于至诚者矣！

此族法律，有特示尊重而不同寻常者，为族侪身亡，必返其章。又等级升叙，亦必返其旧有之下级章，以受新叙之高级章。

族侨或为外国人，或为本国人，而侨居外国者，若遇返章之事，不便归于和国，则可以返之于所在国之和国公使，凡此为返章通法。族律各各不同，定有返章之法者，亦不独和国之奥拿一族，凡限族侨有定数者皆然也。

奥伦治与拿骚二系

今和女王祖，先受封于拿埽之地在德国，故姓拿埽氏。十三世纪时，拿氏分为长幼二支。十六世纪，有曰恩格尔勃一者，出于幼支中之分支，因婚姻而得地于和国。其子恩格尔勃二及约翰五，剖产相续，弟得旧封奥兰琦之地奥即地名，遂兼姓奥兰琦，而称奥兰琦拿埽氏，为拿埽之奥兰系。传至1606年，约翰六四子，系分为四。伯曰约翰，遥继既绝之西爱更拿埽系（1743年绝）。仲曰乔治，继嗣本系，至1739年绝，遂由叔系继承。叔系祖曰喀西米尔，初为谛乙脱拿埽，1739年入承正系，为和兰诸侯之霸。季曰路易约翰，遥继夙绝之哈达玛1717年绝。所存至今日者，惟入继正统之叔系而已。叔系祖喀西米尔之子曰约翰威廉，约子曰威廉四，霸于诸侯。适奥氏绝，悉传于威。1747年，遂为和兰联邦之传嗣总统。翌年，子威廉五继为总统，1801年失位，子威廉一为奥兰琦侯。1806年，兰因河畔诸侯欲合为联邦，拿埽在联列，而威一不愿与联，因被夺拿埽故土。今王室尚兼奥、拿二姓，其实拿埽故土，夙丧主权矣。

荷兰立国

1815年维也纳会议，立和兰王国，以奥兰琦侯为王，威一遂为和国第一王。1840年，威一禅让于长子威廉二幼子一代而绝，在位九年，子威廉三继之，且兼卢堡[1]大公，偿拿埽之失。1890年威三死，长、次子均先亡，乃以

※① 卢堡：卢森堡。

长女威尔黑米那1880年生承位，卢森堡以无女系继大公位之律而离和。其时女王方十岁，未有治权，国政胥由母后爱玛摄理。1892年，爱玛悲家系濒绝，幼女充数，特用祖先两姓，创为奥拿名族，其所以冀望女王者至切也。

1899年女王成立，1901年赘婚密伦堡公享利于和。1909年，历妊不产之女王果举公主。虽女子之无以比男嗣，且成立之未能确保，而在爱玛创族苦心，至是亦差可自慰矣。予在海牙，亦欲循各驻使例，请谒女王。1908年之春，匆遽未暇，满拟于1909年之春请谒，而女王已妊，不能见外宾。惟游其宫庭，见种种朴质状，远不如俄、法王宫之华美，弥征其俭德耳。

[附二] 宝星记

诸人获佩本国宝星

光绪三十四年十二月二十八日，积跬步主人在驻义任内，得佩带宝星之电信。是日，外务部尚、侍五人，出使十人，均预焉。同使十人，除驻德使廕昌待以一品礼，获一等第三宝星外，馀九人均照二品实官例，获二等第一宝星，不言绶而绶固相附丽一二等均有绶。遣使逾三十年，而本国外交官获佩本国宝星，此为创典。前此仅制以赠外人，赠例固宽，外交官、军械商、兵弁皆获赠；佣雇之税务司，在外人视之以为服役于中国，而中国人视之仍以其为外国人，故亦在获赠之列。所谓宝星者，形式与各国族章及日本勋章相似，而名义则未之闻，当询诸语于本国掌故及历史学者。积跬步主人既膺是典，循例表谢，而章奏达京不得上事见《二二五五疏》。逾年三月，宝星寄到，再表谢。兹录存后疏。于无可叙述之中强为典丽之句，尚不脱文人积习耳。

谕旨：总理外务部事务、庆亲王奕劻，给头等第二宝星；外务部会办大臣、大学士那桐，署外务部尚书、会办大臣梁敦彦，均给头等第三宝星；外务部左侍郎联芳，右侍郎邹嘉来，均给二等第一宝星；出使德国大臣廕昌，给头等第三宝星；出使英国大臣李经方，出使俄国大臣萨荫图，出使法国大臣刘式训，出使美国大臣伍廷芳，出使日本大臣胡维德，出使和国大臣陆徵祥，出使奥国大臣雷补同，出使义国大臣钱恂，出使比国大臣李盛铎，均给二等第一宝星。

得佩二等第一宝星

宣统元年三月初二日，奏为即谢天恩，仰祈圣鉴事。窃臣于光绪三十四年十二月二十八日，承准军机处电传谕旨，“出使义国大臣钱恂著赏给二等第一宝星”等因，钦此。即于是日电奏谢恩，由外务部代呈在案。兹于宣统元年三月初一日，由部制就宝星一座，邮寄到洋；臣当即恭设香案，望阙叩头，敬谨领受。伏念臣材惭下鲁，节驻大秦。渡海而西，无安息赍粮之阻；拱辰知北，缅犁鞬通汉之途。使事初将，隆恩叠沛；恭逢创典，宠佩勋章。译字义于佉卢，本导源于教派；追相沿以章采；或借用以酬庸。兹者，采欧制以式瞻，星轺焕彩，定嘉名而肇锡，宝善示箴。系易征词，知圣人之宝曰位；合诚读纬，卜泰一之星常明。肃拜纶如，荣彰绶若。协度则圭璋比德，服膺而敦槃会和。臣奉使山南，节正宜于用虎;蒙恩阙北，袋或拟于佩鱼。所有微臣荣感下忱，谨缮折上陈，叩谢天恩，伏乞皇上圣鉴。谨奏。

本年四月初三日奉朱批：知道了。钦此。

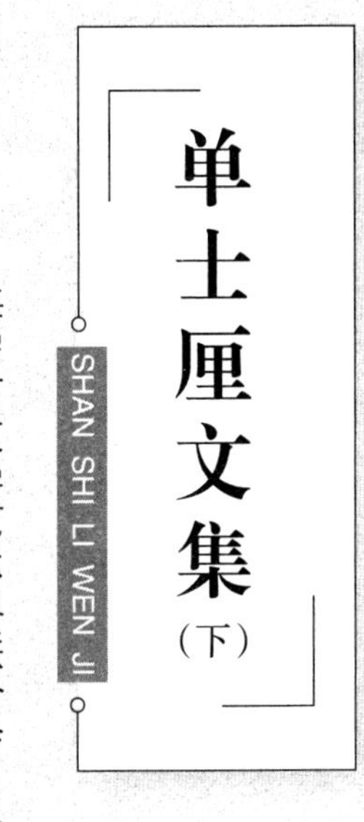

海宁市文学艺术界联合会／编

中国文史出版社

目　录

清闺秀艺文略

清闺秀言行录

懿范闻见录

信 札

附 录

清闺秀艺文略

卷　一

云梦楼吟草　童凤，字稚箫。山西榆次人。

傲霜草　童淑，字一周，安徽含山人。胡敷菴室。

士厘曰："敷菴"两字疑字也，非名也，然他无所据，即以字行，他仿此。

绣墨轩吟草　宫綵鸾，字飞卿，江苏海州人。

梅花楼集　宫婉兰，江苏泰州人。冒褒室。

士厘曰：女冒德娟，有《自怡轩集》，子妇邓蘩贞有《思亲吟》《静漪阁集》。此编凡遇母女姑妇、姑侄姊妹能诗文者，每就所知者互举之，藉以识其渊源也。

碧沧道人集　熊湄，字碧沧。江苏长洲人，许烂石室。

士厘曰：《国朝诗别裁》作江南长洲人，其时江苏统称江南也。

淡仙诗钞[①]　熊琏，字商珍，江苏如皋人。陈遵室。

淡仙诗话[②]　同上

士厘曰：琏有《长恨编》数十首，皆为闺中薄命者作，是集中一题，而非专篇。

芝霞阁集　熊象[③]慧，字芝霞，安徽潜山人。吴栻室。

哀猿吟　同上

士厘曰：母张淑有《畹香诗草》。

---

① 浙图本作"淡仙诗文词赋钞"。

② 浙图本有"四卷"两字。

③ 浙图本"象"作"家"字。

浣香草　熊藕颐

士厘曰：藕颐，里贯、夫族俟考。

熊毓慧遗诗一卷　熊毓慧，浙江乌程人。张鹏程室。

绣馀吟　冯思慧，字睿之，顺天大兴人。刘秉恬继室。

士厘曰：思慧为胡慎仪女，本性骆，幼育于从母胡慎容，故从姓。冯实与思敏为胞姊妹。或曰思慧为胡慎容女，慎容夫亡，从姊慎仪游岭南卒，无子，只一女，慎仪抚为己女，遂骆姓，盖慎仪适骆烜也。两胡皆有著作，慎仪曰《石兰集》；慎容曰《红鹤山庄集》。

鲛珠词　冯兰因，字玉芬，江苏南汇人。王□室。

吟翠轩稿　冯兰贞，字馨畦，江苏金坛人。于尚龄室。

士厘曰：兰贞女于晓霞，有《小琼华仙馆词》。

耦秦楼存稿　冯纫兰，字畹香，浙江仁和人。高澜室。

和鸣诗词集　冯娴，字又令，浙江钱塘人。钱廷枚室。

湘灵集　同上

朴园唱和集　冯娴夫妇合撰。

隐庐诗钞　冯锦裳，字织云，江苏金坛人。胡成立室。

士厘曰：女胡瑶仙有《艺菊轩遗草》。

禅仙遗稿　冯佩芝，字禅仙，浙江桐乡人。沈葆恩室。

三影楼词　冯挹芳，字琴仙，江苏长洲人。马□室。

兰香集　冯氏，江苏丹徒人。杨汉章室。

效颦集　洪龙徵，字兰士，福建侯官人。许□室。

听笙[①]阁诗存　洪晖堂，字素芸，浙江鄞县人。张性安室。

秋兴百一吟一卷续一卷　同上

---

① 浙图本"笙"作"篁"。

绿窗绣馀吟稿　洪如鸾，字慰芹。王锡璋聘室。

素阁遗稿　洪无仪，字素晖，浙江临海人。陈斌夫室。

梦莲绣阁剩草　洪昙蕊，安徽歙县人。郑□室。

初月集　洪南芳，安徽歙县人。徐士义室。

白云遗稿　洪梦梨，字蕊仙，江苏江阴人。

洪素诗十二卷　洪素，字冰蟾，江苏通州人。郑文轩室。

丽春楼诗集十卷　洪砚珠，字杜青，江苏扬州人。夏室。

玉蟾词四卷　同上

琼花馆文四卷　同上

绮秋佳话　同上

广陵丛书　同上

世德堂集　洪氏与子妇张氏合撰，张氏，浙江鄞县人。

士厘曰：《鲒埼亭外编》云：胡德迈母与其妇张氏作。

芳韵楼集　丛祁志，江苏如皋人。谢鱼池室。

士厘曰：妹祁禧，亦工诗。

秋水堂遗稿　翁桓，字少君，浙江钱塘人。胡介室。

士厘曰：《明诗综》既录翁桓诗，而正始集、《两浙輶轩续录》与光绪杭州府《艺文志》均列入清代，今从之后，凡《明诗综》所载，而又为清代诸家所录者，均仿此。

簪花阁诗词集　翁端恩，字璇华。江苏常熟人。浙江归安钱振伦继室。

士厘曰：此士厘伯姑也。伯姑能文，但无文集。有小姑二人均承母教，各有著作。启缯适吴，有《晚香楼词》；云辉适俞，有《冰凝镜澈斋诗文集》。外孙俞承禾有《椒花吟馆诗》，俞氏外孙妇姚鸿茞有《纫芳阁诗词》，恽元箴有《靖宇室诗》。

又曰：凡夫妇异贯者，应分析各注，而记载往往不详，竟多无从考补。兹编各从所本，惟家中数人则不敢略。

玉花阁集 翁光珠，字月如，江苏常熟人。单学傅室。

朝霞阁集 翁瑛，字绣君，江苏吴县人。金堤室。

海曙轩草 同上

巢青阁诗词集 翁與淑，字登字，浙江仁和人。陆进室。

珠楼集 翁静如，字珠楼，江苏长洲人。周瑞玉室。

士厘曰：女周月贞、子妇朱雪英均能诗，沈归愚所刊《联珠集》是也。

素兰集 翁孺安，字静和，江苏常熟人。

萝轩诗稿 翁玉荪，字萝轩，江苏常熟人。李昌炽室。

息肩庐诗草 翁氏，浙江仁和人。

士厘曰：正始集录仁和尼静诺诗注云：林氏不言其著《息肩庐诗》，而续集又录仁和尼翁氏诗云有《息肩庐诗》。《杭郡诗续集》既录静诺《息肩庐诗》十首，又录翁氏《息肩庐诗》二首，今亦两存之。

虚窗雅课 佟佳氏。如松继室。

士厘曰：如松为复爵，后袭封之睿亲王。

又曰：八旗人姓氏不尽著，或以名字，或以别号，各就恒见者录之。或仅以集称，如《养易斋诗钞》《兰轩集》之类，即从首一字录之，可考者仍录其姓。

六竹居诗钞 宗梅，字古雪[1]，浙江会稽人。王庆麟室。

采药斋诗草 宗康，字穆君，宗梅姪。王时敏室。

---

① "雪"浙图本作"香"。

梦湘楼诗二卷续一卷　宗婉，字婉生，江苏常熟人。萧大勋室。

梦湘楼词一卷续一卷　同上

秋爽亭诗钞　宗桂，字秋丹，宗梅姊，浙江会稽人[①]。史鹏室。

茧香馆诗一卷　宗粲，字倩宜，婉妹。陆清泰室。

湘茧馆诗合刻初集　宗婉、宗粲合撰。

士厘曰：婉粲母钱念生有《绣馀词》。

古欢室诗　宗庆，字韵卿，亦梅桂之姪。端木百禄室。

士厘曰：女端木顺有《古香室稿》。

士厘曰：桂梅婉粲，所谓"会稽四宗"，而古雪、穆君，又以姑姪为姑妇。

梨云榭诗词集　锺筠，字蕡若，浙江仁和人。仲圣亭室。

临漪阁诗集　锺文贞，字睿姑，安徽舒城人。吴絅室。

清华阁诗钞　锺文淑，字学姑，安徽舒城人。张同工室。

寒香集　锺青，字山容，浙江仁和人。吴□室。

梅花园存稿一卷　锺韫，字眉令，青妹。查崧继室。慎行母。

士厘曰：陈敬璋《查他山先生年谱》据《选佛楼诗传》云：著《长绣楼集》百卷，病亟悉焚。按，初白老人默识追录诗词六十馀首，其稿为敬璋母所得，吴兔床为刊入《海昌丽则》行世云。

士厘曰：《长绣楼诗》，乃在室时与姊山容、妹眉士倡和之作。非韫一人诗也。

---

① 浙图本有"浙江会稽人"句。

柴车倦游集　锺令嘉，字守箴，江西馀千人。蒋坚室。

双清阁剩草　龙循，字素文，安徽望江人。吴元安室。

青螺稿　龙钱洁，字瑜素，云南土司人。陈鼎室。

蓉亭词　同上

士厘曰：洁，本江阴钱氏女，幼育于土司龙，故姓龙钱。

女红馀志　龙辅，字佐君，安徽望江人。常阳室。

藏密诗钞　龙氏，云南昆明人。刘秉恬聘室。

永愁人集词附　龚静照，字冰轮，江苏无锡人。陈□室。

士厘曰：静照，又字鹃红。故其集一名《鹃红草》。永愁或作冰愁，恐涉冰轮而误也。

圭斋诗词　龚自璋，字圭斋，浙江钱塘人。朱祖振室。

士厘曰：母段驯，有《绿华吟榭诗草》。

静辉楼剩稿　龚素英，字佩芬，安徽合肥人。王象倩室。

漱琼馆诗　龚韵珊，字瑶因，福建侯官人。沈瑞琳室。

传砚庐诗　同上

士厘曰：姑严永华，有《鲽砚庐诗》故名。

又曰《漱琼馆诗》，在室时作。

仁木轩诗钞　龚氏，武进人。吴名思室。

焚馀存稿　江鸿祯，福建侯官人。

梅谷诗钞　江峰青，字丰岚，湖南汉南人。罗□室。

西楼遗稿　江熹，字湘芬，江苏元和人。顾熙龄聘室。

算草一卷　同上

青黎阁诗文集　江珠，字碧岑，江苏甘泉人。吾学海室。

士厘曰：一名《小维摩稿》，江郑堂序其妹诗钞，知碧岑于尔雅、说文释例、列女传均有著作，惜未成。

又曰，妹蕙荪有《浣纱词》。

倚云楼诗集 江兰，字淑真，湖北汉阳人。张淑埏室。

墨庄遗稿 江瑶，字墨庄，安徽桐城人。

绿月楼词 江瑛，字蕊珊，江苏甘泉人。汪階符室。

瘦桐花龛吟草 江莹，字素琼，江苏无锡人。

愫斋组馀 江铭玉，字愫君，江苏元和人。汪兰芳室。

翠云轩诗稿 江士爆，字季姱，安徽歙县人。张用成室。

蝉鸣小草 江瑞芝，字天香，甘肃静宁人。刘□室。

椒花馆集 江秀琼，字瑶蜂，安徽歙县人。张寿泰室。

采蘅女史诗 江福宝，字绥多，安徽歙县人。曹荣室。

独清阁诗词 江淑则，字阆仙，江苏昭文人。俞锺纶室。

餐菊轩诗稿 江月娥，字素英，安徽歙县人。张□室。

唾香阁集 庞蕙纕，字纫芳，江苏吴江人。吴锵室。

士厘曰：女吴启湘，亦工诗。潘耒聘室。[1]

十顾[2]楼诗草 庞氏，江苏常熟人。归兆泉室。

涉园小稿 支氏，江苏昆山人。陆鸣球室。

邵阳小草 支氏，江苏昆山人。陆瀛儒室。

士厘曰：其姑支氏即姑母，有《涉园小稿》。

遏云吟 施坤，字资生，河南仪封人。张钜卿室。

焚馀草 施朝凤，福建□□人。陈日蓁室。

结绮吟 施芳，字蕙贞，浙江嘉善人。胡然室。

宝琴阁诗集 施静仪，字芝田，江苏□□人。何□室。

冰魂阁稿 施淑仪

---

① 此条据浙图本补。

② “愿”浙图本作“顾”。

湘痕吟草　施淑懿，字学诗，江苏崇明人。蔡南平室。

随园女弟子轶闻二卷　同上

清代闺阁诗人征略十卷补一卷　同上

士厘曰：淑仪、懿淑实一人。仪，其本名，懿，其更名也。《湘痕吟草》印于宣统辛亥以前，因避宣统帝名，故题“淑懿”。《诗人征略》印于辛亥以后，故复题“淑仪”也。

采芝吟　师莲芳，字香国，陕西韩城人。范润室。

绣馀稿　师蕙芳，字素卿，莲芳妹。祖琼林室。

士厘曰：继姑陈翠翘，有《伫月轩诗草》，女祖湘云、祖湘雯均能诗。

静好集　祁德渊，字弢英，浙江山阴人。姜廷梧室。

未焚集　祁德琼，字修嫣，德渊妹。王穀韦室。

寄云草　祁德茝，字湘君，德琼妹。沈萃祉室。

士厘曰：三祁，均商景兰之女。商夫人有《绵囊集》。

合存诗稿　思柏，满洲人。永寿室。

友莲堂合璧存　熙春，乌梁海氏，蒙古人。佛喜室

希光诗钞　希光，钮祜禄氏，满洲人。伊嵩阿室。

士厘曰：此以人名为集名。《八旗通志》《熙朝雅颂集》均如此著录也。张纨英《国朝列女诗传》以钮呼鲁氏称，乃中国妇女重姓。旧例祜禄呼鲁，译音无定字。

绣馀小草　归懋仪，字佩珊，江苏常熟人。李学璜室。

士厘曰：姑杨凤姝有《鸿宝楼诗钞》，母李心敬有《蠹馀草》。懋仪诗与母李心敬诗合刻者，名《二馀草》。见卷三

听雪词　同上

云和阁初集二集[①] 归淑芬，字素英，浙江嘉兴人。高阳继室。

名闺诗选 归淑芬、黄德贞、申蕙同选

士厘曰：黄德贞有《冰玉集》，申蕙有《缝云阁集》。

又曰：《撷芳集》言其辑《古今名媛百花诗词》行世，疑即《名闺诗选》或另一种俟考。

吟香阁诗四卷 舒芳芷，字芝仙，贵州铜仁人。徐婺继室。

绮云楼稿 舒姒，字嗣音，安徽黟县人。薛可菴室。

静娟遗稿 舒映棠，浙江仁和人。李因室。

绮窗逸韵 余尊玉，字其人，广东南海人。崔□聘室。

兰馨集 余性淳，字静昭，汉军人。

士厘曰：据《撷芳集》云，余鲁山室。然则母族何姓不可得知。姑从夫姓。

槐窗咏物诗草 余淑芳，字椒圃，浙江遂安人。

三曾堂稿 徐宜芬，字宛如。浙江海盐人。

华蕊楼遗稿 徐熙珍，浙江海宁人。周紫垣室。

厂楼集 徐如蕙，字瑶草，湖北汉阳人。张叔珽侧室。

士厘曰：据正始续集，如蕙诗词皆大妇江兰所教，江有《倚云楼诗集》。

彤芬室笔记 徐新华，字彤芬，浙江杭州人。

纺馀吟稿 徐人雅，字藕仙，浙江海盐人。朱兰如室。

云上楼诗草 徐文璠，字丽舫，广东□□人。张□室。

镜山阁诗稿一卷 徐文琳，江苏吴县人。陈堪永聘室。

---

① 浙图本题为“云和阁静斋诗馀”。

士厘曰：黄选《柳絮集》作查文琳，误。姑徐灿有《拙政园诗词》。

妙寄轩吟草　徐文止，字宜卿，江苏吴县人。蔡习安室。

绣闲词　徐元端，字延香，江苏甘泉人。

冰谷集　徐源，字方白，浙江长兴人。沈□室。

士厘曰：梁鸿绪《孝贞二女小记》，贞，即方白也。

安吉遗诗　徐安吉，字子贞，浙江上虞人。王鼎室。

红馀百咏　徐兰初，江苏元和人。严文海室。

度针楼诗集　徐兰湘，浙江石门人。

绣馀吟草　徐兰清，江苏□□人。

幽阁诗存　徐简，字儒珍，江苏阳湖人。周仪灏室。

续绣馀草　徐贤，字省斋，江苏华亭人。沈迪德室。

士厘曰：母张汝传集名《绣馀》，故贤集称“续”。

藕香轩草　徐璇，字嗣昭。江苏阳湖人。

佩玉诗钞　徐瑶，字佩玉，江苏常熟人。周采山室。

徐都讲诗集一卷　徐昭华，字伊璧，浙江上虞人。骆加采室。

士厘曰：母商景徽，有《咏雒堂诗草》。

花间集　同上

秋声集一卷　徐湘，字又娥，江苏吴县人。

东城吟草一卷　同上

柳花阁稿　徐横波，字眉生，江苏上元人。龚鼎孳室。

士厘曰：横波先姓顾，名媚受，清代诰封时则姓徐，故列此。

挹[1]翠轩小草　徐莹，字素辉，浙江海宁人。

烬馀诗稿词附　徐清华，江苏无锡人。杨□室。

静香楼剩草　徐清婉，浙江馀姚人。万同伦室。

珠楼遗稿　徐贞，字兰贞，浙江平湖人。吴骞侧室。

同声吟草　徐贞宜。戴□室。

士厘曰：姑汪彩书，有《双椿轩诗》。

借树楼草　徐恒和，字久和，浙江海盐人。李应占继室。

韫玉楼遗稿　徐咸安，浙江桐乡人。张钧衡室。

东耳山房诗稿　徐楚云，浙江山阴人。

彩霞遗诗一卷　徐彩霞，秀芳妹，江苏吴江人。李大福室。

士厘曰：秀芳、彩霞同归李氏，为妯娌。

古芗吟稿二卷　徐莄，字湘生，浙江乌程人。莘开室。

纫兰词　徐婉，字云仙，江苏南陵人。

士厘曰：嫡母刘世珍，有《冰奁词》，主母赵春燕有《记红词》，妹徐华能诗词，善画，早卒。

秋芸阁集　徐畹芝，江苏宜兴人。任东阆室。

鬘华仙舘吟草　徐畹兰，浙江德清人。赵世昌室。

鬘华室诗话　同上

怡绿斋唱酬集　徐畹香，江苏吴县人。殷嘉树室。

佩兰阁草　徐简一作简简，字文漪，浙江嘉兴人。吴玙侧室。

草梦居集　同上

伫月楼倡和小草　徐小螺，字月嫒。朱锺佑室。

花蕴诗集　徐静安，字花蕴，浙江乌程人。俞俨室。

---

① “挹”浙图本作“浥”。

静好居吟稿　徐静媛，江苏常熟人。陶贵鉴室。

馀娴阁诗存　徐玖，字丹成，江苏□□人。汝宏浚室。

古诗抄八卷　同上

红馀小草一卷　徐锦，字珠村，浙江秀水人。朱辰应室。

展[①]桂轩诗草　徐梦兰，江苏昆山人。王怙瞻室。

听竹楼诗钞　徐寄尘，浙江石门人，蕙贞妹。

兰蕴诗草　徐裕馨，字兰蕴，浙江钱塘人。程焕室。

度针楼遗稿　徐蕙贞，寄尘姊，字兰湘。

拙政园诗一卷　徐灿，字湘蘋，江苏吴县人。陈之遴继室。

诗馀三卷附录一卷　同上

士厘曰：祖姑徐少淑《络纬吟集》，以明女史，故不入略。子妇徐文琳，即姪女。有《镜山阁诗稿》。

又曰：徐夫人随夫谪居辽阳七载，夫殁布素持斋，不复吟咏。康熙十二年圣祖谒陵还驾，时沥血上疏，得旨扶輤归里。

绣馀草　徐媛，江苏华亭人。

南楼吟稿　徐映玉，字若冰，江苏昆山人。孔毓艮室。

然脂杂录　同上

红馀集　徐应坤，字淑媛，江苏如皋人。邹恭士室。

须曼华舘小稿　徐应嬛，字珊若。朱瑞增室。

月当楼倡和集　同上

秀芳遗诗一卷　徐秀芳，彩霞姊，江苏吴江人[②]。李大誠室。

绮窗遗咏　徐檝蕙，字畹香，江苏华亭人。邹如冈室。

红吟馆诗稿　徐縠，字农仙，浙江德清人。朱檝绩室。

---

①“展”浙图本作“殿”。

②“江苏吴江人”句据浙图本补。

兰笑词　徐淑，字景淑，江苏吴县人。高立菴室。

廿一史评　徐[①]淑英，福建莆田人。俞□室。

诗文集　同上

绣馀书屋吟稿　徐淑贞，字梅仙，山东□□人。

一叶落词　徐淑秀，字昭阳。邵□室。

来青阁遗稿　徐玉如，字兰素，江苏昆山人。冯渠室。

绣馀小草　徐玉謰，字婉珠，江苏阳湖人。薛玉堂室。

伤心吟一卷　徐七宝，字雅间，安徽歙县人。曹榜聘室。

草蒲诗集　徐柏，浙江海宁人。陈之芳室。

士厘曰：管元耀曰，考诸陈氏谱传，未有柏名，《杭郡诗续辑》，误。[②]

绿净轩集　徐德音，字淑则，浙江钱塘人。许迎年室。

士厘曰：杭堇浦《词科馀话》作《静绿轩集》。

又曰：女许佩璜能诗，不知集名。

纪瑞诗集　同上

职思居诗　徐叶昭，字克庄，浙江乌程人。许尧咨室。

职思居文稿　同上

咏梅百绝　徐叶英，广东南海人。何炯絅[③]文室。

叶英诗稿三卷　同上

孤云吟草　徐氏，浙江嘉兴人。陈耆卿室。

巢寄遗稿　徐氏，江苏常熟人。赵同融室。

霜黛轩诗稿　徐氏，江苏昆山人。冯愿室。

---

① “徐”浙图本作“佘”。

② 此条据浙图本补入。

③ “炯”浙图本作“絅”。

徐贞女诗文集四卷　徐氏，浙江海盐人。印鸿玉室。

秀琼馆遗词　徐氏，浙江仁和人。

幼芬遗诗　徐氏，字幼芬，江苏扬州人。李淦室。

士厘曰：叔姑季娴有《雨泉龛诗》及《闺秀集初编》。

玉峰焚馀草　徐氏，江苏武进人。秦振才室。

冰心集六卷　诸馀，字耀霜，江苏无锡人。戴钾室。

鸳帏小草　诸娴，浙江仁和人。王德宏室。

兰蕤小稿　诸以兑，字季玖，浙江仁和人。沈承宽室。

小秋兰馆诗钞　储廷英，字松友，江苏宜兴人。韩霞轩室。

士厘曰：其父储玉书，有《秋兰馆烬馀剩草》松友诗四十首即附刊于后，故名《小秋兰馆》。其侄恩熙跋云：姑四人皆工诗，惜不知三人集名，但知其伯姊名竹轩，仲姊芷香，季妹韵仙而已。

哦月楼诗存词附　储慧，字啸凤，江苏宜兴人。蒋华室。

天香楼小草　储秀玉，字佩璜，江苏荆溪人。施□室。

玉暎楼词　虞兆淑，字蓉城，浙江海盐人。徐赓元室。

树蕙轩集　虞友兰，字霭仙，江苏金坛人。刘□室。

士厘曰：女刘琬怀，有《问月楼草》。

镜园遗咏　虞净芳，浙江钱塘人。

伫月山房诗钞　虞惪芬，字玉如，江苏金坛人。郑士杰室。

藤花阁草　虞叶蘩，字佩祁，江苏金坛人。顾诒绶室。

士厘曰：母刘琬怀，有《问月轩草》，外祖母虞友兰，有《树蕙轩集》。

凌云楼诗草　虞氏，江苏金坛人。张鼎室。

映山楼诗草 于仙龄，字云溪[1]，山东荣城人。黄绍元室。

静宜吟舘诗草 于修儒，字子晋，奉天铁岭人。张云裳室。

针馀草 于启璋，字静媛，浙江嘉兴人。沈蕃室。

小琼华仙馆词 于晓霞，字绮如，江苏金坛人。金文渊室。

玉连环草 于晓霞夫妇合撰

凝香阁合集 于晓霞及其叔陈芳藻合撰。

士厘曰：母冯兰贞有《冷翠轩稿》。

漱芳词 于懿，字静宜，江苏金坛人。邓恩锡继室。

士厘曰：女邓瑜有《蕉窗词》，甥女杜敬有《昙花吟》。

绣馀吟草一卷 于淑均，直隶沧州人。

织素诗轩 于月卿，字蕊生，江苏金坛人。

栖松阁诗草 于氏，直隶沧州人。张镛室。

就兰阁遗稿 于氏，江苏金坛人。孔宪培室。

月吟集 瞿珍，字若琬，江苏常熟人。

藜阁诗草 瞿晚香，江苏阳湖人。吴昌之室。

藕花村稿 瞿继钟，字静拙，江苏常熟人。王愚轩室。

闺隐集 殳默，字斋季，浙江桐庐人。

士厘曰：其母陆观莲，有《蒋湖寓园草》。

鹿门草 俞韫玉，字逸情，浙江海宁人。徐吴升继室。

椒花馆吟稿 俞承禾，字柔生，江苏常熟人。邵信臣室。

士厘曰：外祖母翁夫人有《簪花阁集》，母钱云辉有《冰凝镜澈斋诗文集》，嫂姚鸿茝有《纫芳斋集》，弟妇恽元箴有《靖宇室诗》。

---

① “字云溪”三字，据浙图本补。

杏轩集　俞杏贞，江苏金坛人。金兰越聘室。

绿窗吟稿　俞静贞，字仙霞，浙江上虞人。何玉池室。

红映山房集四卷　俞素娟，浙江□□人。沈寅东室。

玉照楼诗　俞惠宁，浙江海宁人。沈□室。

古文一册　同上

琼英集　俞桂，字琼美。浙江仁和人。

平泉山庄集　俞浚，字安平，浙江仁和人。郑景会室。

绮香阁诗钞　俞镜秋，浙江山阴人。李有棻继室。

士厘曰：女李恒，有《浣薇轩梦馀吟草》。

绣墨轩诗词　俞庆曾，字吉初，浙江德清人。宗斋年室。

莲心室遗稿　俞富仪，字宝娟，安徽婺源人。郎盛富室。

慧福楼幸草　俞绣孙，字絖裳，庆曾姑母，浙江德清人。[①]许佑身室。

猗园草　俞淑曾，字守贞，江苏嘉定人。严时简室。

积翠轩诗草　俞德秀，字叔珊，浙江德清人。孙寿铭室。

士厘曰：姑许延礽，有《福连室集》。

梅吟女史遗稿　俞氏，浙江海宁人。沈□室。

石园随笔二卷　朱中楣，字远山，江西庐陵人。李元鼎省室。

士厘曰：据李元鼎祭亡妻罗安人文称：中楣为省室。

随笔续编一卷　同上

亦园嗣響一卷　同上

倡和合集二卷　朱中楣夫妇合撰

随笔诗馀一卷　镜阁新声一卷　［同上］夫妇合撰

① 籍贯据浙图本补。

修竹庐吟稿　朱宗淑，字德音，江苏长洲人。郑□室。

德音近稿　同上

慈云阁诗存　朱逵，字虔斋，浙江海盐人。陈克鋐室。

士厘曰：女陈品闺，字筠斋。陆肇锡室。诗附《慈云阁》后。

树萱小草　朱衣珍，字也点，浙江平湖人。陆梦求室。

小莲花室稿　朱玙，字小莒，浙江海盐人。孔宪彝室。

金粟词　同上

断香集　朱如玉，字又寒，浙江仁和人。鲁宗镐室。

暗香楼稿　朱梅，浙江海宁人。许惟枚继室。

士厘曰：女许玉芬有《篆云楼稿》。

凝香楼稿　同上[①]

士厘曰："暗香"在室时作，"凝香"于归后作。[②]

寒英诗稿　朱梅秀，字寒英，陕西鄠县人。

绣馀吟　朱均，字绮生，江苏靖江人。戴有恒室。

士厘曰：其外王母潘素心，有《虚白诗集》《不栉吟》。

听月楼诗词草　朱文娟，字吟梅，江苏长洲人。郑瑶光室。

旦华楼草　朱文毓，字秀甫，江苏上海人。王钰室。

琼花楼小草　朱坤然，安徽霍山人。俞学沛室。

梦香集　朱兰，字清畹，江苏甘泉人。程绮堂室。

写秋轩诗草　朱兰，字畹香，安徽含山人。庆斧臣室。

先得月楼遗诗　朱兰，字畹芳，江苏甘泉人。沈时春室。

课儿草　朱韶香，字敬图，福建建宁人。邬家述室。

---

① 据浙图本补。

② 据浙图本补。

浣芳轩诗　朱芳，字浣芳，江苏江宁人。管同室。

绿天吟榭诗草　朱芳徵，字懿卿，福建福州人。姜承雯室。

徽柔阁诗钞　朱荣珍，字琴仙，江苏上元人。蔡寿祺继室。

兰心阁诗稿　朱莹，字子琼，浙江嘉兴人。张庆荣室。

晚香阁诗草二卷　朱清远，字渌芙。徐韵笙侧室

桂馨轩诗一卷　朱馨润，字兰馥，浙江长兴人。臧志鼎室。

吟香阁诗草　同上

青琴阁集　朱灵珠，江苏华亭人。廖景文室。

紫薇花舘诗钞　朱承芳，字蓉笙，浙江钱塘人。徐珂室。

荻庐诗草　朱澄，字听秋，浙江嘉兴人。金持衡室。

嗣音轩诗钞　朱柔则，字顺成，浙江钱塘人。沈用济室。

绣帙馀吟一卷　同上

士厘曰：柔则，为柴静仪之冢妇，柴有《凝香室诗稿》，故集名《嗣音》。

凝翠舘诗词钞　朱琴香

士厘曰：琴香籍贯、夫族俟考。

梅花溪诗词　朱森，字树芳，浙江嘉兴人。孙志钤室。

倚云楼遗草　朱美英，字蕊生，浙江海盐人。蒋勤施室。

浣青吟馆　朱韫珍，字婉卿，顺天大兴人。冯怡常室。

士厘曰：母刘之莱，有《启秀轩诗词》。

霁月楼诗稿　朱保喆，字锦香，浙江长兴人。戴可恒室。

士厘曰：娣朱均，有《绣馀吟》，孙传芳有《曼陀罗诗》，姪女戴鉴有《椒花馆吟稿》，戴锺有《梦花仙馆吟稿》及笔记。

絮雪集　朱景素，字菊如，江苏上元人。单洪诰继室。

兰膏剩草　朱梦梨，字蕴素，江苏无锡人。戴玉亭室。

佩兰诗草　朱素芳，字若霞，江苏常熟人。

德隐楼诗草　朱素诚，字淑珠，浙江桐乡人。岳廷祊室。

绣馀小草　朱蕙，字静芳，江苏娄县人。钱世徵室。

绣佛斋集　朱泰玉，字无瑕，江苏江宁人。

澹如轩吟草　朱镇，字静媛，广西临桂人。况祥麟室。

阁上吟草　朱韵子

士厘曰：韵子籍贯、夫族俟考。

湘蘋遗诗　朱召南，字湘蘋，福建建宁人。徐家泰室。

士厘曰：妹朱召香有《课儿草》。

青蒲仙馆诗钞　朱淑仪，字蒲仙，江苏□□人。韦仲毅室。

分绣联吟阁合集　朱淑均、朱淑仪。淑均，字莲卿；淑仪，字菊卿。浙江海宁人。莲卿，查冬荣室；菊卿，查有炳室。

爱花吟树合稿　同上

士厘曰：二朱以姊妹为娣姒。淑均妾织霞、女鬟云诗附。

簪花阁吟草　朱淑凤，江西南城人。黄春魁室。

面浦楼遗稿　朱穆，字月轩，江苏上海人。姚松庐室。

餐花仙史遗集　朱钰，字研溪，浙江嘉兴人。谢雍泰室。

悦心斋集　朱玉，字懿安，江苏吴江人。戴彬继室。

石麟轩诗草　朱曰桢，浙江桐乡人。程绍荣室。

冰心草　朱雪英，字韵梅，安徽天长人。周莲洲室。

士厘曰：沈归愚所刊《联珠集》，乃周月贞、朱雪英二人诗，雪英为翁静如子妇，翁有《珠楼集》。

珠来阁遗稿　朱萼增，字沁香，江苏吴江人。徐锡第室。

浣香楼遗稿　朱迪珍，字佩秋，浙江钱塘人。蒋其章室。

猗兰 幽恨 归云等集 朱德蓉，字又贞，浙江嘉善人。张我朴室。

璇闺诗 同上

旧月楼稿 朱氏，潘庭筠室。

画纱室吟稿 符莹，字蝉青，江苏江都人。

百花诗百果诗 符受徵，江苏清河人。

镜花楼诗稿 蒲碧仙

士厘曰：碧仙籍贯、夫族俟考。

思蕴草 胡思蕴，安徽桐城人。童□室。

习静轩诗集 胡思荣，安徽全椒人。金兰室。

小红楼吟草 胡珠林，字丽□，安徽泾县人。

士厘曰：珠林诗附其祖《立经堂诗集》后。

素心词一卷 胡蓁，浙江仁和人。郑道乾室。

绣篋草 胡文柔，字兰韵，江苏元和人。陆润室。

环梅小住遗草 胡云英，字小霞，浙江会稽人。赵连城室。

畹香居诗稿 胡兰，字畹香，浙江嘉兴人。朱鸣皋室。

涉江集 胡莲，字茂生，浙江天台人。

琴韵楼稿二卷 胡缘，字香轮，安徽当涂人。许景钟室。

红于词 朔《疑胡之误》朝霞，江苏上元人。

士厘曰：朝霞后为女道士，更名“曙光”。

艺菊轩遗稿 胡瑶仙，字淑懿，贵州贵筑人。孝女。

士厘曰：母冯锦裳有《隐庐诗钞》。

琼玉集 胡芳兰，江西南城人。万春荣室。

小秦台集 胡琼，字佩青，江苏长州人。朱珖室。

爱月轩词 胡凯似，字静香，江苏通州人。江棣圃室。

安贞斋小草　胡静娴，字贞斋，江苏华亭人。戴□室。

绣书阁诗草　胡锦，字芳卿，湖南善化人。

国香楼诗钞　胡佩兰，字畹芳，江苏太仓人。汪启淑侧室。

兰圃遗草　胡佩芳，字秀亭，江西星子人。燕位特室。

红鹤山庄初集二集　胡慎容，字玉亭，浙江山阴人。冯垣室。

士厘曰：女冯思慧有《绣馀吟》。

石兰集　胡慎仪，字采齐，慎容姊。骆烜室。

焚馀小草　胡顺，字坤德，浙江秀水人。丁德致室。

抱月楼小律　胡相端，字智珠，顺天大兴人。许荫基室。

士厘曰：女许淑慧，有《琴外诗钞》。

筠心阁诗　胡秀温，湖北荆门人。张毓参室。

寒香室遗稿　胡绣珍，字宠仙，浙江平湖人。朱埏之侧室。

锄月山房诗草　胡若兰，字畹香，浙江桐乡人。孔昭灿室。

语录　胡氏，字祇园。常公振聘室。

咽露吟　屠茝佩，字瑶芳，浙江秀水人。孙渭潢室。

士厘曰：姑黄德贞有《冰玉集》，小姑孙兰媛有《砚乔阁诗词》，孙蕙媛有《愁馀集》。

钿奁遗咏　同上

玩月轩诗钞　屠镜心，江苏宜兴人。任星咸室。

绣生诗钞　屠绣生，浙江鄞县人。童祥熊室。

安拙轩诗草　屠姑，字梦香，浙江会稽人。王庚室。

遥集编　呼祖，字文如，湖北江夏人。邱齐云室。

忘忧草　吾胐，字华生，江苏华亭人。曹焜室。

士厘曰：孙女曹鉴冰，有《绣馀试砚稿》。

采石篇　同上

风兰独啸集　同上

岂园吟　吾德明，字左芬，浙江海宁人。萧应櫆室。

挹香阁诗草　吴中芸，安徽桐城人。齐梅生室。

六宜楼稿　吴宗爱，字绛雪，浙江永康人。徐明英室。

士厘曰：绛雪保全合城生命而仍一死，以全节。真可谓仁且智，黄韵甫演为院，本以讽世。

清闺遗稿　吴宗宪，浙江秀水人。王澄室。

琴馀阁诗钞　吴宗彦，浙江长兴人。

晓仙楼诗　吴规臣，字香轮，江苏金坛人。顾鹤室。

蕉雨轩集　吴师韫，字慧菴，江苏如皋人。施槃室。

小万柳堂摹古四卷　吴芝瑛，字紫瑛，安徽桐城人。廉泉室。

玉青馆诗草　吴怡，字欢佩，江苏常州人。庄炎室。

黄绢丝存　吴丝，字黄绢，安徽合肥人。钦枚室。

香谷焚馀草　吴琪，字蕊仙，江苏长洲人。管勋室。

比玉新声集　同上

佛眉新旧诗　同上

琐香菴词　同上

香台集　吴吴，江苏江都人。江闿室。

梅阁诗钞　吴梅阁，安徽无为州人。谢鹤巢室。

双梧小草　吴申，字蕙孃，安徽歙县人。钱东室。

倚琴阁诗词　吴麟珠，字友石，安徽泾县人。章华室。

玩芳草　吴纫兰，字又佩，福建长汀人。戴二俅室。

早花集　吴筠，字畹芬，浙江嘉兴人。李贻德室。

士厘曰：江西黄秩模所编《柳絮集》，载吴畹香著《早花集》选诗一首，题脱二句[①]，谓所适为沈某更误，兹依《早花》原著正之。

墨斋遗稿　吴文卿，字墨齐[②]，浙江石门人。郑□室。

桐听词　吴文柔，字昭质，江苏长洲人。杨焯室。

养花轩诗钞　吴芸华，字小茶，江西东乡人。陈世庆室。

士厘曰：母蒋徽，有《琴香阁诗钞》。

仪惠阁遗稿　吴芬，字西书，浙江石门人。沈鹏飞室。

玉轩吟稿　吴元善，字体仁，浙江海盐人。朱奏室。

松声阁初二三集十八卷　吴坤元，字璞玉，安徽桐城人。潘金芝室。

写韵楼诗草　吴珊珊，字琼仙，江苏吴江人。徐逵源室。

凝碧轩诗稿　吴兰，字兰儒，江苏荆溪人。薛琳室。

灌香草堂诗稿　吴兰畹，字宛之，江苏常熟人。任道镕继室。

沅兰词　吴兰畹夫妇合撰

职思居姑存草　吴兰泽，字慧娟，兰畹妹。

士厘曰：兰畹、兰泽之祖母张绢英，有《澹鞠轩诗词》等。

月窗诗草　吴端淑，字秀妪，浙江山阴人。祝纯琮室。

榕花阁诗草　同上

绮窗遗吟　吴班，字仙济，福建晋江人。陈一策室。

青山集四卷　吴山，字岩子，安徽当涂人。卞琳室。

士厘曰：《青山集》有西湖、梁溪、虎丘、广陵等名，此其合称也。女卞梦钰、卞德基均能诗。梦钰有《绣阁遗草》。

---

① “句”浙图本作“字”。

② “齐”浙图本征“卿”。

云过楼遗草　吴娴，江苏常熟人。程定谟室。

雪庭遗稿　吴年，字古春，浙江归安人。董启埏室。

苹居集　吴娟娟，字糜仙。广东石城人。林茂之侧室。

啸雪菴诗钞诗馀　吴绡，字素公，江苏长洲人。许瑶室。

绣馀诗草　吴家楣，字莲斋，湖南长沙人。杨华圃室。

贻清阁诗稿　吴湘，字筠仙，浙江石门人。许锡曾室。

组紃草　吴湘，字婉罗，浙江钱塘人。

士厘曰：正始续集作范昆仑侧室，必涉江都吴湘而误。

脂香窟集　吴湘，字若耶，江苏江都人。范昆仑侧室。

士厘曰：正始续集作字婉罗，必涉钱塘吴湘而误。

看山楼诗草　吴芳，字茉塘，芬妹。胡斯煌室。

清馨阁吟稿　吴芳珍，字韵卿，浙江钱塘人。李增厚室。

获雪集　吴黄，字文裳，浙江嘉善人。钱鉽室。

芳荪书屋存稿二卷　吴瑛，字若华，浙江平湖人。屈恬波室。

士厘曰：刻本四卷。卷三为赋，卷四为词。《杭郡诗辑》言其工制艺，有刊本。

玉壶集　吴瑛，字雪嵋，江苏长洲人。席允成室。

士厘曰：其妹琇亦能诗。女席兰、席蕙、席芬、席芳皆有集，惜不知名。

定生楼草　吴清莲，字菡生，江苏□□人。蒋锡绶室。

惜阴楼剩稿　吴青霞，浙江海宁人。沈锡三室。

青霞寄学吟　同上

望云楼集　吴恒，字兰贞，浙江海盐人。张笠溪室。

春翠屏集　吴秋音，字桂粟。廖景文侧室。

倄月遗稿　吴倄月，安徽歙县人。汪定执室。

潇湘集　吴森札，字文照，江苏吴江人。

采秀阁吟草　吴昙素，字雯华，江苏吴江人。叶景鸿室。

香奁诗稿　同上

吴孺人诗集　吴喜珠，安徽歙县人。方如麟室。

筠仙诗集　吴嶰竹，江西鄱阳人。朱松坪室。

思顺斋诗稿　吴亥生，浙江归安人。钱江室。

佩秋阁诗二卷词一卷文附　吴茝，字佩纕，江苏吴县人。汪桐于室。

士厘曰：本名《聊生草》。

兰谷集　吴茝婕，字淑洲，江苏华亭人。王祖庆室。

白蘋花馆遗诗　吴婉宜，字荇芳，浙江钱塘人。徐业钧室。

绿窗吟草　吴婉桃，字倚云。王之孚室。

金海楼合稿　吴婉桃夫妇合撰。

浣雪集　吴琬玉，字瑶华，福建福安人。

松韵馆诗钞　吴本贞，字德音，江苏吴县人。张棂室。

士厘曰：姑唐无非有《望云集》，小姑张仁準有《华箴阁诗草》，张仁霁有《时晴簃阁存草》，姒刘文嘉有《无邪堂诗集》《春茧斋词》，姪女张厚庄有《梦蝶龛诗》，侄妇黄淑成有《扬芬阁诗》。

长宜阁诗草　吴浣云，江苏武进人。赵林室。

团扇词　吴晈临，字玉树，江苏常熟人。

唾绒馀草　吴小姑，广东琼州人。邱玉山侧室。

香雪庐词　吴藻，字蘋香，浙江仁和人。黄□室。

士厘曰：词分《花帘词》《香南雪北词》两种。

饮香楼小稿　吴掌珠，字罕珍，浙江乌程人。张萱室。

苔窗拾稿　吴永和，字文璧，江苏元和人。董玉苍继室。

饮冰集　吴静，字定生，江苏昭文人。项肇基室。

霜飞草　吴九思，字柏隐，浙江嘉兴人。陆□室。

写韵楼诗草　吴玖，字瑟兮，浙江石门人。程同文继室。

万卷楼诗钞　吴受竹，浙江长兴人。潘汝诚室。

吟香榍小草　吴凤仪，字淑英，江苏嘉定人。朱锦生室。

四十五日馀咏　同上

庾楼吟　吴蕙，字兰质，江苏长洲人。费定烈室。

静香楼草　吴蕙，字静香，江苏吴县人。蒋锡琳室。

士厘曰：子妇李德纯，有《兰韵楼草》。

亦断肠草　吴丽珠，字绮文，浙江海宁人。马淞室。

士厘曰：《杭州府［志］·艺文志》无亦字。

写韵楼遗草　吴丽珍，字兰仙。仲廷机室。

兰陂剩稿　吴荔娘，子绛卿，福建莆田人。陈蔚侧室。

箫引楼诗文集　吴世仁，字浣素，江苏如皋人。沈学琳室。

士厘曰：女沈善宝，有《鸿雪楼诗词集》又《名媛诗话》。

琴媵轩诗稿　吴慎，字厚安，浙江海宁人。查揆室。

听鸿楼诗稿　吴巽，字道娴，浙江嘉兴人。郑联室。

士厘曰：正始集作“听莺楼”，误。

喁喁集　吴瑗，字文青，江苏无锡人。薛□室。

写韵楼词　吴尚憙，字小荷，广东南海人。

君婉遗稿　吴肖荣，字君婉，安徽桐城人。光大中室。

秋山楼稿　吴孟嘉，字维则，安徽桐城人。方凤朝室。

白塔里吟稿　吴咏陔，江苏长洲人。蒋赓壎室。

静娴诗稿　吴正肃，字静娴，江苏江都人。黄履岳室。

瓛佩圆壶遗稿　吴令仪，字棣倩，安徽桐城人，方孔炤室。

环珠室集二卷　吴令则，令仪姊。何应琼室。

绿窗集　吴又仙，湖南长沙人。廖□室。

绛珠阁遗草　吴绣珠，字蕴吉，安徽泾县人。郭兰芬室。

士厘曰：妹宝珠，亦工诗，惜未知其集名。

蕙棂小草　吴绣砚，安徽歙县人。洪□室。

士厘曰：子妇汪玉英，有《吟香榭初稿》。

写韵偶草　吴绀珠，字籯伍，浙江海宁人。梁敬可室。

来帆阁诗集　吴淑随，字安卿，江苏平望人。袁修瑾室。

写韵楼诗　吴淑仪，字芝仙，浙江钱塘人。方铁符室。

织馀吟草　吴淑仪，字香溪，江苏丹徒人。程秋渚室。

梦兰阁诗钞　吴淑升，字君阶。蔡熙室。

琴斋诗草　吴淑慎，字琴斋，浙江仁和人。顾申之室。

翼福楼诗钞　吴玉华，浙江安吉人。施应心继室。

绿华草　同上

荫绿阁草　吴学素，字位真，江苏娄县人。顾伟权室。

鸾影遗稿　吴鹤侣，江苏吴江人。史善长聘室。

吹兰诗钞　吴若云，又名蕙，字绛衣，江苏嘉定人。毛思止室。

香雪阁集　同上

罢绣吟　同上

香城词　同上

无皋杂说　同上

悟雪草堂诗钞　吴若冰，字莹仙，江西南城人。杨苏材室。

柏舟集　吴柏，字柏舟，浙江钱塘人。陈元璧聘室。

柳塘词　吴碧，字玉娟，浙江仁和人。

德馨遗诗一卷　吴德馨，字心香，江苏震泽人。邱□室。

双榕楼稿　吴氏，直隶沧洲人。刘曾璇室。

栖梧阁诗集　吴氏，安徽桐城人。

云芬阁诗　吴氏，安徽桐城人。光聪谐室。

梅阁小草　吴氏，安徽无为人。谢鹤樵室。

花萼轩诗词草　吴氏，浙江归安人。沈三曾室。

清风明月楼吟卷　吴氏，浙江仁和人。汪锡嘏室。

女训一卷　吴氏，浙江海宁人。朱嘉徵室。

淡蔼诗草　吴氏，江西□□人。黄传骥室。

吴媛诗集　吴氏，浙江安吉人。徐鏊锡室。

倡随集　卢兰露，浙江钱塘人。胡家琪室。

友华轩漫录　庐谦，字吉恒，四川成都人。顾文光室。

紫霞轩诗词草　卢蕴贞，字清云，福建闽县人。魏鹏程室。

凤署偶吟一卷　卢静芳，浙江仁和人。陈存矩室。

璧云轩剩稿一卷　卢著，字碧筠，山东德州人。云汝愈聘室。

妙香阁诗稿　卢介祺，字蓉洲，山东德州人。焦家麟室。

士厘曰：女焦学漪，有竹《竹韵轩诗草》。

涟香阁诗钞　卢淑韫，汉军人。朱□室。

焦尾阁遗稿　卢德仪，字梅邻，浙江黄岩人。王维龄室。

焦尾阁脞录　同上

乾坤正气集　同上

纫蕙山房草　苏如兰，顺天大兴人。

春芜阁遗稿　苏芬，字梅友，浙江钱塘人。许大纶室。

闺吟集秀　苏兰畹，字纫九，浙江仁和人。倪一擎室。

士厘曰：漫兴诗五十馀首，游仙诗三十首，皆集古今才媛诗句成篇，故名“集秀”。

香岩诗文二卷　同上

坤维正气录十卷　同上

梦草亭诗馀　苏清月，江苏常熟人。

筠绿剩稿　苏始芳，字幼馨，江苏山阳人。潘尚仁侧室。

妇人诗话　苏慕亚，江苏常熟人。

瑞圃诗钞二卷　苏世璋，字文圭，福建漳浦人。黄立斋室。

漱琼集　苏瑗，字若涵，江苏常熟人。邵齐然室。

河梁集　苏琇，字若莹，媛季妹。张守业室。

士厘曰：次妹苏瑛，字若修，三妹苏瑶，字若和，四妹苏琬，字若柔，俱工诗。按苏琇《闺秀正始集》作《苏晴筠》。

贮素楼词一卷　苏穆，字佩纕，江苏山阳人。周济侧室。

破愁吟　苏若蕙，字香谷，江苏常熟人。

绣红阁诗　苏织云，字锦孃，浙江山阴人。王衡室。

香月词　苏氏，江苏□□人。吴雷发继室。

绚春堂吟草　乌云珠，字蕊仙，满洲人。伊桑阿室。

玉尺楼遗草　齐祥隶，福建闽县人。陈兆熊聘室。

梦香诗草　奚音，字伯琴，江苏太仓人。高声振室。

簪花阁诗　奚颖文，字蕴玉，浙江钱塘人。程豫室。

凝香阁稿　倪仁吉，字心惠，浙江义乌人。吴之葵室。

四时宫意图诗　同上①

① 此条据浙图本补

山居四时杂诗　同上[①]

鹃血吟　倪琳仙

士厘曰：琳仙籍贯夫族未详。

晚香庐诗稿二卷　倪婉，字菊轩，安徽桐城人。张□室。

士厘曰：《疏影楼合刻》之一人也。

斯堂吟　倪小，字茁姑，江苏青浦人。陆□室。

听松书屋诗钞　倪梦庚，字莲仙，浙江平湖人。屠□室。

文嘉诗稿　倪瑞，字文嘉，福建闽县人。赵国俊室。

静香阁诗草　倪瑞璿，字玉英，江苏宿迁人。徐起泰室。

冰壶小草　倪素玉，字无瑕，江苏无锡人。邹□室。

疏影楼集　倪淑，字梅轩，婉妹。

士厘曰：其妹曰婉、曰懿、曰静，均工诗词，合刻四卷。

鹂怨集　倪氏，江苏江都人。蒋虎臣室。

映雪吟稿一卷　倪氏，浙江桐乡人。费胜初继室。

映雪堂集　柴源，字瀚如，浙江仁和人。孙宇奇室。

凝香室诗稿　柴静仪，字季娴，浙江钱塘人。沈镠室。

北堂诗钞　同上

士厘曰：子妇朱柔则，有《嗣音轩诗稿》。

又曰：静仪姊贞仪，字如光。黄介眉室，亦工诗，集不传。

绿筠轩草　梅芬，字素娟，江苏吴江人。陈自焕室。

洗药楹诗稿　梅湘，字蕴兰，江苏吴江人。刘毓盘继室。

月楼吟稿　梅清，字冰若，浙江秀水人。张辰竹室。

红豆山房集一卷　梅史，字瑶仙，直隶天津人。陈孝治侧室。

① 此条据浙图本补

看云阁诗　梅氏，江苏上元人。朱□室。

联香小草　雷健儿、雷阿淳、雷顺蒨合撰。健儿，字芳柔，阿淳，字妙柔，顺蒨，字静柔，三人姊妹。河南辉县人。

士厘曰：三姊妹本姓姜，苏门隐者之女也。

半吟楼诗存　雷玉映，字半吟湖，南澧州人。何官麦室。

弥清阁集　雷氏，陕西郃阳人。史继鲁室。

绿净轩诗　崔元娴，江苏阳湖人。唐少游室。

士厘曰：母唐祖英，有《云中阁诗》《竹窗俚语》《断肠草》等。

芙蓉书屋遗草一卷　崔巧云，□□仙源人[①]。

耽佳阁诗一卷　崔秀玉，江苏□□仙源人。

瘦云馆诗　辛丝，字瑟婵，山西太原人。秦□室。

随宦吟草　辛素霞，字咏仙，江西万载人。谢文煃室。

绮窗吟草　申志廉，字浣青，浙江钱塘人。施恂室。

缝云阁集　申蕙，字兰芳，江苏长洲人。沈□室。

筠心阁吟稿　陈雍，字仲淑，湖南祈阳人。金逢源室。

春晖阁诗词一卷　陈司兰，字谈如，藤莲妹。白凤鸣室。

士厘曰：姊陈蕴莲有《信芳阁诗》《翰墨和鸣集》等。

延绿阁诗草　陈诗，字芷仙。江苏吴县人。秦寅继室。

淇园诗草　陈治筠，字淇园，江苏昆山人。余澹岩室。

崇兰馆诗　陈滋曾，字妙云，浙江上虞人。

复菴吟草　陈书，字南楼，浙江秀水人，钱陈群之母。钱纶光室。

士厘曰：姊陈瑴有《写书楼遗稿》。

---

① 浙图本为“山东曲阜人”。

兰窗自怡草　陈于凤，字丹彩，福建连江人。林宏仁室。

卧梅小稿　陈珠，字蕊珠，浙江平湖人。陶鹄元侧室。

梅影集　陈梅仙，字香云，湖南龙阳人。黄本骥继室。

绣馀吟　陈珻生，字文琅，浙江平湖人。盛□室。

绿窗闲咏　陈麟瑞，字若兰，浙江海盐人。徐忠振室。

闺词一百首　同上

鼓瑟吟　同上

绣香居存稿二卷　陈璘，字兰修，江苏常熟人。瞿玄锡室。

畯喜堂集

藕花庄集

士厘曰：兰修，又名结璘，又字太素[1]。存稿向无刊本，惟藏瞿氏家中。《常熟县志》《常昭合志》名陈洁，今据瞿氏藏书，兰修为明瞿忠宣公家妇，诗多盛衰之感，故名字频更，集鲜传世。

赋燕楼吟草　陈珍瑶，字月史，浙江归安人。杨□室。

离骚发蒙　陈银，字令仪。江苏丹阳人。

黛山斋词草　同上

蓬莱阁诗稿一卷　陈筠，字翠君，浙江海宁人。马之炎室。

兰卿初稿一卷　陈筠贞，字兰卿，浙江海宁人。殳长龄室。

云砚楼小草　陈彬，字闺儒，浙江仁和人。戴礼室。

小黛轩集二卷　陈芸，字芸仙，福建侯官人。

士厘曰：一名《陈孝女遗诗》附其母薛绍薇《黛韵楼诗》后，故名“小黛”。

小黛轩论诗诗二卷　同上

---

① “又太素”，据浙图本补。

茹蘖间房诗存　陈勤，字辛农，江苏甘泉人。符大绶室。

渤海遗吟　陈元琳，字玉英，浙江海盐人。沈定颖室。

舞馀词　陈沅，字圆圆，江苏武进人。

芝室草　陈安兹，江西德化人。熊爵诰室。

士厘曰：一作安慈。

浣香书屋吟稿　陈兰，字香祖，浙江海宁人。吴森室。

滴翠轩遗稿　陈兰君，字秋畹，浙江嵊县人。童瀚继室。

谷香诗草地卷　陈兰徵，江苏上海人。曹承烈室。

绘影阁集　陈端生，浙江钱塘人。范□室。

士厘曰：妹陈长生有绘声阁初稿、续稿。

永怀楼遗稿　陈端凝，字叔妫，浙江海宁人。吴之楠室。

合杏楼稿　陈端敬，字玉田，江苏吴县人。韩骐室。

慎馀堂稿一卷　陈贤，浙江海宁人。管乔年室。

浮生记梦集　陈传淑，字蘋香，江苏丹徒人。郑槐室。

写麋楼诗词集　陈嘉，字子淑，浙江仁和人。高望曾室。

松荫阁诗存　陈昌凤，字无恙，湖南善化人。王开瑒室。

绘声阁初稿续稿　陈长生，字秋榖，端生妹。叶绍楏室。

士厘曰：姊陈端生，有《绘影阁集》，其姑周映清，有《梅笑集》，继姑李今章有《蘖香诗钞》，小姑叶令仪、叶令嘉、叶令昭，娣周星薇、何若琼均能诗，世称《织云楼稿》。

挹秀山庄词　陈芳藻，字瑞芝，湖南祁阳人。于彭龄室。

二如室诗词合编　陈瑛，字式玉，浙江归安人。汪鉽室。

士厘曰：《杭郡诗三辑》云，孺人才华绝世，与剑秋先生洵称佳偶。所住二如居，盖取如金如玉之意。

漓江远草　陈莹英，字端文，广西临桂人。

挹秀阁吟草　陈贞源，字秀娟，浙江海宁人。

红馀草　陈琼圃，字阆真。费锡田室。

锄月小草　陈琼茝、陈琼圃合撰。琼茝，字芳余，浙江仁和人。

士厘曰：其母戴韫玉，有《西斋遗稿》。

秋棠轩诗词　陈星垣，字仲奎，江苏上元人。何忠万室。

红馀漫草一卷　陈登峰，字耕云，浙江海宁人。杨陈谟室。

怀藤吟稿　陈球，字淑慧。

停绿轩小稿　陈琳华，字佩芬，浙江秀水人。冯人凤室。

焚饮草　陈蕊珠，字兰谷，直隶文安人。符贵麟室。

课选楼合稿　陈蕊珠，字逸仙，江苏丹徒人。鲍皋室。

士厘曰：丹徒三鲍之母，合稿者母女四人之诗。

听松楼稿四卷　陈尔士，字炜卿。浙江馀杭人。钱仪吉室。

清异三录　同上

授经偶笔　同上

历代后妃表　同上

妇职集编　同上

香谷诗章三卷　陈似兰，字畹仙，浙江海宁人。张遇隆室。

畹仙诗馀一卷　同上

士厘曰：姊静嘉，有《秋岩遗稿》。

仙掌楼集　陈启淑，江苏长洲人。金岘亭室。

幽窗草　陈海嵩，福建福宁人，彭维芳室。

云岩诗稿　陈采芝，字云岩，浙江仁和人。邹淦室。

士厘曰：子妇汤湘芷，有《桐荫书屋诗钞》《企翁词》等。

承欢集　陈蕴斋，甘肃张掖人。程介亭室。

信芳阁诗五卷诗馀一卷 陈蕴莲，字慕青，江苏江阴人。左晨室。

翰墨和鸣集 同上

士厘曰：陈蕴莲之女左白玉，左白玉子妇汪韵梅，韵梅子妇丁毓英，均有著作，侄女左锡璇、左锡嘉皆受书法于慕青，亦各有著作。

素赏楼稿八卷 陈皖永，字伦光，浙江海宁人。杨慎言室。

士厘曰：慎言，字语可，《杭州艺文志》作“慎行”似误。伦光诗卷不以示人，其年六十，子杨大晟欲为称觞，坚不许。长子妇沈、次子妇蔡脱簪珥刊此集以为寿。从侄女陈守范有《静闲遗诗》。

破涕吟一卷 同上

双照楼稿 陈展仪，浙江钱塘人。吴昌绶室。

士厘曰：其高祖姑母陈端生有《绘影阁集》，陈长生有绘声阁初、续稿。

同怀诗草 陈隽君、陈颖君姊妹同撰。江苏吴县人。隽君，刘运铃室。

晓芬遗稿 陈晓芬，广东南海人。伊云卿室。

簪花阁诗集 陈宝月，字印华，浙江钱塘人。王庆嵩继室。

士厘曰：女王兰佩，有《茂萱阁诗》及《静好楼诗词》。

绮馀书室诗稿 陈葆贞，字纯卿，浙江嘉善人。陆宪曾室。

士厘曰：《桐乡县志·孝女门》作“葆贞”，《艺文门》作“葆懿”。未知孰是。

和鸣集 陈爽轩，江苏扬州人。黄暘甫室。

串香楼诗集　同上[1]

静斋小稿　陈广逊，字静斋，广东顺德人。何勤良室。

翠凤阁诗词　陈秉淑，字蓉娟，安徽怀宁人。李国楷室。

绮馀吟草　陈静宜。陆□室。

悟因楼存草　陈静渊，山西凤台人。卫封沛室。

撷秀轩剩稿词附　陈静英，江苏江阴人。孙鹤书室。

士厘曰：女孙韵仙，字沁霞，适吴氏，有诗附剩稿后。

秋严遗稿一卷　陈静嘉，字秋岩，浙江海宁人。姜贻纶室。

梦芙馆诗草　陈静德，浙江会稽人。

绿窗闲咏一卷　陈有则，字幽筠，浙江海宁人。杨秉訚室。

兰音阁诗钞　陈友琴，字雅南，四川金堂人。胡绍钫室。

静闲遗诗　杨守范，字静闲，浙江海宁人。顾[2]曾室。

士厘曰：从姑母陈皖永有《素赏楼稿》，此集曾为序。

玩芳楼剩稿　陈受之，字寿芝，浙江嘉兴人。沈爱莲室。

别离泪稿　陈品金，字心水，福建闽县人。洪裕室。

湛然诗稿　陈湛然，湖北江夏人。刘肇墀继室。

绣馀稿　陈梦兰，字畹香。浙江上虞人。

淡香阁吟稿　陈绛绡，字彩霞，江苏长洲人。吴虆孙侧室。

义臣剩稿一卷　陈义臣，字茜霞，广西临桂人。

熊丸集　陈瑞辉，字蕉窗，浙江永嘉人。张□室。

伫月轩诗草　陈翠翘，字秀君，顺天大兴人。祖之望室。

士厘曰：子妇师惠芳，有《绣馀吟》。

花角楼吟草二卷　陈素，字云有，浙江海宁人。查宁室。

① 此条据浙图本补。

② 浙图本为“顾宜曾”。

士厘曰：《杭郡诗辑》云，云有工填词，其吟草有乾隆甲戌虞山女士王季锡序。

生秋阁草附词 陈素安，字定林，浙江仁和人。沈世焘室。

醉月楼诗钞 陈素莲，字香山，浙江仙居人。金掞之室。

织云楼词 陈素贞，字纫秋，浙江嘉善人。杨晋藩室。

二分明月集 陈素素，江苏江都人。姜学在侧室。

蕉窗吟稿一卷 陈慧，浙江海宁人。刘曾室。

香远斋诗稿 陈慧妹，字湘箬，浙江海宁人。张问安室。

曼陀罗室小草 陈蕙，字苏元，浙江仁和人。郑锡祺室。

十孤诗草 陈蕙芳，江苏长洲人。蔡天石侧室

秋渠阁剩草 陈泰，字红泉，浙江海宁人。锺廷标室。

闺房集一卷 陈珮，字怀玉，安徽天长人。江昱室。

梅花室稿 陈黛，字岫云，江苏吴县人。许懋芝室。

文阁诗选 陈舜英，字佩玉，江苏溧阳人，方中通室。

士厘曰：姑潘翟有《宜阁诗文集》，小姑方御有《旦鸣阁》稿。

漱芳阁诗钞 陈润，字漱芳，浙江嵊县人。钱光鼎室。

吟香阁集二卷 陈绚，字莲蕙，浙江海宁人。张上发室。

士厘曰：女张步萱，有《嗣音楼诗稿》。

山舟纫兰草 陈敬，字端凝，江苏华亭人。周忠忻室。

倡随集一卷 同上

古今名媛绣针集 同上

士厘曰：正始集作《古今名媛考略》，且言未成。“绣针”之名，殆后改题。

娜嬛书屋吟稿一卷　陈敬襄，字婉顺，浙江海宁人。吴焕章室。

耐素斋遗稿　同上

牧祥诗草　陈庆熊，字牧祥，浙江仁和人。应廷锷室。

士厘曰：一作《拈花小草》。廷锷，《海宁州志》作“光锷”。

小罗浮仙馆诗　陈定文，字若华，江苏常熟人。顾砺室。

倚梭吟草　陈秀英，江苏娄县人。万□室。

秀贞遗稿　陈秀贞，广西临桂人。榕门相国女。陆之灿室。

书写楼遗稿　陈毂，浙江秀水人。程兆麟室。

士厘曰：妹陈书，有《复庵吟草》。

晚香馆遗诗　陈菊贞，字餐英，浙江海宁人。蒋宗城室。

妆阁遗稿　陈淑，字文淑。马雪如室。

绣庄诗草　陈淑旂，字绣庄，浙江上虞人。戴学连室。

化凤轩诗稿　陈淑兰，字蕙卿，江苏江宁人。邓宗洛室。

碧香阁小草　陈淑媖，字宜斋，顺天大兴人。于振翀室。

玉芳亭诗集　陈淑秀，字昭阳，贵州贵筑人。周承元室。

困学楼诗稿　陈毓秀，字小兰，浙江仁和人。戴□室。

散花室学吟　陈玉，安徽休宁人。王鸣盛侧室。

寒碧轩诗存　陈钰，字静漪，浙江钱塘人。王锺龄室。

士厘曰：《杭州府艺文志》作“钲”，其母冒俊，有《福禄鸳鸯阁遗稿》。

冰崖诗草　陈玉徽，浙江海盐人。王煜室。

梦棠诗草　陈玉祥，字梦棠，湖南武陵人。唐开韶室。

来凤楼集　陈玉岑，江苏山阳人。许志进室。

兰居吟草　陈玉瑛，福建侯官人。郭□室。

南楼小草　陈玉秀，字德华，浙江钱塘人。孙德有继室。

清韵阁诗草　同上

望江楼诗草　陈桔，字枰仙，浙江会稽人。

茹蕙集四卷　陈䂓，字人香，江苏通州人。孙安石室。

士厘曰：䂓与洁同，故或刋作洁。

学荻楼吟草　陈若梅，字清萼。曾世夔室。

蚕丝集　陈若兰

士厘曰：若兰籍贯、夫族俟考。

断肠集　陈奕珍，字韫璞，浙江天台人。齐重光室。

绣馀吟草　陈织仙，字云裳，浙江会稽人。高仁凤室。

清兰馆诗集六卷　陈德卿，字兰雪，浙江杭州人。

静华馆稿　陈德卿，字静华，江西新城人。

西溪集　陈德宁，字如璋，浙江嘉兴人。郑□室。

囊云居诗草　陈德音，字孟徽，湖南衡山人。赵宾暘室。

馀生集一卷　陈克毅，字盈素，浙江海宁人。曹相龙室。

士厘曰：母汪淑婉，有《德庵诗稿》及《感旧集》。

合箫楼稿　陈立，字止君，浙江仁和人。胡培室。

佟陈氏稿　陈皖永姊。佟世南室。

遗训一卷　陈氏，浙江海宁人。朱自恒室。

梅龛吟　陈氏，江苏华亭人。

和鸣集　陈氏，字爽轩，江苏江都人。黄石瓒室。

士厘曰：前有《和鸣集》陈爽轩者，仆惟籍贯扬州。而夫名暘圃，而非石瓒。然集名同姓名同夫姓同，殆即同一小。

家训一卷　陈氏，浙江海宁人。朱荪室。

陈贞媛遗诗一卷　陈氏，号无波居士，湖北汉阳人。宗正学聘室。

崩城吟　陈氏，江苏元和人。严惟式室。

柔存堂草　陈氏，广东顺德人。

冰雪堂诗　陈氏，号归真道人，内府正黄旗人。巴尼浑室。

一则诗稿　陈氏，字一则，江苏华亭人。刘立方室。

云骧山庄遗稿　秦邦淑，湖南宁乡人。黄立隆室。

媚晴楼诗词草　秦云，字佩芬，浙江山阴人。丁文蔚侧室。

友梅斋剩稿　秦昙，字昙筠，江苏无锡人。卞令公侧室。

和声集　秦凤箫，字鸾枝，广西桂林人。梁翰室。

梅花吟草　秦氏。杨□室。

纫兰稿　秦氏，江苏宜兴人。汤振商室。

依桂稿　同上

尘奁遗草　文先谧，字无非，湖南宁乡人。王开璋室。

秋蝉吟草　文星，字奎耀，浙江西安人。李光文室。

小停云舘诗钞　文静玉，字湘霞，江苏吴县人。陈文述侧室。

君子亭集　文氏，陕西三水人。葛□室。

醉鹤楼集　闻璞，字楚璜，浙江石门人。

士厘曰：一作《闻孝女遗诗》。

寒香诗稿　殷锫金，字素月，浙江临安人。洪焌继室。

纫兰诗草　殷湘英，江苏常熟人。谢延爵室。

隐梅庐遗稿　殷秉玑，字茎仙，江苏常熟人。陈锡祺室。

玉箫词　同上

吟香阁诗钞二卷　殷月楼，字筠仙，江苏丹徒人。朱鸿远室。

清映堂诗稿　殷德徽，安徽歙县人。钱抚棠继室。

诗偈一卷　殷氏，江苏江都人。

素文女子遗稿　袁机，字素文，浙江仁和人。

列女传三卷　同上

素言集　袁希谢，字寄尘，江苏吴江人。王元炜室。

寄尘诗词钞　同上

士厘曰：寄尘诗词，本与同邑董节妇云鹤、顾节妇佩芳诗合刻，名《三节妇诗》。嗣邑人以所刻太少，别刊以广其传。

灵箫阁诗选　袁妽，字小芬，浙江仁和人。史璜室。

绿窗小草　袁寒篁，字青湘。江苏华亭人。侍亲不字。

缦华楼诗钞　袁华，字缦华，浙江嘉兴人。杨伯润室。

湘痕阁诗词稿　袁嘉，字柔吉，浙江钱塘人。崇一颖室。

拾翠轩诗草　袁湘佩。字兰贞。陈毓贤室

楹书阁遗稿　袁棠，字云秋，杼妹。汪孟翊室。

绣馀吟稿　同上

清敞楼吟稿　袁清凤，字月真，江苏吴县人。杨宇室。

闻鹏集　袁贞姿，福建□□人，陈金栋室。

燕归来轩诗词草　袁青，字黛华，妽姊随园老人孙女。车持谦继室。

楼居小草　袁杼，字绮文，机妹。韩永思室。

士厘曰：随园合刻《机杼棠诗》，或名《袁氏三女合稿》。

挹翠楼集　袁慧婾，字蕙贞。江苏通州人。保成德室。

蝶仙遗草　袁倩，字蝶仙，江苏长洲人。颜益斋侧室。

月渠轩诗草　袁镜蓉，字月渠，江苏华亭人。吴粲室。

瑶华阁诗词集　袁绶，字紫卿，浙江仁和人[1]。吴伯锳室。

士厘曰：本名《簪云阁诗词集》。

闽南杂咏　同上

剪湘亭遗稿　袁淑，字仪吉，浙江仁和人。王豫斋室。

咏香集　袁淑娟，字翠英，江苏娄县人。

拾香楼稿　袁淑芳，字柔仙，江苏吴江人。陈燮室。

桐荫书屋词　袁毓卿，字子芳，江苏阳湖人。金士麟室。

士厘曰：母左锡璇，有《碧桐红蕉馆诗词》，从母左锡嘉，有《冷吟仙馆诗词集》，表姊曾懿曾彦均有集。

疏影暗香楼吟稿　袁萼仙，字素梅，江苏元和人。戈宙襄室。

士厘曰：姑张静芳《博通经史》，子妇金婉，有《宜春舫诗钞》；女戈馥华有《课鹦短句》。

话雨楼诗　言忠贞，字静芳，江苏常熟人。施震福室。

砚隐楼诗附刻　温廉贞，浙江乌程人。王静甫室。

砚隐楼诗　温慕贞，浙江乌程人，廉贞妹。朱时发室。

诗徵室草　孙漪蕙，字佩秋，江苏阳湖人。萧以霁室。

剑秋吟稿　孙苏玉，字剑秋，江苏无锡人。

停琴馆吟草　孙云鹇，浙江仁和人。范□室。

玉箫楼诗集　孙云凤，字碧梧，浙江仁和人。程懋庭室。

湘云舘词二卷　同上

听雨楼词二卷　孙云鹤，字兰友，云凤妹。金玮室。

士厘曰：三人外尚有云鸾，字文翰，云鸿字宾南，云鹊字玉立，皆工诗善画。见《杭郡诗三辑》。

---

① 籍贯“浙江仁和人”，据浙图本补。

西窗诗课　孙荪友，字湘畹，安徽当涂人。

贻砚斋诗稿　孙荪意，字秀芬，浙江仁和人。高第[①]继室。

白雪楼遗稿　孙安祥，字竹卿，浙江钱塘人。

卧云阁诗草二卷　孙兰韫，字九畹，浙江钱塘人。高应元室。

砚香阁诗词　孙兰媛，字介畹，浙江嘉兴人。陆渭室。

士厘曰：母黄德贞，有《冰玉》《雪椒》《樵梦》《擘莲》诸集。嫂屠茝佩有《咽露吟》。

绣馀记闻四卷　孙端贞，字庆姑，福建侯官人。毕亮室。

诗文一卷　同上

曼陀罗室诗　孙传芳，字佩嘉，浙江钱塘人。戴穗孙室。

士厘曰：长姒朱保喆有《霁月楼诗稿》，次姒朱均有《绣馀吟》，姪戴鉴有《椒花馆吟稿》，戴锺有《梦花仙馆诗》。

琬华诗稿　孙茗玉字琬华，浙江钱塘人。孔昭虔室。

暎雪书屋诗　孙潮，字月波，浙江嘉兴人。吴柱室。

远山楼稿　孙瑶华，江苏金陵人。汪景纯侧室。

琴瑟词　孙瑶英，字孟芝，浙江钱塘人。钱淇水室。

碎玉集　孙庄容，字令媛，浙江海宁人。徐□室。

士厘曰：庄容有《女夭殇作诗哭之》，闺阁中属和者多，汇刋为《碎玉集》。有雍正丙午七十老人陈皖永序。

衍波词二卷　同上

小螺盦诗词草二卷　孙芳祖，字心兰，浙江会稽人。秦德延聘室。

梅花画人传　同上

续衔蝉小录　同上

士厘曰：《輶轩续录》云二种未成。

---

① "第"浙图本作"藻"。

翠薇仙舘词　孙莹培，浙江钱塘人。阮子祥室。

若孟诗稿一卷　孙若孟，福建浦城人。毛廷枚室。

寸草轩诗　韩韫玉，江苏长洲人，韩菼女。顾渭熊室。

绿窗同怀稿　韩鸾仪、韩凤仪合撰。鸾仪，字隐霄；凤仪，字隐雯，浙江钱塘人。

士厘曰：此所谓钱塘二孝女也

饮渌亭集　韩宛，字湘烟，浙江金华人。

晨风堂集　韩智玥，字洁存，浙江乌程人。于御君室

丽卿诗草　韩丽清。叶圭垣室。

鸾音集　韩佩，字照玉，宛姊。

孝梅诗草一卷　韩孝梅，直隶宛平人。侍亲不字。

带绿草堂集　韩氏，号端静闲人，汉军人。和顺室。

周易翼注　安璿珠，江苏金匮人。凌堃室。

德舆子注　同上

士厘曰：堃为乌程人，撰此两书，而璿珠为之注。

兰轩集　兰轩，觉罗女。嵩山室。

士厘曰：《八旗通志》兰轩，觉罗女。按，兰轩佚名，各书均即以“兰轩”名，故仍之。又按，兰轩为养易斋子妇。

绿芸轩诗钞一卷　完颜金墀，字韵湘，满洲人。英志室。

士厘曰：外孙女那逊兰保，有《芸香馆遗诗》。

花堁闲吟　完颜兑，字悦姑，满州人。穆里玛室。

花堁丛谈　同上

赐绮阁诗草　完颜妙莲保，字锦香，满洲人。来秀室。

清韵轩诗草　完颜佛芸保，字华香，妙莲保妹。延煦室。

士厘曰：二人为恽珠孙女，程孟梅女向不以完颜称，而恽太

夫最重氏族，故于其孙女各冠以姓。

绿窗诗稿　端淑卿

士厘曰：见甘泉县《艺文志》夫族未详。

古香室稿　端木顺，字少坤，浙江青田人。许岳恩室。

士厘曰：母宗庆有《古欢室稿》。

留香剩草一卷　官莲姊，福建邵武人。

倚红楼诗词草　潘云仙，浙江上虞人。连□室。

鳞羽幽情集　潘沅，字漱石，江苏阳湖人。

不扫轩词　潘端，字慎斋，江苏娄县人。倪永清室。

绣馀集　潘楚碧，字湘文，浙江仁和人。顾諟室。

兰窗杂咏　潘婉顺。江苏吴江人。凌谦受室。

心筠遗稿　潘抱真，字宝钿，浙江海宁人。徐章烜聘室。

梦花小草　潘本温，字虹衢，浙江归安人。严镛室。

桐韵诗删　同上

焚馀草　潘掌珍，字湘蘋，江苏元和人。严法曾室。

倦绣吟一卷　潘季兰，江苏吴县人。汪峻卿室。

孝烈遗集　潘志渊，字梦男，安徽桐城人。张济孙室。

虚白诗集　潘素心，字虚白，浙江山阴人。汪润之室。

不栉吟　同上

士厘曰：《不栉吟》有续刻，有又续等均行世。

又曰：女汪恂，字瑟友；汪愔，字琴德，均能诗。

崇兰馆诗词钞　潘励闲，字素兰，广东番禺人。

画兰室诗稿　潘佩芳，字莩亭，浙江钱塘人。沈学曾室。[①]

韵芳阁诗稿　潘焕荣，字绮青，湖北罗田人。廖新室。

---

① 浙图本作：朱文佩室。

漱芳阁诗稿 潘焕媊，字伴霞，湖北罗田人。郭时润室。

浣芳阁吟稿 潘焕吉，字幼晖，荣妹。郭元勋室。

士厘曰：嫂杨清材，有《碧筠楼草》。

爱日吟 潘正心，字亚白，素心。素俞□室。

顾节妇诗 潘淑清，江苏常熟人。顾晓岳室。

梦草轩诗稿 潘欲敬，字静庄，江苏常熟人。归锺麒室。

琴友堂诗词二卷 潘卓媛，字莹素，浙江仁和人。

宜阁诗文集 潘翟，字副华，安徽桐城人。方以智室。

士厘曰：女方御有《旦鸣阁稿》，子妇陈舜英，有《文阁诗选》，孙女方如环、方如璧均能诗。

治家诗 潘氏，江苏常熟人。谢延爵室。

绿窗吟稿 潘氏，江苏上海人。李锺元室。

呕香吟稿 潘氏，安徽桐城人，马应泰继室。

三十六芙蓉诗存 閔瑛，字秋芙，浙江钱塘人。蒋垣室。

梦影楼词 同上

绣馀小草 閔月仙，字素梅，贵州贵筑人。桂鸾室。

水一方吟草 颜畹思，字宛在，浙江桐乡人。

晚香堂集 颜小来，即恤纬老人，山东曲阜人。孔兴焯室。

偕隐倡酬集 颜铆，山东武城人。陈国瑞室。

偶叶草 颜佩芳，字芳在，浙江桐乡人。周代室。

士厘曰：叶天廖日记云：芳在诗名《绣谷草》，余钞一本，顷为兵火失去云云。不知另一册抑即此书改名耶。

启公事略 颜札氏，满洲人。启秀室。

卷 二

庄镜集 田庄仪，字礼常，山西介休人。常三立室。

碧桐闺咏 田顺庄

士厘曰：见《在璞堂集》，其里贯、夫族俟考。

玉树楼遗草 田玉燕，字双飞，浙江钱唐人。徐元举室。

小玉兰遗稿 钱珍，字温如，江苏长洲人，屈保钧室。

士厘曰：小姑屈秉钧有《韫玉楼诗集》，曾为此集跋。

清荫阁集 钱纫蕙，字秋芳，江苏吴县人。许延鏁室。

士厘曰：女许孟昭，能诗，集未见。孙女许楚畹，有《镂雪吟草》。

冰凝镜澈之斋诗文集 钱云辉，字织孙，浙江归安人。江苏昭文俞锺銮继室。

士厘曰：母翁夫人有《簪花阁集》。姊钱启缯有《晚香楼诗馀》，子妇姚鸿茝有《纫芳集》，恽元箴有《靖宇室诗草》，女俞承禾有《椒花吟馆诗钞》。

慎因室诗稿 同上

秋芬室诗草 钱芸吉，字远青，浙江仁和人。

静香阁学吟草 钱芬，江苏武进人。杨郃舟室。

清辉窗草二卷 同上

抱雪吟一卷 钱涓，字褧文，浙江秀水人。薛雍可室。

撷芳草 钱珂，字撷芳，江苏吴江人。

绿梦轩遗词 钱湘，字季蘋，江苏武进人。赵仁基室。

湘青阁集 钱瑛，字淡人，江苏嘉定人。陈鸿室。

梅花阁遗诗　钱蘅生，字佩芬，浙江平湖人。张金墉室。

听潮吟　钱贞嘉，字含章，浙江钱唐人。黄文学室。

吟秋阁小草　钱峙玉，字翠峰，浙江嘉善人。柳梦坤室。

雨花龛诗词集　钱聚瀛，字斐仲，浙江秀水人。戚士元室。

士厘曰：予见斐仲巨幅画，款题“斐仲印”同，然则当时固通用“斐仲”二字。其印章又有“箨石翁曾孙女”一方。

词话一卷　同上

晚香楼诗馀　钱启缯，字仲绨，①。江苏仪征吴丙湘继室。

士厘曰：云辉之姊，二人皆外子共祖姊与妹也。母翁夫人有《箨花阁集》，妹云辉有《冰凝镜澈斋诗文集》。

玉泉草堂集　钱宛鸾，字翔青，江苏吴县人。张□室。

雨花楼遗稿　钱静娟，字韵蕉。江苏□□人。任傅棨室。

静婉遗稿　钱静婉，江苏武进人。汪和鼎室。

天香楼集　钱静婉，字叔仪，浙江钱唐人。

绿筠诗草　钱守芳，江苏武进人。黄□室。

蓬窗集　钱守善，江苏阳湖人。

焚馀选　同上

梦云轩集　钱守璞，字莲缘，江苏常熟人。张骐室。

士厘曰：予见钱氏所画仕女，款注“钱璞”不名“守璞”，字“莲因”不字“莲缘”，印章符合。又见《枯树寒雅图》则称“钱守璞”。

耦耕砚馆小题襟集　同上

古香楼诗词集　钱凤纶，字云仪，浙江钱塘人，维城女。黄式序室。

---

① 浙图本“绨”字后有:“浙江归安人”五字。

士厘曰：钱石臣尝刊其母、其姊、其妻诗为《钱氏一家言》。母为顾之琼，姊即钱凤纶，妻乃林以宁也。而凤纶又为顾若璞之曾孙妇。娣姚令则有《半月楼集》。

散花滩集　同上

彤管篋　同上

焚馀草　钱仲淑，字鹿君，江苏嘉定人。浦有成室。

蕉窗诗草　钱素芬，字琼兰，江苏阳湖人。蒋其恕室。

天香阁词　钱慧贞，字玉雯，江苏长洲人。胡赓飏继室。

五尊[①]阁吟集　钱惠尊，字诜宜，江苏阳湖人。陆继辂室。

兰馀小草　钱蕙，字凝香，江苏吴县人。徐爔室。

女书痴诗文稿　钱蕙纕，江苏嘉定人。陈振孟室。

梅花阁遗诗　钱佩芬，浙江嘉兴人。张笙伯室。

吟红小榭诗草　钱瑗，学浣生，云南昆明人，苏寿鼎室。

小玲珑舫词钞　钱瑗，字玉爰，顺天宛平人。

玉字无尘室稿　钱亚新，字铭之，仲绨织孙姪孙。江苏常熟翁之龙室。

鸣秋合籁集　钱孟细，字冠之，江苏武进人。崔龙见室。

士厘曰：武进阳湖合志作《纫秋诗草》四卷。

又曰：子妇庄素馨，有《蒙楚阁集》。

浣青诗草诗馀附　同上

纫兰草　钱令晖，字亚芬，江苏通州人。

竹溪渔妇吟草　钱令芬，字冷仙，浙江山阴人。戴燮元室。

瑞芝山房诗钞　同上

珠唾集　钱令娴，字幼靓，令晖妹。

---

① 浙图本“五尊”作“玉贞”。

月来轩诗稿三卷　钱定娴，浙江嘉兴人。李竹荪室。

绣馀词一卷　钱念生，字咀霞，江苏常熟人。宗德润室。

士厘曰：女宗婉有《梦湘楼诗词》，宗粲有《茧香馆诗》。

芝仙剩稿　钱福覆，字芝仙，浙江归安人。江西临川李联琇继室。

士厘曰：嫂翁端恩有《簪花阁诗》，姪女钱启缯有《晚香楼诗馀》，钱雪辉有《冰凝镜澈之斋诗文集》，姪曾孙女钱亚新有《玉宇无尘室稿》。

桐花阁诗　钱复，字吹兰，浙江嘉善人。查开室。

拾瑶草　同上

士厘曰：集唐人句。

桂室吟二卷　钱淑生，湖南宁乡人。李祖芳室。

班氏女诫笺注　同上

清真集　钱徹，字玩尘，浙江嘉兴人。

耕石山房诗　钱植，字云门，浙江仁和人。朱洄室。

晚香阁存稿一卷　全淡真，字菊如。直隶涿州人。叶伯俭室。

奁馀集　员琳，字道颐。程存仁室。

古渡诗评　同上

士厘曰：见《广陵诗事》，里贯未详。

闺中草　权氏。福建长乐人。王德威室。

月楼琴语　萧恒贞，字月楼。江西高安人。周天麟室。

道安堂文　萧道管，字君佩。福建侯官人。陈衍室。

萧闲堂诗　同上

戴花平安室词　同上

列女传集注　同上

说文重文管见　同上

然脂新话三卷　同上

平安室杂记一卷　同上

遗诗文长短句各一卷　同上

萧闲堂札记四卷　同上

红于词　朝霞，佚其姓，江苏上元人。

日馀吟　焦妙莲，江苏上海人。陆元室。

竹韵轩诗草　焦学漪，字吟雅，山东章邱人。

士厘曰：母卢介祺，有《妙香阁诗稿》。

茗琼馆遗集　饶窈云，湖南长沙人。黄经权室。

纫芳集　姚鸿茝，字琬莹，江苏常熟人。俞承莱室

士厘曰：姑钱云辉有《冰凝镜澈之斋集》，娣恽元箴有《靖字室诗草》，妹三人鸿玉、鸿慧、鸿倩有下到各家著作。小姑俞承禾有《椒花吟馆诗稿》。

群玉山房集　姚鸿慧，字素榆，鸿茝姊。宗之威继室。

萝香室诗词集　姚鸿倩，字倩君，鸿慧妹。言微继室。

南湘室诗草　姚鸿倩、姚鸿茝合撰。

三多室集　姚鸿玉，字蓝生，鸿慧姊。杨同珍室。

再生遗稿　姚妫俞，字灵修，江苏长洲人。

士厘曰：明末夫从父殉国遂祝发为尼，法名再生，其诗曾入《国朝闺秀正始集》。

水仙菴随华　姚其庆，字吉仙，江苏上海人。丁慈冰室。

吟红小榭诗稿　同上

双声阁联吟草　同上

剪愁集 姚栖霞，江苏吴江人。

士厘曰：栖霞早卒，其父姚岱搜遗箧编次成帙，即以其诗中“燕剪剪春愁不剪”句而名集。

含章集 姚文玉，浙江仁和人。俞樾室。

士厘曰：女俞琇孙有《慧福楼幸草》。

雪香居士诗稿 姚云卿，字秀英，江苏吴县人。谢启昆侧室。

芸轩集 姚瑶琴，直隶邯郸人。王朱室。

吟香阁诗草 姚霞仙，浙江秀水人。王姚秦室。

晚云楼遗稿 姚霞龄，浙江仁和人。孙懋观室。

玉鸳阁集 姚青娥，浙江秀水人。范和室。

蕴素轩诗稿四卷 姚倚云，安徽桐城人。范当世室。

绮霞诗草 姚绮霞，安徽桐城人。邓柏卿室。

秋琴阁诗钞 姚元迪，字蕴生，江苏金山人。戴鸣球室。

士厘曰：嫂张佛绣，有《职思居诗钞》。

椷秋阁稿 姚宛，字修碧，安徽桐城人。张茂稷室。

拈花诗草 姚景贞，字吴君。陈湘南侧室。

碧窗诗稿 姚静芬，安徽歙县人。翟秬原室。

容与集 姚静闲，字月浦，江苏华亭人。

樵栖集 同上

蕙绸阁集 姚凤仪，安徽桐城人。方于宣室。

士厘曰：《安徽名媛诗词徵略》作《蕙纫词》。

又曰：叔母方维仪有《楚江吟》《归来叹》等集。

纫兰阁诗 同上

赓噫集 姚凤翙，字季羽，凤仪妹。方云旅室。

士厘曰：《安徽名媛诗词徵略》言与云旅此倡彼和，积稿盈尺名《梧阁赓噫集》。

伴云小咏　姚素珪，字静仪，江苏常熟人。王宫桂室。

粛馀剩稿　姚素仙

杏雨楼诗稿　姚素玉，汉军正白旗人。

香奁稿　姚汭，字琮娥，江苏吴江人。潘御云室。

三秀集　姚世鉴，字金心，浙江归安人。王豫室。

十亩间遗稿　姚大儒，浙江□□人。王士夔室。

士厘曰：孙女王满芳有《醉香阁诗草》。

又曰：《光绪桐乡县志》作顾某室。

半月楼集　姚令则，字柔嘉，浙江仁和人。黄时序室。

士厘曰：柔嘉为顾和知孙妇，半月楼者，卧月轩楼之侧楼云。姒钱凤纶有《古香楼诗词集》。

海棠居诗集　姚淑，字仲淑，江苏江宁人。李长祥室。

红香阁词　姚若蘅，字芷湄，安徽桐城人。夏诒钰室。

吟香楼草　姚益鳞，字竹筠，浙江归安人。严兆荪室。

芬陀利居小稿　姚益敬，字元吉，浙江归安人。董暨室。

清香阁诗钞　姚德耀，字景孟，安徽桐城人。马鼇室。

松兰轩遗稿　姚氏。顾□□室。[①]

含章阁偶然草　姚氏，安徽桐城人。张文端公英室。

士厘曰：小姑张氏有《履雪集》，女令仪有《蠹窗》初、二集。

翠萝居诗钞　姚氏，江苏嘉定人。王绂室。

---

① 浙图本作：《松兰轩遗稿》，姚大儒，浙江桐乡人。王士夔室。《光绪桐乡县志》作“顾某室”误。

陆舟吟三卷　姚氏，安徽桐城人，马方思室。

闺鉴三卷　同上

陆舟日记四十三册　同上

玉台新咏一卷　同上

凝晖集二卷　同上

落霞词　乔容，字云生，江苏江宁人。

绿窗集　茅纫兰，字秋佩，浙江归安人。李志广室。

卧云阁诗集　茅桂芬，字蕊仙，江苏丹徒人。吴元坦室。

绿净轩遗稿　包韫珍，字亭玉，浙江钱塘人。庄丙照室。

锦霞阁诗五卷　包兰英，字者香，江苏丹徒人。朱兆蓉室。

锦霞阁词一卷　同上

绿云山房诗草　劳蓉君，字镜香，浙江山阴人。陈锦室。

绝尘轩稿　劳纯一，字安岐，浙江石门人。刘玉峰室。

织文女史诗词遗稿　劳纺，字织文，浙江桐乡人。陶葆廉室。

形短集一卷　高梅阁，自号荊布老人，河南项城人。张□□室。

训子语一卷　同上

笼烟集　高蘩，字亚兰，江苏如皋人。吴开泰室。

逸园集　高槃，字纫兰，蘩妹。冒维楫室。

士厘曰：蘩、槃之妹，名萦，亦工诗而无集。

晴雪楼遗稿　高祥，字织云，浙江钱塘人。姚炳室。

聚雪楼遗稿　高凉，字纨洁，浙江海宁人。沈端室。

鉴雪留迹　高明修，字东悟，江苏常熟人。

语录　同上

红雪轩稿六卷 高影芳，汉军人。张宗仁室。

士厘曰：此稿《正始集》作三十六卷。案，《八旗通志》：《红雪轩稿》六卷，高氏景芳撰。自编所作：《诗词文赋》分六卷，卷一赋三十六篇、文一篇；卷二四言诗十六首、五言古四十七首、七言古三十首；卷三五言排律二十七首、七言排律十二首；卷四五言律一百五首、七言律六十七首；卷五七言绝句九十七首、五言绝句四十三首；卷六词七十五首。编端复有骈体自序一首，然则并诗词文赋确为六卷，而非三十六卷矣。

澹宜书屋诗草二卷 高凤楼，字澹宜。浙江仁和人。胡敬继室。

一琴一鹤轩诗草 高凤阁，字佩文，凤楼姊，浙江仁和人。叶文谦室。

绣箧诗词小集 高篃，字湘筠，江苏元和人。朱绶室。

天香吟稿 高素，江苏常熟人。汪藻室。

月满楼稿 高素仙，字云香，江苏昭文人。秦昂若室。

榆塞联吟草 高素芳，字芸馨，福建侯官人。王应箕室。

士厘曰：此与王瑞兰合撰，故曰"联吟"。

芷衫吟草诗馀 高佩华，字素香，江苏泰州人。叶雨楼室。

叠翠轩诗草 高顺贞，字德华，直隶□□人。刘垂荫室。

亭苕阁诗钞 高学欧，字荻傅，浙江仁和人，事亲不嫁。

超凡集 高出凡，浙江仁和人。汪敦室。

涂雅草 高氏，山东胶州人。辛从昭室。

西轩诗集 高氏，四川高县人。陈訏室。

静好集 毛媞，字安芳，浙江钱塘人。徐邺室。

士厘曰：安芳族叔际可题其编曰："静好因与邺诗合刻"也。

纫蕃诗钞　毛兰生，字畹芬，江苏阳湖人。杨□室。

紫桐花馆吟草　毛锦，浙江归安人。吴□室。

女红馀艺　毛秀惠，字山辉，江苏太仓人。王愫室

筠雪轩诗钞　毛茂清，字林逸，江苏太仓人。顾清振室

酴醿花馆诗稿　毛玉荷，字莲卿，浙江黄岩人。江青室。

疏影居遗稿　毛縠，字仲瑛，江苏不长洲人。金凤翔室。

湖南女士诗钞八卷　毛国姬，字孟瑶，湖南长沙人。杨孝琪室。

蝉花阁吟草　毛氏，杨□室。

士厘曰：女杨蕴辉，有《吟香室诗钞》。

红豆馆诗草　陶懹成，字芳芸，江苏长洲人，郑训常室。

陶孝女遗诗　陶梅霙，湖南善化人。王师璞室。

白云楼诗草　陶文柔，江苏青浦人。叶永年室。

隐鸿杂著二卷　陶恩勋，江苏无锡人。顾沐润室。

清绮轩诗剩　陶安生，字竹筠，江苏常离熟人。章玕室。

婉仪遗稿　陶婉仪，字令则，江苏上海人。陆鸣珂室。

璠楼吟稿　陶善，字庆馀，江苏长洲人。彭希洛室。

翠娟吟草　陶馧，字翠娟，浙江秀水人。徐三寿室。

士厘曰：妹陶馠，字月娟。殷某室。善画工诗。

香雪轩吟　陶韵梅，字春卿，江苏上海人。朱桂梁室。

兰娟吟草　陶馥，字兰娟，馧妹。周兆勋继室。

驱愁吟草　同上

刼馀吟草　同上

霜闺写恨集　同上

慈湖吟草　同上

绿云楼诗存　陶淑，字梦琴，山东新城人。周炳如室。

菊篱词　同上

绣衣吟稿　曹眉寿，字麋寿，浙江海宁人。卜人镜室。

砚史吟稿一卷　曹芝秀，字砚史，安徽歙县人。陈霖室。

写韵轩小稿二卷　曹贞秀，字墨琴，江苏长洲人。王芑孙室。

玉暎楼吟稿　曹柔和，字荇宾，江苏上海人。黄文莲室。

病梅龕诗二卷　曹敏，字慎余，江苏无锡人。赖肇基室。

寿研山房词　曹景芝，字宜仙，江苏吴县人。陆元第室。

非非集　曹炯，字重光，直隶天津人。

梅花诗草　曹蔚文，浙江海宁人。

雪轩学吟草二卷　曹慰，字雪轩，浙江海宁人。劳容室。

士厘曰：《杭郡诗辑》作慰我，《海宁州志》言作慰我误。

玉雨词　曹慎仪，字叔惠，江西新建人。顾清昕室。

独燕吟　曹焕嫣，字灿然，浙江天台人。朱观谟室。

观静斋集　曹寿奴，字山姑，浙江乌程人。

绣馀试砚稿　曹鉴冰，字苇坚，江苏金山人。张曰瑚室。

士厘曰：祖母吴朏，有《忘忧草》，小姑张静，有《清闺集》

清闺吟　同上

士厘曰：鉴冰与张静为姑嫂，几砚相亲。鉴冰所著为《清闺》，吟静所著《清闺集》颇疑有误。

锄梅舘词　曹毓英，景芝小妹。

桐华馆词　曹毓秀，景芝妹。

士厘曰：此二种与《寿研山房词》合刻，名《华萼联咏集》。

希韫斋小集　曹珏英，字盥华，江苏元和人。

飞香阁诗集　曹雪芬，字梅卿，江苏丹徒人。胡玉清室。

廿四史列女合传　同上

拂珠楼诗钞二卷　曹锡珪，字采蘩，江苏上海人。叶承室。

五老圭诗稿　曹锡堃，字采藻，锡珪妹。陆秉笏继室。陆耳小之母。

晚晴楼诗稿二卷　曹锡淑，字采荇，锡珪妹。陆秉笏室。

士厘曰：三曹皆陆凤池女。《四库全书提要》云，锡淑，兵科给事中一士之女，适同里举人陆秉笏。一士有《四焉斋诗集》。其妻陆凤池，亦有《梯仙阁馀课》。锡淑承其家学，具有轨范，大致以性情深致为主，不规规于俪偶声律之间。

宫词百首　曹氏，字月士，顺天宛平人。

士厘曰：明宫人，南都亡后，祝发为尼，法名静照。

唾馀集十卷　曹氏，浙江秀水人，姚鼎黄聘室。

栖梧诗集　柯双凤，字栖梧，安徽贵池人。姚瀚室。

香芸阁剩稿　柯纫秋，字心兰，山东胶州人。陈汝枚室。

思古斋诗钞　柯邵慧，安稚筠，山东胶州人。孙秀成室。

楚水词一卷　同上

逸情阁遗诗　多敏，字惠如，喜塔腊氏满洲人。松椿室。

绣兰阁学吟草　罗贻淑，字韵峰。湖南湘潭人。张文檠室。

初日楼诗词稿　罗庄，字孟康，浙江上虞人。周延年室。

绣馀漫草　罗瑛，字蓝田，广四平南人。

兰心草　罗柔嘉，广西平南人。

猗兰小草　罗临，字福五，河南怀庆人。陈经世室。

碧芙蓉遗草　罗金淑，字廉生。邹藻室。

士厘曰：表妹黄婉璚，有《茶香阁诗词集》。

漱云山房诗草　罗彦珩，湖南长沙人。

丹枫精舍诗文集　罗福龢，字季康，孟康妹。

效颦草　罗淑芳，字佩兰，湖南长沙人。李人参室。

澄霞馆诗集　那宪章，字澄霞，云南武定人。李兆元室。

芸香馆遗诗二卷　那逊兰保，字莲友，喀尔喀人。博尔济吉特氏宗室。恒吉室。

士厘曰：祖母完颜金墀有《绿芸轩诗集》。

清香绿阁诗稿　何如兰，字茝清，福建光泽人。邱隽室。

镜玉楼稿一卷　何佳宝，福建晋江人。黄奕振室。

香吟草　何珺玉，江苏上元人。

西河龛北诗集　何京，字佩瑶，浙江萧山人。施养正室。

仪孝堂诗集　何承徽，字懿生，湖南衡阳人。

錬香集　何金英，字錬秋，四川绵竹人。徐德新室。

绣佛阁集　何采，字若霞，浙江山阴人。

帼簃存稿　何志璇。字韫洁，江苏华亭人。冯尚贤聘室。

词话汇编　同上

词家纪事　同上

梅神吟馆诗词集一卷　何慧生，字莲因，湖南善化人。龙启瑞室。

枸橼轩诗词钞　何桂珍，字梅因，云南善化人。俞绍初室。

环花阁诗钞　何佩珠，字芷香，安徽歙县人。

竹烟兰雪斋诗钞　同上

绿筠阁诗钞　何佩芬，字吟香，芷香长姊。范志全室。

藕香馆诗钞　何佩玉，字琬碧，佩芬妹。祝麟室。

琴北诗钞　何淑蘋，字蕴斋，福建光泽人。吴照堂室。

疏影轩稿　何玉瑛，字梅邻，福建侯官人。郑□室。

双烟阁吟草　何若琼，字阆霞。叶绍本室。

士厘曰：姑周映清，有《梅笑集》，继姑李含章，有《蘩香诗钞》。姒陈长生有《绘声阁》初稿、续稿，小姑叶令仪有《花南吟榭遗草》。

青闺偶言　何氏，字宁英，福建建宁人。徐必蕃室。

绩馀吟草　何氏，山西灵石人。李□室。

历亭吟稿　何氏，山东德州人。祕王伊室。

士厘曰：祕姓，为故城望族。《小黛轩论诗注》作王伊。

课鹦短句　戈馥华，字如芬，江苏吴县人。

士厘曰：其母袁萼仙，有《疏影暗香楼吟稿》。

冰阁诗钞　车氏，湖南华容人。张德俊室。

鹤闲堂草　花含英，浙江仙居人。张源长室。

麝迷词　花妥，字友莺，江苏上元人。

相庞遗诗　佘兆仪，字相庞，安徽含山人。夏韵轩室。

士厘曰：《正始集》作"佘木仪"。

蝶香词　沙宛在，字嫩儿，江苏上元人。

拾翠吟稿　沙懿清，字秋月，江苏如皋人。朱三梧室。

晓镜阁稿　查容端，顺天宛平人。裴升文室。

学绣楼吟稿一卷　查昌鵷，字凤佐，浙江海宁人。陈咸备室。

名媛诗选十六卷词选二卷　同上

绿窗小草　查清，字太清，安徽青阳人。刘静寰室。

白云遗稿　查士英，字寄幻，安徽休宁人。汪钟瑚室。

如是斋吟草　查瑞杼，浙江海宁人。苏□聘室。

枕涛庄焚馀草　查蕙芳，浙江海宁人。许立夫室。

梅花书屋诗钞　查映玉，字春帆，浙江海宁人。张焘室。

揽秀轩稿　查淑顺，字蕙圃，浙江海宁人。冯桂甡室。

自怜吟　查节妇，浙江嘉善人。钱庭柯室。

珮芬阁焚馀草　查若筠，字珮芬，浙江海宁人。汪如澜室。

曼陀雨舘诗存　同上

南楼吟香集　查惜，字淑英，浙江海宁人。马思赞室。

士厘曰：一作《吟香楼诗》六卷。

又曰：祖母锺韫，有《梅花存稿》。

芙蓉池馆集　查氏，广四临桂人。罗宸室。

淑芳集　杨芝，字淑芳，江苏长洲人。汪粲室。

士厘曰：母张学典有《花樵集》。

红渠馆诗钞　杨书兰，字晚香，湖南长沙人。周□□室。

幽篁馆诗钞　杨书蕙，字纫仙，书简妹。刘□□室。

士厘曰：母李星池，有《澹香阁诗》，书兰女周传镜有《小红渠馆诗钞》，书蕙女刘德仪有《小幽篁馆诗钞》。

抱经堂群书校刊记　杨文偕，字绍俪，江苏江阴人。罗文弨室。

昙花一现草　杨文兰，字佛奴，浙江秀水人。顾□□室。

琴清阁集　杨芸，字蕊渊，江苏金匮人。秦承霈室。

金箱荟说八卷　同上

士厘曰：一名《古今闺阁诗话》。是书专录国朝名媛之作。女史张步萱编次。凡六百四十家，钞古今体诗二千六百七十四首，有张步萱及自序。

又曰：无锡图书目录称未刻稿，藏西溪余氏。

瑶华集　杨芬，字瑶季，江苏长洲人。沈懋华室。

涂鸦稿　杨天孙，字云锦，江苏吴县人。陆枚室。

朱珠稿　同上

荷隝诗　杨莲士，字双眉，福建□□人。

雪华词　同上

冷红室书札　同上

椿荫庐诗词存　杨延年，字玉辉，湖南湘乡人。左念康室。

绢春楼诗词　杨全荫，字芬若，江苏常熟人。毕□室。

听秋舘诗词附　杨璿华，字蕴萼，江苏阳湖人。徐□室。

碧筠楼草　杨清材，字琴珊，浙江归安人。潘焕龙继室。

士厘曰：小姑潘焕媌有《漱芳阁诗钞》，潘焕荣有《韵芳阁诗钞》，潘焕吉有《浣芳阁吟稿》。

绿窗吟草　杨琼华，字瑞芝，汉军人。姚明新室。

吟香摘蠹集　杨慳慳，字柳枝，江西德化人。李成蹊室。

鹄巢阁词　杨瀓，字元卿，江苏吴县人。徐延栋室。

绘绣馀吟　杨秋辉，江苏无锡人。吴振梁室。

绣馀学语　杨谦珍，字吉斋，浙江秀水人。周坤侧室。

榕风楼诗存　杨渼皋，字婉蕙，福建□□人。梁恭辰室。

琴馀小草　杨雨香，汉军人。阎□□室。

吟香室诗钞　杨蕴辉，字静贞，江苏金匮人。董敬箴室。

士厘曰：母秦氏，有《梅花吟草》，继母毛氏，有《蝉花阁吟草》，姊杨芸，有《琴清阁集》，姪女杨琬有《选云楼诗》，即静贞子妇。

芝润山房诗词　同上

忆蓉室遗集　杨浣芬，江苏无锡人。章［缺名］室。

士厘曰：曾祖母刘汝藻有《筠心阁诗集》，母张曾慧有《红芙仙馆诗钞》，妹杨令茀有《莪慕室诗文集》《南行省墓记》英译《名媛诗归》等。

选云楼诗 杨琬，字佩贞，江苏金匮人。秦恩普室。

士厘曰：琬为杨芸侄，又为子妇。卒后其继室蒋氏合其姑之诗刻之，名《秦氏姑妇集》。

梦梅仙馆吟草一卷 杨藻，字少梅，江苏无锡人。马［缺名］室。

贮月楼集一卷 杨守闲，字礼持，浙江海宁人。陈世仁室。

静君阁集 杨守俭，字似音，浙江海宁人。彭载奕室。

鸿宝诗钞 杨凤姝，字蘋香，江苏吴县人。李心耕室。

士厘曰：子妇归懋仪，有《绣馀小草》。

晚霞阁诗钞 杨凤祥，江苏无锡人。王［缺名］室。

灵鹃阁小集 杨绛子，浙江嘉兴人。性耽禅悦，终身不嫁。

虚岩逸草 杨翠畴，字虚岩，江苏甘泉人。李惇园室。

绿萼轩吟草一卷附词 杨志温，字幼梅，藻妹。陈［缺名］室。

石轩诗稿 杨素中，浙江秀水人。刘文煌室。

茗香楼集 杨素书，浙江秀水人。窦德辉室。

静宜阁诗八卷 杨素书，字韵芬，浙江钱唐人。夏之盛侧室。

士厘曰：嫡女夏伊兰有《吟红馆诗钞》孙妇，戴鉴有《椒花馆吟稿》，许德蕴有《学画轩诗词稿》。

香雪楼吟稿 杨素华，浙江秀水人，素书妹。王德昭室。

墨香阁诗 杨素英，素书妹。钱景超室。

泉清阁诗草　杨蕙卿，浙江嘉兴人。黄敏斋室。

古雪斋集诗馀附　杨继端，字古雪，四川遂宁人。张问莱室。

丛桂轩诗稿　杨晋华，江苏无锡人。

查花山舘词　杨瑾华，字映蟾，江苏阳湖人。岑云鹤室。

白凤楼诗钞　杨舫，字小桥，江西湖口人。汪陶镕室。

我慕室诗文词集　杨令茀，晋华姑母。

南行省墓记　同上

名媛诗归译英　同上

拜王楼问答　杨照虹，字宛芬，江苏常熟人。孙雄室。

筠青阁吟草　杨秀珠，字碧如。林延祺室。

远山诗钞词附　杨琇，字倩玉，浙江钱塘人。沈丰垣侧室。

芳芸阁诗钞　杨玉莲，字馨云，陕西泾阳人。李应墩室。

淑贞诗稿一卷　杨淑贞，字端一，四川金堂人。阎墬室。

蟾香楼词　杨澈，字朗如，江苏吴县人。韩君明室。

兰藻阁诗　杨克恭，字德基，江苏江都人。徐志巖室。

父书楼稿　杨克顺，克恭妹。王静巖室。

莲梦居遗草一卷　杨氏，浙江海宁人。曹有光室。

断钗吟　杨氏，江苏武进人。汤荀业室。

倡酬集　夫妇合撰

士厘曰：子妇董琬贞，有《双湖诗文词集》。

冷香阁遗稿　杨氏，江苏［缺地名］人。庄［失名］室。

影香窗诗钞　梁蓉菡，字韵书，符瑞妹。许濂室。

声画集　梁玙，字奂之。康石舟室

昆辉阁诗草　梁符瑞，字紫瑛，福建长乐人。龚丰谷室。

士厘曰：妹秀芸，陈兆骧室，亦工诗，早卒。

傲霜吟　梁纯素，字云虚，广东茂名人。邹瑞熊室。

傲霜吟后集　同上

畹香楼诗稿　梁兰猗，字素涵，江苏仪征人。汪［缺名］室。

梦笔山房诗稿　梁兰省，字筠如。福建长乐人。祝普庆室。

士厘曰：兰省有妹名兰台，字寿研，丘藜光室。集未见。

列女傅校读本八卷　梁端，字无非，浙江钱塘人。汪远孙室。

香雪斋稿　梁娴，字淑庄，贵州［缺地名］人。吴［缺名］室。

梅花字字香　梁瑛，字梅君，浙江钱塘人。黄树縠室。

士厘曰：小姑黄玉有《亲夜楼倡酬集》，黄玙有《声画集》。

昙现诗存　梁承淑，广西临桂人。林作符室。

红雪楼集　梁青筠，字芳白，江苏无锡人。

爱荷香诗草　梁金英，字淡如。林庆藩室。

士厘曰：金英与楚琬、赋名皆兰省从妹。

小方壶诗草　梁楚琬，字兰芬。龚长龄室。

琅嬛集　梁小玉，字王姬，浙江钱塘人。

香雪斋小草　梁瑞芝，字玉田。林起鸿室。

卧云楼诗存　梁赋茗，字藻芬。刘义问室。

士厘曰：符瑞、蓉菡、兰省、赋茗、楚琬、金英、佩茳、瑞芝一家。

飞青阁诗词集　梁霭，字佩琼，广东番禺人。潘兰史室。

蕉雪轩吟草　梁佩茳，字梅史。林栋樛室。

士厘曰：佩茳为兰省从妹，端芝为兰省侄女。长乐梁氏一门有集者，同时得八人，可谓盛矣。

墨绣轩集　梁孟昭，字夷素，浙江钱塘人。茅九仍室。

艺兰馆词选　梁令娴，广东新会人，梁启超女。

晚霞轩诗词焚馀集　梁寿贤，字少云，浙江山阴人。沈［缺名］聘室。

士厘曰：此集卷首有荊溪女士吴蒋桢骈文序。

视夜楼唱酬集　梁玉，字蕴之。张情田室。

古春轩诗钞二卷　梁德绳，字楚生。浙江钱塘人。许宗彦室。

词一卷文附　同上

春夜联吟集　梁德绳、汪纫青、汪端合撰。

士厘曰：女延礽，有《福连室集》。延锦，有《鱼听轩诗草》。曾孙女德蕴有《学画斋诗文稿》。甥女汪端有《自然好学斋诗》。

音韵纂组　梁氏，浙江钱塘人。

绿窗草　商采，字云衣，浙江山阴人。罗萼青室。

花间草　同上

昙花一现集　商可，字长白。浙江会稽人。王［缺名］聘室。

士厘曰：其父盘，为辑遗诗故名。

咏雏堂诗草　商景薇，字嗣音，浙江会稽人。徐咸清室。

士厘曰：女徐昭华，有《徐都讲诗集》。

锦囊集　商景兰，字娟生，景薇姊。祁彪佳室。

士厘曰：景兰、景薇为商采之姑母，商可之曾祖姑母。

又曰：《正始集》以祁忠惠么之配不敢选其诗。持理极正，然《明史》既无商景兰其人，则所著又将何属不得已，仍入此略。商夫人为祁德渊、祁德琼、祁德茝之母，张德蕙、朱德蓉之姑。

绣馀吟稿一卷 章兰贞，浙江海宁人。葛慕洪室。

澄心堂草 章有湘，字玉筐，江苏华亭人。孙中麟室。

望云草 同上

再生集 同上

诉天杂记 同上

淑清草 章有谓，字玉璜，有湘妹。侯泓室。

燕喜楼集 同上

士厘曰：姒宁若生有《春晖草》。

眷仙楼遗稿 章韵清，字兰言，浙江平湖人。张天翔室。

镜倚楼小稿 章孝贞，字静仪，江苏江宁人。周观模室。

紫藤萝馆遗稿 章婉仪，字耐卿。华文汇室。

镜花楼稿 章淑云，福建［缺地名］人。陈廷俊室。

香奁咏一卷 章吉，字安贞，浙江乌程人。王汝金室。

二云诗钞 章氏，浙江临海人。洪秘室。

巢燕楼诗钞 姜云，字韫韬，江苏华亭人。张宝榕室。

萝影轩诗集 姜承宜，字羽和，浙江遂安人。全祖念室。

古柏轩集 姜道顺，字涵碧，山东莱阳人。杨去病室。

静婉斋诗 姜素英，江苏常熟人。

姜贞女诗集 姜桂，字芳垂，山东莱阳人。张景崔聘室。

槐音阁诗 姜德娴，字守愚，浙江海宁人。朱二铭室。

纫兰阁杂咏 姜氏，浙江［缺地名］人。何秀巖室。

淑斋诗草　姜氏，字淑斋，山东胶州人。宋［缺名］室。

秋崖题画诗一卷　张崇桂，字秋崖，江苏华亭人。徐承熙室。

清音集　张鸿逑，字琴友，浙江慈溪人。姚筹室。

案廊闲草　张鸿庑，字叔舟，安徽当涂人。方念祖室。

纸阁初集　同上

衔华阁诗草　张宜雝，字肃闲，安徽桐城人。蔡薰继室。

翠筠馆集　张漪，字墨花，河南祥符人。汪象贤室。

汉魏六朝女子文选　张维，浙江海盐人。朱希祖室。

春山诗赋稿　张芝庭，字春山，江苏吴江人。

培桂轩诗钞　张熙春，安徽桐城人。姚映湖室。

暗香琴言　张如玉，福建闽县人。

扫垢山房倡随集　张因，字净因，湖北江夏人。黄文暘室。

双桐馆诗钞　同上

绿秋书屋诗集五卷　同上

士厘曰：《撷芳集》于三十一卷，有"张英字淑华，黄文暘室，著《双桐馆诗钞》"，选诗三首，而五十六卷中有"张因，字淑华，一字净因，适黄秋平，著《扫垢山房倡随集》"，选诗七首，其中题《河鲤登龙门图》则同其《送秋平赴试》一首，则与《正始集》所选同。是张英即张因也。

易道入门二卷　张屯，字丽然，江苏娄县人。褚念劬室。

读易新解　同上

自箴语　同上

荊素阁诗稿　张云，字友烟，浙江秀水人。曹廷柟室。

芸芳女士诗稿　张芸芳，字凤笙，安徽婺源人。俞祖述室。

秋宜楼诗剩　张芬，字舒华，浙江海宁人。倪是修室。

两面楼偶存稿　张芬，字紫蘩，江苏吴县人。夏清和室。

蕉窗咏　张芬，字诵先，广东番禺人。吕不飘室。

翠荇斋吟稿　张勤淑，字友琴，四川遂宁人。吴翀室。

大节斋诗存　张元淑，直隶丰润人。王崇燕室。

井渫词　同上

孝经集礼注　同上

双修阁诗存　张元默，字蕙芬，江苏常熟人。孙雄侧室。

蘅栖集　张蘩，字采于，江苏吴县人。吴士安室。

清心玉映楼稿　张安，浙江乌程人。汪涟室。

士厘曰：其女汪汝澜，有《双桂楼小草》。

餐枫馆文集二卷　张纨英，字若绮，纶英妹。王曦室。

邻云友月之居诗初稿四卷　同上

国朝列女诗略　同上

纬青遗稿一卷　张鉚英，字纬青，纶英妹。章政平室。

蕉窗遗韵　张娴婧，字蓼仙，江西庐州人。闵而学室。

种学斋吟稿　张莲芳，字浣江。江苏长洲人。朱德垣室。

饯月楼诗钞　张苕荪，字月娟，浙江平湖人。胡乃柏继室。

绣墨斋偶吟　张瑶瑛，字巘舟，浙江仁和人。王家骥室。

红馀集　张昭，字闇斋，安徽合肥人。叶启升室。

莲香集　张乔，字乔婧，广东［缺地名］人。

支机石室诗　张襄，字云裳，安徽蒙城人。汤云林室。

锦槎轩稿　同上

织云仙馆诗词遗稿　同上

兰石阁草　张湘月，安徽桐城人。王晭室。

士厘曰：姪女王蕴贞，有《松石山房集》。

静宜楼吟稿 张常熹，字少和，浙江嘉兴人。查世璜室。

承启堂吟稿 张昂，字玉霄，昊妹。洪文蔚室。

兰阁诗集 张莹，安徽桐城人。方履中室。

士厘曰：《安徽名媛诗词徵略》作《友阁集》。

漱香集四卷 张贞，字慕洁，浙江海盐人。朱文煌室。

小诗存稿 张贞范，直隶沧州人。左方焘室。

绿梅花馆吟稿 张贞国，字梅痕。广西桂林人。

古香室稿二卷 张声琇，字兰芬，湖南湘潭人。余崇本室。

怜影轩集 张琼孃，江苏武进人。段玉函室。

石林唱和集 张箖，字竹卿，直隶南皮人。叶尔愷室。

九畹轩吟草 张含兰，字翠黎，广西临桂人。韦道裕室。

芷贞遗诗 张芷贞，浙江钱唐人。

莲香阁草 张喜珠[1]，湖北黄州人。詹振甲侧室。

三生堂稿 张喜珠、张绣珠、邱卷珠合撰。

士厘曰：三姝皆詹振甲侧室。

筠窗小咏 张以纫，字兰斋，江苏吴江人。吴汝虞室。

保艾阁诗钞 张似谊，字鸾宾，安徽桐城人。姚文燕室。

桐雰馆诗稿词一卷附 张炜，字彤芬，浙江钱塘人。杨振镐室。

士厘曰：母沈允慎，有《静怡轩诗稿》《写香楼词》等。

绣馀草 张汝传，江苏华亭人。徐基室。

士厘曰：女徐贤，有《续绣馀草》。

诗问二卷 张祖绥，字绿砚。于［缺名］室

① 浙图本有“字莲香”三字。

松阴阁吟稿 张采茝，江苏丹徒人。储兆丰室。

士厘曰：姊洪采芣，高元室。妹张成珠，韩袭祥室，均能诗，不知集名。

琴秋阁诗 张茝贞，安徽歙县人。鲍瑞骏室。

剪红阁诗草二卷 张茝馨，安徽含山人。庆锡纶室。

别雁吟草 张蕴，字桂森，吴县张芬之姊。蒋［缺名］室。

张孝女诗 张婉，字锦梭，江苏吴县人。

士厘曰：父殁以毁卒。见《苏州府志》。

三省楼剩稿 张婉，字斋筠，江苏太仓人。王［失名］室。

霁筠偶草 同上

倦绣吟 张婉仙，字澹懷，安徽婺源人。

宛田诗钞 张畹，字宛田，浙江海宁人。许惟松室。

迎霞楼稿 张畹瑛，浙江秀水人。马［失名］室。

课馀吟草 张兆金，字芷馨，兆桂妹。林世祺室。

槟榔屿游草 同上

浣花轩诗草 张兆桂，字蕊馨，江苏吴县人。陶子祥室。

士厘曰：二人于外子为甥，长早卒，次长广东女师校。又远教侨子女于槟榔屿。

趋庭咏 张昊，字玉琴，浙江钱塘人。胡大濚室。

槎云遗稿 同上

琴楼合稿 夫妇合撰

士厘曰：卒后其夫追刻遗稿，俪以己作，是为《琴楼合稿》。

好云楼词 张道介，字椒岑，江苏长洲人。顾筠千室。

培远堂集四卷 张藻，字于湘，江苏青浦人。毕礼室

士厘曰：母顾英有《挹翠阁诗钞》，女毕汾能诗无集，孙女

毕慧，有《远香阁诗钞》。

芋香亭集　张宝慧，字梦兰，四川宜宾人。

体亲楼初稿四卷　张保祉，字福田，浙江海盐人。朱元炅室。

清闺集　张静，字秋山，江苏吴县人。庄肇龙室。

士厘曰：嫂曹鉴冰，有《绣馀试砚稿》。曾为此集序。

月窗诗稿　张静纨、张在贞合撰。静纨，字文琳，苏太仓人。在贞，字惠婉，静纨妹。

倚云阁词　张友书，字静宜，江苏丹徒人。陈宗起室。

海鸥吟草　同上

工馀吟草　同上[①]

守拙斋遗稿一卷　张九滋，湖南湘潭人。石养元室。

凝香阁小草　张槱，字凝香，江苏华亭人。蒋炯室。

士厘曰：子妇沈懋昭，有《挹翠轩诗草》。

梦蝶龛诗　张厚庄，字南华，仁準、仁霁姪。吴承湜室。

士厘曰：母即无邪堂主人，祖母、姑母、叔母、嫂氏莫不有集。

冷香阁诗草　张澹如，江苏上元人。

读画楼集　张凤，字含珍，浙江平湖人。高兰曾室。

柏心堂诗草四卷　张梦龙，字静斋，湖南湘阴人。陈源室。

愚亭诗文稿　张智扬，字愚亭，浙江海宁人。李芳馥室。

海昌述略一卷　同上

家政琐言　同上

瑞芝阁遗草　张瑞芝，安徽桐城人。方祺室。

---

① 浙图本有此条信息，今补入。

三芝轩诗存　张瑞芝、张玉芝、张爱芝合撰。

士厘曰：玉芝、爱芝、夫族及他种著作均未详。

绿窗遗稿　张雅宜，字静山，江苏无锡。王拭室。

茧松阁遗稿　张嗣谢，字咏雪，安徽桐城人。孙循绂室。

贮月楼集　张素，字侣仙，江苏吴县人。严瀚室。

绣馀绮语　同上

修竹轩诗馀　张素霞

士厘曰：素霞，籍贯夫族俟考。

嗣香楼诗稿　张步萱，字纸田，浙江海盐人。李步云室。

士厘曰：母陈绚，有《吟香阁集》。

生香阁诗钞　张慧娟，字静山，浙江桐乡人。吴以晋室。

士厘曰：姊张玉轸有《得树楼稿》，张毓真字，幼娴，朱光耀室。

风清香古轩诗钞　张桂芬，字吟秋。浙江仁和人。高时宪室。

莲鬓阁集　张丽人，字二乔，广东南海人。

绣馀杂咏　张俪青，浙江桐乡人。沈思美室。

枕苕楼诗钞　张霭云，浙江长兴人。

万花楼诗钞　张介，字笔芳，江苏娄县人。沈璧琏室。

环翠阁诗词　同上

吟香阁诗存　张佩兰，字纫芳，安徽滁州人。王肇奎室。

佩兰遗稿　张佩兰，字贺书，江苏江都人。汪文锦室。

士厘曰：姑母张因有《扫垢山房唱随集》诸作。

听香吟室诗稿　张佩兰，字蕊仙，江西馀千人。何逊梅室。

咏花楼诗存　张佩兰，字畹香，江苏吴江人。梅观潮室。

雪香书屋吟草　张瑾，字韫仙，屯妹。

小华萼集二卷　张屯、张瑾、张婉合撰。婉，字云仙，瑾妹。

适燕吟　张粲，字疏影，江苏江阴人。许承钦侧室。

绿云楼诗编　张绚霄，字霞域，江苏吴县人。毕沅侧室。

全唐诗选　张绚霄、毕慧合选。

谢琴诗钞　张尚玉，字琴慧，安徽歙县人。吴景潮室。

炙香集　张上慧，江苏嘉定人。陈迈继室。

花韵居诗词稿　张庆松，字绿云。

蠹窗初集二集　张令仪，字柔嘉，安徽桐城人。姚士封室。

锦囊冰鉴二卷　同上

士厘曰：母姚氏有《含章阁偶然草》，姑母张氏有《履雪阁集》。

落霞堂存稿　张秀，字惠中，湖北［缺地名］人。孙勷侧室。

碧梧楼诗四卷　张秀端，字兰士，广东番禺人。钱邦彦室。

词二卷　同上

香雪巢词　同上

读史疑问二卷　同上

绣馀吟　张绣珠，字藕香，江苏长洲人。詹振甲侧室。

女牀山稿　张绣云，浙江归安人。唐晋鏶室。

望山楼稿　张鉴，江苏长洲人。徐筠斋室。

畹香诗草　张淑，字兰仲。安徽怀宁人。熊宝泰室。

士厘曰：女熊象慧，有《芝霞阁集》。

哦香小草　张淑，字静和，江苏长洲人。钱大毓室。

妙香阁集　张淑，字若兰，浙江嘉兴人。吾德沛室。

澄辉阁吟草　张淑莲，字品香，浙江上虞人。夏毓圻室。

性真阁诗　张淑媛，安徽桐城人。叶希李室。

得树楼稿　张玉珍，字蓝生，浙江桐乡人。金瑚室。

晚香居词　同上

机畔吟　张玉娴，字季兰，浙江桐乡人。顾修继室。

蕴仙诗草　张玉贞，字蕴仙，直隶天津人。

滋兰集　张学仪，字古容，山西太原人。于中沚室。

艳树词　同上

华林集　张学贤，字古明，学仪妹。于圣晖室。

倡和集　张学鲁，字古史、古什妹。沈［失名］室。

花樵集　张学典，字古政，古容妹。杨旡咎继室。

士厘曰：女杨芝有《淑芳集》，杨芬有《瑶华集》。

绣馀遗草　张学雅，字古什，为六人之姊。于中沚聘定。

砚隐集　张学象，字古图，与学典孪生。沈载公室。

士厘曰：学象与诸妹诗名相埒，尤工骈体。

瑶草集　张学圣，字古诚。于廷机室。

士厘曰：张氏七女均能诗，且均有集。惟次女《学鲁倡和集》，系与学典唱和，非一人专集也。

锦笺词　张逸藻，字文若，江苏江阴人。章［失名］室。

凝晖阁诗　同上

职思居诗钞二卷　张佛绣，字抱珠，江苏青浦人。姚惟迈室。

士厘曰：小姑姚允迪，有《秋琴阁诗钞》。

石香诗草　张月芬，字石香，江苏青浦人。顾重兰室。

湖素阅遗草　张若娴，字清婉，安徽桐城人。

士厘曰：祖母姚氏有《含章阁偶然草》，祖姑母张氏有《履雪阁集》，姑母张令仪有《蠹窗集》《锦囊》《冰鉴》等。

遗芳轩诗草　张锡龄，字佑之，直隶磁州人。

问芳轩诗草　张德珠，字廉浦，江苏［失地名］人。蔡鸿业室。

翠梧吟草　张德瑞，字静兰，德珠姊。

澹菊[1]轩诗初稿四卷　张□英，字孟缇，江苏阳湖人。吴廷铨室。

士厘曰：□英、□英、纶英、纨英四人诗文同刻，名曰《张氏四女诗文集》，《澹菊轩集》后，有其妹纨英序。

又曰：母汤瑶卿有《蓬室偶吟》，弟妇包令媛亦能诗，不多作，令媛女张祥珍多佳篇，见《棣花馆诗课》，惜全集不传。祥珍适王氏，即纨英之子。孙女吴兰畹有《灌香草堂诗稿》及《沅兰词》。吴兰泽有《职思居姑存稿》。甥女王采蘋有《读选楼诗稿》。

澹菊轩词一卷　同上

张氏诗文稿　张氏，直隶沧州人，朱起凤室。

履雪阁集　张氏，安徽桐城人。吴式昭室。

士厘曰：嫂姚氏有《含章阁偶然草》，姪女张令仪有《蠹窗集》《锦囊》《冰鉴》。

世德堂集　张氏，与其姑洪氏合撰，浙江鄞人。

茹荼集　张氏，山东德州人。田绪宗室。田山薑之母。

寿兰诗草　张氏，浙江海宁人。陆献室。

① “菊”浙图本作“鞠”。

绣桐斋诗集二卷　张氏，直隶南皮人。吴茂椿室。

一经堂稿　张氏，河南襄城人。齐宾室。

楚江吟　方维仪，字仲贤，安徽桐城人。姚孙棨室。

清芬阁集七卷　同上

归来叹　同上

士厘曰：同张引元例。

茂松阁集二卷　方维则。字季准，维仪妹。吴绍忠室。

古今宫闱诗史　方维仪、方维则合撰。

士厘曰：分邪、正二集。

涧滨阁诗　方敷，安徽桐城人。高［失名］室。

雪庐小草　方筠，字雪庐，江苏昆山人。顾［失名］聘室。

含贞阁集　方筠仪，安徽桐城人。左文全室。

鹤汀馀草　方筠雪，安徽歙县人。程光勋室。

屏山堂集四卷　方云卿，字怡云，安徽桐城人。吴询室。

红蕊山房学吟稿　方芬，字采芝，顺天大兴人。

绮云春阁诗草　同上

息影山房诗　方兰畦，江苏昆山人。顾［失名］室。

在璞堂集　方芳佩，字芷斋，浙江钱塘人。汪新室。

续稿二卷　同上

士厘曰：女汪缵祖，有《侍萱吟》《蕉雨轩吟稿》，次女纫，有《瀫音集》《香隐集》，第三女绣祖，幼即能诗，王嵩寿聘室，十二岁殁。愔字琴德，恂字瑟友，均能诗。

又清阁遗稿　方宁，安徽桐城人。孙荩臣室。

萍香词　方是仙，字淡然，浙江乌程人。

采芝山房集　方采芝，安徽全椒人。

学陆集　方婉仪，字白莲，安徽黟县人。罗聘室。

白莲半格诗　同上

断钗集　方琬，字少君，福建莆田人。林树声室。

白沙翠竹集　方可，字青君，安徽黟县人。

彩林集　方景，字彩林，广东番禺人。金綖室。

琴言阁诗集　方掌珠，字伯珠，安徽歙县人。潘世镛室。

友兰阁馈馀集　方静，字畹香，安徽桐城人。许正斋室。

士厘曰：同怀姊妹四人，均负诗名，畹香最幼。惜诸姊诗不传。

诚堂集　方静云

士厘曰：见《雅安书屋文集》。静云籍贯、夫族均未详。

旦鸣阁稿　方御，安徽桐城人。李樞臣室。

士厘曰：潘翟有《宜阁诗文集》，嫂陈舜英有《文阁诗选》。

吟梅仙馆诗　方韵仙。沈清范室。

有诚堂稿附诗馀　方彦珍，字静云，江苏仪征人。程立基室。

红蚕阁稿　方曜，字莲漪。安徽桐城人。车持谦室。

芝仙小草　方寿，字蓬客，山东历城人。潘可宗室。

双清阁诗　方荫华，字季娴，江苏武进人。赵仁基室。

闲云阁诗钞　方若徽，字仲蕙，安徽桐城人。汪元炳室。

镜清阁集　方若蘅，字叔芷，安徽桐城人。杨希銓室。

梦花阁诗稿　湘岑，宗室女。多龄室。

逸韵轩稿　庄芝馨，江苏阳湖人。杨［失名］室。

悟香阁草　庄菁荪，字宜三，江苏阳湖人。孙师俭室。

玉照堂集句　同上

士厘曰：叔母沈氏有翠奁阁率存稿。

紫薇轩集　庄盘珠，字莲佩，江苏阳湖人。吴轼室。

秋水轩词一卷　同上

剪水山房诗钞　庄焘，字磐山，江苏奉贤人。徐祖鎏室。

静远楼稿　庄康，字祝熙。盛［失名］室。

秋谷集　庄九畹，字兰斋，守贞侍母。

瑞红女史　庄瑞红，浙江乌程人。

蒙楚阁集　庄素馨，字少青，江苏武进人。崔景俨室。

士厘曰：姑钱孟钿，有《鸣秋合籁集》《浣青诗草》。

春实斋稿　庄缦仪，字织云，江苏武进人。李祖怡室。

凝远楼诗稿　庄祝熙，江苏吴江人。

联香集　庄玉嘉，江苏武进人。汤雄业室。

晚翠轩诗文连珠等稿　庄德芬，字瑞人，江苏武进人。董［失名］室。

澹仙吟　庄氏，江苏华亭人。

松清偶咏　王松清，安徽无为州人。

玉荣草一卷　王双凤，江苏金山人。杨憺室。

寿萱阁吟草　王仪仙，字凤芝。

谷应山房诗集　王诗龄，字鲁今，浙江山阴人。范［失名］室。

玉珍集　王薇玉，字采薇，江苏武进人。孙星衍室。

长离阁集一卷　同上

薇阁偶存　同上

麦秋诗钞　王珍，字麦秋，湖南衡阳人。

佩珊室诗存　王纫佩，字韵珊，安徽婺源人。江湘岚继室。

槐庆堂集　王筠，陕西长安人。

十燕巢阁稿　王芬，字蕙田，江苏娄县人。唐寿椿室。

惋春遗稿　王元珠，字稚如，江苏上海人。苏绍炳室。

写晴轩试帖　同上

竞秀阁稿　王元珠，字淑龄，浙江嘉兴人。徐刚振室。

宏训楼集　同上

宫词百首　同上

梅笑轩集　王元礼，字礼持，浙江仁和人。

士厘曰：闺秀汪淑婉称王夫人，但不知其夫姓名。

挹翠轩稿　王昆藻，字绮思，江苏娄县人。陈炌室。

印月楼诗词集　王瑞，字湘梅，湖南湘潭人。夏恒继室。

绿水倡酬集　王苏，字兰姒，江苏长洲人。薛孝穆继室。

贝叶龛词　王苏，字若兰，河南淮宁人。周栎园侧室。

昙红阁集　王兰修，字仲兰，江苏嘉定人。吴［失名］室。

笔记　同上

茂萱阁诗　王兰佩，字德卿，浙江钱塘人。孙承福室。

静好楼诗词草　同上

士厘曰：其母陈宝月，有《簪花阁诗集》。

吟红集三卷　王端淑，字玉映，浙江山阴人。丁肇圣室。

史愚　同上

名媛文纬诗纬　同上

玉映堂集　同上

恒心集　同上

留箧集　同上

云笈山房合刻　王莲光，江苏上元人。高云室。

士厘曰：与谁合刻俟考。

停针论古传述　王璿，福建侯官人。

写韵楼诗草　王瑶芬，字云蓝，安徽婺源人。严廷钰室。

士厘曰：女严永华，有《纫兰室诗》《鲽砚诗钞》，严澂华，有《含芳阁集》。孙女严寿蕊亦能诗，严颂萱有《澹香吟馆诗钞》，外孙妇龚韵珊有《漱琼馆诗》《传砚庐诗》。

逍遥楼诗　王瑶湘，广东南海人。李孝先室。

织楚集　王昭斋，江苏昆山人。

菀柳斋集　王璋，字季璞，浙江钱塘人。孙孝桢室。

纫馀集六卷　王芳与，字芬从，浙江馀杭人。严沆室。

士厘曰：女严蘗，有《素窗遗咏》。

玉树楼祠　同上

浣香斋诗草　王湘媭，字婉兰，浙江钱唐人。林模继室。

绣馀吟　王湘娥，字月田，湘媭姊。林模室。

小有天园诗　王湘波，浙江仁和人。张士铭室。

蕙窗集　王珩，江苏嘉定人。陆定武室。

写意集　同上

德风亭诗钞初集十四卷　王贞仪，字德卿，江苏江宁人。詹枚室。

算术简存五卷　同上

重订策算正譌　同上

西洋筹算　同上

象数窥馀四卷　同上

星象图说二卷　同上

增删女蒙拾补　同上

绣帙馀笺十卷　同上

文选诗赋参评十卷　同上

爱兰轩集　王琼，字碧云，江苏丹徒人。周维延室。

诗话八卷　同上

纫馀漫草　王琼瑶，江苏常熟人。徐［失名］室。

万里游诗草　王琼瑛，字琴史，福建侯官人。曾建斗室。

陋室吟草　王清兰，字若蕙，山东高密人。任大鲲室。

绣馀吟稿　王姮，字辉影，浙江仁和人。顾虹桥室。

听香阁集　王琛，字洛珍，江苏江宁人。沈宋圻侧室。

绮窗逸韵　王昙影，字文娟，浙江兰溪人。刘青夕聘室。

竹居诗集　王绮窗，字竹居，湖南善化人。

士厘曰：姊瑶窗，亦能诗画，二人均养亲不嫁。

远游草　王孅，字修微，江苏江都人。许誉卿侧室。

浮山亭草　同上

樾馆诗集　同上

燕誉楼稿　王炜，字长若，江苏太仓人。陈光縡室。

翠微楼稿　同上

绛桂轩遗稿二卷　王鞲，字棣秀，浙江慈溪人。冯汝傅室。

浣桐阁稿　王廼容，字子庄，江苏丹徒人。

浣桐阁诗话　同上

竹净轩稿　王迺德，字子一，迺容姊。

竹净轩诗话　同上

种竹斋闺秀联珠　王琼、王迺德、王廼容、季芳合撰。

士厘曰：季芳有《环翠阁集》。

读选楼诗稿十卷 王采蘋，字涧香，江苏太仓人。程伯厚室。

士厘曰：母张纨英，有《邻云友月之居诗》《餐枫馆文集》。

又曰：纨英四女：采蘋、采蘩、采藻、采绿也。绿育于纶英，从姓孙改名嗣徽。纨英《棣花馆诗课书后》曰：采蘋性柔和，诗之佳者，深细熨贴而不能浑厚。采蘩性朴素，诗深着淳质，而不能精微。采藻宽闲而少骨力。嗣徽当机英敏，诗有高朗之概，而未至和平。据此则知四女均工诗，惜蘩藻、嗣徽专集未见。

亦政轩诗稿 王蕴容，字柔如，浙江山阴人。徐鼒和室。

松石山房集 王蕴贞，安徽桐城人。李锦鳞室。

环青阁诗稿四卷 王韫徽，字澹香，江苏娄县人。杨绍闻室。

王韫玉诗草 王韫玉，浙江［失地名］人。金若川室。

醉香阁诗草 王满芳，浙江长兴人。

士厘曰：祖母姚大儒，有《十亩间遗稿》。

雕华集 王演之，字觉庵，浙江分水人。张万策继室。

绣闲草 王肇鸾，字淑光，江苏丹徒人。谈兆行室。

隅社集 王兆淑，字仙琬，江苏通州人。孙汝宝室。

士厘曰：姊王璐卿有《锦香堂集》。

怡芬室诗草 王道昭，字嗣徽。吴曾涛继室。

古香亭词钞 王朗，字仲英，江苏金坛人。秦［失名］室。

萍上联吟 王静仪，字艳雪，江苏太仓人。吴毓华室。

静姑遗稿 王静姑，浙江钱塘人。余［失名］室。

月窗合稿 王静纨，字文琳，江苏太仓人。张汝上室。

士厘曰：《柳絮集》既王静纨，又有张静纨若二人者误。《撷芳集》云：与其寄父张天如之女张在贞倡和。相传《月窗合稿》因知称张静纨者，非仅适张而然。

青藤书屋集　王静淑，字玉隐，浙江山阴人。陈树勋室。

清凉集　同上

针馀存稿　王静德，字安如，江苏嘉定人。程瀛室。

蕉雨楼吟三卷　王范，字幼娴，浙江海宁人。李临皋室。

桐花仙馆稿　王凤英，字桐花，江苏长洲人。张丙炎室。

三珠阁稿　王仲徽，安徽全椒人。朱藜照室。

士厘曰：此集与其次妹淑慎，三妹季钦闺中倡和之作，故曰“三珠”。

三十六鸳鸯吟舫存稿词附　王梦兰，字畹芬，安徽太湖人。赵继元室。

绣馀集　王梦兰，字素芬。吴德怡室，梅村孙妇。

榆塞联吟草　王瑞兰，字筠卿，福建永福人。何藻亭室。

士厘曰：与高素芳合撰。

滋兰室遗稿　王嗣晖，浙江海宁人。

锦香堂集　王璐卿，字绣君，兆淑姊。马振飞室。

绿窗吟稿四卷　王素雯，字云仙，湖北孝感人。萧道藩室。

步月楼诗草　王素云，广东清远人。

镜阁秋声　王素娟，字冰蟾，四川蒲江人。

敏求斋集　王继藻，字浣香，湖南湘潭人。刘曾鏊室。

士厘曰：母郭佩兰，有《贮月轩稿》。

月玲珑阁诗钞　王禊生，字佛云，浙江钱塘人。

凝翠楼集　王慧，字韫兰，江苏太仓人。朱方来室。

纫馀诗草　王慧增，字琼仙，江苏常熟人。

秋卿遗稿　王蕙芳，字秋卿，江苏震泽人。袁鸿室。

士厘曰：小姑袁淑芳有《拾香楼稿》。

冬桂堂诗　王蕙贞，字友琴，江苏常熟人。宫澄室。

绣馀草　王桂，字秋英，浙江嘉善人。

香国小草　王丽娟，山东济南人。

陋轩词　王睿，字智长，江苏泰兴人。吴诗伯室。

愿香室笔记　王佩华，字兰如，江苏镇洋人。汪彦国室。

锦笙词　王玳，字谢家，湖北武昌人。钱［失名］室。

闺秀诗选六卷　王瑾，字端士，浙江［失地名］人。

味蘖居稿　王瑾，字润如，江苏江宁人。

王烈女遗诗　王顺晋，字叶穿，山东济宁人。张［失名］室。

晚香集　王运新，江苏无锡人。周曾镛室。

士厘曰：女周韫玉，字修辉，诗一百三十首，词十六首，歌二十首附刻此集。

问月楼稿　王韵梅，字素卿，江苏昭文人。

士厘曰：此集有席道华、高篃、王菊裳三女士序。

又曰：论诗诗注作“王韶梅”，误。

琴韵集　王韵兰，江苏常熟人。陈觐君室。

洞箫楼词　王倩，字雅三，浙江山阴人。陈基继室。

问华楼诗集　同上

小琅嬛一吟稿　王倩，字琬红，浙江钱塘人。叶恕室。

咀华小草　王瑗，字佩霞，江苏吴县人。黄瑞瑜室。

桐里吟草　王媛，字摩净，江苏吴县人。任思谦室。

婉佺诗草　王照圆，字婉佺，山东福山人。郝懿行室。

诗说二卷　同上

诗问七卷　同上

列女傅补注八卷　同上

女录一卷　同上

女校一卷　同上

浣芗词　王少华，字浣芗，安徽婺源人。陈其松室。

瘦红阁稿　王谢，字絮卿，韵梅妹。邵渊亮室。

韵兰室遗稿　同上

紫芝馆吟稿　王镜莢，安徽太湖人。吕［失名］室。

织云楼诗集　王庆隶，字秾仙。

士厘曰："隶"字疑"棣"之误。

砚芦草　王正，字端人，江苏江都人。李若谷室。

清芬精舍小集　王净莲，字韵香，江苏无锡人。[1]

雪香斋诗　王令则，字鸣冈，江苏华亭人。何鹤延室。

相春庐集　王秀君，字韵婉，江苏武进人。刘修镠室。

绣英阁诗草　王寿春，字小梅，湖南醴陵人。黄文镇室。

孤吟稿　王幼贞，字皎日，浙江秀水人。江鳌室。

啸隐稿　同上

愁源随草　同上

明莲诗草　同上

梦华便草　同上

绿窗三友稿　同上

---

① 单氏在此稿中另有条目："'清芬精舍小集　王岳莲，字韵香，江苏无锡人。'疑，二名即为一人。"

伴臼集　王馥，字少昭，江苏太仓人。胡栩然室。

竹韵楼稿　王淑，字畹兰，江苏吴江人。周光炜室。

琴趣词　同上

王太孺人遗稿一卷　王淑昭，直隶雄县人。左印奇室。

岚墅吟　王淑卿，字仙琬，江苏通州人。

塞上吟稿　王淑贞，甘肃张掖人。杨世雄室。

焚馀草　王淑增，字仲和，慧增妹。

幽兰阁集　王毓贞，字月妹，江苏江都人。

玉兰轩存稿　王竹素，字寄嵓，江苏吴县人。赵琳侧室。

吟秋阁诗稿　王郁兰，字蕙芝，浙江临海人。

绣馀琐录　同上

江声帆影阁诗　王玉芬，字华芸，安徽婺源人。严逊继室。

凌虚阁诗集　王朴人，江西玉山人。彭台室。

味梅楼诗稿　王裔，字梅楼。俞光陆室。

倡随集　王伯姬，浙江东阳人。卢洪芳室。

绿窗彤管　同上

古今文致　同上

士厘曰：妹叔姬亦能诗。适卢懋鼎。

碧莹遗诗一卷　王碧莹，山东长山人。赵戴庭室。

黔中吟　王德宜，字韫辉，江苏华亭人。汪农室。

士厘曰：姑方芳佩有《在璞堂稿》续稿，小姑汪缵祖有《侍管吟》《蕉雨轩吟稿》，汪纫有《瞉音集》《香隐集》。

绿筠吟稿一卷　同上

语风巢集四卷　同上

彤规素言　王德薇，山西平遥人。

洪淑媛遗诗　王氏，浙江海盐人。洪［失名］室。

士厘曰：王孺人所著毁于火，其子洪守范记忆默写数十首。

王恭人诗　王氏，浙江钱塘人。戴景曾室。

慈云阁遗稿　王氏，湖南湘潭人。周衡在室。

士厘曰：女周诒端有《饰性斋诗》，诒蘩有《净一斋诗词》，侄女周洁有《吉幼阁诗文词集》，孙女翼杶有《冷香斋诗词草》，翼枃有《藕斋诗草》。外孙女左孝瑜有《小石室诗》，左孝琪有《猗兰室诗》，左孝琳有《琼华阁诗》，左孝瑸有《淡如斋遗稿》。

芝堂焚馀草　王氏。陈槐聘室。

南游草一卷　王氏，直隶静海人。栾樟室

茗韵轩诗　王氏。李芝留室。

丁烈妇遗诗　王氏，广东琼州人。丁庄室。

万卷楼诗　王氏，江苏太仓人。徐澹宁。

绣馀集　王氏，贵州遵义人。陈熉农室。

梦留吟草　唐其玉，字菊圃，江苏昆山人。方蔚室。

士厘曰：小姑方筠有《雪庐小草》。

望云集　唐无非，贵州遵义人。张之洞继室。

士厘曰：子妇刘文嘉有《无邪堂集》《春茧斋词》。吴本贞有《松韵馆诗草》。女张仁準有《华箴阁诗》，张仁霁有《时晴簃间存草》。孙女张厚庄有《梦蝶龛诗》，孙妇黄淑成有《杨芬阁诗》。

南有轩词　唐元观，字静因，浙江乌程人。沈云石室。

桐叶吟　唐恒贞，山东武城人。程荣锦室。

芷芬遗稿　唐芷芬，江苏新阳人。赵擎霄室。

云中阁稿　唐祖英，字素质，江苏阳湖人。崔岱齐室。

竹窗俚语　同上

断肠草　同上

士厘曰：女崔允娴，有《绿静轩诗》。

竹影轩词　唐敏，字梦兰，浙江嘉善人。邵洙室。

雨窗词一卷　唐韫贞，字佩蘅，江苏武进人。童介贵室。

秋瘦阁词　同上

剪灯吟草　唐宛珠，字慧仪，湖南善化人。王鳌室。

泻珠阁稿　唐静娴，江苏南汇人。李根室。

冰心遗稿　唐惠淑，字冰心，江苏金山人。金莪绶聘室。

绿秋书屋集　唐庆云，字古霞，江苏吴县人。阮元侧室。

女萝亭稿　同上

淑英遗稿　唐淑英。周侠君室。

梳云阁集　唐瑶玉，江西吉安人。李清室。

自娱吟草　康澄，字云仙，山西兴县人。

留梦阁诗钞　康瑞兰，字畹滋，山西兴县人。

临风阁集　康郕，字湘灵，直隶邢台人。黄更生室。

广寒集　黄鸿，字鸿辉，浙江仁和人。顾若群室。

闺晚吟　同上

林下词选　同上

雪窗集　黄嫆，字宏因，安徽休宁人，侍母不字。

士厘曰：姑母黄桂有《吟窗草》。

玉琴斋集　黄之柔，字静宜，安徽歙县人。吴绮室。

词苑丛谈　同上

名媛绣针　同上

凝香阁诗钞　黄芝台。何六湖室。

湘琳馆吟草　黄慈授，字莲卿，湖南醴陵人。罗之芳室。

声画集　黄玙，字奂之，浙江钱塘人。康石舟室。

士厘曰：姊黄玉有《视夜楼倡酬集》，嫂梁瑛有《梅花字字香诗集》。

竹雨楼集　黄芙，字瘦蓉，江苏江阴人。

荻雪集　黄文裳。吴□室。

涵碧楼稿　黄云湘，字蘅卿，浙江仁和人。陆澜生室。

翡翠楼剩稿　黄芸馨，字顺卿。宋千乘室。

夕琴楼诗　黄韫生，字兰初，江苏华亭人。冯有光室。

月珠楼吟稿　黄兰雪，字香冰，江苏荆溪人。伍□室。

士厘曰：姪女伍蕴芬，字丽卿，伍湘君，字佩霞，姪妇吕淑，字静闲，均能诗，惜不知集名。

焦琴诗钞　黄娴，字叔娟，湖南长沙人。胡□室。

紫藤花馆诗　黄璇，字韵桐，广东南海人。徐启元室。

采玑诗集　黄璇卿，字采玑，广东番禺人。韩荣光室。

蕉隐居集　黄荃，字逸佩，江苏太仓人。王璐室。

季雅遗诗　黄嘉，字季雅，江苏上元人。

士厘曰：此集有碎琴山人韩钜序，似巨族而不知其夫姓名。

天香小集　黄琼兰，广西怀集人。陈舒焜侧室。

兰芬诗草　黄庭淑，字玉兰，湖南湘乡人。王演章室。

温语楼集　黄曾葵，字瓯，冒鹤亭室。

娱墨轩诗　黄修娟，字媚清，浙江钱塘人。沈希珍室。

萧然集　黄昙生，字护花，福建闽县人。郑善述室。

士厘曰：其女郑徽柔，有《芸窗蛩响集》。

琴谱　黄履，字颖卿，浙江仁和人。

颖卿诗词稿　同上

士厘曰：姊黄巽有《听月楼诗》。

澄怀阁词　黄玮，字蕙芳，江苏常熟人。陆筠室。

延绿阁诗草　黄汝蕙，字仙佩，江苏吴县人。顾学室。

茶香阁集　黄婉璚，字葆仪，湖南宁乡人。欧阳道济室。

士厘曰：诗馀附刊其祖黄石橹《红雪词钞后》。

喷香阁稿　黄浣月，安徽休宁人。

秋声阁吟草　黄静临，字叔月，直隶天津人。王宝善室。

南滨偶存稿　黄友琴，字美心，顺天宛平人。刘师陆继室。

瞻雪阁诗草　黄凤，安徽芜湖人。陶时雨室。

小玲珑馆诗草　黄瑞芳，字小琴，湖南澧州人。于荣甸室。

揖翠轩诗集　黄慧媊，字蕙贞，直隶通州人。保成德室。

吟窗草　黄桂，字斌英，安徽休宁人。

士厘曰：姪女黄嫆，有《雪窗集》。

月玲珑馆诗草　黄桂芳，字苏仙，瑞芳之姊。马书城室。

韵兰诗钞　黄韵兰，江西宜黄人。花寅恭继室。

听月楼诗二卷　黄巽，字顺之，黄巽姊。梁绍壬室。

环绣轩诗稿　黄媛宜，字素安，安徽歙县人。

卧云斋诗集　黄媛贞，字皆德，浙江秀水人。朱茂时室。

湖上草　黄媛介，字皆令，媛贞姊。杨世功室。

越游草　同上

离隐词　同上

如石阁漫草　同上

烟鬟阁遗草　黄卷，字丹仙，安徽休宁人。吴□室。

霜柏阁诗钞　黄槈香。江西宜黄人。王金鉴室。

柳絮编　黄幼藻，字汉荐，福建莆田人。林恭卿室。

棣华诗草　黄璞，字石辉，浙江钱塘人。陆维新室。

绣阁小草　黄淑贞，字三四，江西星子人。胡绍舜室。

杨芬阁诗　黄淑成，字璐芬，湖南□□人。张厚璟室。

士厘曰：祖姑唐无非有《望云集》，姑刘文嘉有《无邪堂诗》《春茧斋词》，小姑张浮庄有《梦蝶龛诗》。

绮窗馀事　黄淑畹，字纫佩，福建永福人。林春起室。

士厘曰：其姊黄淑窕，字姒洲。游某室。诗附刊其父所著《香草笺》。

视夜楼倡酬集　黄玉，字蕴之，浙江钱塘人。张情田室。

素心阁诗钞　黄秩蘅，字文官，江西宜黄人。饶增庆室。

冰玉集　黄德贞，字月辉，浙江嘉兴人。孙曾楠室。

雪椒集　同上

蕉梦集　同上

劈莲集　同上

士厘曰：女孙兰媛有《砚香阁诗词》，孙蕙媛有《愁馀草》，子妇屠茝佩’有《咽露吟》。

绣馀偶草　黄克巽，安徽歙县人。郑□室。

双柏吟　黄氏，字漱腴，湖南善化人。马德链室。

幽室哀词　黄氏，福建□□人。蓝铭瑜室。

芷兰轩诗钞　黄氏，福建□□人。魏述夫室。

桂花室诗稿　黄氏，江苏南汇人。张世室。

绣佛庵诗文稿　黄氏，浙江永康人。徐□室。

烬馀草　皇甫蕙，字艺兰，江苏长洲人。郑煚室。

忆蕙轩稿　汤莱，字莱生，江苏丹阳人。李大来室。

五云阁吟草　汤金锡，字慕云，江苏宜兴人。何愚室。

蕉云集　汤朝，字蕉云，江苏金坛人。沈无咎室。

笙磬同音集　同上

蓬室偶吟　汤瑶卿，江苏阳湖人。张琦室。

士厘曰：此即张□英姊妹四人之母，而瑶卿之母又即作《吟钗图》之杨太夫人。

企翁词　汤湘芷，字佩芬，江苏阳湖人。邹志路室。

静好楼倡和诗　同上

桐阴书屋诗钞　同上

士厘曰：姒陈采芝有《云岩诗稿》。

紫芸轩诗略　汤清玉，字紫芸，江苏海州人。

梅轩集　汤金英，广东顺德人。

玉壶画史五卷　汤漱玉，字德媛，浙江钱塘人。汪远孙继室。

兰雪轩遗稿　汤绣蜎，字湘绿，浙江仁和人。汪初室。

绣馀轩稿　汤淑英，字畹生，江苏长洲人。吴□室。

张烈妇诗　汤氏，浙江钱塘人。张松龄室。

吟香馆诗草　汪芦英，字雪娥，江西奉新人。廖质性室。

断肠集　汪甄，字陶卿。

彀音集　汪纫，字畹姝，缵祖妹。王御室。

香隐集　同上

士厘曰：母方芳佩有《在璞堂吟稿》续稿，姊汪缵祖有《侍萱吟》《蕉雨轩吟稿》。

睡香花室诗稿　汪纫兰，字佩之，江苏吴县人。潘曾绶室。

扶云吟稿　汪筠，字纫青，浙江钱塘人。陆寿铭室。

倚竹轩诗钞　汪昀，字佩蘅，江苏阳湖人。陆春龄室。

静好轩吟稿　汪文月，字梅芬，江苏荆溪人。何文敏继室。

联吟集　汪文月、汪彩书合撰。

沅兰阁诗　汪云琴，字逸珠，浙江钱塘人，贞女。

醉月轩吟草　汪恩瑶，字鹤琴，江苏吴县人。吴俊臣室。

自然好学斋诗初集　汪端，字允庄，浙江钱塘人。陈裴之室。

明三十家诗初集八卷 二集八卷　同上

士厘曰：《自然好学斋集》初刊四卷本，继刊十卷本，厥后汪远孙重辑，是为五卷本。

又曰：允庄，又有《元明逸史》八十卷，未刊，自焚其稿。见胡敬所撰传。

拾翠轩吟稿文附　汪瑶，字云上，安徽休宁人。朱昂室。

绣馀小草　汪瑶芳，字若兰，安徽怀宁人。张伟室。

倩君遗稿　汪韶，字开桐，安徽六安人。洪寻室。

惜红吟一卷　汪阿秀，字琼芝，安徽歙县人。

剪灯吟　汪嘉淑，字德容，浙江桐乡人。金集室。

红豆轩诗词集　汪蘅，字采湘，浙江仁和人。许砺卿室。

求福居诗词钞　汪清，字湘卿，江苏东台人。夏寅官室。

国朝列女征略十六卷　同上

国朝孝子征略十卷　同上

绣闲吟草　汪清暎，字冰华，浙江钱塘人。王浤室。

雅安书屋诗文集　汪嫈，字雅安，安徽歙县人。程鼎调继室。

停云小草　汪增安，字吉衣，浙江钱塘人。

俪琴诗草　汪曾瑟，字子湘，浙江钱塘人。孙彦室。

徐香草　汪是[1]，字贞菴，安徽歙县人。吴之騄侧室。

双桂楼小草　汪汝澜，字听月，浙江秀水人。许申瓅继室。

士厘曰：母张安，有《清心玉映楼稿》。

修竹吾卢诗草　汪璀，字傕弟，浙江乌程人。徐以坤室。

花韵盦诗　汪采，字韵珊，浙江仁和人。康寿室。

双椿轩诗　汪彩书，字桂芬，江苏荊溪人。戴廷栋室。

士厘曰：与姊汪文月有《联吟集》，其女戴佩金，有《槐荫轩诗草》，子妇徐贞宜，有《同声吟草》。

味学斋诗稿　汪彩珍，浙江萧山人。

兰雪诗钞　汪韫玉，字兰雪，浙江归安人。金若川室。

听月楼草　汪韫玉，字潜辉，安徽休宁人。金潮室。

竹斐遗墨　汪煊，字竹双，浙江钱塘人。邹在蘅室。

士厘曰：虚白老人姪。

竹韵轩诗拾遗　同上

研香堂诗钞　同上

侍萱吟　汪缵祖，字嗣徽，浙江仁和人。汤燧室。

士厘曰：即方芳佩女，汪纫姊也。

艺芬阁偶存　汪畹，字佩茝，江苏阳湖人。杨源室。

兰香阁稿　汪畹玉，字佩兹，江苏吴县人。金斗山室。

慰红书屋未定草

士厘曰：据《光绪杭州府·艺文志》但知汪母，而不知母族姓。

栖松阁集　汪凤芬，字雪澂，江苏华亭人。何一斐室。

怡云馆诗词钞　汪仲媛，字秀金，浙江钱塘人。张毓蕃继室。

---

① 汪是，在本稿中另有一条目作"汪式是"。

绿窗馀韵　汪梦燕，字燕友，安徽歙县人。

斗室遗草二卷　汪蕙，字兰英，浙江海宁人。许良谟室。

西凉游草　汪蕙芬，字畹芬，江苏平望人。程凤坡室。

梅花馆诗集六卷 诗馀附　汪韵梅，字雪芬，浙江钱塘人。言家驹室。

士厘曰：母邹玉成，有《味蔗轩诗钞》，姑左白玉，有《餐霞楼诗》。子妇丁毓英，有《静馥阁诗稿集》。

采芝山人诗存　汪亮，字映辉，浙江桐乡人。费树楩室。

双桂书屋诗草　汪又苏，安徽歙县人。

绣馀诗草　汪漱玉，字碧泉，湖南衡山人。罗乔年室。

寿花轩诗略　汪懋芳，字兰畹，浙江乌程人。董庆槐室。

停琴伫月轩诗词　汪菊孙，字静芳，浙江钱塘人。金文炳室。

汪淑端遗稿　汪淑端，福建闽县人。何恒湜室。

昙花集　汪淑娟，字玉卿，浙江钱塘人。金绳武室。

士厘曰：据杭州府《艺文志》有《评花馆仙合词》，云是金汪合刻。

德菴诗稿一卷　汪淑婉，浙江钱塘人。陈世儁室。

感旧集　同上

纫兰室诗稿　汪毓英，字渌君，浙江平湖人。锺□室。

春晖阁诗　同上

云芝轩集　汪玉珍，浙江钱塘人。孙锺室。

吟香榭初集　汪玉英，字吟香，安徽歙县人。洪榜室。

士厘曰：姑吴绣砚，有《蕙杈小草》。

瑞芝堂诗钞　同上

吟香榭初集　汪玉英，字吟香，安徽歙县人。洪榜室。

士厘曰：其姑吴绣砚，有《蕙棂小草》。

瑞芝堂诗钞　同上

宜秋小院诗词　汪玉轸，字宜秋，江苏吴江人。陈昌言室。

花福楼集　汪学昭，字静娴，江苏上元人。庄隽甲室。

贻孙阁草　汪佛珍，安徽休宁人。张梦喈室。

醉墨轩诗稿一卷　汪曰采，字伯荀，浙江乌程人。袁修璞室。

士厘曰：母赵义姑，有《滤月轩诗文集》。

馀园附草　汪德贞，字孟淑，安徽休宁人。钱耆孙室。

绣馀草　汪氏，福建闽县人。何恒铭室。

息存堂吟稿　杭温如，字玉辉，陕西长安人。徐枚室。

伏枕吟　杭澄，字清之，浙江仁和人。赵万暻室。

筠圃吟草　同上

卧雪轩吟草四卷　同上

湛堂书帏诗钞　同上

物外亭草　杭锦，字七襄，江苏吴县人。

云京阁诗钞　彭舒英，字辛斋，四川丹稜人。王□室。

碧筠轩诗稿　彭孙莹，字信芳，浙江海盐人。徐复贞室。

盘城游草　彭孙婧，字娈如，孙莹姊。陈龙孙室。

翠筠山房诗钞　彭贞，字冰淑，江西崇义人。蔡世诰室。

挺秀堂集　彭琬，字玉暎，浙江海盐人。马士宏室。

彭幼玉遗集　彭琰，字幼玉，琬妹。朱化鹏室。

士厘曰：侍妾沈彩有《春雨楼集》。

碧梧轩诗存　彭淑士，字亦妮，江苏长洲人。李国模室。

绣冰词　同上

听雨楼诗集　彭氏，湖南善化人。熊传诚室。

蝶龛集　彭氏，河南邓州人。李鸿室。

功馀草　荣玉洁，字澹菴，江苏常熟人。季凤光室。

如亭诗草　莹川，字如亭，满洲人。宁古塔氏铁保室。

焚馀集　成纫兰，字素菴，江苏宝应人。刘履儁室。

素菴诗钞　同上

木樨香室诗一卷　成桂珍，字芸仙，江苏上元人。罗雨春室。

绛雪轩画概一卷　同上

绣馀集　成氏，直隶大名人。崔述室。

爨馀集　同上

自怡草　程瑜秀，安徽歙县人。王介眉室。

绿云馆吟稿　程芙亭，浙江上虞人。徐虔复室。

竹篱茅舍遗稿　程闺贞，字梅雪，江苏武进人。

蘋香水榭诗　程文，浙江仁和人。

士厘曰：《杭州·艺文志》作程文，《杭郡诗三辑》作程女，不知是文而譌女抑，祗以女称也。

绣桥诗存词附　程文淑，字秀乔，安徽休宁人。汪渊室。

绿窗遗稿　程云，字友鹤，安徽歙县人。汪文琛室。

吐凤轩稿　程芬，字瑞卿，浙江桐乡人。施重芬室。

士厘曰：程芬，《光绪桐乡县志》作“程芝”。

晚翠楼集　程元姝，字莹华，浙江仁和人。孙□聘室。

还珠楼集六卷　程端颖，字蕴吟，江苏昭文人。高萧室。

士厘曰：端颖抚孤成立，赎常州旧宅居之，故楼名“还珠”，即以名集。

駇娑馆遗诗　程端秀，江苏常熟人。钱万年室。

渊湛诗钞　程娴，字渊湛，浙江桐乡人。鲍正勋室。

士厘曰：叔母吴玖有《写韵楼诗钞》。

程璋诗文集　程璋，字弱文。方元白室。

双燕楼草　程庭昭，字幼安，江苏□□人。孙□室。

三宜楼遗诗　程蟾仙，安徽新安人。朱爕侧室。

来仪阁吟草　程采，字凤若，江苏江宁人。萧应蕉室。

北窗吟稿　程莒俦，字蕙英，江苏阳湖人。

浣青遗稿词附　程浣青，江苏武进人。汪□室。

雪香吟馆诗草　程静宜，字仁卿，江苏元和人。吴澄秋室。

吾土轩稿　程慰良，字弱藻，江苏嘉定人。汪绳祖继室。

红薇阁诗草　程孟梅。麟庆室。

士厘曰：姑恽珠，有《红香馆诗》《国朝闺秀正始集》《兰闺宝录》。女妙莲保，有《赐绮阁诗》，佛芸保有《清韵轩诗草》。子妇蒋重申，孙妇杨春元，孙女完颜桂馥均能文。

正始续集十卷附录一卷补遗一卷　同上。

离骚经释　程咏芬，字仲华，江苏仪征人。胡小轩室。

桐簃诗钞　程令媛，字仪卿，浙江桐乡人。吴忠蔚室。

士厘曰：《同治桐城县志》作安徽桐城人。

红薇花屋诗钞　程福兰，字纫秋，江西新建人。黄答柄室。

双松词　程伏娥，字莲村，安徽休宁人。蒋玺室。

焚馀诗钞　程德辉，浙江绍兴人。孙泓室。

学吟草　程德耀，江苏吴县人。沈香祖室。

纫兰轩吟草　程氏，福建闽县人。

燕玉楼集　程氏，浙江永康人。徐琮室。

波罗蜜室琴谱一卷　程氏，浙江桐乡人。徐天柱室。

绿窗小草　程氏，江苏无锡人。任端书侧室，

黔途略　邢慈静，山东武定人。马□室。

兰雪斋集　同上

士厘曰：慈净《非非草》已见《明史志》，而《黔途略》《兰雪斋集》则遗之，此亦张引元例也。

兰圃遗稿　邢顺德，字兰圃。康鲁瞻室。

皆绿轩诗集　丁瑜，字静娴，浙江长兴人。臧眉锡室。

倚云楼诗　丁文鸾，字鸣和，浙江长兴人。沈夔文室。

双清楼诗钞　丁芬，字兰清，湖南衡阳人。

双清诗词　同上

空谷轩文稿　丁罄，字蕙清，兰清妹。

芝润山房诗词稿　丁采芝，字芝润，江苏无锡人。邹廷敬卜室。

双清阁诗词附　丁善仪，字芝仙，江苏无锡人。杨炳室。

绮霞阁吟草　丁道衡，字湘云，安徽无为人。方中室。

静兰遗稿　丁静兰，江苏阳湖人。

蘋垞杂咏　丁愫娟，字仲兰，江苏长洲人。金光曙室。

绣谱　丁佩，字步珊，江苏华亭人。陈毓纲室。

诗文一卷　同上

含章集一卷　丁报珠，字含章。王之琪室。

映秋轩诗钞　丁幼娴，字静芳，江西德化人。汪东源室。

静馥阁诗草　丁毓英，字蕴如，江苏宜兴人。言敦源室。

喁于馆诗钞　同上

士厘曰：姑汪韵梅，有《梅花馆诗词集》。

又曰《喁于集》系夫妇合作。

颂琴楼集　丁月隣，字素娟，江苏吴江人。许简室。

士厘曰：女许珠，有《蕙茝吟稿》。

月来吟　丁白，字素丝，陕西西安人。张伯若室。

哀弦集二卷　丁氏。林守中室。

茗柯词　丁氏，字一揆。浙江钱塘人。

絜香吟馆小草一卷　龄文，字竹友，满洲人。忠善亭室。

清湘楼草　凌兴凤。字帙女，湖南衡阳人。谭积林室。

翠螺阁诗稿四卷词一卷　凌祉媛，字莲沅，浙江钱塘人。丁丙室。

士厘曰：姪妇魏彦宝，有《静寄轩吟草》。

凌孺人遗诗　凌娴，字静宜，江苏元和人。许运阶室。

撷芳集　凌瑞珠，浙江归安人。

绿窗倡和集　凌少君，浙江馀姚人。汪琳室。

凌氏节妇拾遗草　凌净贞、凌洁真合撰，广东番禺人。净真何廷禄室。洁真，江拔儒室。

漱玉亭稿　应世婉，字淑君，浙江仁和人。吴玉墀室。

自娱草　应学韫，字珏楼，浙江仁和人。

冷斋吟初稿　冰月，号冷斋，满洲人。

瓣香阁诗钞　曾宏莲，字静香，四川德阳人。

崇德老人八十自订年谱　曾纪芬，湖南湘乡人。聂缉椝室。

士厘曰：老人为曾文正公幼女。

紫琅玕遗稿　曾纪耀，字德灿，纪芬姊。陈远斋室。

士厘曰：侄妇郭筠有《艺芬馆诗集》、刘鉴有《分绿窗集》。

天香云外居诗钞　曾楚生，字婉庄，江苏常熟人。

鬘华仙馆诗钞　曾广珊

士厘曰：纪芬，纪耀侄女。

古欢室诗三卷词一卷　曾懿，字伯渊，四川华阳人。袁学昌室。

女学篇九章中馈录一卷　同上

医学篇八卷　同上

桐凤集二卷　曾彦，字季硕，懿妹。张祥麟室。

虔恭室遗诗　同上

妇礼通考　同上

士厘曰：母左锡嘉有《冷吟仙馆诗词文稿》。

古孝女烈女傅订　曾氏，福建□□。邵弼勋室。

劲草居诗稿　曾氏，湖南邵阳人，罗章佑室。

春水舫残稿　尤瑛，字锺玉，江苏上元人。

晓春阁诗词集骈文附　尤澹仙，字素兰，江苏长洲人。

士厘曰：《名媛诗话》作"尤寄湘"，盖其字也。

亦谢亭小草　刘松涛，字芳山，湖南武陵人。戴昭琚室。

启秀轩诗二卷词附　刘之莱，字冉仙，浙江山阴人。朱秉章继室。

士厘曰：女朱韫珍，有《浣青吟稿》。

秋灯课子吟　刘芝云，湖南桃源人。李方臣室。

希蕴庐遗稿　刘椿，字茂仙，江苏昭文人。程祖诰室。

四史疑年录七卷　刘文如，字书之，江苏东都人。阮元侧室。

近里集　刘文兰，江苏宝应人。程樊室。

无邪堂诗存　刘文嘉，字古遗，直隶沧州人。张权室。

士厘曰：继姑唐无兆，有《望云集》，娣吴本贞有《松韵馆诗》，小姑张仁準有《华箴阁诗》，张仁霁有《时晴簃闲存稿》，女张厚庄有《梦蝶龛诗》，子妇黄淑成有《杨芬阁诗》。

春茧斋词　同上

树蕙轩集　刘文芳，字贞愫，江苏扬州人。乔其仁室。

水云居集　刘云琼，字静娟，山西临县人。赵昌之室。

青藜阁诗集　刘蘗荣，字涧芳，江苏宝应人。阮常生室。

士厘曰：姑孔璐华，有《唐宋旧经楼诗》。姒许延锦有《鱼听轩诗草》，侄妇俞德秀有《积翠轩诗草》。

粥馀偶得　刘兰馨，字绮石，江苏淮安人。聂浩室。

梅妆阁集　刘兰雪，广东番禺人。

惜香集　刘光璪，湖南湘谭人。石□聘室。

士厘曰：其姊光绮，适黄湘南。夫妇倡和篇什流传，湘南卒尽弃。具诗子本骐、本骥有《盛名集》，《古今母训》为贤母录，以光绮殿，其才德可见，惜无集，故附于此。

凌霄阁诗集　刘贞女，贵州贵筑人。

季斋集　刘琴宰，字单父，山东诸城人。黄奭室。

静妙斋诗存　刘绮梅，字香雪，浙江平湖人。林寿椿室。

古香诗词集　刘古香，江苏溧阳人。

问月楼草　刘琬怀，字撰芳，江苏阳湖人。虞朗峰室。

士厘曰：母虞友兰，有《树蕙轩集》。

红药栏词　同上

补栏词　同上

艳雪斋诗草　刘蒨林，福建侯官人。虞一元室。

筠心阁集　刘汝藻，字湘南，江苏无锡人。杨少芝室

士厘曰：孙妇张曾慧有《红笑仙馆诗钞》，曾孙女杨浣芬有《忆蓉室遗集》，杨令茀有《莪慕室诗文集》等。

冰奁词　刘世珍，字珠圆，安徽贵池人。徐乃昌室。

听月轩诗草　刘翠蘋，安徽潜山人。王□室。

䨥雪编　刘脊仪，字兰隐，山东滨洲人。李图南室。

菊窗吟　同上

唾花阁集　刘舜仪，字香云，江苏仪征人，王柳承侧室。

焚馀草　刘运福，安徽宣城人。梅琢成室。

听梭楼词　刘建，字赤霞，浙江钱塘人。

凤池研室小草　刘照，字乙孳，湖南长沙人。王鉴室。

纫兰轩诗集　刘佐临

士厘曰：籍贯夫族俟考。

涓亭集　刘令右，字伊只，安徽颍上人。

梦蟾楼诗存一卷　刘寿萱，江苏武进人。缪布庐室。

分绿窗集四卷　刘鉴，字惠叔，湖南长沙人。曾纪官室。

士厘曰：姒郭筠有《艺芳馆集》，小姑曾纪耀有《紫琅玕馆遗诗》，曾纪芬有《崇德老人年谱》，姪女曾广珊有《蔓华仙馆诗集》。

女训　同上

习字避复　同上

蕙风阁集　刘淑，字芳愫，江西金溪人。吴嵩梁室。

士厘曰：小姑吴素雪亦工诗善画，以其兄所居兰雪斋为写兰蕙同芳卷子，惜无集传世。

月波词　同上

同芳榭诗话　同上

芝雨堂稿　刘淑慧，字守拙，浙江山阴人。鲁楷室。

士厘曰：女鲁湘芝有《慕班诗草》。

捧翠集　刘若蕙，山东诸城人。许瑶室。

小幽篁馆诗　刘德仪，字云裳，湖南湘阴人。周□人。

士厘曰：外祖母李星池有《澹香阁诗》，母杨书蕙有《幽篁馆诗》，故此集名《小幽篁馆》。

希行刘氏稿　刘氏，福建长泰人。戴逵室。

梅下客初稿　刘氏。陈一室。

纫兰轩诗　刘氏，安徽颍上人。

女范捷录　刘氏撰，子王相订注，江苏江宁人。

士厘曰：周中孚《郑堂读书记》云：分统论厚德、母仪、孝行。贞烈、忠义、慈爱、秉礼、智慧、勤俭、才德十一篇，行文纯乎骈体，期女子之成诵也。

古今女鉴　同上

士厘曰：籍贯夫族未详。

梦旧偶吟　刘氏，江苏宝应人。乔大鸿室。

镜阁诗集词附　刘氏，字阿减，安徽颍上人。丌敬存室。

绣馀吟　刘氏，汉军人。张元度继室。

绿筠轩草　刘氏，山东莒州人。

士厘曰：黄选《柳絮》“刘暖室”或有误。

拾烬集　刘氏，河南鹿邑人。张坦室。

集蓼山房诗草　游瑜，字辉璞，江西临川人。陶栗亭室。

攻逸草　同上

绣馀吟　周虹友，字薇仙，江苏宜兴人。

千里楼诗词草　周维德，字湘湄，浙江山阴人。张师龄室。

微云室诗稿　周之瑛，字研芬，浙江嘉善人。丁廷鸾室。

静一斋遗稿诗馀附　周诒蘩，字茹馨，湖南湘潭人。张声玠室。

士厘曰：以遗稿成集，其姊婿左宗棠始知其外姑能诗，乃搜辑王夫人遗作为《慈云阁集》，以两女诒端、诒蘩，孙女翼杶等诗附刊而为序。

饰性斋遗稿　周诒端，字筠心，诒蘩姊。左宗棠室。

士厘曰：母妹姪女及四女均有著作，见《慈云阁集注》。

摭芬集　周而婉，江苏常熟人。程元春室。

落花诗一卷　周僖龄，字鹤英，浙江海宁人。张绳久室。

粤游草　周琛，字藕香，湖南桂阳人。陈□室。

净因阁诗稿　同上

冰心阁诗一卷　周兰仪，字楚生，江苏常熟人。宗晋室。

心香老人诗草　周莲，浙江归安人。沈偶香室。

小红渠［蕖］馆诗　周传镜，字蓉裳，湖南长沙人。郑□室。

士厘曰：母杨书兰有《红蕖馆诗》，故此集名“小红蕖馆”，皆附刊于其外祖母李星池《澹香阁集》后。

晚妆楼集　周蕉，字绿天，浙江钱塘人。吴近思侧室。

闺中倡和集一卷　周嘉淑，浙江海宁人。施□室。

簔绣集　周庚，字明媖，福建莆田人。陈承继室。

关关集　周贞媛，字瑶石。江苏泰州人。施千里室。

比玉新声集　周琼，字羽步，江苏吴江人。

惜红亭词　同上

天香楼外楼吟草　周登望，字从之，浙江钱塘人。翁在初室。

双清仙馆诗词　周绮，字绿君，江苏常熟人。王□室。

擘绒馆事　同上

生红舘诗钞　周蕊芳，福建侯官人。梁镛继室。

浣云楼诗草　周沣兰，字素芳，江苏长洲人。李大桢室。

士厘曰：女李珍。有《篛碧山馆诗草》。

吟红阁诗钞　周敏贞，字玉窗，江苏□□人。孙亮夫室。

清远阁遗稿　周宝娴，字孟璇，江苏海门人。

剪红山馆吟草　周宝生，字楚孙。洪潮元室。

韵雪庐诗草　周静仪，字道尊，江苏娄县人。李廷桢继室。

二如居集　周仲姬，字淑和，福建海澄人。李尧封室。

清宁里集　周梦玉，奉天海澄人。郑廷璋室。

浴碧轩稿二卷诗馀二卷　周志蕙，字解苏，浙江钱塘人。陈仲衡室。

玲珑阁诗稿一卷　周世宜，字淑仪，安徽合肥人。李鹤章继室。

传经楼遗稿　周素贞，江苏丹徒人。鲍昆琳室。

万叶林草堂诗草二卷　周慧娟

士厘曰：籍贯夫族均未详。

剩玉篇　周慧贞，字挹芬，江苏吴江人。黄亨室。

澣馀诗钞一卷　周佩荪，江苏无锡人。华履长室。

悟香楼诗话　周润，字漱文，浙江山阴人。

猗兰馀诗　周韵如

士厘曰：籍贯夫族未详。

须曼阁小草　周巽，字顺吉，浙江山阴人。沈心室。

蓼虫吟草　周巽仪，字申之，江苏嘉定人。李如镗室。

蘂珠仙馆诗词　周绍黻，字佩珊，广西灵川人。林世焘室。

梅笑集　周映清，字畹湄，浙江归安人。叶佩荪室。

士厘曰：映清为佩荪元配。继配李含章，著《蘩香诗钞》，长女叶令仪著《花南吟榭遗草》，次女令嘉、三女令昭均未有专集。长子妇陈长生，著《绘声阁初稿》续稿，次子妇周星薇无集，三子妇何若琼著《双翁烟阁吟稿》，世所传《织云楼合刻》，则映清、含章、令仪、长生四人诗也。

焚馀草　周蕰，字西鑫，浙江海宁人。陆宏定室。

香闺集　周秀眉，浙江平阳人。金肇英室。

云芳诗草　周寿龄，字云芳，湖南善化人。蒋寿昌室。

藏香阁诗草　周淑英，字畹芳，浙江山阴人。宋晟室。

江行纪事　同上

峡猿草　周淑履，山东莱阳人。高荫林室。

绿窗小咏　同上

联珠集　周月贞、朱雪英合撰。

士厘曰：月贞，翁静如女，雪英，翁静如子妇，翁有《珠楼集》。

树香阁遗词　周曰蕙，字佩兮，江苏吴县人。朱和羲室。

吉劭阁诗词集　周絜，字季华，湖南湘潭人。罗汝槐室。

天启宫词　同上

士厘曰：从姊周诒端、周诒蘩、姪女周巽枕、周巽杓均有著作。

冷香斋诗草诗馀附　周翼杶，字德媗，挈姪。徐树录室。

藕斋诗草　周翼杓，字敬嫱，翼杶妹。黄□室。

士厘曰：二人诗附祖母《慈云阁集》。

石梁群芳集　周德容，字器之，安徽天长人。方时衍室。

吟香楼稿　周德香

士厘曰：见湖南《湘潭县志》夫族未详。湘潭为本籍，或夫籍贯均俟考。

蘋香阁诗草　周氏，江苏吴县人。张大鹏继室。

心香阁遗稿　周氏，浙江海宁人。郭凤鸣室。

茹荼吟　周氏，山东安邱人。韩涧水室。

茹苦集　周氏，湖北应城人。丁学周继室。

磨铁室诗钞　周氏，浙江钱塘人。吴□室。

望山楼集　周氏，江苏宜兴人。任朝登室。

内则集注　同上

鹊音诗草　周氏，江苏昆山人。陆肇圣室。

织馀草　邱珠，字川媚，江苏青浦人。符湘文室。

绿窗庭课　邱掌珠，广东顺德人。

岭南闺秀诗　同上

红馀小课　邱杏，字绛仙，浙江平湖人。盛坰室。

荷窗小草　邱卷珠，字荷香，福建闽县人。詹振甲侧室。

伴航集　邱绍英，字少云，江苏长洲人。

佩秋遗稿　邹坤成，字佩秋，浙江钱塘人。吴理宗室。

惜馀斋小草　邹缃，字云芬，湖南新化人。唐琛室。

织云楼遗稿　邹锦，字云裳，浙江海宁人。

餐英小品　邹柳浓，字绣倩，江苏无锡人。

慎馀斋诗稿　邹蕙贞，字蕊珠，江苏无锡人。温容成室。

纫馀小草　邹佩兰，江苏金匮人。华衡芳室。

士斋集三卷　邹赛贞，安徽当涂人。濮琰室。

澡雪斋集　邹淑贞，广西平乐人。李绍祖室。

味蔗轩诗钞　邹玉成，字汝卿，浙江仁和人。汪炳恩继室。

士厘曰：女汪韵梅，有《梅花馆诗词集》。

亦南庐小稿　邹若琼，江苏金匮人。朱汝纶室。

绿筠楼草　邹氏，河南河内人。范泰隆室。

函贞阁诗钞词钞　裘容贞，字贞吉。浙江钱塘人。张舆孙室。

怡然阁诗钞　裘纫兰，字佩秋。江西新建人。黄维炘继室。

士厘曰：纫兰为文达公女，其祖母万太夫人能诗，惜不知其集名。

明秋馆诗二卷词一卷　裘凌仙，字筱云，江苏甘泉人。秦□室。

杂著一卷　同上

宜春阁集　侯蓁宜，字俪南，江苏嘉定人。龚元侃室。

松筠小草　侯承恩，字孝仪，江苏嘉定人。江子受室。

盆山集　同上

梅花阁遗稿　侯秀松，字稚川，湖南善化人。

琼仙草　欧珑，字白神，江苏江宁人。汤云开侧室。

士厘曰：或作欧阳珑。

零翠集词附　同上

绣馀吟草　欧阳玉英，字廉芳，湖南浏阳人。

兰韵楼遗稿　楼秋畹，字佩馨，江苏吴县人。朱埏之侧室。

蕉轩别集　林枝芳，字兰九，浙江平湖人。陆墉室。

生翠集　同上

韫林偶集　林文贞，字韫林，福建莆田人。王安期室。

凤箫楼集　林以宁，字亚清，浙江钱塘人。钱肇修室。

墨庄诗钞二卷文钞一卷诗馀附　同上

士厘曰：姑顾之琼，有《亦政堂集》，嫂顾长任有《谢庭香咏》《梁案咏》。

息肩庐诗草　林静诺，浙江仁和人。

香咳集　林蕙，字佳英，福建泉州人。

寄轩拾馀草　林佩芳，福建闽县人。许子春室。

玉屑诗　林粲，字素卿，江苏元和人。王玉桂室。

自芳偶存稿　林瑱，字自芳，福建侯官人。谢延诏室。

林大家集　林暎佩，字悬藜，福建莆田人。郑郯室。

县藜遗稿二卷　同上[①]

红馀仅存草　林淑卿，福建侯官人。郭仁图室。

秋香阁遗草　林月邻，福建□□人。

青莲舫诗钞　林氏，江苏金山人。徐颖柔室。

小山楼草　林氏，广东东莞人。邓大林室

落花诗一卷　林氏，江苏天长人。朱鍠室。

画荻草　林氏，广东新会人。申有功室

瑶清仙馆草　任菘珠，字端卿，江苏震泽人。张起鹍继室。

吟秋阁诗存　任和征，江苏荆溪人。徐丽金室。

海上杂咏　任湘，字兰因，浙江海盐人。许师谦室。

红馀小草　同上

静宜诗稿　任婉，字静宜，江苏扬州人。王子庄室。

听秋楼稿　任婉兰，字种香。

松筠阁集　任浣花，字湘芝，江苏宜兴人。吴星槎室。

① 浙图本多此条，即附上。

只鸳词　同上

碎锦集　任梦檀，浙江嘉誉人。陆颐亭室。

婉真阁集　任玉卮。江苏荆溪人。吴炘室。

研香斋诗稿　钦淑惠，字珠仙。浙江长兴人。周昱室。

瑞云楼初稿　金菘，字寿芝，浙江嘉兴人。孙志镕室。

小漪诗屋吟稿　金蓉，字餐[1]英，浙江仁和人。钱栻继室。

双桂楼稿　金云琬，江苏嘉定人。秦溯萱室。

韵碧轩诗词稿　金兰，字佩秋，浙江山阴人。陶寿勋室。

绣佛楼诗钞　金兰贞，字纫芳，浙江嘉善人。王丙丰室。

梅轩诗稿　金宣哲，字太霞，安徽休宁人。毛兆兰室。

浣碧轩集　同上

吟香阁稿　金荷，字品莲，浙江嘉兴人。

翠峰吟稿　金纕，字纫兰，江苏华亭人。雷朝翰室。

怡堂诗刻　金庄，字子严，江苏上元人。王云门室。

金孺人遗诗二卷　金贞玉，江苏苏州人。

篁韵轩诗稿　金应祯，字元韫，湖南善化人。凌玉垣室。

香楼诗　金绮，字宛霞，江苏吴县人。顾宗泰室。

绣麟阁稿　金蕊，字穗卿。李作丹室。

红馀草　金士珊，字雪庄，浙江钱塘人。王涵世室。

秋红丈室遗诗　金礼嬴，字云门，浙江山阴人。王昙继室。

宜春舫诗钞　金婉，字玉卿，江苏吴县人。戈载室。

士厘曰：姑袁萼仙，有《疏影暗香楼吟稿》，女戈馥华有《课鹦短句》，子妇董世容有《餐花小榭吟稿》。

吟香榭草　金畹，字佩芳，江苏昆山人。范宏羽室。

---

① “餐”一作“粲”。

兰省吟稿　金颖第，字兰省，浙江仁和人。戴宸室。

芸书阁集二卷　金玉元，字含英，直隶天津人。查为仁室。

松陵集　夫妇合撰

士厘曰：子妇严月瑶，有《月阆娟诗草》。又曰：《正始集》作“金玉元”，误。

蓬莱绣馀草　金翠芬，广东□□人。

翠阁双声集　同上

月波轩遗草　金树彩，字幼文，安徽休宁人。

变征馀音　金慧，字静因。蔡佛华室。

湘芷存稿　金兑，字湘芷，江苏长洲人。

士厘曰：母毛瑴，有《疏影居遗稿》。

栉生小草　金兑，字泽娥，江苏吴县人。计嘉禾室。

传书楼稿一卷　金顺，字德人，江苏吴县人。汪曾裕室。

士厘曰：孙妇赵棻有《滤月轩诗文集》，孙女汪懋芬有《寿花轩诗》，曾孙女汪曰采有《醉墨轩诗》。

北庐诗钞　金孝维，字仲芬，浙江嘉兴人。钱豫章室。

得树楼集　金淑，字纯一，浙江嘉善人。沈锡章室。

墨香画识　同上

颂古合响集　金淑修，浙江秀水人。徐□室。

绣谢楼吟草　金玉芝，字道真，江苏常熟人。杨懋德室。

瘦吟楼诗草四卷　金逸，字纤纤，江苏长洲人。陈基室。

闲吟草一卷　金月雅，福建□□人。李桂官室。

花语轩诗钞　金若兰，字者香，安徽歙县人。

杼馀集　金鹤素，字松师，江苏长洲人。魏潜室。

惜春轩稿　金法筵，江苏吴县人。沈重熙室。金人瑞女。

兰玉轩稿　金氏，江苏吴江人。董绍宗室。

问梅草一卷　金氏，字芝汀，直隶天津人。梅成栋室。

绣馀草　金氏，江苏吴江人。周杭室。

绿窗前咏　金氏，江苏吴县人。董三凤室。

拾遗集　金氏，浙江海盐人。沈兆伦室。

玉芳诗草　覃光瑶，字玉芳，湖南武陵人。崔□室。

素琼斋集　覃树英，字素琼，湖南武陵人。陈□室。

五凤楼诗稿　谭兰英，字畹滋，贵州贵阳人。张宝琛室。

绣吟楼诗稿　谭紫璎，字凤芝，江西德化人。蔡泽春室。

士厘曰：姑万梦丹有《韵香书屋遗稿》，小姑蔡泽苕有《冰壶玉鉴轩诗钞》。

九疑仙馆诗词稿　谈韵梅，字湘卿，浙江德清人。孙昆室。

花中君子遗草　谈韵莲，字花君，韵梅妹。赵联奎室。

士厘曰：此稿曾见韵梅手写者，并序其姊诗随手散佚，由姊婿处搜取残稿，仅得百首云。《正始集》知其能诗而未录，盖未见其诗也。先册"花中君子"四字，横被硃墨。改题"平洛"两字，平洛，其村居名也。兹仍其自题之名。

花韵联吟草　谈印莲、谈印梅合撰。

菱湖三女史集　谈韵莲、谈韵梅、孙佩芬合撰。

士厘曰：孙佩芬专集何名及夫族姓名俟考。

韫玉轩草　甘和，字瑶田，福建侯官人。朱锡穀室。

焚馀小草二卷　甘啓华，字韵仙，江西崇仁人。谢兰馥室。

红馀稿　詹城，字碧存，浙江分水人。王汹室。

士厘曰：小姑王演有《雕华稿》。

茝香阁诗钞　詹瑞芝，字兰芬，浙江□□人。曾静斋室。

揽云楼词　严怀熊，字芝畹。浙江馀杭人。吴磊室。

素窗遗咏　严蘖，又名曾杼，浙江馀杭人。沈长益室。

士厘曰：母王芳舆，有《纫馀集》。

返魂香室诗稿　严钿，字也秋，浙江桐乡人。马兰香室。

琴馀小草　严迢，字子纤，浙江仁和人。龚淦室。

嫩想菴残稿　严蘅，字瑞卿，浙江仁和人。陈元禄室。

女世说　同上

含芳阁集一卷　严澂华，浙江桐乡人。

宜琴楼诗稿　严针，字指坤，浙江桐乡人。周善成室。

露香阁诗钞　严蕊珠，字绿华，江苏元和人。

纫兰室诗草三卷　严永华，字少蓝，浙江桐乡人。沈秉成继室。

鲽砚庐诗钞二卷　同上

鲽砚庐联吟二卷　严永华夫妇合撰。

士厘曰：母王瑶芬，有《写韵楼诗草》，子妇龚韵珊，有《漱琼馆传》《砚庐诗集》

品箫楼诗钞　严杏征，字兰初，浙江桐城人。马敏室。

澹香吟馆诗草　严颂萱，字玖君，字玖君、永华、澂华侄。李□室。

士厘曰：祖母暨两姑均有集。

竹窗小草　严赋萍，浙江桐乡人。

严乘遗集　严乘，字御时，江苏长洲人。郑董如室。

阆娟诗草　严月瑶，字阆娟，直隶□□人。查善良室。

士厘曰：姑金玉元，有《芸书阁集》。

碧筠楼诗集　严氏，安徽含山人。裴芸晖室。

卷　三

秋园集　董如兰，字畹仙，江苏华亭人。孙志儒继室。

涵清阁诗钞　董云鹤，字松筠，江苏吴江人。王家榛室。

董馨遗诗一卷　董馨，字桂山，浙江□□人。

静吟集三卷　董琴，字峄蕴，浙江乌程人。蔡云室。

双湖诗文词集　董琬，字双湖，江苏阳湖人。汤贻汾室。

士厘曰：姑杨氏有《断钗吟》《倡酬集》。

餐花小榭吟稿　董世蓉，字绣霞，江苏吴县人。戈昌颐室。

飞霞阁诗钞　董雪晖，江苏华亭人。姚廷鸾室。

士厘曰：表妹曹锡珪有《拂珠楼诗钞》，曹锡淑有《晚晴楼诗稿》，曹锡堃有《五老圭诗稿》。

奁艳　董白，字小宛，江苏江宁人。冒襄侧室。

绣墨轩遗稿　董国容，字绮琴，世蓉姑母。

兰贤斋集　董氏，浙江乌程人。

爱日轩草　孔兰英，浙江桐乡人。汪圣清室。

礼佛馀吟　孔傅莲，浙江桐乡人。冯锦继室。

士厘曰：《光绪桐乡县志》入《贤母传》，为继瑛、继坤姑母。

月亭诗草　孔昭蟾，字月亭，昭蕙妹。钱璜室。

桐华书屋诗集　孔昭蕙，字树香，浙江桐乡人。朱万均室。

士厘曰：妹昭蟾、昭燕、从妹昭莹皆从之学诗。昭燕字玳梁，昭莹字明珠，均能诗而无集。

韵香阁诗草　孔祥淑，字齐贤，山东曲阜人。树刘棠室。

丛桂轩诗稿　孔广芬，字暎左，浙江桐乡人。景如柏室。

唐宋旧经楼稿　孔璐华，字经楼，山东曲阜人。阮元继室。

士厘曰：子妇刘蘩荣，有《青藜阁集》；许延锦，有《鱼听轩诗草》，孙女阮恩滦，有《慈晖馆诗词集》。

飞云阁集　孙素瑛，字玉田，浙江桐乡人。金尚东室。

士厘曰：《光绪桐乡县志》作“飞霞阁”，《玉台画史》作“飞云阁”，据题画飞云为是。

兰斋题画诗　同上

听竹楼偶吟　孔继坤，字芳洲，姊继孟皆孔传莲姪。高士敦室。

瑶圃集　孔继瑛，字瑶圃，浙江桐乡人。沈廷光室。

西[①]楼吟草诗馀一卷附　同上

桂窗小草　孔继孟，字德隐，浙江桐乡人。夏祖勤室。

藉兰阁草　孔丽贞，字蕴光，山东曲阜人。戴文谌室。

鹄吟集　同上

学静轩草　孔淑，字叔凝，山东曲阜人。颜士银室。

实情草　巩年，兆佳氏，满洲人。

裁云草　项兰贞，字孟畹，浙江嘉兴人。黄九锡室。

众香词　同上

盼怡楼诗集　项蘅，字香芝，浙江钱塘人。张应彪室。

士厘曰：本名《苔痕花影轩诗存》。

翰墨和鸣集　项緗章、项紝章合撰，浙江钱塘人。緗章，字屏山。许乃普继室。紝章，字祖香，緗章妹。陈汝曾室。

藕花楼诗稿　项佩，字吹聆，浙江秀水人。吴统持室。

---

① “西”，浙图本作“南”。

脂学楼初稿　项瑱，字若眉，浙江瑞安人。林用光室。

怀孟堂诗词　纪松实，字多雩，江苏江宁人。王易室。

绣馀小稿　纪琼，字蕴玉，湖北汉阳人。陈淞继室。

近月亭诗钞　纪玘文，字蕴山，直隶文安人。李煌室。

萝月轩诗钞　史筠，字湘霞，山东济宁人。

吟香阁集　史瑶卿，字玉卿，浙江石门人。郑铣室。

梅隐阁集　同上

绣馀吟草　史鉴，字绮文，安徽六安人。乐维新室。

停琴伫月楼诗　史静，字琴仙，江苏溧阳人。

芙蓉馆遗稿　史印玉。石撝亭室。

海棠轩诗存　史剑尘

士厘曰：见太仓张廷升诗题，其籍贯夫族未详。

离鸾集　史璞莹，字心玉，江苏江都人。汪汇枢聘室。

醉霞仙馆诗　史氏。陆章甫室。

植木斋集　史氏，江苏金坛人。毛瑞斯室。

绿窗草　李持玉，字瑶华。陈耀室。

芳菲草　李如秀，字小苏。徐吴侧室。

犹得住楼诗稿三卷　李媞，字安子，江苏上海人。方傅烈室。

绮柏斋诗草　李闺容，福建邵武人。高□室。

竹笑轩吟草续集三集　李因，字是菴，浙江会稽人。葛征奇侧室。

筠碧山馆诗钞　李珍，字闺儒，江苏上元人。陈晋卿室。

士厘曰：母周澧，有《浣云楼诗草》。

裁云诗草　李珍，字浣霞，闺儒从妹。赵嘉亨室。

素岩遗诗　李筠，字素巖，江苏昆山人。杜昂室。

梅月楼稿　李瑸，字玉树，山东长山人。赵伯麟室。

诗馀一卷　同上

四本堂集　李芹月，字碧池，江西临川人。蔡桀室。

星钟诗钞　李源，字星钟，湖南茶陵人。陈绮若室。

得住楼诗二卷　李安子，江苏上海人。方传烈室。

倚阁吟　李璠，浙江嘉兴人。张文石室。

生香乐意斋稿　李檀，浙江嘉兴人。高衡室。

梦馀草　李兰芳，字宜芝，山东利津人。赵志甲室。

红馀籀室吟稿三卷　李端临，字更生，浙江乌程人。傅云龙室。

士厘曰：女傅范淑，有《小红馀籀室吟稿》。

听雪机诗草　李莲芳，字纯卿，直隶盐山人。刘恩铭室。

绣窗偶集　李妍，字安侣，江苏兴化人。解受兹室。

士厘曰：母李娴，有《雨泉龛集》。

梦兰遗稿　李娟，字梦兰，浙江秀水人。陈蕊元室。

桂阁诗　李昭敏，湖北应城人。王以圭室。

金石山房遗稿　李华，字穠如，江苏吴县人。程镳室。

画远山楼吟稿　李华，字澹卿，江苏江都人。徐芍园室。

绣月轩集　李家恒，字李琼，安徽合肥人。

闺秀诗话　同上

陆联语　同上

士厘曰：祖母吴宝善，母吴琼华，妹李家颐均能诗，而无集名。

云锦楼诗　李长宜，安徽颍上人，刘楷室。

柳絮集　李湘芝，字秀贞，山东历城人。王初桐侧室。

拾翠楼诗剩　李湘鸾，湖南善化人。王思杰室。

环翠轩稿　李芳，字如兰，江苏丹徒人。

兰佩阁诗存　李明，字恒升，浙江海宁人。查世桢室。

蕙风草堂杂咏　李清辉，安徽阜阳人。宁□室。

静好堂稿　李瀛洲，字怡亭，四川成都人。顾汝修室。

凝香阁集　李贞媛，字淑云，浙江平湖人。陆培室。

澹香阁诗钞　李星池，字淑仪，湖南湘阴人。杨诗壿室。

士厘曰：女杨书兰、杨书蕙、外孙女周传镜、刘德仪各诗，皆附刊于此集后。

浣薇轩梦馀吟草一卷　李恒，字纕蘅，江西萍乡人。唐温斋室

士厘曰：母俞镜秋，有《绮香阁诗钞》，此卷即付于后。

茹古阁遗集　李壬，字佩青，浙江嘉兴人。朱埏之室。

蠹馀草　李心敬，字一铭，江苏上海人。归朝煦室。

士厘曰：女归懋仪，有《绣馀小草》。

小窗杂咏　同上

二馀草　李心敬及女归懋仪合撰

清机小菴遗稿　李钦，字安媛，直隶□□人。查礼室。

蘩香诗草　李含章，字兰贞，云南晋宁人。叶佩荪继室。

士厘曰：女叶令仪，叶令昭，子妇陈长生、周星薇、何若琼即世传《织云楼稿》。

绮斋女士诗集　李绮斋，字德霄，山东掖县人。①

蒹葭草堂集　李蕊馨，字绿卿，福建长乐人。冯景淮室。

① 浙图本云：李德霄，字绮斋，山东掖县人。柯□室。

霜筠轩诗　同上

篝灯课读草　同上

琴好楼集　李嬁，字婉兮，江苏吴县人。陆昶室。

听月轩诗草　李娓娓，字韵卿，陕西延川人。曹震方室。

汝瑛诗钞　李汝瑛，字韫华，直隶任邱人。纪琛室。

金刚经注　同上

墨颠闺咏　李杜，江苏通州人。顾蕙芳室。

剑芝阁诗钞四卷　李□英，字陶吟，直隶任邱人。白昶继室。

随月楼稿　李畹，字梅卿，浙江嘉兴人。冯登府室。

饮露词一卷　李道清，字味兰，安徽合肥人。杨鉴荣室。

绣馀吟草三卷　李葆素，字素琼，江西广丰人。蒋谦室。

诗馀一卷　同上

怡秋轩初稿　李掌珠，字兰如，江苏丹徒人。项兆麟室。

秋蛩吟　李永，字贞久，山东历城人。余奎元室。

深柳居诗集　李静庄，江苏吴县人。张九成室。

素闺杂咏　同上

媚兰吟草　李媚兰，浙江桐乡人。金文度室。

疏影词　李素，字冰心，河南怀庆人。许伟人室。

壸范汇言　李兑，陕西西安人。傅汝巽室。

女史纂要　同上

后妃宝录　同上

生香馆诗词钞　李佩金，字纫兰，江苏长洲人。何仙帆室。

花影吹笙室词一卷　李慎容，字稚清，福建闽县人。孙鸿谟室。

印孃诗草　李印孃，直隶滦州人。阴鸣岐室。

西湖百咏　李倩茌，浙江钱塘人。陈寅室。

来凤吟　李瑗，江苏华亭人。朱彦则室。

鹃啼集　李眺，字冰影，江苏华亭人。沈赍初室。

小蒹葭山庄诗　李镜林，蕊馨姪。王妆钦室。

怀清台诗钞　李孟昭，山西翼城人。张培本室。

绣谈遗稿　李绣英，字绣谈，江西临川人。叶圭书室。

沁园集　李馥玉，字复香，江苏长洲人。徐亩室。

士厘曰：或作《沁体园集》。其姊韫玉，亦工诗，惜无集名。

红馀小草　同上

柏窗集　李淑贞，湖北云梦人。彭维藩室。

一桂轩诗钞　李毓清，字秀英，广东阳山人。王驺室。

李烈妇遗诗　李玉容，湖南新化人。吴承柴室。

梦蕉诗钞　李玉文，字梦蕉，江苏昆山人。徐楫室。

丽楼诗稿　李学温，字兰贞，直隶任邱人。舒其绂室。

香雪阁词一卷　同上

宜家琐语　同上

丽景楼集　李学慎，字似漪，学温妹。左善询室。

十三名媛诗钞　李学慎等

士厘曰：据沈宝善《诗话》：十三名媛诗北人居七，但所载只五人，大城刘义群友义、任邱李似漪学慎、李韫华汝瑛，静海李莲溪培筠、大兴方采芝芬好。又纪巽中一人则不书籍贯，仅得六人。馀七人姓名专集未详。

蝶案香尘集　李若琛，福建福州人。王天位室

流霞阁集　李萼，字文如。李□侧室。

国朝闺秀所知集　李锡桂，字月樵，四川绵竹人。赵秉垣室。

士厘曰：李锡珪、曾宏莲同辑，曾有《瓣香阁诗钞》。

红蕉碧梧轩稿　同上

林下风清集　李国梅，字芬子，江苏兴化人。解举鼎室。

龙川诗集四卷　李氏，字龙川，瀛洲姊。孟衍舆室。

希耀阁诗草一卷　李氏，湖南湘潭人。张声玠室。

栖云闺咏　李氏，福建同安人。

凝香室稿　李氏，浙江海宁人。许惟枚室。

张烈归　李氏，湖南永定人。张治盛继室。

黄梅诗草　李氏，浙江嘉兴人。郑祖谦室。

女训十三章　李氏，直隶傅野人。尹公弼室。会一母。

养梅室诗集　李氏，湖南湘阴人。仇宗谔室。

继得轩诗稿　李氏，河南安阳人。黄履平室。

士厘曰：其父有轩名“得得”，故集名“继得”。

备尝草　李氏，江苏吴县人。沈懋敬室。

味蘖轩诗存　李氏，浙江桐乡人。朱仁本侧室。

俪华阁诗稿　李氏。周仲虎室。

介祉堂残稿　李氏，山西介休人。朱世忻室。

李氏诗钞　李氏，直隶迁安人。李纶室。

襄平女子诗钞　吕坤德，字静斋，汉军人。

信芳诗集　吕兰清，字碧城，安徽旌德人。

欧美漫游录　同上

清映轩诗词稿四卷　吕贤钟，字蕙如，碧城姊。

灵华阁诗稿一卷　吕贤德，字坤秀，贤钟四妹。

辽东小草三卷　吕清扬，字眉生，湘妹。

琴姜遗诗　吕琴姜，顺天大兴人。方履篯继室。

葹丽园诗二卷　续一卷　吕美荪，安徽旌德人，贤钟妹。

士厘曰：外曾王母沈湘佩有《鸿雪楼诗文集》。

秋茄词　吕采芝，字寿华，江苏阳湖人。赵镛谟室。

梅隐诗钞二卷　吕采芙，字撷芬，采芝妹。蒋彬蔚室。

士厘曰：沈湘佩《名媛诗话》言，吕佑甫福稠、吕寿华采芝、吕撷芬采芙三姊妹，均有集，今佑甫集未见，俟访。

春草山房诗集　吕畹兰，字韵玉，江苏武进人。谢榕室。

清声阁诗钞　吕凤，字桐花，江苏阳湖人。赵椿年室。

和漱玉词　同上

和断肠词　同上

和小小词　同上

静涵剩稿　吕仲娴，字静涵，江苏武进人。钱维乔室。

绿云山房诗存　吕福，字清嵓，江苏阳湖人。陶郢生室。

双槐堂诗钞　吕氏，陕西长安人。朱辅熙室。

旅梦集　吕氏，浙江馀姚人。张永禄室。

留香室吟草　汝兰，字佩之。殷云鹏室。

绿窗吟草　汝蕙芳，字端英，江苏吴江人。陈日升室。

落花诗一卷　褚贞，字纫兰，浙江海宁人。

绣馀剩稿　褚静贞，浙江嘉兴人。沈灏室。

冰心集六卷　褚耀霜，福建□□人。戴钾室。

碧梧轩诗词稿　许桐，字壮秋，浙江山阴人。汪子周室。

缃芸馆诗钞　许之雯，字修梅，浙江钱塘人。王孝亮室。

士厘曰：母俞绣孙，有《慧福楼幸草》。

亭秋馆诗十卷词四卷　许禧身，字仲蘐，浙江钱塘人。陈夔龙室。

词四卷　同上

浮家集　许飞云，字天衣，江苏吴县人。王又溟室。

燕游草　同上

含英杂咏　同上

蕙茝吟稿　许珠，字孟渊，江苏吴江人。吴焕室。

士厘曰：母丁月邻，有《颂琴楼集》。

生香馆诗　许纫兰，江苏娄江人，许孟娴姪。

韫辉楼稿　许元淳，浙江钱塘人。王映奎室。

耘古楼诗草　许元洁，浙江仁和人。施锦室。

喜春楼遗诗一卷　许蕃，字翠椒，浙江海宁人。沈有林聘室。

绀光书室诗钞　许还珠，字月津，福建侯官人。程光铦室。

澥馀小草　许燕珍，字俪琼，安徽合肥人。汪人镇室。

鹤语轩诗集　同上

绣馀剩稿　许渊，字碧漪，浙江海宁人，事亲不字。

福连室集　许延礽，字云林，浙江仁和人。孙承勋室。

鱼听轩诗草　许延锦，字云姜，延礽妹。阮福室。

士厘曰：母梁德绳，有《古春轩诗》，延锦之姑孔璐华，有《唐宋旧经楼诗》，延礽子妇俞德秀，有《积翠轩诗》。姪孙许德蕴，有《学画轩诗词集》。

问花楼集　许权，字宜媖，江西德化人。崔谟室。

闺中小草　同上

碧巢词　许傅妫，字虞妹，浙江馀姚人。鲍之□室。

天风佩韵馆诗词　许嘉仪，字仙圃，江苏华亭人。汤世熙室。

留春阁诗钞　许英，江苏常熟人。赵伟枚室。

士厘曰：小姑赵偕枚有《绿窗存稿》。

清芬阁吟稿词附　许英，字梅村，浙江钱塘人。沈江春室。

士厘曰：女沈彀，有《画理斋集》。

绣馀遗稿二卷　许蘅，字若洲，福建闽县人。李春亨室。

诗馀一卷　同上

宛怀韵语　许琼思，字宛怀，浙江钱塘人。丘龠室。

逊雪居诗草　许冰素，江苏长洲人。李次文室。

染香菴词　许冰玉，字洁人。

疎影楼稿　许琛，字德琼，福建侯官人。何燧隆室。

士厘曰：《撷芳集》作"许德琼"，晋江人。

漱芳楼吟稿　许绮诗，字丽卿，浙江海宁人。范崇威室。

镂雪吟草　许楚畹，字兰滋，江苏元和人。沈开懋室。

士厘曰：祖母钱纫蕙，有《清荫阁集》。

梅花廻文百律　许在璞，字玉仙，江苏常熟人。陆叙臣室。

小丁卯集　同上

茹荼百咏　同上

望云楼钞　许蕴辉，字琴川，江苏常熟人。季学锦室。

艺菊小草　许藻，字湘南，渊妹，亦事亲不嫁。

经说　许诵珠，字宝娟，浙江海宁人。朱镜仁室。

小学说　同上

子卯楼居锁记四卷　同上

雯窗瘦影词　同上

澹香楼诗二卷　同上

鸳鸯吟馆词草一卷　同上

剑香阁诗钞　许季兰，字香蘋，还珠妹。王修文室。

芸窗诗词小草　许嗣徽，字莲芳，江西宜黄人。颜□聘室

听春楼稿六卷　许韵兰，字香卿，浙江海宁人。徐棨室。

似山楼遗稿　许孟娴，字静宜，江苏娄县人。李春海室。

锁香楼词　许定需，字硕园，江苏长洲人。陆素丝室。

绿窗诗稿　同上

士厘曰：母顾映玉，有《澄碧轩诗钞》。

枣香山房诗集　许秀贞，字芝仙，贵州贵筑人。胡凤翔室。

玉尺山堂存稿　许福祉，号梦槐老人，福建闽县人。

士厘曰：《闽川闺秀诗话》言，兰皋先生弼之配，不言姓。

琴音轩稿　许馥荃，字鸾案，福建长乐人。梁上国室。

茗香楼诗集　许淑贞，字兰仙，秀贞妹。陶元升室。

琴外诗钞　许淑慧，字芝生，江苏青浦人。郑潮继室。

士厘曰：母胡相端，有《抱月楼小律》。

琴画楼词　许玉晨，字云清，江苏华亭人。

花阁吟草　许玉篘，字畹珍，江苏昆山人。

篆云楼稿　许玉芬，浙江海宁人。陆昌祖室。

士厘曰：母朱梅，有《暗香楼》《凝香室》等稿。

珏楼吟稿　许学韫，字珏楼，浙江钱塘人。应际盛室。

鬘花小草　许学卫，字兰漪，浙江钱塘人。周以丰室。

士厘曰：《杭郡诗三辑》作“莲漪”。

涧南词　许德蘋，字香滨，江苏吴县人。朱和羲侧室。

和漱玉词　同上

绣馀自好吟　许德蕴，怀玉，浙江仁和人。徐乃昌聘室。

学画轩诗词　许德蕴，字佩芝，浙江仁和人。夏曾佑室。

士厘曰：曾祖母梁德绳，有《古春轩诗》，伯祖母叶福芝有《芸花小草》，祖姑母许延礽有《福连室集》，许延锦有《鱼听轩诗》，祖姑杨素书有《静宜阁诗》、姒载鉴有《椒花馆吟稿》。

疏影楼稿　许德瑗，字素心，福建晋江人。何□室。

讯秋斋诗文稿　武懿，字铁峰，浙江钱塘人。陈嘉幹室。

竹云楼草　杜瑽，字佩玉，江苏娄县人。范志室。

耻庐集　杜漪兰，字中素，江西吉水人。熊雪堂室。

菊隐遗诗　杜芳英，字菊隐，江苏新阳人。殷昆兰室。

静好居集　杜蘅，字蕙孃，浙江海宁人。陈莱孝室。

零陵女子吟草　同上

蕉仙馆遗诗　杜韵芙，江苏昆山人。何□室。

昙花吟一卷　杜敬，字景姜，江苏无锡人。窦士镛室。

士厘曰：此卷附刊于其夫《绮云杂著》后。又曰：卷首有其妗氏于静宜序。按，于名懿，有《漱芳词》，表妹邓瑜有《蕉窗词》《清正居词》。

牛衣倡和稿　杜若，字耀眉，江苏金匮人。雷咸室。

慕班诗草　鲁湘芝，字慕班，浙江会稽人。刘以垂室。

士厘曰：母刘淑慧有《芝雨堂稿》。

墨云轩诗稿　鲁敬庄，字肃斋，江西新城人。汤确室。

三到堂集　堵霞，字巖如，江苏无锡人。吴元音室。

绿荫山房词　伍宗仪，字兰修，江苏阳湖人。陆雁峰室。

添香馀吟　祖凤林，字彩卿，福建浦城人。祝春熙室。

绣馀小草　扈斯哈里氏。惠式堂室。

君香遗稿　浦君香，江苏嘉定人。王文溥室。

停梭词　浦安，字静来，江苏金匮人。张玉穀室。

听月楼诗一卷　浦畹香，江苏嘉定人。张小山室。

绣香草　浦映渌，字湘青，江苏无锡人。黄永室。

士厘曰：此集有自序。

猗香楼吟稿词附　闵怀英，字畹馀，浙江钱塘人。方祜俊室。

猗香楼剩墨　同上

畹馀小草　同上

兰轩吟稿　同上

自适斋集　同上

士厘曰：以上四种皆与许学韫倡和之作。

韦楼吟稿　闵慧媛，字韦楼，江苏□□人。曾上达室。

湘畹遗稿　闵淑兰，字湘畹，浙江归安人。张怀方室。

瑶草轩诗钞　闵肃英，字端淑，江西奉新人。宋鸣珂室。

士厘曰：小姑宋鸣琼，有《味雪楼诗钞》《春秋外集》等。

秋佩楼诗钞　闵氏，浙江乌程人。周适士室。

断香集　尹纫荣，广东东莞人。刘□室。

玉湖棹歌百首　尹鸾姑，浙江归安人。

自珍集　尹琼华，字秉贞，江苏吴县人。卞培基室。

绿窗诗馀　同上

吟香阁诗草　尹作芳，字兰畲，湖南湘谭人。翁铮室。

红香馆诗词集　恽珠，字珍浦，江苏阳湖人。廷璐室。

士厘曰：子妇程孟梅，有《红薇阁诗草》，孙女完颜妙莲保，有《赐绮阁诗草》，佛芸保有《清韵轩诗草》。

兰闺宝录六卷　同上

国朝闺秀正始集二十卷　同上

靖宇室诗草　恽元箴，字婉如，江苏常熟人。俞承修室。

士厘曰：祖姑母恽毓留、恽毓湘皆有集，见此卷。姑钱云辉有《冰凝镜澈之斋集》，姒姚鸿茝有《纫芳集》，小姑俞承禾，有《吟椒室诗稿》。

瘦篁吟馆诗稿　恽毓湘，字锜蘋。庞树谐室。

絮吟楼诗钞　恽毓留，字选芬，毓湘姊。翁顺孙室。

士厘曰：尚有姊妹二人皆能诗善画，惜不知其名及所著集名。

咏怀集　恽氏，江苏武进人。吴维室。

晴霞楼诗稿一卷　阮芝孚，江苏□□人。

慈晖馆诗文集　阮恩滦，字媚川，江苏仪征人。沈麟元室。

士厘曰：祖母孔璐华，有《唐宋旧经楼稿》，叔母许延锦有《鱼听轩诗草》。

小鸥波馆诗四卷文一卷　管筠，字湘玉，浙江钱塘人。陈文述侧室。

课馀草　单秉仁，字仁吉，浙江绍兴人。吴钟鏻室。

碧香楼遗稿　单氏，字茝楼，山东高密人。王玮庆室。

西园诗钞　兆佳氏，满洲人。纳兰□室。

停云楼稿　赵同曜，字洵娴，江苏常熟人。邵广融室。

月桂轩存稿　同上

慈荫长春阁诗稿　赵琪，字筠秋，江苏常熟人。吴琨聘室。

士厘曰：其母有著作，惜未详。

诗学源流考一卷　赵慈，字雪庭，山东益都人。朱崇善室。

西姑诗草　赵西姑，直隶天津人。

绿窗存稿　赵偕枚，字素贞，江苏阳湖人。陶祥武室。

予汝编　同上

士厘曰：嫂许英有《留春阁诗草》。

兰阁遗诗　赵邠，字周初，浙江仁和人。汪上林室。

记红词　赵春燕，字拂翠，江苏江都人。徐乃昌侧室。

士厘曰：嫡刘世珍有《冰奁词》，女徐婉有《纫兰词》。

绣馀小咏　赵云卿，江苏铜山人。

温氏母训附说一卷　赵棻，字仪姞，江苏上海人。汪延泽室。

士厘曰：祖姑金顺，有《传书楼诗稿》，小姑汪懋芳，有《寿花轩诗略》，长女汪曰采，有《醉墨轩诗》。妹赵棻，字幼卿，陈宝禾聘室，好春秋，研求三传异同。早卒。

滤月轩诗二卷续二卷　同上

文一卷续一卷词一卷　同上

遗闲琐记　同上

绣馀草　赵环，字琼，安徽泾县人。翟永枚室。

研香吟草　赵研香，浙江归安人。许□室。

侣云居遗草　赵昭，字子蕙，江苏长洲人，马班室。

士厘曰：其家族遭难，遂入空门，更名德隐。又曰：祖母陆卿、子母文端容俱擅词翰。

花屿词　赵家璧，字连城，江苏上元人。金潜五室。

辟嚣馆诗草　赵湘卿，浙江归安人。鲍□室。

士厘曰：赵研香、赵琼卿、赵相卿三人为姊妹，见徐畹兰《蔓华室诗话》，皆为畹兰夫族尊行。

绣馀吟稿　赵棠，字秋卿。汪立翊室。

绣馀诗草　赵明霞，甘肃哈密人。王秀亭室。

如璧轩诗草　赵琼卿，浙江归安人。殉母。

闻远楼稿　赵承光，字希孟，浙江钱塘人。朱裔三室。

士厘曰：一作《远楼稿》。又《杭郡诗续辑》“朱裔三”作“朱裔”。

楼居小草　赵杼，字绮之。韩忠永室。

幽兰室诗　赵婉杨，字茀芸，江苏上海人。徐秉哲聘室。

评月楼诗词稿　赵畹兰，字秋佩，浙江秀水人。陈三陛室。

碧桃仙馆词　赵我佩，字若兰，浙江仁和人。□砺轩室。

士厘曰：《清代妇女文学史》名“君兰”字“我佩”。

寄生馆吟稿　赵秉清，字若韫，江苏常熟人。

焚馀诗草　同上

壶史　赵景淑，字筠梅，安徽合肥人。

香奁杂考一卷　同上

澹音阁词　赵友兰，字佩芸，江苏无锡人。王□室。

巢云馆诗集　赵凤，字凌霄，江苏丹徒人。陈国华室。

茗香诗草　赵贵娥，字梦月，江苏常熟人。曹汝鳌室。

韫香楼稿　赵韵花，字梅仙。

士厘曰：梅仙馆贯夫族未详。

红雪轩诗集　赵彦荃，字湘荪，安徽合肥人。沙祖授室。

玉畦诗草　赵孝英，字玉畦，湖南龙阳人。杨瑞侧室。

听雨楼遗草　赵玉钗，福建侯官人。许文璧室。

紫石楼集　赵一旃，字耕香，浙江钱塘人。沈兰皋室。

巢居诗草　赵一本，字茝香，一旃姊。

雪鸿遗诗　赵雪鸿，字清荫，浙江仁和人。潘秀山室。

得月楼存稿十卷　赵德珍，字兰素，浙江德清人。杨子高室。

绣馀吟课　同上

残梦楼稿　赵氏，顺天宛平人。佟锳室。

倡随集　赵氏，山西洪洞人。刘调宇室。

友琴轩诗　赵氏，浙江钱塘人。叶赞元室。

三秀斋诗钞二卷词附　鲍之芬，字佩芳，江苏丹徒人。徐彬室。

药缤吟稿　同上

浣云诗钞　同上

海天萍寄吟稿　同上

起云阁诗钞四卷　鲍之兰，字畹芳，江苏丹徒人。何澧室。

清娱阁吟稿六卷　鲍之蕙，字仲姒，之兰妹、之芬姊。张舷室。

士厘曰：母陈蕊珠，有《焚馀草》。又曰：《药缤吟稿》《海天萍寄吟稿》《浣云诗钞》此三种不见于《三女诗合刻》。

吾过集　鲍诗，字令晖，浙江平湖人。张云锦室。

吾亦爱吾庐诗二卷　同上

鹤舞亭小稿一卷　同上

绣馀稿　鲍存轼，字青娥。浙江于潜人。洪爔室。

课儿稿　同上

举案吟　鲍芳蒨，字兰婉，浙江馀杭人。徐梅庄室。

绿筠亭草　鲍印，字尊古，江苏常熟人。邵广融继室。

士厘曰：邵广融原配为赵同曜，有《停云楼稿》及《月桂轩存稿》。女邵琬章，有《话月楼诗集》。

见青阁诗词稿 鲍靓，字尊瑜，浙江钱塘人。许光鉴室。

纕芷阁诗稿 左如芬，字信芳，安徽桐城人。姚文熊室。

宜阁诗钞 左绍先，安徽桐城人。方鉴湖室。

青筠轩草 左慕光，字松石，安徽桐城人。叶馥室。

猗兰室诗草 左孝琪，字静斋，湖南湘阴人。

小石室诗草 左孝瑜，字慎娟，孝琪姊，左文襄公长女，陶文毅公子妇。

淡如斋遗草 左孝瑸，字少华，孝琪、孝瑜季妹。周翼标室。

琼华阁诗草 左孝琳，字湘娵，孝瑸姊。

士厘曰：外祖母王氏有《慈云阁集》，母周诒端有《饰性斋诗》，从母周诒蘩有《静一斋诗》。

缀芬阁诗词 左又宜，字鹿孙，湖南湘阴人。夏剑丞室。

幽香室吟草 左寿贞，字月卿，湖南湘阴人。周系藩室。

士厘曰：与慈云老人为妯娌。

餐霞楼诗铁稿诗馀附 左白玉，字小莲，江苏阳湖人。言良鈐室。

士厘曰：母陈蕴莲，有《信芳阁诗词》，子妇汪韵梅，有《梅花馆诗词》，孙妇丁毓英，有《静琼阁诗钞》。

碧梧红蕉馆诗三卷 左锡璇，字芙江，江苏阳湖人。袁懋绩继室。

词一卷 同上

冷吟仙馆诗稿八卷 左锡嘉，字琬芬，锡璇妹。曾咏继室。

诗馀一卷文存一卷 同上

士厘曰：次女曾懿，有《古欢室诗》《女学篇》《中馈录》《医学篇》等。三女曾彦，有《桐凤集》，《虔恭遗诗》《妇礼通考》等。

红薇吟馆诗草　锁瑞芝，字佩芬，浙江钱塘人。吴兆麟室。

翠深小草　马师班，字诵昭，江苏无锡人。杨锡瓒室。

萼绿华堂吟稿　马如佩，字玉珊，浙江永嘉人。曾贤室。

漱泉集二卷　马士琪，字韫雪，四川西充人。张应垣室。

片石斋烬馀草四卷　同上

晦珠馆诗词稿　马汝鄴，字书城，四川成都人。

翠竹楼集　马友筠，字林风，浙江海宁人。吴□室、

藏秘书阁诗　马蓤，字印香，浙江石门人。

食砚斋集　马佩兰，字韵秋，江苏上元人。刘修钊室。

断钗集　马福娥，字兰斋，浙江秀水人。沈宏略室。

绿窗小咏　马璧，字蓝田，江苏常熟人。孙廷标室。

秀绿楼吟稿　马氏。罗□室。

渔窗闲咏　马氏，安徽桐城人。姚□室。

花雨缤纷馆词　贾永，字云艾，湖北均州人。丁柔克室。

吟红馆诗钞　夏伊兰，字仙佩，浙江钱塘人。

士厘曰：庶母杨素有《静宜阁诗》，侄妇戴鉴有《椒花馆吟稿》，许德蕴有《学画轩诗词稿》。

纫佩集　夏荪，字纫佩，江苏江阴人。庄述室。

笛韵楼诗　夏明瑶，字淑玫，湖南衡阳人。

兰成堂文　同上

珠蕾词　同上

明月楼诗　夏明珰，字淑端，明瑶妹。

五云篴文　同上

珠瑯词　同上

含英轩诗四卷　夏明琬，字淑晖，明瑶、明珰姊。

霊芬词　同上

四如楼诗　夏明琇，字淑箴，明琬姊。

嵝芬词　同上

湘友诗稿　夏沚，字湘友，江苏无锡人。薛既央继室。

栖香阁诗赋稿　夏菊初，字闺英，江苏吴县人。

士厘曰：本名《小绿天馆吟稿》，王蓉生付刊时改今名。见容生诗注。

龙隐遗草　夏淑吉，字美南，江苏华亭人。侯洵室。

士厘曰：明亡夫殉遁迹空门，法名神一。

养易斋集一卷　养易斋。珠亮室。

士厘曰：《八旗通志》：养易斋，学人宗室女。又曰：子妇兰轩，有《兰轩集》。

悟真录　蒋宜，号灯萱大师。查伊璜侧室。

拂愁集　蒋葵，字冰心，江苏泰州人。陈□室。

士厘曰：冰心后改为尼，法名德日。

镜奁集　同上

十咏集　同上

饯月楼诗集　蒋贻美，安徽含山人。潘□室。

琴香阁诗钞　蒋徽，字琴香，江西东乡人。吴嵩梁继室。

士厘曰：女吴芸华，有《养花轩诗钞》。

鲜洁亭诗初稿词附 蒋纫兰，字秋佩，浙江嘉兴人。钱小垲室。

绣馀诗存 同上

青远阁诗钞 蒋纯，字冰心，江苏阳湖人。毛留鄴室。

竹居诗词集 蒋芸，字荔宾，江苏阳湖人。赵彦廷室。

秋云草 蒋操，字修端，江苏阴湖人。

消愁集 蒋英，字蕊仙，浙江海宁人。郭沈彬室。

词二卷 同上

酬和集 蒋宛仪，江苏常熟人。何大庚室。

梅边笛谱一卷 蒋左贤，字翰香，浙江海宁人。张葆恩继室。

锦楼诗草 蒋锦楼，江苏常熟人。王□室。

清芬阁集 蒋季锡，字蘋南，江苏常熟人。王图炳室。

德滋堂稿 蒋素贞，字兰如，浙江嘉兴人。

玉树楼诗集 蒋蕙，字佩芳，江苏吴县人。许其淮室。

得月楼小草一卷 蒋桂芬，浙江海宁人。任春生室。

夕阳红半楼诗词稿 蒋霭卿

士厘曰：籍贯夫族俟考。

湘纹吟草 蒋佩玉，字湘纹，江苏长洲人。王洲室。

瀞心处诗钞 蒋绣征，字蕙芳，江苏华亭人。陆长庚室。

浣垢吟草 蒋氏，江苏宜兴人。陈敦吾室。

漱芳集 蒋氏，江苏长洲人。宋禄绥室。

珂月集 冷玉娟，字珊珊，山东莱阳人。宋世远侧室。

士厘曰：一作“玉香”。

砚炉阁集 同上

戊寅集 柳是，字如是，浙江嘉兴人。钱谦益侧室。

河东君尺牍 同上

西山倡和集 同上

寄鬒小草 钮默，字契真。史楚珍室。

绿梅花馆词草二卷 沈同梅，字绿英，浙江会稽人。童嗣珊室。

古今列女人表一卷 同上

纂经楼诗稿 沈宜祺，字廷珠，浙江归安人。包三镳室。

淑芳集 沈芝，江苏吴县人。汪灿室。

士厘曰：母张学象，有《砚隐集》。

停云阁稿 沈持玉，字佩之，江苏长洲人。事亲不字。

士厘曰：是集有闺秀尤澹仙序。

就雪楼诗一卷 沈玓，字涵碧，浙江海宁人。陈钧室。

花月联吟一卷 同上

士厘曰：《拜经楼藏书题跋》作《花月联珠吟》，写本，三十首。沈涵碧与其女陈雪涛和作。又云：子姊景昭亦有和诗二首。

删馀草 沈珠，字德渊。

双桂轩诗草 沈玫，字锦华，浙江山阴人。

松籁阁诗词钞 沈榛，字伯虔，浙江嘉善人。钱黯室。

洁园稿 同上

绿窗吟稿 沈云裳，字织卿，浙江山阴人。杜煦室。

壶天课子草　同上

小琅环室吟稿一卷　沈元梅，字月笙，浙江归安人。吴锺奇聘室。

文一集　沈苏，字硐芳，浙江仁和人。

绣馀遗笔　沈兰，字蕴贞，浙江嘉兴人。

雪斋诗馀　同上

延翠阁诗草　沈联珠，字蕴贞，浙江钱塘人。王斯年室。

就雪近诗　沈瑶，字八咏，玙妹。

闺中闲倡　沈韬珠，浙江海宁人。顏维新室。

憩竹轩诗稿　沈荷，字莲卿，浙江萧山人。朱宝忠室。

续闺诫二卷　同上

醉月轩词　沈珂，字云浦，江苏金匮人。黄曾慰室。

松雪轩小草　沈和，字吟香，浙江海宁人。张敦元室。

吟香阁小草　同上

绣香阁集　沈华鬘，字端容，江苏吴江人。丁彤室。

诗经说意　沈遐清，字素卿，浙江仁和人。陈运隆室。

集唐诗　同上

萍窗偶记　同上

凝愁小草　同上

墨绣窝文记　同上

浮沈杂录　同上

琴韵阁遗草　沈香卿，江西宜黄人。陈少香室。

峡水馀音　沈湘云，字绮琴，江苏江阴人。王□侧室。

翡翠楼诗文集　沈纕，字繐孙，江苏长洲人。林衍潮室。

绣馀集　同上

浣纱词　同上

箫谱　同上

寂寥词　沈芳，字梦湘，江苏吴县人。顾昌贤室。

望月轩诗词　沈英，字星媛，安徽芜湖人。汪震室。

墨花楼词　沈英，字绿墅，浙江归安人。朱晓轩室。

针馀草　沈瑛，字彩琳，江苏华亭人。

沈琳仙遗诗一卷　沈琳仙，浙江归安人。吴元震室。

能闲草堂稿　沈鑫，字韫贞，浙江嘉兴人。张湘任室。

山青堂集　沈金，字竹梅，浙江平湖人。邵松室。

环碧轩诗集四卷　沈绮，字素君，江苏常熟人。殷樽室。

文四卷骈文二卷　同上

唾花词一卷　同上

管窥一得十二卷　同上

徐庚补注四卷　同上

春雨楼集　沈彩，字虹屏，浙江平湖人。朱化鹏侧室。

士厘曰：《石濑山房诗话》作“陆恒侧室”误，嫡彭琰有《幼玉遗稿》。

双清阁集　沈在秀，字岫雪，江苏高邮人。斐正文室。

静怡轩诗稿　沈允慎，字湘涛，浙江仁和人。张锡元室。

士厘曰：女张炜，有《桐芬馆诗词集》。

写香楼词二卷　同上

咏月轩诗词　同上

馀香诗草　沈畹，字振兰，江苏吴县人。吴隽室。

寄生馆集　沈畹香，浙江钱塘人。孙诒经室。

选梦楼词　沈宛，字御蝉，浙江乌程人。纳兰成性室。

怡致轩诗稿　沈宛珠，字月波，浙江桐乡人。唐锡晋室。

士厘曰：弟妇郑以和，有《爨馀诗稿》。

鸿雪楼诗词初二卷　沈善宝，字湘佩，浙江钱塘人。武凌云继室。

名媛诗话十二卷　同上

士厘曰：《光绪杭州府·艺文志》八卷，误。别有丹徒王琼《名媛诗话》则八卷耳。《两浙江輶轩续录》作宝善，误 。

乐和楼诗稿　沈道香，浙江归安人。章蓁室。

长欢阁诗剩　沈秉静，字仲雅，浙江归安人。冯文蔚室。

士厘曰：嫂严永华，有《纫兰室诗》《鲽砚庐诗》，侄妇龚韵珊，有《漱琼馆诗》《传砚庐诗》。

静闲居稿　沈友琴，字参荇，江苏吴江人。周钰室。

维扬吟社稿　沈梦蘅，浙江钱塘人。韩泰华室。

绿馀吟稿　沈瑞玉，字希光。顾铭继室。

空翠轩稿　沈御月，字纤阿，友琴妹。皇甫锷室。

希谢稿　沈树荣，字素嘉，江苏吴江人。叶舒颖室。

月波词　同上

士厘曰：母叶小纨，有《存馀草》。

闺中闲倡　沈慧珠，浙江海宁人。顾维新室。

冷红轩吟草　沈惠昭，字季兰，浙江钱塘人。

聊一轩诗存　沈蕙玉，字畹亭，江苏震泽人。倪学涵室。

绣馀草　沈玠，字珺英，江苏长洲人。方南淮室。

士厘曰：《撷芳集》作“沈玢”。

绣闲残稿 沈佩，字飞霞，浙江桐乡人。吴起代室。

士厘曰：《光绪桐乡县志》作《飞霞残稿》。

秋绮轩吟草 沈佩桂，字纫英，江苏上海人。

宜尔楼诗钞 沈孝蘅，字明霞，浙江德清人。胡光兑室。

学吟草 沈咏梅，字梅林，江苏吴江人。钱楷韦室。

性存稿 沈性存，江苏青浦人。汪培基室。

挹翠轩诗草 沈懋昭，字德馨，江苏华亭人。蒋勤培室。

士厘曰：姑张槱，有《凝香阁小草》。

黛吟草 沈淑兰，字清蕙，浙江乌程人。吴方敉室。

双修慧业楼唱和集 沈淑馨，字咏楼，江苏吴江人。冯源室。

婉娩吟 沈俶廉，江苏高邮人。吴洵室。

琴韵月圆轩稿 沈毓珠，字星联，浙江吴兴人。吴宗濬室。

士厘曰：姑母沈宜祺，有《纂经楼诗》。

画理斋集 沈彀，字采石，浙江嘉兴人。曾颐吉室。

士厘曰：母许英，有《清芬阁诗词稿》。

昙影楼遗稿 沈吉云，江苏上海人。

崦嵫楼诗词集 沈鹊应，字孟雅，福建侯官人。林旭室。沈葆贞孙女。

松雪堂遗诗 沈氏，浙江临海人。詹双峰室。

闲吟草 沈氏，浙江归安人。钱应霖室。

翠奁阁率存稿 沈氏，江苏阳湖人。庄潮生室。

焚馀草 范薇，字浣仙，湖北武昌人。黄孚敬室。

贯月舫集 范姝，字洛仙，江苏如皋人。李延公室。

晚翠楼遗稿 范文如

士厘曰：籍贯夫族俟考。

佩湘诗稿 范涟，字清宜，江西德化人。陈宣灿室。

织素轩诗集 同上

吟雪诗钞 范章史，字淑云。江苏娄县人。

愁丛集 范贞仪，字芳筠，江苏如皋人。高纕元室。

芳洲吟草 范龄，字柏年，江苏如皋人。

胡绳集 范壶贞，字淑英，江苏华亭人。胡畹生室。

绣馀草 范满珠，字劬淑。安徽休宁人。戴邵菴室。

冰玉斋集 范景姒，直隶吴桥人。王世德室。

养痾轩小稿 范素英，字栖霞，浙江嘉兴人。沈丽川室。

续秋轩稿 范润，字瑞宜，涟妹。聂黼廷室。

昙花轩草 范妙惠，江苏长洲人。李崎岩室。

忆秋轩诗钞二卷 范淑，字性宜，涟妹。未字卒。

续钞词钞尺牍 同上

媚川集 范毓秀，江苏通州人。徐人俊室。

蓉洲诗钞 范德，字恕成，龄妹。戴师点室。

士厘曰：母杜琎，有《竹云楼草》。

袭芳阁诗钞 范德芳，字型馠，河南河内人。赵邃室。

橘枰草 范德婷，字婉珍，德芳妹。刘秉权室。

双桐荫斋韵言 范德俊，字琇□，德琼姊。纪乐室。

红韵阁遗稿 阚寿坤，字德娴，安徽合肥人。方承霖室。

卷　四

仲孺人遗稿一卷　仲氏，江苏泰州人。陈上彤室。

竹屋诗钞　梦月，号四焉，主人宗室。永□室。

士厘曰：曾见《竹屋诗钞》自订本，只题“四焉主人”，未及一“梦月”字。此见《正始续集》

宜堂诗草　宋宜堂，直隶乐亭人。张山室。

琼蕤阁诗草　宋君方，字海叶，浙江秀水人。寿□室。

友琴斋学吟草　宋华，字珊紫，湖南宁乡人。王銮室。

味雪楼诗草一卷　宋鸣琼，字婉仙，江西奉新人。徐建萱室。

别稿一卷　同上

春秋外集　同上

天籁阁四种　宋贞，字梦仙，江苏上海人。许鑅室。

草亭诗草　宋贞孃，字草亭。查为仁侍女。

轩渠初集词附　宋凌云，字逸仙，江苏长洲人。李博室。

兰斋诗草　宋婉，字玉磬，浙江临平人。谢骐室。

宋贞女诗　宋景卫，字茂漪，江苏元和人。程树聘室。

绿窗小草　宋静仪，字琴史，江苏长洲人。计洵室。

菉斐园诗草　宋盛慎，字德菘，湖南宁乡人。胡泰室。

红馀稿　宋玉音，江苏华亭人。张泽忻继室。

餐霞楼诗钞　宋氏，江苏长洲人。陆元绶室。

白山诗钞　瑞芸，字馥斋，姓辉发纳剌。

雨泉龛集　季娴，字静娱，江苏兴化人。李长昂室。

闺秀集初编五卷　同上

士厘曰：是集选前明《闺阁诗编》为四卷，附词一卷。见《四库存目》。又曰：

女李妍有《绣窗偶集》，侄妇徐幼芬有《幼芬遗稿》。

环翠阁集　秀芳，字如兰，江苏丹徒人。

士厘曰：曾与王琼、王廼德、王廼容合撰《种竹斋闺秀联珠》。

楚畹阁诗词稿　季韵兰，字湘娟，江苏常熟人。屈宙甫室。

浣香阁诗稿　魏芝麓，字萱城，湖南衡阳人。

焚馀稿　魏干云，浙江嘉善人。袁华聘室。

红馀小草　魏凤珍，字友梧。福建侯官人。李联芳室。

吟红仙馆诗草八卷　魏蕙畹，字筱兰。四川新都人。黄海澄室。

静寄轩吟稿　魏彦宝，字士君，浙江钱塘人。丁立诚室。

士厘曰：伯姑凌祉媛，有《翠螺阁诗词稿》。

鸿爪集二卷　魏淑凤。上宫玘室。

桂丛吟稿　魏月如，浙江桐乡人。陆以谦室。

吟芝诗草　费吟芝。吴延政室。

红梨阁诗钞　费淑，字翼斋。陆孝瑜室。

蕙芳集　喻撚，字维绮，江西吉水人。侯臣室。

鹄吟楼诗钞　傅紫璘，字云裳，湖北黄梅人。萧道潚室。

刈兰吟　傅隐兰，字文卿，江苏宜兴人。程嘉杰室。

山青云白轩诗草　傅宛，字青儒，浙江山阴人。俞□室。

小红馀籀室吟稿　傅范淑，字黎痴，浙江德清人。

士厘曰：母李端临，有《红馀籀室吟稿》。

碧霞轩稿　傅蕙，字佩珊，浙江诸暨人。

古馀芗阁遗诗一卷　慕吕湘，字寿荃，山东蓬莱人。张元来室。

士厘曰：吕湘或作吕湝，字形相近，必有一误。

焚馀稿 慕德炎，江苏上海人。贾乾照室。

茹香阁吟草 路红云，字绕花。

士厘曰：《柳絮集》作晋熙人，然清无此地。

露香书屋诗钞

士厘曰：钱塘张云璈《简松草堂诗集》有题女史《绿窗遗稿诗》自注有云：先人《露香书屋诗钞》，尚无力付梓，则“露香”必其先人集名矣。惜张母姓名无考。云璈女名襄，亦工诗。惜无集名。

吟红馆遗诗 路秀贞，字春波，山东毕节人。袁□□室。

亦政堂集 顾之琼，字玉蕊，浙江钱塘人。钱绳菴室

士厘曰：女钱凤纶，有《古香楼诗词集》，子妇林以宁，有《凤箫楼集》《墨庄文钞》。

韵松阁诗集 顾慈，字昭德，江苏金匮人。张諴室。

士厘曰：姊端，有《昭华诗草》。

东海渔歌四卷 顾春，字太清。贝勒奕绘继室。

天游阁诗钞 同上

子春集 同上

撷秀轩诗草 顾蘩，字绮棠，江苏无锡人。赵浣生室。

顾贞女诗文遗稿 顾蘩，字季蘩，浙江归安人。张九彰聘室。

听雨楼遗诗 顾兰英，字茂春，江苏元和人。王钧室。

昭华诗草 顾端，字昭华，慈姊。相英室。

芬若诗草 顾荃，字芬若，直隶丰润人。马雄镇侧室。

汇草辨疑旁训 同上

自怡草 顾瑶华，字畹芬，浙江钱塘人。裘□室。

谢庭香咏 顾长任，字重楣，浙江钱塘人。林以畏室。

士厘曰：小姑林以宁有《凤箫楼集》《堂庄诗文集》。

梁案吟 同上

挹翠阁诗钞 顾英，字若宪，江苏长洲人。张之顼室。

士厘曰：《撷芳集》收顾若宪诗云，有《挹翠阁集》未见。又收顾英诗，字若宪，著《挹翠阁集》是一人而二之矣。又曰：女张藻有《培远堂集》。

青湄遗草 顾莹，字素光，江苏无锡人。华维蕃室。

栖香阁诗词集 顾贞立，字碧汾，江苏无锡人。侯晋室。

士厘曰：《闺秀正始集》作"顾文婉"。

绿梅影楼词一卷 顾翎，字羽素，江苏无锡人。杨敏勋室。

天孙诗草 顾禔，字天孙，浙江平湖人。董文骥室。

静御堂集 顾姒，字启姬，长姙妹。鄂曾室。

由拳草 同上

萃园集 同上

士厘曰：《撷芳集》作《当翠园集》。

凤台草 顾啓坤，字顺贞，浙江钱塘人。徐吴昇室。

评花阁古今体诗四卷 顾蕴吾，字蕙卿。江苏长洲人。

闻猿草百首 顾蕴真，江苏武进人。

芸晖阁吟稿 顾蕴玉，字绛霞，江苏昆山人。彭希涑室。

松影菴词 顾道喜，字静帘，江苏吴江人。许季通室。

士厘曰：女许定需，有《钻香楼词》。

凌云阁诗钞 顾可贞，字含章，江苏吴县人。胡孝思室。

名媛诗钞 顾可贞夫妇合辑

小桃花馆诗集八卷 顾影怜，字媚香。江苏吴县人。

蕙滴剩草 顾静和

士厘曰：籍贯夫族俟考。

焚馀镌 顾瑞麟，字六昭，江苏甘泉人。任□室。

士厘曰：六昭父执张存仁怜其遇，拾烬馀序而镌之，故曰《焚馀镌》。

絮愁集 顾步，字佩微，江苏青浦人。徐舜廷室。

酿花菴小草 顾蕙，字畹芳，江苏吴县人。毛庆善室。

格言类纂 同上

劝学篇 同上

怀清书屋吟稿 顾佩芳，字韵仙。范庸润继室。

集雨吟 同上

生香阁诗钞 顾信芳，字湘英，江苏吴县人。程锺室。

橙绿轩遗诗一卷 顾照，字玉甄，浙江海宁人。张礼文室。

澄碧轩诗钞 顾映玉，字纫佩，浙江海宁人。何玉蘧室。

闺中倡和集 顾淑龄，字希昭，江苏如皋人。朱章令室。

延青阁诗钞 顾旭，字霞仙，顾春妹。

卧月轩诗文集 顾若璞，字和知，浙江仁和人。黄茂梧室。

士厘曰：小姑黄秀娟有《娱墨轩稿》，孙妇姚令，则有《半月楼集》，钱凤纶有《古香楼诗词集》。

黄氏宗谱 同上

啸馀吟稿 同上

熙春阁词 顾翊徽，字伯彤，江苏山阳人。杨毓瓒室。

绣月楼稿 顾德，字慎仪，浙江海盐人。杨文海继室。

花韵楼诗 顾德华，字鬘云，江苏吴县人。

甘荼集 顾氏，江苏南汇人。朱侣陈室。

澹虑轩诗钞 顾氏，江苏无锡人。诸［缺名］室。

甪里畸人遗稿 顾氏，江苏昭文人。任锡藩室。

剩香集 计蕙仙。陈镐室。

梅檐遗稿 计雪香，字梅檐，浙江钱塘人。黄图珌侧室。

浮黛集 忏碧集 梦蘅集 纫华集 蓟素秋，江苏吴江人。

士厘曰：《松陵女子诗征》，据陈去病言：吾邑境内无蓟姓者，而梨里之蒯为邑中望族，疑素秋系蒯氏名媛，非蓟姓也。

兰玉诗稿 桂兰玉，字韫辉，江苏南汇人。鲍彬室。

绀雪堂草 卫融香，字绀雪，江苏长洲人。韦子甫侧室。

淑明诗稿 厉淑明，顺天大兴人。刘廪室。

焚馀集一卷 蔡如珍，字梅魁。李光瑚室。

百玉映吟 蔡观成，字玉生，四川安岳人。

花凤楼吟稿三卷 蔡紫琼，字绣卿，江西德化人。周文麟室。

士厘曰：嫂万梦丹，有《韵香书室遗稿》。

蔗阁诗馀 蔡婉罗，字仙季，江苏太仓人。汪梅坡室。

蕴真轩诗草二卷 蔡琬，字季玉，汉军人。高其倬继室。

诗馀一卷 同上

宝砚斋词 蔡翥，字雏文，江苏吴县人。卓尔堪侧室。

绮馀小草二卷 蔡秀倩，江苏上海人。

士厘曰：《清代妇女文学史》作《绩馀小草》，名秀清。

拜月楼诗草 蔡鹿芝，字寿仙，浙江德清人。苏昌绪室。

冰壶玉鉴轩诗钞 蔡泽苕，字伯颖，江西德化人。袁晋聘室。

士厘曰：母万梦丹，有《韵香书屋遗稿》，姑母蔡紫琼，著作见前，嫂谭紫璎有《绣馀楼诗钞》。

挹奎楼词　蔡捷，字羽仙，福建闽县人。林云铭室。

士厘曰：女林英佩有《林大家集》《悬藜遗稿》。又曰："羽仙"《听秋声馆词话》作　"步仙"。

古今妇德　同上

兰仙诗一卷　爱兰仙，福建晋江人。

安容阁诗稿　芮永恭，字药侬，安徽庐江人。王幼亭室。

梦花仙馆吟稿　戴锺，字蕴芳，浙江钱塘人。包延勤室。

蕴芳室随笔　同上

士厘曰：母朱筠有《绣馀吟》，叔母朱保喆有《霁月楼诗存》，孙传芳有《曼陀罗室稿》姑母戴小玉有《倩梅簃稿》。

庑下吟附词　戴珊，字衣仙，浙江钱塘人。梁傅系室。

瑶珍吟草　戴兰英，字瑶珍，浙江嘉兴人。袁［缺名］室。

助吟堂存稿　戴瑛，字耘之，浙江海宁人。

洗蕉吟馆词　戴青，字书卿，浙江归安人。恽世临室。

绿窗遗草　戴凌涛，字文姬，江苏江都人。蒋旷生侧室。

荊山小草　戴玺，字闺韫，安徽休宁人。

大戴礼注　戴礼，字圣仪，浙江玉环人。

女小学四卷韵语二卷　同上

清列女傅七卷　戴礼、萧道管合撰。

西斋遗稿　戴韫玉，字西斋，浙江乌程人。陈淞室。

士厘曰：女陈琼圃，有《红馀草》，又与姊琼苣合撰《锄月小草》。

絮春榭诗　戴烜姒，字红贞，安徽新安人。汪橘圃室。

倩梅簃稿　戴小玉，字倩梅，浙江钱塘人。朱文坛室。

士厘曰：文节公戴熙女嫂氏三人，姪女二人均有集。见戴锺注。

绣馀草 戴静仪，江苏长洲人。

焚馀草词附 戴锦，字绮江，浙江归安人。金镛继室。

彤管汇编 戴素蟾，字月卿，浙江嘉善人。宋景和室。

续闻川棹歌 同上

士厘曰：其夫作《闻川棹歌》，而月卿续和百首，女贞琇、贞珮、贞琬、贞球均能诗。

蘋南遗草 戴佩荃，字蘋南，浙江归安人。赵日照室。

槐荫轩诗草 戴佩金，江苏［缺地名］人。

士厘曰：母汪彩书，有《双椿轩诗联吟集》，从母汪文月有《静好轩稿》，嫂徐贞宜有《同声吟草》。

醉月簃诗钞 戴慎仪，字松琴，江苏长洲人。汪献珂室。

椒花馆吟稿 戴鉴，字新园，浙江钱塘人。夏曾传室。

士厘曰：鉴为锺姊，其母氏、姑氏、叔母皆有著作，已见前。生祖姑杨素书有《静宜阁诗》，娣许德蕴有《学画斋诗词集》。

绣虎馀音 戴淑仙，福建漳州人。华葵仪室。

凝香书屋诗草 戴若瑛，字嵰雪，浙江钱塘人。杨淳之室。

太君诗集一卷 戴氏，福建［失名］人。朱文儒室。

倡和集二卷 同上

澈道人诗存词存 戴氏，江苏上元人。冯［失名］室。

石屏遗稿 戴氏，浙江仙居人。王元居室。

绣馀草 印白兰，字幽谷，江苏嘉定人。李宝函室

桐华阁诗草三卷 庆凤晖，字筠仙，安徽含山人。胡［失名］室。

诗馀一卷 同上

味雪楼诗词 庆凤亭，字湘筠，凤晖姊。卢雁洲室。

士厘曰：母张茝馨有《剪红阁诗草》。

芸香阁诗草　庆佩芸，安徽含山人。王［失名］室

性存集　性存

士厘曰：佚其姓及里贯。《杭州府·艺文志》言汪培基室。

樊榭诗选　闻人徽音，浙江馀姚人。

香雪楼诗稿　万炜彤，字珈雪，湖北应城人。陈［失名］室。

掞斋诗钞　万藻，字季斋，浙江鄞县人。周宣猷继室。

西湖杂咏　同上

万氏家乘　同上

焚馀诗存　万姆光，字希孟，江苏清河人。张孝诚聘室。

韵香书室遗稿一卷　万梦丹，字篆卿，江西德化人。蔡寿祺室。

士厘曰：女蔡泽茗，有《冰壶玉鉴轩诗钞》。小姑蔡紫琼，有《花凤楼遗稿》。

彤管新编四卷　同上

咏林阁遗稿　万淑修，字宜洲，江西彭城人。

唾绒小稿　万氏，四川成都人。李调元侧室。

西楼存稿　段容，字杏烟，江苏长洲人。蒋世绮侧室。

绿华吟榭诗草　段驯，字淑斋，江苏金坛人。龚丽正室。

士厘曰：女龚自璋，有《圭斋诗词》。

绣阁遗草　卞梦珏，字元文，江苏江宁人。刘峻度室。

西泠闺咏　同上

士厘曰：母吴山，有《青山集》。

巢青阁遗稿　邵斯贞，字静娴，浙江馀杭人。陆进继室。

承云楼剩稿　邵思，字媚娴，江苏华亭人。马梦莲室。

独坐楼焚馀集　邵无瑕，浙江富阳人。朱篆之继室。

同心室小咏　邵齐芝，字季兰，江苏昭文人。吴蔚光室。

双窗诗草　邵循。字素文。□□雷江人。

纫香室遗稿　邵兰，字南蘋，浙江钱塘人。魏焜栋室。

话月楼遗稿　邵渊润，字琬章，江苏常熟人。赵元成室、

士厘曰：母鲍印，有《绿筠亭草》。

吟秋阁遗稿　邵广仁，字秋士，江苏常熟人。钱廷烺室。

薜萝轩集　邵笠，字澹菴，江苏泰州人。黄杜若室。

筠窗随笔　邵氏，直隶文安人。张［失名］室。

女训遗诗　邵氏。郎慧学室。

绮香阁诗词钞　冒文蘅，字佩卿，江苏如皋人。许月菡室。

福禄鸳鸯阁遗稿　冒俊，字碧纕，文蘅姊。陈坤室。

自怡轩集　冒德娟，字嬿婉，江苏如皋人。石巨开室。

士厘曰：母宫婉兰，有《梅花楼集》。

雪压轩诗词　贺双卿，字秋碧，江苏丹阳人。周［失名］室。

竹隐楼草　贺桂，字秋安，江西莲花厅人。龙有珠室。

衮馀诗词草　贺禄，字宜君，洁妹。王甫室。

愁人集　贺洁，字静君，江苏丹阳人。史左臣室。

亦正堂词　同上

咏絮堂小草四卷　谢宗蕴，浙江上虞人。沈绍勋继室

同心栀子室剩草　谢兰因，字雪卿，江苏元和人。钱瑶鹤侧室。

红馀诗稿　谢香墉　浙江平阳人。金洛光室。

小楼吟稿　谢方端，广东阳春人。刘［失名］室。

寿藤轩集　谢瑛，字玉英，江苏无锡人。徐声复室。

博衣小草　同上

士厘曰：或作《学依小草》。

碎玉集　谢琳英，福建清流人。杨［失名］室。

茹香阁诗稿　谢咸，字永声，浙江仁和人。郑棣室。

冰壶集　谢采蘩。郑光裕室。

咏雪斋稿　谢浣湘，字芸史，云南诏安人。沈［失名］室。

织霞遗集　谢锦秋，字芝生，山东济宁人。查冬荣侧室。

士厘曰：冬荣室朱淑均言，妾芝生曾有“落叶无声还抱怨，疏花有影不扶人”之句，其后梓其遗集未经刻入云云。知芝生有集第，不知其名，姑以《织霞遗集》名之。织霞，本芝生旧名也。

林下集　谢锦蕴，江苏阳湖人。赵廷伟室。

竹窗集　谢凤珠。陈天宠室。

吟香阁诗文词草　谢佩珊，江西宜黄人。许汝机室。

晚香堂诗稿　谢漱馨，江西宜黄人。吴恩晟室。

咏絮亭小草　谢雪，字月庄。阮元侧室。

谢太夫人遗集　谢氏，福建［失地名］人。林［失名］室。

士厘曰：《闽川闺秀诗话续编》县名、人名均未详。

槎香词　华宜，字淑修，江苏无锡人。张一鸣室。

松竹斋集　华筠卿，四川华阳人。赵遵素室。

士厘曰：黄选《柳絮集》作《敬有斋》。

绣馀草　华瑶，字青琴，江苏无锡人。殷［失名］室。

化碧楼集　华明慈，浙江鄞县人。王朱日室。

花月吟庐诗稿　华吟梅。庞锦如室。

秀芬吟稿　华金婉，字秀芬，湖南长沙人。曾广钧侧室。

课花楼诗词　华婉若，字花卿，江苏无锡人。任艾生继室。

挹青轩诗稿一卷词一卷　华浣芳，江苏长洲人。张荣侧室。

自怡录一卷　同上

环翠轩诗词钞　华慧空，字贞素，江苏金匮人。

士厘曰：《常州词》作吴炘室，而徐选《闺秀诗钞》作杨逢春室，俟考。

八角楼诗集十二卷　上官紫凤，字灵仙。何高华室。

士厘曰：《邵武府志》何秋涛之母。

晚香楼小草　孟文辉，字浩轩，江苏长洲人。王慕兰室。

读史诗　同上

存素堂同怀稿　孟景韩、孟师韩合撰。浙江钱塘人。景韩，字药亭，汪心馀室。师韩，字芳圃，景韩妹。金亦亭室。

纫兰室诗稿　孟慧连，字净香，浙江平湖人。

玉虚子集　郑钟美，安徽歙县人。张美功室。

汲华吟　郑宜春，字小带，江苏昭文人。陈昂若继室。

芝香阁集　郑徽音，福建长乐人。高轩室。

芸窗蛩响集　郑徽柔，字静轩，福建建安人。陈日赞室。

士厘曰：母黄昙生，有《萧然集》。郑镜蓉、郑云荫、郑青蘋、郑金銮皆其侄。

平泉山馆偶集　郑俞浚，字安平，浙江仁和人。

畹香居诗钞　郑梧英，字廉若，浙江归安人。

四时吟　郑云荫，字绿落，徽柔侄。严应椠室。

凝翠阁诗钞 郑芬，字雅蕙，安徽歙县人。王煊继室。

绣馀吟草 郑浑冰，字水心，福建闽县人。林楚麓室。

三听楼诗钞 郑珊，字瑶轩，广东恩平人。冯德濬室。

莲因室诗二卷 郑兰孙，字娱清，浙江钱塘人。徐鸿模室。

词一卷 同上

都梁香阁集 同上

绣馀吟草二册 郑瑶圃，福建闵县人。林材室。

十二阑干诗钞 郑韶，字瑶花，浙江海宁人。马云骧室。

渌饮楼遗诗 郑贞华，字蕉卿，浙江乌程人。周锡诰室。

西爽斋存稿 郑金銮，字殿仙，云荫妹。林守良室。

爨馀集 郑以和，字琴仙，浙江桐乡人。沈潭生室。

士厘曰：此集为其女适郑凤锵者编刊。小姑沈宛珠有《怡致轩诗稿》。

梅林女士诗稿 郑道馥，字梅林，江苏常熟人。曹巽轩室。

饮香阁诗钞 郑宝鸿，江苏仪征人。

莤香阁遗草 郑嗣音，字芳芝，徽音姊。陈穆室。

焚馀草 郑遇芬，字静莲，江苏江都人。

夕阳红半楼诗存 郑佩珩，字季珍，浙江仁和人。吴［失名］聘室。

带草居诗集 郑翰蓴，字秋羹，福建建安人。林其茂室。

画荻编 同上

女红馀志 郑瑾娥，字瑜生，安徽泾县人。叶汉章室。

泡影集 郑镜蓉，字玉台，云荫姊。陈文思室。

垂露斋集 同上

红萝轩诗钞 郑庆英，字婉若，浙江乌程人。蔡振武室。

簪花轩闺吟　郑咏谢，字凌波，金銮妹。林天木室。

士厘曰：郑氏姊妹凡九，长锦蓉、次云荫。三青蘋，字花汀，翁振纲室。四金銮、五长庚、六咏谢。七玉贺，字春盎，陈华堂室。八风调，字碧笙，陈廷俊室。九冰纨。

琴亭女史残稿　郑淑，字箵洲，直隶丰润人。李希彬室。

淑娟存稿　郑淑娟，福建侯官人。林香远继室。

树萱背遗诗　郑淑昭，字班班，贵州遵义人。赵廷璜室。

蕴玉轩集　郑淑止，字菊生，福建［失地名］人。

郑贞女遗诗　郑毓莲，浙江钱塘人。张廷敬聘室。

郑贞女诗　郑氏，湖南宁远人。樊景烈聘室。

评杜诗一卷　郑氏，安徽太平人。陈淑圣室。

懒云草堂诗一卷　郑氏，直隶丰润人。孙岱室。

书云集　盛元芳，字保和，江苏昭文人。陈松年室。

寄笠零稿　盛蕴贞，字静维，江苏华亭人。侯瀞聘室。

春晖草　宁若生，字璀如，江苏吴江人。侯汸室。

士厘曰：娣章玉璜有《淑清遗草》。

邓尚书年谱一卷　邓邦□，江苏江阴人。□仲明室。

蕉轩词　邓瑜，字慧珏，江苏金匮人。诸可宝继室。

清足居词　同上

士厘曰：母于懿有《漱芳词》，表姊杜敬有《昙花吟》。

思亲吟　邓蘩贞，字墨娴，江苏如皋人。冒禹书室。

静漪阁集　同上

士厘曰：姑宫婉兰，有《梅花楼集》。

嘉莲阁集　邓太妙，字玉华，浙江西安人［浙江无西安］。文翔贵继室。

三出西郊记 同上

绣馀集 邓秀英，江苏无锡人。顾宗孝室。

觉非集 邓克贞，字玉梅，山西夏县人。杨云霄室。

艺香馆诗集 邓氏，湖南湘乡人。曾［失名］室。

绣馀草 富梦琴，字韵清，江苏江宁人。邢苍友室。

焚馀诗稿 富氏，浙江萧山人。王玑继室。

慧花轩诗 廖惟珍，字韵香，江苏嘉定人。蒋世琛室。

借凡居诗 同上

伤心集 同上

仙霞阁诗稿词附 廖云锦，字织云，江苏青浦人。马姬本室。

织云楼稿 同上

琅玕集 廖淑筹，字寿竹，本姓林，福建侯官人。许筠室。

松鹤斋近体诗钞 寿禧和硕公主、寿庄固伦公主合撰。

士厘曰：此皆宗室女，清例中宫出者封为固伦妃，出者封和硕。清代宫闱著作不外传，此为惇王奕誴所刊。

又曰：孝贤纯皇后升祔祭文中有五言述德句，知孝贤有《五言述德诗》，非外廷所见，故不载。

兰轩未定草二卷 窦兰轩，直隶丰润人。王廷勋继室。

莲溪诗集 窦莲溪，兰轩姊。

贞奁阁集一卷诗馀一卷 窦氏，直隶大名人。陈元城室

静轩诗钞 缪端，江苏常熟人。范兆英室。

素涵诗稿 缪昭质，字素涵。

吟秋阁诗草 缪宝娟，字珊如，江苏常熟人。李振鹏室。

恤纬吟 缪孟翘，字樊君，江苏江阴人，不嫁，故号“冬青子”。

红韵阁词 阚寿坤，字德娴，安徽合肥人。方承震室。

卷　五

凤凰集　谷氏，广东南海人。萧志崇室。

静阁草　同上

竹西诗集　朴竹西，朝鲜人。徐箕辅侧室。

怀香阁诗钞　濮文湘

士厘曰：籍贯夫族未详。

弹绿词　濮文绮，字弹绿，江苏溧水人。何镜海室。

棠苑春吟诗草　陆豊，字少坪，江苏吴县人。查澥室。

光霁轩集　陆蓉佩，江苏阳湖人。赵念植聘室。

梦笔轩吟草　陆湄，字漱琼，浙江海宁人。王文瀛室。

梦笔轩吟草　陆湄，字漱琼，浙江海宁人。王文瀛室。

分翠阁诗草　陆如蓉，字秋裳，江苏华亭人。

月锄吟稿　陆梅生，字月锄，浙江山阴人。吴积鉴室。

士厘曰：女善□、善荫、善蕙均能诗，惜不知集名。

绣馀草　陆珍，字佩琼。江苏元和人。邵元鳌室。

士厘曰：《撷芳集》作陆贞，母陆安人、姑金太夫人均有诗名而无集。

碧梧轩吟稿　陆珍，字碧珊，浙江海宁人。马云骧继室。

玉华轩集　陆筠川

士厘曰：籍贯夫族俟考。

延津绣草　陆筠贞，字竹云，浙江仁和人。吴塘室。

评花问月楼诗烬　陆彬，字雯英，浙江平湖人。徐軏室。

老夫云游始末记　陆莘行，字缵行，浙江钱塘人。祝翼斐室。

秋思草堂集一卷　同上

闲妙香室词一卷　陆珊，字佩琄，江苏元和人。张应昌侧室。

福慧楼遗诗　陆珊，字碧荷，浙江山阴人。顾夑光继室。

蒋湖寓园草　陆观莲，字少君，浙江嘉善人。殳丹生室。

士厘曰：女殳默有《闺隐集》。

松石遗笺一卷　陆全，浙江平湖人。王坦室。

闲窗小草　陆瑶瑛，字秀餐，陆莘行姑母。汤颐和室。

唐韵楼诗钞　陆荷青，字孟贞，浙江平湖人。徐熊飞继室。

林下吟　陆湘水，字秋涛，湖广汉阳人。李文焕室。

赏奇楼诗词集　陆瑛，字素窗，江苏吴县人。罗康济室。

蠹馀稿　同上

森玉堂集　陆青存，字若筠，山东济宁人。吴孔皆继室。

士厘曰：此集为其女吴淑所辑。淑，亦工诗，惜无集。

槐荫词一卷　陆恒，字卫卿，江苏武进人。刘灏室。

哀弦词一卷　同上

窥云阁红馀草　陆吟香

士厘曰：据《撷芳集》云出《绮园小录》。

适吾庐诗存　陆瞻云，字蘅机，浙江海盐人。沈麟振室。

周易注　同上

小云集　陆羽嬉，字酌泉，江苏泰州人。王天涛侧室。

裁香室诗草　陆瑀华，浙江桐乡人。严铨聘室。

餁馀草　陆敏，字若士，江苏长洲人。顾端室。

紫蝴蝶花馆诗　陆小姑，广西宾州人。覃六室。

梯仙阁馀课一卷词附 陆凤池，字元霄，江苏青浦人。曹一士室。

士厘曰：女曹锡珪，有《佛珠楼诗》，曹锡淑，有《晚晴楼诗》，曹锡堃有《五老圭诗》。

又曰：《妆楼摘艳》作陆秀朴集名《梯山阁遗稿》。

花韵阁诗稿 陆诵芬，字心香，江苏青浦人。蒋士铭室。

清闺集 同上

绿窗偶吟 陆易迁，江苏上元人。徐大年室。

唾绒小草 陆素，江苏吴县人。张经畬室。

碧云轩诗钞 陆素心，字兰垞，浙江平湖人。徐熊飞室。

醉月轩吟草二卷 陆慧，字佩英，浙江海宁人。陈金鉴室。

品花小草 陆慧贞，江苏昭文人。秦昂若侧室。

归荑集 陆惠，字璞卿，江苏吴江人。张澹继室。

得珠楼筝语 同上

甦香画录 同上

双声合刻 陆惠夫女妇合撰

绣阁哀音 陆佩珍，字双宜，江苏昭文人。程瑞楷室。

北堂日训一卷 同上

赤城吟稿 陆佩兰

士厘曰：见汪允庄《自然好学斋诗钞》。籍贯夫族未详。

小鸥波馆诗钞 陆韵梅，字琇卿，江苏吴县人。潘曾莹室。

士厘曰：《安徽名媛诗词征略》作《团花馆诗钞》。

绣馀吟稿 陆蒨，字芝仙，江苏阳湖人。谢俊士室。

倩影楼遗词 同上

陆媛诗稿 陆媛，广西［缺地名］人。

士厘曰：据《橡枰诗话》载嫒因所天不偶，被逐回母家。汪孟裳太守为序其稿而刻之。

清韵留芳集 陆孝贞，字湘春，浙江钱塘人。余绍经侧室。

自怡轩集 陆漱芳，浙江仁和人。汪［失名］聘室。

红馀诗草 陆月娥。单［失名］室。

永菴诗选一卷 陆若松，字长青。浙江海宁人。葛惠保室。

机杼馀音 陆氏，江苏华亭人。洪［失名］室。

佩兰吟草 陆费稚香，浙江桐乡人。

灵芝草 祝琼湘，字灵芝，广东番禺人。黄大琏室。

钰章诗草 祝韫慧，字钰章，直隶沧州人。吕尔爽室。

绿窗吟稿 玉书，佚其姓，字蓝英，江苏江都人。许松室。

香珊珊室诗钞 玉并，字珊珊，满洲人。三多侧室。

来凤楼诗 玉岑，佚其姓。许谨斋侧室。

栖芬舘词 东蘅，字佩君，江苏武进人。沈宋圻侧室。

竹间诗文集 岳湘娥。字竹宾，浙江西安人。[①]刘世安室。

金尺菴稿 岳庆图，字云封，江苏武进人。贺生菴室。

俯沧楼稿二卷 卓璨，字文瑛，浙江仁和人。陈奕昌室。

历朝词汇十卷 同上

琴友堂稿 卓媛，字莹素，江苏阳湖人。庄朝生室。

素言一卷 学诚，字丹奉，满洲人。守贞不字，人称“觉罗八姑”。

萍浮词 吉珠，字夜光，浙江平湖人。

秋莲吟 毕仪莲，江苏仪征人。

织楚集 毕昭文，字少陵，江苏嘉定人。王［失名］室

---

① 地名疑有误。

韬文集 毕著，字韬文，安徽歙县人。王智开室。

士厘曰：据沈归愚《国朝诗别裁》所叙，则韬文诗稿本藏伊家，自伊兄殁，遍索不得，是韬文未必有集矣。然或诗多触忌讳语，故归愚有意讳之与欤。

远香阁吟稿 毕慧，字智珠，江苏镇洋人。陈暻室。

士厘曰：祖母张藻，有《培远堂集》。

香霏阁诗词钞 毕氏，浙江桐乡人。张［失名］室。

绿荫红雨轩诗钞 帅翰堦，字兰娟，江西奉新人。裘第元室。

心闲馆草 屈凝，字芷湘。江苏常熟人。杨希镛聘室。

松风阁小草 屈敏，字梦蟾，凝妹。陶景聘室。

韫玉楼诗集四卷 屈秉筠，字婉仙，江苏常熟人。赵同钰室。

词一卷 同上

留馀书屋诗文集 屈静堃，秉筠姊。俞照室。

士厘曰：弟妇钱珍有《小玉兰堂遗集》。

古月楼诗钞 屈凤辉，字梧青，浙江平湖人。胡之垣室。

含青阁诗词 屈蕙纕，字逸珊，浙江临海人。王咏霓室。

新诗草 佛女，佚其姓，直隶天津人。

玉窗草二卷诗馀附 葛宜，字南有，浙江海宁人。朱尔迈室。

还读斋稿 葛覃，字文娥，江苏长洲人。

士厘曰：或云葛覃与陈啓淑、陆觉菴、吴雪嵋撰。

琴畅轩遗集 葛静畹，字惠群，浙江海宁人。张骏室。

梦鸿楼诗草 葛世洁，字冰如，安徽怀宁人。丁鸿飞室。

竹素馆诗钞 葛定，字能静，浙江桐乡人。钱锦章室。

历代后妃始末 同上

澹香楼诗钞二卷 葛秀英，字玉贞，江苏吴县人。秦鳌侧室。

诗馀一卷 同上

挽鹿山庄诗草 蓬莲如，福建［失地名］人。林星海室。

杏花楼唱和集 薛娟，字浣香，江苏荆溪人。朱超室。

士厘曰：朱超素有诗名，盖夫妇唱酬之作也。

绿窗小草 薛璠，字素仪，江苏无锡人。李菘室。

绛雪词 同上

黛韵楼诗四卷 薛绍徽，字秀玉，福建侯官人。陈寿彭室。

词二卷文二卷 同上

士厘曰：女陈芸，有《小黛轩论诗诗》。

牡丹花国小史 薛福媛，字瑶台，江苏常熟人。杨山廊室。

遗香集 同上

碧学语 雪兰，佚其姓，浙江杭州人。

士厘曰：《杭州府·艺文志》云国朝闺秀某氏雪兰撰。

丹白集 莫兰心，河南郑州人。农家女。

兰芳阁淑性编 莫兆椿，字兰芳，江西南昌人。吴兴宗室。

士厘曰：是编有闺秀金漳序

听秋轩诗集四卷 骆绮兰，字佩香，江苏句容人。龚世治室。

冷香吟草 骆逸芳，广东花县人。守贞不字。

碧梧斋小草 郝璭，字秋岩，山东齐河人。张醒堂继室。

蕴香阁诗钞 同上

北归草　博尔济吉特氏，蒙古人。笠尔沁台吉囊努克室。

士厘曰：名无或考，即以姓氏为次。

艺芳馆诗集二卷　郭筠，字诵芬，湖北蕲水人。曾纪鸿室。

士厘曰：姊婉芳适陈氏亦工诗，小姑曾纪耀有《紫琅馆遗稿》，曾纪芬有《崇德老人自订年谱》。

浣尘诗草三卷　郭文瑛，湖南长沙人。陈介泉室。

望云阁诗集　郭芬，字芝田，安徽全椒人。汪履基室。

游丝词一卷　郭坚芬，字延秋，江苏江都人。

鹣鹣吟　郭华，字香蔚，浙江山阴人。傅彊室。

澹真遗诗一卷　郭芳，字素媛，浙江仁和人。胡筠室。

竹窗吟稿　郭媖，字景曹，浙江富阳人。王诏三室。

禅影集一卷　郭解卿，福建［失地名］人。

红薇馆吟稿　郭秉慧，字智珠，湖南湘潭人。李杭室。

士厘曰：姑郭润玉有《簪花阁稿》。

咽雪山房集　郭友兰，字素心，湖南湘潭人。凤丹山室。

士厘曰：步韫之侄佩兰之姊，而漱玉、润玉之姑母也。

继声楼集　郭仲年，字敏斋，福建闽县人。郑［失名］室。

独吟楼稿　郭步韫，湖南湘潭人。邵［失名］室。

士厘曰：湘潭郭氏有《闺秀集》之刊，曰《独吟楼诗》、曰《咽雪山房诗》、曰《贮月轩诗》、曰《绣珠轩诗》、曰《梧笙倡和》初、二集、曰《簪花阁稿》，附佩兰之女王继藻之《敏求斋诗》。

凤池仙馆词　郭慧媖，字佩芳，江苏吴县人。

澄香阁吟草　郭蕙，字素娴，浙江仁和人。傅廷标继室。

贮月轩稿　郭佩兰，字芳谷，友兰妹。王德立室。

士厘曰：女王继藻，有《敏求斋诗》。

簪花阁稿 郭润玉，字笙愉，漱玉妹。李星沅室。

梧笙倡和初二集 同上

士厘曰：小姑李星池有《澹香阁诗钞》，子妇郭秉慧，有《红薇馆吟稿》。

绣珠轩稿 郭漱玉，字六芳，湖南湘潭人。罗乔年室。

雪佳诗一卷 郭雪佳，福建晋江人。

紫石吟 白氏，字语生，江苏江宁人。吴石叶室。

绿窗草 白氏，字香室，直隶高阳人。王棻室。

吟红轩诗二卷词附 百保，字友兰，蕯克达氏，满洲人。延祚室。

映潭诗钞 柏盟鸥，字映潭，江苏江都人。

景惠室诗存 易蘩，字南蘋，湖北湘乡人。吴［失名］室。

本支齿录一卷 同上

苦竹轩诗钞 易本瑜，字次华，湖北京山人。倪生室。

妙香阁遗草一卷 石云英，字芝秀，安徽宿松人。姜本仁室。

永思集 石峩，字润缜，江苏吴江人。马树栋室。

绘水月轩诗词 石承楣，字湘云，湖南湘潭人。袁士彪室。

莲草俚言 石缓，字碧莲，江西泸溪人。邓芝室。

绿窗遗稿 石可仙，江苏如皋人。沙熙纯室。

碧桃花馆词 石锦绣，字彤霞，浙江会稽人。王长治室。

冰庄绣阁诗钞 石学仙，江苏如皋人。沙又文室。

士厘曰：江苏《诗征》作章又文室，未知孰是。

静轩诗钞 席筠，字琴德，江苏常熟人。王岱室。

韵琴楼遗草　席文卿，字澹如，江苏吴县人。徐坤元室。

绿窗吟稿　席仲田，字养卿，江苏常熟人。屈焕发室。

瑶草珠华阁集　席慧文，字怡珊，河南渑池人。石同福室。

自怡草　同上

长真阁诗词草　席佩兰，字道华，江苏昭文人。孙源湘室。

士厘曰：《撷芳集》作席蕊珠，字月襟，小名瑞芝，自号佩兰。

雨窗掌故八卷　席钰，字玉华。

士厘曰：籍贯夫族未详。

诗集四卷　郦婉然，江苏丹阳人。钱藻廉室。

东蘋集　戚继裳，字梦桃，浙江太平人。王维哲室。

绣馀吟稿　纳兰氏，满洲人。

鼓瑟楼诗草　叶鱼鱼，字湑兮，江苏南汇人。顾世望室。

倚竹吟　叶辰，字龙姝，江苏吴县人。

纺馀吟　叶文娴，字淑菴，江苏长洲人。唐屏山室。

拥翠轩唱和集　叶枌，江苏昆山人。许心扆室。

飞素阁遗诗　叶芬，字少云，广东南海。潘飞声室。

香祖草　叶兰谷，字又芬，江苏昆山人。胡秩亭室。

叶孝女遗诗二卷　叶娟，浙江钱塘人。

绣馀草　叶宏缃，字书城，兰谷长姊。阚宗宽室。

听乌草　同上

织卿遗稿　叶梭，字织卿。樊慈花室。

括香阁集　叶元琴，安徽怀宁人。左［失名］聘室。

古香阁集　叶琼华，字婉仙。广东番禺人。李蓉舫室。

小疏香阁稿　叶璚华，字秋霞。江苏吴江人。沈炬室。

士厘曰：其姑母叶小鸾，集名《疏香阁》，故此名“小疏香阁”。

效颦集 叶金支，字秀华，鱼鱼妹。曹锡宸室。

安神闺房集 同上

寒砧小草 叶畹芳，江苏长洲人。

存馀草 叶小纨，字蕙绸，橘华姑母。沈学山室。

士厘曰：女沈树荣有《希谢稿》。

蕴香斋诗词 叶静宜，字峭然。浙江仁和人。

凝香室诗馀 叶澹宜，字筠友，浙江仁和人。

抱月吟 叶凤威，字虞廷，江苏嘉定人。

寒香馆遗草 叶素纕，字伊傅。吴应鳌室。

怀清楼稿 叶慧光，字妙明，江苏南汇人。王进之室。

疏兰词 同上

尔雅古注斠三卷 叶蕙心，字兰如，江苏甘泉人。李祖望室。

诗一卷 同上

柏芳阁诗词 叶俊杰，字析芳，湖北江夏人。孔昭诚室。

适庐词 叶翰仙，字墨君，浙江仁和人。

花南吟榭遗草 叶令仪，字淑，浙江归安人。钱慎室。

士厘曰：此亦织云楼稿中七人之一。

叶孝女诗 叶定，字带华，浙江秀水人。许殿芳室。

士厘曰：梁鸿绪孝贞二女记孝即带华贞则徐源也。源有《冰谷集》。

昙花小草 叶福芝，字季英，浙江归安人。许延采室。

士厘曰：嫡姒梁绳有《古春轩诗》，小姑许延礽有《福连室集》，许延锦有《鱼听轩诗草》，姪孙女许德蕴有《学画轩诗词稿》。

古秀室诗　叶璧华，字婉仙，广东羊城人。李容舫室。

羊城闲咏　同上

霜闺吟　叶氏。张源洪室。

友琴轩诗集　叶氏，浙江钱塘人。赵赞元室。

葛孝妇诗　叶氏，江苏昆山人。葛叶仲室。

双修阁诗草　聂芬，字韵琴，安徽六安人。史远岘室。

女界模范　同上

娱萱室小草　聂炳枬，字稚梅，四川宜宾人。傅增湘聘室

莲仙遗稿　聂有仪，字莲仙，湖南衡山人，李之樾室。

此稿十年前嗣弟单丕尝取载于浙江图书馆馆报，因未暇整理也。翌年弟亡，修改事遂辍。近十年来见闻所及颇得多人著录之数约增三分之一，又以诸闺秀生平时代不能确知前后，乃依广韵编次名字。写付排印中途遭印局罢闭之厄，爰手录数部留示子孙，俾不致湮没耳。缪夺更非所计矣。戊寅秋日钱单士厘自识。时年八十有一

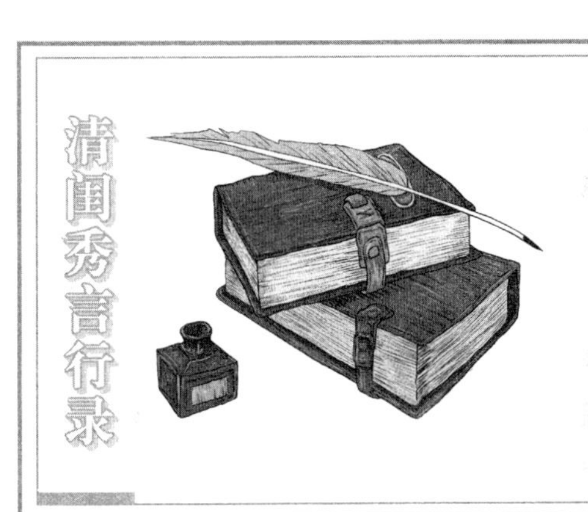
清闺秀言行录

自　序

国之盛衰，端赖人材；而人材之蕴育，又赖母教，故女教实关系全国教育之基础。有清一代，初虽未兴女学，然才德之盛，超越前代；予既辑《闺秀艺文略》，每见孝义贞节诸事，辄摘录附注于其著作之后；乃亲族见者，佥谓不合于艺文志格式，不得已一一删去，其中如毕韬文之孝勇，吴六宜之仁智，丁玉如之论屯边，沈文肃夫人之计守危城；皆可传颂，是固人所共知；第其中有纯孝苦节，居穷乡僻壤间，旌表所不及，志乘所不所载，有著作者，其名尚有人知，若无著作，则幽闺潜德，将湮没无闻，胡可不传耶？因搜辑汇成一册，名曰《清闺秀言行录》，特倩协荣印书馆附于《妇女世界》杂志，以广流传而阐扬之，亦或有益于女教乎！

编者识

毕　著

字韬文，著有《韬文诗文集》。

明崇祯末，韬文从父官蓟丘，父与流贼战死，尸殁贼中；韬文夜率精锐擎贼营，贼方饮酒，猝不备，韬文手刃渠魁；众溃追之，自相残踏，死者无算。乃舆父尸归葬于金陵之龙潭。时韬文年甫二十，后适昆山王圣开，布衣荆钗，偕隐白首。其村居诗云：“席门间傍水之涯，夫壻安贫不作家。明日断炊无暇问，且携鸦嘴锄梅花。”

顾若璞

字和知，著有《卧月轩诗文集》

明按察使顾汝学孙女，上林苑丞友白女，适副贡生黄茂梧，字东生。茂梧早卒，二子方幼，和知益读书以教之，尤好读史，班马以下，多能论著其大旨。为诗古文词多言经世之学及他传状表志书叙各篇，总曰《卧月轩集》。自序之曰："璞不才，不若于母训，笄而执箕箒明门，所惧增羞父母，酒浆组任勤不告劳，事东生十有三年，闲事咏歌，大抵与东生相对，忧苦之所为作也。东生溘逝，帷殡而哭，不如死之久矣。以藐诸孤在，不敢不稍涉经史课之，于是发藏书，自四子经传以及古史，鉴明通纪，大政记之属，日夜披览。二子从外傅入，轧令篝灯坐隅，为陈说吾所明。更相率咿唔至丙夜乃罢。日月渐多，闻见与积圣贤经传，育德洗心旁及骚雅词赋，游焉息焉，以自发其哀思，舒其愤闷，幸不底于幽忧之疾，讵敢方古班左诸淑媛，冀有一言之几于道乎"云云。和知事舅汝亨孝谨，舅亦嘉其才学，及致仕归，多接宾客；和知先意治具，舅尤叹美之。舅卒，葬祭如礼。初，汝亨尝游西子湖，过魏忠贤生祠，慨然而叹；守祠者诟之，汝亨归，抑郁数日，会遘疾卒，或传为守祠者所殴，闻于京师，崇祯初录死魏逆事者。或上其事请恤；和知闻而讶曰，吾舅实以疾死，岂可庡吾舅以欺朝庭，冒恩泽耶？为书数千言，署子灿名白之，当事乃止。君子曰：和知可谓能以礼事其亲者矣。晚辑《黄氏宗谱》，仿范文正义庄法，置祭田，年九十卒。

李 因

是庵，又字今生，号龛山女史。著有《竹笑轩吟稿》。

是庵海昌光禄葛征奇妾侍，光禄宦游十五年，光禄以忧愤卒，贫甚至不能举火。是庵终矢清节，以画自给，写花鸟幽澹欲绝，间为设色，柔婉鲜华，得徐黄意。世以因鹰声相近，遂传为专工画鹰市肆，伪作者多画松鹰。至嘉庆道光时犹然。光禄亦喜画，常谓人曰："山水因不如我，花卉我不如因。"曾以铁笔画是庵小像于砚背，雾鬓云鬟，丰神绝世，傍有是庵题词曰："手泽重新睹，回溯昔年情绪；绮楼深处日日神仙侣。作画吟诗，笔墨生风雨；伊人去，更谁怜汝，似花花无主。"

章有湘

玉筐，又字令仪，号橘隐女史。著《澄心堂草》

玉筐兄弟五人，皆通书史。少从父宦闽中，顺治元年，父殉节，玉筐归后适孙中麟，生子女皆不育。中麟字振公，举进士甫五日而卒京邸；玉筐闻讣，引绳自缢，姑救之。及振公旅殡归里，玉筐迎之返，又缢于舆中，婢又救，皆不死，守节十七年，事舅姑承欢备至，抚从子为夫后，茹荼缟素，扁居一室，姻戚罕见其面。所著集皆自写其忧伤哀怨之音。姊瑞麟，妹有渭、回澜、掌珠。有渭著《燕喜楼草》，适嘉定候泓，好内典，善祠翰，与泓偕隐，有桓鲍风。既而还故里，相保于毁巢破卵之馀，皆玉筐之力居。

纪映淮

字阿男。著有《真冷堂诗词》。

阿男适莒州诸生杜李，明末莒州陷，杜被难；映淮奉姑避深山中，毁面觅衣食供姑，得不死。携六岁儿忍饥冻茹素藉草，守节三十馀年。父纪青，兄映锺，皆以能诗名。故映淮少工诗，有秦淮竹枝词，为世所传。内有一绝云："栖鸦流水点秋光，爱此萧疏树几行。不与行人绾离别，赋成谢女雪飞香。"此诗曾载入《国朝闺秀正始集》。王阮亭作秦淮杂诗，多言旧院时事，有句云："栖鸦流水空萧瑟，不见题诗纪阿男。"映锺寓书责之云："以青灯白髪之嫠婞，与莫愁桃叶同列，后世其谓之何?"阮亭谢之，后入宫礼部郎中，力主覆疏以旌其閭曰："聊以忏悔昔年绮语之过。"

黄媛介

字皆令。著《离隐词》及《湖上草》。

黄皆令性警慧，幼闻兄鼎读书，輙好之，遂通文史。楷书仿黄庭经，画似吴仲圭而简远过之。字杨世功，而杨久出不归；曾有大力者艳其才，欲夺之，父兄劝改字，誓不可，卒归世功，萧然寒素，皆令黾勉同心，恬然自乐。及入本朝，家为乱兵所毁，乃偕世功转辗迁徙，以鬻书卖文为活，跋涉吴越间，所至，大家闺秀争延讶之，宝其诗画声籍甚。其所纪述，多流离悲戚之辞，而温柔敦厚，怨而不怒，既足观其性情，且可以考事变，此闺阁而有林下风者也。

吴永和

字文璧。著《苔窻拾稿》

文璧，祖名旸，父名淑盛，詹事庄澹庵其母舅也。爱之抚为女，詹事世家，服食纂丽，女泊然寡嗜好，日惟读书习女红。詹事重之，为择故人子才而贤者归之，乃归太学生董玉苍。玉苍通政天来子，家清贫，累举陬报罢，乃鬻其居之半，郁郁不得志而卒。谓文璧曰："吾先大夫墓碑未立，前妻吴氏未葬，子幼未教，此三事累子矣。"文璧诺之，乃礼求能文章者为通政作碑勒之，卜吉壤葬夫及前妻，教子学成，为娶妇，数年而三事悉举。又赎所鬻故居之半，迎母共居，使幼弟与子同学，事前妻之母如母。凡玉苍所未及言者，皆以意悉为之。文璧性严重，虽大喜怒，未尝轻动声色，善治家事，内外肃然。少能诗辞，尝作《苔窻赋》以自见，故名其集曰《苔窻拾稿》。

钱凤纶

字云仪。著《古香楼集》

凤纶，钱唐进士安侯女，归黄式序，为顾和知曾孙妇。和知以文学名，云仪宗其学为诗文。其《射潮赋》《墨君颂》《游湖心亭记》诸篇，皆称于时。又尝作《彤管箴》，以见其志学之所至曰："古者后宫女史二人，朝夕簪彤管，随王左右，掌后妃宫室之事，将以惩淫逸儆宫邪也。扬雄作二十五官箴而不及女史，向疑其必有阙马。余幼习姆训，长淹经传，窃知妇道一二，遂欲仰宣圣化，内淑闺门，女红之暇，缀辞补之，若谓与子云茂先齐驱先后，则吾岂敢。煌煌宪章，昭兹来服，崇勋攸载，眚慝咸录。昔在周王，动言斯谨，左右史臣，既疏既引，肃雝令德，王假有家，嫔御维贤，女史无哗，亦详而法，亦正而葩。始于宫闱，浸及江汉，惇俗媲行，圣时幽赞，迨其后嗣，淫荒以逞，嗷嗷为污，昏昏为醒，主志既移，女德乃衰，人之齐圣，已或昵之，硕人放废，颠倒以嬉，人之佥壬，已或比之，揄狄再加，妇功用隳，善善无宁迟，疾恶不可长，疾恶之甚，是为妒媒。取默以容，乃妇之期。二仪既建，动静綦分，硗硗者诎，犹犹者尊，独不见夫，思媚之姒，思齐之任，艺事用谏，隶在尚书，史臣司鉴，敢告属车。

廖云锦

字蕊珠，又字織云，号锦香居士。著《仙霞阁诗稿》

云锦，合肥知县古檀女，工诗书，尤精绘事。初受法钱唐画史贺永鸿，后为王述庵侍郎所赏，出所藏南田清于江香诸名画予临摹，于是画日益进。论者谓妍丽中独具秀骨，粉墨间时露清姿；非寻常学力所能到。夫宅有肯园纤云，所居曰“读画楼”，常楗户焚香，流连诗画，萧然自适。同时庄磐山、金翠峰、张蓝生，皆为闺阁文字友。

周淑履

著《绿窗小咏》及《峡猿吟》

淑履，侍卫周世祜女，归胶州高荫桺，淑履为相国曾孙女，而荫桺亦相国曾孙；皆以文章传才美相匹。荫桺早卒，家甚贫，淑履携三岁儿依母家，未几母家益贫，仍返高氏，极漂摇拮据之苦，僦屋勤织纸以给衣食，教其子曰淳、曰堂，读书成诸生。少工诗，晚益清老，所著《峡猿草》其族父高凤翰序之，皆嫠居以后作也。

锺令嘉

字守箴。著《柴车倦游集》。

守箴，晚号甘荼老人，父志顺有高行，归赠编修蒋坚教子士铨，以文学知名于时。铨官翰林，封太安人，太安人读书敦志节工文章，识力清卓。赠编，家贫每不举火，尝于除夕大雪天寒，检囊中得三钱，市酒对饮。赠编修对太安人曰："得勿戚乎？"太安人笑曰："古人处此者多矣。君得毋动念耶?"是时士铨生甫两月，及四岁即口授之读，冬夜坐衾中解衣置子于怀而教之学，又教之学书，幼不能执笔，乃削竹枝为丝，曲折作点画合之成字。士铨年十五，始出就外傅，及官京师，太夫人就养，既而曰："子才非今时所适，不如归也。"士铨遂承命告归，有自题归舟安稳图云："馆阁看儿十载陪，虑他福薄易生灾；寒儒所得要知足，随我扁舟归去来。"又有句云："团栾出去团栾返，儿颔须长母宾皤。"又"自笑老人多结习，课孙不及课儿专。"又"三年后更添欢喜，新妇为婆子抱孙。”

温慕贞、温廉贞《砚隐楼诗》

慕贞，归朱时发，三年而寡，性慧而静，动必以礼；姑性严竣，能得欢心。及寡，事舅姑益谨，家贫纺织以养舅，姑殁，殡葬如礼。抚幼子曾三教之，读书有成后依母家，事母孝谨，积纺织之资，为兄云翔完娶，教妹廉贞，通文辞。廉贞适王静甫，亦早寡，竭十指力葬夫及姑，又厝父事母以终。其兄龙言天柱远游，久不归，母甘旨不给，慕贞姊妹侍母赴天津就龙言，又赴粤西就天柱，谋所以养母者。慕贞病卒于途次时，乾隆卅一年也。廉贞自举奉母归，居七里乡之故宅，伤父棺久厝未葬，即营葬曾祖太傅墓傍。母耄多病，廉贞扶持不离。慕贞有小姑适王氏，亦早寡，归依母家，与慕贞以文艺相质，乡党争延致为女师。慕贞著《砚隐楼诗集》，廉贞序之，而以已诗附焉。

胡秀温

《筠心阁诗》

秀温，为胡振翼女，字诸生张毓参，卜吉将于归，而毓参病殁。时秀温年十八，投缳者四，绝粒十一日，皆不死，乃服衰绖哭于夫墓。舅姑义而迎之，守贞十三年，立侄旅均为嗣，教之成立，嗣子夭，又抚孙振铎，振铎辑其著诗以传世。

金　氏

《颂古今响曲》

金淑修，秀水人，归明工部徐肇森。父寿彭祖九成，祖母徐氏即工部之祖姑生寿彭甫十龄，而九成卒，族睥睨资产，欲害之，徐氏以子寄养母家，藉父兄调护得免家难。寿彭感外家之德，欲世为婚姻，乃以女归工部后子嘉炎，贵，诰赠夫人。夫人性至孝，尝刲股养母疾，又斥腴田营父窀穸，同怀弟死，抚其两女如己出。又通敏有治事才，既奉祖母之教，尤善生殖贤产。赠夋故饶，夫人经营之益裕。工部好交游，宾客常满坐，夫人应之无匮，大兵定南都，工部殉难，夫人自髡为尼，稍以产授诸子，馀悉委之佛寺曰："此岂遗子孙多金时乎？"学佛有所得，称宝持禅师夫人，幼慧喜读书，工翰札画学，元人三吴争传购之。

杭　澄

字清之，号筠圃，晚号定水老人。著《药圃吟草》等。

杭澄，编修世骏妹也。归赵万暻。清之母王太孺人，姊妹同归杭氏，姊生世骏，妹生清之，幼慧，闻兄弟读书，效其声辄成诵。兄为制举文，亦效为之。既乃为诗，归于赵，才高于壻。万暻常佐直隶新河县治，迎清之往，盖居停为杭氏戚也。万暻寻客庆邸，忽病，清之驰往视，已殁。于是扶旅榇间关以归，凡死而复苏者五。初，万暻嗣叔父为后，至是叔父携一妾以居，不能依，兄公万曦又居淮阴，乃依母家，往来于舅氏，修子妇礼。时赵氏三世，八棺未葬，清之卜吉于鸡笼山麓葬焉。因劳得痹病，然犹教女甥女侄辈读书，及母殁，病乃日甚，遂卒于母家。

孔继英

著《瑶圃集》

瑶圃以子启震官山东河库道，封太恭人，赠中宪，初为赘壻，后偕归。太恭人，亲采井臼，勤内职，教子读书，天微明即促之起，晚归必问日所业。夜复督之读及观察。以乙酉召试通籍赐文绮制衣奉太恭人，太恭人以诗勗之。未几赠中宪，卒于京师，太恭人就养于永平，每念旅殡，悲怆不已。又为诗以寄南中女伴，其序曰："自庚寅岁就养，入都四载而抱未亡之痛，近复以孤儿负米侨寄北平，地是卢龙，人同旅雁，记儿时与诸姊妹读长城塞下诸篇，辄感慨系之，不谓颓龄竟来兹土，每下他乡之泪，谁怜失路之人?"读者悲之。

石　氏

著《慈石老人诗稿》

慈石老人，诸生曰坚女，嫠居苦节，以子力行官平湖知县，封孺人。孺人幼读书，事母以孝闻，及归赠文林，尤善持家，赠文林豪逸广交游，屡困乡举，乃筑楼三间，置图史其中，颜曰"燕楼"，不问家人产。舅屺亭，世所称张孝子者，母丧庐墓后依木主于崇节词。足不履宅，舍家之事，独以付孺人。赠文林性好施与，急患难，孺人与同志，有除夕丧其妇者，家贫无乳衣，孺人启笥检新衣与之，俗以己衣衣死人为不祥，皆阻之，勿听，凡所为类如此。赠文林殁，子女皆幼，舅亦旋卒，孺人奉姑持家如平凡。凡二十年而家日益裕，孺人凡九乳，伤其三，育子四女子二，皆自乳哺，教子女严肃，四子力行以县丞擢知县，孺人就养官舍，常诫之曰："若起家下吏，幸为民父母，夫父母爱其子无所不至，一笞一杖。可漫施哉？"力行所至有贤声。论者谓赖孺人之教。其七十生辰诗自序云："余就养四子力行官舍，四载于兹，今七十生朝，力行荟萃所乞寿言歌以侑觞，老妇何幸，得为大人先生齿录。顾其词类多侈颂，愧不敢当，枨觞余怀，若有不能自已于言者。因仿杜少陵寓同谷县诗体作歌七首，第七名即用其语，少陵以飘流呜感，而余亦数十年备尝荼蘖之境，词不相袭，遇若近之，吾子孙能喻此意，庶几知所勉焉。"

许得[①]瑗

字素心，又字竹轩。著《疏影楼稿》

德瑗工诗画。父官粤中，归何某，赘于署斋。四年，何病殁，无子，抚幼女守志。兄聘其女为子妇以慰之，末几，女以痘殇，兄更以已女女之，缔姻于粤之胡氏。后父罢官归，仍依母家以居，父母殁，兄割田膳之，为夫立嗣，尝为诗曰记事珠。自述其生平大略如此。

① "得"与"德"疑一处有误，因无资料查实，存疑于此。

许在璞

字玉仙，一字企琼，又字冰壶处士。著《小丁卯集》

在璞，许灏女，归太学生陆叔臣，叙臣多疾，颓唐自废，既而殁，前妇遗二子，冰壶抚之，极慈爱。而谗者或以王祥后母构之，闻者多不平。冰壶卒含忍不以自白。后以家付二子，取瘠田十亩供饘粥，于是独居一小楼，不与人事。礼佛读书，为诗以自遣，尝作《梅花百咏》以寓意，晚年节衣食累铢锱，自刊其诗曰：《小丁卯集》曰《茹荼百咏》沈归愚尚书序之，兄进益跋其后。

范贞仪

字芳筠，又字一柏。著《愁丛集》。

贞仪，七岁能诗。及笄归高纕，得舅姑欢，女红之暇，潜心经史。时有闺中颜闵之目。未十年而舅姑夫女相继殁，夫之庶母、夫之兄亦殁。遗夫弟三，幼子二，茕茕孤子，皆一柏抚之教之。丧葬婚嫁，措置得宜。三叔二子皆黉序而登仕籍，以嫂兼母，以母兼父与师，于古不多见，可谓节孝完人矣。

朱　景

字曙云。著《李节妇诗》

曙云，归同邑李砚云。年十九岁，守节以终。曙云美仪容，时有丽人之目。砚云卓荦豪放，士慕而聘之，唱酬静好。砚云殁，即无子，舅姑又前卒，惟母仅存，无可依倚者。母怜之，劝以改适，曙啮指自誓，固劝之，引刄断喉，绝而复苏，闭门辟纑忍饥冻，终身不喻户阈，乡里敬之。自幼能诗，寡后稿多散失，人称之曰“李节妇诗”。

王瑶湘

著《逍遥楼诗》

瑶湘，南海人，隐士蒲衣子王隼之女。归李孝先，以清节闻。蒲衣子结溁庐于西山之麓者二十年。妻潘氏，通书史，安贫偕隐，蒲衣子字之曰“孟斋”。瑶湘幼慧，父母教之读书，比长赘婿于山中，壻亦安雅，蒲衣子常高歌，瑶湘吹洞箫赴节，倚壻而和之，月明风静，声出溁庐中，山中人有神仙之目。及寡，瑶湘矢志自称“逍遥居士”。其诗曾选入张纨英所著《国朝列女诗》，传其事迹。

吴娟淑

字杏芬。著《十八省名胜图》。

杏芬女士，安徽歙县人，名画家吴鸿爋女，江苏知府唐光煦室。幼承庭训，工山水花鸟人物虫鱼，有出蓝之誉。性好游历，探颐穷奇，不惮跋涉，每至一处，归辄摹绘，有十八省名胜图及西湖、黄山各图印行于世。意大利王后见其画于博览会，大为赞赏，购藏宫闱，中西报界特着专评。卒年七十八，盖生于咸丰初年也。

严　乘

著有《严乘遗诗》

严乘，字御时，年二十五而寡。无子以犹子茂敬嗣，慈爱无间，茂敬复早卒，又抚孙栋，方数龄，教养备至，栋常病已死，御时卜易谓必不死，又推算禄命，谓当以春秋获举，果逾二日苏。后栋于康熙戌子以麟经发解，如其言。乾隆六年建坊旌表。

颜　氏

号恤纬老人。著《恤纬斋诗》。

颜小来，考功郎中光敏女，归孔兴焯，早寡，誓死不食。姑勉以大义，遂止。事姑数十年，孝谨无间。无子，以侄毓堠嗣，教之成立，依例被旌，老人幼端慧，从父授书，旁工为诗词及琴奕。后侍夫及舅姑疾，久复通方书，常制丸散以济乡里。张纨英《餐枫馆文集》，列入《国朝烈女诗传》。

施婉贞

著《吴烈妇诗》

婉贞，归吴翰章，逮事祖姑孝谨。祖姑殁，舅亦旋殁。姑张氏，舅之继妻也。爱其子，不爱翰章，因并疾其妇。妇曲意承顺，勿能格。姑为魇胜术诅翰章，其子忽慕死。越旬日，翰章病死，将死，谓烈妇曰："吾父母未葬，吾无子，谁为营葬？你纯孝，幸忍死成吾志也。"烈妇受命。姑以烈妇年幼，欲夺其志，烈妇不从，则尽以家资自归母家，绝往来以迫之，烈妇拮据，忍饥寒，因有才名，邻家多以女子受读。乃设闺塾讲说《女训》，藉馆谷以给。凡五年，姑促之嫁益急，烈妇知夫志终不克遂，而已身恐终不能守，乃买片土葬夫毕，作书达父及夫之伯母，嘱鬻所居，营舅姑之葬，立所当为后者，嘱母勿以我死故累姑。作诗四章，粘于壁，遂自经死。时康熙戊寅年十二月。年甫二十三，雍正间得旌表，入礼节烈祠。

顾　蘩

字季蘩。著《顾贞女诗文遗稿》。

蘩赋性端严，虽童稚时未尝嬉戏。母姚氏，工翰墨，故诸女皆能诗，而季蘩尤称敏。瞻侍祖母及母疾，历旬弥月，目不交睫，其父极器之。十四岁失恃，十五岁字吴江张九彰，屡病未婚，康熙八年秋，九彰以丧母哀毁卒，讣至，适当大母丧，家人朝夕哭，季蘩独哭不休，家人察其意，慰曰："毋过苦为也，尚赖未婚耳。"季蘩曰："我生平一盥匜未尝易，谓我如何?"嫂姊又与抗论古烈女某贞某节，其烈皆已嫁，而与夫共甘苦，获令名。女未应，则又与接近事，有未婚夫死，持服往守才，颇可法。季蘩颔之。既喟然曰："忍死何为？祇多事耳。"自是捐膏沐坐，出卧一小楼，兄时新日夜守之，上巳日，张翁来吊大母，季蘩给乳媪出，闭户雉经死，衣裳俱纫结，不可解。时年二十一。张翁临哭而去，检其奁，得绝命诗三章，张翁迎其柩与九彰合葬。

载1944年第5卷第48、49、50期《妇女世界》

懿范闻见录

予年四岁，即逢丧乱，随亲避难，转徙吴越间。投池踰城，逾山航海，赖母之媵婢名联贵者，抱持拥护，得脱于险。迨长，祖母恒为士厘言，往昔亲族闺教之贤否。凡家庭和睦勤俭，讲礼法者，昔贫而今富，昔贱而今贵。若骄奢淫逸之家，或合门遭难，或孑遣失所，昔富而今贫，昔贵而今贱矣。天网恢恢，疏而不漏，诚可畏也。又谓吾家幸贫，无造业之能力，故得一家离而复合，且从未遇贼，若有神佑云云。至今八十年来，世事变迁，风俗醇醨迥异。缅忆遗言时，萦迴于脑海。自顾残年易尽，倘无纪录，则嘉言懿行，将湮没而无闻。爰书所闻见，以告女孙辈云尔。士厘自识。

顾太孺人

张母顾太孺人，为士厘祖母之祖母，慈惠讲礼，凡事必顾大局。尝言：不可以一人之私心，损公共之利益。家庭不和，莫不由此。故其持家雍睦无间，长幼有序。小姑适寒士，力不能赡家，太孺人接归，依母而居。视小姑如已姊妹，教养甥男女如已子女。以甥女贤，求为子妇。晚年得子妇孝养，如已之养姑焉。①

沈孺人

张母沈孺人，即顾太孺人甥女而为家妇者。孝姑，和妯娌，教子女，一遵威姑家法。其娣卒于产后，即断已子乳而乳其侄，

① 乙本有“享年八十馀”字。

爱护胜于已子。姑之弟贫，月贴薪米若干，每付薪米时，若孺人经手较姑丰满领者，喜跃曰：此月足饱矣。姑或有时恨其弟不才，孺人必婉转劝解。姑谓济人固善事，然亦当顾自己财力，孺人则云：积财为儿所败，毋宁与邻里乡党乎？随宦桐乡，治家勤俭如寒士妻，诸生之家皆化之。卒时，戚党中知与不知，莫不痛哭感叹，若失慈母云。

张太安人

单母张太安人，即士厘祖妣也。自幼习闻壸教，因母乳其侄而断亲子之乳。太安人即管领此弟，分母之劳，成母之义。然因劳悴，体弱多病。迨归吾王父，年已二十七矣。岁入不满百金，赖太安人经营缔构，安贫习劳，始成吾家。王父佐幕府，终年在外，笔墨甚忙。道光年间，自督抚至州县，幕宾薪少，而漕馀等种种陋规，皆得分润，王父独却之。或劝之曰："君不取，徒为他人干没，何固执若是？"答曰："吾非博已化人之誉也。既读圣贤书，此心终不可受非义之财耳。"自后吏亦不复送呈。每逢春闱报罢，或无资斧赴南宫试时，辄对太安人歉然。太安人非但不怨，且必怡然相慰曰："人熟［孰］不思富贵，若取之不义以道，则与盗贼何异？"虽经济极困难，从不向人借贷，宁于质库暂抵，稍裕即取赎。尝云："借款用久不能偿，彼虽不索，我心何安？况有此致讼者，身败名裂，伊谁之咎？"年近古稀，犹躬自纺织，子孙劝少休。太安人言："吾籍此消遣长日耳。饱食无所事，则易生骄奢不足之心。苟萌此念，便堕入烦恼狱中。试看世上自食其力者，必无妄想。一家和睦，以饱暖为满足。若富贵家人人自私，反无安乐真趣，由于太逸也。”太安人屡经艰险，均转危为安，若有神助。年八十四，寿终于萧山故里之抱和堂。

陈太恭人

许母陈太恭人，生平无疾言遽色，终年不杀生。遇祭祀或宴客，则购诸市肆之已宰者，虽蚊蝇亦不扑杀，但用手挥去而已。太恭人为士厘外王母，幼时习见习闻，恒谓微生之物亦求食耳，罪不致死。曾见邻童窃一锡瓶，瞥见人来，惶骇仆地，太恭人慰之曰：“此瓶畀汝，以后万勿取他家物。”童感泣谢而去，卒为好人。又有朱姓妇，为夫卖已偿博债，其翁为外王父兄弟受业师，妇亦儒家女，誓不改适，抱幼子奔告于太恭人：“妯娌倘不垂援，宁自尽。”外王母与娣朱孺人协商，各典簪珥以赠，毁其券，且养其母子终身。当洪杨之乱，太恭人携幼子随壻女避居萧山，不意萧山知县降贼献城，民间初不知备。小舅氏名仁保，出游未返，遂遭难。太恭人随众缒城倾跌，头部受伤，裹创徒步赴乡，中途忽失足落水，同行者已远，惟女与婢援之不能上。适有行路者过，吾母叩求其救，此人一掖即登岸，既而去甚速。母氏每言：“是殆神佛垂佑，不则吾与汝亦不得活矣。”太恭人在乡间，头疮肿溃，无医无药。一日，我婢联贵于道旁拾得烟叶一色，太恭人命吾母参于伤口，竟愈。虽经流离颠沛，卒保安全。眼见子中经魁，妇复贤孝，孙男女绕膝。至七十二岁，寿终于海昌硖石镇大宗伯故第。

许安人

先妣许安人，生有至性，父患怯症，安人以育儿馀乳蒸制补剂，航寄献父。咸丰十年，避难居乡，久病亟，割股以疗父，卒毁不欲生。适值发匪陷海宁城，乡间亦不能安居，安人奉姑与孀母避住萧山。数月后，先考赴宁波处馆，家惟妇孺，忽闻贼至，仓皇奉姑与母避后园池中。所居在山麓城墙界，山故不甚高，傍晚贼退，媵建议邻家有梯靠城可逸，众韪其言，遂与本家同居十馀人缒城赴乡，地名湘坞。其间许太恭人跌伤头部及途中落水，种种危险。又士厘尚幼，同行者恐惊啼累众，屡劝弃之，安人保持老幼，终得平安。其心劳力悴，殆非笔墨所能尽。生平仁心爱物，尝谓士厘曰：人生衣食，取其饱暖而已，不可选择精美。每忆避乱山居，恃濒于绝粮，念昔之果饵肴馔或致霉坏，辄深忏悔，自后总不置鲜衣华饰。中年无子，屡劝先君纳簉。先考性严整，寡言笑。常云：如无子，总使姬妾环侍，亦仍失望。况吾清心少欲，死必为神，何用胤嗣为？初，张太安人治家严肃。自安人来归，每见仆婢有过，惶遽失措。安人必示以引罪改过之法，戒勿饰非置辩，太安人恒为色霁。安人曰：吾严责之，不如汝婉导之。彼知过而改，因知宽柔为教之胜于严督也。故安人逝世，张太安人哭之恸曰：吾失此贤妇，何可复得耶？陈太恭人年老，右目失明，安人归宁时，每发哮喘，病嗽甚，不得眠。安人中夜趋侍，推挪扶持，谨进汤药食物。至黎明，喘定能卧，始悄然退。日以为常。同治甲戌年春初，陈太恭人卒。安人哀毁失音者浃旬。是年三月，偕先君奉张太安人至处州之遂昌学署。地处万山之中，蔬果鱼虾绝少，安人恒躬治肴馔奉姑；山乡无缝工，太安人之衣，自葛至裘，皆安人手制。卒于已卯年之腊八日，年四十五。

单淑人

沈母单淑人，名萱，幼字表弟沈公凤韶。未结婚而洪杨乱作，时居萧山任家池旧宅。淑人年十九，父挈弟在福建，兄馆四朋家，惟母嫂幼侄及侍婢二人。知县降贼，变起仓卒，合家投于后园中。水浅皆坐，母张太安人扑水，几灭顶。淑人自后急扶起，谏曰：且观动静，若真见贼，溺未晚也。至傍晚，前面人声寂然，遣婢探之，已无贼踪。遂奉母及嫂之母，偕族人同居长幼十馀人，缒城至乡，地名湘坞，离城十二里。夜深徒步，备极艰苦，暂住管坟魏姓家。老幼五人，同居斗室。每日黎明，合家食毕，即上山。老者止于半山，淑人与嫂登其巅。昔有深渊相约，倘见贼，即投渊。如是两月，贼竟未到湘坞，惟粮食渐之。至二老母食粥，而淑人与嫂以糠粞果腹。是冬，大雪三昼夜，积厚数尺。姑嫂自忍饥寒，务得两老母温饱。嫁婢富春为农家妇，以其聘金维持生活。次年正月，沈忠节公之夫人亦避难居越，欲返海盐故里。许太恭人拟附舟回硖石，淑人劝母同行，谓此间决非久安之所，乃假川资于同居郑姓者，遂得航海同回硖石，居许太恭人宅。行未市月，湘坞为官兵蹂躏，其扰害民间尤甚于贼，咸服淑人之先见也。淑人闻湖州城陷时，舅姑、小姑均投河殉节。未婚夫被掳，忧伤成族[疑“疾”之误]。父归半载又殁，哀痛不堪，哮喘病增重。亲戚中颇有劝再字者，淑人誓不变节。一年后，沈公由贼中逃归，其胞叔沈仲复制府时为翰林，护持调养，使精神复原。叔放常镇道，回南续弦，即命侄入赘单氏，勤苦用功。次年入泮，叔为纳资筮仕，遂迎淑人归，夙恙渐痊。生一子三女，身后得赠淑人。

张孺人

单母张孺人，生性勤俭，即张太安人族侄女士厘之叔母也。先叔浣华公初聘绍兴蔡氏，乱后闻其守贞殉难，季父悲泣数日，不愿别娶。迟至十年，张太安人谆谆劝谕，乃娶孺人。季父天资孤介，怀才不遇，困于秋试者二十馀年，愤郁成肺病卒。孺人抚孤守节三十三年，视姒妇如姑侄女胜己女。年近古稀，犹躬操家政，黎明即起，整饬器具，督婢媪扫除庭院。常云：家贫，万事简单，家具不备不必讳，惟不整不洁最可耻耳。有时子妇归宁，客来留膳，则躬治肴馔，谓不如是吾心不安。遗孤入泮，后科举已停，不肯由他途进，盖秉母教以成先叔之志。孺人言仕宦为造业之涂，不可不慎。生平未尝作游戏事，非惟博奕，即弹词小说从不寓目。居处有隙地，即莳花种菜以为乐。每言摘鲜入馔，不但省钱，且有真味。卒年七十三。

姚太夫人

先姑姚太夫人性柔和，事姑费太夫人疾几及三年，衣不解带，事无巨细必躬亲，不假手婢媪，始终如一日。费太夫人病乳癌甚苦，太夫人抚摩达旦无倦容。儿女多，又抚姒之遗女如己女，既需管教，又需戒诸孩勿高声惊病。姑劬劳憔悴，后之不永年，盖已隐伏病根矣。姑卒，哀痛欲绝，自此遂成瘵疾。咸丰末年，避乱迁粤东，时先舅佐粤抚幕，军书旁午，无暇顾家事。太夫人拮据营家，日必治精馔送幕府，自与子女食粗粝，扶病教养，精力益亏。尔时江浙两省胥沦于贼，太夫人之祖慈母氏住海宁故宅，警报频传，家书中阻，忧伤思念，夙恙日增。同治三年夏遽谢世，时小姑十五岁，夫子才十二龄也。自士厘来归后，先舅语及太夫人贤孝，未尝不呜咽流涕，故终不续弦。以费太夫人病时所衣之袄绸，命士厘谨藏，俾传示子孙，以志太夫人侍疾抚摩手泽也。初封恭人，夫子于光绪末年得二品实官，复屡遇覃恩，诰赠一品太夫人。

钱宜人

张母钱宜人，天性至孝。年十五失恃，痛母情切，私命购阿芙蓉膏，拟吞以殉母，为父悉，禁仆媪不许买。又怜宜人失母孤苦，急为择壻，即于次年遣嫁。宜人迫于父命，衔哀从吉，遂归张氏。孝于舅姑，事姑如事母，舅姑亦视之如子女。夫因办公，恒至丙夜，宜人必具酒食以慰其鞅掌之劳。而自奉甚俭，尝云：吾姑在省城，蔬食菜羹，吾岂安丰腆。随宦各处，遇名产必封寄舅姑。舅晚年患嗽，每日服燕窝，宜人襁儿自检燕窝毛，一家衣履皆自缝纫，未尝假手于缝工。虽嫁女，衣服亦必自制。待遇门守节之姒如事尊长，抚娣遗子如已子。舅常叹曰：自钱氏媳妇来归，吾家始不见质票。盖喜其福命好，亦嘉其勤俭也。宜人克已丰人，螽斯之德，教育之劳，皆出于诚恳，故子女及妇莫不则而象之。宜人病亟，两女皆割股，或至再，且有刺心血以救者。临终，嘱其长子探寻母族，以金钏一枝贻侄作纪念。缘彼时邮政未设，至亲远隔，每不通消息。子亦纯孝，报阕后，即间关跋涉，至日本东京，见其舅氏，时夫子任湖北省留学生监督也。自此，舅甥始得晤聚。夫子持节欧州，甥亦偕往，政事上襄助之力颇多。以孙女为甥子妇，两姓续成姻眷，庶可慰宜人于九京。自先姑姚太夫人孝于姑，而宜人孝于母，欲以身殉。至其子女，或刺血，或割股，或奉命寻舅。诗云：孝子不匮，永锡尔類。其斯之谓矣。

周太孺人

太孺人姓周氏，四州人。幼失怙恃，为淮上盐商家闺秀女伴，端重柔和。年二十三，归我先舅笆仙府君为簉室。当初府君怜夫子姊弟稚弱，不忍续弦，凡一切教养劬劳皆躬任之。父代母职者十有七年，至是年近花甲，儿女均已婚嫁。从胞妹适江西李侍郎名联琇，谆劝遂纳太孺人，而命嫡子妇主持家政。太孺人无尺寸权，虽一针一缕，胥仰赖于少夫人。府君时官礼部，京曹棒（俸）薄，日处窘乡。太孺人昔惯繁华，今居清苦，浣濯缝纫，操作甚忙。府君御之以严，太孺人委曲承顺，从无怨言。年三十五始得子，即玄同小郎也。因过劳不足月而生，幸太孺人小心爱护，竟与足月者一般长成。且聪慧非凡，未周岁即识一“敬”字，屡指不误。年十一，先舅捐馆舍，太孺人就嫡子迎养于湖北，仍延湖州冯师教读小郎。岁庚子，适夫子任留学生监督，携眷赴日本，太孺人返吴门，租同乡世交杨宅。壬寅初秋，患急痧卒，小郎扶柩回湖州，葬于先舅姑墓穴。

高恭人

许母高恭人生于富厚之家，天性勤俭，于归寒素，非但不怨，且加敬焉。事姑能体贴其心，所爱所重，均以姑心为心。亲串中有无依者，留养之，待如姊妹，持已衣饰以衣饰之。自奉俭约，虽严寒盛暑，灯下犹纺绩不辍，怀孕时亦然。姑待之慈爱甚，而恭人谨慎小心，惟恐有失。每退归私室，必重念姑前禀白之语，喃喃自省，得无过当否。姑卒，娠身将临月，哀毁劳悴，未产而卒。已生子女三人，箱中嫁衣未开用者尚多。其恃人厚而待已簿，淑慎勤劬，闺阁中所罕有。至今其孙曾革皆聪慧勤学，殆由恭人积德所致也。

孙恭人

孙恭人为先舅氏许士伯先生第四继室，其世父孙鹿革先生乡举捷报到家，喜声洋溢中，恭人适生，亲族及邻人咸谓是儿必有福。迨长，端凝淑慧，举止大方。失恃后，抚弟妹料理家事，积劳成瘰瘤，病十年始愈，因此逾笄未字。年三十始归许氏，结婚旬日，即偕赴分水县儒学任。前室子女皆幼，童年群戏，或弄陈设品致毁，或争果饵致哄，跳跃憧扰，无宁静时。恭人处之怡然，无丝毫厌恶心，静以镇之，慈以抚之，诸子女油然生敬爱心。逾年归里，亲族见诸孩驯顺，莫不交口颂继母德化。恭人终身俭约克已，而待人甚厚，助夫为善，救急济贫之事，从不肯宣诸口。或谓：此非恶事，何讳言？恭人曰：“此等分所应为，若扬人之贫，矜已之善，是幸灾乐祸矣，吾何忍沽名耶？”生一子，性温良，诸兄姊均爱之。壬伯先生升教后，授遇覃恩，得封恭人，卒年五十七。

许孺人

何母许孺人，生于阀阅，容貌端秀，性温顺，得大母欢洪。杨乱后，家道中落，嫁于商贾，家亦贫之。夫虽服贾，而性笃敬，有君子之风。孺人助之以勤俭，迨子女成立，居然成富家矣。昔日瓮牖绳枢，今则连阡广陌。孺人生一子两女，其子克绍箕裘，有父之笃敬，兼母之俭孳孳为善，家渐隆盛，父子均捐有职衔。孺人晚年孙曾绕膝，颇得家庭乐境。何翁年过花甲，无疾而终，殆生平仁厚之报。孺人享寿八十八岁，其子妇吴氏美而贤孝，早卒。

沈逋梅夫人

人生最亲爱莫如母子，而女子长成，须别离亲爱之母，侍他人之母。若夫妇情笃，推夫之意而孝夫之母，固亦可以人伦之亲补天伦之爱。然夫情已变，犹竭力奉事其病姑，厥惟沈夫人。夫人之夫随出使大臣游欧洲，携一英国咖啡馆之女同居沪上，起居服食皆从西式，命夫人所生长侍侧，使西女教以英文。其母夫人则依其寡姊住苏州，夫人因侍姑病，亦住是宅。姑病怔忡，终年卧床，略闻声响，即惊悸欲绝。夫人谨视汤药，屏声静气，衣不解带，旦夕不离病人之侧者数年。嗣后姑卒，夫与洋妇不和。洋妇回其国，又娶一妾，夫人同居，慈以蓄之，数年无间言。勿［疑“忽”字］一夕妾卷逃，从此其夫醒悟，待夫人和睦如昔，并迎妻母至衙署，(时为华洋同知)，奉养如母。长子英文甚精，颇能自立，娶妇生子，一家雍睦。夫人晚年竟成圆满之家庭。

俞节孝

俞节孝王氏，名嘉仪，生于海昌宦室，误嫁乡里富儿。其夫既不读书，又无营商经验，已不堪天壤王郎之戚。姑复督以蚕织及诸劳苦事，节孝虽未习而不敢违。一日采桑河畔，失足落水，几至沈溺，幸同行女伴急告救护，得不死，几村妇劳动诸琐事各所不谙，至此不得不勉强随众，在节孝极力任劳，然犹未能得姑欢心。嗣举一子，姑因爱孙恕媳，自此少受诰责。不久夫亡，节孝年未三十，贼陷浙江，俞氏诸店铺皆倒，财产尽失，殷实之家变为贫窭。其姑旋卒，幼子亦殇，遂依其从母陈太恭人。节孝事从如事母，疾病谨侍汤药，旦夕不离，如是者十年。陈太恭人卒后，子妇高恭人亦卒于产难，节孝代抚育诸稚侄，慈爱备至，人以义姑目之。卒年七十五，葬于硖石东山麓。

何太孺人

尤母何太孺人年二十而寡，抚遗腹子，教养之劳，备极勤苦。家本业贾，无书籍以资探讨，无业儒之族党为之诱掖，赖节母有智识，择名师严课读，寒暑不辍，竟成博士弟子员。人皆服节母不溺爱，谓能真爱其子也。节母治家严肃，躬率婢媪日治蚕桑纺织，其勤俭为一乡冠。虽不识字，而才能过人，遇事有决断，且热心待人。邻居妇女贤慧者敬爱之，夸扬之，愚懦者教导之，疾病顾存如骨肉，是以人多感其义而效其勤。其姑没时，家道中落，节母辛苦经营，竟复小康。娶妇有容德，孙亦循良，足称守成云。

金太夫人

董节母金太夫人二十馀岁即赋栢舟遗孤，才二十日，一女甫三岁。节母耐苦忍气骨肉间，每顾大局，明知受欺，不与争论。教养子女极严，而爱子女之心亦加人一等，较之丸熊画荻尤有甚也。抚小姑遗女，饮食教诲如己之子女，盖才德明敏而又热心也。周旋亲族间，不辞劳，不避怨，事济始已。见人得失如己得失，中年无疾而卒。其子显达，惜不及见矣。子名鸿伟，光绪三十年为南洋汉文教习。爪哇一带初虽有华人数十万，但用马来土语，或有解英文者，从未有识汉文解汉语者。至是渐通祖国语言文字，嗣奉教育部命随孝察大臣钱恂遍历各埠，于一星期中创立商会三处，又选聪颖子弟八十人携回本国读书。南洋大臣端方命于上海特设暨南学校，俾诸生肄业其中。民国初年为教育部次长，屡摄总长事，于培植人材擘画不遗馀力，竟以劳悴成肺病卒。凡其举措皆根抵于太夫人义方之教也。

郑夫人

胡母郑夫人，侍祖姑、孀姑，务得其欢心。抚小姑遗女爱胜己子。夫人天姿聪慧，国文外通英文、法文两国语言。随夫游宦，自美国归，侍家庭尊长，倍增敬爱，无一毫鄙旧怯新态度。夫为驻俄出使大臣，夫人偕往森堡使馆，能应酬于交际场中，不随俗，不易外国装饰，亦不狃于旧习，举止端丽，周旋适当，欧州仕女莫不爱重之。光绪以前，我国妇女向惮远行公使，夫人每不肯相偕出洋，或以妾代妻，交游活泼，失其分际。以正夫人作相当酬答，实自郑夫人始。欧俗无妾，凡非己所生，耻认为子。夫人因侍姬将临月，躬送之返国，藉以省姑。盖是时祖姑已卒，相离太远，夫人恒念其姑冲寒，就道巴黎，又久待船期，到沪后一病几殆，幸有慈姑调护就痊。其后虽仍赴俄都，体弱感寒，不久即谢世。在森彼得堡之各国女友往吊者，皆流涕痛惜，其德惠感人也深矣。

吴贞节

张母吴贞节名莲芬，幼字张氏子。婚有期矣，张郎为其继母虐待不堪，仰药卒。贞节闻讣，往拜成服，伺隙饮盐卤以殉，为家人救活，其兄遂接之回母家。后因嗣子贵，得旌表如例贞节。天生敏慧，凡女红一切，无不精妙入神。又创为锦上绣花，一时妇女莫不效之。初成一二种，明艳夺目，后逐渐推衍，竟有百数十种花样。至今七十馀年，人但知此绣巧妙，空前绝后，而知肇始之人甚尠。惟予幼时目睹耳闻，故特表而识之。

蒋孺人

郭母蒋孺人，能诗善填词，著有《消愁集》刊行，非仅有才，其德亦足以垂教后世。夫为儒医，顾自己多病，弱不胜衣，孺人护持惟谨，遇慈善及风雅之事，必极力赞成之。又冀其夫怡悦性情以养疴也，创为诗牌，当时盛行叶子戏，名曰游湖，其乐比于游西湖也，然性近赌博。孺人以为疲精劳神，反于病体有害，乃取厚纸如牌式，每纸写一字可为诗料者，亦一百零五张，如纸牌轮流去取。但叶子戏庄家二十一张，此则二十张，配成五言绝句一首即赢。郭君好客，风雅之士恒集其家，孺人躬治肴馔，精美非凡，客皆以郇公厨目之。贫者求治不受值且赠药，一乡均受其惠。中年夫卒，孺人教子绍续前徽，施医施药，孳孳不倦，卒年八十馀。其孙女辈能传温柔勤俭之教，诗云：虽无老成人，尚有典型［疑缺字］。

戴太夫人

包节母戴太夫人，生于世家，一门风雅。自其祖文节公以下，祖姑母、世母、母、母氏、姊氏，皆能诗善画。节母渐染文艺，动合礼法。于归未久，即失所天，抚遗腹子成立，艰苦备经。包氏本富有，遭发匪之乱，荡然无存。节母为女学教习，又应湖州富家请为家庭女子师者多年，以束修佐用，家赖以济。孙女诸人，皆节母自课，得书画家法。子长，工艺学校，能图画，改良一切日常所用品物，人皆以为便利，实得母教，故能如此。凡为节母，但有益于一家若戴太夫人，则有益于世矣。所著《梦花仙馆吟稿》及笔记等若干种，待刊。

潘太夫人

施母潘太夫人，和惠勤俭，以义方教子。清季世风始奢，沪上尤甚，海舶所聚，侨民群居，争新斗异，日出不穷，凡为妇女，莫不醉心。以得住上海为乐园，或暂往一游，亦必回乡，以所闻所见夸耀亲邻。太夫人独劝夫纳妾，而自居湖州，老宅洁治，苹蘩［疑为“频繁”］周济亲族，或谓是皆庸行，无奇可纪。予谓不然，古称阃范，即无非无仪，彼贞女节妇，亦遭逢不幸耳，岂好名而为之？不过循天理。太夫人处顺境而谦恭好礼，亦循天理也。籍丰履厚，惟恐得罪于人者，士行犹难，况闺阁乎？至今其家已为显宦，而仍守旧道德，承太夫人遗教也。

徐夫人

张季直先生之元配徐夫人为状元妻，而无世俗虚荣心，助夫办实业，辟新地，聚人民，兴建筑，立学校，设厂肆，植木种棉，晒盐造纸，凡生利之事不胜枚举。夫人居长乐镇，有姬妾四人助理家政，井井有条。贫家妇女无以生活，夫人召至家，使勤蚕织，又设织机十馀具。当时盛行绉布手巾，自海舶来者价昂，夫人督诸妇女自织，有不能者，躬为组织以教之。诸贫妇日得工资以瞻家，乡人仰夫人如慈母，夫人亦视乡人如子女。有疾病向夫人乞药，有争竞求夫人判断，莫不心悦诚服而退。四妾中有二人通墨，代夫人信札簿记，故能创兴事业，整饬庶务，其宏才远识，实为中国第一流人。惜其无笔墨，恐久后更无人能知之矣。

袁夫人

袁夫人名一鸣，字梦梅，吴兴徐氏。父世璜，任四川县令，以不善事上官罢归。夫人其第三女也。生有至性，读书能见其大方，落落无女子气。尝割股疗母疾，母卒，哭甚，毁几身殉，以父言而止，遂矢志不嫁以侍父。父卒，又欲殉。时长兄早卒，次兄妻亦卒，诸弟未娶，内政无人，兄弟以为言，且责以大义，谓若死不嫁，皆悖于亲心。环守数昼夜，乃答以不死。持家十馀年，兄弟咸成婚，夫人年垂四十矣，以兄弟苦口劝嫁松江袁大启，以举人官县令，清亡弃官去，为商会。前室子妇卒，遗子女五人，归夫人教育。夫人鼓励其向学，更时以立身行已之道，循循善诱，故所教者能勤学问，明义理。夫人又善感人，戚党中不睦于家，囿于恶习者，闻其言辄化为良善。于其卒也，均哭之恸，使为男子，化民成俗为不难也。夫人从林竹君学为诗，稿成不自检，多亡去，存者十一而已。林竹君，苏州老儒，无子，贫死，夫人倾奁资营其丧，恤其妻终身，苏人至今称之。

按：袁夫人为予闺友，又兼姻娅，素稔其懿行。适见袁亲家所撰文简洁翔实，即钞入此册，俾作后世观感。夫人著有《福慧双修馆诗稿》一卷，未刊。士厘识。

刘紫升夫人

刘夫人，法国儒家女，工文翰，善音律。虽生于繁华之地，偏喜俭约，深慕东方文物。刘君名式训，上海人，卒业于广方言馆。年十九，为驻法使馆随员彼时无秘书名。精通法文、国文，亦渊博著法文文范、法语进阶。夫人重其才品，知其未婚，愿嫁之。告于亲族，其亲族谓若嫁华人，当断绝往来。夫人不顾，遂与刘君正式结婚于巴黎。持家俭而整洁，操劳甚于我国中流妇女。数年后，生一女，名媚梅，衣餙读书，悉依中国。人皆讶垂髫华女何以善法语，精音律，熟知母教，勤劬如此。迨刘任驻法公使时，夫人母族争来认姻戚矣，可见世态炎凉，中外一辙。刘君任满回国，夫人偕返，事姑尽孝。姑卒，服制一遵我国礼法。服阕后，因无子，为夫娶两妾，善视之。我国人娶洋妇者不知凡几，欲如刘夫人之以大家闺秀配中国才士为结发夫妇，罕见其匹，况又能为孝妇、为良妻、为贤母耶?

陆子兴夫人

陆夫人，比利士人，父为大将，兄亦任武职，战死。夫人性聪慧，能诗善琴，能操中国语，通英、德、俄、法各国语言文字，制有琴谱行世。陆名征祥，字子兴，上海人，方言馆毕业生，随许文肃公为驻欧公使馆随员，英、法、德一出使大臣兼之。在俄与夫人为友，互相敬爱，遂结婚于森彼得堡教堂，盖两家均入天主教者。然陆君在家，实已娶妇，因不睦，故重娶于欧洲。年馀，夫人知之，劝夫迎发妻至俄都，同居如姊妹。久之，中国夫人以语言不谙，起居服食种种不便，仍返上海。陆君自得比国夫人，法文愈益精进，但凡外交条约，均用法文。以前我国懂洋文者甚尠，故约文每每受欺，不觉至此始明晰其利病。俄相维脱witte忌之，谮陆于我外交部，外部信其说，召陆归国。幸我驻俄胡公惟德特为解释，外部始明就里，令陆回俄，仍任驻俄参赞。嗣为和兰公使，充第二次保和会中国全权大使，又为民国总理。夫人颇多襄助，又善交际，为我国外交增色，其尊慕中华礼教，实具有夙心也。

徐次舟如夫人

徐次舟，名赓陛，浙江湖州人。有济世才，同治、光绪间佐幕府，为中兴诸名臣所倚重。曾任粤东某县令，挫治豪强，能声远播。家有群妾，各司一事，于衣服饮食等有条不紊，更能雍睦无间，已为难得。其中有二人逈异流俗：一姓张，因主人有病，卜者云：疾恐不起，若家人有死者，或可免。姬闻之曰：主人如不起，吾生何为？宁先死。即仰药卒。一姓陈，有二子，其主捐馆时，年甚少，与别一妾，抚孤守节。迨长子成立娶妇，族中咸议其母当告庙扶正，此人辞谢曰：守节者尚有一人，若行告庙礼，使无子者何堪？云云。此二人一替，殆一谦让，置之列女传何愧？

张砺伯如夫人

如夫人姓邹氏，浙江嘉兴人。幼承侍张太夫人，惟肫挚和婉，勤谨识字。诸郎出门，或忘携书物等写字条，差人回家携取，即检付无误，太夫人爱之如女。年长犹不忍遣嫁，家中人人爱之，称之曰三姑娘。迨太夫人卒，哀痛欲绝，誓不适人，操劳一切如太夫人在日。服阕后，砺伯夫人为太夫人冢妇，劝夫纳为箧室，家政一以委之。如夫人视嫡犹母，抚抱嫡子女，惟谨惟勤。砺伯先生为县令时，辅助内政，尤积阴德。生一子一女，均有才德。亲串中有家庭失和者，延往调解，惟其肫挚也，故人皆感化；惟其和婉也，故人皆悦服，卒使合家雍睦如旧。予叔母为砺伯姑母时，常传述其懿行。叔母病亟时，深赖其调护汤药，解慰烦忧。予知之最稔，故特识其大略，以劝世俗。

蒋夫人

张母蒋夫人，即张砺伯如夫人之嫡也。庶犹如是，嫡可知矣。其祖蒋仁荣，以经术学行闻于乡，著《孟子音义疏证》，刊入《皇清经解》。父蒋曰［学］坚，辑《硖川诗续钞》，才名藉甚。夫人幼承家学，习礼明诗。其翁张桂山，博学有经济才，为名诸生，因天旱河涸，不通舟楫，由海宁城中步行赴杭乡试，劳惫吐血而卒。其子即砺伯也，明敏才干，为县令，有遗爱在民。夫人与如夫人，皆宅心慈仁，有以辅之。夫人之德，可以推想矣。

潘太夫人

单母潘太夫人，黔之西州人。七岁，父卒于云南霑益州任所。十二岁，母又卒。姊嫁，兄远出，病时汤药，卒后丧祭，太夫人一人任之如成人礼，戚族咸奇之。其季父选授湖州荆门州，怜其孤弱，携之赴任。太夫人秉性贤孝，事叔父母如父母，爱弟妹如同胞，且好学，才识明决，是以叔父母亦待如己女。时士厘族兄炳南宦游于楚，闻其贤，遂缔姻焉。于归后，即迎姑章太夫人来鄂，躬亲侍奉，一切不假手婢妪。姑归里，每称扬于亲串，谓其贤孝出于至诚。生两子两女，不幸族兄早卒，宦囊萧瑟，无力回绍兴原籍。乃遣散仆役，躬自操作，教育子女，各有才能。适张文襄公创兴学校，命长子宝德入自强学堂习理化，次子树勋习农学。长子毕业后，屡任邮部员外郎、奉天造币厂长。次子任教育部主事。长女适钟春淑观察。次女毕业于北京女师范学校，适吴香泉刺史，屡任女学教员，能诗画，有著作。太夫人晚年，子孙绕膝，颇得乐境。本好善乐施，至是愈拯济穷乏。曾有一典史之妻，夫殁，携子回乡，子卒于旅店，非但旅费难偿，且无以殓，其子沿街求告，无一施者。太夫人周济其急，又为请于养老院、清节堂等处，赡其终身。又一女仆年老无依，亦养之于家。此二人皆享寿，乐其天年。此外救济者不胜枚举。太夫人年六十九，一夕，室中有异香，莫知所自。次夕，太夫人无疾而卒，盖生有自来也。

金以有用之金錢難得之功夫化為烏有實在可惜女謂我國陽間太窮常向外國借債陰間太富恐被外國的鬼來討去不如從此以後將錫箔不要燒掉表糊板壁倒可免潮溼之氣又覺好看女見東嶽廟中被香烟薰得漆黑豈不可惜如此西湖好景無人賞玩城中女太太出來便到各廟磕頭自山門拜起拜到一直裏頭磕得頭昏顛腦亦無暇再看景緻矣又路逕之穢污頗難行走惟寶叔塔一山被洋人買去陸續布置最占勝景良可歎也恭叙

外祖大人壽安 母親大人金安 女蘂珠叩禀 朔日侍叩

八月廿八日

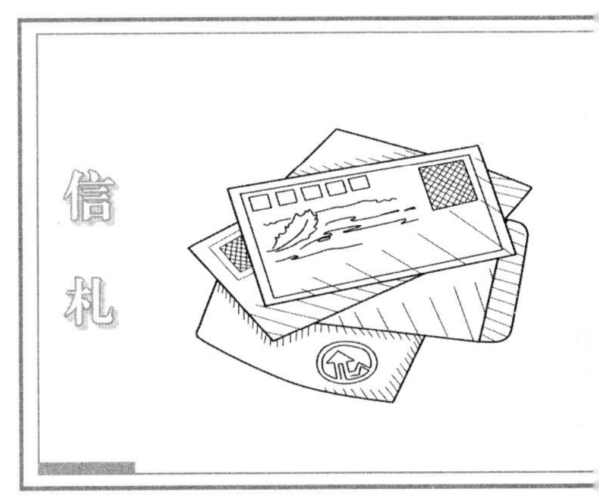
信札

致钱玄同[1]

（一）

小郎惠览：

阳历九月十三日，令兄寄椷，附识数语，未尽欲言。兹特寄去画片并记各一张，此画虽已多年，近始照成明信片。自日俄交战，日竟胜俄，西方各国遂又盛传黄祸之说，但日本诸报及杂志等皆言“宜自修德以致人信，勿招他国嫌忌”云云。不知我中国当如此弱点，忽闻此议，其惭奋而勉副黄种之称耶？抑畏西人疑忌而愈不敢自强耶？南方风气已开，近来言论宗旨若何，望弟示知所见闻者。

令兄近著筹日俄战定，中国补救之策；又筹日夺旅顺，中国措置之策为万国商港；又奉省兵退后，亟应特改重镇，以抵制外权事；又筹日俄战局，列国已创议调停东省主权，中国宜乘机亟图收复事；及代胡公使请豫筹善后折子，每篇皆数千言。倘诸巨公采用施诸实事有稗大局，但恐未必做得到耳。诸稿路远不能寄，俟明年晤面时当畅谈一切也。

弟欲作《白话报》甚好，嫂谓宜勿谈时事，先以改良风俗为目的，又宜辞婉言和，浅近易懂，使妇孺闻之津津有味，自然有益于社会。日下要开化人，须从幼少者、贫贱者教起，则易听受、易实行。慎勿向年老者说新话，勿望富贵者生公共

① 单士厘致钱玄同信札引自国家博物馆张胜利先生整理的《单士厘致钱玄同信札整理研究》一文，发表于《中国国家博物馆馆刊》2016年第8期。原件藏北京鲁迅博物馆（北京新文化运动纪念馆）。钱玄同（1887—1939）原名钱夏，字德潜，浙江吴兴人。钱恂之弟。

心，至嘱！至嘱！

令兄拟华历十月下旬赴法国游览数月，然后返国。缘森堡严寒，重窗封爊，新鲜空气不能流通，易致疾病。此信到后，弟来信径寄法使馆可也。即问

近祉

愚嫂南安氏泐

光绪三十年1904、明治三十年阳历九月十八日俄都发

（二）
日本—上海

小郎、二婶伉俪大喜：

天气清和，遥想燕尔新婚，琴调瑟暘，不胜忻慰。

嫂等自送别后，略游公园，即返东京家中，均安适，请放心。数日前根津大火，在神社后面建筑物着火，飞入庭际车房对面草屋，又然我家伊迩。箱笼等件均搬至稻孙处，一时人心惊惶。幸弟已去，伯宽、菊圃亦几不免。日本无围墙，不如西式屋。

近来，嫂常赴王子育蚕所，因想《杭州白话报》中养蚕诸说浅近易行，大可摘取载入《湖州白话报》，弟以为然否？此颂

双安

愚嫂单氏裣衽　侄儿女侍叩

四月十八日［1906年5月11日］

（三）
日本—上海

令兄忙甚，较胜弟在东时，无暇作函，嘱代问候。

稻孙阳六月一日得一子，令兄名之曰亚猛，颇结壮。有产婆及看护妇照管婴儿母子，嫂诸事不必费心。此两种学问为世界上保育婴儿第一件要紧事，惜我国无人肯来学耳。

嫂近仍频赴王子育蚕所，步行往返毫不觉劳。目下，蚕已上簇矣，结果之良好当无出其右。今年吾乡蚕市或能稍胜去年。

九思甥住东浓一号，曾往医院胗视数回，据云可望全愈。涟哥启行之前夕遽患腹痛，遂返常熟不及同来。此颂

双祉

嫂单氏手肃　侄辈侍叩

闰月十五日［1906年6月6日］

（四）
荷兰—日本

小郎览：

“古伦母”舟次寄去一椷，度已察及矣。别来半载，始抵和兰。自新加坡至马赛恰走了一个足月，幸不晕船，惟地中海有二日晃摇不能食，然上岸后即精神健爽矣。

到马赛闻胡馨吾夫人谢世。我国上流妇女有才德、无积习惟此一人，不胜痛惜，遂不复游览，即日启行，第二日到法都。刘

公使夫妇固熟人，其馆员、学生亦多半前年见过，群相招接，学会数十人坚请令兄演说，颇不寂寞。

因和兰久待，是以三日后即行，阳三月十八日抵海牙，即住使馆所租屋。其最精华之一层，器具周备如办差一般。庭园风景不减日本，而整洁过之。现吃中国饭，每人一月需二十五元，若西餐尤贵，食物胜于俄都。

近日婶婶有信来否？弄璋喜讯乞早示知为盼！此颂

旅安

诸惟保重！

愚嫂单氏拜手　姬人侍叩

二月七日［1907年3月20日］

（五）

荷兰海牙—日本东京

小郎览：

连接阳八月十一及十三两次寄来杂志、新闻并信等，藉悉东京近况。弟所谓详信者至今未到，大约要迟半个月方到。今夏不回国，于日语上颇有速效。近来常得婶婶来信否？囡囡毕竟取何名何不略示一二。徐显丈此后当得意。毵孙弃叔逐友可恶。何日回东京？日来，想恂士伉俪已行，旅居更增岑寂矣。

令兄明日华历八月十一日递国书，此后才算接印任事，以前如新妇之未行庙见礼也。此次保和会延长三月多，其故由于小国、弱国渐知三数强国之扶同欺压，而不肯随声附和，名为弭兵，其实所议皆战事也。我国第一次预会，略无报告。现在令兄督率馆员译录大旨，为报告八种，日命人钞写，已寄出三次，此乃与陆大使子兴合办者。陆君多病，法文甚好，而伏案之功非其所长。幸陈君名簶者会中为陆大使参赞，会后为令兄僚属能兼汉文，此人后来之俊彦也，会中推为任事之员此须有真实学问各国推许者，总算替中国争气。因任事会员其会中所刻行文件，如有与本国不妥者，可以操更改之权也。

菊圃昨有信，愿偕恂士等同来，因曾有函招其来此助理笔墨。其妹名兆金已为广东师范女教习，月脩卅元，伊书法文理谅弟已见过矣，可惜九姊姊不及知耳。此颂

旅祉

愚嫂单氏拜手　朝日侍叩

八月初十［1907年9月17日］

（六）

硖石—湖州

小郎览：

前夕舟中细读大作，其中有应告之语，兹列如左：

左右襟用湖绉，不能一幅两襟一反者；

续衽用湖绉亦然；

约不可用三寸阔之组，盖带只二寸，似不相配。译约说似古人两组不抽结，故以他物缚之。若此时两组不致散，又何必约乎？此与前敝之革带均可废矣。

十八到硖，适伯宽有事回家，得聚谈良快，伊明日赴校。
敬颂

双祉

诸侄在念

嫂单氏裣衽

十九日［1912年］

（七）
湖州—杭州

小郎览：

得旧历二月初十日惠书，并致婶婶信，已转告一切。伊因亚猛出痧子，急欲为秉工种牛痘。今日有函详复，度能接洽。昨有一信，由令兄处转，到否？浙报载朱君蓬仙监督第一中校，确否？良朋聚处，客中乐境可知。令兄未令稻赴杭，深衣成后，如无便，只好婶婶带去矣，稍迟无碍否？即颂

近祉

嫂单氏拜手

花朝前一日［1912年3月29日］

致单不厂[①]

（一）

弟弟览：

屡得来信备悉种切，尤以阴十二月朔日手书为快慰。从此吾家人丁兴旺，姐无忧矣。弟能善驭之正，所以爱护之也。姐近体甚健，胃纳胜常。惟心口痛则为不免时发，盖心境不能如往年之怡悦耳。今年过阴历年，拟新制礼服参用古法。岁杪祀先，此为家政上心安礼得之举，但不为旧习诸无益祭祀，故与新世带无悖。谨叩

堂上金安　顺颂双祉如夫人好

姐士厘拜手

甲寅［1914］一月一日旧十二月初六日

（二）

弟弟览：

得惠片，知相见不远，慰之。但愈早愈炒耳。姐近来甚健，缘有书看，又每晨得受湖边清鲜空气，愈觉视富贵如浮云矣。亚猛随来湖上两月无病而较圆，食量甚好，姐谓住湖上远胜城市，现拟觅屋，作久住计。一则姐夫不能离开图书馆，二则湖州此后恐未必安靖。倘租得到，则秋尽冬初作迁计，且看

① 单不厂（1877—1929），初名恭修，后名丕，字诒孙，号伯宽。祖籍萧山，生活在海宁。字士厘的堂弟。

能如愿否。弟来时请带母亲、叔母鞋样来，姐非自做，盖有人能制，又可买也。稻又得电催，遂偕其姐于十五登舟，此发大酉随母去矣。即颂

双安　阿姪好

姐士厘拜手

廿四日

（三）

伯宽弟览：

东南湖一宿，次早八时开行。午后风逆，遂泊芦头。彼处离乌镇十二里，昨晨开船，拟泊晟舍，不意风顺张帆，竟于六时半抵湖州家中，均好。姐婿曾有函请弟来此养疴，一如前约曾达览否，因寄禾校也。倘弟昨日赴禾，则可接洽，日上惟祝早得替身耳。姐健请告母亲叔母大人勿念，潜园顷往观，灿然一新，然须再督视洒扫布置三数日后迁入。匆匆，先以抵湖平安告。敬敏

母亲叔母大人金安　并颂双祉阿一好

姐士厘稔祉甥笔侍叩

初七晨

（四）

伯宽弟览：

来信念姐之深感感，并知弟恙已愈，一姪能作家书，何快如之。姐日来足底已大愈，足踝结痂，非凹而凸，不觉痛矣。是以

步履渐健，请勿念。秋汤复炽，几如三伏。此间停课半日者，再未知禾校如何，虽晴久河水退落有限。可庄欲归，未得。今日午后舟子来作回音，且看能否通船。伊初拟今晚上船，但明后日亦恐不能，因欲送祥保到杭，是以急急也，心思一提言语又不明白。奈何？奈何？此颂

旅祉

姐士厘拜手

舟子不来，大约不能行，然其痴大发矣。俟后再告。

（五）

弟弟览：

顷由小郎处转来朔日之夕手书，承关爱，足徵恳挚，姐足疾三日来渐见痊复，惟仍静养，不敢多走，再数日当可复旧矣，请告堂上，勿念。湖州初患无米，近患无银圆，然民情较他处驯善，消息较他处迟滞，并无迁移及谣言惶惶状态。冬尽春初，能如目下情形则幸矣。姐夫既回本乡，即不便骤搬家。现各绅日日会议，兴办民团，当无龃龉争意见之事，请放心。总之造谣者，即土匪人，因谣而迁，匪因迁而抢攘。各校、各所典当巨铺本已财匮，不能久持，则但愿一朝扰乱趁势收场，此亦意中事耳。吾弟需告堂上，万勿担扰，此时之乱不比长毛，并无掳掠伤人之事。至于土匪，不但官兵要弹压，即有革党之处亦不容土匪。况且浙江省地非险要，此刻当非争竞时候也。不过硖石已通火车，往来人多，信息灵通，谣言亦必不少也。姐所忧者，嘉兴人心惶惶，学校未必持久，弟失进款何以赡家？深为虑耳。即颂

双祉　堂上前请安不另禀

姐士厘拜手

九月初五日

（六）

弟弟览：

姐夫不就教育司，而就图书馆，想晤见已悉。姐近体甚健，心境怡悦，请告堂上勿念。大约二十前必来硖，此次但图团叙畅谈，万勿储食物待姐，因天气和暖，且姐所嗜固不在饮食上，更求叔母大人同坐谈心，勿自下厨房料理食事，为小辈者始得心安，乐聚天伦。两姬皆侍婢出身，一听姐指挥，无骄情习气，不必当客人看待也。小郎改就教育司编辑科长矣，一姪今年在何处读书，念之。可庄弟一纸请转。敬敏

堂上金安　顺颂双祉

姐士厘拜手

廿七日

（七）

伯宽弟览：

得小郎处转来八月廿四日惠书，知所患虽稍痊尚来全愈，近日校务劳心，又不知如何，甚念。嘉兴平靖甚慰，省中纷纷迁避徒事，张惶不能弭患转足致乱，举世懵懵良可慨也。湖州初闹无米，近则无钱，幸而水已退去过半，沪杭轮船皆通开行不过数日

前。因钱少米价反少跌，所苦者仍是百姓耳。姐每日勉强可走几步，晚则气血下注，不能行矣。昨夕较安，大约此后当渐向愈，请勿念。敬请

堂上安　并颂近祉

姐士厘拜手

九月三日

（八）

伯宽弟览：

得来信承允命驾来湖，忻慰万分。近日颔恙稍退否，猪胆仍涂否，但愿心悸诸症平后，则颔核必不致剧痛，盖不用脑筋始可谓养息，慎勿再用心于地理。若谓趁此时无校课，又未赴湖，索性将此书完工，是养成颔核，而非在家养息之养矣。至嘱至嘱。姐夜不成寐，忽念家中数事，非弟启行前办好不可。兹特罗列于左：

厨灶宜迁进左廂

右廂房宜铺地板，为叔母大人卧室，较楼房便当。

廂屋上之马头墙，宜用黑灰塗拭，俾母亲不致耀目增眩。

楼梯下之砖，宜易整块者用石灰或泥粘平

此四项于卫生上似大有好处，愿弟毅然决然行之，盖恐老辈因化钱阻止，其实比搬家省多，而我姐弟始稍放心也。肃敬

堂上金安并颂双祉

姐士厘拜手　儿孙侍叩

二月廿一日

（九）

弟弟览：

今日得五月初二日来信，以廿三日到。此信最快悉一切，叔母大人精神尚未复原，此则高年，病后必须服食调理，将来或能胜于未病之前亦未可知。至家政操持倒不可谏阻，盖叔母向来勤俭，凡事非躬自指挥检点，决不放心。弟要安堂上心，务宜家庭雍睦，不可时时嗔斥弟妇，反令叔母大人因此减少乐境。况闻弟妇有恙炳章弟函言表嫂病鼓胀，如其病重或致危险，世俗必谓失爱于姑，遂致郁抑成疾，是吾弟不能婉导其孝于姑，反陷叔母大人于不慈，此心何安。弟于教育颇能体贴受教者之性质，何独昧于家庭骨肉间，此关于吾家盛衰，愿弟千万注意。德潜得一子，我甚愿弟妇和顺欢喜，亦添一姪也。此间保和会时常会议，陆子兴及姐夫令馆员译其大要，拟辑一书，他日遍咨本国，俾我国人亦稍知其事。又将《左传》中鲁襄公廿七年弭兵会一节译成法文，送会中主脑者，俾知我国在耶稣未生数百年前，历史上已有此等事。姐于外间酬应一概不去。缘一出应酬，则劳神伤财，于学问上有损无益也。姐丈虽不解彼语言，现有通译者，此次不以贿赂，故和政府初虽欲拒，嗣称得彼驻北京使来电，知钱大臣品学超绝，故极以得接待为荣云云。此时甚敬重，惟陆大使会后如何位置尚未揭晓。昨施约夷由京来言，京中颇有调姐夫日本之说，若国书递后，恐不便更动。此刻固难也耳。此间旅安。目恙宜少看书。

姐士厘手泐

五月廿五日

（十）

弟弟览：

得阳历岁杪手书，备稔壹是。母亲已归，慰之。仍用阳历度岁，供先代神像五日，最为斟酌得宜。又拟于旧历元宵，为叔母大人称觞，姐与姐夫极赞成。但姐言不成文而作寿叙如何应命，惟颂扬我叔母懿行谊不敢辞，当与姐夫共成之，非教言文但取纪实耳。惟姐届时适因穟将完姻，恐未能躬预捧觞，若匆匆一转，则又路途不便，只好在京遥祝千春。寿幛寿屏等，当恭呈不误。缘姐夫欲于二月底三月初挈眷回南，住一二月，盖已娶穟妇，则家中走得开也。蒋妹夫至今未来，包蝶仙母夫人已有函来，姐已转恳去矣。某娘姨作古，真想不到，俞表娘姨逝，是脱了苦。惟姐幼年蒙抚抱不啻嫡亲从母。姐嫁而得所竟未曾一日养他，得信后既伤且歉，此心耿耿不忘。曾告姐夫拟明春回南，将他安葬。伊母家尚有堂弟可询其夫家也。某某大约不久矣。弟能留某妹在家，俾其有安身处，姐心感激万分。姨丈每年畀伊十二圆，倘伊手头艰窘，乞弟代付，统容於某某处缴还。此敂

堂上年喜　并颂双祉

姐士厘稔袵儿双侍叩

甲寅［1914］冬日

伯宽弟再鉴：

廷祯哥寄来寿母诗二律，诗境之佳，可敬可风。嘱姐奉和，若数年前姐虽不能诗亦必勉和，奈近年连遭继慈、叔母之丧，凡观书及见人家祝寿等事辄感触伤心，此二律欲和者屡矣，握管辄庆

请转告廷祯哥，容俟数年后，此心渐渐淡忘，再当缴卷何如。再问

礼安

姐期降士厘又泐

色笑承欢萃一庭，康强寿母享遐龄。传家廉让风当世，入室芝兰德比馨。红藕花香侵尘艳，紫薇山色隔帘青。人间百行惟仁孝，教子由来重一经。

昔承垂爱缪园蔬，乡味重尝卅载馀。幸忝葭莩钦阃范，忻胆耇耋里仁居。兰陔嗟我伤乌乌，华祝多君讬鲤鱼。一瓣心香庆寿处，星娥吉语下云中。

姻伯母大夫人八旬荣庆

姻姪女钱单士厘步韵遥祝

时岁在己未［1919］归安钱恂敬书

（十一）

昨得手书，知董少君已于十三午前到馆，甚慰。今早又接十四夜所书并香盒，备悉种切。姑丈寃受拘管，尚须罚款，可怜可慨。幸尹默昆季仗义，否则脱身无期矣。兹董琅甫欲借极浅近而有益之书，因伊幼时失学，又目前无事，颇思钻研文字，姐此间所有书，伊不能懂，愿弟进而教之，或令看圣谕、广训之类亦无妨，总胜小说耳。姐恉未有信来，大约明后日可归。上母禀一纸，乞便时附寄。

姐士厘拜手

十五晨

致父母信

（一）

父亲大人膝下敬禀者：

初九日接奉初六日谕言，忻稔祖母大人慈躬渐安。近日颇和暖，气分当能稍舒，目恙能瘥否？唯冀重闱康复，二亲大人福履双绥为祝。初九日女婿寄上一缄，并燕窝两匣，十一日堂上又寄一信，度以次达览。女近体甚健，堪慰。垂厘二十前后，拟偕婿往谒伯姑，往来须五六日也。前日姑母亲笔折简招女，因有家事，不果往，谨以绣物四件为德弟生日贺。闻姑丈须二十边回苏，女婿纳粟事尚未举行，因海防例又展一年也。清明后便须赴甬，前谕女归有一说，此时恐来不及，缘君舅于季春须往扬州开课，家中无人，女不能脱身遄归，极迟至四月杪定当返萧矣。眷念庭闱，梦魂飞越，谕以疏亲无需送分，此后当谨遵。大人何日赴遂已择吉否？女婿兹寄上湖绉袍料一件，红缎挽轴一副，为二亲大人寿，伏乞赏收。又建面四匣、普洱茶一饼备祖母高年调摄之需，说部廿四本亦备消遣，倘有不合意可寄还掉换也。外折扇一把、墨两匣、笔四支系堂上送饴弟者，祈转交。其竹蓝因萧山所无，此间价廉而多，故特寄去，请无需掷还也。喜伯伯近来精神稍健否？诺甫嫂尚在萧否？三姑母近况何如？鹤林兄失馆，其家将何仰赖？清明又近，族人可来支扰否？均念。新市外祖处度常有信来。前寄锦上花样殊草率，乞母亲略加修饰，方可寄去。肃禀谨敏祖母大人寿安，恭敏二亲大人万福全安！

女蕊珠百叩谨禀

二月既望日

嬸母大人前请安　弟妹均好！

女婿嘱笔敏安

（二）

母亲大人膝下敬禀者：

昨接外祖大人赐谕并缎旗、月饼等，伏谂壹是，仰蒙慈意周详，赏锡稠叠，无任感荷。女婿于廿三日赴杭，往来不便，须出闱后再来萧也。前奉命购备考食，业已遵办，兹三元饼再当转寄。女之夏衣已于前日竣事，纱料尚多一尺，命裁作长料，他日可镶挽袖也。近日祖母稍有不适，动辄畏寒，此恐高年气血渐衰之故，幸胃口不甚减，惟日盼母亲回家，命笔嘱母亲中秋前务必归来。伏祈婉告外祖父母大人，即行择吉早示归期，庶免重闱焦念也。届时当命小毛至何处埠头伺候，亦祈示悉为祷。今年热甚，女幸未搬至楼上，而母亲房中已于月初时令张妈打扫干净，即此可征阖家翘盼之久矣。祖母云前嘱母亲来时购带茶食等，现且从缓，此刻无需买也。廿一日接君舅致父亲信，拟接女重阳前回苏，其信当日寄，遂不知父亲究于何时归家也。乞念。将离在即，还祈早整归装，以慰孺慕，不胜叩祷。肃禀恭敬

外祖父母寿　安虔叩金安　伏维珍卫

女降期士厘谨禀

七月廿八日

诸尊长前均乞请安

（三）

二亲大人膝下敬禀者：

前奉廿四日谕言，伏稔杭试展迟，来吴不果，而此间接虞山信，伯姑来此消夏之说，亦未见允。女不久便可归侍膝下矣。大表妹来否未定，闻复舅公端节后可抵吴门。姑丈已搬回向所居矣。君舅于朔日赴维扬，二十日后可归。女婿三月十二日到京，曾有来信，亦嘱请大人安，大约月望后出京也。大官何日回杭？新市外家都好否？舅舅信言，拟办考毕，全家回硖过黄梅，夏天再来署。母亲倘到平湖署中较胜至硖，少诸亲串烦杂也。稻孙结壮而顽，妹能识十余字，伊不肯谛视，恐他日不能副诸尊长期望，奈何！肃禀恭敬

二亲大人金安　叔母大人前请安　弟妹好

女蕊珠谨禀　外孙侍敬

浴佛日

（四）

祖母大人尊前敬禀者：

叩别后未刻抵杭，次早开行，途中大雪，泊塘栖。初十傍晚至苏，回望家乡愈增杂感。幸父亲同行，尚堪解慰耳。十一午刻进门即于新寓做房，三楼三底。父亲住楼下，朝夕可见。行李等物尚无遗失，今日略觉停当。堂上颇慈爱，诸堪告慰。慈厘亲伯见过二次，姑母昨遣仆妇来望，孙女拟明后去。近日叔父胃口稍

开否？精神奚拟？不胜驰系。母亲、婶母安否？弟妹时来陪侍否？孙女远离膝下，负罪良深，幸堂上曾许早日归宁，大抵一月之后，又可团叙天伦矣。恐慈怀垂念，故先行作禀寄慰，馀俟父亲回家面禀。肃泐恭敬

祖母大人万福金安 并叩母亲大人暨叔父母大小尊安　弟妹日佳

孙女蕊珠谨禀

元宵日

（五）

二亲大人膝下敬禀者：

十七日寄上一禀并京片信封等，度邀鉴督。日来寒冷非凡，慈躬起居奚似？母亲已否大愈？楼上房门后板缝须糊好。伏深孺慕。女昨日起伤风，两孩亦未全愈，幸胃口不减，堪纾。垂廑兹因堂上有函，附上一笺，恭叩岁喜虔请金安。叔母大人前请安，恭贺弟妹均祉

女蕊珠谨禀外孙侍敬

二日

（六）

二亲大人膝下敬禀者：

两奉赐谕谨念壹是。父亲近日度又送考赴杭，风日融和，亲朋聚晤，慈怀当为一畅也。前谕拟四月下旬来吴会，不胜忻忭，

翘企盘桓数旬，女便可随侍回萧矣。饴弟资质虽非超绝，好在静而专，但不旷课，自能渐有进益也。大官在萧，深累母亲暨叔母费心。女负咎更无可言。其外孙家既有函相接，女意兹且送去宁后来再接，否则董处以为应在我家，后来并此门面语亦不提及矣。是否有当，乞二亲斟酌，伊倘谓继母将至，不欲赴杭，祈告以祖意，不许与弟妹共处。祖夏秋间尚须至杭来萧，倘被闻知，将恐从此不许归宁，须竢祖回去后，再接尔来与弟妹乐聚也。表姑母曾否来萧，乞为请安。舅舅久无信来，度办考尚未竣事。姑丈已归，德弟应岁试半途发瘖，遂折回，谕邀大表妹同至萧山曾告知矣。君舅未归，大抵二十左右回苏，便须遄往维扬。女婿初五到津，当日发一电信来，昨又有信云初十进京，兹将其寄堂上禀，摘抄附阅。至女信言蒙大人赐贶，此时未暇作禀，先代为请安。云外孙茁壮，近日已能独行，略解说话，不甚清楚，闻市声及鸟雀声，辄高唱相效，不令其自跨户限，藉作关阑也。肃禀恭叩

二亲大人金安，叔母大人暨弟妹均祉。

女蕊珠谨禀　外孙侍敏

三月十七日

（七）

二亲大人膝下敬禀者：

顷奉手谕并蒙寄赏稻孙衣帽等祇领之馀，伏深感悚。大保已蒙携挈抵萧，此次人情渐熟，恐有任性等事，伏乞二亲时加训

诲，叩祷叩祷。女健适，稻孙泄泻亦已痊，可堪慰慈廑。舅舅日来忙甚，命笔请安。到平湖再行作复。樟树梨已转交，表娘姨命笔谢谢。茶菊购得半斤，兹谨寄上；虾子此间究少，前次购之不得，本未尝买来。陈妪之子已有回信来矣。肃禀恭敬

金安！伏维珍卫，叔母大人上请安，弟妹均祉！

女蕊珠谨禀外孙男女侍敏

十月十八日夜

《玉钏缘》一书表妹意欲借阅，可否便时寄至平湖，俟女明年带回可也。又禀

（八）

二亲大人膝下敬禀者：

初九寄上一禀并小竹篮，不知何日可到。十三奉到初九日谕言，谨悉一是。蒙赏食物顷已送来，检点无失，密密缝将更劳慈母，拜领之余欣忭感悚。母亲筋络不知近日如何？曾闻油木梳烘热熨之可通理血脉，未知试过否？饴弟已愈，大慰。基地之说现议亏何？但愿彼处知机不致涉讼方妙。喜伯伯强健大好。纳簉一事近有成议否？此间庶姑中秋前后将分娩，舅大人拟即赴杭一行，月初回吴定见后当有信致大人也。孙君祁甫已来矣。

肃禀恭敬金安　伏惟珍卫　婶母大人前请安　弟妹聪吉

女蕊珠谨禀　外孙女侍敏

中元夕

（九）

父亲大人膝下敬禀者：

十八日女婿上一禀，度蒙垂督。甬事未成，不胜怅怅，他处不知可有端倪否？窃计去秋收款度支将罄矣，转展筹思倍增孺慕。迩日二亲大人起居安否？叔母何日回萧？两妹均带去抑留一人？母亲管理一切，身子尚耐劳否？无任驰系。现将届祖母小祥之期，家中拜忏否？女奉君舅命拟廿二日往庙中致祭释服。前日堂上付洋二元，且命女婿陪往，云释服须早数日也。女健适请纾慈廑。前室第二女来此三日，顷已去。此次女婿归来，于天伦之亲虽不能如初，尚算安顺，知关慈系用敢禀闻。敬敂

二亲大人安，饴弟好。

女蕊珠百叩禀

二月二十日

（十）

蕊珠谨禀二亲大人膝下：

久不接谕，伏深孺慕。女于初六午后至新桥巷，姑丈初五赴同厘，表弟县试乍归正案第二十六。舅婆、姑母相待甚殷，关切可感。初九游其东园，因君舅将赴维扬，遂于初十日回家。姑母送镜匣红花等，次日又差人馈食物。女去时送姑母折扇面一个念劬所写，又鎝花宫粉等遗表妹，兹无以回敬，只好俟端节边再看。三舅公近颇康健，曾有信至萧云。君舅十一日启行，今日来

信来云十六至扬州，大抵出月初回苏。现请孙君新甫住东厢照应门户，故家政更简，女甚安逸，诸事无须管得。女婿亦有信来，十一抵甬。舅父到睦州旧疾复发，不能办考，告假回硖，度有信致。大人奚前谕云拟作括苍游，不知果否？他处可有就绪否？不胜驰系。近日度支可敷用否？叔母何日返萧？饴弟书不致生否？均念！新市外祖母度时有安信？母亲今岁拟去过夏否？迩来牙耳诸恙如何？女自望日以来小有感冒，胃口不开，仍日日起来，谅一二日便愈，二亲勿念。湘湖矿开视若何？伏祈谕知。肃禀恭叩

父母亲大人金安　伏惟珍卫

女蕊珠百敏谨禀　外孙女侍叩

（十一）

父亲大人膝下敬禀者：

初六日接奉廿七、廿九及初二日各谕，伏稔壹是。饴弟安好慰甚。计长贵先生初六七日当可回萧矣，不知大保何日回杭，接甬信知镜箱须月半前后寄萧，恐接不着矣，近日能否自己梳头？母亲得毋太劳否，诸祈将就，换挽袖等乞付裁缝，千万勿自做，叩祷叩祷。迩来大人牙痛何如？归脾丸似宜常服，祈勿间断。芝麻木草谓甚有益，须抄燥碾碎方好。二大人可常吃，万非忘记。缘路菜太多，故留在家也。过杭时董家又送豕肩、熏鱼等，故此番路上并未买菜。老妪途中服侍甚好，究竟出门过，胆大有力。女健适，中晚晚餐可吃三碗，外孙茁壮堪慰垂廑。姑丈来见过，俟君舅归，当往谒也。舅舅不知何日履任，前需於术，女来吴二旬，心绪未定，今回当寄去矣。肃禀恭叩

二亲大人金安　伏祈珍卫　叔母大人及弟妹均祉

女蕊珠敏禀　外孙男女恭叩

二月望日

（十二）

父亲大人膝下敬禀者：

初十接奉初八日自硖石所发手谕，一伏谂安抵双山。舅父已愈，忻慰无量。天气甚好幸无雨雪。不知何日到杭，今明日度可抵家矣。一路风霜未稔慈躬奚似，此皆不肖累亲也。初九曾寄母亲一禀想可早到，迩日祖母大人以下均安健否？饴弟功课不致全荒否？不胜驰系。女自幼见大人出门，便觉此心惘惘，是亦习惯矣。今冬复得依侍累月，更蒙挈送来此，皆始愿所不及。然惟此次之别，逾难为怀，神依心越，无日不在膝前也。女近体甚健，膏滋药已服三分之一，老妪作事尚勤慎，堪慰垂廑。堂上诸恙，仍然写信阅卷等事，亦实不能静养，幸近来少动怒耳。女婿未有续函，纳粟事拟明春举办。此间家政尚简，惟无旧章可循，又鲜君姑妯娌禀商，以是为难然。譬如做官既经接印不能不任事，只好随时操习耳。三舅公初六日曾来看女，适炳婆婆亦来，房中无坐处，遂匆匆别去，付四官见仪二小洋。昨又差人下信送女野鸭、酥糖、广橘等。长者所赐只得全领，然须还礼，恐姑母处亦尚有赐，岁杪应如何答献？又堂上处除夕应献岁烛等否？女向来诸事禀命而行，自己实无主意，诸祈二亲酌示遵行不胜叩祷。喜伯父曾否赴杭？诸甫嫂现在萧否？其喜事办来何如？三姑母谅乃在郡度岁？范二姑母处，每年岁例一洋，今兹仍送否？伯珊弟考得起否？汪表嫂想已产，弃璋抑弄瓦耶。寂处思家，人情恒事，女则滋味新尝也。幸有书中乐境可寻，《世说新语》昨才看完。祖母的所换之书不知合意，欲掉各种，问之书坊都无。容后来留心或有出售者。此禀。到后深盼回谕。女年前不再寄禀矣。肃禀恭敏

祖母大人万福金安　虔叩二亲大人金安　恭贺岁喜

女蕊珠百叩谨禀　外孙女侍叩　腊月既望　嬸母大人前请安弟妹均念

再禀者：君舅本想作书，因今日精力不支，命笔先行请安，容日再寄信也。女又禀!

（十三）

二亲大人膝下敬禀者：

前月廿八日禀后一缄，度蒙慈鉴，迩日大人腰酸等恙能否全愈，不胜孺慕。女近体渐痊，惟气促无力，终日静养。今日君舅特邀沈西铭老伯看脉，尚未来，其宾小病无妨，重劳尊长垂廑，反觉不安耳。兹闻君舅寄信，附呈竹篓一只，内绿磁火碗，下层胡桃肉、中松子仁，上有桂圆，少许包荷实心，又酱瓜酱茄两瓶、虾子二两、扬州山查糕一匣，香梨八个，又㸑砚一个，又信笺印木一块，女婿刻献，一并寄呈，伏祈赏收。恭叩

二亲大人安　叔母大人上请安　弟妹好

女蕊珠百叻谨禀

四月初三日

（十四）

父亲大人膝下敬禀者：

昨接奉朔日手谕，伏谂祖母康强，合家平顺，稍慰孺慕。惟母亲耳恙复发，虽眠食如常，终觉不便，现已否搬回楼上？费妈要去，须另雇一人方好，或请母再服清理药数剂何如？叔父夙恙依然，胃口更减，奈何？三复谕言中心如擣坛方不信，祈勿劝驾。大人赴遂大约在清明节前。女归宁之期定于二十日，今已函告舅父矣。君舅维扬之行拟廿四动身。女到硖至多躭搁三数日，急欲回萧，以慰祖慈及诸尊长悬望也。由硖一转，至亲聚晤固佳，然不免又多化钱耳。闻复舅公十四日启行，女拟初十外去送行。笈甫兄及王义之事倘见姑丈当探其意，再行以禀闻。女近体尚健，诸事安适，请慰慈廑。三姑母尚在萧否？凤姊曾来过否？年前祖母曾谕抵苏后当差人往探。炳婆婆因此时不知其住地址，且竢后来。家中倘需苏物，乞谕知，即当购上也。肃禀恭叩

祖母大人寿安　父母亲大人金安

女蕊珠　百敏敬禀

叔父母大人上请安　弟妹均念

（十五）

父亲大人膝下敬禀者：

初五日附上一禀谅邀慈鉴，初九日接奉手谕，伏稔慈躬双泰

深慰孺慕。饴弟来帖，写得甚好。常熟涟弟亦有帖来，近颇上紧读书，但愿他日颉颃齐上，为两家光大门庭也。大人今岁少酬应，新正似可养息，惟太岑寂矣。厨房只两妪，其一又是生手，过年诸事度母亲、叔母必更操劳。悬像若在西厅似较近便，今年叔像附于先代，抑另供一桌。姑丈岁杪寄赠十元深可感也。女于初六日往新桥巷拜年，韩妈带四官坐一轿，仆人随去，晚膳后始归，曾谒先姑母遗容，惜目近视，不能细睹，只增凄感耳。舅公安健，十二日曾来此，前寄三姑母酱蹄，本购得素茶食四匣，因屡小不能装，遂易此。二亲为加年糕甚好，不知三姑母近常来否？心境如何？喜伯伯已全愈否？闻年前吐血，究竟精神若何？千万勿作损病医治。炳婆婆前日遣一妪来，馈酱肉年糕等数黄篮。女概璧还，赠以年敬一洋，似觉过厚。弟闵其高年，且推祖母爱也。此间岁首颇少酬应。翁大人十二日赴常熟拜年，往回需七八日。每年十七日落像。今兹俟女婿归来展谒须至二十外矣。每早供点心，旦夕爇香烛礼拜。自初三以后又未尝作享也，近甚清静。女婿前信说初九日自甬启行，未得续函不稔果否，曾嘱笔请二亲大人安。前寄上椒敬廿元，是堂上所授意者，请大人无须掷还，但乞致君舅函中提及。又寄竹篓时记得附《香荫楼艸》一册，亦祈来信及之。女窃揣如此辄禀闻。来谕拟买棹来吴小住，不胜喜跃，若道署一席可成更妙。垂询观何等书，女到此两月，衣橱中又满矣，新买《西湖掌故》一部，大本六十四册，共八十种。堂上择其隽雅者，今阅看过十数册，昨为颖川借去矣。夜卧不甚迟，请纾慈廑。舅父信云今年志局已停，盼即得缺也。寄新市贺柬一纸，是否如此写法？倘檐不出，请勿寄。叩祷肃禀。恭叩

二亲大人礼安　伏维珍卫　叔母大人及弟妹均祉

女期蕊珠百敏　外孙女侍叩

元宵后一日

此禀缮就欲寄，闻信局公议增价停班五日，故迟至今日才寄。附君舅信一函。女婿日上当可归也。

二十二日又禀

（十六）

女蕊珠谨禀二亲大人膝下：

初四日附上一禀，时因讹言惶感，未及详。君舅为函询硖石舅舅暨吴子禄年伯，初十日早得吴老伯回条，稍慰。午后接大人初四日所发信，知虽浸及庭阶，而屋内无水，总算大幸矣，伏诵再三，沉忧顿释。惟今年潮气较甚，屋中祈多熏苍术、白芷等，更祈服糁湿之品，庶免受病。祖母柩下似宜铺以散石灰，偶思及辄禀，度二亲早已想到矣。女此次未归，虽免蒸湿，心窃不安，小篮衣包陆续送来。母亲赐女梅酱、老虎花，正济所欲，拜领欢忻。夏衣检点无失，深累劬劳，感铭无既，生女卅年曾无报称。前蒙二亲赐银，兹叔母又寄番饼，心何以安，惟长者赐，不敢辞，谨谢德弟一元，俟便即转交伊处初十又发诸帖，分糕粽来。舅父亦有复函，大人去信附来，藉悉一一。女婿初九日来信，身体安健，亦以越中大水为虑，杭甬竟至不能通信。君舅命笔请安，近日小有不适，容后作复。肃禀恭叩

二亲大人金安　伏祈千万珍卫　叔母大人前请安　弟妹好

女蕊珠百敂

午月十三日

再者女近体安适，胃纳有加，可餐二碗多饭，然不敢过饱，二碗而止。恒储零食，以备饥。堂上每询要看脉否，女答无需，一切自能小心，请勿念。昨闻沈端泉老太太已作古矣。

（十七）

二亲大人膝下敬禀者：

前月望后在平湖曾寄一禀，并舅舅书一册，书片二纸，度蒙慈鉴。接女婿信知大人赴甬，未稔何日回萧，府考想尚未。陈家姑娘是否来萧，抑新婿随往中州耶？琴姑出阁，女应送礼否？祈裁酌或乞代送三四百支。苏州放船来，女于初一动身，当日行不到二十里，次日始泊嘉兴。初三顶风愈甚，泊王江泾，初四日早开，河冰有声，至八坼竟不能再进。今日初五，舟被冰膠，遂不开，往来舟楫皆断，窗外雪花飞舞，恐明日更难行路。忆三舅公昔年回家度岁，舟行一月之久，此次殆将步其后尘矣。幸船颇宽洁，差来老仆亦尚驯慎。稻孙跳跃欢喜，更不知寒冷也，初五舟次再禀者。初六早晨蓬背积雪寸许，连樯数百皆不能开，而向晚渐觉融和。初七遂抵吴门，到家正是上灯时候矣。君舅本拟乘原船作苕上之行，一切皆已部署，因女归迟，天又寒冷，年前为日无几，只好展至明年矣。女及外孙男女均健适，请慈怀勿念也。肃禀恭敬

二亲大人金安　伏维珍卫

女蕊珠谨禀外孙侍敬

十二月初九日

叔母大人前请安　弟妹均祉。外堂上寄还书一部。

（十八）

母亲大人膝下敬禀者：

前得弟弟信知慈躬安适，已往新市，未知何时回硖。近来外祖大人精神奚似？女曾寄上南洋燕窝一匣，到后恐已粉碎，然以绵包之煎煮，但吃浓汁亦有效也。不知庆妹已有几儿女？晓仑妹明年尚肯出为教习否？伊辞天足会学堂一席，真有见识，可敬也。紫瑛妹近况若何，均念。计此信到硖已在上灯节前后。女廿年不能瞻拜先代及二亲神像，每逢过年辄生追溯之感。去年女婿到南洋，我国女学生送女绣花照相架一个，可嵌两个照相，恰将先严慈遗影装上，即弟弟于神像上照以送女者供在署中，目下外孙男女及诸小孩团聚颇热闹，觉得日子愈快。此间寒度亦与俄京相仿，室内每日生炉火，天晴即偕女婿率诸人往树林散步，河冰甚厚，本地人都作溜冰游戏，女常乘车出游。今冬制一貂皮肩衣，价合中国八十元光景，可谓穷奢极欲，因此间虽女仆亦必有皮肩衣，故女婿特定做貂者。肃禀恭敬

母亲大人新喜 虔请金安

女蕊珠谨禀　外孙及外曾孙辈侍叩　叔母大人上请安叩贺弟弟伉俪均贺

侄女聪吉女婿附笔请安贺喜

十二月初十日

（十九）

母亲叔母大人膝下敬禀者：

年前由柏林寄上一禀，度先到。女等于腊月十三日抵巴黎，驻法公使孙慕韩名宝琦向与女婿交好，亲迓于车场导游各处，其夫人为张朗斋之女。德性甚好，能勤俭，待女极敬爱或同舟返国。女在此已看过博物院九处。天气晴暄，街道宽洁，令人留恋，大约初十前赴意大利，顷接东京信知外孙妇产一女，大小平安云。专肃恭叩

新喜　虔请全安　弟妹伉俪均祉　女婿嘱笔请安贺喜

女士厘叩上朝日侍叩

新正二日书于巴黎寓楼

（二十）

母亲大人膝下敬禀者：

女前禀言欲暂南归俾可觐母，不意前日忽患赤痢，一昼夜五十遍，凡四日四夜，下痢百六十馀次，又畏寒，生炉火夜半为煤气晕倒，人事不省，幸女婿及姬人挽扶叫唤始醒，移卧外房过一二小时才能起坐。此后痢亦渐愈，昨今已能吃二碗饭，时时觉饿，然不敢过饱。日饮牛乳及鸡汤等滋养品，再数日当可照常矣。此次虽病，幸身体不发热，故精神不致十分困惫，一切自知小心，请慈怀勿念。外孙妇又将生产，是以女春间未必南归，恐倚闾久盼先禀闻。女婿自去冬至今心绪不快，饮食不易消化，腹中生□白虫，近日用

药打下两头，节节相连，长可丈馀。此种虫外国人叫做滌虫，最难除根，不意包蘅材亲家开方用石榴树根皮和水熬浓，每日空心以盐汤搀服，方吃一个礼拜即有效。目下起居饮食如常，仍服药水，恐尚未净尽也。今日弟弟生日眉批：不厂太夫子生日，家中吃面否？外致许表妹回信一纸，乞饬送伊住高宅。恭叩

母亲大人金安　叔母大人上请安　弟妇均祉

女蕊珠谨禀

阴二月廿九日

（二十一）

母亲大人膝下敬禀者：

接弟弟来信敬悉慈躬安适，祈慰无似，未知何时赴新市。近来外祖大人安否？紫瑛妹妹近况若何？时念之。张表妹已有小孩否？均念。女来自俄国即西餐、牛肉、面包当粥饭，毕竟滋养品多，所以较去年胖了许多。朝日亦长大，与女一样长。各事能替力，故女颇得享清福。今年夏天不到乡间去避暑，因房子租到一年，若往乡下则出两处钱甚不合算。又近为战事，各物腾贵。凡我中国一个钱的东西，彼要十馀钱，每日三个人火食要用三千文，总之凡物加十倍昂贵。且好看的、好吃的、得用的都不是本地所出，或从德国或从英国来，是以昂贵。夏天每早晨穿棉衣，日中夹衫，通夜不暗，无蚊子，此是好处。冬天冷极，而室中亦用不着皮衣，缘伊房屋造得不冷不热也。女不与官场妇女往来，但认得一法国小姐嫁中国人者，现同一大门内居住，时常相见。伊能略说几句中国话，女亦懂伊几句法国话，故不嫌寂寞。今冬

或明春当归，母亲要买西洋东西，请来信示知。肃此恭敬

金安　伏惟珍卫

女蕊珠叩上女婿嘱笔请安

光绪三十年［1904］明治三十七年阳历七月十六日俄都发

（二十二）

母亲大人膝下敬禀者：

初三日寄上一禀度已到，女处均健，女初旬伤风数日，现早已全愈，近来目光虽未愈，然而安心保养当可看大字及做粗针线。今冬在罗马过冬。为女生平第一年享福，因地下层有煖炉，日夜烧煤，其热气由墙壁间通至各房，温煖如春。外面天气亦与我国一般且晴天多，竟不知寒冷，远胜在和兰过冬矣。二小姐於旬前又生一男孩，相貌端秀，母子平安，伊家现住使馆相近，女虽常去看视，因产婆即收生婆看护妇皆有学问，事事妥贴，女甚放心，一点不必操劳。目下外孙男女及孙男女共有八人，合拢来颇为热闹，惟朝日至今未有孕，其实伊无病，近来渐知看书做针黹，因署中无缝工，女与朝日皆能自己制衣。外孙妇更能干些，大小衣服一年做得不少，实在安闲无事，藉可消遣，非但省钱也。所以一家安和，毫无气恼。女惟念先父母见皆女处安乐境地，而不得知为可痛耳。母亲近来起居安否？请命卓弟勤写信来，俾慰孺慕。肃禀恭叩

金安　叔母大人上请安　弟妇妹均祉

女蕊珠谨禀女婿附叩

十一月廿八日

（二十三）

母亲大人膝下敬禀者：

女到罗马后，曾寄弟弟一信，谅蒙慈览。昨得弟弟六月十七日所发来信，书《数学史》《游戏说》《地理讲义》尚未到，谨稔堂上安康，拟仍在硖授徒计。此信到时当已定局矣。弟不出门，女亦较为放心，一则家中诸事便当，二来自己设馆无隐忍迁就之苦，其心境稍得自由。许表弟相助庶事，颇为用得其才。女婿移驻义国，可谓老来幸福，公事甚简，而天气温和，皆胜于和兰。使署宽敞，女亦较在海牙舒畅多矣。外孙女现租房居另居离使馆不远，与外孙妇均有孕，达在年底，大约姑娘早一二个月，弟妇当在明春临月。女目疾并无所苦，不过阳光照耀罗马日日晴，感觉黑影比初起时又多些，女恐其渐渐遮到眼乌珠上，便要作清盲，是以不写字，不看小字，夜间亦常常点药水，自己十分珍惜，母亲、叔母大人请放心。此间男女仆三男一女，皆前任用熟，颇得力。外孙妇带一中国丫头来，又雇一半日的女仆管小孩，厨子即前年自己带来的，颇诚实，不淘气。前任黄公使用巡捕四名，女婿谓其反失使署体统，一概不用。长雇双马车每月四百五十方，可以常常游览。兹寄去使馆屋图三纸，地以上三层也。地以下一层无图，即厨房及仆人饭厅，又有极大一间铺地板，两面有窗透出地上者，可置行李之粗重者。屋顶四面石栏下，舖方砖，仿佛天井盖晒台也。有一室洗衣者，自来水可放可泻最便。敬请

母亲、叔母大人金安　弟弟伉俪均此

女蕊珠谨禀外孙外曾孙寄侍叩

七月廿六日

此信请付可庄弟一观。女因费目不及另函也

（二十四）

母亲大人膝下敬禀者：

阳三月廿五日曾寄一禀，度邀慈鉴。近接弟弟来信知母亲耳恙大发，兼患头眩，不胜驰慕。女虽曾远游数万里，而归国后，动止辄不能自由，实缘川资太费，行路难也。女近日精神已照旧矣，惟家事不能妥贴，心境自不能安适，意欲卖一貌美性柔和之婢，年在十三四岁或再小些，大些亦不妨，价贵亦要。乞母亲叔母大人代为留心物色，叩祷叩祷。女春间不能南归，秋凉再看。专肃敬禀

虔叩金安　伏惟珍卫

女蕊珠谨禀外孙外曾孙辈侍叩

旧历三月十二日

（二十五）

母亲大人膝下敬禀者：

女于半个月前头，偕女婿挈稻孙游玩瑞士国的境内有各好景致，的国是意大利邻国，乘火车去，要第三天到，半路上过米兰亦最有名之处，停留三日，所见天然景致及人工美术，实为向来所

未见。幸女目虽有病，遇景物佳处，带眼镜谛视，尚与前无异。目下天气已凉，每日穿棉衣。未知母亲近来安否耳？恙比前好些否。前寄上皮脚蹋二个，请与叔母分用，女想母亲、叔母都可穿软底鞋，外面用浅面的套鞋，要到楼下去用套鞋，回到房中只穿软底鞋，便连鞋钻入皮蹋脚，十分温暖，又无大气。兹女婿寄上岁敬三十元，伏乞赏收，另外二十元为叔母大人岁敬，又十元请付一姪为压岁。稻孙学西洋文字已能写信及看有用之书，现在身边颇得力，外婆闻之必欢喜，故特附禀。恭敏

母亲叔母大人金安　弟妹均祉

女蕊珠谨禀外孙曾孙侍叩

九月廿五日

（二十六）

母亲叔母大人膝下敬禀者：

每得弟弟信，知慈躬安泰，稍慰孺慕。女在此极舒服，住在公所，火［伙］食包与厨子，每餐四肴一汤，凭他做，不须自己调度。又房子极宽大，电灯、电铃嵌在壁上，叫人将手一捺，仆人即来，皆是公家开销。女房外阔廊，已挂帘子铺地薦。底下的花园，已经铺绿草，种花费数十元，是陆公使命人来料理。近日木叶萌芽，风景较初来时更好。数日前女婿偕游一处要坐火车半点钟光景，再坐马车一路看花，四面是花田，五颜六色竟如种稻种麦一般。今附上明片一张，可见大概。此间人情风俗，远胜俄罗斯。近日陆公使告病假一个月，女婿代理使事，好在春夏间没有茶会等应酬，依旧安闲。稻孙已经卒业回国，大约夏前动身出来。穟孙已升至五

年级，明年三月中亦可中学校卒业。二小姐仍在东京，二姑爷虽得南洋总视学差，伊想辞掉。因恐年轻压不住众人，然而学堂诸生颇敬爱他，如其辞不掉，将来亦要接家眷去。稻孙娘子在通州女子师范学校中做先生，每月三十元脩金。亚新能说中国话，亚猛渐能学步，二小姐新生的女孩名叫亚粹。肃禀恭敬

母亲叔母大人金安。

女蕊珠谨禀　朝夕侍叩

三月廿四日

女婿嘱笔请安 弟妇妹妹均祉　囡囡识字否？时念念！

(二十七)

母亲大人膝下敬禀者：

六月十三日寄上一禀，至今又将一月矣，不知今夏硖石暑热如何，女在此不但用不着夏衣，并单衣夹衫尚嫌凉，每日穿夹袍要衬夹紧身，下穿夹裤。目下已交秋令决不热。闻说去年夏天比今年稍为热些，然而总用不着夏衣扇子等也。春夏间，日子甚长，朝晨三点钟前已经天亮，夜间十点钟还未暗。外面风景实在好，可惜太远不能接母亲来游玩。前日女婿托许表弟带去五十元，请母亲买些爱吃的食物及喜欢的用品，要自己实在使用，万勿存过意不去的心，因为女婿有一千二百两银子一个月的薪水，不比从前出息少，至亲诸家均有些餽赠也。专肃恭敬

金安　叔母大人上均此请安　弟弟伉俪好，

女蕊珠百叩

七月初八日

（二十八）

母亲大人膝下敬禀者：

女自别慈颜已逾半载，未奉来谕，驰系万分。前禀曾询饴弟到底健否，谅已有回信在途矣。女偕婿于阳历十月初旬，回森彼得堡都城邦得赖蒙斯基街寓所，身健请纾垂挂。此间气候极寒，我国尚在八月下旬，而彼处已交十月初矣。凡西洋都用阳历，日本亦然。惟俄罗斯独用一时宪书，比阳历总迟十三日。当此时尚未立冬，已落过几回大雪。门窗皆用油漆塗封其缝，寒暑表在二度，再后要低到零点，即零以下廿八九度云，窗上玻璃长四五尺，阔二尺者统一块，不用槅子遮光。相离半尺又有第二重窗，一般光明用二重窗帘。夜间垂帘二重，近窗尚寒，空气之冷可知。是以家中生火炉，此炉砌在壁角落里，暖气通入隔墙，每日烧火一点钟，可以终日不冷。所用柴均归房东，连厨房所用，每日要烧一担硬柴。冷水管与热水管两处自来水取之不竭，所以屋内极暖，可以光头穿夹衣。女新制皮斗蓬及暖靴、手筒，因出外极冷也。又购得围巾一方，其绵软柔滑，可从戒指中穿过，特寄献一方，请母亲试用万勿珍藏。最好者，要百馀圆、数十圆一块。此与女所用一般，尚不到十圆，算最便宜的。因陆子兴回华之便，惜不能多带物件耳。曾看过二回戏，一回跳舞戏，一回马戏，比上海好看得多。肃叩

母亲大人金安

女蕊珠谨禀

八月廿八日第五号

顷知饴弟无恙忻慰，赐谕请寄上海文报局最妥。

（二十九）

母亲大人膝下敬禀者：

在沪动身之前曾寄禀及外祖大人寿幛，又汇丰息金附有帐，皆由硖转寄，不知何时可到。女于前月十五日安抵日本，女婿、外孙均健。现在仍寓芝区三田，如有手谕，请照去年地址写法必可寄到。天气渐冷，不知慈躬安否，何时回家，或须拜寿后返硖。祈时赐音书，以慰孺慕。女明春偕婿游俄罗斯，大约三年光景，家中诸人均需布置停当。稻、穟都在学堂，外孙媳在古田歌子即做家政学之人所设学堂，名为帝国妇人协会。近来我中国来学女子共有七人，均在其中。拟将朝日婢附入彼处学习，侍奉诸事，名为下女，养成所闲堂时读书识字，三年之后亦可略解普通学问也。媚皋自去冬进小学堂，近亦能读东文及学算学、画花等，情性较前大为改好，日本话颇能说，明年进明治女学校在乡间，规模极好，专重英文，三年之后，可作幼稚园教习。二外孙女住在东京，为女照料穟孙衣履等，及家中所留器具衣物又各处通信。至银钱出纳，则托姚文敷表叔伊现在日本为江南游学生监督，即今年送女来硖者，是以虽然远行，诸事可以放心也。肃禀恭敬

母亲大人金安

女蕊珠敬禀

十一月十三日自东京发

外祖大人上诸安

（三十）

母亲大人膝下敬禀者：

久未上禀，未稔慈躬安否，何日返硖。女相离太远，一信往返需三个月，有时念及家乡，恨不飞回一转也。前闻叔母抱恙日久，又闻妹妹病足数月不能履地，甚为记念。女到此间，饮食起居益无不便，比在日本时，身心安逸，较去年胖了许多。近处有一花园，极其广阔，每晨偕女婿游玩一点钟。路迳平坦、清朝益无游人，盘旋兜转大约有四五里光景，走回来要上八个楼梯每梯十三级，才到自己家中，习以为常并不吃力，所以身体健。女婿拟今冬离开森彼得堡俄国京城，到法国及意大利去住数月，至明年四月中从轮船回上海，因为俄国冬天冷极，屋中门窗都用油漆封好，无空气流通，出门要穿厚斗蓬、靴子外，又穿套鞋，满街积雪，风冷非凡，吹到面上似乎刺痛，气都透不转，身体重笨，走一转回来几乎脱力。若不出去，室中无空气，要闷出病来，所以想到别处去。意大利有女婿好朋友，名金楷里者，在彼处住有别庄，屡次写信来邀去盘桓几时。此人虽德国人，曾到中国十几年，能说中国话，学问与品行极高，其夫人谅必亦是有见识之人，女亦可以看看西洋风俗人情。罗马古迹甚多，将来必卖些照片回国，母亲看见犹为亲到外国一般。专肃敬请

金安伏惟珍卫

女蕙珠谨禀

华历九初三日，光绪三十年［1904］明治三十七年阳历十月十一日俄都发

（三十一）

母亲大人膝下敬禀者：

接弟弟信谨悉慈躬康健，忻慰无似。女亦健，此间空气好，每日往树林散步。最可喜者，朝日近来颇能替力，要学好陪伴，如女儿一般，不致寂寞。现在调董婿来作一等书记官，九月间偕二小姐同来。稻孙尚在通州，届时与姐夫、姐姐同来。穟孙仍在日本读书，明年中学校卒业后，女亦想叫他出来一游。三个月后仍旧回到东京，进高等学校再学五年，大学毕业就算学完全，回到中国可以做先生了。小叔叔也在日本读书，要学六年，亦可当教习。伊去年娶亲，今年四月里生了一个儿子，现在他的外婆家，外孙媳妇常有信来，阿猛还不能独行。肃禀恭敬

母亲叔母大人金安　弟妇妹妹均此

女蕊珠敬上

六月十三日

（三十二）

母亲大人膝下敬禀者：

女到和兰后曾寄一禀，想已达慈鉴。日来起居安否？何时赴新市？见新闻纸上写着蔡表妹在上海教湖州女学生，此事甚好。女想与他通信，请母亲寄一地址来，因恐报上刻错，靠不住也。女在此甚为安乐，住的房子不必出租钱，而华丽宽大，景致又好。吃的饭菜包与公家厨子，每餐四菜一汤，丰满得味，不比苏

州学士街的不堪饭菜。器用皆已豫备，女到后又添了百馀元。陆公使夫妇常常陪去游玩。曾看过两个王宫，游过两回海边。此间海滨点缀，犹如极大花园。工程精细，道路平坦，要算西洋第一笔直筑出一条堤，堤之尽头已在海当中。其上造一所大圆屋，屋傍滚圈一个大迴廊。此屋中可以吃茶，可以吃酒，闻说夏天游人极多。今年夏天，此地要开平和会，是要各国大皆平和，不许打仗，天下各国都有大臣来入会演说，我国就派了陆子兴做一国的代表，届时必定十分闹热也。画片一张乞饬送单弟。肃禀恭敬

母亲大人金安 叔母大人前请安　弟妇好

女蕊珠谨禀　女婿嘱笔请安

三月初四日　朝日侍敏

（三十三）

母亲大人膝下敬禀者：

久未寄禀，歉罪殊深。昨得弟弟来信，知须二十外方来，女初意弟必偕小郎与稻、穟由沪同来，迢外孙辈来而未到，正深弛系。今知侯小郎关书则虽迟来，幸小郎馆事已成，甚慰。女今夏甚忙，然而颇健。穟孙已于初十日到此，五年不见矣。现拟与施家结姻即罗马参赞施伯夷之女，亦为蔡表妹弟子，将来许表弟回硖时，女婿拟命伊同行。届时当晋谒外婆及三外婆。不过伊虽长成，在外国十馀年，竟不知中国礼貌，乞母亲、叔母见时勿惊，盖俨然是一个日本人。稻孙去接他，在马头见面不认识，还是穟孙说我是钱穟孙，你是钱稻孙，为何不认得？稻始相叫，伊二人别只三年已经如此。目下董婿在京供职，秋冬间接眷入都，所以二小姐

初拟搬来湖州，现已不租屋矣。有外孙二人在此，亦因放伏假也。外孙妇已归女处，所留亚新、亚获均已还他。母亲寿衣中所需凤冠朝珠，女已由苏购得，俟可庄弟来时，当带上。肃禀恭敏

金安 叔母大人前请安　弟弟伉俪均祉

女蕊珠百叩

六月十三日

（三十四）

母亲大人膝下敬禀者：

前曾寄新市一禀，度蒙慈鉴。未知蔡姨丈处如何，可答应否？祈谕知为祷。昨得弟弟来信，敬稔母亲已归硖石，又知旧恙未痊，重听更甚，不胜驰慕。弟信言近年阳历年供真五日，此亦甚好，阴历过年伊倒无功夫，不如此时从容，慈躬不免多劳，未知尚安健可支持否。女闻人传说菊姨有喜，快慰万分，想必是真。曾函询弟弟，当为母亲、叔母豫贺。女今冬虽曾伤风，未发哮喘病堪慰。垂廑女婿虫恙未除，幸起居饮食如常，但心境终觉不乐耳。阳历元旦，大总统赐福寿字，今日四日又招饮于府中，可谓优待老成。京中现颇安靖，游玩之处极多。女不与诸女眷往来，亦不大出游。前日偕女婿挈女媳诸孙辈游社稷壇，此处将来改为公园，其中松柏参天，皆明朝物，大抵四五百年矣。可惜路远，每见胜景，恨不接母亲、叔母同游，阴历过年尤为热闹。肃禀恭敏

金安　并贺新喜

女士厘叩上　女婿嘱笔请安敏贺，外孙　曾孙男女侍叩

阳一月四日

（三十五）

母亲大人膝下敬禀者：

献岁发春，恭维禔躬万福，诸事称心，无量祷祝。年前闻得伯宽弟纳宠，且知情性温和，女心甚慰。从此慈怀可遂含饴之望矣。女近体强健，堪纾垂廑。今年两婿一女及孙辈十馀人，又有小郎父子同居庆岁，较去年热闹多多。惟女婿心境不怡，近且患腹疾，女甚恐其郁郁成病，然又无法以解之，奈何。肃叩

金安并贺新喜　叔母大人上均此叩安并贺　弟妇均祉

女士厘叩上

（三十六）

母亲大人膝下敬禀者：

前闻慈躬抱恙新痊既慰，且念今年南方异常暑热，未知近日已渐凉否。伏假将满，弟弟又需赴杭，女前信劝其挈菊姨同去，因坚鞄别墅空租着，而弟弟住彼有人服侍，庶几少解愁烦，顷且冀得一佳儿，以慰母亲暨叔母含饴之望。伏祈慈命谆劝为祷。肃禀恭叩

金安伏惟珍卫

女蕊珠谨禀　女婿嘱笔请安　子孙侍叩

阳九月三日

（三十七）

母亲大人膝下敬禀者：

前得弟弟信，知外祖大人抱恙，幸已康复，未稔母亲大人何日回硖，近来慈躬安否。前月中曾上一禀，并女婿寄呈岁敬等恐尚需时。因幼楞弟妇产后有病，生第二子矣，幼楞弟尚在常熟，现在当已愈矣。女健，外孙等均好。近为国丧，女婿公事甚忙，幸身子健适，女目恙依然。不及多禀。恭叩

母亲叔母大人金安　弟妇妹妹均祉

女蕊珠谨禀

十月廿九日

（三十八）

母亲大人膝下敬禀者：

天气渐暖，迩来慈躬安否耳？恙较前何如。外祖大人断七后，母亲想可回硖矣。弟弟出门家中消息甚稀，女在外幸健，惟每念家乡亲事，不知何时再见。又念小妹妹足疾最为可怜，闻许表妹患伤寒，近日当已全愈？可庄弟亦到秀水去，女又不能得硖石消息矣。肃禀恭叩

金安　叔母大人前请安　弟妇均祉

女蕊珠谨禀

［1928］闰二月初一日

（三十九）

母亲大人膝下敬禀者：

久不修禀，未稔慈躬安否，新姨有喜否，时时记念。女近体已健，不过有时肝火上冲，便觉此身可厌，然恒以看书自捺，盖自知非受外来新刺激，故每每自解，自幸将目前衣食住之舒服，及一家团聚之安逸，觉已享非分之福矣。且女婿时常购女所爱看之书藉以消遣，是以近顷体气如前强健，惟遇肝火上炎，头痛腰酸，夜不成寐，颇难压捺，必经二三日然后平复。当此时侯倘一发作，必致家宅不安矣。女婿虫恙未除，现又服前次之药水，且看有效否。稻孙病愈后又发过一次，幸即小心保养，故数日便愈。穟孙已得卒业文凭，大抵六月月底月初可归国，惟归后须为娶妇。论做人家，女可称幸福；论治家，则人愈多事愈烦，女自幼至长不知淘气，不知防闲，今则各物关锁，钥匙随身，小孩扰挠，无一刻可以天君泰然。因此知世间万事人人羡慕者，身当其境未必满足也。肃叩

母亲大人金安

女蕊珠谨禀

六月初四日

叔母大人上请安　弟妇闻有不适，已愈否？甚念。

（四十）

母亲叔母大人膝下敬禀者：

自二月以来，日盼弟弟到来，始于昨日傍晚二月十九日安抵东京，即住在最近客栈中，离女处不过十几家门面，时时可以相见。虽然初到说话不通，因女处诸人皆可作通事，但请堂上放心，三四个月之后，女即送回家矣。闻母亲今年不回新市，则女亦六七月间到硖，又可得觐慈颜，不胜忻跃。但愿家中常寄信来，俾女等安心。妹夫亦平安，同弟弟合住一个客栈，请转告妹妹。凡事有姐夫照应，可勿远念。惟须自己保重身体为要。肃禀谨叩

金安　弟妇均祉问候

女士厘敬禀

二月二十日

女婿嘱笔请安 外孙辈侍叩

（四十一）

母亲大人膝下敬禀者：

接弟弟来信，知慈躬渐渐痊安忻慰之至。女定期三月十八日由湖州启行赴杭，大约二十外必可来硖省母，敬先禀闻。今年有弟偕返，诸事便当，惟家事烦琐，女婿嘱少担搁，不过三五日停留耳。肃叩

金安　请祈珍卫　叔母大人上请安不另禀　弟妇均祉

女士厘叩上

三月十五日

（四十二）

母亲大人膝下敬禀者：

在沪寄禀，度蒙慈鉴。女于十六日到鄂，身子安适，外孙亦健，诸事平顺，堪慰垂廑。女婿公事已竣，十五晚上轮船，十九晨到家，现所患亦已全愈矣。兹购得铜盆一、手炉二，趁江裕轮船回申之便寄上。又鱼面二包乞赏收，小木匣一只，内小银表并表练请付饴弟。其玻璃两重昔年震碎，此刻不及修好，祈告弟弟自行修理。内中机器并无毛病，但换上玻璃即完善。又小妹妹所需花样数纸，垫在表上下，亦乞转付。此番喜事忙冗，未知慈躬不致劳乏否，想祈弟妇承欢膝下，母亲叔母心中欢喜，忘却辛劳矣。肃禀恭叩

金安

女蕊珠谨禀外孙侍叩

十二月廿日

叔母大人上请安　弟妹均祉　外祖大人处有信转乞代请安

（四十三）

母亲大人膝下敬禀者：

拜别后登车不久即开，二点半平安抵杭。女婿嘱今日同游西湖，明日启行回湖州。现住清泰第二旅馆，房间为此馆第一精华之室，仿佛西洋。可惜母亲及叔母大人不曾来，女虽享福，甚觉抱歉也。未知连日辛苦，慈躬不致太劳否？敬念恭叩

金安　馀俟回湖州后详禀。

女蕊珠谨上

廿三晨

（四十四）

母亲大人膝下敬禀者：

昨于弟弟信中附上一禀，度邀慈鉴。今晨接一姪来信，惊述蔡母姨大人仙逝，不胜伤感。天气炎热，伏惟母亲大人千万珍卫，勿过悲悼，至祷至叩。兹寄上眼药宝丹一包，因蒋百里弟回硖之便，祈察收。肃禀恭叩

金安

女蕊珠叩上

（四十五）

母亲叔母大人膝下敬禀者：

屡得弟弟来信，敬稔慈躬康泰，深慰孺慕。女处今夏房前搭凉棚，又卖竹帘卅挂，是以较去年夏令风凉多矣。惟人口渐多，家事亦愈繁杂，自朝至暮竟无闲空功夫，幸身子甚健，堪慰垂廑。闻弟妇患眼中起星，甚念，不知妹妹今年脚恙如何。女拟秋凉归省，但二婶及表弟妇均须生产，恐不能不在此照顾诸孩耳。恭叩

金安馀容续禀

女蕊珠谨禀

闰六月初六日

（四十六）

母亲叔母大人膝下敬禀者：

昨日弟弟挈一姪来湖上，蒙赐黄米盘香，拜领谢谢。女今夏甚健，西湖上风景好，且有各种书籍看，又新来姬人肯服侍，所以较前两年安逸。新近租得一所房子四楼四底，景致比潜园更好，目下还在修理地板，俟修好就想搬进去。穟孙廿五日动身回东洋，稻孙常有信，现充学部主事。敬敂

母亲叔母大人金安　弟妇均祉

女蕊珠叩

上十九日

男昨日午后到湖上，身甚好。明日午后到大方伯图书馆。后日即开校，男之饭食已经包好，每顿五品，阿一来颇好。男附上。

（四十七）

母亲大人膝下敬禀者：

初二日弟弟来湖上，敬稔慈躬康泰，深慰孺慕。又知母亲欲带食物畀女，惟火车停后由城中到西湖诸多不便，女心感谢，天气炎热，伏惟千万珍卫，总以身心安适为第一。女自来杭州将八十日，未尝病，实因空气好，终日无气恼，无烦杂，而有书看也。穟孙五月廿七到此，母亲所需眼药水及宝丹已买来，《教育史》今日寄信湖州去取，俟有便一并寄上。恭叩

金安　叔母大人上请安　弟妇痊吉

女蕊珠敬禀

六月初四日

（四十八）

母亲大人膝下敬禀者：

前日接姑丈回信，兹特寄呈，乞母亲阅毕，将前二纸转寄新市为祷。女健适，堪慰慈廑。女婿本拟廿二三日回湖州，前日来信忽发痧症，昨日已命稻孙前去伏侍，倘数日渐愈，仍侍父回来，如未愈拟同赴沪上就医。穟孙日上将回家，伊欲夏天在外国练习游泳等事，所以春假来也。近日许表弟情形如何？女甚念他，然而不与他通信，恐伊发痴话。表弟妇已回娘家，甚慰。杭州房子至今尚未寻着。谨敂

母亲大人金安　叔母大人上请安　弟妇好　阿姪在念

女士厘叩上

清明日

（四十九）

母亲大人膝下敬禀者：

半月盛暑，不知慈躬安否。近日连得甘雨，稍可苏息。女安健，女婿病暑旬日，现已全愈矣。弟弟明日将回硖，女有人家送来燕窝并藕粉一匣、月饼二匣、豆鼓一包、青盐橄榄少许此两样因杭州比别处好故寄，托弟带呈母亲。另纸匣中燕窝一匣、又冰糖一

包，乞转交叔母大人为叩。香糕一斤畀一姪，奖其能写信也。敬敂

金安　伏惟珍卫

女蕊珠百叩

廿八日

（五十）

母亲大人膝下敬禀者：

前日十六接弟弟来信，知今日廿四回家，伏惟慈躬康泰，叔母大人以次均安慰符祷祝。女来此两月馀，每日起来甚早，吃完粥不过五点钟，即偕女婿携亚猛到门外散步，湖面如镜，远山或出白云或晴露映照，苍翠欲滴，犹如身入画图。惟朝晨最好，若七八点钟便有游人矣，女与两姬从不出外。稻孙已陪其姐进京，下礼拜当有信来。檖孙再迟半个月亦将来湖上。女俟弟弟与檖孙回去，亦将返湖州。目下想在湖上租房子住，但不知租得成否。缘城中住房租价太贵，押租动辄千元，如何出得起。况且要到西湖上依然烦难，终年住城中气闷不过，反不若潜园宽敞矣。图书馆经费无着，女婿幸不靠此，但多垫亦垫不出，各馆员嗷嗷待哺，所以四娘舅事竟不能设法，抱歉万分。女婿现作书目，时需检查，自稻孙去后，苦无人襄助。此非他人所能，故日盼弟弟来，既有帮手，又可谈天。弟信谓出月初四五来，倘能再早数日更好。蔡表妹仍在吴兴女校，日上想亦当放伏假矣。此次二小姐因两孩陆续大病，竟不果来杭，女因天热又往来多费，亦未赴沪。肃禀恭叩

母亲大人金安　叔母大人上请安

女蕊珠谨禀

五月廿四日

（五十一）

母亲大人膝下敬禀者：

女于旧历八月廿八日搬进坚匏别墅，此屋为南浔刘澄如所造，造成至今不过六七年，在山上。前后皆通街，并且山上有井，建筑略带西式，好在处处看见湖景。不全租，所以家具都半是房东的，每月租价二十元，屋虽不多，精致可爱。明年春天女必要接母亲、叔母来住几时，盖无须出房门，日日看西湖堤上行人及游船来往也。弟弟一姪常见，女婿昨回湖州，后日即回。女拟十月间返湖。恭叩

母亲大人金安　伏惟珍卫

女士厘敬上

九月十五日

（五十二）

母亲大人膝下敬禀者：

顷得弟弟来信，敬稔慈躬稍安，深慰遥系。女健，请勿念。阳历六月十八日旧历五月廿三，稻妇又产一男，名曰亚狷，取狂狷之意。母子平安。檖孙日上可盼毕业，今年拟为完姻，此后生齿愈繁，经济上愈觉烦难。稻病月馀，虽幸无事，然少进款多出

款，况添一孩，又是一笔巨款，大约每产一婴，需费百元，现已有三男三女矣。闻妹妹又添一甥，可喜非贺。其儿女多，盖妹能生产，则体气健，本原无损耳。恭叩

金安叔母大人请安不另禀　弟妇好　新姨有孕否盼甚

女蕊珠谨上

［1914］五月廿八日　六月廿一日

（五十三）

母亲大人膝下敬禀者：

朔日寄上一禀，度邀慈鉴。近来改用阳历以十一月十三日为元旦，今十六日今已年初四矣。初六日母亲大庆，女不能趋前叩贺，惟有偕婿遥祝千春，伏乞加餐珍摄，万事如意，至祷至叩。女俟家事稍闲，当来硖细谈一切。目下湖州安靖，二婶已满月，因其大病才有转机也。恭叩

金安

女蕊珠谨禀

［1912］一月四日

（五十四）

母亲大人膝下敬禀者：

久未修禀，缘事忙。兹闻弟弟言，弟妇抱恙，甚为记念，未知何时起病，每日可能起来？医言何病？硖石房屋潮湿，最易受病。又闻妹妹足恙加剧，焦灼万分，计目下妹夫已回双山，妹妹

是否已接回蒋府。近状如何，祈倩妹夫寄一详信，俾慰遥系。女处均健，堪纾慈廑。近日移居新屋，高爽有情致，空气极佳，离旧居不及半里，此间地名开録如左：东京本乡区向个冈弥生町三番地钱恂殿。

信面照此写当可送到。外孙妇拜谢汤篮弥月等赐，新孩茁壮，稻毪昨已放学矣。弟弟廿八在此启行，六月初可到。敬请

母亲叔母大人金安

女士厘敬禀　女婿率儿孙叩

五月十六日

（五十五）

母亲大人膝下敬禀者：

女等昨早开船，夜泊烏镇西栅，今日午刻过晨舍，大约午后三四点钟可上岸矣。此番来往都遇顺风，最为难得。女恐到家后无暇作禀，故于舟中写此纸，俟明日交邮局，请慈怀勿念。蔡表妹之包亦即交去，容再详禀。女在硖数日，母亲、叔母未免多劳，不知禔躬安否？附致单弟一信，乞饬送。肃泐恭叩

母亲、叔母大人金安　弟妇均祉

女蕊珠谨上

九月十七日舟次

（五十六）

母亲大人膝下敬禀者：

献岁发春，伏惟禔躬万福，慰符遥祝。女年前患重伤风至今始愈，初因等潜园修理，似来硖度岁，嗣闻弟弟腹疾，不果来。女亦畏寒气，促遂中止。今因将搬进潜园，改期二月中由杭来硖矣。此间风景甚好，潜园花木繁多，他日拟接母亲来此盘桓游览，一罄数年远别之怀。肃禀恭贺

新喜虔叩金安

女蕊珠谨禀　外孙暨外曾孙侍叩　女婿嘱笔叩贺

正月四日

（五十七）

母亲大人膝下敬禀者：

久不作禀，实缘天气太热，家事繁琐。昨今渐凉，人与花木俱皆苏息，伏愿慈躬安适，以祷以祝。外孙妇近日渐愈，已能吃一碗饭，照常起来，郭二哥药方颇对。穟孙廿八动身，三十日趁轮东渡。二小姐廿九日率外孙四人大者留在杭州读书，来湖拟租屋长住，或九十月间进京，现尚未定。蔡表妹前礼拜日女遣轿接来盘桓半日，闻母姨目光稍愈，身体较前安健云。肃禀恭叩

金安

女蕊珠谨上孙辈侍叩

八月初二日

（五十八）

母亲大人膝下敬禀者：

女于初八日，偕女婿及稻孙夫妇等同来杭州，今日女婿挈稻进京游玩二三个月。女婿仍回南，稻留京。女定二十日返湖州，俟女婿归再到坚匏别墅。今年照阳历过年，阴历年底不算过年，只当一月底二月初矣。闻弟弟说，母亲旧历年前未必回硖，女想接母亲来潜园住两个月，趁此时女婿、稻孙均不在家。又蔡家表妹住在潜园左近，母亲来湖可日朝夕相见。况目下年假时候，蔡妹空闲，倘慈意允许，女即请怙蒿妹或晓崙妹乘舟塾船来迓。伏乞即日允复迳寄潜园，或寄蔡妹处，至祷至叩。女婿嘱女务于年前接母亲来湖，俟其归来，同到杭州一看西湖风景后，由弟弟护送乘车回硖。肃禀恭叩

金安 诸位尊长前请安。

女士厘敬禀子妇诸孙侍叩

廿一日旧十五日

（五十九）

母亲大人膝下敬禀者：

献岁发春，恭维禔躬康泰，百事如意，慰符遥祝。女去年甚健，家庭和谐，诸事称心，足慰慈廑。稻孙于十二月十日回来，小郎解馆亦回湖州，而董婿因封印后无公事，所以亦回家过年，颇觉热闹。可喜又见许表弟家弟妇能勤俭，每日早起，家事井

井，大是难得，因此年底极安乐。日来惟盼弟弟来湖州，虽不长久亦可盘桓几时。弟弟来时请代购苍术、盘香两匣来为荷。肃叩

母亲叔母大人万福金安　弟弟伉俪均祉　姪之好

女蕊珠百叩

元旦

（六十）

母亲大人膝下敬禀者：

女在杭州曾寄一禀，拟请慈驾来湖盘桓数月，俾得稍口孺慕。昨返潜园，未得赐谕，顷晤蔡妹，知将回双林度岁，旧历四月初十前后再来湖州。双林与新市相近，故托两妹带上壬子年息洋廿八元八角，乞察收，并祈母亲允许来潜园，或偕两妹同来。至祷至叩。肃禀恭叩

金安万福　诸尊长前请安

女士厘敬禀

十二月廿二日

（六十一）

母亲大人膝下敬禀者：

献岁发春，伏惟禔躬康健，万事如意，曷胜祷祝。女于新春日夜间起畏寒发热，昨初三，终日卧服宝丹取汗，今日全愈矣。年前曾托怙蒿、晓崙两妹转上一禀，并壬子年息洋廿八元八角，未知有便转到否。两妹说正月初十前后来湖，女亟盼母

亲偕来，川资由女处付，房间已豫备妥贴。潜园梅花已放一二朵，再半个月盛开。此后玉兰、桃花陆续将开，天气融和，两表妹相离不远，常可接来叙晤，务祈允许，并乞寄复为祷。女年前在杭曾发一禀，不知到否。女婿因京中朋友函电相邀，故送稻进京此刻坐火车从上海至北京，第三天即到，曾来两信，身子安好，嘱笔请母亲安。因伊以为母亲年前已接来潜园也。肃禀恭叩

金安　诸尊长及弟妹均请安贺喜

女士厘敬禀

财神日

（六十二）

母亲大人膝下敬禀者：

久不修禀，歉甚罪甚。未稔迩来慈躬安否，叔母大人及弟妇若何？将届黄梅，念及硖地潮湿，每至心神不安。女近来虽伤风或小小感冒，数日即愈，未尝卧病，昨今两日胃纳照旧矣。二小姐因姑爷接伊进京，已于初一日挈儿女赴沪，留其长子、长女二人在此。稻孙送往上海未返，稻妇达在此月下旬，幸健。目下火［伙］食由潜园送去。亚猛随女卧已月余，拟明日领亚获来，亦住女身边俟。其生产弥月后一併还他。表弟妇及婶婶皆有孕。肃叩

母亲大人金安

女蕊珠谨禀外孙辈曾孙辈侍叩

五月初六日

（六十三）

母亲大人膝下敬禀者：

久未修禀，未知慈躬安否，咳嗽较去年好些否，不胜孺慕。女开春来，常常伤风，有小寒热。然每日起居如恒，幸新年多购心爱之书籍，或夜寐不安便观书引睡，故心境稍舒，虽病无苦。女婿因去年种种烦恼，饮食不易消化，常患腹疾，近忽下绦虫百馀节，虽不致有性命之忧，然而精神因此衰弱，岂不可忧。女欲春暖回南一转，遣去第二妾，以平其时时触怒，且冀再得雛姬以慰婿，不知可能得此机会。闻蔡姨丈甚为得意，两表妹回双林度岁，毫无事闹。是女之管教朝日当不致为祸水，岂非可以放心。然眼前愈觉对不起女婿，故朝云不能不遣。总之女心无安泰之日矣。若他人当女婿地位，必陷于宠妾灭妻，而女十馀年心血，反酿成怨偶，若无朝云，则朝日决不忍离畔女也。此所以女不愿伊为弟弟妾，女婿闻之亦以为然。目下弟妾已有喜否，女但愿母亲抱孙，务乞示知为叩。敬请

金安伏惟珍卫

女蕊珠叩上

三月二日

去年息金是今年的。又禀。

（六十四）

母亲大人膝下敬禀者：

叠奉手谕敬稔，禔躬常患感冒，不能来湖城一赏潜园风景，只好俟母亲回硖后，女来省觐兼话别也。女婿信来，在京已租定一屋，极宽大，大约夏前须接眷，女送长妇进京，便住几时。倘住不惯仍回南边，故潜园与坚匏别墅两处必留一处，以置傢具。舅舅馆事谨当留意。肃禀恭叩

母亲大人金安　诸尊长前请安　弟妹均祉

女士厘谨上

二月十七日

（六十五）

母亲大人膝下敬禀者：

得弟弟信，知已到馆，又知今年月脩所入较丰，为之忻慰。女近体健适，请慈怀勿念。惟孙男女太多，不免烦琐。禭已归，婚期未定，伊之中国衣服皆须从头制起。现在两处学堂作教习，月可得五十元，无如此子不知经济艰难，用钱散漫，女颇担心。稻孙夫妇儿女虽多，从不亏空，且可稍稍蓄积，此可告慰外婆慈廑。小郎所得，亦即用去，家眷至今未接，屋已租了数个月矣。目下一家弟兄三代共八个人，尚有二婶婶、两姪，可惜先舅不及看见。所难得者，长次两婿亦皆在京，时常聚晤。惟女远离膝下，欲归宁辄为事阻，今秋又未必能来，思之怅甚。近来禔躬康

健否耳？恙已愈否，宝丸已用完否？如要煖筋骨膏药等乞示知，当觅便寄上。肃禀恭叩

母亲大人金安

女蕊珠谨上外孙曾孙辈侍敏

八月初二夜

（六十六）

母亲大人膝下敬禀者：

接弟弟来信，知慈躬仍未全愈，不胜驰慕。女近日已健，堪慰垂廑。前禀曾求代购婢，不知可有？闻今年蚕花不好，或买女者多，务祈物色，能得两人更佳。盖北方人恐靠不住，且性情必强悍。女近来逾觉胆小过虑，即家中诸事较前提心，诚知无一人可委任，虽所用北方女仆颇得力，然女决不盼其久久不变也。欲购垂髫之婢到底变得慢些，且冀女婿老来稍稍得服事人，心境怡悦，女亦不致自厌其馀生耳。稻孙患病半月馀，现已无所苦，惟尚须静养一礼拜。穟孙今夏卒业，阳六月底七月初可归国矣。小郎已在京租屋，拟接家眷，大约秋凉时二婶来京，其第三子雇乳母要等断乳后启行也。长婿徐颂唐犹未续缘，每逢星期日必来此，依然钱家女婿，此真难得。次婿董恂士已辞教育次长，现为平政院庭长，薪水大约四百元，与次长时一样。二小姐操持家政颇知勤俭，可惜董二嫂早故。去年同来之张小姐恂士甥女，已将生子，其新郎日本医学出身，月得数百元甚好。敬叩

母亲大人金安　叔母大人前请安　一妹妹弟妇好

女蕊珠百拜禀

五月十二日

（六十七）

母亲大人膝下敬禀者：

献岁发春，恭惟慈躬康泰，万事称心，慰符遥祝。女今夜度岁最为欢喜，除夕虽不祭祖，而合家长幼展拜祠堂图，添两女孩共三代十五人，此皆女进门后所添，既不媚神邀求非分，亦不致如往年之嫡庶不分，长幼无序。况自今有家有国更为可庆。弟弟馆事已定否？省中欲推女婿作教育司，尚未答应，初六赴杭，初七八由杭赴沪路过硖石，可先相见。女等迟旬日来。肃敬

母亲大人年喜敬请金安　叔母大人叩贺　弟弟均祉

今日制深夜无暇作复，容后寄信。

女蕊珠谨禀外孙外曾孙侍叩

年初三

（六十八）

母亲大人膝下敬禀者：

昨弟弟来，欣稔慈躬安泰，稍慰孺忱。惟女今年何时可来省母，竟难豫定，大约上半年决不能来。是以托弟弟带上息金十二元五角，并前次票子十元共成一年子金此款因弟弟恐路上不便，故未带。俟后有便再说矣。女因年来极力收缩，省俭是似。母亲、叔母年敬无一些寄献，心中十分抱歉。而弟弟传谕五十元添存之款，请万勿再却，是祷。今年起女婿拼服在湖州李菘药所开当内二万六千馀金，明年起其利可比往年多些。所以想母亲之款，明年拟另立一

摺，或者利钱亦可稍丰。至于杞菊地黄丸其价极廉，湖州慕韩斋药料新洁，可以收入石灰甏，经久不坏，托弟带上一匣子。又膏药二张，请交叔母试用，因闻叔母时常筋络痛也。女甚健，请勿念，潜园梅花有卅株，女去年买豆饼培壅，今年开花比往年茂盛得多，目下桃与紫荆正开，玉兰杏花已谢矣。登楼一望四面皆花，颇堪悦目。肃禀恭叩

母亲大人金安

女蕊珠谨禀

三月初三日

蔡表妹近来又教湖州府的二个小姐读书，每一礼拜往二次，二点钟，是以忙得极。身体健，前日来此。

（六十九）

母亲大人膝下敬禀者：

接弟弟来信，忻稔慈躬安适，深慰孺慕。兹趁朱生回硖之便，托其带上洋铁箱一只，内玫瑰花新旧两种，乞分些与叔母。又桂子念珠四串，请母亲、叔母各取一串并非要念佛，不过桂子名目好，或备送人亦可馀两串一畀何姑太太，一送表娘姨。又笋衣少许，备叔母做菜用，玉兰花瓣一包可做糕，或拖面吃，此潜园物产也。芑菊地黄凡一斤，是前月朔日购来，因无便，延今未寄，兹亦附上。桂花薄荷糖一罐，係常熟三妹前年送女者，香味依然，宜于高年含润，故附便寄呈。又细茶叶一小瓶，均乞试赏为祷。闲书十六册，为母亲长夏消闲之需，阅后或借与许表妹看看，仍放在母亲处。蔡表妹初六放假，伊言姨丈住苏沪购妾，今年必成

云。绍兴汪家三表妹，欲今其长女年十九来女处读书，并学习家政，女告伊每日操劳及起早，恐伊女享福惯必不能堪。三妹回信附上，母亲阅后付字篆可矣，不须寄还。小郎颇盼弟弟来此避暑，同住僧舍，未稔弟意如何。答许表妹一纸，祈饬送。肃禀恭叩

母亲大人金安　叔母大人前请安　弟妹好

女蕊珠谨禀

六月初一日

（七十）

母亲大人膝下敬禀者：

前寄廿八日弟弟一函，度邀慈鉴。本拟日上来硖，兹因小郎缔姻徐宅大人名尔穀，字显民，绍兴人，需俟其换帖后启行，大约月半以后到硖不过住四五日即往湖州上坟。回来侍母亲偕弟弟到西湖上去，伏乞早为预备过夏衣物等。女婿说务求母亲同往，俾可细谈别后，并照应一切，女昨见姑丈知新市表妹于归沈府，非但新郎极佳，并且原配，此真可喜也。肃泐恭敬

母亲叔母大人金安　弟弟双祉

女蕊珠谨禀

四月初二日

（七十一）

母亲大人膝下敬禀者：

初一日接弟弟来片云初三四来湖，女心甚喜，但今日已初五日尚未见到，大约犹未动身，未知家中安否，慈躬起居如何。弟

九月中，薪水无着，用款如何支持，目下银根吃紧，各处皆同。虽有存款，亦取不出，大约挨过一二个月当有转机。女现在已全愈，本思十月中来硖省视慈闱，而二婶娠身达在此月中，因娘家路远，无人来收生，故搬在潜园，俾容易照管仍自开火［伙］食，虽各自当家，然女未便走开。又外孙女五月间进京，留其长子、长女在此，亚潮有病，是以不随母去，现在董壻已挈眷南归，昨稻孙携大酉二小姐之长子赴沪伊家，暂寓上海。俟其居定或仍来住湖州，将亚潮交还，二婶生产弥月，女才能出门。女久思往萧山省墓，不知何时始得如愿。闻硖地平靖最慰，将来女婿或于西山建屋作久居计。缘目下湖州若非女婿镇定，凡富贵家之男子眷属均在上海，亦不肯住湖，绅士搬完则土匪必乘机扰乱，一郡皆受害矣。所以此时办事义不可辞，况不取薪水，他人决不肯当此名誉郡长，惟忙甚，且无现银流转，事事艰难耳。肃禀恭叩

母亲大人金安　叔母大人上请安　弟妇妹妹好

女蕊珠谨禀

十月初五日

（七十二）

母亲大人膝下敬禀者：

得弟弟回硖后来信，欣稔禔躬康健，稍慰孺慕。女初六日到萧山，初九日回湖上。先代坟上均无恙，魏宝贤之妻尚在，伊女嫁与本家兴的儿子为妻，所以女未去，伊等已晓得。又有郑大毛者，年六十馀，其父即当年借川资之郑老五也。山上坟墓伊最明白，女在汪家住了三日，表妹一子两女，均已长成。其长女名綵

珍，诗文作得甚好。年十九已许人家，次女未字，其子明年要娶妇矣。肃禀恭叩

母亲　叔母大人金安　弟妹均祉

女蕊珠谨禀 女婿嘱笔请安 外孙侍叩

十四日

（七十三）

母亲大人膝下敬禀者：

昨得弟弟来信，敬稔母亲现在舅家，想必大姨母亦来相会，天伦聚晤，慈怀稍畅，且屋宇少风，可较硖石暖些，未知何日回家。女近体算健，请纾慈注。寓中房子裱糊严密，无冷风透入，冬令反比南方暖。出门必需外罩皮衣，女常乘车自购应用之物，盖一往仆人手价钱加添，若买几样东西即说不明白矣。北京店家见人极恭敬，有坐落处大店家皆不打价，所以妇女购物，每每自己出去，不以为奇。又有市集，如将各种摊子摆在一处，皆有一定地点，有一定日子。某日应集某处，各物如饮食、器具、衣服、玩物随人所欲，但游人拥挤，女不愿往至。游览之所亦不少，可惜路远，不能接母亲来此盘桓几时。女不与外边酬应，即外孙女及外孙媳亦仍操持家政，终日忙忙。现在二婶已来，住屋与女处相离二三里路，小郎仍为教习，闻说亏空三百馀元，其实家眷未来，伊又亦不寄钱与二婶用，伊又並不荒唐，不知不觉用掉了，且看家眷来后，稍稍撙郎，即或者倒可省些。北方求事之人有十几万，如何有这许多机会，蒋觐圭妹夫闻说早已到京，至今不曾来过，亦不知其担

搁何处。但小郎途中曾碰见他。肃禀恭叩

母亲大人金安　外家诸尊长前请安　异问诸弟妹好，

女蕊珠谨禀 外孙辈侍叩

十月十一日

此信到时正值母亲大庆，顺祝千寿。女婿附笔请安，并祈转告蔡姨丈，既两妹不悦乞遣朔日，如蒙允许，请示一期俾女等回南取，或另购佳丽以为互换。缘女去年曾有信告姨丈，倘两妹不喜，即可遣其回来也。女又禀

（七十四）

母亲大人膝下敬禀者：

久未上禀，因事忙，时于致弟弟函略陈近状，兹稔慈躬康泰，叔母大人以下均安，慰甚。弟弟赴禾，乞命一姪时寄数行，以慰孺慕是祷。女近来甚健，疮痂尽落，步履如前。二婶产前搬来潜园，前月十五日生一女极肥大，乳水足食。惟秉雄、秉洪两姪须女照顾。俟其满月后，迁回横塘，女始能出门。近日二婶略有病，但愿即愈，缘小郎不管事，母家路远无人来，女颇担干係也。二小姐现住申江屋，价太贵不能久居，此时甚难得安定之处。恭叩

金安，馀容续禀

女蕊珠叩上

十一月一日

蔡母姨于前月十一日移沪，寓址未悉。

（七十五）

母亲大人膝下敬禀者：

前寄弟弟一椷，度邀慈鉴。近日天气渐凉，想硖石亦然，不知弟妇腹胀已愈否。今夏母亲暨叔母大可搬到楼下做房。女健适，本拟明年春赴荷兰，及前日及昨两次接陆子兴电催。并弟弟动身后，已三电来催，情不可却，现定七月半后由东京启行回国，七月底可到硖石。届时不知母亲在家否，女不过担搁一日，即返上海，当拟将外孙妇及两小孩送往海门。因时候太匆促，目下外孙婿董鸿祎新得早稻田大学校卒业文凭，为政学士，明日启行赴北京应试。外孙女达在十一月分娩，论家事实在走不开，然而已经迟去一年光景不便再迟，不知许表弟近况如何？要来否？如此信到后尚未动身，请止其勿必来。缘为时太少，医治未能即见效也。恭叩

金安

女蕊珠谨上

六月廿五日

（七十六）

母亲大人膝下敬禀者：

前月廿二日寄弟一函，度伊家信中提及。女近健适，惟目疾较去年又看不清些，每到下午必有眼泪，夜间或睁不开。所以晚膳后即归寝，不开电灯，日间亦不甚看书，除出记帐，便不写

字，自己甚为小心，请慈怀勿念。新添第二孙名亚获，目下未满四十日，已能笑咿呀有声。此后女虽不看书，不畏寂寞矣。亚猛大病新愈，现已交还其母以前女自管领二三个月。此间天气与中国差不多，庭前花卉颇繁盛，有木香、金银花等。女房前凭栏俯视，清香扑鼻，可惜相离太远，不能接母亲叔母来游。女前信托张炳章弟代购素缎幛，至今未接回信，甚念。此信到后，请叔母大人嘱其速来信为盼。至幛子价目若干，即由幼楞弟处寄还。近日母亲叔母起居安否？妹妹足恙若何？不胜驰系。敬叩

母亲叔母大人金安　弟妇妹妹均祉

女蕊珠谨禀

四月初三日

（七十七）

母亲大人膝下敬禀者：

得弟弟信，并寄来外祖大人讣文，敬悉。未稔母亲何日回硖，慈躬劳苦，旧恙不致重发为祷。女数日前患痢，日夜二十余次，服宝丹四次，第三日即愈。近已胃口健，一切照常，精神不致疲乏，请慈怀勿念。闰月廿三日，外孙妇又产一男，名曰亚获，母子均安。长孙亚猛今年四岁，现随女卧起。月初患肠胃痛甚利害，幸医生手段好，打下蛔虫两条，积食化解，始渐而愈，然而至今尚未复原。二外孙女所生幼子名亚良，品貌奎伟，已经四个月，咿喔有声，颇可爱。又施参赞太太，亦于年初一夜间生一子，名元郎，自来罗马未及一载，我国小孩添了三个，并大的孩儿统使馆中共有十五人，可谓热闹矣。女惟祝弟妇今年明年亦

生一个姪，则母亲叔母愈益欢喜。昨得姑丈来信，知抱恙新痊。德侯弟之女嫁恽薇孙之姪，于三月初五入赘。姑丈家，姑夫年老处此窘境，又须料理孙女嫁事，竭蹶可怜。弟弟今年虽馆事胜于往年，但伊用太劳，脑筋受病，女甚念他，愿伊暑假时散荡苏息。伊来信言拟出游，女婿嘱幼楞弟赠其游资，劝游绍兴，可与德潜小郎相会作伴，共游山水佳处，不知弟意若何。女婿今年得上赏二等第一宝星，凡出使大臣受本国宝星，别国皆有，在我国则第一次也。又因覃息可请封父祖，现授实官，是以稻孙将来可考荫生，稻孙拟入意大利大学堂，穟孙在日本札幌农科大学，常有信来。附上信面二纸，请寄复为祷。肃禀恭叩

母亲叔母大人金安　弟妇妹妹均祉

女蕊珠谨禀　外孙革率外曾孙叩

闰月廿五日

（七十八）

母亲大人膝下敬禀者：

昨得弟弟来信，谨闻慈谕。女西洋之行尚未定期，和兰公使有电催早日去，而泽公、李木斋等又欲女婿在日本襄助文墨，大约极迟四月底启行。女想学蚕，但愿蚕事毕出洋。外孙妇分娩在正四月，视其产后出门较为放心，但不知能否稍迟耳。肃此恭叩

母亲大人年安

女蕊珠谨禀　女婿嘱笔请安　朝日侍敏

十二月廿五日阳历正月十九

（七十九）

母亲大人膝下敬禀者：

寄新市第三禀后，即闻蔡表妹说起知母亲大姨皆已回家，不知此禀接到否。昨得弟弟由硖来信，言慈躬不适，耳恙又发，不胜驰慕。女俟女婿回来，阴历三月间必来硖觐母，与叔母兼话别也。女婿已得高等顾问官委任状，大约月薪三百元，在京租定一大屋，每月租金六十元，拟四月间全家迁往北京。惟家具之重笨者，不能迁，只好另租几间房子停顿，潜园与坚匏别墅均须退租。最好母亲全愈后，女到硖迎接母亲叔母到坚匏别墅住几日，春光明媚趁此游西湖，一揽名胜，亦难得机会。况且弟弟在西湖，女与弟陪侍出游，便不胆小。游毕由弟弟送母回硖，务祈豫先抵庄。专肃敬禀恭敏

金安　叔母大人上请安　弟妹均祉

女士厘叩上

三月十一日

（八十）

母亲大人膝下敬禀者：

叩别后到车站等廿分钟光景，即乘车开行，三点前抵杭。女婿打发仆人在车场相接，女先乘轿回别墅，弟弟随后亦到，一切平安，请慈怀勿念。肃禀恭叩

金安　叔母大人上请安不另禀　弟妇均祉

女士厘谨禀

男此来难得天晴，到杭步行出城并不吃力，请放心。男□附禀。

（八十一）

母亲大人膝下敬禀者：

女于阴历五月廿四日，乘轮北发，廿五过黑水洋并无风浪，廿六到烟台即芝罘停半日，廿七早晨过塘沽，午刻又开行，三点半钟抵天津。女偕女婿住本家伯宣姪处，稻孙来接，廿八停一日，廿九早车全家进京。新居气象阔大，雕梁画栋，金碧辉煌。二小姐率外孙至车站相迓，恰值昨为女生日，女婿特设宴于酒楼，欢饮而归。女病渐愈，惟精神未能如旧。肃禀恭叩

金安　叔母大人前请安　弟妹均祉

女士厘谨禀

六月初一日

（八十二）

母亲大人膝下敬禀者：

天气渐渐严寒，未稔慈躬安否，咳嗽较去年何如，不胜孺慕。女半月前气喘嗽甚，胃纳大减，几乎成大病。近来嗽止喘息，胃口甚好，渐可复原，请勿念。北方虽冷，屋宇不透风，室中昼夜有炉火，所以反比南方暖。女来此每尝异味辄会，母亲相

去太远，未能呈献为怅。明年春暖，或偕女婿回南，藉可细谈衷曲。此信到时，正值弟弟回硖度岁，女今年制一新礼服，圆领缀团花，略参古式，备岁杪祭先用。如其合式，明年娶樋孙妇，即照此衣饰，大约须费万番。恭叩

母亲大人金安　叔母大人上请安　弟妇好

女蕊珠谨禀

十一月廿七日

（八十三）

母亲大人膝下敬禀者：

今早弟弟到来，敬稔慈躬安适，忻慰万分。女因夏前不到杭州去，故托二小姐处代购杞菊地黄丸寄上，请母亲收用为祷。女自搬进潜园，已经匝月，布置尚未妥贴。所制各器具油漆未完工，须再一月馀方可停当。每日督视仆婢打扫亭台等处，已挑出垃圾一二百担矣。玉兰、碧桃已谢，藤花、木香及牡丹正开，蔡表妹未来，闻沈谱琴请姨夫来代伊做校长，尚未到也。恭叩

母亲大人金安　叔母大人前请安

女蕊珠谨禀　孙辈侍叩

三月十八日

（八十四）

母亲大人膝下敬禀者：

兹今樋孙随其表舅氏来硖，带上丸药一斤，此是湖州买的，倘

母亲服之合用，则以后当陆续寄去。又纸凤冠、通草珠均乞赏收。毯孙虽长大，尚不脱孩气，惟其心术坦白，于中国礼节均不甚懂耳。日盼弟弟来，请母亲嘱其速来，即挈毯孙回湖，因离开馆甚近，且小郎在此俾再聚谈数日也。女身健，今冬拟再来硖。敬敂

金安　叔母大人上请安

女蕊珠谨上

初二日午

（八十五）

母亲大人膝下敬禀者：

前寄上丸药、年糕度已收到，兹十元头票子一张，係硖石大通银行之票，此间不能用，又恐硖石银行年关要倒，倘然明年用不掉，岂非此票不值一钱。所以特寄上，请母亲饬人向大通银行换洋圆，即算是明年母亲的息金先收十圆，如此办法，庶不蹧蹋此一张银票。稻孙日上将归。蔡表妹月半边回双林。女处均健。恭叩

母亲大人寿福金安

女蕊珠谨禀

十二月初九日

（八十六）

母亲大人膝下敬禀者：

前闻弟弟说小妹妹吐血已愈，甚慰。今日弟弟暂回硖石，托

其带上此禀，聊当面告。女近来身体颇健，惟女仆及厨子皆假归，又外孙妇归宁，留两孩在此，虽有女仆管理，毕竟天热事烦。此番湖州几乎水灾，幸而雨不大，然已没岸矣。蔡晓仑表妹见过两次，伊将放假回双林。书至此弟弟将行，不及再写，馀容续禀。恭叩

金安　并请叔母大人安

女蕊珠叩上

（八十七）

母亲大人膝下敬禀者：

兹寄上芑菊地黄丸一匣，又猪油年糕少许。其红者为玫瑰，而绿者薄荷，颇有香气，请试尝何如。女非特寄食物，因此糖糕与母亲相宜，取其软也。近来慈躬安否，有闲书看否。女近体甚健，胃口较前增加。女婿亦安。稻孙引见后以通判用，年前可回来。外孙妇已愈，大约有孕。亚猛近亦全愈，每日来潜园，晚饭后回去。二小姐住在竹厅，自开火［伙］食颇便。肃禀恭叩

金安　叔母大人前请安　弟妹均祉

女蕊珠谨禀

十二月初二日

（八十八）

母亲大人膝下敬禀者：

前日寄弟弟信，以风顺次日即到家，告慈怀当已放慰。近日起居安否？耳鸣大约未解，但愿鼻塞已通，夜睡安适耳。女婿闻

慈恙，亦颇惦记。嘱笔请安，并祈珍摄。女健适，可庄弟亦好。每日乘小舟往潜园督视，布置一切，大抵十二日可以搬进去。所失小船已经寻着矣。女甚念弟病，不知糯米粥夜中吃否。核痛稍减否？何时可来湖州？肃禀恭叩

母亲叔母大人金安　弟弟伉俪均祉

女蕊珠谨上

二月初九日

（八十九）

母亲大人膝下：

献岁发春，恭惟慈云荫福，合家欢喜。得弟弟来信，知其馆址甚相得，深慰遥系。一姪是否带去读书，或在家？闻说妹妹足恙依旧，不知能时常回来否。玲甥亦必上学矣。此儿聪明，女恒念之。新市外祖近来精神何如？蔡表妹仍任教习否？湖州女学颇发达。世界上年新一年，硖石火车已开行否？此等皆可喜之事。肃敬

母亲大人金安　叔母大人上请安　弟妹均祉

女蕊珠谨禀女婿附笔请安外孙等侍叩

戊申十二月十三日

（九十）

母亲大人膝下敬禀者：

弟弟来沪，敬稔慈躬安健，稍慰孺慕。带来丫头甚好，此款係母亲垫付，女婿说明年起存款加进一百元，总共算四百元，在

女处，其中零碎俟女到硖时再算。又弟弟不收之游资五十元，请母亲取卅元，请叔母取廿元，即算女婿送的年敬。母购吉林参须已买得，另有高丽参须一匣，是女孝敬的。恭叩

母亲　叔母大人金安

女蕙珠谨禀

十一月廿六日

（九十一）

母亲大人膝下敬禀者：

女自硖回湖，身体甚健。而家事颇忙，致久不修禀，歉悚奚如。昨接弟弟来信，敬悉慈躬偶有小恙，虽云已愈，未稔近夕起居如何，不胜驰念，伏维千万珍攝是祷。女旬日前右目亦出毛病，其初眼稍为闪忽一般，此三日来不见，但觉黑影荡漾，与左目无异。且看书写字似乎烟濛濛不能明晰，大约从此变老花眼矣。稻孙麿照已到，日上将乘轮船进京，年前未必回来。穟孙常有信来，二小姐现住潜园，自开火［伙］食，因董姑爷奉旨视学两广、福建，曾到湖州来一转，大约要明年夏天回来。可庄弟病已大愈，夫妇和睦，现已租定一屋，朝南五间平屋，后面靠河，厨房外有石步，淘米、洗衣不与人家共，此为难得。租价极廉，离潜园不过几十步，现已修理，再迟半个月可搬去矣。女此番回来后，未与蔡表妹见过，伊送女马饼一蓝，係从双林带来。蔡姨丈买妾未成，明年或为府中学堂监督，尚未定局。女婿代女做《归潜记》已成数卷，拟先付刊。专肃谨敏

母亲大人金安　叔母大人前请安　弟妇好

女蕊珠谨禀

十一月初五日

（九十二）

母亲大人膝下敬禀者：

女回杭后曾上一禀，度邀慈鉴。近日母亲咳嗽及耳恙能稍减否，伏维千万珍摄，不胜叩祷。女伤风已愈，日来吃得落。因得着阴历四月十五日，偕女婿回湖州。外孙妇及诸小孩均健，现在每日收集行李忙甚，大约端午前后赴沪。闻蔡姨丈因嫂丧返双林，女今明日当与两表妹见面也。肃叩

金安　叔母大人上请安　弟妹均祉

女士厘谨禀

四月十七日

（九十三）

母亲大人膝下敬禀者：

前由弟弟转呈一禀，度邀慈鉴。女随婿住乡间已将一月，身子安适，堪慰垂廑。名为避暑，其实森彼得堡并且须穿夹衣，未尝有暑也。森彼得堡者俄之京城，男谨注。不过乡间清静，且有朋友，聚处乐境，故偕星使等同迁。目下饮食皆归陆子兴夫人料理，陆子兴为谁请赐谕示知，男附禀。顿顿西餐，极能变换各种西洋吃法，因陆夫人是法国人，女日日请其教法国字，说话不

懂，即请陆子兴解说。同住同餐待女十分亲切，外国女友初见能如此，亦算难得。鄉名虽司脱洛来司克，地极宽广，只有数十家，都是富贵之家来此过夏者。故屋宇莫不华丽，树木繁茂，风景甚好。若小户人家皆不住此间，所以街道极静。每日出游如行自己花园中一般。每日有火车三四回，自森彼得堡京城来，故日用之物，皆上门来卖，事事便利，每日早晚须穿薄棉，日中穿夹衣。女在日本过夏已比中国风凉，今在俄国更比日本风凉，又不管家事，总算生平第一夏享安闲清福。母亲何时回硖，现有女仆否？今年家乡蚕事何如，近来外祖大人寿躬安否？女自硖石与弟弟分手，至今三个月未得家中信息，不胜驰慕。务祈频赐谕言为祷。请命弟弟中西绳正学室陈子谕转寄。敬敏

金安

女蕊珠谨禀　女婿嘱笔请安

光绪廿九年阳七月初十日此西历也，于中国为五月十八日。男注

（九十四）

母亲大人膝下敬禀者：

昨接弟弟来信，忻稔慈躬安好，日来想已回硖石矣。女于十月十八日到新嘉坡，地名详前次寄弟弟信，兹不赘禀。十一月初六日，女婿率董恂士、张菊圃赴爪窪巡历各岛，大约须一个月或个半月转回，再往和兰。女则在新嘉坡硕田旅馆等候。此旅馆在海岸三层楼上，俯视街道车马往来不绝，街之外为绿草地，每日午后有许多人在草地上抛球。其外即海，停泊大小船只，必有数十。夜来灯火如繁星，凭窗揽眺，风景极佳。女与朝日二人住一

个月，要一百五十元。此间气候终年如夏天，前数日总领事孙君邀女等游一花园，一路香气扑鼻。因地气暖，花木极茂盛。英国人经营街路水管等，颇有西洋景象，远胜上海。我中国人住此有二三十万，凡华人屋宇必极热，街道必不干净，所以外国人每每欺侮华工，其实我华人亦太不要好。但愿学堂多起来，人人读几句书，识几个字，或者可望强起来。二三十万之中，女人只有二三万，所以此间妇人尚不算人，可叹也。顷接东京来信，二外孙女又添一女孩，大小平安云。肃请

母亲大人金安

女蕊珠谨禀朝日侍叩

十一月初四日

（九十五）

母亲叔母大人膝下敬禀者：

前日举定正式大总统，我国从此有国矣，东西洋各国皆已承认。今日为中华国庆日，闻邮政局盖印有特别纪念，故寄此禀。肃叩

金安　弟妇妹妹均祉

女士厘谨禀

十月十日

（九十六）

母亲大人膝下敬禀者：

天气已过秋分，忽又热，甚为向来所罕，未知慈躬安否？忆

双山叩送行旌，已将四个月矣，女因近日董婿回华，女婿赴沪相会尚未回杭，是以返硖之期未定，不知蔡表妹曾否到馆，至今未见。西湖离城稍远，信札往来种种不便。女婿七月底八月初虐止又患痢，颇剧。直至中秋后始渐复原。女心绪不佳，非但无暇游玩，并亲友亦未尝往候。女学堂校长钟太太曾来拜女，亦未答拜。杭州风气未开，人情如旧，但知念佛烧香，一年元宝锭儿不知要烧掉几千万金。以有用之金钱，难得之功夫，化为乌有，实在可惜。女谓我国阳间太穷，常向外国借债，阴间太富，恐被外国的鬼来讨去，不如从此以后将锡箔不要烧掉，表糊板壁倒可免潮湿之气，又觉好看。女见东岳庙中被香烟熏得漆黑，岂不可惜。如此西湖好景，无人赏玩，城中女太太出来便到各庙磕头，自山门拜起到一直里头，磕得头昏颠脑，亦无暇再看景致矣。又路经秽污，颇难行走，惟宝叔塔一山，被洋人买去，陆续布置最占胜景，良可叹也。恭敏

外祖大人寿安　母亲大人金安

女蕊珠叩禀　朝日侍叩

八月廿八日

（九十七）

母亲大人膝下敬禀者：

三月廿五日，忽得北京电报，奉旨命女婿作和兰公使，授二品实官从前的钦差，只有官衔，并无实在品级，此是新政章程。挈办保和会，因为和兰公使陆徵祥，升为专使，专办保和会事。和兰有一个会，叫做保和会。各国派许多大臣来会，商量以后总统不要打帐［仗］，大家和

平交涉。所以又叫做“弭兵会”，是不用兵戈的意思。六年前开过一次，今年又要开会也。但目下陆公使，尚未知会毕当在七月底调到何国。女婿曾经辞过，说不懂西洋说话，不要做。然后里头不肯，说，毋庸固辞，看来不能不接手。若论此间，人情风俗及景致，要算西洋顶好的了。女日日往树林中散步，所以甚健。敬叩

金安　叔母舅母均此请安　恕不另禀。

女蕊珠谨禀　女婿嘱笔请安

钱稻孙致单士厘

母亲大人膝下敬禀者：

昨日侍父亲觅屋于西四牌楼北之石老娘胡同，得一巨衙，係满人产，地段清净甚可居。兹另绘略图呈览。前租户亦旗人，有女太太，故未能详细察视作图，然大致具矣。计七开间左右，各三厢房者二层，拟长幼房各占一层，内门外六间一排，朝北本为门房，拟以三间作粗糙傢伙之储藏室，此为正屋东有三间者二层，无厢房，有长院子，周围皆廊，姑备书房、客厅等用最好。弟弟夏间来京完婚，以内层之三间居弟妇，则各自分院，而一廊可通三房。东院与门房平者有五间，朝北南房可为客厅、可为客宿，尤为富裕之地。此屋为全屋之一部。东院之东仍是同一房东之屋，而自有大门，今租户即迁居此处，屏门一关，便绝然为两家矣。屋北为房东自用之储藏室，与所租之屋不通，然固我北面极为谨慎。屋之西为花园，已另租与花匠作圃。凡有三门可通，启闭由我。可作数步之场，而我不必经营管理也。花园之西，方是正屋，此屋规模极大，所不数睹，我所租实为其全屋之东院中，又但一

半耳。如是所租之屋，周围皆是房东产业，同街皆大户人家，而地处静寂，绝无车马喧嗔，诚不易得之屋也。租赁月六十五元已付定钱，阴二月起租矣。阴二月杪，父亲出京迎眷，夏前可团聚一家矣。此居气象宽大，朋友不寂，所稍苦者，家事琐屑较甚于南。然有南仆带来，即不畏此仆刁狡。所苦在饮食品不丰，此则孤旅所最苦。有家族聚合，必为可稍减。况此居原不作久计，不耐则迁归耳。一切详细，自有父亲函达面谈，惟乞先留意仆役人才，俾可携行。近日父亲起居如常，孤旅不免气闷耳。稻此来亦以不久接眷，故心不静定，书箱当未打开，而案头已不便写字，书纸乱堆，无意收拾。总以定居之后，方能有乐境也。专此敬请

金安

男稻孙叩

阴正月初五日　阳二月十日

老人讳士厘，原名蕊珠，号受兹。萧山单棣华恩溥先生女，归安钱念劬恂先生之德配也。棣华先生为先本生曾大父宾日公讳佐尧业师。先叔祖觐圭公讳锡韩赘於单氏，与念劬先生为僚壻，而先君子又受业於不厂太夫子丕之门。惓念两家师承，姻媾之好，渊源有自来矣。老人自童年即随侍侨寓於吾硖许氏大宗伯故第，许氏则老人之外家焉。其归念劬先生也，先从曾祖泽山公讳学溥实为之执柯，而泽山公又为棣华先生之入室高弟也。录既竟谨记崖略如此，至老人之平生、著述及其生卒年月已详见附録之追讣中，不赘云。

癸亥九秋海宁雨田蒋启霆録副丛识

附录

回忆伯母单士厘（代序）

钱秉雄　钱三强

《受兹室诗稿》的作者是我们的伯母单士厘。她生于一八五八年（清咸丰八年），卒于一九四五年，去世到现在已四十年了。她以亲手抄写的《诗稿》赠送罗守巽先生，此稿得以保存至今，尤其是经过“十年浩动”，实在是一件难得的事。现在陈鸿祥先生将它校点，湖南文艺出版社热诚接受出版，真是值得大家庆幸的事。

我秉雄上小学以前，即一九一三年，曾在北京伯母家中生活过一年多的时间。她热爱我国的古典文学，喜读我国的历史书籍，勤于执笔写文章，每天必写日记。她的生活很有规律，每天早晨，不管冬夏，五点钟起床，点着灯吃早饭，饭后陪着伯父带我乘车去中央公园散步游玩。八时半回家，在她的书房里为我安排日程，常是拿出从国外带来的积木、画片等供我看着玩弄，每天教我识方块字。还教我读五言古诗。安排完，我就看她坐在书桌前打开书本翻阅，写文章。抄录书中有关的记载，直到吃午饭。晚间天黑就睡觉。这虽然已事隔七十年，但每一回忆起来，仿佛离我不太远。在家里，我叫她“大妈”，如按年龄来说，可以说她是祖母了，因她的儿子们和我们的父亲钱玄同（原名钱夏）年龄差不多。

伯母的弟弟单不厂先生，是研究我国历史和哲学的。他和我们的父亲从一九〇六年在日本东京伯父家中相识后，很谈得来，是父亲青年到中年时期的好朋友，他们之间书信往来很多。单先生曾来北京，在大学中任教，我们见过他，是一位专心致志的学者，比父亲年纪大一些，在一九二九年病故。父亲曾写文纪念他，题目是《亡友单不厂先生》。后来单先生的唯一幼子又病死，伯母心中很悲伤。

伯母是一位慈祥的老人，她对小辈非常爱护，并且善于引导。因为她在十九世纪末就带着她的两个儿子东渡到日本去了，接受日本明治维新以后的新教育思想较早，并且很注意研究日本的儿童教育和女子教育。所以她平时经常说要启迪儿童的智慧，让他们爱学习。要学习，象以前那样关在书房里不让动，那是不行的。在过年过节或过生日的时候，伯父伯母有时乘马车来接我们弟兄到德国饭店去共吃西餐。一九四〇年端午节，伯母家宴，在饮酒时，她想起三强远在巴黎围城中，必然要受危困，写了忆三强诗，其中有这样几句："不尽樽前酒，难忘海外孤。烽烟怜小阮，无计整归途。"那时她已是八十多岁的老人，从诗中可以看出她对小辈亲切的思念和关怀。

我们的伯父钱恂很早就在清季外交界工作，先后在我国驻伦敦、巴黎、柏林、彼得堡等使馆任职，最后任荷兰和意大利两国公使各一年。一九〇九年归国寄居在湖州陆家花园，次年春父亲从日本回到湖州。老兄弟俩见面特别高兴。他们对于清政府的腐败都是切齿痛恨的，认为皇帝是要不得的，应该推翻；共和政体是天经地义，光复后必须采用它。后来在湖州响应革命号召，首举义旗的是我们的伯父。他几次出国，在国外二十多年，到过不少的国家，见闻较广，一八九六年就建议清政府派青年学生出国留学，学得先进国家的新知识、新科学来改革我国清末腐朽的政治、经济和社会，要唤醒人民，不论男女一齐动手来干。他还经常谈起外国人如何珍惜时间勤奋做工，如何研究医学、注意卫生。父亲曾说，伯父一生做事，经过思考成熟后，认为应做的事总是一往直前地去干，不为流俗所限。自己的日常生活是比较俭朴的。这是伯父的工作和生活作风。

在辛亥革命前，伯父归国后，曾被湖州中学的沈校长约请去代理校长一个月。因沈校长慕伯父的名望，想借他的力量对湖州中学加以整顿。伯父进到学校就到教室中去听课，指出有的教师讲得不详细，有的教师讲课有错误的地方，大部分教师挨了批评。对英文教师的批评是发音不准确，英文教师就在当天晚上鼓动大家罢教。次日，伯父到校后知有教师罢教，属咐学监让学生照常上课，他找人来代课。据茅盾先生《我走过的道路》中记载：当时，代课教师中代国文课的是我们的父亲，很受学生的欢迎。父亲教的文章有史可法的《答清摄政王书》《太平天国檄文》、黄遵宪的《台湾行》、梁启超的《横渡太平洋长歌》。这些文章在当时是新颖的，有进步意义的，富有革命战斗性的。伯父认为选得好，一扫过去选文中的陈腐的气味。他们在湖州中学虽仅仅只共事一个月，可以看出他们俩在教育思想上反封建的精神是一致的。一九一三年以后，他们俩都在北京，往来是经常的。伯父在家中请老朋友，如夏曾佑老人，张菊圃表兄等，父亲都被邀去座谈吃饭。记得章太炎先生被袁世凯囚禁在北京，伯父和父亲一同去探望他，并设法营救。

父亲自袁世凯称帝和张勋复辟之后，思想上受到很大的刺激。他看到民国建立后，而政权却又为北洋军阀所篡夺，仍然是民不聊生，丧权辱国，做帝国主义的走狗，心中非常气愤。他经过深思熟虑后，认为非搞一场思想革命不可，于是就投稿《新青年》杂志，以钱玄同的名字写文章参加了“新文化运动”。这事伯父不知道。有一天，伯父和单不厂先生谈起：“近来我看了一篇《儒林外史》的新序，写得很不错，署名钱玄同，何许人也？”单先生答说：“钱玄同就是钱夏。”伯父说：“这很好嘛！《儒林外史》这部书应该让青年人读读，这是一部旧时代读书人的辛酸遭遇的记载。”当然，由于他们两人的年龄、经历和所处的时代、环境的不同，对于事物的看法和对问题认识的高度自然有所不同，但是他们俩的思想作风——反压迫，却有类似的地方。

以上是我们回忆伯母时，想起的几件有关琐事做为纪念她老人家的一点献礼。要想了解《诗稿》的内容，陈鸿祥先生有详细的介绍。

一九八五年六月十二日于北京

摘自《受兹室诗稿》1986年湖南出版社

《受兹室诗稿》跋

罗守巽

昔年执役沈阳图书馆，因杨令茀女士瞻谒钱太夫人，始依令茀执卑幼礼，即语予曰："吾先君子与子大父交，吾犹尔姑也。"且云："吾母家零落，仅存一妹，今见父执女孙，亲若家人。"予闻之，忻感交拜，公暇恒趋侍。太夫人则温婉诱进，怜其独客边关，更加抚慰。丙子仲春,檖孙兄殂谢,随侍无人,稻孙兄将迎养旧都。予闻此怅然若失，太夫人亦凄恻相对，无辞以慰。未几，举室南归，恭送长亭，不尽依恋。无何汽笛一声，目睹火车奔驰而去。斯时，予憬然悟前此之聚，只是际会风云，从兹难再矣!数月后，邮寄此亲笔诗稿见遗，慨践临别诺言也，并附与叔母朱太夫人平日唱和诗简，嘱代收藏，谓："孙曾虽众，但无治国学者，后必散失。"又录《清闺秀艺文略》数部，分赠各地图书馆及吾馆，云："既传一代女子艺文，亦不辜历年搜集苦心。景迫桑榆,难期付梓矣。"太夫人髫年志学，白首弗倦，允推女界耆英。著有《癸卯旅行记》《清闺秀正始再续集》行世。于四三年即夏历癸未卒于旧都私第，享年八十七岁。时予已南旋海上。历年贫病相缠，厕身市井，与知名之士不相接，废书已久。迩者稍整残书，得此稿，埋藏箧底已三十余年。回忆前尘，宛然在目。诗中如朱太夫人、长姊孟康，均先太夫人而逝。念与长姊同居初日楼，尚有时相过从之闺友，几十不存一，宿草已芜，墓木且拱，凡具清才者天多靳以寿，独存予锥鲁孤子，抱守遗编。嗟乎！西窗之烛成灰，话旧无人，抚今追昔，每至终夜徬徨，怆然泪下。

一九七九年六月梢，罗守巽写于白门人和街寄寓

摘自《受兹室诗稿》1986年湖南出版社

《受兹室诗稿》 跋

罗继祖

此钱母单太夫人《受兹室诗稿》也。钱、单与吾家皆有世谊。太夫人尊人棣华先生恩溥为先曾祖尧钦公契友，又识先祖贞松于入学之年；而太夫人德配念劬先生恂，清季持使节，为当世闻人，又贞松公夙好也。太夫人负能诗名。守巽姑既以太夫人手书此稿邮示作跋于后，复命更缀数言。予生晚，不及拜谒太夫人，惟解放后获识太夫人长嗣稻孙丈于旧京。今稻孙丈又谢世矣。太夫人孙曾辈多为当世闻人,而罕留心国故者,太夫人早自言之矣。太夫人曾随念劬先生宦辙，周历欧亚列邦，晚又东游日本，颇寄之吟咏。今稿中若《庚子四月十八日舟泊神户》《游塔之泽宿福住楼之临溪阁》《日光山红叶》《汽车中闻儿童唱歌》《偕夫子游箱根》《二十世纪之春，偕夫子住镰仓日游各名胜，用苏和王胜之游钟山韵》《庚子秋津田老者约夫子偕予同游金泽及横须贺》《江岛金龟楼饯岁步积颐步斋主人原韵》《题金泽八景》《日本竹枝词》《光绪癸卯春过乌拉岭》《西伯里亚道中观野烧》《游俄都博物馆》《己酉秋夜渡苏彝士河》《自新加坡开行风浪大作》诸什是也。太夫人于诗，蕴蓄既深，吐属自臻大雅，即率尔倚和，亦殊凡响。稿中与太夫人唱和最多者为夏穗嫂，乃仁和夏穗卿先生曾佑之夫人也。夏先生亦清季闻人，著《中国古代史》行世。盥诵之馀，钦仰靡既。

一九七九年八月二十八日，罗维祖谨识于大连寓次之小半亩园

摘自《受兹室诗稿》1986年湖南出版社

从闺房到广大的世界

——钱单士厘的两本国外游记

钟叔河

《癸卯旅行记》的癸卯，是清光绪二十九年(1903)。作者钱单士厘本人姓单，按当时习惯冠以丈夫的姓氏，在自叙中说："岁在已亥，外子驻日本，予率两子继往，是为予出疆之始。"可见，在这前四年光绪二十五年，公元1899年，她就已经出国了。

单士厘的出国，比秋瑾要早五年，比何香凝也要早。她是最早走出闺门、走向世界的中国知识妇女之一。这本《癸卯旅行记》，是我们现在所知道的中国第一部女子出国旅行记。

单士厘的"外子"钱恂，字念劬，系五四时期著名学者钱玄同的长兄，比钱玄同大三十四岁。钱恂很早就投身外交界，清季先后在中国驻伦敦、巴黎、柏林、彼得堡、东京等地使馆工作，最后做到驻荷兰、意大利等国的公使。单士厘的另一著作《归潜记》,成于宣统二年庚戌,主要内容即为意大利游记。其中《彼得寺》一篇，开头说："予两旅罗马，瞻游此寺无虑二三十次。"《马哥博罗事》篇中说："予亲履维尼斯之乡，访马哥之故居，瞻马哥之石像。"《新释宫》按语又说："此长子稻孙为予游览之便而撰。"可见她的游踪很广，游兴也是很浓的。

单士厘是一位早期出国的中国妇女。但是，光凭这一点，她并不一定就能够写出《归潜记》和《癸卯旅行记》这样有价值的作品。事实上，无论从中国人接受近代思想的深度来看，或者从介绍世界艺文学术的广度来看，这两部书在同时代人的同类作品中，超出侪辈甚远，足以卓然自立。这确实是中国妇女的光荣和骄傲。

突破封建的樊篱

单士厘字受兹，浙江萧山人，父家和夫家都是文化修养很深的家庭。她是一位名符其实的大家闺秀，本人不但读书精博，而且善笔能文。谓予不信，有文为证：

黎明，知将过色楞格河桥，特起视之。四山环抱，残月镜波。予幼时喜读二百数十年前塞北战争诸记载，其夸耀武功，虽未足尽信,然犹想见色楞格河上铁骑胡茄之声。与水澌冰触之声相应答。今则易为汽笛轮轴之声，自不免兴今昔之感。……

天明，渐渐从山缺树隙望见水光，知为世界著名之第一大淡水湖，所谓贝加尔湖者矣。……因想苏武牧羊之日武牧羊于北海，海即贝加尔湖，虽卓节啮雪，困于苦寒，而亦夫妇父子以永岁月，亦未始非一种幽景静趣，有以养其天和也。……

环湖尽山，峭立四周，无一隅之缺，苍树白雪，错映眼帘。时已初夏，而全湖皆冰，尚厚二三尺湖面拔海几千五百六十英尺。排冰行舟，仿佛在极大白色平原上，不知其为水也。……

《癸卯旅行记·卷下》

叙事抒情，都能曲尽其妙，可称旅游文学中的隽品。又如：

马哥博罗言元取襄阳，得力于炮此引机发石之炮,其父若叔，实献炮法,叙述详细如绘。元攻襄阳在至元五年，历五载，至十年始克之。据史：造炮者为西域茂萨里人喇卜丹、西城实喇人伊斯玛音。西人言，此二人当是尼哥赖博罗初次至蒙古时所偕往，即马哥博罗所谓“炮匠二人，一天主教人，一德意志人”，伊斯玛音尤似德国姓。然史称二人均于至元八年为宗王额呼布格应诏所举送入京师者，与马哥言亦不合。

《归潜记·书马哥博罗事》

注文引证《元史》，详细考订《马可·波罗游记》的内容，充分表现了作者文史知识的渊博。

工文章，有学问，是单士厘能够写出象《癸卯旅行记》和《归潜记》这样作品的重要条件，但仍然不是最重要的条件；最重要的条件是：她不仅是一位很早接触西方文化的中国妇女，而且是一个自觉接受新思想洗礼、敢于突破封建樊篱的限制和约束的先进妇女。

钱恂在青年时就成了外交人员。多才多艺的单士厘，亲自出国前就从丈夫口里知道了不少西方世界的事情。她自己说，自从钱恂“二十年前初次从西欧归来，为予道元世祖时维尼斯人马哥博罗仕中国事，即艳羡马哥之为人”。后来钱恂到了日本，见到日本学西方有成效，“知道德教育、精神教育、科学教育均无如日本之切实可法者”，首创派遣留学生留学日本之议，而以其弟幼楞为先导，并陆续将两个儿子、一个儿媳、一个女婿都送到日本留学，成为中国第一个有女学生到日本留学的家庭。单士厘在庚子、辛丑、壬寅几年间去日本，“无岁不行，或一航，或再航，往复既频，寄居又久，视东国如乡井”。她天资聪明，又肯用功，很快就学会了日本语文，甚至钱恂都得依靠她当翻译。她自己也和爱住女学校校长小具贞子、东京学校女干事时任竹子、女教师河原操子等日本知识妇女交上了朋友，广泛参加了国外的社会文化活动。

离开日本东京准备去俄国时，大坂正开“第五回内国博览会”，单士厘要在东京留学的儿媳同路到大坂参观。有一天大雨竟日，她们仍然冒雨出游。单士厘写道：“中国妇女本罕出门，更无论冒大雨步行于稠人广众之场。予因告子妇曰：今日之行，专为拓开知识起见，虽踯躅雨中，不为越礼，……”

“踯躅雨中，不为越礼”。单士厘如果不走出国门，没见过世界，就不可能有这样明智通达的思想。正因为她有了这样的思想，所以在从日本归国回乡小住的几天中，陆续有如下的记载：

……步行至东南湖母舅家，距予家不足三里。中国妇女，向以步行为艰，予幸不病此。当在东京,步行是常事。辛丑寓居镰仓，游建长寺则攀树陟巅，赏金泽牡丹则晓行湖壖，恒二三十里。然在中国，则势有所不能。此硖石为幼年生长地，今已老按：当时单士厘四十馀岁，乡党间尚不以予为非，故持以步行讽同里妇女。

伯宽之友顾，金二君，欲见予谈日本女学事。论乡曲旧见，妇女非至戚不相见。予固老矣,且恒与外国客相见;今本国青年，以予之略有所知，欲就该女学，岂可不竭诚相告?乃皆伯宽接见，……

……

李君兰舟家招饮，其太夫人率两女、一外孙女接待。席间谈卫生事，因谆戒缠足，群以为然。

这些自述，活活刻画了一位蔑视封建礼法，主张文明进步的前辈知识妇女的形象。

后来到欧洲时，单士厘渐入老年，但豪迈气质依然没有衰减。罗马圣彼得堂的“唱诗小教堂”，是“晚课行礼之所，日曜日亦行弥撒礼于此，男子非礼服、女子非蒙黑幂者不得入，音乐甚有名”。她大概不愿意蒙黑幂面纱进教堂吧，乃“恒率孙辈伫门外听之，不觉神往。孙辈侍听，亦自然有一种静肃气”。这种近乎“浴乎沂，风乎舞雩，咏而归”的阔大自由的气象，在封建社会的大家庭中真可算是凤毛麟角了。

启蒙时代的女性

这是一个旧的意识开始崩溃瓦解，新的思想不断浸润渗透、开始出现初潮的时代，是何香凝在深思冥想、秋瑾在慷慨悲歌的时代。单士厘虽没有卷入革命的漩涡，但是却整个地感到了时代的潮流。她从封建的闺门走进广大的世界以后，耳目一新，思想随之而起了更深刻的变化。这些变化，都反映在她写的旅行记里。

《癸卯旅行记》卷上多谈日本，对日本的长处介绍得很多，如参观大坂博览会教育馆后写道：

日本之所以立于今日世界，由免亡而跻于列强者，惟有教育故。……馆中陈列文部及各公立私立学校之种种教育用品，与各种新学术需用器械，于医学一门尤夥。更列种种比较品，俾览者得考见其卅年来进步程度。……要之教育之意,乃是为本国培育国民。……无国民安得有人材？无国民且不成一社会!中国前途，晨鸡未唱，观彼教育馆，不胜感慨。

从鸦片战争吃亏挨打以后，到马克思主义传播到中国来以前，一切想改变中国贫病愚弱面貌的中国人，无不把眼睛望着西方，想要向西方国家学习。日本人向西方学习并不比中国早，学习的成效却要比中国大得多。所以，在甲午、戊戌以后，提倡学日本的风气越来越盛，差不多成了维新运动中一大主张，启蒙时期的一大特色。单士厘作为一位启蒙时期的女性，在这一点上态度十分鲜明。她在日本看到东京市上从西方进口的物品，多半是图书和工业用品，而上海洋行里所卖的，却尽是手表、戒指和其他“玩品”，从而发现日本学习西方“专务实用”，而这正是中国封建官僚和洋行买办们无法做到的，不禁慨乎言之:

日本崇拜欧美，专务实用，不尚焜耀。入东京之市，所售西派品物，亦图籍为多，工艺为多，不如上海所谓洋行者之尽时计、指轮以及玩品也。故从上海往游日本者，大率叹其“贫弱”，正坐不知日本用意耳!

在长崎税关，她见到的秩序十分良好，与上海所谓“洋关”迥然不同。元山的日本邮船株式会社里，“一室中白木几椅无他物”“以视中国招商局之华美，奚啻天渊”“然贸易事固不在饰观”，中国招商局的业务远不如日本邮船株式会社。这就是两种制度半封建半殖民地制度和资本主义制度的根本差异。

单士厘很谦和地说，“予知家事经济而已”，很少高谈政治。但难得的是她从普普通通的日常生活中，悟到了社会进化的道理，而主张维新，主张进步，这正是启蒙人物的特色。

例如书中有一处谈到了历法，说“世界文明国，无不用格勒阳历，一岁之日有定数，一月之日有定数，岁整而月齐”“故日本毅然改历，非好异也”。可是当时中国封建朝廷和士大夫，却“以‘改正朔’三字为易代之代名词，故相率讳言”。单士厘“自履日本，于家中会计用阳历，便得无穷便利”，故积极主张中国改用阳历，说:“改正朔与易代不相干，何讳之有?”她的这个主张，四十六年后中华人民共和国成立时，终于得到了实现。

但单士厘又不是一个数典忘祖的人。她深受中国传统文化的薰陶，深知中国的精神文明也确有不可抹煞的优越性。比如在谈到“女学”即女子教育时，她认为中国女子注重两性道德，这是为西方妇女所不及的。中国的缺点在于完全没有认识到女子教育为国民教育之根本，以为“德”即“一物不见、一事不知之谓”“东国日本人能守妇德，又益以学，是以可贵”，而“西方妇女，固不乏德操，但逾闲者究多。在酬酢场中，谈论风采，琴画歌舞，亦何尝不表出优美？若表面优美，而内部反是，何足取乎?”

现在社会上有极少数男女青年，受到西方国家资产阶级颓废派标榜“性解放”“性自由”的影响，追求“荡检逾闲”的生活方式。他们或她们连表面上“谈论风采”的优美也表不出来，内在的道德情操当然更谈不到优美。对于他们或她们来说，听听八十年前这位最早解放思想的老祖母的话，也许不无裨益。

反对侵略和专制

《癸卯旅行记》的卷中和卷下，记录了从海参崴经当时俄人控制下的“满洲铁道”中东铁路，过西伯利亚，直达森堡圣彼得堡途中的见闻，对于沙皇俄国的扩张野心和侵略暴行，有比较深刻的揭露。

在海参崴一登岸，就看到入境旅客必须受到世界上最严厉的检查。“遇东方人尤严，盖无方寸之包不开视，甚至棉卧具亦拆视，一盆栽之花亦掀土验之”。铁道进入中国东北境时，“由俄入华，其关权应在华而不在俄；然今日关权，乃在俄不在华”，中国人在本国领土上仍须接受俄人检查。由满洲里车站进入俄国境时，检查之严又“无异海参崴”。钱恂一行是外交官，得以免受检查。但目睹这些情形，单士厘十分气愤。她说：“中国妇女闭笼一室，本不知有国。予从日本来，习闻彼妇女每以国民自任；且以为国本巩固，尤关妇女。予亦不禁勃然发爱国心，故于经越国界，不胜慨乎言之。”

哈尔滨是当时俄国在远东进行侵略扩张的重要据点。单士厘等住的地方“名旧哈尔宾，土名香坊，旧为田姓者‘烧锅’所在。五年前，俄铁路公司人欲占为中心起点，乃逐锅主而有其地”。接着见到附近的秦家冈地势更好，又“以己意划界，不顾土宜；以己意给价，不问产主”，共侵占了一百三十二方里的大片土地，“定名为日诺威倮特，译言新城新哈尔宾”“已建石屋三百所，尚兴筑不已，盖将以为东方之彼得堡也”。

单士厘在哈尔滨时，见到俄国“汽船三数，喷烟激浪”，在松花江上横冲直闯。感到朝廷将“此著名之松花江、嫩江间流域千里膏腴”“今慨以赠”给俄国人，“安得不令他人哂乎?”

关于沙俄帝国主义分子在东北任意侮辱、残害中国人民的暴行，单士厘记载得不少。钱恂的旧友李佑轩，因为叫马车夫将车停在饭馆门口，竟受到俄警的野蛮殴打。“李君以铁路公司之高等华员，且善俄语，竟以一车夫就食之故，大受警辱。事后诉于总监工，总监工虽极力抚慰，而不闻一惩警役。”“同日，阿什科有俄兵刃杀一解饷华官之仆于途，并伤二同行人”。单士厘用愤慨的语气写道：

俄人肆虐杀淫掠于东三省，自以海兰泡之杀我男妇老幼三千馀人于一日，为最著称。黑龙江沿岸，被杀者数十数百，不可枚举。……辛、壬以来，被杀一二命，见公牍于三交涉局者以百数，不见公牍者不知数。至于毁居屋，掠牲畜，夺种植，更“小事”矣!……

……一哥萨克持刃入一老幼夫妇四人者之家，攫少者肆无礼，其三人抱头哭。此哥萨克次第杀此四人而出。夫哥萨克诚强暴;然四人者，纵无器械，岂竟不能口啮此兵，而默然待死乎?……

帝国主义的侵略暴行，从反面教育了中国人民，使得单士厘这位纯然“林下风”的大家闺秀，也表示宁愿“口啮”俄兵，也不愿“默然待死”，对沙俄在中国东北犯下的罪行表示了极大的愤慨。

帝国主义的侵略和封建专制的腐朽、反动，是“相得益彰”的。单士厘全文抄录了庚子年间无耻向沙俄侵略军投降的宁古塔副都统讷荫献给俄将迟怯苛夫的“功德碑”,讽刺地说:“讷荫满洲世仆，其忠顺服从，根于种性。见俄感俄，正其天德，但文字非其所长也。”后来车过宁古塔时，她又感慨地说:“溯顺治十一年（1654)，俄哥萨克兵直招宁古塔，为中国都统沙尔呼达所败,往事不复可追矣!……南望增叹，不知撰碑之讷荫，尚在塔城否?”

俄人在哈尔滨掠夺土地时，哈尔滨本地的世袭封建贵族、大恶霸恩祥是俄人的得力助手:

恩祥恃其世官之焰，本鱼肉一方。自俄人来此，更加一层气焰。每霸占附近民地,以售于俄人,冀获微价。………俄人利用之，故土人畏之，官宦又媚之。……屯中“红胡子”所巢穴，现为恩祥所庇护。俄人欲将屯地图入界内，以扩张路线，屡向华人言之。想实行此事，亦必不远。

奉天、吉林、黑龙江三省，“各设一交涉局于哈尔滨，例以候补道府司之”。这些封建官僚“唯恐失俄欢，仰达尼尔俄国在东三省的总管鼻息唯恐不谨。”“即傅家店一赌博案，亦必请示于达也。”

地方封建势力和地方政府官员对帝国主义的态度如此，全国最高政府的态度又如何呢?关于讷荫献给俄人那块碑，“李兰舟以此碑竖立崴埠，引为国民之大辱，曾录告北京政府，政府不答”。单士厘坐火车由海参崴到彼得堡，清楚感到俄国在中亚和远东经营的铁路线，正如巨蟹之双螯，“向我北京”。她写道：李兰舟给总署上条陈，“言俄人志在接路中国地上”“南皮张公权两江，亦电奏闻俄将造中国铁路达鸭绿江口，请中国预谋抵制”，可是给他们的答复却是“可以无庸置论”。这当然不能不使这位“勃然发爱国心”的知识妇女废笔长叹了。

旅行记中没有更多批评本国政治的话，但从作者对专制主义俄国落后黑暗的谴责，也可以看出一些“微言大义”来。她历述“俄商之不得自由贸易”“俄学生之不得自由读书”、西伯利亚大监狱“待遇囚徒之残忍举世无双”、西伯利亚的流放犯人多达五十万，等种种情况。俄国的新闻事业不发达，原因是“政府对报馆禁令苛细”“执笔者既左顾右忌，无从着笔，阅者又以所载尽无精采而生厌”。俄国的宗教气氛极浓，原因是专制政府“务欲使人迷信宗教，则一切社会不发达与蒙政治上之压迫损害，悉悉诿于天神之不佑，而不复生行政诉愿、行政改良之思想”。这些情形，在今天俄国境内恐怕也依然存在，真是源远流长，其来有自。

最有趣的是，明明是落后混乱，偏偏要粉饰太平。沙皇俄国的情形如此，满清朝廷的情形又何尝不如此?单士厘对“俄官之动称国政仁厚”有一节极妙的评语：

譬如水旱偏灾，发帑移粟，乃行政者分内事。而在俄国则必曰：“此朝廷加惠穷黎”，“此朝廷拯念民生"。一若百姓必应受种种损害，稍或不然，便是国政仁厚。此俄之所以异于文明国也！

从追求文明、要求改良的思想出发，就必然走到对制造愚昧和迷信的专制政治的不满。单士厘尽管很少谈政治，她的书却仍然是有政治意义的。

介绍希腊罗马的艺文

但是，单士厘毕竟是一个深受文化薰陶、颇有审美能力的知识分子，她主要的兴趣是在文艺和学术方面。

总的说来，单士厘对俄国是不感兴趣的。可是她对莫斯科画院里的俄罗斯绘画却十分赞赏：“所悬万幅，油画、水画、铅画皆备，其绘光之技尤不可思议。光肖，则无笔不肖。且能因光肖声，雨、风、泉、石及人物形神，莫不如闻其声，至绘声而技绝矣，此为日本所未及见。”对于伟大的俄国作家托尔斯泰，她也极致倾倒：“所著小说，多曲肖各种社会情状，最足开启民智，故俄政府禁之甚严，……恨之入骨，不敢杀也。”单士厘的这段叙述，曾被著名文学史家阿英引用，誉之为“最早赞扬托尔斯泰的中国妇女”。

和《癸卯旅行记》相比，《归潜记》中关于文艺学术的介绍，更加丰富得多。

《归潜记》中的《章华庭四室》和《育斯》两篇，用简洁、优美的古文，叙说了“金苹果”“特洛伊木马”“阿波罗射蛇”“黄金雨”等有名的神话故事；又从学术上考究了神话传说和宗教仪式的演变，对希腊罗马神话的源流作了概括的说明。在中国的神话文学翻译和神话学研究上，可以说是“开山之作”。

《彼得寺》附《新释宫》《景教流行中国碑跋》和《景教流行中国表》三篇，包含有关于基督教史和欧洲建筑史的重要资料。如《彼得寺》中写正门的一段；

驱回罗马市中，无往不见高耸云表之彼得寺。一至彼得场寺前广场，豁然与寺门觌面，中矗尖柱，旁竖喷泉，而柱廊转为两翼。……

门廊前额，大字刊落成之年及在位景宗之名姓与其在御之年。入口之上，其内向处，有聚珍画一方，为乔笃所画，乃有名杰作。……其画为一船，载耶稣使徒航海遇风，耶和华在天际为遭难者祝福，右角耶稣拯彼得于浪中，对面坐渔父。此画……位置于此，具有深意。先是景徒大率由多神教改依，此等人习于偶象教式，虽依景教，不忘旧礼，每于未入寺之前，转身先拜太阳。在景教不许拜太阳，而此习骤难革除，故于廊内面特置此画。彼转拜者自用其拜太阳之习惯，而在景门视之，仍是专拜耶稣，可谓两无窒碍。

这样的文章，叙述的景物十分鲜明，又介绍了宗教史、文化史上的知识，比普通的记游文字要高明多了。

《马哥博罗事》《摩西教流行中国记》《义国佩章记》等篇，记录了中西交往史上许多事情，把亲身见闻和历史知识串在一起，而且串得很好。单士厘是一个有心人，文字中时时流露了她的爱憎。如《摩西教流行中国记》附录的《罗马之犹太区——格笃》一文,叙述了罗马犹太人被迫害、受歧视的情形，诸如:

古罗马习惯，……迫令犹太人于喀尼乏尔节日，竞走于群民嘲讪之中，如竞马然。……竞走者，驱驴于前，犹太人逐驴后，仅许围一缕布于腰下，四肢尽裸。犹太人后为水牛，牛后为野马，凡不以人类视犹太人也。

……今虽不用此例，而犹太人尚于节之第一土曜，往嗄毕都行敬礼于马鞍。盖纪念往事，而谢马之娱罗马民以代已也。

单士厘明白表示：她写这些的目的，是为了“以示亡国遗黎受辖于白人治权下之情况”。在全文最后，又特别加了一行话：“此格笃记，阅者宜细心味之。数百年后，吾人当共知之。”这无非是暗示同胞，如果中国还不力疾自强，保国保种，犹太人的惨况就会落到中国人的头上。在谈艺文，述史事的时侯，她依然没有忘记国家和人民，始终保持了一个启蒙者的良心和激情。

《癸卯旅行记》有1904年日本“同文印刷舍”排印本。我们根据单氏原稿，校改了排印本的错误，加以标点，重排出版，并将排印本多出的几段文字，用方括弧补入。《归潜记》则据钱氏家刻毛本标点排印。两书均未作任何删节，只在一处地方用□□代替了原文。《彼得寺》和《章华庭四室》篇中的小标题，原来用“右……”的形式放在每节之后，现移置每节之前。文内加框小题和脚注，则为编者所加。《归潜记》原来所分的“x编之x”，大概是作者准备改编的次第，现在已经没有什么意义，就把它取消了。

单士厘的像片，蒙钱三强同志转请钱秉雄、钱端义同志多方协助觅得，为单士厘八十一岁时所摄。正是在这一年，单士厘以高龄完成了《清闺秀艺文略》五卷，在跋语中略略述及了她本人和协助“排比雠校”的“玄同小郎”小郎即夫弟辛勤劳动的情形，全稿由她亲手钞的即有十馀部。可见这位老太太直到晚年，仍然在为积累、整理文化遗产努力工作。这种治学的精神，值得后人敬佩。

钱秉雄同志在寄像片给我的信中说:“我的侄女们有一个要求，希望出书后，寄几本来做为对她们的老祖母的纪念。我想，您一定会高兴她们要求的。”

请允许我高兴地表示对钱秉雄、钱三强昆仲和钱家其他同志的感谢，是他们使读者得以一睹本书作者的风范，使本书能以现在的形式，对这位在启蒙时代走向世界的先进妇女表示尊重和纪念。

载《癸卯旅行记》《归潜记》1981年湖南人民出版社出版

追　讣

不孝孤哀子钱稻孙，侍奉无状，祸延先妣。单太夫人讳士厘，痛于三月二十七日即乙酉岁夏历二月十四日辰时疾终北京寓寝，距生于清咸丰八年戊午五月二十九日亥时，享年八十有八。当即率同侍侧家族亲视含殓遵礼成服。窃以世亟不赴之义，未敢领帖。已于三月三十一日移厝宣武门外下斜街浙江广谊园，以竢归葬杭州茔圹。乃蒙多数戚友辗转闻知，锡以矜挽苫块感泣不知所措，益凛未周赴告之非礼，是用追讣以闻。现在厝安已毕，叨在世戚之谊，倘蒙宠赐文字，谨当録入家乘，俾孙曾来昆，永识不忘，外此各端统祈释念至。先妣一生著述凡十一种，其经刊印者《癸夘旅行记》三卷、《家政学》二卷、《家之宜》《育儿简谈》各一卷、《正始再续集》五卷，其刊而未竟者《归潜志》十卷、《清闺秀艺文略》五卷，其未刊者有《受兹室诗録》《发难遭逢记》《懿范闻见録》《噍杀集》，惟《懿范闻见》之稿俱在，《诗钞》已不全，他二种更因寄递失佚不归。晚年惟手写《艺文略》数本，分存海内外各图书馆，然犹未以为定稿也。若中年之辛勤与亲授子孙读，以及晚年写作操劳之不倦，敬先持礼之迄病，亟而无或间。平素谦撝慈施诸端不敢一一具陈，重违庭训第举著书之目。伏乞　垂鉴

孤哀子 稻孙、穟孙

期服侄 秉雄、秉穹，秉光

期服孙 端仁、端义、端礼、端智、端信、端本

功服侄孙 端敬

功服曾孙 绍诚、绍文、绍讷、绍诒、绍祥、绍祯